KB098742

그 부류의 마지막 존재

THE LAST OF HER KIND

그 부류의 마지막 존재

시그리드 누네즈
장편소설

민승남 옮김

엘리

일러두기

• 본문 중의 주석은 모두 옮긴이주이다.

• 인명, 지명 등 외국어의 우리말 표기는 국립국어원 외래어표기법을 따르되,
  통용되는 일부 표기는 허용했다.

차례

제1부

우리가 함께 지낸 지 일주일쯤 되었을 때, 내 룸메이트는 자신과 최대한 다른 세계에서 온 여학생과 같은 방을 쓰게 해달라고 특별히 요청했었노라고 내게 말했다.

말인즉슨 자신처럼 특권층에서 자란 룸메이트를 원하지 않았다는 얘기였다. 자신이 그랬듯이 그런 종류의 특별 요청을 하는 것이 가능하며 그 요청이 받아들여지리라 기대하게끔 길러진 룸메이트를 그는 원하지 않았다. (하지만 이건 그의 생각이 아닌 내 생각이었다.) 나로 말할 것 같으면, 룸메이트를 정할 때 내 의견을 낼 수 있으리란 생각은 아예 하지도 못한 터였다. 그해 여름 대학 기숙사 사무실에서 보낸 설문지를 받고, "흡연자와 같은 방을 써도 괜찮은가?" 같은 질문들에 답했던 건 기억났다. 하지만 의견 항목 아래 펼쳐진 반 페이지의 공란을 '나는 이러저러한 배경을 가진 룸메이트를 원한다'라는 글로 채울 수 있다는 생각은 하지 못했다. 예, 라고 나는 답했다. 나는 흡연자도 아니면서 흡연자와 같은 방을 쓰는 것이 괜찮았다. 나는 선호하는 것이랄 게 없었다. 완벽한 유연성을 지니고 있었다. 고등학교 때 성적이 좋았지만, 나는 대학 진학을 당연시한 적이 없었다. 그 전까지 우리 가족 중에는 대학에 간 사람이 없었다. 그래서 그냥 아무 대학도 아니고 명문대에 용케 들어가게 된 것에 아직 좀 압도된 상태였다. 나는 의견 아래 공란을 그냥 비워두었다. 합격시켜줘서 고맙다는 의견밖에는 쓸 게 없었다. 그런 나였기에, 룸메이트에게 그 얘기를 들었을 땐 말문이 탁 막혔다. 그는 정확히 뭐라고 썼을까? 어떤 단어들을 사용하여 나에 대해 묘사했을까?

때는 1968년이었다. 그해 여름 학교에서 보내온 편지에는 이렇게 쓰여 있었다. "둘리 드레이턴이 룸메이트로 배정되었습니다. 드레이턴 양은 코네티컷 출신입니다." 하지만 그는 캠퍼스에 도착하자마자 많은 것을 바꿨고, 이름도 그중 하나였다. 그는 더이상 둘리라는 이름을 쓰지 않겠노라고 말했다. 부르주아적 가식의 악취가 진동한다는 것이었다. 더 끔찍한 건 둘리가 성姓이고, 그 성을 가졌던 모계 쪽 조상은 남부 출신으로 플랜테이션 농장주의 자손들이라는 사실이었다. 다시 말해, 노예 소유자들이었다. 그러니까 '둘리'는 도저히 쓸 수 없는 이름이었다. 우리는 절대 그 수치스러운 이름으로 그를 불러선 안 되었고, 대신 중간

이름이자 오점 없는 '앤'이라고 불러야 했다.

그의 아버지는 수술용 기구와 장비를 생산하는 회사의 대표였다. 드레이턴 집안은 몇 대에 걸쳐 그 사업을 해왔으며(그 전에는 이발사 집안이었다고 앤이 내게 말해줬는데, 난 처음엔 그 말을 농담으로 받아들였지만 사실이었다), 귀중한 특허들도 몇 개 보유하고 있었다. 그의 어머니는 수준 높은 교육을 받았지만 일은 해본 적이 없었다. 그분 역시, 드레이턴가보다 부유하진 못해도 전통과 명망에 있어서만큼은 한 수 위인 명문가 출신이었다. 그리고 우리 학교 졸업생이기도 했다.

"그런 여자들 있잖아." 앤이 말했다. "왜, 클럽이란 클럽은 모두 가입하고, 이사회란 이사회에는 다 가서 앉아 있고, 자선 행사랑 파티에 다니느라 바쁘고, 파티를 열면 신문에 기사가 나는."

나는 그런 여자들을 알지 못했다.

하지만 새 룸메이트가 나보다 훨씬 좋은 집안 출신이라는 것은 굳이 말로 듣지 않아도 알 수 있었다. 그가 집에서 가져온 옷들을 이미 보았으니까. 그가 여행 가방들을 풀어 아름다운 새 옷들로 자신의 옷장과 서랍장을 채우는 걸 지켜봤으니까. (그 방이 생각난다. 옷장, 서랍장, 책상과 의자, 탁상용 스탠드, 안락의자, 거울, 침대가 모두 두 개씩 있었다. 늘 그 방이 무척 작았다고 기억해왔는데, 지금 생각해보니 그 가구들이 다 들어갈 수 있었다면 꽤 넓었던 모양이다.) 하지만 그 옷들만큼은 나도 본 적이 있는 것들이었다. "대학 신입생들을 위한" 최신 특별 호로 나온 〈세

브틴〉이나 〈마드무아젤〉 같은 잡지 속 사진들을 열심히 들여다본 터였으니까. 잡지에서 본 것과 똑같은 푸어보이 스웨터*, 남자 옷 같은 셔츠, 스웨이드 재킷, 맥시스커트. 트위드와 체크무늬 옷들. 그 시즌에는 다양한 색조의 혼색이 인기를 끌었다. 하이힐 부츠는 대유행이었다. 무릎 위로 올라오는 긴 양말도 여전히 유행이었고, 텍스처드 스타킹도** 기억이 난다.

앤이 잡지 속 젊은 여자들처럼 보인 건 아니었다. 모델처럼 마르긴 했고, 어쩌면 요즘 모델들만큼 마르지는 않았던 그때의 모델들보다 더 말랐을지도 모르겠다. 하지만 그는 아름답지 않았다. 입술이 너무 가늘어서 나로서는 남자들이 그 입술에 키스하고 싶을 거라고 상상하기가 어려웠지만, 사실 남자들은 그러고 싶어했던 것 같다―그는 늘 데이트 상대가 많았으니까. 코 역시 가늘고 날카로웠으며, 턱도 날카로웠다―그의 옆얼굴이 손도끼처럼 생겼고 길고 가느다란 목은 도끼 자루 같다고 생각했던 것이 기억난다. 눈은 시원한 색조의 초록빛이었지만 금빛 속눈썹은―그는 완전한 금발이었다―거의 보이지 않았다. 사람들이 이따금씩 푸른 피부라고 부르는, 투명에 가까워 정맥이 드러나 보이는 우윳빛 피부를 갖고 있었고, 절대 햇볕에 그을지 않는 게 그의 고민거리 중 하나였다. 그를 처음 보았을 때 내 머리에 떠

• 몸에 꼭 맞는 짧은 풀오버 스웨터.
•• 소재의 재질감이 강조된 스타킹.

오른 단어는 빈약함이었다. 그는 빈약했다. 매력도 없었다. 자세가 좋지 않고 걸음걸이도 엉성했다. 45킬로그램도 안 나가는 몸으로 쿵쿵거리며 품위 없이 걸었다. 부유하거나 세련되어 보이지 않았고, 우아하거나 고상한 느낌도 없었다. 도무지 상속녀나 사교계 젊은 여인의 면모가 보이지 않아 영화감독에게 그 자신의 역할로 뽑히긴 어려울 듯했다. "난 귀족 역할은 못 해." 나는 언젠가 웨이터 역을 맡은 배우가 그렇게 탄식하는 걸 들은 적이 있는데 앤도 마찬가지였다. 오히려 테이블 시중을 들면 어색해 보이지 않을 터였다.

그는 완벽하게 구비된 대학생용 의상들을 별로 활용할 생각이 없었다. 화장도 하고 머리단장도 하던 학기 초의 몇 주 동안에만 옷차림에 신경을 썼다. 그땐 밤마다 잠자리에 들기 전에 세팅 로션과 커다란 플라스틱 클립 롤러를 사용해서 머리를 세팅했다. 아침이면 머리 한쪽 끝은 안쪽으로 동그랗게 말리고 다른쪽은 바깥쪽으로 말리도록 빗질을 한 다음 긴 앞머리는 이마를 가로질러 옆으로 넘어가게끔 매만졌다. 오래전부터 유행해온 스타일이라 전에는 많이들 그렇게 하고 다녔다. 하지만 그해 들어서는 그것도 거의 끝물이었고―아니, 어쩌면 이미 유행이 지난 뒤였는지도 모르겠다. 그에 대해선 정확하게 말하기가 어렵다. 스타일이 (모든 분야에서) 너무도 빠르게 변하기 시작하던 시기였으니까. 어쨌거나 이제 어느 쪽을 보아도―안쪽으로 동그랗게 말든, 바깥쪽으로 말든―더는 유행에 맞지 않았다. 이마를 덮는 앞머리는 아직 용납되었으나, 세팅을 해서 그렇게 빗질하는 방식은 절대 아니었다.

그래서 앤도 머리 세팅을 그만두었고, 곧 자르지도 않게 되었다. 앞머리도 길러 없앤 뒤 날마다 닥터 브로너스 매직 소프로 감고 자연스럽게 말려서 긴 생머리에 가운데 가르마를 타고 다녔다. 탐스럽고 매력적인 아맛빛 머리칼을 가진 그에게 가장 잘 어울리는 스타일이었다. (앤 드레이턴이 몰래 표백제를 쓰고 있다고 주장하는 사람들도 있었지만 그건 앤 드레이턴을 몰라서 하는 소리였다.) 그리고 화장도 하지 않게 되었다.

그해 가을 어느 날 앤은 기숙사에 안내문을 붙였다. 옷장 정리 세일을 한다는 내용이었다. 그는 아예 입어보지도 않았거나 거의 입지 않은 옷들까지 포함해서 모조리 자신이(아니, 그 어머니가) 지불한 것보다 훨씬 싼 가격에 팔아치웠다. 그렇게 번 돈도 자신이 갖지 않았다. 그는 돈을 남에게 줘버렸다. 내 기억으로는 자선단체에, 아니, 그보다는 그가 그때껏 추구해온 정치적 이상을 위한 무언가에 기부했던 것 같다. 그 세일(나는 한 벌도 안 샀는데, 그가 그 옷들을 거저 주는 건 아니었지만 내 생각엔 그래도 그가 버린 헌 옷들이었고, 그런 걸 입은 모습을 보이고 싶지 않았기 때문이다) 이후로 그는 거의 티셔츠와 청바지만 입었다.

거기까지는 놀라울 게 없었다. 많은 친구들이 그 첫 학기에 외모에 변화를 주었으니까. 습관을 바꾼 이들도 많았다. 기숙사 사무실에서 보낸 설문지에 비흡연자라고 답한 학생들 가운데 적어도 절반이 신입생 때 흡연을 시작했으며, 앤과 나도 그런 이들에 속했다. 캠퍼스에 흡연 구역 같은 게 따로 없었기에 우리는 어디서나 담배를 피울 수 있었고, 교수가 수업 중에 담배를 피우는 일도 흔했다.

변화. 그해에는 많은 신입생들이 여대에 다니는 걸 끔찍하게 생각했다. 물론 그건 그들이 더 이상 바너드에 지원했던 전년도 겨울의 그 사람들이 아니기 때문이었다. 그들은 그때 전혀 몰랐던 진실을 이제 확실하게 알게 된 터였다. 여대는 구텐베르크 이전 시대의 유물이라는 것. 신입생들 일부가 입학 후 처음으로 한 일은 남녀공학 학교로의 전학 신청이었다.

앤의 어머니는 딸이 한 일에 대해 알고 격노했다. 두 사람은 앤이 대학에 들어가서 입을 옷들을 함께 사러 다녔었다. 돈뿐 아니라 쇼핑에 들인 많은 시간과 수고까지 죄다 허사가 되어버린 셈이었다. 하지만 드레이턴 부인은 딸을 좌지우지할 수 없었고, 하물며 딸을 뉘우치게 하는 일이야 말할 것도 없었다. 앤은 어머니가 어떻게 생각하건 신경 쓰지 않았다. 부모 중 누가 뭘 어떻게 생각하는지는 안중에도 없었다. 자기가 부모님을 화나게 했건 기쁘게 했건 관심이 없었고, 심지어 그들을 기쁘게 하지 않을 수 있어서 더 행복한 듯했다. 한 해 앞서 그들을 엄마, 아빠 대신 소피, 터너라고 부르기 시작하면서 그랬던 것처럼, 이제 그는 '둘리'라는 부름에 대답하지 않음으로써 그들의 신경을 긁었다. 나는 앤과 처음 만난 날부터 부모님에 대한 불손함을 본 터였는데, 그가 자신의 부모님에 대해 이야기하거나 부모님과 통화하는 걸 들을 때면 놀라 숨이 막힐 정도였다. (우리들 대부분은 기숙사 공동 전화를 썼지만, 앤은 개인 전화라는 부르주아의 특권만큼은 포기하지 못했다.) 실제로 그가 어머니에게 꺼져버리라고 말하는 것을 듣기도 했다. 아버지에게는 재수 없는 인간이라고 했다. 나는 부모님에게 그런 말을 하거나 그렇게 경멸감을 드러내는 사람을 본 적이 없었다. 그래서 분명 언젠가는 부모님이 선을 그을 거라고, 그에게 벌을 주고 학교에서 끌어내고 경제적 지원도 끊어버릴 거라고 생각했다. 하지만 앤은 그들이 절대 그럴 수 없을 거라고 장담했다. "난 외동딸이거든." 앤의 설명이었다. "내가 살인을 저질러도 나와 연 못 끊을걸. 내가 둘 중 하나를 죽여도 남은 사람은 내 편을 들걸." 그러면서도 그것이 얼마나 대단한 일인지 그는 모르는 듯했다. 부모의 충성은 그의 경멸감을 조금도 희석시키지 못했다.

부모 이야기를 하면서 그는 두 주먹을 부르쥐곤 했다.

그들이 앤에게 무슨 짓을 한 걸까? 때리거나 굶긴 걸까? 어두운 방에 감금이라도 했나? 혹시 아버지가 입에 담지 못할 짓을 저질렀나? 그걸 어머니는 못 본 척하고?

아니. 나는 그런 일을 겪은 여자들을 알지만 그들은 그렇게 행동하지 않았다. 내가 아는 한 여자는 아버지에게 입에 담지 못할 짓을 당하고 어머니는 그걸 못 본 척했는데도 늘 모든 사람들에게 자기 엄마 아빠가 세상에서 가장 훌륭하다고 말하고 다녔다. 부모로부터 벗어난 지 오래되었을 때까지도 그랬다.

첫 학기가 시작되고 얼마 지나지 않아 우리 동급생의 아버지가 〈뉴욕 타임스〉에 편지를 보냈다. 컬럼비아 졸업생인 그는 딸에게 바너드 지원을 권유했고 합격했을 때 무척 기뻤다고 했다.• 하지만 딸이 지원한 학교와 지금 다니고 있는 학교는 전혀 다른 곳이라는 것이었다. 입학 통지서를 받자마자 컬럼비아 학생들이 폭동을 일으켜 교내 건물들을 점거하고 학교가 휴교에 들어간 것만도 그렇다. 게다가 한 바너드 여학생이 남자와 동거하다가 퇴학 위기에 처하며 전국적인 뉴스거리가 된 것은 또 어떤가? 그의 딸이 바너드에 지원할 때만 해도 엄연히 존재했던 야간 통금은 입학과 동시에 남성 방문객과 관련된 모든 규제들과 함께 폐지되었다. 그는 다음 순서는 무엇일지 알고 싶다고 했다. 남녀 공용 기숙사?

아닌 게 아니라 바로 다음 학기에 우리는 컬럼비아 학부생들과 이틀 동안 기숙사 침대를 바꿔 쓰면서 남녀 공용 기숙사를 만들어달라는 시위를 벌이게 되었는데, 그 사건 역시 전국적인 뉴스거리가 되었다.

• 바너드 칼리지는 남학생만 입학시키던 컬럼비아 대학의 정책에 반발하여 설립된 학교로 일부 수업과 학생 활동을 컬럼비아와 공유한다.

그 '분개한 아버지'의 편지는 캠퍼스에서 널리 읽혔으며, 물론 조롱의 대상이 되었다. 앤이 그 편지에 대한 답장을 쓰겠다고 선언했을 때 나는 입술을 꽉 깨물었고, 답장이 신문에 실렸을 땐 얼마나 감명을 받았는지 애써 숨겨야만 했다.

그해는 베트남에서 미군의 사상자 수가 가장 많았던 테트의 해[*]였다. '프라하의 봄'의 해였고, 로버트 케네디와 마틴 루서 킹이 암살된 해였으며, 민주당 전당대회가 피바다가 된 해였다. (미라이의 해[**]이기도 했지만 우린 아직 그것에 대해선 모르고 있었다.) 그런데 이 미국 시민으로 하여금 항의의 편지를 쓰게 만든 건 대체 무엇인가? (앤이 '시민'이라는 단어를 썼을 리는 없다. 그는 다른 단어를 썼는데 편집자가 바꾼 듯했다.) 통금! 이성의 기숙사 방문에 관한 규제 완화. 앤은 전쟁 그 자체보다 반전 시위자들의 폭언 사용에 더 분노하는 미국인들이 떠오른다고 썼다. 하지만 내가 기억하기로 앤이 쓴 글의 요지는, 그리고 짐작건대 그의 글이 신문에 실린 이유도, 두 세대 간의 이해 부족이었다. "우리는 무엇이 중요한지에 대해 의견의 일치를 볼 수 없을 듯합니다." 부모와 자녀 사이가 점점 더 멀어져가는 것, 이것이 그 자체로 당시의 중대한 문제였다.

* 북베트남군이 베트남의 새해 명절인 테트를 기점으로 남베트남군과 미군에 대한 대대적인 공세를 벌인 해로, 이 작전은 1968년 1월 31일부터 9월 23일까지 이어졌다.
** 미군이 베트남 미라이 주민들을 학살한 해.

나는 앤과 같은 의견이었다. 물론 앤은 옳았다. 그 남자의 편지는 구텐베르크 이전 시대의 유물 같은 것이었으니까. 나는 앤이 편지에서 애초에 바너드 학생들만 통금을 지켜야 했다는 점을 지적한 것이 기뻤다. "우리에겐 통금이 적용되고, 그들—우리의 컬럼비아 형제들—에겐 방 청소 서비스가 제공됩니다." 여학생은 스스로 방을 청소해야 한다는 생각이 우리에겐 통금보다 더 분통 터지는 일이었다.

그래서 나는 앤의 주장에 동의했다. 우리 거의 모두가 그랬을 것이다. 그럼에도 이 아버지의 편지를 읽고 내 머릿속에 처음으로 떠오른 솔직한 생각은(표현은 안 했지만), 와 이 남자는 진짜로 딸에게 마음을 쓰고 있잖아, 였다.

나중에 알고 보니 그의 딸—커다란 분홍빛 얼굴에 긴 금발을 두 갈래로 땋아 내려 늘 우유 짜는 여자를 연상시켰던—은 정작 아버지의 편지에 크게 감동받지 않았다. 아버지는 편지가 신문에 실리기 전에 딸에게 상의하지 않았고, 딸은 아버지가 자신을 창피하게 만들었다고 원망했다.

앤에게는 다른 사람과 함께 방을 쓰는 것이 난생처음이었다. (식구가 셋 이상인 가족이 살았더라도 틀림없이 넉넉했을 코네티컷의 집에서 그는 자신만의 침실뿐 아니라 전용 층까지 갖고 있었다.) 룸메이트를 갖는다는 건 그에게 외동으로서 경험해보지 못했던 친밀감을 약속하는 짜릿한 일이었다. 외동이 다들 그러하듯 그 또한 형제자매가 없는 고통을 겪었고, 늘 주위에 친구들이 있었음에도 어린 시절은 뼈에 사무치는 외로움의 시간이었다. 나 역시 그 뼈에 사무치는 외로움을 알았으니, 반드시 외동이어야만 그런 걸 겪는 건 아니다. 부모님이 딸을 기숙학교에 보내지 않기로 했을 때 그는 매우 실망했는데, 그로 인해 단짝 친구 둘과 떨어져야 했을 뿐 아니라 마음속 가장 깊은 곳에 품어온 환상들 가운데 하나를 실현할 기회를 잃었기 때문이었다. 우리 대부분은 낯선 사람과 한방을 쓰는 걸 두려워했지만, 앤에겐 그것이 바너드 진학으로 생긴 가장 좋은 일들 가운데 하나였다.

자기가 진심으로 원했던 룸메이트는 흑인이었다고 그는 말했다. 하지만 그런 요구를 할 용기가 없었고, 그래서 막연히 흑인 룸메이트를 만날 수도 있다는 희망만을 품었다는 것이었다. 1968년에는 흑인 입학생이 그 어느 해보다 많았지만 여전히 적었다. 바너드의 거의 모든 흑인 신입생들은 자기들끼리 짝을 지었다. 첫해가 지나고 더 이상 두 사람이 한방을 쓰지 않아도 되었을 땐 그들 대부분이 흑인 전용 층을 선택했다. 식당에는 BOSS*만을 위한 테이블이 따로 있었는데, 나는 식사 시간마다 처음엔 둘리였다가 이후 앤이 된 나의 룸메이트가 갈망 어린 눈으로 그쪽을 응시하는 것을 보곤 했다. "난 흑인이고 싶어." 그

* Barnard Organization of Soul Sisters. 바너드 대학 흑인 여성 단체.

는 그런 감정을 드러내는 일에 거리낌이 없었고 실제로 끊임없이 표현했다. 하지만 흑인들이 듣는 데서는 결코 그런 적이 없었음을 말해둬야겠다. 그는 자신이 암적인(가끔은 문둥이 같다고 했다) 백인종의 일원이라는 사실을 수치스럽고 끔찍하게 여겼다.

우리는 어둠 속에 누워 있었다. 늦은 밤, 우리는 트윈 베드에 누워 있었고, 나는 아버지가 쓰던 군용 모포를, 앤은 할머니가 쓰던 퀼트 이불을 덮은 채였다. 잠들기 전에 어둠 속에서 수다를 떠는 게 우리의 습관이 되어 있었다. 전축에서 사이먼 앤드 가펑클의 노래가 아주 낮게 흘러나왔다. 음악을 사랑하는 앤은 놀랍게도 비싼 전축과 레코드판이 든 커다란 상자 두 개를 기숙사에 가져왔다.

그가 흑인 룸메이트를 얼마나 간절히 원했었는지에 대해 이야기했을 때 나는 아무 대꾸도 하지 않았다. 솔직하게 요구할 배짱이 없어서 자신과 "최대한 다른" 세계에서 온 룸메이트를 원한다고 썼다니. ("난 그들이 그 뜻을 이해할 줄 알았지.") 내가 침묵을 지키자 그도 침묵했다. 음악이 멈췄다. 전축이 저절로 꺼졌다. 늦은 시각이라 창밖 교통 소음도 아주 나직했다. 하지만 차는 몇 대라도 늘 지나다녔고 지하철도 늘 다녔다. 내가 앤에게 놀라고 부러웠던 점 또 한 가지는 브로드웨이의 삶에 너무도 빠르게 적응했다는 점이었다. (물론 나는 기숙사 설문지에 거리 소음이 심한 방도 괜찮다고 응답했다.)

앤은 기다렸다. 분명 내 대답을 기다리는 것 같았지만 나는 오직 침묵으로 방을 채웠고, 잠시 후에는 잠든 것 같은 숨소리를 내기 시작했다. 긴 한숨 소리가 들리더니 거의 즉시 앤은 진짜로 잠이 들었다.

나는 자지 않고 누운 채 점점 깊어지다가 코 고는 소리로 거칠어지는 그의 숨소리를 듣고 있었다. 거리에서 불빛이 조금 비쳐 들어 울퉁불퉁하니 우스꽝스러운(헤어 롤 때문에) 그의 머리 윤곽이 보였다. 우리의 침대 사이엔 책상 두 개가 있었는데, 내 책상에는 고등학교 영어반 졸업 선물인 매리엄-웹스터 대학생용 사전과, 그 옆에 엄마의 졸업 선물인 가죽 손잡이가 달린 종이칼이 놓여 있었다. 나는 일어나 그 두 물건을 집어 들고 앤의 침대로 가서는 앤의 머리에 사전을 떨어뜨려 그의 주의를 끈 뒤 종이칼로 가슴을 찌르고 싶었다.

그의 가슴이 완전히 납작하다는 말을 했던가?

그런 고약한 심사로 조금 뒤척이다가 문득 떠오른 생각에 나는 하마터면 소리 내어 웃을 뻔했다. 누군가 기숙사 설문지에 "나는 부자 백인 룸메이트를 원합니다"라고 쓰는 상상이었다.

*

과거를 회고할 때면 늘 그렇듯이, 내 기억이 잘못된 건 아닐까 하는 두려움이 엄습한다.

예를 들어 앤에게 데이트 상대가 많았다는 기억이 맞는다면,

아마도 그는 내가 그에 대해 묘사한 것보다 예뻤을 것이다. 내가 매력 없는 날카로운 이목구비로 회상하는 그 얼굴은 사실 섬세하다는 후한 평을 받을 수도 있을 것이고.

이건 어떤가. "이 자그마하고 매력적인 금발 여성은 터너와 소피 드레이턴의 외동딸이다." 신문 기사 속 문장이다. 그리고 지금 난 기억력에 의존해서 말하고 있는 것이 아니다. 내 앞에 신문 기사 스크랩이 놓여 있다. 물론 여자는 젊고 금발이기만 해도 매력적이라고 말할 수 있다는 것이 많은 사람들의 생각이지만.

기사에는 사진도 들어 있지만 앤이 고개를 숙인 채 아래를 보고 있어서 긴 금발이 얼굴을 거의 다 가리고 있다.

*

이튿날 아침, 앤은 아무 말도 없었다. 그 대화를 기억하지 못했던 걸까? 아니면 나의 침묵에 내가 이미 잠들어 흑인 룸메이트에 대한 자신의 이야기를 아예 듣지 못했다고 생각하는지도 몰랐다. 그날 오후에 나는 집으로 전화를 걸었다. 엄마에게 그 대화에 대해 보고하자 엄마는 이렇게 말했다. "난 이해가 안 된다, 조지. 그러니까 네 말은, 네가 유색인종이 아니라서 그애가 실망했다는 거니? 어떻게 유색인 애가 너보다 나은 룸메이트가 될 수 있다니?"

말했듯이, 앤과 내가 룸메이트로 지낸 지 일주일 정도밖에 안 된 아주 초기의 일이었다. 그즈음 그는 나와 친구가 되고 싶은 마음이 얼마나 강한지 분명히 해둔 상태였다. 물론 나는 그렇게 될 수 없으리라는 걸 알고 있었고. 친구가 되려면 마음을 나누어야 하지 않겠는가. 앤 같은 아이한테 속마음을 터놓는다는 건 상상할 수 없는 일이었다. 오히려 줄곧 앤을 경계해야 하리라는 생각이었다. 달리 선택의 여지가 없었다. 앞으로 아홉 달 동안 그와 붙어 살아야 했고 어떻게든 견뎌내야만 했다. 하지만 아무도 내게 친구가 되라고 강요할 수는 없었다. 나한테는 그와의 우정이 필요치 않았다. 그곳에서는 아니었다. 학기 초에 나는 이미 수십 명의 다른 여학생들을 만나고 있었다. 다수가 마음에 들었고, 그들도 나를 좋아하는 게 분명했다. 코네티컷에서 온 드레이턴 양으로 말하자면, 나는 그가 원하는 걸 절대로 내주지 않을 작정이었다. 그는 환상을 실현해줄 대상을 따로 찾아야 할 터였다. 그가 알고 싶어하는 걸("전부 다!") 절대로 말해주지 않을 작정이었다. 그의 인생에 대한 질문을 피하고, 그가 내 인생에 대해 물으면 침묵이나 거짓말로 응할 것이었다. 그게 내 전략이었다. 자제력이 많이 요구되는 일이고, 사실 그런 종류의 자제력이 부족하기로는 나를 따라올 사람이 드물겠지만, 이미 단단히 마음먹은 상태였다. 난 그애가 몹시도 애절하게 밝힌 꿈을 좌절시킬 작정이었다. 우린 결코 자매가 되지 않을 터였다.

자기 물건은 다 내 거라고 그는 말했다. 언제든 허락 없이 그의 옷을 입어도 된다고 했다. 그의 전화도 원할 때마다 쓸 수 있었다. 자기가 들으면 곤란한 사적인 통화를 할 때는 복도에 나가서 기다려달라고 말하면 된다고 했다. 전축도 언제든 사용하고 레코드판도 마음대로 틀어도 된다고 했다.

그가 가진 건 무엇이든 빌릴 수 있다고 했다. 그의 소유물은 무엇이든 내 것이기도 하다는 것이었다.

나는 그의 옷에 손도 대지 않았다. 어차피 대부분의 옷이 내겐 너무 작았을 것이다. 나는 그의 전화를 쓰지 않았고, 레코드판은 뿌리치기엔 너무 큰 유혹이라 그가 방에 없을 때만 튼 다음 전혀 손대지 않은 것처럼 보이도록 세심하게 신경을 썼다.

그의 강의 시간표가 책상에 붙어 있었다. 나는 그가 방을 비우는 시간을 기억해두었다. 그 외의 시간에는 수업이 없어도 다른 곳에 갔다. 저녁을 먹은 뒤에는 방으로 돌아가는 대신 다른 친구들 방이나 공용 공간에서 시간을 보냈다. 공용 공간으로는 TV 방과 '정독실'이라고 불리는 방이 있었는데, 두 곳 다 거의 항상 비어 있었다. 나는 TV도 안 보고 공부도 안 하면서(그 학기에는 공부를 거의 안 했다) 몇 시간씩 죽치고 앉아 공상에 젖거나(당시엔 공상의 챔피언이었다) 잡지를 읽거나 고교 시절의 친구들에게 편지를 썼다. 나는 그 친구들이 그리웠고 곧 그들과 연락이 끊길 것임을 벌써부터 알 수 있었다—그 첫해에 지속적인 향수를 느꼈던 건 그 때문이기도 했다. 아니면 그해 여름부터 시작한 일기를 쓰기도 했는데, 몇 년 후에 읽어보니 그 일기들 역시 곧 사라질 사람에게 쓰는 편지처럼 상실감으로 가득 차 있었다. 그 사람은 바로 사춘기의 나였다.

그러다 마침내 방에 돌아가면 주로 밤늦은 시각이었다. 아무리 늦게 들어가도, 마치 나를 기다리기라도 한 양 앤은 안 자고 있었다. 문을 열고 들어가면 그는 대개 책을 읽고 있다가 책장을 덮으며 미소를 보냈다—수줍은 미소였지만 나를 봐서 얼마나 기쁜지 감추려는 기색은 없었다. 그는 음악을, 자기가 좋아하는 사이먼 앤드 가펑클이나 빌리 홀리데이나 밥 딜런의 곡을 틀곤 했고, 우리는 잠자리에 들 준비를 했다. 그는 서랍장 거울 앞에 서서 머리를 세팅했다. ("아, 아프로 스타일을 할 수 있다면 얼마나 좋을까!") 그가 머리를 만지는 동안 우리는 수다를 떨었다. 아니, 정확히 말하자면 앤 혼자서 떠들었는데, 그는 내가 방에 돌아와 자신의 수업과 부모님, 월경 이야기까지 들어줄 이 순간을 종일 기다린 듯 숨 쉴 틈도 없이 재잘거렸다.

불을 끈 뒤에도 수다는 계속되었다. 자정이 훌쩍 지나든 말든, 둘 다 내일 아침 일찍 수업이 있든 말든 그렇게 한두 시간은 더 이어졌다. 때로는 동틀 때까지 이어지기도 했다. 우리만이 아니라 복도 위아래로 많은 룸메이트들이 깊은 밤까지 깨어 있었다. (그리고 누군가의 눈은 새벽을 맞이하지*—딜런.) 나의 경계심이 풀리고 저항력이 약해지는 건 이런 시간들이었다. 무엇보다 피곤

---

* 밥 딜런의 노래 〈레스틀러스 페어웰Restless Farewell〉의 한 구절.

하고, 깊은 밤과 음악과 앤의 조용한 목소리가(나는 어둠 속에서 그의 가늘디가는 입술이 움직이는 모습을 상상하곤 했다) 내게 마법을 거는 시간.

마법이라고 한 건, 사실 앤이 이야기를 하면 할수록 앤의 이야기를 더 듣고 싶어졌기 때문이다.

*

내가 늘 인정했던 한 가지는 앤이 똑똑하다는 사실이었다. 그는 열일곱 살의 나이에(당시 똑똑한 아이들이 많이들 그랬듯 앤도 한 학년을 월반했다) 이미 놀랍도록 성공적인 삶을 살아오고 있었다. 바너드 학생들 중에는 월반을 했거나 고등학교 때 눈부신 이력을 쌓은 애들이 많았다. 하지만 앤은 몇 가지 성과들로 학교 밖까지 이름을 떨쳤다. 8학년 때 전국 에세이 대회('나는 조국을 위해 무엇을 할 수 있나')에서 최우수상을 받았는데, 불행히도 나 역시 그 대회에 참가한 기억이 있었다. 그에겐 코네티컷 신문들에 실린 기사들을 모은 스크랩북이 있었고, 집에 있는 침실 한쪽 벽은 학교에서 혹은 말을 타서 받은 우승컵들과 메달들, 훈장들, 상패들로 뒤덮여 있었다. 존슨 대통령에게 받은 편지를 넣은 액자도 있었는데, 브리지포트의 빈민들을 위해 음식과 옷 기부 운동을 추진한 공로를 칭찬하는 내용이었다. (학교에 '전쟁에 반대하는 고등학생 모임' 지부를 만든 공로에 대해서는 물론 그런 칭찬을 받지 못했다.) 교장은 그의 고등학교 졸업 앨범에 "타고난 지도자에게"라고 써주었다. 사람들은 그가 나중에 커서 미국 최초의 여성 대통령이 될지도 모른다고 말했다―실제로 앤은 자신의 어릴 적 꿈들 중에 그 "어이없는" 것도 들어 있었노라고 내게 고백했다. 어쨌든 그가 적어도 정계에서 이름을 떨치기는 할 터였다. (특유의 조숙함으로 앤은 직접 학급 임원 선거에 출마하는 대신 다른 학생들의 선거 운동을 지휘했는데, 그게 더 배울 점이 많으리라는 계산이 깔린 행동이었다.)

하지만 대학에 입학하기도 전에 앤의 생각이 바뀌기 시작했다. 그는 더 이상 기성 체제를 위해 활동하는 자신을 그려볼 수가 없었다. 기성 체제는 철저히 썩었고, 따라서 자신도 썩지 않으면 그 일원이 될 수 없다고 그는 말했다. 그래서 정치라는 꿈에 작별을 고했다. '둘리'에게 작별을 고하고 말들에게 작별을 고한 것처럼. 오, 그는 언제나 말들을 사랑하겠지만 승마 기술은 이제 그가 부르주아적 가식(가끔은 줄여서 B. A.Bourgeois Affection라고 불렀다―"그건 너무 B. A.야")이라고 부르게 된, 점점 길어져가는 목록에 포함된다고(테니스, 결혼식, 일부일처제, 칵테일파티 등과 함께) 했다.

나는 나보다, 아니, 내가 아는 우리 또래의 그 어떤 사람보다 훨씬 많은 걸 성취해낸 앤에게 늘 부러움을 느꼈고, 지금에 와서 그가 부럽지 않았던 것처럼 가장할 이유도 없다.

나도 고등학교 때 프랑스어를 배웠고, 좋은 성적을 받았으며,

심지어 프랑스어 동아리에도 들었다. 하지만 앤처럼 프로방스의 국립 고등학교에 다니는 펜팔에게 프랑스어로 긴 편지를 쓰는 것 같은 일은 절대 하지 못했다.

더욱 놀라운 건 그가 동화책도 썼다는 사실이었다. 그건 나의 원대한 포부들 가운데 하나였지만, 훨씬 더 나이가 들기 전에 이룰 수 있는 일이라고는 상상조차 해본 적이 없었다. 세월이 흘러 진짜로 나이를 많이 먹었을 때 앤은 내게 이렇게 말했다. "넌 항상 안 된다는 생각부터 해. 그게 항상 너의 가장 큰 문제였어, 조지."

설명을 좀 해야겠다. 조지는 내 성이다. 나의 부모님은—이 부분은 엄마 영역이었으니까 부모님이 아니라 엄마라고 해야겠지만—유감스럽게도 나를 귀여워하는 마음에 내가 평생 작디작은 아기로 남아 있지 않고 삶의 대부분을 어른으로, 그리고 (다른 가족들의 키로 미루어) 필시 아주 작지는 않은 여자로 살 거라는 사실을 잊은 채 내 이름을 조젯이라고 지었다. 어쩌면 그게 우리 지역 특유의 문화였을지도 모르겠다. 나는 클라크 E. 클라크, 시몬 사이먼, 셰인 맥셰인, 리 애너벨 리와 함께 자랐으니까. 우리 엄마가 쌍둥이 동생들 이름을 뭐라고 지었는지는 말하고 싶지도 않다. (힌트를 주자면, 그들은 크리스마스이브에 태어났다.) 나는 어릴 땐 조지Georgie, 그다음에는 지지Gee Gee로 불렸다. 고등학교 때는 '조지 걸'이라는 애칭을 견뎌내야 했다. (누가 허락만 해준다면 그 멍청한 노래*가 든 앨범을 모조리 없애버리고 싶다.) 대학에 와서는 조지George가 되었다—짐작건대 서로를 성으로 부르는 유서 깊은 여학교의 전통이 한몫했으리라. 앤은 특히 그 이름에 애착을 가졌는데 아마 낸시 드루 때문이었을 것이다. 나 역시 낸시 드루의 팬이었고, 특이하게도 이름이 조지**였던 멋진 말괄량이 사촌을 기억하고 있었다. (조지 엘리엇George Eliot과 조르주 상드George Sand에 대해 알게 된 후로는 그들과 결부지어 생각하는 게 더 좋았지만.) 그리고 기숙사 우리 층의 어떤 학생이 조지—덩치가 크고 운동을 좋아하는 남자였다—와 데이트하기 시작하자 우리는 그를 조젯이라고 불렀다.

앤은 열다섯 살 때 동화를 썼다. 부모님의 친구인 어느 미술가가 그 동화를 읽고 무척 마음에 들어 하며 삽화를 그려주겠다고 했고, 결국 책으로 출간되었다. 또 앤 가족의 다른 친구이자 이웃—코네티컷이 아니라 드레이턴 가족이 여름을 보내는 마서스 비니어드***의 이웃 얘기다—이기도 한 어느 영화 제작자는 앤을 자신의 영화에 출연시키기도 했다. 거의 엑스트라에 가까운 아주 작은 역이었지만 그래도 그게 어딘가. 게다가 거의 모든 사람들이 아는 영화였다.

할리우드. 사이먼&슈스터 출판사. 앤에게 일어난 일들이 천국에서만 일어나는 일들이라고 생각한다면, 그게 비난받을 일일

- 더 시커스의 노래 〈조지 걸Georgy Girl〉.
- •• 탐정 낸시 드루 시리즈에서 주인공 낸시 드루의 사촌으로 등장하는 조지 페인.
- ••• 케이프 코드 연안의 섬. 고급 휴양지로 유명하다.

까?

그렇다.

내 룸메이트에 대한 이야기를 곱게 듣지 않았던, 아니, 어쩌면 내가 끊임없이 앤 이야기를 늘어놓는 것이 마음에 들지 않았을 우리 엄마는, 앤의 책이 출간된 것은 연줄 덕이고 영화에 출연한 것도 연줄 덕이라고 지적하는 것이 마땅하다고 생각했다. 엄마는 가족의 연줄이 아니었더라면 그런 일들이 일어나지 않았을 거라고, 그걸 잊어선 안 된다고 말했다. 내가 세상에 대한 환상을 품는 것도, 혹은 단 한 순간이라도 스스로가 다른 여학생보다 못하다고 믿는 것도 엄마는 견디지 못했다. 엄마에겐 그 모든 일들이 하나의 낡고 추악한 교훈으로 귀결되었다. 누구와 알고 지내는지가 그렇게 중요한 거야. 어쩌면 그게 진실일 수도 있었지만, 그렇다고 그 모든 매력이 사라지는 것은 아니었다. 나에겐 그랬다.

엄마를 더 짜증 나게 만든 건 이것이었다. 걔는 왜 그런 걸 다 너한테 그렇게 자랑해댄다니?

하지만 앤은 자랑을 한 게 아니었다. 그가 나에게 감명을 주거나 열등감을 느끼도록 만들고 있다는 생각은 잘못된 것이었다. 내가 엄마에게 보고할 때(당시 나는 일주일에 한 번씩 엄마에게 보고하고 있었다) 그런 식으로 말이 나왔을 수 있고 지금 이 글을 쓰면서도 그럴 수 있겠지만, 그것이 기억과 이야기의 문제점이다. 나는 앤이 거기 누워서 자신의 성취들에 대해 나불대고 있었던 듯한 인상을 주어선 안 된다. 그것들을 비롯한 그의 삶에 관한 사실들은 오랜 기간에 걸쳐 입 밖으로 나왔으며, 부러움을 살 만한 내용들이 포함된 건 자만심이나 자랑에서가 아니라 그 것들이 앤의 인생 이야기의 일부를 이루기 때문이고 그가 나에 게 모든 걸 이야기해주고 싶어했기 때문이었다. 그러니까 그건 친밀감에 대한 갈망, 공유에의 욕구에서 나온 것들이었다. 사실 앤은 회피나 비밀의 낌새조차 보이고 싶어하지 않았다. 세상엔 그런 것들이 만연하다고, 그건 바람직하지 못하다고 그는 생각했 다. 우리는 너무 많은 것들이 감춰지고 가려진 사회에서 살고 있 으며, 그건 단지 정부에 대한 이야기만이 아니라고 했다. 그는 진 정으로 개화되고 공정한 사회에서는 그 필요가 사라져갈 것이기 에 비밀이 없을 거라는 급진적인 관념을 갖고 있었다. 사회적 불 공정과 그로 인해 야기되는 악들이 결과적으로 비밀이라는 악을 야기한다는 것이었다. 죄책감(이것 자체가 부르주아가 날조해낸 허구였다)에서 오는 비밀이 있고, 한 개인이나 집단이 다른 개인 이나 집단에 대한 지배력을 유지하기 위해 그들에게 책임이 없 거나 그들도 어찌할 수 없는 것들에 대해 수치심을 갖도록 가르 치는 데서 오는 비밀이 있었다. (오래전 일이라 내가 앤의 생각 을 얼마간 왜곡하거나 단순화해서 말하고 있을 수도 있겠지만, 어쨌거나 골자는 그랬다.)

사람들은 서로를 신뢰하고 서로에게 완전히 정직하게 모든 것을 열어 보일 수 있어야 하며, 혁명이 일어나면 그런 세상이 될 터였다. 모두가 유리의 집에서 살게 되는 것이다.

지금은 그때보다 더 미친 소리로 들리지만, 나는 그때조차도 앤이 그 모든 걸 다 믿는지 확신할 수 없었다. 하지만 그가 진지하게 하는 말이라는 점에 대해선 의심해본 적이 없었다. 그는 진지하지 않은 적이 없었다. 그리고 위선이란 걸 몰랐다. 앤은 솔직하고, 정직하고, 스스로를 믿기 위해 무척이나 노력했다. 그래서 나중에 앤이 곤경에 처했을 때 나는 그가 거짓말을 했다고 비난받는 걸 보며 충격에 빠졌다. 다른 사람들—그의 운명을 손에 쥐고 있는 것이나 마찬가지인 사람들—이 그걸, 앤은 늘 진실만을 말한다는 사실을 모를 수 있다는 게 나로서는 납득하기가 어려웠다.

앤은 사람들이 어디에서든 자신의 고통을 표현하고 자신이 무엇을 필요로 하는지 다른 사람들에게 알리지 못하도록 만드는 감정적 속박에 갇혀 있다고 믿었다. 그것이 앤의 인생철학의 초석이자 그가 즐겨 다루는 주제였으며, 그럴 때마다 나는 이런 말을 떠올렸다. "네가 다친 걸 무리에 알리지 말라." 그것이 내 출신지의 모토였다.

내 출신지. 뉴욕주 북부, 캐나다 국경과 가까운 머나먼 북쪽의 소도시. 겨울이 여덟 달씩 이어지는 동장군의 나라. 오, 지구온난화 이전에 우리는 어떤 겨울들을, 어떤 폭설들을 견뎌야 했던가. 눈이 전신주들 허리까지 쌓이고, 울타리들이 파묻히고, 차들이 파묻히고, 지붕들이 무게를 못 이겨 무너졌다. 돈도 없었다. 망해 가는 공장들과 사라져가는 농장들의 세상에서 잘되는 건 술집뿐이었다. 사람들은 몸의 온기를 지키고 머리는 멍해지도록 마시고 또 마셔댔다.

사람들. 인구가 희박하다는 점을 고려하면 이런 질문을 던지지 않을 수 없었다. 왜 그렇게 많은 사람들이 폭력적인 성향을 보였을까? 사실 많은 주민들이 친척 간이었고, 생각보다 훨씬 가까운 관계였다. 근친교배가 악을 낳은 걸까? 알코올의존은 확실히 악을 낳았고, 그곳엔 알코올의존이 만연했다. 가족 전체가 술을 퍼마셔서 망신을 당하고, 범죄를 저지르고, 단명했다. 그곳에서는 사람들이 영원히 추락하는 듯했다. 비밀에 대해 말하자면, 해골이 묘지보다 옷장에 더 많았다.* 통계적으로 범죄율이 높은 지역은 아니었지만 술집에서의 싸움이나 가정 폭력 같은 일상적인 폭력이 판치는 세상이었다. 모든 악행이 취중에 저질러지는 것도 아니었다. 심지어 아이들 사이에서도 잔혹 행위가 있었다. 그 아이들의 손아귀에 들어간 약하고 더 작은 아이들과 동물들이(오, 동물들!) 화를 입었다. 그리고 우리 조부모님 시대 이전부터 시작된 가문 간 피의 복수, 그로 인해 적어도 한 세대당 한 사람은 불구가 되거나 목숨을 잃었다. 북부 빈민가의 야만적인 세계. 나는 과장을 하고 있는 게 아니다. 우리 옆집에 거구의 10대

---

* 감추고 싶은 비밀을 뜻하는 '옷장 속의 해골'을 빗댄 말이다.

소년이 살았는데, 언어장애가 아주 심해서 그 아이 엄마만 그 아이의 말을 알아들을 수 있었다. 그 아이가 한배에서 태어난 새끼 고양이들을 모두 크리스마스트리 가지들에 목매달아 죽였다.

그 모든 것들에도 불구하고, 나는 대학에 진학하기 위해 고향을 떠나면서 향수에 젖었다. 심지어 지금까지도 몹시 강렬한 향수를 느낄 수 있다. 왜? 그것이 내 어린 시절이고 내 고향이니까. 내가 그곳을 등졌으니까. 마음이란 게 원래 그런 거니까. 그리고 나 자신의 폭력성은 어떠했는가. 내가 잠든 룸메이트를 칼로 찌르고 싶은 감정을 느꼈던 건 새로울 것도 없는 일이었다. 나는 평생 내가 그런 충동을 느껴왔음을 알고 있었다. 그 무리(타인은 모두 깡패나 포식자로 보이던 곳이었으니 얼마나 대단한 무리였겠는가)에서 누구라도 나에게 무력감이나 굴욕감, 공포를 주면 상처를 입히거나 죽이고 싶었다.

윈저 공작 부인. 그가 여기서 왜 나오냐고? 그거야 "부자일수록 좋고, 날씬할수록 좋다"라는 모토가 수놓인 베개를 갖고 있던 사람이 그 아닌가. 바느질 솜씨가 좋았던 우리 엄마는 베개에 이런 글을 수놓았어야 했다. 네가 다친 걸 무리에 알리지 말라. (그리고 반대쪽에는 이런 글이 들어가야 했을 것이고. 누구와 알고 지내는지가 가장 중요하다.)

우리 엄마. 엄마는 벌써 몇 번이나 이 이야기에 등장했다. 그럴 만도 하다. 당시 엄마는 나와 아주 많은 시간을 함께했으니까. 엄마가 그리웠냐고? 그랬다고 말할 수는 없을 것이다. 특히 집에서 보낸 마지막 해에 나는 떠날 수 있게 되어 무척이나 기뻤고, 떠나고 싶었던 대상들에 엄마가 포함되지 않았다고 말한다면 거짓말이리라. 그래도 엄마는 나와 함께 있었다. 내가 엄마 생각을 얼마나 많이 하는지를, 그리고 가끔 엄마 생각을 하며 울기도 한다는 것을 누가 알았더라면 나는 몹시 창피했을 것이다. 학교 식당에서 일하는 여자들을 보면 엄마 생각이 났다. 우리 엄마도 학교 식당에서 일했기 때문이다. 그들도 우리 엄마처럼 만성피로와 뚱한 성격, 눈 주위의 늘어진 다크 서클, 거친 피부를 갖고 있었다. 다리 핏줄이 불거지고, 발목이 붓고, 허리가 아픈 건 기본이었다. 퇴근해서 집에 돌아가면 그들은 녹초가 된 몸을 침대에 던지고 큰딸에게 저녁 준비를 하라고 소리친다. 딸이 거부할 배짱이 있다면—오늘은 안 돼요, 데이트 있어요, 숙제 있어요, 나도 피곤해 죽겠어요, 생리통이 심해요—그들은 무거운 몸을 일으켜서는 마지막 남은 힘을 쥐어짜 딸에게 매서운 따귀를 날린다.

내가 영원히 잊을 수 없는 일이 하나 있다면, 엄마가 아무런 주저함도 거리낌도 없이, 마치 그게 세상에서 제일 자연스러운 일인 양 무거운 팔을 들어 내 뺨을 때리곤 했던 것이다. 가끔은 사람들 앞에서까지 그렇게 함으로써 뭇시선을 끌고 내게 영원히 씻을 수 없는 굴욕을 안겨주었다. 지금까지도 나는 이따금 그 기억만으로 절망에 빠져 삶에 대한 의지가 상처의 고름처럼 흘러

나오는 걸 느낀다. 나와 함께 러시아 문학 수업을 듣던 다른 학생들에겐 도스토옙스키의 "어딘가에서, 매 순간, 아이가 매를 맞고 있다"라는 문장이 생소하게 다가왔을지도 모르겠다. 하지만 나는 걸음마를 시작할 때부터 그걸 알았고, 가끔은 그 아이가 나였다.

물론 엄마 자신도 현관문 안쪽에 늘 자작나무 회초리를 걸어두었던 엄마의 어머니와 아버지에게 매를 맞으며 자랐다. (나는 어릴 때 그 사악한 물건을 직접 보았고, 내 손으로 만져보기도 했다.)

나중에는 남편에게 맞곤 했다. 엄마가 죽었을 때, 사인은 혈액질환이었고 아무도 엄마에게 손찌검을 하지 않은 지 이미 오래였지만 내 머릿속에는 이런 생각이 떠올라 영영 사라지지 않았다. 맞아 죽었어. 우리 엄마는 맞아 죽었어.

아, 머리는 빠져가고, 늘 짜증스럽게 입을 꾹 다물고 있던 엄마. 아, 불거진 핏줄, 끔찍한 월경, 욱신거리는 어금니, 경직된 등에 시달려 지치고 만신창이가 된 엄마. 엄마가 지쳐 보이지 않았던 때를 기억할 수가 없어요.

나는 엄마가 어린 시절 지역 축제 때 열린 미인 대회에서 우승했다는 걸 알고 있었다. 사람들이 엄마더러 셜리 템플을 닮았다고 했다는데, 용케 한 장 남은 당시 사진이 그 말을 증명해준다. 커다랗게 보조개가 팬 뺨과 풍성한 곱슬머리. 그 머리 때문에 내가 TV에 나오는 1930년대 영화들을 보고 또 볼 수 있었는지도 모르겠다. 〈캡틴 재뉴어리Captain January〉, 〈꼬마 대령The Little Colonel〉, 〈꼬마 천사 바버라Poor Little Rich Girl〉, 〈서니브룩 농장의 리베카Rebecca of Sunnybrook Farm〉. 하지만 그 곱슬머리가 진짜라고 말해주는 사람이 아무도 없었기에 내게는 셜리 템플 인형(늘 내가 제일 아끼는 인형이었고 바비 인형으로도 대체되지 않은)의 머리와 딱히 다를 게 없었다. 나는 그 영화들에 나오는 노래의 가사를 익혀서 엄마가 입 닥치라고 명령할 때까지 열심히 따라 부르곤 했다. (멋진 비행기 롤리팝을 타고.) 다른 많은 것들과 마찬가지로 이 영화들도 엄마의 신경을 건드렸다. 엄마는 특히 셜리가 울어야 마땅한 필연적인 장면들(셜리 템플 영화에 반드시 나오는)을 싫어했다. 셜리 템플이 울지 않으리라는 건 어린애라도 알 수 있었다. 하지만 울 것 같긴 했다. 셜리 템플은 찡얼거리며 코를 훌쩍이고 입을 삐죽거렸다. 그런 장면은 끝도 없이 길게 늘어졌고, 그러면 엄마는 참다못해 이렇게 쏘아붙이곤 했다. "누가 저 애 한 대 때려줘야겠다!" 영화 속 인물을 두고 하는 말인지 그 인물을 연기하는 셜리 템플에 대해 하는 말인지는 확실치 않았다. 어쨌든 너무도 확실한 것이 있었으니, 엄마가 낡은 제니스 텔레비전 속으로 들어가 저 불쌍한 어린애를 끌어내 호되게 때리고 싶어 손이 근질거린다는 사실이었다.

이제 엄마는 돌아가셨으니 나는 엄마 생각을 할 때면 주로 연민을 느낀다. 고인에 대한 기억이 흔히 그러하듯, 엄마가 지은 죄보다 많은 벌을 받았다는 생각이 들어서다. 엄마의 삶―끝없는 육체노동과 피할 수 없는 구타와 지속적인 굴욕으로 점철된―은 여러 면에서 노예의 삶보다 나을 게 없었다.

　엄마는 학교를 제대로 마치지 못했는데(농장에 일손이 필요했다), 그 가난한 시골에서 그리 드문 일도 아니고 그처럼 배움이 짧은 사람들이 수없이 많았음에도 엄마는 그걸 낙인처럼 수치스러워했다. 자신의 말씨가 창피해서 집 밖에서는 통 입을 열려 하질 않았다. 엄마는 자신이 글을 얼마나 느리게 읽는지(사실 글을 거의 안 읽었다) 아무에게도 들키고 싶어하지 않았다. (그건 나도 마찬가지였다.) 엄마는 철자법을 몰랐다. 그래서 장거리전화 요금이 아무리 비싸도 내게 편지를 쓰지 않고 늘 전화를 걸었다. 내가 아닌 다른 사람이 자신의 편지를 볼까 봐 두려워서 그랬을 것이다. 그럼 그들도 알게 될 테니까. (사실 엄마가 편지를 보냈다면 나 역시 아무도 못 보게 했을 것이다.) 가끔 내가 '수선스러운'이나 '무지몽매한' 같은 단어를 사용하면 엄마는 입을 앙다물고 나를 노려보며 고개를 젓곤 했다. 그런 단어를 들어본 적이 없었던 것이다. 엄마는 자신이 들어본 적이 없는 단어를 쓰는 사람을 싫어했다. 그런 짓을 했다간 혼쭐이 날 수도 있었다. ("이봐, 잘난 척 양.") 그러니 조심할 필요가 있었다.
　내가 바로잡아주기 전까지 엄마는 의사가 자신에게 매우 거친 정맥*이라는 진단을 내렸다고 생각했다.

엄마를 무던히도 괴롭힌 그 정맥들은 여덟 해에 걸쳐 아이를, 쌍둥이까지 포함해 여섯이나 낳은 결과였다. 아버지는…… 잠깐만, 그런데 그는 어디 있었지? 캐나다일 거라고 우리는 가끔 생각했다. 어쨌든 뿌리가 거기 있으니까. (그는 이렇게 놀려대곤 했다. "이게 겨울이야? 이게 추위야? 너희같이 나약해빠진 것들은 진짜 추위가 뭔지 몰라." 내가 아직도 갖고 있는 아버지에 대한 몇 안 되는 기억들 가운데 하나다.)

그가 어디에 있건 아무도 그를 찾으려 하지 않았다. 우리 중 유일하게 아버지를 그리워했으며 본인도 어느 날 집을 나가 종적을 감춘 솔랜지가 "아빠 죽었어? 아빠 죽었어?" 하고 성가시게 물을 때마다 엄마는 고함을 쳤다.

"신이 있다면!"

그 이야기는 이렇다.

또 축제가 등장하는데, 이번엔 순회 축제다. 점쟁이, 집시족이 아닌 집시, 나이아가라폴에서 온 매춘부 출신 여자. 그 여자가 우리 아버지 손을 잡고는 뾰족한 빨강 손톱으로 손바닥을 어루만지며 장수할 거라고, 실컷 섹스를 즐기며 길고 행복한 삶을 누릴 거라고, 이런 기회를 놓쳐버리는 건 비극이라고 예언했다. 두

---

* varicose veins(정맥류)를 very coarse veins로 잘못 알아들은 것.

사람은 축제의 천막들이 걷히기 전에 몰래 도망쳤다. 국경을 넘었을 거라고 당시 누군가 말했다.

아버지가 떠난 직후에 엄마는 노얼과 노엘을 로체스터에 사는 이모 집에 보냈고, 우리는 생활보호대상자가 되었다.

내겐 절대 그런 일이 일어나지 않을 거야. 절대로, 절대로 엄마 같은 인생을 살진 않을 거야. 우선 난 나에게 못되게 구는 남자와 살 생각이 전혀 없어. 그런 징조만 보이면 떠날 거야.

나의 고등학교 단짝 친구 이나, 거칠지만 아름다운 이나는 나와 가정환경이 거의 비슷했는데, 그런 말을 하는 나를 두고 순진하다고 했다. "야, 조지 걸, 꿈 깨. 남자들은 다 똑같아. 다 자기 마누라를 팬다고." 그건 맞는 말이었다. 그래, 세탁소에서 일하는 탠시 씨만 빼고. 작다리 탠시가 평생 사람을 때린 적이 없다는 건 우리 둘 다 장담할 수 있었다. 하지만 어떤 여자가 그와 살고 싶어하겠는가? 좋아, 그럼 나를 때리지 않을 키 크고 잘생긴 남자를 만나지 못하면 남자 없이 살 거야. 그러자 이나는 예쁜 코로 흉한 소리를 내며 대꾸했다. "뭐야, 사팔눈 벽꽃•처럼?"

심장이 내려앉는 기분이었다. 이나는 슬픈 처지의 크러그 선생님에 대해 이야기하고 있었다.

• walleyed wallflower. 'walleyed'는 눈동자가 바깥으로 몰린 외사시를, 'wallflower'는 무도회에서 춤을 청하는 남자가 없어 벽에 붙어 서 있는 여자를 이르는 말이다.

결과적으로, 내가 엄마 같은 인생을 살지 않도록 만들어준 사람이 그 슬픈 처지의 (우리에게 영어와 프랑스어를 가르쳤으며, 오른눈에 몹시도 기이한 현상이 벌어지고 있던, 나이가 마흔인지 쉰인지 모르겠지만 아직도 부모님과 함께 살고 있던) 미스 크러그였다.

나는 3학년 중간쯤에 크러그 선생님의 특별 프로젝트가 되었다. 그에겐 계획이 많았다. 물론 나는 대학에 갈 테고 주립 대학보다 더 나은 곳에 갈 수 있다고 그는 말했다. 엘리트 사립 대학에 들어가고도 남는다는 것이었다. 나는 성적만 잘 유지하면 되었다. 농구를 하고 합창단에서 노래 부르는 것도 잘된 일이었다. 학술 동아리―이를테면 프랑스어―에도 들면 더 좋을 거라고 했다. SAT가 따로 공부해서 보는 시험은 아니지만 시험 전날 일찍 자고 당일 아침 식사를 든든히 하는 정도의 노력은 할 수 있다고 했다. SAT가 고득점을 받을 필요는 없고 웬만한 점수만 나오면 된다는 걸 기억하라고 했다. 크러그 선생님은 자신처럼 주립 대학을 나왔지만 바너드에서 학생들을 가르치고 있는 오빠에게도 조언을 구했다.

그가 나를 설득하기 위해 크게 애쓸 필요는 없었다. 솔직히, 크러그 선생님이 만일 내가 자신의 조언을 충실히 따르지 않으면 세상이 끝장날 것처럼(그에게? 나에게?) 구는 이유를 나로서는 납득할 수가 없었다. 나와 이야기할 때 그는 아주 이상할 정도로 흥분해서 대학 진학 문제를 지극히 진지하게 받아들여야만 한다고 주장하는가 하면, 더 이상 자제력을 발휘할 수 없는 듯 나를 꼭 끌어안고 등을 쓰다듬으면서 정수리에 입을 맞추기도 했다. 그런 다음 뒤로 물러서서는 잠시 나를 바라보았는데, 그러면 늘 초점을 맞추지 못하는 그 이상한 눈이 마침내 나의 영혼 깊숙한 곳에―나 자신도 스무 해는 더 지나서야 발견하게 될 그곳에―초점을 맞추는 것이었다.

엄마는 크러그 선생님의 진가를 별로 인정하지 않았다. 엄마 역시 다른 모든 사람들처럼 크러그 선생님을 별종으로 여겼고, 선생님이 사팔눈 벽꽃이라고 불린다는 말을 듣고 웃음을 터뜨렸다. 하지만 내가 대학에 가는 건 대찬성이라고 했다. 엄마는 이미 내가 학교에서 좋은 성적을 받는 것을, 엄마의 표현을 빌리자면 "머리가 있다"고 판명 난 것을, 동생들에게 모범을 보이게 된 것을 자랑스러워하던 터였다. 하지만 주 내에 대학들이 수두룩하고 집에서 가까운 대학들도 많은데 왜 하필 멀리 떨어진 뉴욕시까지 가야만 하는지는 납득하지 못했다. "난 거기 대학이 있는 것도 몰랐다." 엄마 생각에는―

내게 엄마 생각은 중요하지 않았다. 나는 갈 작정이었다. 합격해서 갈 작정이었다.

바너드에 들어가면 제일 먼저 크러그 선생님의 오빠를―종교를 가르친다고 했던 것 같다―찾아가겠다고 약속했으나, 나는 그 약속을 지키지 않았다. 크러그 선생님에게 편지를 보내겠다는 약속도 지키지 않았다. 그해 가을 선생님이 일찌감치 보내온 편지에 답장조차 하지 않았다. 사실 그 뒤로는 크러그 선생님을 만나지도, 그와 통화를 하지도 않았다. 엄마는 나를 배은망덕한 괴물이라고 불렀는데, 아마 TV에서 주워들은 표현인 듯했다. 물론 이제 엄마는 완전히 크러그 선생님 편이었다. 그 다정한 크러그 선생님이 너한테 얼마나 잘해줬니. 하지만 내가 크러그 선생님에게 계속 연락하고, 매주 편지를 보내고, 그의 손에 키스하고 발을 닦아줬다면 엄마는 그 또한 못마땅해했을 것이다. 애초에 엄마의 마음에 들게 처신하기란 불가능한 노릇이었다.

뉴욕까지는 버스를 타고 갔다. 하루 종일 걸리는 여정이었다. 엄마는 평소보다 일찍 일어나 신발도 갈아 신지 않은 채 나를 버스 터미널까지 태워다 주었다. 그래서 내가 기억하는 그날의 엄마는 발가락이 보이는 낡아빠진 실내용 슬리퍼를 끌며 터미널 안을 돌아다니고, 뒤로 쓸어 넘긴 숱 없는 머리를 얼마나 세게 묶었는지 두피가 드문드문 반짝이며 드러나 보이는 모습이다. (왜, 엄마, 왜?)

눈물은 없었지만, 매사에 조심스러움이라곤 찾아볼 수 없는 여자의 거친 포옹에 나는 갈비뼈가 부러지는 줄 알았다. "어쩐지 이대로 다시는 너를 못 볼 것 같다." 엄마의 푸념에 나는 이렇게 대꾸할 뻔했다. 엄마, 나를 제대로 본 적도 없잖아요.

버스가 출발했을 때는 아직 어둠이 가시기 전이었고, 버스는 2킬로미터도 못 가서 사슴을 치고 말았다.

그로부터 1년쯤 뒤에 바로 그 터미널에서 솔랜지도 버스를 타고 떠나게 될 터였다. 가출. 그래서 오랫동안 내 기억 속에서는 사라진 솔랜지와 죽은 사슴이 연결되어 있었다.

나는 여행 가방이 두 개였다. 낡고 해지고 무겁고 단단한 것과 부드러운 새 가방. 뉴욕 버스 터미널에서 한 남자가 나타났다. 키 크고 잘생긴 그 남자는 나를 마중 나오기라도 한 양 내게 미소를 보냈다. 그가 도와주겠다고 했고, 나는 그가 가방 두 개를 들어본 다음 가벼운 쪽을 선택하는 걸 보고 놀랐다. 이어 그는 이 도시가 정말로 다른 곳과는 다른, 기적이 일어날 수 있는 도시임을 증명이라도 하듯 홀연히 사라져버렸다.

남은 가방은 하나였다. 나는 그 가방을 들고 택시 정류장으로 갔다. 또다시 기적이 일어나 다른 가방의 짐들이 모두 이 가방으로 옮겨진 양 가방이 두 배로 무겁게 느껴졌다.

택시 운전사는 내가 "바너드"라고 말하자 멍한 눈길을 보냈고, 나는 바너드가 크러그 선생님 말처럼 그렇게 유명한 학교일까 하는 의심이 들었다. 하지만 내가 "컬럼비아"라고 덧붙이자 그는 고개를 끄덕이고 출발했다.

"왔구나! 네가 안 오는 줄 알았어! 다른 옷들은 따로 부친 거야? 나도. 그게 훨씬 편하지. 그런데 너 진짜 배고프겠다. 허니 베어 환영 만찬을 놓쳤네! 내 끔찍한 부모님을 만날 기회도 놓쳤고……"

나보다 더 금발에 더 날씬했다. 하지만 더 예쁘진 않았다. 나는 그걸 걱정하고 있었다.

잃어버린 가방에 대해서는 함구했다. 그날 밤 엄마에게 잘 도착했다고 전화했을 때도 그 이야기는 하지 않았다. 모든 이야기가 나온 건 한참 뒤였다. 여행 가방, 그 남자, 엄마의 슬리퍼, 사슴. 어느 날 밤 곤히 자다가 나의 흐느낌에 깨어난 앤이 침대에서 뛰쳐나와 내 침대 옆에 무릎을 꿇고 앉으며 말했다. "오, 조지, 말해줘, 제발, 무슨 일이야, 무슨 문제야?"

생각해보면 그 방에서 일어난 일은 정신분석과 크게 다르지 않았다. 밤마다 앙와위(SAT 어휘 시험에 나온 단어) 자세로 누워 보이지 않는 경청자에게 끊임없이 이야기하기. 그래서―그런 식의 말하기를 통해 치유가 되었을까? 아마 정신분석만큼의 효과는 있었으리라. 앤에게 마음을 열자 뭔가 치유된 기분이 들었다. 그에게 절대 말하지 않겠다고 다짐했을 뿐 아니라 그 누구에게도 말하지 않으리라 생각했던 것들을 털어놓은 뒤에는 마음이 가벼워지고 행복해졌다.

정신분석과의 또 다른 유사점, 우리의 이야기는 눈물에 젖어 있었다.

당시 우리가 알던 여학생이 실제로 일주일에 닷새씩 정신분석 치료를 받았는데(정신분석가의 딸이었다), 일기를 쓰라는 의사의 권유가 있었다고 했다. 그는 일기의 날짜 옆에 그날 몇 번 울었는지를 눈물 그림으로 표시했다. 이제 와서야 그게 좀 이상하게 여겨지지만(일주일에 닷새씩 정신분석을 받는 것만큼 이상하진 않아도), 그땐 우리 모두가 그런 상태였다. 눈물로 얼룩진 얼굴이 삶의 일부였고, 식사 후 한 시간쯤 지나면 기숙사 화장실에서 풍기던 시큼한 토사물 냄새도 마찬가지였다.

시인 루이즈 보건이 말년에 쓴 일기를 보자.

7월 26일 화요일
9:30까지 약 세 알! 잠재적 감정들, 하지만 눈물은 없음.

7월 27일 수요일
눈물 없음! 약 세 알

7월 28일 목요일
이른 시간 약 두 알 …… 눈물 없음!

느낌표가 가슴을 찌른다. (약은 리브리엄*이었다.)
나는 앉아서 눈물을 흘리며 바라본다.** 기숙사 화장실의 어느

• 진정제 상표명.
•• 롤링 스톤스의 노래 〈애즈 티어스 고 바이As Tears Go By〉의 가사.

칸 화장지 위에 이 글귀와 함께 진주 모양 눈물 두 방울이 깔끔하게 그려져 있었다. 그 후 1년 내내 숱한 손들이 눈물방울을 더 그려 넣어 그 칸의 내부 벽이 꼭대기부터 바닥까지 눈물방울로 뒤덮였다. 세 개의 다른 글씨체로 된 이런 낙서도 있었다.

여자들은 대부분 물로 이루어져 있다.
그러니까, 세상은 대부분 물로 이루어져 있다.
그러니까, 세상은 대부분 여자들로 이루어져 있다.

하루는 늦은 밤에 목욕을 하러 갔다가 우리 층에 살지도 않는 여학생이 옷을 다 입은 채로 마른 욕조 안에 모로 누워 웅크리고 있는 걸 발견했다. 울고 있었다. 나는 그에게로 몸을 숙였다. 알코올과 또 다른 냄새가 풍겼다. 나에겐 익숙한 시큼한 냄새였다. "뭐 도와줄 거 있어?" 그는 고개도 들지 않고 말했다. "응. 나 처녀 만들어줘."

"장담하는데, 걔들 다 처녀야. 언니가 가는 학교 애들"(솔랜지). "언니는 처녀 학교에 들어가는 거라고." 솔랜지는 짐을 싸고 있는 나를 지켜보며 얼빠진 소리를 했다. "장담하는데, 언니는 그런 애들이랑 못 어울려." (나를 떠나지 마, 라는 말은 절대 할 수 없고 하지도 않을 애였으니까.) 사나운 솔랜지, 내 동생, 나쁜 동생. 가출한 동생.

나는 앙와위가 무슨 뜻인지 몰랐다. 그래서 SAT 시험이 끝난 뒤 집에 와서 찾아보았다. (그렇다면 엄밀히 말해서, 세상을 뒤흔든 스토클리 카마이클*의 선언은 이래야 했다. "SNCC에서 여자들의 포지션은 복위가 아니라 오직 앙와위다.")**

누가 처녀이고 누가 처녀가 아닌지는 끝없는 억측의 도마에 올랐다. 저마다의 이유로 어떤 애들은 처녀이면서 아니라고 하고 어떤 애들은 처녀가 아니면서 처녀라고 주장했기에 추리 게임이 필요했다. 우리에게 자유연애의 시대가 도래해 있었는지 모르겠지만, 나는 결혼을 위해 순결을 지키는 여학생들을 많이 알았다. 적어도 그들의 계획은 그랬다. 그것이 그 과도기적인 시대의 양상이었다. 통금이 폐지되고 남자들이 매일 밤 우리 침대에서 자며 이불을 빼앗아 가던, 그러면서도 같은 해 가을 초에는 컬럼비아 남학생 사교 클럽 회원들이 구닥다리 팬티 습격을 펼치던(그게 마지막도 아니었다) 시기.

• 미국 흑인 해방 운동가로 '블랙 파워'를 주창하였으며 SNCCStudent Nonviolent Coordinating Committee 즉 학생 비폭력 조정 위원회의 의장으로 활동함.

•• 스토클리 카마이클은 민권 운동에서 여성의 역할에 대해 말하면서 "SNCC에서 여자들의 포지션은 오직 복위다"라고 선언해 논란을 일으켰는데, '복위'는 여자들이 조용히 엎드려 있어야 한다는 의도를 전하기 위한 단어 선택이었지만, 수동적인 자세를 뜻하는 말로는 '복위'가 아닌 '앙와위'가 더 적절하다는 의미.

오르가슴이 뭘까? 처음엔 우리들 중 그걸 아는 사람은 한 명—로스앤젤레스에서 온 실비아 러스트먼—뿐이었다. 그의 남자친구 게이브가 기숙사로 찾아왔을 땐 숱한 시선이 복도를 걸어가는 내내 그를 좇았다. 너무 평범하게 생겼지만, 그래도!

그건, 슬프게도, '빅 오Big O'라고 불렸다. 아일랜드계 가톨릭 대가족 출신의 헤티 무어가 우리 모두 너무 순진하다며 제 어머니의 경고를 들려주었다. 대부분의 부부들 같은 경우, 아내가 오르가슴에 도달하려면 몇 년이 걸린다는 것이었다.

우리가 전혀 짐작하지 못했던 일이 벌어졌고, 그 사건은 모두를 소름 끼치게 만들기에 충분했다. 늘 혼자였던 못생긴 키티 혼비(등 뒤에서 그를 '발정 난 키티Horny Kitty'라 불렀던 걸 생각하면 마음이 괴로워진다), 당시 우리가 처녀일 거라고 짐작했을 뿐 아니라 졸업할 때까지, 그리고 그 후로도 오랫동안 처녀로 남으리라 여겼던 일리노이 휘턴 출신의 키티 혼비가 내내 임신한 상태였음이 밝혀진 것이다. 그가 룸메이트에게 고백하고 나중에 그 룸메이트가 우리 모두에게 전한 바에 따르면, 대학으로 떠나기 전날 밤 그는 남자친구와 모험을 벌인 뒤 성인답게 작별을 고했다. 그의 첫 경험이었다! 그는 추수감사절에 집에 갔고(아직 표시는 안 났지만 얼굴이 달덩이처럼 둥글고, 누렇게 뜨고, 무표정했다), 그것으로 끝이었다. 가장 두려운 일이 벌어진 것이다. 한 여학생을 통째로 집어삼켜 흔적조차 없이 사라지게 만들 수 있는 일.

그해 내내 우리는 세계적인 명성을 자랑하는 아폴로 극장과
지척에 있는 웨스트 125번가의 한 병원에 (혼자 갈 엄두가 안 났
기에 늘 짝을 지어) 다녔다. 아폴로 극장 차양에 걸린 위대한 제임
스 브라운, 솔 뮤직의 왕, 곧 찾아옵니다 같은 문구들은 곧 피임약의
도래 또한 알리고 있었다고 볼 수 있다. 당시 새로 나온 피임약
은 요즘 처방되는 피임약들보다 몇 배는 강했고, 건강과 염색체
에 돌이킬 수 없는 손상을 준다는 루머가 무성했다. 우리는 실험
용 쥐였으며, 너무도 기꺼이 실험용 쥐를 자처했다.

병원은 혼잡했다. 딱딱한 플라스틱 의자에 앉아 오래 기다려
야 했다. 테이블 위의 잡지는 〈에보니〉*뿐이었다. 병원에서 일하
는 사람들은 모두 흑인이었고, 다른 환자들도 마찬가지였으며,
우리처럼 젊은 사람은 없었다. 앤이 잡지를 획획 넘겼다. ("나 진
짜로 이 잡지 구독해야겠어." "와, 이 여자들 좀 봐. 나도 이런 피
부색을 가지면 얼마나 좋을까.") 나는 뒤로 기대앉아 누수가 심
각한 천장의 갈라진 금들과 얼룩들을 자세히 살펴보았다. 내 안
의 가톨릭 신자는 천장이 무너지는 장면을 상상하고 있었다. 엄
마 생각이 났다. "너 임신하면 너한테 집이 있었다는 사실을 잊어
야 할 거다." 그리고, "여자들이 남자들만큼 힘이 셌다면 세상 사

* 미국의 흑인 중산층을 대상 독자로 삼은 잡지.

람 절반은 여기 없을 거야"(이나의 지혜). 나는 남자친구가 있었지만 그를 사랑하지 않았다. 사랑 말고 다른 꿈은 거의 꿔보지도 않은 것 같은데 그 누구도 사랑한 적이 없었다. 사랑―나는 벌써부터 사랑이 영원히 찾아오지 않을까 봐 두려워하고 있었다. 나의 가장 깊은 두려움은 내가 망가져버렸다는 것이었다.

처방을 받으려면 검사부터 받아야 했고, 검사 전에는 섹스와 (피임약을 복용하려는 여자에게 군이 섹스에 대한 설명이 필요하기라도 한 것처럼) 피임에 대한 짧은 교육이 있었다. ('빅 오'에 대한 교육은 없었다.) 간호사가 색깔도 선명한 실물 크기의 생식기들을 마치 꼭두각시 인형인 양 한 손에 하나씩 들고 있었다. 종일 그 짓을 하는 걸까? 웃음을 어떻게 참을까? 물론 남자일 의사도 종일 그의 일을 할 텐데 울음을 어떻게 참을까?

병원에서 나오자 앤이 아폴로 극장까지 걸어가자고 우겼다. 그날은 날씨가 좋아 노점상들이 총출동해 있었다. 백금색, 은색, 적갈색 인조모 가발들이 불빛에 반짝였다.

흰 성직자복을 입고 머리에는 스컬캡을 쓴 남자가 사악한 코카서스 인종•의 종말이 가까웠노라고 군중에게 말하고 있었다.

앤은 제임스 브라운 공연 티켓을 사고 싶어했다. 매표소 여직원은 진짜로 놀란 얼굴을 했다. "스물한 살은 되어야 해요." 그가 말했다. 거짓말이었다.

• 백인종.

맨해튼에서 대학 생활을 한다는 건 무척 흥미진진한 일이었어야 했다. 캠퍼스만 벗어나면 어디든 가볼 수 있으니까. 하지만 그 첫해에 나는 박물관이나 콘서트, 연극 구경을 간 기억이 없다. 타임스 스퀘어와 그리니치빌리지에 두어 번 갔던 걸 제외하면 동네를 떠난 적이 거의 없었다. 외출해서 가는 곳이라 해봐야 늘 브로드웨이의 단골 술집 '웨스트엔드'와 '골드 레일' 정도였다. 아니면 동쪽으로 한 블록 떨어진 암스테르담 거리(대부분 동쪽으로는 거기까지만 갔다)의 빈 식당, 헝가리 빵집, V&T 피자집이거나. 그게 우리의 세계라고 할 수 있었다. 우리는 110번가 아래로는 거의 내려가본 적이 없었다. 서쪽으로는 리버사이드 파크가 있었는데, 대낮에도 혼자 걸어서는 안 되고 해가 진 뒤에는 절대 가면 안 되는 위험 지대였다. 동네에 영화관이 없어서 우리가 본 영화들은 대개 캠퍼스에서 상영되는 〈알제리 전투〉, 〈쥘과 짐〉, 〈페르소나〉 같은 옛날 영화들이나 외국 영화들이었다. 도시의 동네들이 대부분 그렇듯 그곳도 세월과 함께 많은 변화를 겪었지만 몇 군데 아직 그대로 남아 있는 오래된 장소들이 있다. 나는 그런 곳에 잘 들어가지 않는다. 착한 유령도 섬뜩한 건 매한가지니까.

언젠가부터 앤과 나는 더 이상 어둠 속에서 침대에 누워 이야기를 나누지 않게 되었다. 우리는 전등을 켜놓거나 큰 초 몇 개를 밝혀놓은 채 밤늦도록 잠자리에 들지 않았다. 우리는 줄담배를 피웠다. 그때 담배를 얼마나 많이 피웠는지 생각만 해도 가슴 속이 근질거린다. 우리의 대화는 끝날 기미가 없었다. 그래서 억지로 잠자리에 들어야 했다. 가끔은 할 말이 동나서가 아니라 담배가 떨어져서 잠자리에 들었다. 수업과 약간의 수면으로 간간이 끊기는 담배 연기 속의 끝없는 대화—이것이 가장 정확한 표현이리라.

내가 제일 좋아하는 오래된 러시아 농담이 있다.
같은 감방에 25년 동안 수감되었던 두 여자가 같은 날 풀려났다. 그들은 각자의 길로 가기 전에 교도소 정문 앞에서 한 시간이나 수다를 떨었다.

기숙사에 뒷말이 돌았다 해도, 아니, 실제로 뒷말이 무성하긴 했지만 우리의 관계는 로맨스의 사랑이 아니었다. 하지만 사랑인 건 맞았고, 대부분의 사랑의 그렇듯이 오래 지속되지 못할 터였다.
대부분의 사랑이 그렇듯이 동등하지도 않았다.
다른 친구들은 우리의 우정에서 경멸할 거리를 잘도 찾아냈다.
"걔가 너한테 알랑거리는 거 너무 구역질 나."
"걔는 네 침대 옆 바닥에서 자?"
아니. 하지만 앤은 일주일에 한 번씩 혼자서 우리 방을 청소했다. 세탁도 도맡아 했다. 월요일마다 우리 침대 시트를 벗겨 깨끗한 시트로 교체하는 사람도 그였다.

물론 나는 전에도 단짝 친구들이 있었다. 이를테면 이나. 하지만 우리 반의 미인이자 여왕벌이었던 이나는 늘 고압적인 요구를 했고, 변덕이 심했으며, 자신이 가진 가시로 가끔 나를 고통스럽게 했다. 앤은 나를 행복하게 하는 것밖에 원하는 게 없는 듯했다. 그런 게 사랑 아닌가?

"네가 걔한테 창밖으로 뛰어내리라고 하면 뛰어내릴걸. 한번 해봐, 조지."

앤은 자신에 대해 어떤 말들이 오가는지 알았지만 간단히 무시해버렸다. 굳이 따지자면 아쉬운 쪽은 앤보다 그들이었다. 그들 대부분이 그와 같은 세계 출신이었고, 그것만으로도 그가 그들을 무시하기엔 충분했다. 그들 아버지의 직업, 어머니의 사교 활동, 그들이 초대되는 파티들과 그들이 속한 클럽들, 재떨이와 작은 조각상에 이르기까지 그들이 사는 집의 모든 것들, 집을 깨끗하게 유지하기 위해 뼈 빠지게 일하는 검은 피부의 하인들, 차고의 차들, 반짝이는 파란 풀장과 반짝이는 초록 잔디밭. 앤은 그 모든 걸 설명할 수 있었다. 옷장에 뭐가 있는지, 약상자에는 뭐가 있는지, 냉장고와 식료품실과 찬장에는 뭐가 있는지. 하인용으로 사서 따로 둔 접시 세트까지 전부 다. 앤은 이 부류에 대해 모든 걸 안다고 했다. 그들의 마음에 뭐가 있는지, 양심에 걸리는 게 뭔지, 거슬리고 짜증 나는 게 뭔지. 잘 때는 무슨 꿈들을 꾸고 깨어 있을 때는 무슨 꿈들을 꾸는지. 자신과 완전히 다른 것만을 사랑할 수 있는 앤이 보기에, 지배계급의 딸들인 그들에겐 영혼이 없었다. 영혼. 앤은 그들에게 기대할 만한 희망은 단 하나뿐이며 그건 스스로를 경멸하는 법을 배우는 것이라고 했다.

어느 날 앤은 저녁 식사 시간에 조금 늦게 나타나더니, 평소처럼 나와 우리 층 친구들 사이에 섞이지 않고 BOSS 전용 테이블로 갔다. 혼잡하던 식당이 순간적으로 조용해졌다. 그러다 대화가 재개되고 다시 나이프들과 포크들이 빵가루를 입혀서 튀긴 질긴 송아지 고기를 공격하기 시작했다. 그리고 이제 그 접시에는 앤도 놓여 있었다. 우리 테이블에 앉은 친구들이 특히 사납게 공격했는데, 나는 앤을 옹호하지 않았다. (앤은 자주 공격의 대상이 되었고, 나로서는 그의 편을 들어주기가 힘들었다. 그를 사랑하게 되었지만 그를 이해할 수가 없었다. 나는 앤을 사랑했다. 어떻게 안 그럴 수 있었겠는가? 나한테 그렇게 친절한 사람이 있었던가? 하지만 나는 가끔 그가 미쳤다는 생각이 들었다.)

한편 BOSS 테이블에서 앤에게 다른 테이블로 가달라고 말한 사람은 없었다. 그저 모두가, 마치 그가 보이지 않는 것처럼 그에게 말도 안 걸고 그의 말에 대꾸해주지도 않았다.

그건 앤을 제외한 우리가 절대로 저지르지 않을 실수였고, 앤 자신도 다시는 그런 실수를 저지르려 하지 않았다.

나중에 앤은 그 경험이 얼마나 고통스러웠는지 털어놓으면서도 후회는 하지 않았다. "이제 알겠어." 그가 말했다. "모두가 그 기분을 알아야 해. 나한테는 겨우 한 시간이었지. 어떤 사람들은 평생을 그렇게 살아야 해. 보이지도, 들리지도 않는 존재로."

(앤, 그는 타고난 교육자였다. 사실 그것이 그의 미래였다. 그는 언젠가 위대한 교육자가 될 터였다. 그는 교육자들이 "가르침의 순간"이라고 부르는 것에, 모든 것을 교훈으로 바꾸는 일에 열광했다. 그는 사람들이 배울 수 있도록 돕는 걸 자신의 의무로 여겼지만, 언제나 배움은 그 자신에게서 시작되었다. 나에게 의지할 때마다 그는 진정으로 참담한 실망에 대해 배우곤 했다.)

앤이 보이지 않고 들리지 않는 존재로 남아 있는 것에 만족하지 않는 경우가 있었으니, 바로 아프리카계 미국 문학 수업 시간이었다. 그는 그 수업의 유일한 백인 학생이었고 늘 손을 들었다. 그가 가장 좋아하는 수업, 가장 좋아하는 교수(앤은 대부분의 교수진을 "무능한 부르주아들"이라며 무시했다), 그리고 첫 흑인 스승. 그 수업에서는 랭스턴 휴스, 리처드 라이트, 제임스 볼드윈 같은, 앤에겐 이미 친근하지만 내겐 생소한 작가들의 작품을 다뤘다. 앤은 책상이나 침대에서 책을 읽다가 특별히 인상적인 구절이 나오면 예고도 없이 그것을 소리 내어 읽었다. 그는 크고 또랑또랑한 목소리를 갖고 있었으며, 그런 구절들을 읽을 때면 감정의 울림이 느껴졌다. 그래서 내가 마침내 이 작가들의 작품을 읽게 되었을 땐 꼭 그들이 열일곱 살 소녀의 목소리로 내게 이야기하는 듯한 기분이었다.

앤은 바너드에서도 뛰어난 학생이요 스승의 사랑을 받는 애제자라는 지위를 이어갔고, 아프리카계 미국 문학 교수에게도 예외는 아니었다. 필수 체육으로는 양궁을 선택해 곧 대학 대항전에 나가서 우수한 실력을 보이게 되었다. 그 수업들을 다 들으면서 책을 읽고 리포트를 써서 높은 학점을 받는 와중에 다른 활동까지 할 시간을 내는 것이 나에겐 신기할 따름이었다. 그해 가을에 앤은 거의 매일 칼리지 워크에 나가서 반전 전단을 돌렸다. 그리고 무수한 정치 집회, 궐기대회, 토론회에 나갔다. 다른 학생들이며 동네 교회 단체와 함께 조직한 무료 급식 센터 운영을 돕고, 공립 도서관 문맹 퇴치 센터 강사도 하고, 거기다 격주마다 주말에 노숙인 쉼터에서 자원봉사까지 했다.

다시 말하지만, 그가 부럽지 않았던 척 가장할 생각은 없다. 그는 대학뿐 아니라 삶 그 자체로부터도 나보다 훨씬 많은 것을 얻고 있는 듯했다. 하지만 나는 그를 모방하고 싶지 않았다. 그는 자신의 활동들에 나를 참여시키고 싶어했지만 나는 모두 거부했다. 학교 밖에서 무슨 일이든 한다면 돈을 받고 할 생각이었다. 사실 내가 바너드에 도착해서 가장 처음 한 일들 중 하나는 일자리 찾기였다. 대학 서점에 수월히 일자리를 얻긴 했지만 책 도둑질을 눈감아주는 걸 지배인에게 들킨 뒤 그만큼 수월히 일자리를 잃었다. 그다음에는 타이핑 일을 시작했다. 굳이 캠퍼스를 떠나지 않아도 파트타임 사무 업무는 얼마든지 구할 수 있었다. "타이핑은 절대 배우지 마라!" 당시 진보적인 부모들은 딸에게 권고했다. "비서나 되지 않으려면 말이야." 하지만 내겐 너무 늦은 일이었다. 나는 고등학교 때 타이핑을 배웠고, 이미 타이핑의 명수가 되어 있었다. (타이피스트를 구하는 광고문들에 하나같이 "속도보다 정확성이 중요함"이라고 쓰여 있는 걸 보고 어리둥절했던 기억이 난다. 당연한 것 아닌가?) 나는 신식 전동 타자기보다 수동을 선호했다. 약간의 저항성을 지닌 자판의 느낌이 좋았다. 탁탁탁 소리와 활기찬 땡 소리, 캐리지 리턴의 리듬, 새 종이를 롤러에 끼울 때 들리는 귀뚜라미 울음 같은 소리가 깊은 만족감을 주었다. 먹지 냄새, 얇은 반투명지의 바스락거림, 새 실크 리본의 신선하고 축축한 검정도 만족감을 주었다. 말할 것도 없겠지만, 그 기분 좋은 이름들은 또 어떤가. 여성형: 올림피아, 올리베티, 코로나. 남성형: 언더우드, 레밍턴, 로열. 올림피아 언더우드는 여주인공의 이름으로도 손색이 없지 않을까? 그는 사랑하는 사촌 코로나의 시골 저택에 놀러 갔다가 미남이지만 악랄한 레밍턴 로열을 만난다.

나는 내가 아는 이들 가운데 컴퓨터를 가장 늦게 사는 사람이 될 터였고, 타자기와 등사기 같은 사무실의 유물들에 대한 향수를 결코 버리지 못하게 될 것이었다.

풀타임 학생이자 파트타임 비서. 내겐 무리한 요구인 듯했다. (내가 알던 대부분의 학생들이 나처럼 파트타임 일자리를 갖지 않았다는 이야기는 아니다.) 내 룸메이트가 가진 에너지의 절반만큼이라도 가졌다면 어땠을까. 가끔 그를 지켜보고 있노라면 무섭기까지 했다. 어떤 친구는 '병적'이라는 단어를 사용했다. ("항상 저런 식으로 살아야 하는 사람들은 혼자만의 시간을 두려워하는 거야.") 그가 '조증'이라는 얘기를 들었던 기억도 나는데, 당시엔 그 단어가 내게 별로 와닿지 않아서 그렇지 지금 생각해보면 틀린 말은 아닌 듯하다. 하지만 설령 그의 에너지에 건강하지 못한 측면이 있었다 해도, 그에게 ─에너지만이 아니라 그 헌신에, 매사에 심혈을 기울이는 태도에 ─감탄하지 않기란 불가능했다.

나는 앤이 멍한 상태로 있는 걸 본 적이 없었다. 그는 언제나 완전하게 존재했다. 나중에 유행하게 될 표현을 빌리자면, 순간에 충실했다. 그의 행동이 야기한 모든 비판들(조증, 병적)과 무차별적인 공격들("아주 그냥 더럽게 잘났다니까"), 조롱들("조심해라 자매들, 흰 회오리바람 납신다")에도 불구하고, 결국 모두가 앤을 진지하게 받아들이게 되었다.

내게 놀라웠던 건 그가 지속적으로 주목을 끄는 방식이었다. 바야흐로 온 세계가 젊은이들의 행실에 관심을 집중하기 시작한 때였다. 그해 봄 〈뉴스위크〉는 미국 대학생들에 대한 특집 기사를 실었는데, 앤은 대학생의 전형적인 모습을 보이지 않았음에도 취재 요청을 받고 기사에 실렸다. (〈타임스〉에 게재된 '분개한 아버지'의 편지에 대한 앤의 답장이 〈뉴스위크〉 기자들의 관심을 끌었던 건지도 모른다.) 우리 방에서 찍은 사진이 함께 실렸다. 앤이 호치민과 맬컴 엑스 포스터 사이 벽에 기대에 가슴에 팔짱을 낀 채 담배를 피우고 있는 사진이었다. 그 자세, 그 웃음기 없는 얼굴. 사진 아래 그의 말이 인용되어 있었다. "우리가 원하는 건 미국이 마침내 자신의 죄악들을 직시하는 것이다."

우리 기숙사 방이 〈뉴스위크〉에 실린 것이다.

나는 어디에 있었을까?

나는 누구였을까? 대부분의 대학생들이 그러하듯, 나는 같은 수업을 듣거나 기숙사 같은 층에 사는 사람들에게만 알려진 무명의 학생이었다. 반면 앤 드레이턴은 모두가 알았다.

앤과 내가 같이 듣는 수업이 하나 있었다. 그 수업의 교수가 어느 날 자신의 방에서 내게 말했다. "네 룸메이트 말인데, 언젠가는 크게 될 거야." 나는 그 교수를 빤히 바라보고만 있었다. 그의 예언을 의심해서가 아니라 나에 대해 이야기하는 자리였기 때문이다.

나에 대해 이야기할 것은?

우선, 크르그 선생님을 희망에 부풀게 했던 우등생은 과거에 남겨지게 되었다. 첫 두어 주 동안에는 나도 꽤나 근면한 학생이었지만, 그다음부터 수업을 빼먹었고 (그래도 안 걸리자) 더 많은 수업을 빼먹었다. 리포트도 빼먹기 시작했고, 그나마 써서 제출해도 기한을 넘겼다. 공부를 전혀 하지 않아 모든 시험을 준비 없이 치렀다. 봄쯤 되었을 땐 낙제해서 퇴학당할 것 같았다. 사실 나는 이미 중퇴를 생각하기 시작했지만 그런 다음에 어디로 가야 할지 알 수가 없었다. 집은 확실히 아니었다. 집에 가기는 했다. 처음엔 추수감사절에, 그다음엔 크리스마스에. 거기서 나는 일종의 문화 충격을 받았고 몇 주가 지나서야 그 충격에서 벗어날 수 있었다. 힘든 해였다. (옆집 남자애가 새끼 고양이들을 목매달아 죽인 게 바로 그해 크리스마스다.) 엄마는 그동안 일하던 요양원이 문을 닫으면서 실직자가 되었다. 우리 가족은 엄마의 실업수당과 교회 기부금으로 살아가고 있었다. 출근할 필요가 없어진 엄마는 종일 옷도 제대로 안 입은 채 지내곤 했다. 많은 시간을 복위나 앙와위로 누워서 보냈고, 머리칼이 더 빠졌으며, 체중은 꽤 많이 늘었다. 편두통에 시달렸는데, 머리가 쪼개질 듯 아프지 않을 때조차 고통을 느끼는 듯 엄마의 눈은 흐리멍덩하니 반쯤 감겨 있었다. 웃는 모습은 거의 볼 수 없었다. 우리 사이도 달라져 있었다. 우선, 우리는 주기적인 통화를 중단했다. 엄마는 내가 집에 가도 특별히 기뻐하지 않고 내가 집을 떠나도 슬퍼하지 않는 듯했다. 내 학교생활에 대해서도 묻지 않았다. 나의 새로운 삶에 대해 엄마는 아무것도 묻지 않았다. 몇 달 집을 떠나 있었다고 잊힌 모양이었다. 눈에서 멀어지면 마음에서도 멀어진다.

엄마보다 더 걱정스러운 건 솔랜지였다. 그애는 대학생들보다 마약을 더 많이 하는 고등학생 무리와 어울려 다녔다. 사실 그해에 헤로인이 우리의 소도시를 찾아왔고(거기선 모두 헤로인을 눈snow이라고 불렀다), 이미 마약에 중독되었다는 동창들 소식이 들려오던 터였다. 솔랜지의 경우, 아직까지는 그래도 코로 들이마시는 정도였다. 나는—우리에게 그 반대의 믿음을 심어주려는 사람도 있었지만—코로 들이마시다가 자연스럽게 피하주사로 넘어가지 않는 사람도 있으며, 피하주사에서 정맥주사로 넘어가지 않고, 또 정맥주사에서 결국 완전히 마약에 절어 객사하는 단계로 넘어가지 않는 사람도 있다는 걸 알고 있었다. (나는 평생 그런 사람들을 여럿 알게 될 터였다. 열심히 일하는 선량한 시민들과 본분을 다하는 부모들이 어쩌다 마약 주사를 좋아하게 되는 경우가 가끔 있었다.) 하지만 솔랜지는 10대 중에서도 최악의 사태가 우려되는 부류였다. 엄마는 마약에 대해서는 알지도 못했지만(엄마들은 그런 일을 절대 모르는 것 같다), 솔랜지의 행실(말대꾸하는 것, 학교 빼먹는 것, 밤새 친구들과 어울려 노는 것)에 격분한 나머지 단순히 따귀를 때리는 수준을 넘어 심각한 구타까지 하고 있었다. 그해 크리스마스에 솔랜지는 온통 멍투성이였다.

나는 솔랜지와 쌍둥이들 사이에 태어난 젤마에 대해서도, 솔랜지의 경우와는 다른 방식으로 걱정하고 있었다. '착한' 자매, 가족의 자랑거리, 늘 엄마를 제일 많이 도와주고 쌍둥이들이 이모 집에서 돌아온 뒤로는 그들에게 작은 엄마 노릇을 하던 아이. 젤마는 엄마가 그러듯 절대 미소를 보이는 법이 없었지만 온순했다. 극도로 침울하고 이기심이라곤 몰랐으며, 너무 짧은 기간에 너무 많은 걸 본 아이들 특유의 가슴 아픈 방식으로 항상 섬뜩하리만치 조용했다. "수녀처럼 조용해." 우리는 그렇게 말하곤 했는데, 말이 씨가 되었는지 젤마는 지금 수녀원장이다. 우리 모두 저마다의 방식으로 도망쳤다. 오빠 가이는 군에 입대하여 우리를 집단적인 슬픔으로 내몰았다. 집안의 장남이자 유일한 아들

(어린 노얼을 제외하면)이기도 했던 가이는 아버지가 떠난 뒤로 가장 노릇을 하고 있었다. 심지어 아버지가 떠나기 전에도 우리는 가이의 보호에 의존했으며, 가끔은 아버지로부터 보호받아야 할 때도 있었다. 가이는 아버지가 엄마를 다치게 하는 걸 몇 번이나 막았고, 아버지가 내 첫 브래지어가 잘 맞는지 직접 확인하겠다며 고집을 부릴 때도 나는 엄마가 아닌 가이에게 도움을 청해야 한다는 걸 알았다. 그리고 가이가 그 일을 해결해주었다.

이제 가이는 집에 돌아와 있었는데, 그 역시 전쟁터에서 헤로인을 알게 된 터였다. 그가 돌아와 처음 맞는 크리스마스였다. 제대한 지 얼마 안 된 그는 앞으로 무얼 해야 할지 결정을 내리지 못한 상태였다. 하지만 이나에게 눈독을 들이고 있었다.

이나는 직업학교에 다니면서 미용사가 되기 위한 공부를 하고 있었다. 그는 외모를 빼면 별로 달라진 게 없었다. 이나는 검은 머리를 더 검게 염색하고 곧게 폈다. 시대에 앞서 펑크와 고스 패션*을 선보인 이나는 기름기 흐르는 검은 머리를 가진 모티샤 애덤** 같아 보였다. 이나는 검은 옷을 입고, 금속 못 두 개로 이루어진 십자가 목걸이를 걸고, 귀에 금속 침을 박고, 자줏빛이 도는 검정 립스틱을 바르고, 시커먼 아이섀도를 칠했다. 나는 이나가 그리웠고 그를 다시 만나게 되어 기뻤지만 이나와 어울리는 건 가족으로부터의 도피가 되지 못했다. 왜냐하면 그는 곧 가

* 펑크는 1970년대 중후반, 고스는 1980년대에 유행했다.
** 영화 〈애덤스 패밀리〉의 등장인물.

족이 되었고, 여름에는 임신까지 하게 될 것이기 때문이었다. 당시 나는 오빠를 무척 좋아했지만 이나처럼 강인하고 세상 물정에 밝은 애가, 게다가 우리 가족에 대해 너무나도 잘 알면서, 우리 집과 오른손 왼손처럼 닮은 가정 출신이면서 어떻게 그런 어리석은 실수를 저지를 수 있는지 납득이 되지 않았다. 좋다, 오빠가 잘생긴 데다―그것도 아주―이제 괴상한 군복을 벗고 머리를 기를 수 있어서 더더욱 멋졌던 건 사실이다. 그는 어깨 아래까지 머리를 길렀고, 타이트한 청바지와 카우보이 부츠, 단추를 반쯤 푼 카우보이 셔츠를 새 유니폼으로 삼았고, 터키석 구슬 목걸이로 매끈하고 단단한 가슴을 장식했다. 당시, 어쩌면 언제라도 그의 외모는 남자가 보일 수 있는 최고의 모습이었다. 그는 록 스타처럼 보였다. 그러니 여자들이 그에게 매료되는 것도 나로서는 이해할 만했다. 하지만 이나가―목에 두른 못들만큼이나 단단한 이나가―내 눈에는 단박에 훤히 보이던 그것, 그 되풀이되는 가족사를 보지 못했다니. 가이는 그에게 아이들을 갖게 하고, 그를 때릴 것이며, 어느 날 갑자기 떠날 것이었다. 그 아버지에 그 아들 아닌가.

오, 이나! 이나를 마지막으로 만난 건 엄마의 장례식 전 경야 때였는데, 나는 그…… 마녀 같은 이에게서 옛날 우리 반 최고 미인의 모습을 찾기 위해 빤히 바라보지 않을 수 없었다. 경야의 자리였고 내 엄마가 관에 누워 있었는데도, 게다가 뒤모리에 신부님이 우리의 대화가 다 들릴 만큼 가까운 곳에 앉아 있었는데도, 이나는 목소리를 높였다. "뭘 꼬나봐?"

그게 내 가족이고 내 집이었다. 아니, 아니었다. 집이란 것이 우리가 있고 싶은 곳, 우리에게 안전함과 사랑받는 느낌과 확실한 소속감을 제공하는 곳을 의미한다면, 그것은 내게 집이 아니었다. 물론 학교도 나의 집은 아니었다. 이제 친자매보다 가까워진 앤이 있었고 정말로 내겐 새 가족이나 마찬가지인 다른 친구들도 있었지만, 늘 나 혼자만 다르다는 걸 의식하는 곳에서 집과 같은 편안함을 느낄 수는 없는 노릇이었다.

크리스마스 연휴가 지나고 기숙사로 돌아왔을 때 나는 엘리베이터에서 한 여학생이 다른 여학생에게 하는 말을 들었다. "스키 타는 것도 근사하긴 했는데, 내년엔 가족 모두 파리에서 만나기로 했어."

그리고 전쟁 얘기도, 캠퍼스에서 큰 이슈가 되었기에 피할 수가 없었다. 베트남, 베트남, 베트남. 하지만 내가 아는 학생들 가운데 실제로 베트남에 간 오빠를 둔 사람은 없었다. 그리고 성적 불량으로 퇴학당하기 직전이거나 중퇴를 생각하는 사람도 없었다.

학생으로서의 내 모습이 그토록 짧은 기간에 얼마나 달라졌는지 충격적일 정도였다. 나의 옛 스승들은 나를 알아보지 못했을 것이다. 내가 진심으로 관심을 쏟은 수업은 첫 학기에 들은 시 창작 세미나뿐이었는데, 그 수업마저 참사가 되고 말았다.

('참사'도 SAT 시험에 나온 단어다.)

　나는 까마득히 오래전부터 시라는 걸 써왔고―어린 시절에 커다란 행복감을 주던 활동이었다―내 시를 읽어본 사람들은 모두 훌륭하다고 칭찬해주었다. 가이에게 아이스하키가 그랬듯이, 시는 내가 다른 아이들보다 뛰어나다는 말을 들을 수 있는 하나의 방법이었다. 학교에 다닐 땐 거의 매 학년 무언가가 있었다. 가령 선생님의 칭찬이나, 상장이나, 교지에 실려 일종의 증거로 남는 것 같은. 그래서 나는 내게 재능이 있다고, 일생을 바칠 소명이 있다고 믿으며 자랐다. 물론 시인으로서의 삶이 무엇을 의미하는지에 대해 지나치게 많이, 혹은 구체적으로 생각해본 적은 없었고, 계속 시를 쓰다 보면 자연스럽게 길이 열리리라 믿었다. 대학에 들어가 무슨 공부를 할지에 대해서도 깊이 생각해본 적이 없지만 내가 계속 시를 쓰고 싶어한다는 건 알고 있었고, 그래서 난생처음 시를 위한 수업에 들어가는 것이 무척 기대되었다. 나는 그 수업을 제일 좋아하게 될 것이며 그 수업을 통해 내가 무엇을 하고 있는지, 어느 곳에서 눈부신 빛을 발할 운명인지 알게 될 것임을 믿어 의심치 않았다. 나는 어서 빛나고 싶었다. 크러그 선생님의 환상에 휘말려 그와 함께 굉장한 것이 나를 위해 준비되고 있다는 꿈을 꾸던 시절 내가 상상했던 삶이 이것이었다. 시인으로서의 삶이 형체를 갖추려 하고 있었다.

　수강생이 여덟 명뿐인 소규모 수업이었다. 여학생 여덟 명과 바너드를 졸업한 지 그리 오래되지 않은, 소녀처럼 앳된 강사. 우리는 일주일에 한 번 두 시간씩 벽에 책들이 가득 꽂힌 방의 둥근 테이블에서 만났다. 학생들이 매주 시를 한 편씩 써서 수업 전에 제출하면 강사가 복사해 수업 시간에 함께 읽고 토론을 했다. 시에 이름을 적어서는 안 되었다. 어떤 시가 누구의 작품인지는 강사만 알 수 있었다. 수업 시간에 우리는 시의 주인이 누구인지 모르는 채로 토론했다. "그래야 인신공격에서 자유로운 상태로 더 솔직하게 시 이야기를 할 수 있지." 강사는 말했다. 하지만 그보다는 이렇게 말하는 편이 옳았을 것이다. 그래야 눈치 안 보고 마음껏 잔인해질 수 있지.

첫 수업부터 나는 다른 수강생들과 강사가―그러니까 나 빼고 모두―전부터 알던 사이였을 거라는, 설명하긴 힘들지만 떨쳐버리기도 힘든 망상에 사로잡혔다. 터무니없는 생각이라는 걸 알면서도 그런 의구심이 집요하게 남아 불안을 고조시켰다. 이러한 망상은 나를 제외한 모두가 같은 언어로 말하고 내가 이야기해본 적도, 이야기할 수도 없는 방식으로 시에 대해 이야기하는 것 같다는 생각에서 비롯되었다. 다른 학생들이 쓰는 시들 모두 나로선 이해하기 어려운 그 언어로 이루어져 있었다. 나는 그 시들 대부분을 이해하지 못했고, 그 시들에 뭐라고 이야기해야 할지도 알 수 없었다. 분명히 알겠는 건 나만이 문제라는 점이었다. 그 수업에서 나만 줄곧 어찌할 바를 몰랐고, 모두가 유창하게 구사하는 언어를 혼자만 더듬거리거나 아예 하지 못할 때 느끼게 되는 수줍음과 당혹감이 나를 사로잡았다. 말하자면 나는 관광객, 아니, (그보다 심각한) 이민자였다. 이방인. 몇 번인가 의견을 내려는 굴욕적인 시도를 한 끝에, 결국 나는 입을 열기가 두렵고 창피해서 침묵을 지키게 되었다.

하나의 시에 대한 토론이 끝날 때마다 강사는 늘 똑같은 질문을 했다. "이 시를 쓴 학생은 본인 작품이라는 걸 밝혔으면 하나요?" 저자는 자신의 존재를 밝히고 싶어할 때도 있었고 그렇지 않을 때도 있었다. 그런데 늘 자신의 시임을 밝히고 싶어하는 학생이 있었다. 넓적하고 남성적인 얼굴에 이마가 툭 튀어나온 2학년생으로, 그는 무슨 이유에선지 절대로 외투를 벗지 않았고 가끔은 수업 시간 내내 모자를 쓰고 있기도 했다. 매리앤 무어*의 삼각모…… 그는 그 수업의 스타이자―심지어 강사도 그에게 경의를 표했다―늘 말을 가장 많이 하는 학생이었는데, 수업 시간에 읽는 시들 중 제일 인기 있고 칭찬도 많이 받는 그의 시가 내겐 가장 어려웠다.

나는 급우들의 시를 이해하지 못했으나 그들은 내 시를 이해하는 데 어려움이 없었고, 내 모든 시와 모든 행, 모든 단어에서 부족함을 발견하는 데도 어려움이 없었다. 단순한 부족함 이상의 결점도 그랬고. 물론 내 작품만 비판을 받은 건 아니었다―전혀 그렇지 않았다. 저자를 숨기다 보니 정말로 모두가 무자비하게 솔직해졌다. 하지만 내가 아는 한, 다른 누구의 시도 그토록 명백

• 미국의 퓰리처상 수상 시인으로 삼각모를 즐겨 썼다.

하게, 만장일치로 반감을 사지는 않았다. 강사가 "이 시를 쓴 학생은 본인 작품이라는 걸 밝혔으면 하나요?"라고 물을 때마다 나는 얼어붙은 듯 앉아 있었다. 내 내리깐 시선과 홍당무가 된 얼굴을 보고 멸시당한 저자가 바로 나임을 모두 알게 되었으리라는 확신에 고통으로 몸부림치면서.

"순 멍청이들. 등신 같은 년들. 하긴, 뭘 기대할 수 있겠어? 넌 '현실'에 대해 쓰고 있는데, 당연히 걔들은 다 응석받이에 멍청하기까지 해서 그걸 알 수가 없지. 그것들은 현실이 나타나 제 얼굴을 깨물어도 모를걸"(앤).

어느 날 급우들이 또 피투성이가 되어 죽어가는 나의 시를 내버려둔 채 다음 시로 넘어가려는데, 우리 반 스타께서 갑자기 손을 들더니 말했다. "이 시에 대해 한 가지만 더 얘기해도 될까요?" 나는 마음을 다잡았다. 내 시가 그 독자를 얼마나 거슬리게 했을지 잘 알고 있었기 때문이다. 그의 커다란 얼굴에 엄숙한 불만이 엿보였다.

"제가 하고 싶은 말은, 전 이런 종류의 시가 싫어요." 마지막 단어를 내뱉으며 그는 거친 숨을 내뿜었고—용의 쉭쉭거림 같은 경멸에 찬 소리가 났다—하필 그날 그와 정면으로 마주 앉아 있던 나는 그 숨결을 얼굴에 정통으로 맞았다. 뺨에 침까지 한 방울 튀었다. 나는 뜨거운 것에 데기라도 한 양 고개를 홱 젖히고 충격과 혼란과 상처가 뒤섞인 가벼운 발작 상태에서 반쯤 일어섰다가, 테이블에 둘러앉은 모든 사람들이 눈이 휘둥그레진 채 이쪽을 향하고 있음을 의식하고 도로 앉았다. 귀에서 피가 요동쳐 강사의 말이 거의 들리지 않았다. "그렇다면 더더욱 다음 시로 넘어가야겠군요. 하지만 그에 앞서, 이 시를 쓴 학생은 본인 작품이라는 걸 밝혔으면 하나요?"

　오늘 나는 스스로에게 뻔한 질문을 던진다. 내 시들이 정말로 그렇게 형편없었을까? 그러곤 대답한다. 그렇다. 그 시들은 분명 지독히 형편없었을 것이다. 그 점은 의심의 여지가 없지만 구체적으로 어떻게 형편없었는지는 말할 수 없는 게, 사본을 남기지 않았고 기억도 안 나기 때문이다. 그 수업의 다른 학생들이 쓴 시도 전혀 기억나지 않는다. 사실 아무리 애를 써도 그 학생들의 이름이 떠오르지 않고, 심지어 강사의 이름도 생각이 안 난다. 나는 원래 이름을 잘 기억하는 편이기 때문에 이건 꽤나 의미심장한 일이다.

　나 자신의 인생을 바꾼 경험이니만큼 모든 것을 속속들이 기억할 법도 하건만. 이제 시는 다른 유치한 것들과 함께 치워버려야 할 대상이 된 터였다. 그것이 내가 그 수업에서 얻은 교훈이었다. 나는 다시는 시 수업을 듣지 않게 되었고, 그 후로도 오랫동안 시를 쓰지 않았다. 쓰려는 시도조차 하지 않았다. 내가 실제로 학교를 중퇴한 건 1년이 더 지나서였지만, 아마 시 수업이 그 시발점이었다고 할 수 있을 것이다. 다른 모든 수업들과 전반적인 대학 생활에 대한 나의 태도에 영향을 미치고, 그곳에서 혼자

겉돌고 있다는 두려움, 모두가 쓰는 언어—나로서는 그럭저럭 버틸 만큼은 배울 수 있겠지만 결코 유창해질 수는 없는—로 말하지 못한다는 두려움을 고조시킨 것이 바로 그 수업이었다.

우등생이었던 나에게, 우리 엄마까지도 "머리가 있다"고 감탄을 금치 못했던 나에게 무슨 일이 일어난 것일까? 내 소명은 어떻게 된 것일까? 그 모든 게 실수고 새빨간 거짓말이었단 말인가?

그런 질문들이 내게 고통을 주었던 건 무엇보다도 답을 알 수 없었기 때문이었고, 나는 마음속으로 종종 크루그 선생님을 무자비하게 저주하고 비난했다.

결국 시인이 될 수 없다면 나에겐 어떤 종류의 삶이 기다리고 있는 걸까?

그즈음 모두가 읽고 있는 책이 있었다. 나 자신은 그 책을 읽은 적이 없었다. 무엇에 관한 책인지조차 확실히 몰랐지만, 그 책 제목은 내가 자주 느끼는 기분을 말해주고 있었다. 『낯선 땅의 이방인』.* 그건 나였다.

첫해에는 낙제를 면했는데, 그건 대학 측에서 낙제생을 배출하고 싶어하지 않았기 때문이기도 했고, 내가 가까스로 모든 기

• *Stranger in a Strange Land*. 1961년에 출간된 로버트 A. 하인라인의 SF소설.

•• 각성제 메스암페타민을 가리키는 은어.

말시험에 통과한 덕이기도 했다. 스피드**의 도움 없이는 이루지 못했을 개가였다. 나는 그럴 만한 명분이 있든 없든 늘 스피드를 먹을 준비가 되어 있었다. 그 무렵에는 모든 종류의 약들을 쉽게 구할 수 있어서, '분개한 아버지'의 딸인 예의 '우유 짜는 여자'가 각성제와 진정제가 가득 담긴 통을 들고 기숙사 복도를 오갔다. 바야흐로 '블랙 뷰티'를 주문하는 시대였으니, 이 약은 밤샘 벼락치기를 가능하게 할 뿐 아니라 추론과 논증, 수사와 표현의 힘까지 키워주었다. (이게 운동선수들이 경기력 향상을 위해 약물을 복용하는 거랑 뭐가 그렇게 다를까? 생각해볼 일이다.)

5월. 목련이 만발한 캠퍼스. 낮에는 도서관에서, 밤에는 기숙사의 내 방 책상에서 맹렬히 이어지는 타이핑. 베개로 귀를 막고 잠을 청하는 가련한 앤. 미친 듯이 담배를 피워대고 미친 듯이 껌을 씹어대는 나날. 통 느껴지지 않는 허기와 도무지 해소되지 않는 갈증. 여명과 새들의 노랫소리. (그리고 누군가의 눈은 새벽을 맞이하지.) 나는 마흔여덟 시간 내내 먹지도 자지도 않았고, 의자에 너무 오래 앉아 있다 보니 욕창 같은 게 생기기 시작했다. 담배를 수백 개비씩 피워대고 커피를 들이부었다. 오한, 식은 땀, 구역질, 두근거림. 공황 발작. ("이 약 센 거야. 그래도 진정이 안 되면 말해. 소라진* 줄 테니까.") 열다섯 시간, 스무 시간 동안

* 안정제 상표명.

내리 이어지는 수면. ("너 때문에 슬슬 겁이 나기 시작하던 참이었어.") 마침내 잠에서 깨었을 때 찾아온 머리를 쪼개는 듯한 두통, 마른기침, 잇몸에서 흐르던 피, 몇 킬로그램이나 줄어든 체중과 바퀴벌레라도 잡아먹을 수 있을 것 같은 허기.

1학년을 마친 뒤, 나는 집에서 아주 짧은 시간만을 보냈다. (모두가 파리에서 만나기로 하지 않는 한 다시는 가족과 함께 방학을 보내지 않기로 결심한 터였다.) 그러곤 뉴욕으로 돌아와 여름방학 중에도 개방하는 기숙사 방 하나를 빌렸다. ("앤, 넌 여기가 얼마나 더운지 상상도 못 할 거야! 난 본위트 텔러 백화점에서 일하고 있어.") 고급 백화점. 안내장 주소 타이핑 업무. 오전 9시부터 오후 5시까지. 주급 75달러.

탁탁탁탁탁 땡!

백화점 회전문을 밀고 들어가면 향수 냄새가 코에 훅 끼치고, 벽에는 그 향수 이름이 인쇄된 작은 카드가 붙어 있었다.

점심시간은 한 시간이었다. 나는 5번가를 따라 걸어가다가 센트럴 파크에서 동물원 곰들을 만나고, 현대미술관과 57번가의 화랑들을 발견했다. 마침내 도시의 심장부에 발을 디딘 것이다. 미드타운은 아름답고 낭만적인 성인의 세상이었다. 그 분위기에 휩쓸려 나는 많은 다짐들을 했고, 그 다짐들 대부분이 지켜질 터였다. 멍청하고, 따분하고, 굴욕적일 만큼 보수가 낮은 일을 하고 있었지만 나는 더없이 자유로웠다. 서부로 떠나기 전에 코네티컷

집에서 한 달을 보내고 있던 앤에게 나는 희망으로 가득한 편지들을 보냈다.

오늘의 향수는 '나의 죄'.

조지에게, 우리 둘 다 부모님이나 다른 누군가가 아닌 스스로 원하는 일을 하며 올여름을 보내고 있다니 정말 멋진 것 같아. 난 우리가 젊을 때 자기 삶을 최대한으로 살아봐야 한다고 믿어. 그래야 나중에 해보지 못했던 일들에 대한 아쉬움이 없지. 나이가 들어 그런 아쉬움을 가득 안고 사는 사람들이 너무 많잖아. "과거에 존재했던 것에 대한 향수도 충분히 고통스럽지만 과거에 존재한 적이 없는 것에 대한 향수는 그야말로 고문이다." 누가 한 말인지는 기억이 안 나지만 그게 진실이란 건 알지. 오 조지, 네가 너무도 그리워! 9월에 만나면 서로에게 할 말이 너무나 많을 거야!

이 기억들이 나중에 내 마음을 무척 아프게 할 것이었다. 그해 여름에 내가 집에 있었더라면 어땠을까? 솔랜지의 가출을 막을 수 있었을까?

사랑하는 앤, 과거에 존재한 적이 없는 것에 대한 향수를 느낄 수 있다면, 가져본 적이 없는 집에 대한 향수도 느낄 수 있을까?

집? 무슨 집? 만나는 사람마다 건넸을 질문에 솔랜지가 그렇게 대답하는 소리가 끊임없이 귓전을 맴돌았다.

"역설적이긴 한데, 많은 가출 청소년들이 사실은 집을 찾으려는 노력을 하고 있는 겁니다." 한 수사관은 그렇게 말했다.
나는 그 말에 전적으로 동의했다.

경찰에 따르면, 가출 청소년의 수가 급격히 증가하였고 그해에는 가출하는 미국 10대들이 과거 어느 때보다 많았다. 그들의 평균 나이는 15세로(솔랜지는 열네 살 반이었다), 대부분이—거의 4분의 3이—여성이었다. 나는 그 말을 듣고 놀랐다. 갈아입을 옷 한 벌 없이 돈 몇 푼 들고 집에서 나가 제일 먼저 오는 버스에 올라타는 건 남자들의 일 같아서였다. 요즘도 여전히 가출 청소년들 대다수가 여성이며, 이는 나에게 여전히 놀라운 일이다.

우리는 지역 경찰과 연방 경찰로 이루어진 여섯 명의 수사관들을 통해 많은 걸 알게 되었다. 대부분의 가출 청소년들이 도망 다니는 시간은 그리 길지 않았다. 몇 주, 혹은 며칠 만에도 가족의 품으로 돌아왔다. 지치고, 허기지고, 더럽고, 겁에 질린 상태로 돌아온 그들은 그동안 어디서 뭘 하며 지냈는지에 대해 입을 열지 않는 경향이 있었다. 애석하게도, 돌아온 아이들 중 다수가 다시 가출을 시도했다. 아니나 다를까, 수사관 중 하나가 '악순환'에 대해 이야기하기도 했다. 후속적인 가출들의 경우 종적을 감추는 기간이 점점 더 길어졌다. 하지만 아무런 흔적도 없이 사라지는 아이들은 극소수였다. 다시는 집에 돌아오지 않는다 해도, 부모나 다른 사람들에게 자신이 살아 있다는 사실을 알릴 가능성이 컸다. 문제는 그게 언제냐는 것이었다. 수년이 걸릴 수도 있었다. 만약 솔랜지에게 전화가 오면 어디서 전화를 걸었는지("조심스럽게") 알아낸 다음 지체 없이 경찰에 알려야 했다. 가출한 아이들은 자신의 생일이나 명절이 다가올 즈음 연락해 오는 경우가 많다고 했다. 솔랜지가 전화 대신 편지를 보낼 수도 있는

데, 그런 경우에는 우체국 소인을 확보할 수 있었다. 우체국 소인으로 추적하여 찾아낸 아이들이 무수히 많다고 했다. 사실 그 아이들 중 다수가 추적되기를 바란다는 점이 도움이 되었다.

"너무 걱정하지 마십시오, 조지 부인." 수사관 하나가 엄마의 팔을 다정하게 토닥이며 말했다. "부인이 따님을 얼마나 사랑하는지 압니다. 따님도 알고 있으리라 믿고요. 졸지에 냉혹하고 잔인한 세상으로 나가면, 결국 자기 집이 그렇게 나쁜 곳은 아니라는 생각이 들 겁니다."

그러나 나는 엄마의 마음 깊은 곳, 충격과 공포 아래 솔랜지에 대한 그 어느 때보다 강한 분노가 도사리고 있음을 알았다. 솔랜지 역시 그걸 알기에 냉혹하고 잔인한 바깥세상에 나쁜 일들이 아무리 많다고 해도—그래서 속으로는 추적되기를 바라는 마음이 간절하다 해도—주저하게 되었을 것이다. 솔랜지에 대한 나의 마지막 기억들 가운데 하나는 멍 자국을 지우려고 마치 보디로션 바르듯 온몸에 분칠을 한 것이었다. 엄마는 화가 나면 우리를 죽이겠다고 협박했고, 우리는 그 말을 믿었다. 분을 참지 못해 미쳐 날뛸 때면 살인마저 불사할 것 같았다. 젤마의 얘기로는, 솔랜지가 가출하던 주에 그 분노가 극단적인 상태에까지 이르러 젤마 자신도 엄마가 도를 넘어설까 봐 두려웠단다. 엄마는 죽이겠다는 협박을 넘어 솔랜지의 머리를 빡빡 밀어버리겠다는 협박까지 했고, 이에 솔랜지도 협박으로 맞섰다. "솔랜지 언니는 엄마가 진짜 그렇게 하면 집에 불을 지르겠다고 했어, 조지 언니!" 가련한 젤마는 뒤모리에 신부에게 도움을 구했다. 솔랜지와 엄마로 시작한 그애의 이야기는 결국 자신에 대한 내용으로 끝을 맺었다. "저는 증오의 집에서 살 수가 없어요." 젤마는 어린 나이에 벌써 도망을 계획하고 있었고, 증오의 집뿐 아니라 증오에 찬 더 넓은 세상으로부터도 벗어나고 싶어했다.

물론 늘 집안의 중재자 역할을 해온 건 어린 젤마가 아니라 가이였고, 가이는 이나와 함께 집에 들어와 살고 있었다. 그것도 솔랜지의 가출에 일조하지 않았을까 하는 생각이 들었다. 솔랜지도 나처럼 가이를 우상시했다. (종종 솔랜지와 내가 오빠의 애정을 서로 차지하려는 경쟁의식 때문에 친밀한 자매로 자라지 못한 건 아닐까 하는 생각이 들곤 했다.) 먼저 내가 학교로 떠난다. 이어 가이가 약혼자를 데리고 들어온다. 솔랜지가 버림받은 기분을 느낀 것도 무리는 아니다.

가이는 제일 아끼는 동생의 가출을 무척 괴로워했다. 내가 보기엔 남자로서의 자존심 문제도 있는 듯했다. 그는 동생을 보호하지 못한 것이다. 가이는 독점욕이 있었고, 따라서 솔랜지가 자신에게 암시조차 주지 않은 채 그런 큰일을 벌인 데 화가 난 것 같기도 했다. 하지만 바로 그랬기 때문에 나는 솔랜지가 충동적으로 벌인 일이라 판단했다.

그런 이야기들은 경찰 측에 전달되지 않았다. 놀랍게도 경찰은 우리 중 누구에게도 엄마 없는 데서 따로 이야기하자는 요청을 해 오지 않았다. 대신 그들은 솔랜지의 친구들은 만났다. 친구들은 입을 열지 않았다고 했다. 엄마는 FBI씩이나 되면서 왜 솔랜지 친구들의 전화를 도청하지 않느냐며 답답해했다. 도청을 하면 분명 무언가를 알아낼 수 있을 거라고 했다. 수사관들은 그건 불법이라 안 된다고 설명했다. 나도 모르게 흘린 냉소가(그들은 후버*의 부하들 아닌가) 한 수사관의 눈길을 끌었다.

"그래, 대학생이라고요?" 그리 다정한 말투는 아니었는데, 놀라울 것도 없었다. 경찰과 대학생들 사이의 충돌이 이제 일상이자 국가적 위기의 일부가 된 시기라, 그 경찰들이 우리 집 거실에 있는 이유와는 별개로 우리는 여전히 서로를 적으로 여기고 있었다. 나는 자주색 진에 홀치기염색 셔츠 차림이었다. 그리고 나만큼이나 머리를 기른 가이 옆에 앉아 있었다. 가이는 군에서 문신을 많이 했는데 가장 눈에 띄는 건 오른손 중지 관절 아래쪽에 있는 평화의 심벌이었다. 가이의 눈에는 핏발이 서 있었다. 그 상황에서야 감정이 격해지거나 밤잠을 설친 결과로 보일 수도 있었지만 나는 진실을 알았고, 경찰이 더 잘 알고 있을까 봐 걱정스러웠다.

"어느 대학?"

"바너드요."

"어디 있는 대학이죠?"

• 광범위한 도청과 감시를 통해 수집한 정보로 막강한 권력을 휘둘렀던 당시 FBI 국장 에드거 후버를 가리킨다.

"음, 컬럼비아 대학?" 나는 정답이라도 맞히는 투로 말했다.

"그렇죠." 그는 나를 한번 시험해보기라도 한 투로 말했다.

그의 파트너가 끼어들었다. "궁금한 게 있는데, 혹시 동생도 히피인가요?" 가이와 나는 시선을 교환했다. 마약 이야기를 하려는 건가? 아니었다. "자유연애 뭐 그런 거에 빠져 있었나요?"

단순히 외설적인 호기심에서 나온 질문이 아니었다. 알고 보니 솔랜지의 성생활은 가출과 밀접한 관계가 있었다. 대부분의 가출 청소년들이 여성이었으며, "그레이하운드 버스에 올라타는 아이들은 순진하고 아무것도 모르는 어린애들이 아니"었다. 성적으로 적극적이고 조숙한 이들이었다. 아아, 우리야 그 사실을 몰랐다고 해도 너무 많은 사람들이 그걸 알았고, "방대한 포식자 조직"이 전국의 크고 작은 도시들의 버스 터미널과 기차역, 특정한 거리들과 공원들과 보호소들에 진을 치고 있었다. 그들은 집을 나온 소녀들의 '친구'가 되어 그들을 성매매로 끌어들일 준비를 하고 숨어서 기다렸다. 게다가, 사실 가출 소녀들 중 놀라우리만치 많은 이들이 포주들 손에 들어가기 전에 스스로 몸을 팔고 있었다. 만일 가출 소녀가 이미 그런 삶으로 들어섰다면? 특히 성인 남성의 소유가 되었다면? "흠, 그럼 일이 복잡해질 수 있어요." 엄마에게 전화를 걸기가 망설여질 수밖에 없는 것이다. "힘든 삶이지만, 거기서 벗어나기는 더 힘들죠."

이야기가 거기까지 흘러가자 엄마는 자리를 뜰 수밖에 없었고 나는 코를 훌쩍이기 시작했다. 가이가 약 기운에 취해 있어서 다행이라는 생각이 들었다.

한 가지 납득되지 않는 점이 있었다. "방대한 포식자 조직"이 정확히 어디로 가야 가출 소녀들을 찾을 수 있는지 알고 있다면, 경찰은 그걸 왜 모를까? 당연히 알아야 하는 것 아닌가? 그들은 왜 그런 장소들에 가서 지키고 있다가 나쁜 사람들보다 한발 앞서 가출 소녀들과 접촉하지 않는 걸까? 그러니까, 그들 모두를 구하지는 못하더라도 대부분은 구할 수 있는 것 아닐까? 대부분은 아니더라도 많이. 많이는 아니더라도 최소한 몇 명은. 그게 아니더라도 한 명은. 제발, 하느님, 딱 한 명, 딱 한 명만요. 도대체 경찰은 왜 그 모양인가? 불쌍한 소녀들을 포주들로부터 구하는 일에 총력을 기울이는 대신 전쟁과 인종차별에 반대하는 시위를 하고 무해한 마리화나나 조금 피우는 우리 대학생들을 잡으러 다니는 이유가 뭔가? 아, 이놈의 사회.

하지만 결국 성매매를 하게 된 소녀들의 경우에도 대다수가 언젠가는 다시 나타나 가족의 품으로 돌아갈 수 있다고 했다.

솔랜지가 아버지를 찾아갔을 가능성은 배제되었다. 솔랜지도 이미 우리처럼 아버지가 죽은 사람이나 다름없다고 믿었고, 아버지 없이 사는 게 더 나았으니까.

가출 청소년들의 증가에 대응해 경찰은 버스 회사들과 협력하여 관련 직원들의 경각심을 높이고 그들이 그런 아이들을 식별해내도록 하는 데 만전을 기하고 있다고 했다. 짐도 없이 편도표를 끊어 혼자 여행하는 불안한 표정의 10대 소녀를, 차비를 내는 한 막을 수는 없지만 적어도 기억에 새겨둘 수는 있다. 나중에 누가 사진을 들고 와 보여주면 알아볼 수 있을 정도로 눈여겨봐 두는 것이다. 그럼 그 소녀가 어디에서 하차했는지 말해줄 수도 있다.

경찰의 그런 노력이 전반적으로 얼마나 큰 성공을 거두고 있는지야 알 수 없었지만, 공교롭게도 솔랜지가 사라진 건 전국에서, 특히 북동부에서 수십만 명의 아이들이 이동하는 우드스톡 음악제 며칠 전이었다. 솔랜지는 화요일 아침에 버스 터미널에 도착해 제일 먼저 도착한 버스에 올랐는데 그건 올버니행 버스였다. 우리가 알기로 올버니에 솔랜지가 아는 사람은 아무도 없었다. 올버니에서 그애는 어디로든 갈 수 있었을 것이다. 이를테면 베설. 우드스톡 음악제에 갔을 가능성을 배제할 수 없었다. (하지만 나로서는 별로 납득이 안 되는 추측이었다. 우드스톡 음악제에 간 거라면 더 기다렸다가 친구들과 함께 떠나지 않았을까?) 아니면 올버니에 도착하기 전에 버스에서 내렸을 가능성도 있었다. 모든 게 가능했다. 그게 우리가 처한 상황의 끔찍한 점이었다. 뉴욕시는 많은 가출 청소년들이 목적지로 삼거나 조만간 자연스럽게 흘러드는 곳이었기에, 우리는 솔랜지가 어느 날 나를 찾아올 수도 있다는 희망에 매달렸다. (나는 늘—그럴 필요가 없게 된 지 아주 오랜 시간이 흐른 후까지도—내 주소와 전화번호가 온전한 정식 이름과 함께 제대로 등록되어 있는지 확인하고, 단 하루 집을 비울 때도 음성 사서함에 연락처를 남겼다. 그런 나를 보며 첫 남편은 이렇게 놀리곤 했다. "제발, 의사는 나야!")

나는 솔랜지가 나를 찾아오거나 전화를 걸어 오지 않으리라는 생각에 부끄러웠다. 그애와 줄곧 한방을 쓰며 자랐지만, 나는 집을 떠나면서 솔랜지의 존재를 거의 무시해버렸다. 솔랜지에겐 큰 의미가 될 것임을 알면서도 뉴욕에 놀러 오라고 초대한 적도 없었다. 그러니까 솔랜지로서는 나에게 버림받았다고 느끼는 게 당연했다. 나는 가족 모두를 버렸다. 나는 솔랜지의 미래에 대해 심각하게 생각해본 적이 없었다. 솔랜지에겐 크러그 선생님 같은 존재도 없었다. 사실 솔랜지는 성적이 형편없었다. 틈만 나면 머리와 손톱을 갖고 법석을 떨어서 나중에 이나처럼 미용 기술을 배우겠거니 생각했다. 어릴 때 그애는 피겨스케이트 선수를 꿈꿨고, 피겨스케이팅에 필요한 자질인 힘과 우아함, 그리고 무모한 용기까지 갖추고 있었으나 훈련이 따라주지 않았다. 가이의 아이스하키와 같은 이야기다.

나는 1년 전의 나처럼 포트 어소리티 버스 터미널에 도착한 솔랜지 앞에 예의 남자가 다시 나타나 그 정중한 태도로 여행 가방을 들어주겠다고 제안하는 모습을 상상했다. 하지만 솔랜지에겐 여행 가방이 없었다. 그애는 핸드백 하나만 달랑 가지고 나갔다. 작은 여행 가방만 한 크기에 지퍼가 달린 그 번쩍거리는 검정 비닐 핸드백이 학교에서 문제가 되곤 했다. 학교에서는 너무 짧은 치마와 너무 큰 핸드백을 금하고 있었다. 둘 다 숙녀답지 못하다는 이유였지만 사실 그건 에두른 표현이었다. 올바른 학생은 올바른 책가방을 들고 다닌다. 학교에서 우리에게 하는 말이었다. 사료 주머니 같은 가방은 말들에게나 어울리는 것이다. 숙녀는 책보다 큰 핸드백을 들지 않는다. 지금 나는 큰 핸드백이 헤픈 여자 같은 인상을 준다고 여기던 당시의 이해할 수 없는 인식에 대해 누가 속 시원히 설명을 좀 해줬으면 하는 마음이다. 어쨌거나 규칙을 어기는 학생은 각오를 해야 했다. 솔랜지의 가방 같은 걸 학교에 들고 다니면 선생님들에게 잡혀 수색당하기 쉬웠다.

포트 어소리티 버스 터미널. 타임스 스퀘어. 7번가 매춘부들의 유혹뿐.*

뉴욕에 돌아와보니, 어딜 가면 매춘부들과 가출 소녀들을 찾을 수 있는지 모두가 알고 있었다. 그런 장소들에 가볼까도 생각했지만, 건초 더미에서 바늘 찾기 같은 부질없는 짓인 데다 위험할 수 있다는 생각이 들었다. (어느 날 반전 청원 서명을 받으러 버스 터미널에 갔던 여학생이 울면서 돌아왔다. 예상하고 각오했던 성적인 야유와 전쟁 지지자들의 언어폭력을 넘어, 깡패들에게 주먹질과 성추행, 강도까지 당한 것이다.)

2학년이 되자—그해에 페미니스트들은 우리가 스스로를 여자애girl라고 부르지 않도록 만드는 데 성공한다—나는 난생처음

---

* 사이먼 앤드 가펑클의 노래 〈더 복서The Boxer〉의 가사.

나만의 방을 갖게 되었고, 새로운 특징도 갖게 되었다. 가출한 자매를 둔 사람은 나뿐이었던 것이다. 모두에게 그 이야기를 하진 않았지만, 그 이야기를 들은 친구들은 모두 깊은 인상을 받았다.

앤과 나는 1학년 때 살았던 기숙사 내 다른 동의 나란히 붙은 독방을 신청했다. 같은 층에 살던 여자애들—여성들—몇 명도 다시 우리의 이웃이 되었다. 그해 여름방학에 앤은 컬럼비아 동지들을 통해 만난 일부 급진주의자들과 오클랜드의 한 집에서 함께 생활했다. 그는 싸구려 잡화점에서 장시간 노동을 했고, 그렇게 번 돈 대부분을 블랙 팬서스* 무료 조식 기금에 기부했다. 샌프란시스코의 어느 은행 벽에 낙서("이 은행을 털어서 솔레다드 교도소로 돈을 보내자")를 해서 외관 훼손 혐의로 체포되었다가 경고만 받고 풀려나기도 했다. 아저씨뻘 되는 판사가 그를 "젊은 숙녀"라고 부르며, 만일 외설적인 낙서를 했더라면 훨씬 더 무거운 벌을 주었을 거라고 말했다. 앤은 풀려나자마자 그 은행으로 가서 아직 지우지 않은 낙서의 "이"와 "은행" 사이에 삽입 기호를 달고 "씹할"이라고 썼다. 여름방학이 끝나자 그는 더 마르고 더 근육질이 되어—가라테를 해서—돌아왔고, 늘 그랬듯이 활기와 목적의식이 넘쳤다. 그는 할 일이 태산이었다. 베트남전의 열기가 여전히 뜨거웠으니, 닉슨과 키신저가 베트남을 굴복시키기 위해 북베트남 폭격에 열을 올리던 터였다. (닉슨. 키신저. 오

---

* Black Panthers. 1966년에 미국 오클랜드를 본거지로 결성된 흑인 급진 운동 단체.

랜 세월이 흐른 지금까지도 그 이름들은 좌절감을 불러온다.) 우
선 앤은 11월에 열릴 '베트남 모라토리엄' 행사 준비에 온 힘을
쏟았다. 새 학년이 시작되기 직전, 윌리엄 켈리 주니어 소위가 미
라이 학살을 주도한 혐의로 기소되었다. 그 학기 내내, 1968년
3월 16일 남베트남 꽝응아이의 작은 마을에서 벌어진 일들이 백
일하에 드러났다. 12월에는 〈라이프〉지에 섬뜩한 사진들이 실렸
다. (그해에 내가 앤과 한방을 쓰지 않아 다행스러웠던 이유 중
에는 앤이 벽에 붙여놓은 포스터도 있었다. 당시 대학 기숙사 방
수백 곳을 장식했던 그 포스터에는 살해된 남베트남 주민 500여
명의 일부인 20여 구의 시체와 "질문: 아기들도? 답: 아기들도"라는
문구가 들어 있었다.)

한편 국내 전선에서는 권력이 아직 국민에게 넘어가지 않은
상태였고, 인종차별 제도가 확고히 자리하고 있었으며, 흑인 지
도자들이 조직적으로 누명을 쓰고, 감금당하고, 심지어 암살까
지 당하고 있었다. 미라이 학살 사진들이 공개된 다음 날, 시카고
경찰이 블랙 팬서스의 프레드 햄프턴과 마크 클라크를 침대에서
살해했다. 정치적 신념 때문에 이미 UCLA 교수직을 박탈당한
앤절라 데이비스는 이듬해에 살인 누명을 쓰고 교도소 신세를
지게 될 터였다.

오, 그리고 학교. 이미 철학을 전공하기로 결심한 앤은 과중
한 학업량을 짊어졌다. (나는 원래 영문학을 전공할 계획이었지
만 시 수업 이후 확신을 갖지 못하고 있었다.)

정치적 열정은 조금도 식지 않았으나 앤은 학생 운동에 환멸을 느끼기 시작한 참이었다. 시민의 권리를 위해 헌신하며 가난한 사람들을 돕고, "국민이 결정하게 하고", 전쟁을 종식시키는 데 힘써온 민주사회학생회SDS는 적어도 앤이 신입생으로 처음 가입했을 땐 분명 그에게 행복한 집인 듯했다. 하지만 동남아시아 전쟁이 확대되면서 SDS 내부에서도 전쟁이 일었다. 6월에 떠들썩한 전국 집회가 열렸고, "미국의 폭력에는 폭력으로"라는 불길한 구호를 외치는 웨더맨 같은 분파들이 생겨났다. 가을에 있었던 '시카고의 7인*' 재판과 '분노의 날들**' 이후 몇 달 사이 웨더맨은 지하 조직이 되었으며, 그 학년이 끝날 즈음엔 SDS도 같은 길을 밟았다. SDS의 붕괴가 앤에게 놀라운 일이 아니었을지라도(이미 지난해부터 와해의 조짐이 있었기에 그로선 새삼스러울 것도 없었다. 물론 지난해까지만 해도 SDS 집회에 다녀올 때마다 열정과 희열에 차 있던 그가 이제 의기소침한 모습으로 돌아오긴 했지만), 그를 뿌리까지 흔들어놓은 건 사실이었다.

앤이 나를 급진주의자로 만드는 걸 단념하기 전에 나도 몇 번인가 집회에 끌려갔었는데, 지금 그가 난장판이라고 표현하는 그곳만큼 활기 넘치는 분위기를 나는 그때껏 본 적이 없었다. 끊임없이 이어지는, 나로선 알아들을 수 없는 말들. 사람들이 가득

• 1968년 시카고 반전 시위 주동자 7인.
•• 1969년 10월 시카고에서 SDS의 웨더맨의 주도하에 사흘간 이어진 폭력 시위.

들어찬 퀴퀴한 방, 자꾸 고장 나는 마이크, 발언하기 위해 줄지어 기다리는 사람들. (대부분이 남자였다.) 다시금 알아들을 수 없는 언어의 벽에 부딪친 기분이었고, 나중에 앤에게 "부르주아가 좌우하는 의식" 같은 말들의 뜻을 설명해달라고 부탁해야만 했다. 앤은 그 언어를 누구보다 유창하게 구사하고 정치 이론에도 해박했지만, 그가 앞에 나가 발언한 내용은 자신은 대학생들 무리와 어울려 레닌주의와 마오주의의 차이에 대해 논하고 앉아 있는 것보다 빈민가 아이들을 가르치는 일에 훨씬 더 관심이 많다는 것이었다.

사실 그는 자신이 아는 거의 모든 운동권 학생들과 급진주의자들이 특권층 출신이라는 사실에 대한 회의를 버리지 못했다. "우린 모두 가진 자들이야." 그는 슬픈 듯 말했다. 그야 당연하지 않은가. SDS의 첫 공식 문서* 첫머리는 이렇게 시작했다. "우리 세대는 최소한 소박한 안락을 누리며 자라 이제 대학에 몸담고……" 앤은 포트 휴런 선언이 멋지다고 생각했다. 그는 자신처럼 소박한 안락보다 호사에 가까운 환경에서 자랐지만 그걸 되갚기 위해 애쓰는 운동권 학생들을 많이 알았다. 못 가진 자들의 삶을 개선시키는 일에 헌신하는 선량하고 용감하며 진지하고 책임감 있는 가진 자들. 앤은 그들의 노력을 무시할 생각이 없었다. 그럼에도, 거의 엘리트 계층의 자녀들로 이루어진 집단이 시도해

* 1962년에 발표된 포트 휴런 선언문.

온 새로운 사회질서의 창조가 실패할 운명이라는 믿음에서 벗어나지 못했다. 지배계급으로 태어난 이들은 더러움으로 부패했고, 그들의 손에는 수백만 희생자들의 피가 묻어 있었다. 어찌 감히 희생자 자녀들이 그 피 묻은 손을 잡아주기를 바라겠는가. 흑인 투사들이 백인을 '형제'라 부르는 흑인을 두고 톰*이요 반역자라고 주장하는 것도 그런 이유 아닌가. 민권 열사 굿맨과 슈워너**도 예외일 수 없었다.

"당신은 백인들에게서 아무것도 훔칠 수 없다. 당신이 원하는 것은 무엇이든 그들이 이미 당신에게서 훔친 것이요 당신에게 빚진 것이다. 그들의 목숨까지도." 리로이 존스.

운동권 학생들은 모두 노동자 계급과의 유대 강화가 필요하다고 말했다. 정기적으로 파업 기금에 기부해온 앤은 강성 노조와 노동자들의 힘을 키우고 보호하는 일에 대찬성이었다. 하지만 대부분의 동지들과 달리 노동자 계급을 낭만적으로 미화하지는 않았다. 부르주아 문화에 오염된 노동자들은 부르주아적 가치들에 부르주아 자신들보다도 더 강하게 집착했다. 그들 대부분이 민권 운동에, 그리고 심지어 부당한 전쟁에서 그들의 아들들을 구하기 위해 벌이는 평화 운동에조차 적대적이었다. 전쟁으로 인한 희생자 수가 수백만에 이르는, 지구상에서 가장 처참한 국

- 백인에게 순종하는 흑인을 지칭하는 속어.
- 흑인의 민권을 위해 투쟁하다 KKK단에 처형당한 백인 앤드루 굿맨과 마이클 슈워너.

민들인 베트남 사람들에 대해서도 전혀 관심이 없었다. 백인 프롤레타리아 계급과 빈민가 청년들을 만난 활동가들은 그들이 더 공평한 사회에 대해 생각조차 해본 일이 없음을 깨닫게 되었다.

앤은 미국의 육체노동자들을 진정한 못 가진 자들로 볼 수 없다고 생각했는데, 그들의 삶이 아무리 고단하다 한들 빈민가 사람들이나 제3세계 농부들의 고난에는 비교될 수 없기 때문이었다. 그래서 그들이 받는 처우에 관심을 기울이고 그들 편에 서서 싸울 수는 있었으나—실제로 싸웠으나—진정으로 불우한 사람들에게 느끼는 무조건적인 애정까지 주기는 어려웠다. 그는 그들을 껴안을 수 없었다.

질문: 앤은 왜 가난한 사람들을 죽도록 사랑하고 자신의 부류를 지독하게 증오한 것일까?

물론 앤이 가난한 사람들에게 후광을 씌우거나, 우리 모두가—"이건 개인들에 대한 이야기이기도 하고, 국가들에 대한 이야기이기도 해"—우리의 지배하에 놓인 힘없는 사람들을 어떻게 대하느냐에 따라 심판을 받아야만 한다고 믿은 최초의 인물은 아니었다.

앤은 말했다. "내가 가난하게 태어났더라면 좋았을 텐데." ("내가 인디언으로 태어났더라면 좋았을 텐데"—로버트 케네디.) 가난한 흑인으로 태어났더라면 이상적이었을 것이다. 하지만 그런 환상에 사로잡힌 반문화적 인물들이 이미 득실거렸고, 그중 일부는—거리의 시위대부터 록 스타, 히피족에 이르기까지—자신이 진짜 흑인이라고 믿기에 이르렀다.

　여성 해방 운동가들이 파문을 일으키기 시작하자 앤은 그들을 경계했다. 앤은 대체로 여자보다 남자를 선호했는데, 로맨스와 관련한 이유에서가 아니라 남자들을 더 높이 평가했기 때문이었다. 한번은 내게 말하기를, 여자들끼리 하는 대화를 엿들으면 대개가 사소하고 자질구레한 내용이라고도 했다. "사상이 없어. 자질구레한 신상 이야기만 지겹게 해대지." 나는 그 말이 무슨 뜻인지 알았지만 굳이 그런 말을 입 밖에 낼 필요가 있는지는 의문이었다. 남자들끼리의 대화를 엿들어도 사상 이야기를 들을 수는 없었다. 하지만 운동권에는 여자들보다 남자들이 많았고, 앤에겐 바너드 친구들보다 컬럼비아 친구들이 더 많았으며, 앞서 말했듯이 그는 데이트 상대도 많았다. 비록 앤과의 데이트는 저녁 식사와 영화가 아닌 저녁 식사와 집회를 의미하는 경우가 더 잦았지만 말이다. 똑똑한 남자들도 여자의 두뇌보다 큰 가슴에 더 끌린다는 얘기는 그릇된 통념이라는 증거가 바로 자신이라고 앤은 말했다. 청결을 철저하게 유지한다는 것을 빼면(하루에 두 번씩 샤워하는 날도 많았다), 그는 자신을 매력적으로 가꾸기 위한 노력을 전혀 하지 않았다. 그는 대부분의 여자들이 화장이나 옷 같은 것들을 너무 중요하게 여기고 남자들 눈에 어떻게 보일지 신경 쓰느라 너무 많은 시간을 허비한다는 데 페미니스트들과 의견을 같이했다. 그는 당시 어느 늙은 미인이 했다는 우울한 말을 즐겨 인용하곤 했다. "난 아름답기 위해 인생을 너무 많이 허비했어." 남성이든 여성이든 모두가 똑같이 소박한 옷을 입으면 더 좋지 않겠어?

물론 여성 해방 운동은 SDS의 분열에 일조했다. 이제는 모두가 SNCC 여자들의 자세 운운하는 말을 인용하는 듯했고, SDS의 일부 여학생들은 남학생들이 그런 성차별적 견해를 갖고 있다고 비난했다. 실제로 이후 많은 사람들이 한 문장 안에 "여자들의 포지션"과 "복위"를 함께 쓴 건 스토클리 카마이클이 아닌 SDS 지도자들이었다고 기억하게 된다. 모든 쇼비니즘을 증오했던 앤은 남성 쇼비니즘 역시 증오하면서도 여성 운동의 개화를 불안한 마음으로 지켜보았다. 본류와의 파멸적 분열이 임박했음을 감지한 것이다. 앤에게 있어 권리란 오직 가난한 사람들의 몫이었고 나머지 사람들에겐 의무만 있었다. 그리고 그는 "흑인 여성은 우리 흑인 남성들이 권리를 찾는 것에 대해 먼저 생각해야만 한다"라고 주장하는 BOSS 여학생들의 편이었다.

여름방학 동안 앤에겐 새로운 버릇이 하나 생겼다. 자신의 주장을 펼칠 때면 오른쪽 주먹으로 왼쪽 손바닥을 가볍게 때리는 제스처였다. 그 버릇은 점차 예전 버릇을 대체했는데, 두 손을 깍지 껴서 가슴뼈 높이쯤 올린 채 가볍게 앞뒤로 흔드는 예전 제스처가 내 눈에는 이 새로운 버릇보다 매력적이었고, 이후에도 늘 그러한 모습으로 그를 떠올릴 터였다.

앤은 자신이 점점 반감을 사고 있다는 걸 분명히 알았을 것이다. 흥 깨는 사람들이 환영받는 시대가 아니었다. 밤늦게 도서관에서 돌아올 때마다, 앤은 카펫 깔린 복도에 쿠키와 감자 칩 봉지들을 늘어놓고 널브러진 채 눈이 빨개져서는 서로 몸을 부딪치며 깔깔대고 있는 우리에게 냉담한 시선을 던지곤 했다. 앤 역시 마리화나를 피우긴 했지만 약 기운이 돌면 무리에 섞이기보다 내면에 침잠하는 소수에 속했고, 놀랍게도 단 한 번도 낄낄거리거나 게걸스럽게 먹어댄 적이 없었다. 취하는 걸 못마땅해하지는 않았다. 바야흐로 태동 중인 특정한 라이프 스타일(당시엔 라이프스타일이라고 한 단어로 묶지 않고 그렇게 두 단어로 썼다)을 못마땅해했을 뿐이다. 그는 자신과 같은 세대의 사람들이 정치를 자신들과 무관한 것으로 여기기 시작한다는 사실에 경각심을 느꼈다. 사회를 바꾸겠노라 맹세했던 많은 학생들도 이제는 차라리 도피하고 싶어했다. 그의 눈에 혼자만의 만족을 위한 일을 너무 자주 하는 건 아무것도 안 하는 것, 혹은 적어도 쓸모 있는 일을 하지 않는 것으로 비쳤다. 그는 마리화나 파티와 남학생 사교 클럽 파티가 실상 그렇게 다르지 않다고 보았으며, 히피 문화의 본질인 쾌락주의를 결코 용납하지 못했다. 그리고, 언제나처럼, 특권의 문제도 있었다. "흑인 히피가 있으면 데려와봐." 그가 주먹으로 손바닥을 때리며 말했다.

어쩌면 잘못 알고 있는 것인지도 모르지만, 내가 기억하는 신입생 시절의 앤은 2학년 때와 거의 비슷하면서도 좀 더 쾌활했다. 늘 바쁘고 혼자 있는 시간이 거의 없었음에도, 그는 제 말마따나 외롭게 큰 외동딸, 혹은 가련한 부잣집 딸다운 고독한 기운을 갖고 있었다. 그의 데이트 상대들은 왜 아무도 그의 마음을 사로잡지 못했을까? 그는 여전히 밤이면 잠자리에 들기 전에 음악을 틀곤 했고, 나는 가끔 벽 너머로 들려오는 음악 사이에 섞인 부정확한 음정에 귀를 기울이며 그건 앤이 내는 소리—우는 소리?—일 거라고 생각했다. (방에 학살된 아기들 포스터를 붙여놓고 잠을 잘 수 있다는 게 놀라웠다.)

그 2학년 첫 학기에 앤은 폭행을 예상하는 사람의 긴장된 자세와 경계 어린 태도를 갖게 되었다. 그는 시위를 하다 폭행을 당했고, 한번은 머리를 꿰매기까지 했다. TV 전국 네트워크 뉴스 기록을 찾아보면 앤이 긴 머리채를 잡힌 채 놀라운 속도로 호송차로 끌려가는 장면을 발견할 수 있다. 그는 체포될 때마다 자신과 동지들이 구치소에 갇혀도 금세 풀려날 것임을 알았다. 그는 그걸 수치스러워했다. "유능한 진보 변호사들의 도움을 받을 수 없는 사람들이 어떻게 되는지는 우리 모두 알고 있지."

나는 그가 여전히 나와 친구로 지내고 싶어한다는 사실에 놀랐다. 그리고 기쁘기도 했다. 그런 마음을 솔직하게 털어놓을 상대는 없었지만 나는 앤과의 우정을 자랑스럽게 여기고 있었는데, 그건 특히 앤이 똑똑하고 진지하며 무엇보다 여자들에 대해 엄격한 잣대를 갖고 있기 때문이었다. 앤은 나로 하여금 중요한 시험에 통과하고 무언가를 이룬 듯한 기분을 느끼도록 만들었다. 1학년 때 함께 어울렸던 무리 가운데 그의 친구로 선택된 사람은 나뿐이었다. 상처받은 다른 친구들 사이에서 나는 우쭐해졌다. 왜 나만 선택되었을까? "빈민가 체험이지." 한 여성은 용서할 수 없는 농담을 던졌다.

"무슨 소리야, 시위에 안 나가겠다니?" 나는 필연적으로 앤을 실망시킬 수밖에 없었다. 나는 그가 강권한 책들―마르쿠제, 파농, 두보이스―대신 느린 속도로(비밀리에 두 번째로) 톨킨을 읽고 있었다. 그리고 얼마 못 가 다시 수업을 빼먹는 습관이 도졌다. 고작 나쁜 경험 하나 때문에 시 쓰기를 완전히 포기한 것에 앤은 경악했다. 그는 내가 웨스트엔드 술집에서 바텐더로 일하며 마약을 거래하는 컬럼비아 중퇴생 딕의 여자로는 아깝다고 생각했다. (몇 년 뒤 딕은 유능한 진보 변호사로 명성을 떨치게 된다.)

방을 따로 쓰면서 앤과 나는 전보다 덜 보게 되었지만 여전히 거의 매일 식당에서 저녁을 함께 먹었고, 한밤중에 누가 내 방 문을 노크하면 나는 그게 앤임을 알았다. 다른 친구들(앤의 적들)과 어울려 더 즐거운 시간을 보냈을 수 있었을지 몰라도, 내가 고대했고 이후에도 거듭 회상하게 될 순간은 앤과 둘이서 새벽까지 담배를 피우며 이야기하는―벌써 신입생 시절에 대한 향수에 젖어서―시간이었다.

한번은 앤과 함께 지하철을 타고 가는데 걸인이 우리 칸으로 들어왔다. 앤은 그가 내민 종이컵에 지폐를 가득 채워줬고, 거듭되는 그의 감사 표시에 얼굴을 붉혔다. 걸인이 다음 칸으로 옮겨간 뒤, 앤에게 무슨 말인가를 하려고 고개를 돌린 나는 그가 울고 있는 것을 보았다.

내게 그 이야기를 전해 듣고는 짜증 난다는 반응을 보인 친구들도 있었다. 앤의 눈물이 진심이었다고 믿으려 하지 않는 친구들도 있었다. 걸인에게 지폐 뭉치를 준다는 것 자체가 좀 과시적인 행위 아니야? 게다가 그 정도 부자가 인심 좀 쓴 게 뭐 대수라고?

복잡한 사람들은 오해받기 쉬우며, 앤도 그런 경우였던 것 같다. 하지만 그가 내게 "우리 부모님이랑 너희 부모님을 바꿀 수만 있다면 내가 가진 걸 다 내놓을 수도 있어"라고 했을 때, 내가 무슨 말을 할 수 있었을까? 앤이 그런 말을 해도 나는 더 이상 분노를 느끼지 않았다. 하지만 뭐라고 대꾸한단 말인가? 내가 앤에게 뭘 해줄 수 있단 말인가?

"네가 나에게 해줄 수 있는 건, 우리 부모님을 만날 때 나랑 같이 가주는 거야."

1학년 때 앤을 집으로 데려가려고 온 드레이턴 부부를 만난 적이 있다. 딱 한 번이었고, 그들에 대한 의견이라는 걸 갖기엔 너무 짧은 만남이었다. 그들이 이런저런 이유로 뉴욕에 꽤 자주 온다는 건 알고 있었다. 그들은 여러 콘서트와 극장 공연의 정기 관람권을 갖고 있었다. 앤은 절대 그런 공연들에 함께 가지 않았다. 그는 그런 교양 있는 문화에 관심이 없었다. "너무 많은 사람들이 배제되니까." 흑인 오케스트라 지휘자가 있으면 데려와보라지! 부모님이 링컨 센터 같은 대형 문화 기관을 후원하는 것도 그는 마땅치 않았다. 앤은 소용없는 짓이라는 걸 알면서도 자신이 원하는 곳에 돈을 기부해달라고 아버지를 끈질기게 졸라댔고, 그럴 때마다 아버지가 대는 핑계에 분노했다. "애야, 앤, 그 돈이 결국 누구 손으로 들어가는지 넌 몰라." 예술에 쓰이는 것보다야 훨씬 낫겠지. 드레이턴 부부는 미국의 야생 동물과 황무지를 보호하는 프로그램들에도 거액을 기부하고 있었다. "동물들과 나무들이 사람들보다 중요하다는 거야?" 그들의 딸은 분개했다. 공정을 기하기 위해 덧붙이자면, 그의 부모님은 교회를 통해 코네티컷의 가난한 사람들도 도왔다. 하지만 앤은 "그들은 훨씬 더 많은 돈을 줄 수 있었어"라며 화를 누그러뜨리지 않았다. 드레이턴 부부가 매년 여러 자선 기관에 기부하는 돈이 우리 대학 등록금 전액의 몇 배나 된다는 사실을 처음 알았을 때 나는 말문이 막혔다. 그만하면 인심 좋게 부를 나누고 있는 것 아닌가? 그렇다면 "남의 피를 빨아먹는 기생충들" 소리를 들어선 안 되는 게 아닌가?

앤이 내 생각을 바로잡아주었다. "그 돈은 거의 다 세액공제 혜택을 받는다는 거 잊지 마. 그게 아니라면 그들이 한 푼이라도 내놓을 것 같아?" 나야 모르는 일이었다. 하지만 앤이 하는 이야기를 들으면 그의 어머니가 생활보호대상자들과 북베트남인들의 돈을 훔쳐서 옷과 골동품을 사들인다고 오해하기 십상이었다.

앤은 집안의 부가 의료 기구 특허권에서 나온다는 사실을 못 견디게 괴로워했다. "의료 시술을 안전하게, 혹은 가능하게 만들어주는 장비 같은 필수재는 모두에게 무료로 제공되어야 해." 얼마 전에 이 케케묵은 이야기가 다시 떠올랐다. 저녁 식사 자리에서 내 옆에 앉은 여자가 의사에겐(그는 내가 의사와 결혼했다는 사실을 막 알게 된 참이었다) 사람들을 무료로 치료해줘야 할 도덕적 의무가 있다고 일장 연설을 늘어놓았을 때였다.

　의료 서비스는 앤이 사람들에게 무상으로 제공되어야 한다고 주장한 수많은 항목들 중 하나에 불과했다.

　일요일이었고, 드레이턴 부부는 마티네* 티켓을 갖고 있었다. 앤은 나와 함께 나간다는 조건으로 그들과의 브런치 약속에 동의했다. 하지만 그들은 애초에 앤의 학교 친구라면 언제든 환영이라고 말해온 터였다. 우리는 웨스트 67번가에 있는 '카페 데 자르티스트'에서 만났다. 아직 유명해지고 화려한 차양이 달리기 여러 해 전, 당시 거리에서 바라본 그 레스토랑은 아무나 선뜻 들어가도 될까 싶을 정도로 조용하고 배타적인 분위기를 풍기고 있었다. 앤은 그곳이나 아니면 '러시안 티 룸'으로 가게 될 거라며, 그 두 곳이 링컨 센터 근처에서 부모님이 제일 좋아하는 레스토랑이라고 했다. 앤은 그 두 곳을 똑같이 싫어했다. 물론 그로서는 중국인들만 가는 차이나타운의 좁고 어둑한 식당을 더 좋아했겠지만, 정작 부모님이 그런 식당에 가려 했다 해도 그의 반反속물주의가 이를 허용하지 않았을 것이다. "우리 부모님 같은 사람들은 진짜를 체험할 자격이 없어."

　"방금 시장님이 다녀가셨는데 아깝게 놓치셨네요." 코트 보관원이 말하자 앤은 그를 죽일 듯이 쏘아보았다. (그해 여름 본위트

---

* 낮 시간에 하는 공연.

텔러 백화점에서도 한 판매 직원이 그런 비극적인 어조로, 방금리 라지월*이 다녀갔는데 아깝게 놓쳤다고 내게 말한 적이 있다.)

그 만남을 위해 특별히 옷차림에 신경을 써야 할지 물었을때, 앤은 기가 막힌다는 듯 눈알을 굴렸다. ("당연히 아니지!") 그리하여 나는 청바지 차림으로 식당에 들어서면서 온통 정장과진주로 장식한 사람들의 모습을 확인하고 낯을 붉혀야 했다.

우리가 약속 시간에 늦어서—앤은 일부러 늦게 갔다—드레이턴 부부가 먼저 와 기다리고 있었다. 드레이턴 씨가 우리를 보고 일어섰다.

"아, 터너, 제발, 그러는 거 내가 얼마나 싫어하는지 알잖아요." 앤이 의자에 몸을 던지며 핀잔을 줬다.

"그럼, 알지, 애야." 드레이턴 씨는 그렇게 말하면서도 내가 의자에 앉을 때까지 그대로 서 있었다. 방금 전 코트 보관원이 한 말이 아니었더라면 그런 생각이 떠오르지 않았을 수도 있었겠지만, 나는 드레이턴 씨가 우리가 아깝게 놓친 사람과 너무도 흡사한 것에 깜짝 놀랐다. 다시 말해, 그는 온화한 중년의 상원 의원 같은 인상을 주는 미남이었다. 그리고 드레이턴 부부는 피를 나눈 남매처럼 보일 정도로 닮은 부부들 가운데 하나였다. (나는 그런 부부들을 많이 보았다.) 어찌나 닮았는지 꼭 쌍둥이 같았다. 언젠가 앤은 자신의 부모님이 밀랍 박물관 속 인형들처

• 재클린 케네디의 여동생이자 실내장식가.

럼 보인다고 투덜댄 적이 있는데, 어떤 면에서는 그렇기도 했다. 하지만 그 레스토랑에 있는 대부분의 사람들이 그랬고, 젊은이들 눈에는 서른 살이 넘은 중산층 백인 거의 모두가 그렇게 보인다고도 할 수 있었다. 우리 마음속에서 그들은 실제로 밀랍 박물관 속 인형들이었으니까.

우리를 기다리는 동안 마티니를 한 잔씩 비운 그들이 다시 한 잔씩 주문했다. 나는 '드라이'가 도대체 무슨 뜻일까 궁금했다.

터너와 소피. 둘 다 앤처럼 피부가 창백하고, 금발 머리에, 몸은 날씬했다. 하지만 부모와 자식보다는 남편과 아내가 더 닮은 모습이었다.

어머니의 외모가 딸보다 더 눈에 띄는 건 안타까운 일이다. 드레이턴 부인은 모공 없는 피부와 큼직한 입을 갖고 있었다. 긴 머리는 틀어 올린 채였다. (그런 부류의 여자들은 사적인 자리에서만 머리를 풀었다.) 나는 그의 머리칼 색이 좋았다. 재를 골고루 발라 빗질한 것 같은 색이었다. (남편의 경우 재를 발라 빗질한 게 아니라 헝클어뜨린 듯했다.) 그러나 드레이턴 부인의 푸른 눈은 차가웠고, 나를 자세히, 하지만 물론 은밀하게 뜯어보는 그 차가운 시선도 마음에 들지 않았다. 그 시선 때문에 손을 감추고 싶은 충동이 일었으나, 식사 중에는 항상 두 손이 보이게 하는 것이 예의라는 말을 들은 기억이 났다.

당시 나는 『위대한 개츠비』를 읽는 중이었다. 강의 독서 목록에 들어 있어서였다. 목록에 포함된 것 중 제일 얇았기에 그 책으로 리포트를 쓰기로 결정한 터였다. 이제 나는 소피 드레이턴에게서 데이지 뷰캐넌의 모습을 찾고 있었다. "돈으로 충만한" 목소리가 진짜로 귀로 들을 수 있는 것일까? 나는 귀를 쫑긋 세웠다.

드레이턴 부인은 대화 중에 상대에게 시선을 고정하지 않고 자꾸 옆으로 미끄러뜨려 마치 상대의 등 뒤로 누군가가, 혹은 무언가가 접근하고 있는 듯 불안감을 안겨주는 버릇이 있었다.

그리고 드레이턴 씨 역시 상대에게 불안감을 안겨주는 버릇이 있었다. 그는 인생 최고의 순간이라도 보내는 양 무척 즐거운 듯 굴었고, 내가 보기엔 그 목에 둘린 나비넥타이와 더없이 어울리는 허풍과 일종의 과장스러운 친절 혹은 쾌활함을 내비쳤으며, 자신의 진짜 생각이나 감정을 알고자 하는 상대를 좌절시키기 마련인 '연기' 능력도 갖추고 있었다. 그는—이제 아무도 쓰는 사람이 없는 옛날 단어를 찾아 표현하자면—데버네어*였다. "우리 모두 맛있는 거 먹자. 맛있는 오믈렛 어떨까? 아주 맛있는 게살 샐러드나." 그때만 해도 나는 그런 버릇들이 그의 계급에서는 흔하다는 걸 알지 못했다.

"이 식당 좀 봐." 앤이 메뉴판을 펼쳐 들고서 내 귀에 대고 속삭였다. 나는 숲의 요정들을 묘사한 이곳 벽화들 얘기인가 싶었다. 이 레스토랑이 워낙 그걸로 유명하기도 했고. 우리 테이블에서는 그네 타는 소녀 그림이 잘 보였는데, 정말이지 주목할 만한

---

* debonair. 정중하고 유쾌한 남자를 나타내는 고어.

작품들이었다. 몇 년 뒤, 다른 괜찮은 레스토랑들―더 세련되고 음식도 훨씬 훌륭한 곳들―이 많은데도 나는 카페 데자르티스트를 고집해서 친구들을 어리둥절하게 만들곤 했다. ("거긴 관광객들만 가는 데잖아!" "이제 아무도 거기 안 가!")

처음에 앤이 부모님과의 만남을 견딜 수 있도록 함께 가달라고 부탁했을 때, 나는 그저 작은 호의를 베푸는 일 정도로 여겼다. 하지만 결국 그게 아니었다. 만남이 끝난 뒤, 나는 그날 남은 시간 내내 두통에 시달려야 했다. 앤이 메뉴판을 덮으며 먹고 싶은 게 없으니 그냥 빵과 얼음물로 때우겠다고 했다. 그런 일이 처음은 아닌 듯 그의 부모님은 놀라는 기색을 보이지 않았다. 어머니는 이렇게만 말할 뿐이었다. "둘리, 네가 학교에서는 제대로 먹고 있기를 바란다." 앤은 아무 대꾸도 하지 않았는데, 자기가 듣기 싫어하는 이름으로 불렸기 때문인지 아니면 다른 이유가 있었는지 나로선 알 길이 없었다. (그의 아버지는 앤으로 불러달라는 딸의 요구에 따른 반면 어머니는 그러지 않았다는 점이 주목할 만하다.) 나 자신은 앤의 선언에 난감한 처지가 되었다. 나도 앤처럼 해야 할까? 앤이 음식을 주문하지 않는데 나는 주문한다는 게 옳게 느껴지지 않았다. 내 당혹감을 눈치챈 듯 드레이턴 씨가 외쳤다. "친구까지 빵과 물 다이어트 중이라면 우린 절망할 거야!" 하지만 그의 아내는 아무 말이 없었기에 나는 다시 난감해졌다. 앤이 테이블 밑에서 나를 쿡 찌르며 조용히 말했다. "먹어."

나는 멋진 에그 베네딕트를 주문했는데, 드레이턴 부인이 그걸 먹겠다고 했기 때문이었다. 하지만 나는 수란을 좋아하지 않았고 특히 그 위에 찐득거리는 걸 잔뜩 뿌린 건 더더욱 좋아하지 않았다. 게다가 초조해서 도무지 음식을 먹을 수가 없었다. 레스토랑 안으로 들어올 때부터 줄곧 초조했다. 무엇보다도 장소에 어울리지 않는 옷차림을 하고 있어서였는데, 앤은 전혀 신경 쓰지 않는 듯했다. (물론 드레이턴 부부는 잘 차려입었고, 둘 다 진한 회색 옷차림이라 더 쌍둥이 같아 보였다.)

앤을 통해 들은 얘기가 있었기에 나는 그들이 속물근성이나 고압적인 태도를 보이리라 예상하고 있었다. 이를테면 웨이터를 대하는 어조 같은 것 말이다. 하지만 웨이터에게 딱딱거린 건 오히려 앤이었다. 웨이터가 앤에게 정말 음식을 주문하지 않겠느냐고 묻자 그는 이렇게 대답했다. "내가 방금 말하지 않았나요?" 그러곤 물러가는 웨이터를 지켜보며 말했다. "웨이터나 하인들이 싸구려 턱시도 같은 유니폼을 입도록 강요당하는 경우가 많은 게 나만 이상한가?"

결국 그는 빵조차 먹지 않았다.

딸이 자기 얘기를 하려 하지 않자 앤의 부모님은 자연스럽게 내게 관심을 기울였다. 이번 학기 수업들은 어때요? 물론 그들은 내가 그 화제에 대해 거의 할 말이 없음을 알지 못했다.

그때부터 두통이 시작되었는데, 처음 통증이 느껴진 곳은 오른쪽 머리였다.

앤은 도통 먹으려 들지 않았다. 말도 하려 하지 않았다. 우리는 인질로 붙잡힌 사람들처럼 경직되어 있었다. 드레이턴 부부와 나는 연극에서 각자의 역할을 연기하듯 행동했다. 내가 그들에게 마티네 공연에 대해 물었고, 덕분에 대화에 잠시 생기가 돌았다. 그들은 최근에야 발레를 보기 시작했는데 완전히 빠져버렸다고 했다. 발란친 공연은 아무리 많이 보아도 질리지 않을 거야. 나는 발란친이 누군지 몰랐다. 나중에라도 나 역시 시립 발레단 정기회원이 되어 발란친에게 빠지게 될 거라는 생각은 전혀 들지 않았다. (하지만 그때는 "드라이, 스트레이트로, 올리브 넣어서" 같은 말이 내 입에서 술술 나오는 것 역시 상상조차 할 수 없는 일이었다.)

스피커에서 흘러나오는 음악에 주의를 기울이지 않고 있었는데, 어느 순간 주디 콜린스의 〈이제 양쪽 다Both Sides Now〉가 귀에 들어왔다. 아득한 옛날이 되어버린 나의 고교 졸업반 시절을 추억하게 하는 노래였다. 목이 메어왔다.

웨이터가 디저트 메뉴판을 가져오자 드레이턴 씨가 내게 말했다. "꼭 먹어야 해요."

"배 안 고픈 것 같은데, 보면 모르겠어?" 드레이턴 부인이 말했다.

하지만 드레이턴 씨는 내가 달걀을 남긴 게 식욕이 없어서는 아니리라 짐작한 게 분명했다. "아, 하지만 디저트는 다르지, 안 그래요?" 그가 특유의 활기찬 태도로 말을 이었다. "그리고 이

집 디저트는 끝내주거든." 정말이지 바보 같은 말이었다. 정말이지 좋은 사람이었다. 내가 디저트를 먹든 안 먹든 그게 그에게 무슨 상관이란 말인가? 그건 순수한 호의에서 나온 말이었다. 그의 눈빛은 호의로 부드러워져 있었다. 내가 결코 잊을 수 없는 그런 호의였다.

다음 순간, 누군가 창문이나 문을 열어 바깥공기가 들어온 듯했다. 실내의 모든 불빛들이 떨리며 어두워졌다. 나는 손에 들고 있던 메뉴판을 떨어뜨렸다. 앤은 즉시 간파했다. 민감한 안테나, 열정적인 공감 능력을 가진 앤―그런 순간에 그는 천사나 무슨 정령 같았다. 그가 내 어깨에 팔을 두르며 부모님에게 말했다. "두 분이 알아야 할 게 있어요. 조지 여동생이 실종됐어요. 8월에 가출했는데, 어디 있는지 아무도 몰라요."

드레이턴 씨가 먼저 말했다. "정말, 정말, 대단히, 대단히 안타까운 일이구나." 양쪽 뺨을 세게 꼬집히기라도 한 것처럼 그의 얼굴로 피가 몰렸다.

드레이턴 부인은 숨을 돌릴 시간이 필요했다. "어머니가 얼마나 힘드실까." 이 말을 할 때 그의 목소리는 다른 말을 할 때와 완전히 달랐다.

아무도 디저트를 먹지 않았다.

나는 머리가 아팠다. 이제 양쪽 다.

벨뷰 병원. 시립 시체 안치소. 그 소녀는 알몸으로 시트에 덮여 있다. 벽에 달린 거울은 부스 밖에서 잘 보이도록 각도가 맞추어져 있다. 나는 너무 가까이 다가서면 안 된다. 부스 밖에서 플렉시 유리 너머로만 봐야 한다. 이런 날이 올 수도 있으니 마음의 준비를 해두라고 경찰은 말했었다. 자, 준비됐습니까? 소녀는 죽은 채 알몸으로 시트에 덮여 있다. 담당자가 시트 한쪽 끝을 젖혀 머리를, 정수리에서 똑바로 빗어 내린 옅은 색깔 긴 머리칼과 벗은 어깨를 드러낸다. 그 어깨를 보며 나는 생각한다. 졸업 무도회 드레스.

어지러운 춤을 추는 느낌.[•]

그 머리칼을 보니 누가 그렇게 빗겼는지 궁금해진다. 지금 알몸으로 누워 있는 게 알몸으로 발견되었다는 뜻인지도 궁금하다. 몇 년 전 운동장을 떠들썩하게 했던 소문. 매릴린, 숨진 채 발견. "그 얘기 들었어? 알몸으로 발견됐대."

드레이턴 씨가 음식값을 낼 때 앤이 말했다. "그 돈이면 차이나타운에서 다섯 번은 먹겠네요."

"그건 사양한다." 드레이턴 부인이 말했다. "MSG로 범벅이 된 음식은 먹고 싶지 않아."

그 소녀는 솔랜지와 비슷하지도 않았다. 머리 색만 같았다. 물론 나이도. 솔랜지가 아니었으므로 경찰은 내게 그 소녀에 대해 더 이상 알려주지 않았다. 연고자가 안 나타나면 어떻게 돼요? 시신은 거기에 얼마 동안 보관되죠? 그리고 그 이후엔? 부드

• 주디 콜린스의 노래 〈이제 양쪽 다〉의 가사.

러운 옆얼굴 윤곽. 피부는 팽팽하고 매끄럽고 성숙해 보였지만 가짜 과일의 껍질처럼 부자연스러운 광택이 돌았다. 그 소녀는 솔랜지가 아닌데도 나는 사슴 생각이 났다.

"당신은 심각한 인종차별주의자예요, 소피."

"뭐라고?" 드레이턴 부인은 웃으려고 애쓰며 되물었다. "이젠 내가 중국음식을 안 좋아한다는 이유로 인종차별주의자가 된 건가?"

"아뇨, 소피, 당신이 인종차별주의자이기 때문에 인종차별주의자라는 거예요. 게다가 조금 전 그 말을 하면서 몸서리를 쳤잖아요."

드레이턴 부인이 몸서리치는 건 나도 똑똑히 보았다.

"난 MSG에 몸서리친 거야!"

"미안하지만, 다음에 또 시신을 확인하러 오게 될 수도 있어요."

두개골 안쪽에 철조망이 깔린 듯한 느낌이었다.

"미안해요, 힘든 일이라는 거 우리도 알아요. 죽은 아이는 예쁜 모습이 아니니까."

드레이턴 씨가 일어나더니 아내에게 손을 내밀어 자리에서 일어나도록 도와주었다. "이제 가야지. 안 그러면 늦어." 마치 어머니와 딸 사이에 그런 대화가 오가지 않았던 것처럼, 공연이 시작되려면 아직 반 시간도 더 남았고 극장이 바로 코앞에 있다는 걸 우리 모두 알지 못하는 것처럼, 그는 우아하게 움직이며 쾌활하게 말했다. 하지만 그의 얼굴은—그 표정을 본 건 나 혼자뿐인지도 모르고 어쩌면 내 상상이었을 뿐인지도 모르지만—패배자의 얼굴이었다.

밖으로 나가자, 앤은 기숙사까지 걸어가고 싶다고 말했다. 누가 엄지손가락으로 눈을 쑤셔대는 듯했고, 때는 쌀쌀한 11월에, 기숙사는 쉰 블록이나 떨어진 곳에 있었지만, 나 역시 걸어가고 싶었다. 부모님과 작별 인사를 나눌 때 앤은 아버지에게 현금을 최대한 많이 달라고 했다. 나는 그가 지갑을 열어 20달러짜리 지폐 두 장을 꺼내 주는 걸 보며 그 돈을 어디에 쓸 건지 왜 묻지 않는지, 혹시 묻지 않고도 알고 있는 건지 궁금증을 느꼈다. 앤과 나는 브로드웨이를 걸어 올라가다가 가게 몇 군데에 들러 20달러짜리 지폐들을 모두 1달러짜리로 바꿨다. 북쪽으로 올라갈수록, 특히 86번가를 지나면서는 판자로 막아놓은 창문들과 깨진 유리창들, 거지들이 점점 많이 보였다.

"잘 봐." 앤이 주머니에서 돈을 꺼내 자선을 베풀며 말했다. "세계 최고 부자 나라라는 곳이 이래."

문간의 취객들이 그를 향해 술병을 들어 보였다. 한 여자가 자신의 소지품들이 모두 담긴 카트를 밀고 지나가며 소리를 질러대기 시작했다.

운이 없었다면 너와 나도 그렇게 되었겠지.*

"세계 최고의 도시. 20세기의 수도. 사람들이 2달러를 내고

---

* 존 바에즈의 노래 〈데어 벗 포 포천There But For Fortune〉의 가사.

마티니 한 잔을 마시는 곳." 태드 스테이크 하우스에서는 스테이크 정식 1인분 가격이 그보다 1센트 쌌다.

내가 앤에게 그의 부모님이 자녀를 더 갖지 않은 이유를 묻자—당시엔 3인 가족이 흔치 않았다—그는 이렇게 대답했다. "나도 자라면서 끈질기게 그 질문을 했는데, 자기들한텐 나 하나면 된다는 얘기만 하더라고. 부모로서 그들이 가진 욕망을 내가 모두 만족시켜주었다고 믿게끔 하려던 모양이야. 실제로 나도 그렇게 믿은 것 같고. 물론 내게 형제자매를 갖지 못하게 하다니 끔찍한 짓이라고 생각하긴 했지. 내가 보기엔, 가련한 소피에게는 한 번의 임신으로 충분하고도 남았던 거야. 맙소사, 임신은 불편한 거니까. 임신선이 남으니까. 출산은 고통스러우니까. 사실 소피는 땀 흘리는 것도 싫어하거든. 그 세대 전체가 자신의 육체로부터 소외되어 자연분만조차 안 하려고 했잖아. 대부분 모유 수유도 거부하고! 그건 시골뜨기들이나 하는 짓이라고 여긴 거지. 가난한 여자들에게 돈을 주고 자기 대신 배 속에 아기를 품게 할 수 있었다면 저 부유한 여자들은 아마 그렇게 했을걸. 혁명이 실패하면 그런 미래가 될 거야. 솔직히 난 소피가 아이를 낳는 게 상상이 안 돼. 게다가 그들 둘이 섹스하는 건 어떻고? 그게 상상이 되니?"

그들은 마흔이 넘은 나이였다. 아닌 게 아니라 상상하기 쉽지도, 유쾌하지도 않은 일이었다.

앤과 나는 둘 다 언젠가는 아이를 원하게 되리라 생각했다.

하지만 앤은 전제를 달았다. "전통적인 부르주아적 방식만 아니라면."

이제 둘만 남아 긴장이 가신 데다 신선한 공기와 산책 덕에 두통도 좀 진정되자 허기가 느껴졌다.

우리 둘 다 배가 고팠다. 기숙사까지 열 블록쯤 남았을 때 우리는 앤이 아는 푸에르토리코 간이식당으로 들어갔다. 주인 부부가 앤을 따듯하게 반겨주었다. 우리는 진열장의 통돼지 구이에서 잘라낸 고기와 플렌틴 튀김, 쌀과 콩 요리를 먹었다. 둘 다 무척 배가 고프던 터라 접시에 높이 쌓인 음식을 남김없이 먹어치웠다. 진짜였고, 맛이 끝내줬다.

하지만 식사 후에 앤은 기아에 시달리는 수백만 비아프라인들 생각에 괴로워하며 돼지처럼 먹어댄 자신에게 분개했다. 그러곤 속죄의 뜻으로 세 끼를 걸렀다.

일주일쯤 지나서 앤은 아버지에게 전화를 걸었다. 발란친의 뉴욕 시립 발레단에서 수석 무용수로 활동했던 아서 미첼에 대해 이야기하기 위해서였다. 아서 미첼이 마틴 루서 킹의 암살을 보고 스스로에게 한 약속을 지키기 위해 할렘 무용단을 만들었던 것이다. 앤은 터너가 이 신생 무용단의 후원자가 되어줄 수 있는지 알고 싶어했다.

그가 내 방 문을 부술 듯 박차고 들어왔다. "그러겠대!"

*

　도합 몇 번이나 앤과 함께 그의 부모님을 만났을까? 확실히
는 모르겠다. 분명한 건 그 만남들이 늘 똑같았다는 사실뿐이다.
드레이턴 부부에게 조금 더 익숙해지긴 했지만, 나는 그들과 함
께 있는 자리에서 결코 긴장을 풀 수가 없었다. 그러니까 음식
을 맛있게 먹을 수 있을 정도로 긴장을 푼 적이 없었다는 말이
다. 하지만 그들을 악마로 보이게 하려는 앤의 노력에도 불구하
고 내겐 그들 둘 다 근본적으로 악의는 없는 사람들로 느껴졌다.
그 나이의 사람들 대부분이 그렇듯 따분한 건 사실이었고 그 부
류의 인위적 태도 때문에 좀 가식적으로 보이긴 했지만, 악의는
없었다.

　하지만 앤이 그들에게 퍼붓는 신랄한 비판이나 비난이나 조
롱이 몇 차례나 반복되던 즈음엔 어느 순간 나도 앤이 느끼는 좌
절감을 느끼기 시작했다. 드레이턴 부부는 왜 아무 문제도 없는
것처럼 행동할까? 우리 부모님이었다면 내가 앤보다 훨씬 덜 버
릇없게 굴었어도 나를 때려 의자에서 나동그라지게 만들었을 터
였다. 고향의 주눅 들고 매 맞는 아이들이 생각났다. 이곳에서 그
정반대의 광경을 목격하고 있자니 이제 짜증이 치밀었다. 그 후
로도 그런 광경은 늘 나를 짜증 나게 만들곤 했다. 한번은 내 어
린 딸의 친구 생일 파티에서(그랬다, 나는 자연분만을 했고, 모유
수유도 했다) 포도 주스가 가득 든 유리잔을 일부러 카펫에 떨

어뜨린 아이를 위로하는 어느 어머니를 보고―"괜찮아, 귀염둥이, 잔이 미끄러웠지?"―그 방에서 나와버렸다. 자기가 무슨 죄를 저질러도 부모가 자신에게 등을 돌릴 수 없을 거라는 앤의 말은 사실이었다. 나는 짜증이 나는 한편 부럽기도 했다. 그래, 포도 주스를 엎지른 그 아이에게조차 부러움을 느꼈다.

인종차별주의자, 파시스트, 기생충, 돼지―앤은 이 모든 이름과 이보다 더한 이름으로 부모를 불렀다. 그는 부모를 놀리고, 비웃고, 심지어 협박까지 했다. ("가끔은 우리가 다시는 보지 않는 게 나을지도 모른다는 생각이 들어요.") 이따금 드레이턴 부인은 MSG 건에 대해 그랬던 것처럼 건성으로 자기방어에 나서기도 했다. 드레이턴 씨는 농담으로 넘기려 했고, 한번은 자기 나이프를 들더니 손잡이 쪽을 앤에게 내밀며 이렇게 말한 적도 있었다. "그럼 난 살 자격이 없으니 이걸로 찌르지 그러니. 나를 잘게 썰어서 비아프라인들에게 먹이지그래." 나는 순간 패닉에 빠져 그 나이프를 주시했다. 앤 앞에서 비아프라인들을 두고 농담을 하는 것은 금기 사항이었다.

하지만 대개의 경우 드레이턴 부부는 딸의 공격에 무반응으로 대처했다. 앤의 말이 들리지 않는 것처럼 굴 때도 많았다. 이는 그들의 완벽한 온화함의 일부요, 상대를 미치게 만들 만한 반응이었다. 앤이 끊임없이 그들에게 미끼를 던지고 자극하는 상황에서 그런 온화함은 잔인해 보이기까지 했다. 앤으로서는 도저히 그들을 화나게 만들 방도가 없는 걸까?

나의 밀랍 부모. 앤은 그들을 그렇게 불렀다.

앤이 그들에 대해 한 말 가운데 가장 친절한 건 "그들이 진짜로 악한 사람들이 아니라는 건 나도 알아. 그저 나약한 사람들일 뿐이지"였다.

말했다시피, 우리의 만남은 늘 거의 똑같았다. (나는 앤이 혼자 부모님을 만나지 않을 수 있도록 언제든 그와 함께 나가주기로 약속한 터였다.) 우리는 늘 레스토랑에서 만났다. (드레이턴 부부가 자신들이 볼 공연 티켓을 더 구해줄 수 있다고 했지만 물론 앤은 원하지 않았다.) 심지어 대화도 늘 똑같았던 것 같다. 내 기억으로는 뉴욕 시립 발레단 이야기를 많이 나눴다. 수잰이 발레단을 떠났다느니, 케이가 사랑스러웠다느니, 알레그라는 성스러웠다느니. "그럼 그 무용수들을 다 아시는 거예요?" 내 물음에 모두 웃음을 터뜨렸다.

앤은 처음처럼 음식을 주문하지 않을 때도 있었고, 주문해놓고 거의 먹지 않을 때도, 주문해서 접시를 깨끗이 비울 때도 있었다. 그가 어떻게 하든 엄마와 아빠는 괜찮았다.

나는 응석받이 아이로 자랄 수만 있다면 성인기의 삶을 반쯤 포기할 수도 있을 것 같았다.

앞서 우리가 연극 속에서 각자의 역할을 연기하고 있는 것 같았다고 했는데, 그건 긴장과 불안으로 가득한 그 상황의 기이함과 부자연스러움 때문이었다. 하지만 지금 말을 좀 바꾸자면, 그 자리는 일종의 리허설 같았다. 우리는 늘 지금이 아니라 다음

에 일어날 장면의 리허설을 하는 중이고, 나는 그 장면이 재앙이
될 것임을 믿어 의심치 않았다. 다음번에 카페 데자르티스트나
러시안 티 룸에서 끔찍한 장면이 펼쳐질 것이며, 그 장면은 우리
모두를 변하게 하고 그 장면을 목격한 사람은 이를 결코 잊지 못
할 터였다.

우리의 첫 브런치가 있었던 추운 11월의 그날 밤, 나는 꿈을
꾸었다. 앤이 우리 테이블에 놓인 접시들 사이에 서서 머리를 쥐
어뜯으며 절규하고 있었다. 그는 옷을 벗어 던지더니, 샹들리에
(꿈의 레스토랑에만 존재하는)를 붙잡아 놀라서 입을 다물지 못
하는 손님들의 머리 위로 흔들어댔다. 손님들 중에는 그의 부모
뿐 아니라 나의 부모도 있었고 다른 사람들도 많았다. 내가 아는
사람들이 거기 다 있는 것 같았다. 제이 개츠비도 소설 속 다른
등장인물들과 함께 한 테이블에 앉아 있었다. (나는 그날 밤 잠
자리에 들기 전에 그 책을 다 읽었다.) 말로 표현하면 코믹하게
들릴지 모르지만 꿈 자체는 매우 불길했다. 그건 악몽이었고, 앤
이 주인공으로 등장하는 마지막 악몽도 아니었다.

죽은 아이는 예쁜 모습이 아니니까.

사실 그 이후로 시체 안치소에 불려 가는 일은 없었다. 내 여
동생일 수도 있는 신원 불명의 10대 여성의 시신이 맨해튼에서
더 이상 나오지 않았던 것이다. 하지만 집에 있는 엄마는 오랜
기간에 걸쳐 텍사스나 캘리포니아 같은 먼 곳의 시체 안치소에

서 찍은 폴라로이드 사진들을 확인해야만 했다.

나는 엄마가 그 사진들을 모아놓은 것을 알고 깜짝 놀랐다. 그 사진들을 보았을 때쯤엔 솔랜지 실종의 수수께끼가 이미 풀린 상태였고, 엄마는 죽었으며, 그래서 나는 젤마(이제 미카엘 수녀가 된)와 함께 엄마의 유품을 정리하던 중이었다. 우리는 엄마의 유품 대부분을 버렸다. 간직할 만한 가치가 있는 몇 가지 안 되는 것들도 손상이 심각했다. 집 자체도 너무 오랜 세월 방치되어 헐어버려야 했다. 그래서―그 폴라로이드 사진들도 버려졌다. 하지만 버리기 전에 나는 그것들을 자세히 들여다보았다. 지금 기억으론 여남은 장쯤 되었는데, 모두 얼굴 사진이었고 뒷면에는 "제인 도"라는 글씨와 숫자가 적혀 있었다. (황당한 착오가 있었는지 흑인 소녀의 사진도 한 장 있었다.) 일부 시신들의 얼굴은 베이거나 붓거나 멍이 든 상태였다. 실종된 딸과 비슷한 구석이 있는 이들의 얼굴을 하나하나 충실히 확인하는 일이 엄마에겐―불쌍한 우리 엄마―얼마나 힘든 시련이었을까. (게다가 얼마나 분명한 죽음의 모습이었던가. 누구든 그걸 잠든 것으로 착각할 수는 없었으리라.) 나는 순간적으로 그 사진들을 간직할까 생각하는 스스로에게 놀라움을 느꼈다. 사진들을 쓰레기통에 던지자 서글픈 죄책감이 밀려들었다. 내 망설임의 이유를, 그리고 아마도 어머니가 끝내 사진들을 버리지 못한 이유를 설명하는

- Jane Doe. 신원 불명 여성에게 흔히 사용하는 가명.

감정이었다. 하지만 일단 사진들이 사라지자 그것들을 마음에서 지워버릴 수 있었다. 나는 사진들을 버렸고, 그에 대해 아무에게도 이야기하지 않았다. 그날 젤마는 다른 방을 정리하고 있었는데, 나는 그애에게도 말하지 않고 사진들을 버렸다. 서글픈 죄책감이 느껴지긴 했지만 오래가지 않았고, 곧 그 사진들은 까맣게 잊혔다. 당시 나는 바쁜 사람이었으며, 내가 바빠 했던 많은 것들이 잊기였다. 그리고 오랜 세월이 흐른 뒤 예기치 못한 방식으로 그 사진들이 다시 기억에 떠올랐다. 특정 종류의 화랑에 자주 다니던 시기였는데, 그런 종류의 화랑 전시회에서 그런 종류의 폴라로이드 사진들을 발견하게 될 수도 있으리라는 생각이 문득 들었던 것이다. 도발이나 충격 효과를 노린, 메시지가 담긴 파스티슈나 설치미술. 작품이나 제목(필시 그리 도움이 되지는 않을)으로 그 메시지를 파악하기가 어려워 카탈로그의 설명을 찾아보면 이런 단어들이 나와 있겠지. 순수의 상실, 에로틱, 착취, 여성에 대한 폭력.

그해 3월에 우드스톡 페스티벌에 관한 영화가 개봉되어 나는 친구들과 무리 지어 영화를 보러 갔다. 상영관 근처에 있는 블루밍데일 백화점 진열장에는 벌써 우드스톡에서 영감을 얻은 옷들이 전시되어 있었다. 우리는 걸음을 멈추고 디자이너들이 내놓은 술 장식 셔츠며 나팔바지, 머리띠, 카우보이모자, 그래니 드레스*들을 비웃었다. 우리가 도합 50달러도 안 주고 사서 입고 있는 옷들과 다를 게 없어서였다. 어디서 구할 수 있는지만 알면 그런 최신 유행 옷들도 완전히 거저 얻을 수 있던 시절이었다. 온 동네 상점들과 노점들에서 우드스톡과 플라워 파워** 로고가 든 상품들을 팔았고, 극장 근처 작은 식당에서는 팬케이크와 달걀

* 발목까지 내려오는 길고 낙낙한 원피스.
** 사랑과 평화, 반전 운동을 상징하는 문양.

이 나오는 아침 식사 메뉴 이름을 '우드스톡 브렉퍼스트 스페셜'로 바꿨다. 그 모든 것들—극장에서 그 영화의 관람료만 대폭 인상한 건 말할 것도 없고—때문에 우리는 발길을 돌려 집으로 돌아가고 싶은 충동을 느꼈다. 하지만 절대로 그 영화를 놓칠 수는 없었다. 실제 우드스톡 현장에 있지 못한 것만으로도 충분한 비극이었으니까.

우리는 담배를 피울 수 있는 발코니석에 앉았다. 극장 안—특히 발코니석—은 온통 우드스톡의 세계였고, 곧 마리화나가 앞뒤 열을 오갔다. 관객들은 영사 기사에게 소리를 높이라고 요구했고, 노래마다 라이브 공연이라도 되는 듯 모두 환호했다.

영화가 4분의 3쯤 진행되었을 때 솔랜지가 등장했다. 한 무리의 사람들이 잠시 음악을 쉬고 알몸으로 수영하는 장면이었다. 솔랜지의 모습은 극히 짧은 순간에 휙 스쳐 지나갔다. 정말 솔랜지였는지 확신할 수 없었다. 영화는 계속 흘러갔고, 나는 산타나의 드러머가 가슴 속에 들어앉은 듯 심장이 쿵쾅대는 가운데 화면을 뚫어지게 응시했지만 물론 다시는 솔랜지를 볼 수 없었다.

애초에 진짜로 솔랜지를 보긴 한 걸까? 그 영화를 본 수백 명의 관객들이 이런저런 군중 신들에서 아는 얼굴을 보았다고 생각할 것 같았다. 게다가 난 마리화나에 취한 상태였다.

다음 날 혼자 멀쩡한 정신으로 다시 그 영화를 보러 갔다. 알몸 수영 장면을 애타게 기다리다가, 해변에 선 그 여자가 나오는 미치도록 짧은 순간을 다시금 포착했다. 내 몸의 모든 세포가 그 여자가 솔랜지이기를 원했다. 나는 한 번 더 영화를 보러 갔다. 그래도 확신이 서지 않았다.

엄마에게 전화를 걸었다. 내가 잘못 본 것이라 해도 엄마에게 말하고 싶었다. "그 잡년이 거기 있었다고 해도 난 하나도 안 놀랄 거다." 엄마는 말했다. "엄마, 제발 그애를 그렇게 부르지 마요." 나는 그렇게 대꾸한 뒤 목소리를 싹 바꿔서 덧붙였다. "다시는 그애를 그렇게 부르지 말라고요." 엄마가 울기 시작했지만 나는 전화를 끊어버렸다.

*

나는 빨대로 크리스털*을 흡입하며 지금 하려는 일에 비해 메스는 너무 과하지 않나 생각하지만, 마침 그게 가까이 있고 게다가 메스야말로 내가 늘 갈망하는 것이기도 하다. 나는 약을 할 때만 세상을 따라가고 도심 속 학교생활의 빠른 속도에 보조를 맞추는 기분을 느낀다. 나는 메스의 약효가 시작되기 전에 샤워를 하고(땀이 날 테니까 일단 닦아야지), 제일 편한 옷을 입고, 엘리베이터를 타고 지하로 내려가 자판기가 있는 간식 코너로 간다. 탄산음료 몇 캔과 담배 두 갑, 그리고 약이 식욕을 없애기 전에 먹을 초콜릿 바와 감자 칩을 산다. 그러고서 방으로 돌

• 각성제 메스엠파타민을 가리키는 은어. 그 외에도 뒤에 나오는 '메스'를 비롯해 '스피드' '글래스' '아이스' 등 많은 은어가 있다.

아오면 약 기운이 돈다. 한밤중인데도 정신이 더할 수 없이 말똥말똥하다. 자칫 청소에 정신이 팔려 방을 구석구석 치우고, 창문을 닦고, 가구의 왁스 보호막을 긁어내고, 옷장 속 벨트들까지 전부 다시 정리하지 않도록 조심해야 한다. 방에서 나갈 때, 예를 들어 화장실에 갈 때는 누군가를 만나 몇 시간씩 수다를 떨지 않도록 신경 써야 한다. 나는 아침까지 이 리포트를 완성해야 한다. 사실 지난주까지 제출했어야 했는데 기한을 한 번 연장했다. 일주일 내내 도무지 쓸 수가 없었지만 이제 약 기운이 돌면서 자신감에 불이 붙는다. 이게 뭐 그리 어렵겠는가? 지난해 말, 기숙사 같은 층 친구 실비아 러스트먼이 리포트를 쓰고 있는데 그에게 오르가슴을 선사하던 애인 게이브가 전화를 걸어 와 다른 사람이 생겼다고 고백했다. 실비아가 앓아눕자 그의 룸메이트인 그레이스가 실비아의 타자기 앞에 앉아 그가 써놓은 리포트를 읽고 한 페이지를 추가한 뒤 다른 방들의 문을 두드리고 다녔다. 그날은 금요일, 리포트 제출 마감일은 월요일이었고, 주말 동안 친구들이 차례차례 그 방으로 들어가 침대에 엎드려 있는 실비아에게 한두 마디 위로의 말을 건넨 다음 타자기 앞에 앉아 리포트를 이어갔다. 마침 기말고사 기간이라 다들 자기 공부만으로도 눈코 뜰 새 없이 바빴다. 하지만 모두가 거들었다. 그 리포트에서 다루는 책을 읽은 사람도 썼고, 책은 안 읽고 영화만 본 사람도 썼다. 나처럼 책도 영화도 안 본 사람들은 그냥 감으로 썼다. 마지막으로 타자기 앞에 앉은 친구가 중대한 오류를 발견했지만 천재성을 발휘했다. 그동안 우리가 쓴 내용들을 몇 개의 부분으로 나누어 번호를 붙인 뒤 "『위대한 유산』에 대한 의견들"이라고 제목을 달았다. 당시로선 매우 과감한 시도였고 시기가 조금만 더 일렀더라도 받아들여지지 않았을 터였다. 하지만 학계는 용감한 신세계였다. 학생의 개성을, 규칙을 깨고 뭔가 다른 걸 시도하고자 하는 욕구를 기꺼이 존중하고자 하는 관용의 새 정신이 있었다. 물론 교수는 그 분석에 일관성이 좀 결여되어 있음을 감지했고, 자신의 모든 주장들에 대해 심사숙고하지 않은 실비아를 나무랐다. 하지만 동시에 "훌륭한 관찰들과 흥미로운 점들"이 충분히 포함되어 있다고 판단했다. 게다가 그 기발하고 독창적인 콜라주 방식은 또 어떤가. B 플러스.

나는 마지막 순간까지 리포트 쓰기를 미룬 터라 시간이 많지 않지만, 그래도 책 내용은 머릿속에 생생하게 남아 있다. 약기운이 확 돌더니 짜릿한 기대감이 이어진다. 나는 리포트를 쓸 것이고, 동시에 즐거운 시간을 보낼 것이다. 단순히 정신이 맑은 게 아니라 명석해진 기분이 든다. 내 두뇌는 아이디어들이 들끓는 커다란 가마솥이다. 나는 그저 그 아이디어들을 쏟아내기만 하면 된다. 그 일에 전혀 시간이 걸리지 않을 것임을 이제 알 수 있다. 심지어 나는 이미 훨씬 앞서가고 있다. 리포트를 다 쓴 뒤에도 약 기운이 남아 있을 것이며—다음 날 밤까지 갈 것이다—따라서 약 기운이 떨어지기 전에 지저분한 방을 깨끗이 청소하고 100가지쯤 되는 일들을 해치울 생각을 하고 있는 것이다.

나는 타자기 앞에 앉아 M&M's 초콜릿을 입에 가득 넣고서 롤러에 종이를 끼운다. 드르륵 드르륵 드르륵. 담뱃불을 붙인다—오, 손이 세 개가 필요하다!

나는 담배를 입에 물고, 연주 홀을 바흐의 곡으로 가득 채우려는 피아니스트처럼 스미스 코로나 타자기 위에 두 손을 얹는다. 다시 약 기운이 강하게 밀려든다. 나는 자판을 친다. "왜 『위대한 개츠비』는 위대한 책이 아닌가."

공원에 혼자 가지 말 것. 공원을 혼자 걷지 말 것. 입구에서 너무 먼 곳까지 들어가지 말 것. 밤에는 절대로 들어가지 말 것.

나는 두 남자를—소년들 같기도 했는데, 그들과 좀 떨어져 있어서 확실히는 알 수 없었다—보았고, 무섭진 않았다. (내 시력에 대해 한마디 하고 넘어가야겠다. 나는 근시이고 그때도 그랬다. 안경이 필요했고, 하나 갖고 있긴 했지만—당시엔 멋져 보이던 색깔이 들어간 보잉 안경이었다—잘 안 끼고 다녔다.) 나는 틈만 나면 공원에 갔다. 물론 밤에는 안 갔고, 그때도 밤은 아니었다. 아직 어두워지기 전이었다. 늦은 오후였지만 땅거미가 질 무렵은 아니었다. 나는 116번가에서 공원으로 들어가 122번가에 있는 그랜트 장군 무덤 쪽으로 가는 중이었고, 나를 향해 걸어오는 그 두 남자들(소년들?)을 만나기 전까지는 사람을 한 명도 보지 못했다. 도시의 공원을 찾는 사람들이 많아진 건 그로부터 몇 년 뒤의 일이다. 사람들이 모여드는 따뜻하고 화창한 주말 오후를 제외하면 공원들은(센트럴 파크의 많은 구역을 포함해서) 안전한 곳이 아니었다. 리버사이드 파크 북쪽 끝은 늘 인적이 드물었다. 개를 산책시키는 사람들도 흔하지 않았다. 당시 뉴욕에는 개들이 지금보다 적어 공원에서 개들을, 목줄을 한 개든 안 한 개든, 많이 볼 수 없었다. 조깅족도 없었다. 당시 공원에서 조깅하는 사람은 극히 드물었으니, 달리기 열풍 또한 몇 년 뒤에나 찾아올 터였다. 쥐들은 있었다. 학교에서 그렇게 가까운데도 학생들 역시 많이 보이진 않았다. 공원은 학생들이 즐겨 찾는 장소가 아니었다. 야외에서 공부하거나 원반던지기를 하거나 터치풋볼을 하려고 해도 캠퍼스 안에서 했다. (어쨌든 비트 시대에 앨런 긴스버그와 윌리엄 버로스와 잭 케루악과 어울려 다니던 루시언 카라는 컬럼비아 대학생이 공원에서 사람을 찔러 죽인 뒤 시체를 강물에 버린 사건에 대해 우리 모두 알고 있었다.)

공원에 혼자 있는 여자는 거의 볼 수 없었고, 경찰은 전혀 없었다. 공원에서 볼 수 있을 법한 부랑자들과 노숙인들도 드물었다. 110번가 주변에서 보이곤 하던 남자가 기억나는데, 그는 공원에서 사는 건 아닐지 몰라도 늘 공원에 있었다. 인도인은 아니었지만 베갯잇으로 만든 것 같은 인도 스타일 도티를 걸치고 있었다. 날씨가 추울 때도 마찬가지라, 한겨울에도 그 도티 같은 옷만 걸친 채 큰 바위에 앉거나 풀밭에 늘어져 햇볕을 쬐었다. 작은 체구에 짧고 두꺼운 안짱다리를 가진 그는 어쩐지 사람 같지가 않았다. 그보다는 숲속 생명체랄까. 호빗 같은. 그는 태양 숭배에 몰입한 나머지 누가 지나가든 쳐다보지도 않았다. 한번은 맨살이 드러난 그의 등 뒤를 가까이에서 지나가며 봤는데 피부가 나무껍질 같았다.

그 공원은 인적이 드문 데다 기숙사와 가까워서 나에게 최적의 장소였다. 나는 운동을 하거나 신선한 공기를 마시거나 옴스테드*의 디자인을 감상하거나, 혹은 흔히 사람들이 공원을 찾는 다른 목적으로 거기 가는 게 아니었다. 노래하러 가는 거였다. 사람들에게 안 들리는 곳에서 노래를 부르기 위해. 노래를 잘 못 부르는 많은 사람들처럼, 나는 노래 부르기를 좋아한다. 음치라 음정이 안 맞는 소리를 내면서도 노래하는 것이 그렇게 즐거울 수가 없다. 자라면서도 늘 노래를 불러서, 가족들이 화가 나 나를 가끔 지하실로 쫓아내기도 했다. 기숙사나 캠퍼스에서는 내 노랫소리가 얼마나 끔찍할지 걱정하지 않고 마음껏 노래를 즐길 만한 장소를 발견하지 못한 터였다. (나는 다른 사람들의 이야기를 듣고서야 내 노랫소리가 얼마나 끔찍한지 알게 되었다. 내가 얼마나 엉망으로 노래를 하는지 알았다면 노래 부르기를 즐길 수 없었을 것이다.) 내가 노래를 부르러 가는 다른 한 곳은 기숙사 옥상이었다. 하지만 공원이 더 좋았다. 우선, 공원이 더 조용했다.

* 뉴욕 센트럴 파크를 디자인한 조경가.

설령 노래를 잘 불렀다 해도 나는 다른 사람들이 내 노래를 듣는 걸 원하지 않았을 것이다. 내가 부르는 노래들은 우리 모두가 언제나 즐겨 듣고 나 자신도 누구 못지않게 좋아하는 포크나 록이 아니라, 고등학교 때 들었던 바브라 스트라이샌드의 앨범에 들어 있는 곡들이었다. 〈왓 나우 마이 러브What Now My Love〉, 〈더 섀도 오브 유어 스마일The Shadow of Your Smile〉. 이런 종류의 음악—토치 송,* 뮤지컬 곡, 코파카바나 클럽의 인기곡들—은 1970년의 젊은이들에겐 음악도 아니었다. 스트라이샌드 자신도 나이로 따지면야 우리 부모님들 세대보다 우리와 훨씬 더 가까웠지만 사실상 비틀스보다는 빙 크로스비에 가까운, 중년과 중산층과 고지식한 사람들을 위한 팝 가수였다. 하지만 나는 집을 떠나기 전 여름에 그의 앨범들을 매일 듣곤 했다. 그 앨범들 속 노래들을 모두 알았고, 공원에 혼자 있을 때 그 노래들을 불렀다. 당시 내가 제일 좋아한 노래는 아마 〈섬원 투 워치 오버 미Someone to Watch Over Me〉였을 것이다. 나는 허드슨강과 다람쥐들과 새들, 무덤 속 그랜트 장군을 향해 〈섬원 투 워치 오버 미〉를 음정이 안 맞는 한심한 소프라노로 지칠 줄 모르고 연거푸 불러댔다. 누가 오나 지켜보다가 사람이 나타나면 노랫소리를 죽였지만, 말했다시피 대개는 아무도 오지 않았다.

그 두 남자 혹은 소년들이 맞은편에서 걸어오는 걸 보았을

---

* 짝사랑에 관한 슬픈 노래.

때도, 그들은 아직 너무 멀리 떨어져 있어서 나의 째지는 고음의 노랫소리를 듣지 못했을 터였다. 두 사람은 걸음을 멈추었고, 오른쪽, 그러니까 내 쪽에서 봤을 때 오른쪽 남자가 갑자기 반대 방향으로 돌더니 공원 밖으로 향했다. 이제 한 남자만 남아 나를 향해 다가오고 있었는데, 보아하니 그는 주머니에 두 손을 넣은 채 내가 아니라 강 건너 뉴저지 쪽에 시선을 두고 있는 것 같았다. 그나마 한 남자가 사라졌다는 사실이 내가 느끼고 있었을지 모를 불안감을 어느 정도 누그러뜨렸다. 하지만 나중에 누군가는 말하기를, 그 정반대로 했어야 했다고, 최대한 빨리 도망치라는 신호로 받아들였어야 했다고 했다.

나는 심지어 방향도 바꾸지 않았다. 그가 들을 수 있을 정도로 가까워질 때까지 계속해서 노래를 부르며 다가가서는 그에게 미소를 보냈다. 입 모양으로 인사까지 했던 것 같다. 길에서 낯선 사람을 만나면 상대가 고지식한 사람으로 보여도 먼저 인사를 건네며 고개를 끄덕이고 미소를 보내고 손가락으로 평화의 사인을 보이는 것이 우호적인 히피의 방식이었으니까. 더 나은 세상을 위하여. 그러니까 나는 강간범에게 내 발로 다가가며 노래를 부르고, 미소를 보내고, 인사까지 했던 것이다.

어른도 아니고 애도 아닌 어중간한 나이로 보였으니 그를 애어른이라고 부르자. 그에겐 무기가 없었고, 무기가 필요하지도 않았다. 어른만 한 덩치에 팔뚝이 내 허리만큼 굵었으니까. 어른만큼 컸지만 어린애처럼 투실투실했다. 정말 뚱뚱했다. 하지만 물렁살이 아니었다. 아무 말이 없었고, 말이 필요하지도 않았다. 모든 게 종소리처럼 명쾌했으며, 그 종소리는 나를 위한 것이었다. 크고 퉁퉁하고 단단한 두 손이 내 목을 감았다. 나는 살고 싶었기에 저항하지 않았다. 하지만 내 발로 걷진 않고 그가 끌고 가게 했다. 우리가 서 있는 곳에서 멀지 않은 지점에 나무 한 그루가 있었다. 나는 도시에서 자라진 않았지만 그렇다고 시골 사람도 아니다. 그게 무슨 나무였는지는 모르겠다. 어쨌든 그 공원에 많이 있는 나무였다. 나무는 경사진 풀밭에 서 있어서 잎이 무성한 한쪽 가지들이 땅에까지 닿아 호빗의 집이나 작고 완벽한 강간의 방 입구처럼 어둡고 아늑한 초록 울타리를 이루고 있었다.

경망스럽게 굴려는 건 아니다. 그 일에 대해 이야기할 수 있는 방법을 찾아내려는 것뿐이다.

처음에는, 그러니까 나를 와락 잡아채어 끌고 갈 땐 냄새가 나지 않았다. 나를 땅에 찍어 누를 때에야 냄새가 풍겨 왔다. 그 냄새에 대해선 어떻게 표현해야 할지 정말 모르겠다. 하지만 공포가 후각을 예민하게 만든다는 건 사실인 듯하다.

나는 근시지만 가까이 있는 건 완벽하게 본다. 눈동자가 완전히 위로 올라가 밑에서 보면 흰자위만 남은 그 해괴한 눈이 똑똑히 보였다.

의지와는 상관없이 내게서 가느다란 신음이 줄곧 새어 나왔다. 다행히 그는 그 소리에 신경 쓰지 않았다.

죽을 수도 있다는 걸 알았기에 기도를 올려야겠다고 생각했지만 기도가 나오지 않았다. 지금도 나는 영화에서 죽음을 앞둔 사람들이 기도를 올리기 시작하는 장면을 볼 때마다 의구심을 느낀다. 목숨을 잃을지도 모른다는 공포가 마음속에 가득하면 다른 게 비집고 들어올 자리가 없다. 공포 그 자체만이 무한히 확장될 뿐이다. 그때 달아난 다른 남자가 떠올랐고, 그가 돌아오고 있으리라는 생각이 들었다. 친구들을 다 끌고서.

그는 한마디 말도 없었지만 나를 살려둔 채 그곳을 떠나기 직전에 몇 번 한숨을 쉬었다. 사색적으로 느껴지는 깊은 한숨이었고, 그다음엔 낮고 허스키한 소리, 킬킬거리는 웃음이라 할 만한 소리가 이어졌다. 그는 나를 보지 않았다. 나는 그가 내 얼굴을, 내 눈을 똑바로 보는 걸 단 한 번도 보지 못했다. 그는 심오한 의미에서 나를 전혀 인지하지 못한 채였고, 그 비인지가 너무 이상해서 나는 혹시 그가 정신지체인은 아닐까 생각했다. 그가 말을 안 한 것 때문에 혹시 언어장애는 아닐까 생각한 것처럼 말이다.

어떤 기분이었냐고? 내 위에 올라탄 것이 개나 다른 동물 같았다. 침과 헐떡임과 동물 냄새가 있었지만 말도, 눈맞춤도, 그어떤 사적인 요소도 없었다.

그가 천천히 달려가자 땅에서 그 발걸음의 진동이 느껴졌다.

아무것도 변한 게 없었다. 같은 하늘에서 같은 태양이 빛나고 있었다. 강은 검게 흐르고, 다람쥐 한 마리가 나뭇가지에 앉아 도토리를 먹고 있었다.

1970년. 미래에는, 강간과 "우리 사회 전반의 강간 문화"라고 비난받을 것에 대한 베스트셀러들이 나올 것이다. 미래에는, '밤길 되찾기', '강간 인식의 달', '데이트 강간 피해자 촛불 집회', '성폭력 피해자 경적 시위' 같은 것들이 생겨날 것이다. 미래에는, 한 법학자가 "여성이 섹스 후에 유린당한 기분을 느낀다면, 그것은 강간이다"라고 선언할 것이고, 다른 이들의 인식은 그보다 더 나아가 여성들 넷 중 하나, 그다음엔 셋 중 하나, 그다음엔 둘 중 하나가 강간 피해자가 되고 말이나 시선으로도 강간이 성립되기에 이르면서 강간의 정의가, 공포처럼, 무한히 확장될 것이다.

과거에, 가까운 과거에, 내가 TV로 본 영화에서는 섹시한 독일 소녀가 미국 군인들에게 윤간을 당한 뒤 재판 중에 철저히 망신을 당하고 나서 결국 스스로 목숨을 끊을 수밖에 없었다. 〈비정한 도시〉. 그러잖아도 잊기 힘든 내용인데 진 피트니가 불러서 히트한 주제곡 때문에 자꾸만 떠올랐다. 실화를 바탕으로 한 영화였다.

첫 질문은 늘 같다. 다른 사람에게 말해야 할까? 그다음 질문. 누구에게?

내가 계속해서 시를 쓰고 있었다면 그것에 대한 시를 썼을지
도 모르겠다.

앤의 방. 내가 이야기를 마치기 무섭게 누가 문을 노크했다.
앤의 친구 사샤였다. 사샤는 그의 진짜 이름이 아니었다. 나는 사
샤의 진짜 이름이 뭔지 알 수 없었고, 그게 무엇이었든 그는 당
시 많은 사람들이 그랬던 것처럼 스스로 새 이름을 지었다. 사샤
라는 이름은 러시아 이름이라 선택된 게 분명했다. 그는 금팔찌
를 차고 다녔는데, 거기에는 작은 금 망치와 낫 장식이 달려 있
었다. 그는 학생이 아니었다. 우리보다 훨씬 나이가 많은 스물여
섯 살이었다. ("훨씬"이라고 한 건, 그때는 그렇게 느껴졌기 때문
이다. 당시 우리는 나이를 무척 의식했고, 그해에 20대가 된 학
생들이 아직 스스로를 10대라고 부를 수 있는 학생들을 얼마나
부러워했는지 아직도 기억이 난다.) 사샤는 대학원에 다니다가
혁명에 전념하기 위해 학교를 그만뒀다. 그는 캠퍼스 북쪽 경계
에 자리한 공동 아파트에 살았다. 문을 노크한 뒤, 그는 앤이 대
답할 겨를도 없이 곧바로 들어왔다.

나는 사샤를 싫어했는데, 솔직히 고백하자면 앤이 그에게 푹
빠져 있다는 게 그 이유 중 하나였다. 앤은 사샤를 자신의 멘토
라고 불렀다. 앤의 말에 따르면 사샤는 천재였다. 그는 안 읽은

책이 없었고, 어떤 주제로 어떤 남자와 논쟁을 벌여도 이길 수 있었다. 그의 외모는 매우 눈에 띄었다. 야성적으로 구불거리는 검은 머리칼에, 깊은 V 자를 이룬 머리선으로 더욱 도드라져 보이는 하트 모양의 얼굴. 하지만 검고 두꺼운 일자 눈썹이 그 얼굴에 엄격하고 그늘진 인상을 주었다. 늘 줄담배를 피우고 검은 옷만 입었으며, 레이스와 가죽의 결합을 좋아했다. 앤과 달리 나는 그가 아름답다고 생각하지 않았다. 그가 마녀 같다고 생각했다. 그가 천재라고 생각하지도 않았고, 똑똑한 체한다고 생각했다. 타고난 지도자라고도 생각하지 않았고, 우두머리 행세를 한다고 생각했다. 나는 앤에게서 사샤가 지하 조직에 들어갈 준비를 하고 있다는 이야기를 듣고 기뻤다. 최근 그가 자주 나타나 앤과 어울렸는데, 그건 내가 앤과 보내는 시간이 줄어들었음을 의미했다.

사샤는 자기가 얼마든지 그래도 된다고 생각했다. 그러니까, 앤의 방문을 노크한 뒤 허락이 떨어지기도 전에 안으로 들이닥치는 것 말이다.

그로서는 내가 거기 앤의 침대에 누워 울고 있고 앤이 내 옆에 앉아 있는 장면을 보게 되리라곤 예상치 못했을 터였다. 그가 물었다. "얘들아, 무슨 일이야?" 아무도 대답이 없자 그는 말했다. "얘들아, 비밀은 안 돼, 기억하지? 비밀은 나쁜 거야." 그러곤 방 한가운데 서서 가슴에 팔짱을 낀 채 우리가 입을 열기를 기다렸다.

그에게서 "와우"라는 말이 튀어나왔지만 놀란 목소리는 아니었다. 그는 어떤 일에도 절대 놀라는 모습을 보이지 않는 스타일이었다. (가엾은 앤은 내 이야기를 듣고 비명을 질렀는데 말이다.) 사샤는 고개를 흔들며 놀라움이라곤 찾을 수 없는 목소리로 몇 번 더 "와우"를 연발하더니 작고 조용한 방 안을 조금 서성였다. 줄곧 얼굴을 찡그린 채였는데, 예의 일자 눈썹 때문인지 그 모습이 엄청나게 심각해 보였다.

이윽고 그가 앤의 책상 모서리에 걸터앉더니 담뱃불을 붙였다. 지휘관의 태도였다. 사샤가 지휘를 맡은 것이다.

"경찰에 연락했어?" 그가 물었고, 연락하지 않았다는 우리의 대답에 안도하는 기색이 역력했다. "좋아, 잘했어." 그는 담배 연기를 도넛 모양으로 내뿜으며 말했다. "지금 이 시점에서 우리한테 제일 필요 없는 게 경찰 돼지 새끼들이지." 사샤가 들어오기 직전에 앤도 똑같은 말을 한 터였다.

물론 우리는 경찰을 부를 생각이 없었다. 당시엔 무슨 일이 있어도 경찰을 피하는 게 우리의 상식이었다. 학교 당국에도 알리지 않을 작정이었다. 우리는 권력 기관을 믿지 않았고, 거기엔 대학 관리자들도 포함되었다. 하물며 경찰을 믿는 건 정부나 군대를 믿는 것처럼 미친 짓이었다. 과장이 아니었다. 게다가 경찰을 부르는 건 곧 남자들을 부르는 걸 의미하지 않는가. (내가 캠퍼스를 떠나서 살던 때의 일인데, 어느 날 남편에게 맞은 이웃집 여자가 우리 집으로 피신해 왔고, 우리는 경찰을 불렀다. 경찰이 도착할 즈음 그의 남편은 이미 도망친 뒤였고, 경찰관들은 자신들로선 해줄 일이 없다고 말했다. 떠나기 전에 경찰관 하나는 그 이웃에게 "혹시 매 맞는 걸 좋아하는 아내들 중 하나"가 아닌지 물었다. 그동안 나를 괴롭혀온, 경찰의 도움을 구하지 않았던 게 실수는 아니었을까 하는 의구심을 순식간에 쓸어버리는 말이었다.)

나는 굵힌 데 하나 없었다. 법정에서 당할 굴욕이 눈에 선했다. 조지 양, 당신 스스로 피고에게 다가가 미소를 보내고 인사까지 건넨 게 사실 아닌가요? 그리고 당신은 그가 무기를 갖고 있지 않았다고 말하지 않았나요? 조지 양, 정말로 이것만 입고 있었나요(배심원들 눈높이에 맞추어 미니스커트를 들어 보이며)." 나는 강간 피해자들이 오르가슴을 느꼈는지에 대한 질문을 받는 경우가 많으며 강간 자체보다 그 뒷일이 더 끔찍하다는 사실을 알고 있었다. 비정한 도시. 맨해튼은 대도시였다.

경찰에 신고하면 엄마에게도 알려질 수밖에 없었다. 나는 경찰의 수사 절차나 범죄 피해자의 권리에 대해선 아무것도 몰랐다. 하지만 엄마에 대해선 잘 알았다.

사샤가 물었다. "남자친구 있어?"

그 시간에 나의 남자친구는 웨스트엔드에서 바텐더로 일하고 있었지만 나는 그를 만나고 싶지 않았다. 시간이 꽤 지나고서야, 딕이 이해해줄 가능성을 사전에 배제해버린 것이 그에게 공정한 일은 아니었을지도 모른다는 생각을 하게 될 터였다. 하지만 그땐 이미 늦은 시점이었다. 더 이상 서로 만나지 않게 되었으니까. 당시엔 그가 나를 도울 수 없다는 생각이─나는 그렇게 확신하고 있었다─고통스러웠다. 오빠에 대해서도 같은 심정이었다. 딕과 가이에게 그 이야기를 하면 그들은 특정한 감정들을 느끼게 될 것이고, 나는 그들에게 그런 감정들을 유발하는 걸 견딜 수 없었다고 말하는 게 온당할 듯하다. 그런 상황에서 여자들은 옳든 그르든 주위의 남자들을 어린애 취급하는 경우가 흔하다. 이제 난 그걸 확실하게 알지만, 당시엔 어렴풋이만 알고 있었다. 그 순간 딕의 개입을 원하지 않은 것이 우리의 관계에 심각한 결함이 있음을 드러낸다고 생각했던 기억도 나는데, 사실 그건 말도 안 되는 생각이었다. 결함? 당시 우리는 우리 세대의 거대한 사회적 실험의 일부로서 뜨거운 갈망과 과시의 대상이었던 그런 관계를 맺고 있었다. 우리는 같이 자긴 했지만 커플은 아니었고, 심지어 대단히 가깝지도 않았으며, 서로에게 충실하지도 않았다. 우리는 그걸 사랑이라고 불렀다. 자유라고 불렀다.

언어에 대해 한마디 하고 넘어가야겠다. 당시 사람들은─우리 부류는─성교를 뜻하는 말로 'fuck' 대신 'ball'이라는 단어를 썼다. "나랑 볼ball 할래?" 많은 남자들이 여자에게 그렇게 말하곤 했다. 하드코어 문화는 '사랑을 나눈다'거나 '잠자리를 한다' 같은 격식을 차린 부르주아적 완곡어법에 분노했다. 그들은 "나 화장실에 가야겠어"라는 말을 쓰는 사람도 조롱했다. 나로서는 ball이라는 표현이 어떻게 시작되었는지 모르겠으나, 페미니스트들은 그 말을 싫어해서 금지어 목록에 올렸다.

딕은 강간 사건에 대해 전혀 몰랐지만 어쨌거나 그와 나는 그 후 곧 만나지 않게 되었고, 나는 그를 그리워하지 않았다. 우리 사이에 뭔가 대단한 게 있었더라면 애초에 혼자 공원에서 〈섬원 투 워치 오버 미〉를 부르는 습관이 생기지도 않았겠지.

"백인이었어, 흑인이었어?"

흑인이었다고 대답하자 사샤는 내가 오답을 말하기라도 한 것처럼 나를 쳐다봤다. 앤이 보였던 반응과 똑같았다. 그것도 경찰에 신고해서는 안 될 이유가 되었다. 경찰이 할렘에 쳐들어가 용의자로 지목된 흑인 애어른의 머리통을 깨놓을 빌미만 제공하는 꼴이 될 테니까.

사샤가 책상에서 내려와 침대로 다가왔다. 이제 나는 일어나 앉아 있었고, 앤은 여전히 내 옆에 있었다. 사샤는 그 반대쪽 비어 있는 옆자리에 앉더니 내 어깨를 주무르기 시작했다. 그는 공산주의 장식이 달린 예의 팔찌를 차고 있었다. 그때까지도 내 후각이 평소보다 예민해져 있었던 모양이다. 그에게서 머리 냄새가 풍겨 왔다. 당시엔 아무도 '빅 헤어'라는 말을 안 썼지만, 어쨌거나 사샤의 머리가 그랬다. 나는 머리칼 자체의 냄새와 솔 향 샴푸, 그리고 박하 향 담배 냄새를 맡았다. 그의 손과 숨결에서 나오는 마늘 냄새도.

• 크게 부풀린 머리.

"잘 들어." 그가 말했다. "네 마음 알아. 나도 겪은 일이거든. 너보다도 어릴 때였지." 간략한 이야기가 이어졌다. (고등학교, 수영 코치.) 나는 앤의 반응을 보고 그 역시 처음 듣는 이야기임을 알았다. 두 사람이 얼마나 가까운 사이인지, 그들이 비밀을 얼마나 싫어하는지를 고려하면 사샤가 정말 진실을 말하고 있는 것인지 의심하지 않을 수 없었다. 하지만 예의 상투어가 떠오르면서 곧바로 부끄러운 마음이 들었다. 자신이 강간당했다고 말하는 여자에게 대부분의 사람들이 보이는 첫 반응은 의심이다.

"내 말 믿어." 사샤가 말했다. "넌 잘 이겨낼 거야. 그냥 버텨. 몇 가지만 기억하면 돼. 첫째, 넌 여전히 과거의 너와 같은 사람이야. 그리고 둘째, 여자는 절대 그런 일을 극복할 수 없다느니 어쩌니 하는 개소리는 다 잊어. 강해져야 해. 더 나쁜 일을 당할 수도 있었어. 우선, 넌 죽지 않았잖아. 그자가 널 죽일 수도 있었다고. 평생 가는 불구나 흉터를 남길 수도 있었고. 윤간을 당할 수도 있었지. 네가 아주 어린 소녀일 수도 있었어. 처녀일 수도 있었고." 전부 옳은 말이었다. 내가 강간을 당한 후 스스로에게 해온 말들이었고 평생 하게 될 말들이었다. "지금 중요한 건, 네가 살아남았다는 거야. 우린 병들고 폭력적인 사회에 살고 있어. 이런 행위를 낳는 사회. 맬컴이 케네디의 암살을 두고 '닭이 횃대로 돌아오는 것과 같은 일'이라 논평했을 때 마치 그 말이 케네디가 죽음을 자초했다는 뜻인 양 모두들 그를 물어뜯었지만, 사실 그가 하고자 한 말은 미국이 악으로 가득하고, 버밍엄이나 미시시피의 폭력 사태를 막기 위한 조처를 취하지 않으면 어느 날 자신이 폭력의 기습을 당해도 놀라선 안 된다는 것이었잖아.

어떻게 이런 일이 일어나게 되었는지 이해하려는 노력을 기울여야 해. 이보다 훨씬 끔찍한 일들이 지금 이 시각 전 세계에서 벌어지고 있다는 것도 알아야 하고." 역시 옳은 말이었다. "강해져야 해. 자기연민에 빠지면 안 돼."

〈섬원 투 워치 오버 미〉에서부터 〈빅 걸스 돈 크라이Big Girls Don't Cry〉까지, 온갖 노래에 들어 있는 얘기.

앤이 입을 열었다. "미군에게 강간당하고 있는 불쌍한 베트남 여자들을 생각해봐." 가르침의 순간이었다.

사샤가 물었다. "그 남자 말이야, 투사 같았어?"

"아니, 그냥 애였어. 그리고 아마 문제가 좀—"

"엘드리지 클리버가 한 말 너도 알잖아."

앤의 책장에는 엘드리지 클리버의 책 『갇힌 영혼Soul on Ice』이 꽂혀 있었다. 미국 대학생들 절반은 그 책을 갖고 있었을 것이다. 급진주의자들의 성전이자 1968년 〈뉴욕 타임스〉 선정 최고의 책 10위 안에 든 전국적인 베스트셀러.

사샤는 그 책과 자신이 원하는 페이지를 즉시 찾아냈다. 엘드리지 클리버가 백인 남자들에 대한 복수의 수단으로 백인 여자들을 강간하는 걸 정당화하는 구절을, 그는 소리 내어 읽었다.

갑자기 녹초가 된 기분이었다. 도로 누워서 평생 잠만 자고 싶었다. 나는 말했다. "글쎄, 그 남자는 엘드리지 클리버가 아니었어."

"그렇지." 사샤가 책을 탁 덮더니 풋볼 패스라도 할 것처럼 두 손으로 책을 머리 위로 들어 올리며 말을 이었다. "엘드리지는 이 나라를 탈출했으니까! 피신했지! 경찰 돼지 새끼들도 이제 절대 그를 못 붙잡지!"

(시간이 해내지 못하는 일은 없는 것일까? 5년 뒤 엘드리지 클리버는 쿠바, 프랑스, 알제에서의 망명 생활을 끝내고 돌아오게 된다. 그는 블랙 팬서스와 자신의 모든 혁명 사상들을 버리고 기독교인으로 거듭나 맹렬한 반공주의자이자 공화당원이 되어, 캘리포니아 주지사 시절 그의 버클리 대학 초청 강연에 반대하며 "만일 엘드리지 클리버가 우리의 자녀들을 가르치도록 허용하면 그들이 어느 날 밤 집에 돌아와 우리 목을 벨 수도 있다"라는 유명한 말을 남긴 인물의 대통령 선거를 돕는다.)

앤은 저녁 수업이 있었다. 그가 수업을 빼먹고 내 곁에 있어 주겠다고 했을 때 나는 고개를 저었다. 앤이 수업 빼먹는 걸 얼마나 싫어하는지 아는 터였다. "하지만 넌 혼자 있으면 안 돼, 조지." 사실 그 순간 나는 내 방으로 가고 싶었지만 아직 혼자 있을 준비가 되어 있지 않았다. 어쨌든 우리는 지휘자가 누구인지 잊고 있었다.

"앤, 수업 들어가. 조지는 내가 돌볼 테니까."

내가 말했다. "난 그냥 자고 싶어."

사샤는 고개를 저었다. "좋은 생각이 아냐. 앤 말대로 넌 혼자 있으면 안 돼. 혼자 있으면 그 일을 곱씹게 될 테니까. 나랑 같이 가. 난 업타운에 있는 부모님 집에 가야 해. 차를 가져갈 거야. 물건을 좀 가져와야 하거든. 넌 내가 볼일 보는 동안 나랑 같이 있으면 돼. 그다음에 다시 여기로 데려다줄게. 그때쯤이면 앤도 수업 듣고 와 있을 거야."

간단하고 합리적인 해결책 같았다. 앤을 돌아보니 그는 사샤의 생각들이 모두 그렇듯이 이 방안 역시 아주 훌륭하다고 여기는 게 분명했다. 나는 혼자 있고 싶지 않기도 하고 앤이 나 때문에 수업을 빼먹는 게 싫어서, 그리고 사샤가 강간당했다고 했을 때 그 말을 믿지 않은 것에 대한 죄책감도 있어서 그를 따라갔다.

차는 그가 수많은 룸메이트들과 함께 쓰는 스테이션왜건이었다. 낡아빠진 데다 담배꽁초와 종이컵과 헌 신문지 들이 널브러져 지저분했다. 개털도 있었고 개 냄새도 났다. 나는 개도 함께 갔으면 좋겠다고 생각했다. 개가 진짜로 위로가 되어줄 것 같았다. 짐칸에는 빈 상자들과 여행 가방들이 가득했다. 앤에게서 사샤가 "정치 작업을 보다 효율적으로 수행하기 위해" 지하 조직으로 들어갈 계획이라는 말을 들은 기억이 났다. 당시엔 그것에 큰 관심을 갖지 않았지만, 이후 폭탄이 터지거나 급진주의자들이 자신들의 소행이라고 주장하는 다른 사건들이 발생할 때마다 나는 혹시 사샤가 연루된 건 아닌지 생각하게 된다.

사샤는 수없이 차선을 바꾸고, 손가락 욕을 날리고, 경적을 울려대며, 무모하리만치 공격적으로 운전했다. 라디오를 켜놓은 터라 우리 사이에 대화가 많이 오가지는 않았다. 사샤는 멋진 솔 뮤직을 크게 틀어놓는 것이 내 마음을 달래주는 데 도움이 되리라 생각했고, 그 생각은 옳았다. 그 노래들을 들으며 캐나다까지도 운전해 갈 수 있을 듯한 기분이었다. ("오티스 레딩이 세상을 떠났을 때가 기억난다. 나는 더 이상 삶을 이어갈 수 없을 것 같았다"—빌 클린턴.)

뉴스가 나왔고, 우리는 찰스 맨슨 사건에 대한 새로운 소식을 들었다. 찰스 맨슨과 그의 '패밀리'가 테이트-라비앙카 살인 사건으로 기소되었으나 아직 재판은 시작되기 전이었다. 살인 사건들이 일어난 건 8월, 공교롭게도 솔랜지가 사라진 그 주였다. 최근 그 사건과 맨슨 패밀리 관련 속보들이 이어지던 터였는데, 주로 여성으로 이루어진 그 패밀리에는 10대들, 가출 소녀들, 문제 가정 출신 소녀들도 포함되어 있었다. 그러니까, 솔랜지 같은 아이들. (나는 그 생각을 피할 수가 없었다.)

라디오에서 그 사건과 무관한 변호사가 맨슨은 아마 증거 부족으로 풀려날 거라고 말했다. 사샤는 맨슨이 풀려나기를 바라는 이들 중 하나였다. "빈민가에서는 노상 사람들이 죽어 나가는데 백만장자 몇 명 죽었다고 다들 아주 생난리라니까." 사샤는 라디오 볼륨을 줄이는 대신 목소리를 높여 소리쳤다. "맨슨이 잘한 거지. 기득권층을 뒤흔들고, 그들에게 신에 대한 두려움을 심어주고, 내일 당장이라도 그 비열한 인간들에게 무슨 일이 일어날 수 있는지 보여줬으니까! 그는 삶의 대부분을 교도소에서 보냈어. 제도가 그를 그렇게 만든 셈이지. 그는 미국 최악의 악몽이고, 미국은 그런 일을 당해도 싸. 그가 죽였다는 사람들이—뭐, 일곱 명? 그런데도 다들 그게 미라이 학살보다 더 큰 범죄인 것처럼 굴고 있다니 존나 놀랍지 않아? 피해자들이 백인에 부자라는 단한 가지 이유로 말이야!"

사샤 부모님 집은 내가 처음 가보는 지역에 있었고, 나는 그 집이 아파트가 아니라 주택이라는 것에 놀랐다. 검은 테두리로 장식된 회색 3층 집에 차고까지 있었다.

"여기서 자랐어?" 내가 물었다.

"그랬지. 하지만 지난 3년 동안은 거의 발도 안 들였어."

부모님이 여행 중이라는 얘기는 그곳으로 오는 길에 이미 들은 터였다. "하지만 곧 돌아올 거야. 그러니 빨리 해치워야 해."

집 내부는 밖에서 보기보다 작았다. 꼭 연극 무대 같은 느낌이었다. 화려한 무늬가 있는 양탄자들, 짝이 맞지 않는 가구들, 정글을 이룬 식물 화분들, 그리고 내가 아프리카 조각상으로 착각한 장식품이 아직도 기억난다. ("아니. 태평양제도 거야.")

나는 사샤를 도와 상자들과 여행 가방들을 안으로 옮겼다. 티끌 하나 없는 최신식 부엌에서, 사샤가 냉장고를 열어 콜라 두 캔을 꺼내 땄다. 그가 그중 하나를 나에게 건네는데 초인종이 울렸고, 나는 소스라치게 놀라 콜라 캔을 떨어뜨리고 말았다. 사샤는 침착했다. 내게 미리 말은 안 했지만 지금 안으로 들인 사람들을 기다리고 있었던 것이다. 남자 둘과 여자 하나가 사샤를 따라 부엌으로 들어왔는데, 남자들은 사샤 또래였고 여자는 나와 비슷한 나이였다. 그들에게 특이한 점이 있다면 남자들의 머리 길이였다. 고지식한 남자들처럼 머리가 짧았다. 아주 짧았다.

"여긴 내 친구들." 사샤가 말했다. 그들은 나를 달가워하지 않는 기색이었다. "이쪽은 조지." 그러면서 그들의 이름은 말해주지 않았다. 그들은 말없이 서서 내게 불안한 시선을 던졌다. "조지 괜찮은 애야." 그래도 서먹한 분위기가 가시지 않자 사샤는 이렇게 덧붙였다. "잘 좀 봐줘라. 방금 강간당한 애라고."

"아뇨." 내가 얼른 말했다. "내 말은―그렇긴 하지만, 나 괜찮아요." 그들이 문간을 막고 있지 않았더라면 거기서 도망쳐버렸을 것이다. 남자 하나가 "오, 와우" 하고 말하고는 돌아서서 나가버렸다.

나는 스펀지를 들고 있었다. 조금 전 떨어뜨린 캔에서 솟구친 콜라가 웅덩이를 이룬 터였다. 사샤가 친구들을 데리고 들어왔을 땐 막 콜라를 닦으려던 참이었다. 이제 다시 바닥 쪽으로 엎드리려는데 사샤가 말했다. "야, 하지 마." 그러면서 스펀지를 빼앗았다. 나는 그가 직접 콜라를 닦으려나 보다 생각했다. 하지만 사샤는 스펀지를 개수대에 던지고 일부러 콜라 웅덩이에 들어가(그는 부츠를 신고 있었다) 두 발로 제자리걸음을 하면서 허리 높이 아래에 있는 모든 것들에 콜라를 튀겼다. 그가 웃었고 남자도 웃었지만, 여자는 손목시계를 흘끗 보더니 경고가 담긴 억양 없는 어조로 말했다. "사-샤."

"알았어." 사샤가 말했다. "좋아, 세 사람은 이제 시작하지그 래? 조지, 넌 나랑 위층으로 가자." 그는 발을 닦지도 않은 채 나를 부엌 밖으로 이끌었다.

거실을 지나는데 아까 부엌에서 나갔던 남자가 소파에 누워 마리화나를 피우고 있는 게 보였다. 사샤의 친구들 역시 여행 가 방을 가져왔다는 사실도 알 수 있었다.

사샤의 부모님 방에서는 온실 냄새가 났다. 아래층에도 식물 들이 있었지만 이곳의 식물들은 특히 이국적으로 보였고, 꽃이 핀 것들도 있었다. "방금 물을 준 것 같은데." 내가 말했다.

"그래, 부모님이 집을 비울 땐 청소하는 사람이 와." 앤이 그 렇듯, 머리에 총구를 들이밀어도 하녀라는 말은 절대 하지 않을 사람이었다. "편하게 있어. 아주 편안한 침대야." 나는 그 침대에 불편하게 앉았다. 침대 절반은 베개들로 뒤덮여 있었는데 전부 크기도 다르고 커버 천도 달랐다. 침대를 그런 식으로 장식하는 사람들이 있다는 건 알았지만 내가 자란 환경에서는 아무도 그러 지 않았다. 우리 집 침대에는 작고 납작한 베개가 하나씩만 놓여 있었다. 갑작스럽게 떠오른 그 볼품없는 베개들과 낡고 얼룩지고 쉰내 나는 베갯잇에 대한 생각이 내 마음을 절망으로 채웠다.

사샤가 위층으로 들고 온 핸드백을 뒤지고 있었다. 그는 희 끄무레한 가루가 가득 든 작은 비닐봉지를 꺼내면서 내게 헤로인을 해본 적이 있느냐고 물었다. 나는 해본 적이 있었고, 바로 그 순간 사샤의 모든 걸 용서할 수 있었다.

침대 옆 탁자에 액자 몇 개가 놓여 있었다. 사샤가 그중 하나를 집어 눕히더니 액자 유리에 조심스럽게 가루를 조금 쏟았다. 가루 아래 유리 너머의 신랑 신부는 그의 부모님인 듯했지만 나로서는 관심이 가지 않았다. 이제 곧 일어날 일에 사로잡혀 있어서였다. 문득 아까 사샤가 얼마나 부주의하게 운전했는지가 떠올랐다. 한번은 빨간불을 그냥 지나치기까지 했다. 내내 마약을 소지하고 있었으면서.

그가 말했다. "나도 같이 하면 좋겠지만 오늘 밤엔 멀쩡한 정신으로 있어야 해서. 이건 네가 해본 것보다 셀걸. 하지만 좋을 거야. 그런 일을 겪었으니 해도 돼. 이게 모든 걸 잊게 해줄 거다, 아가야. 모든 걸 잊게 해줄 거야."

다행히 방에 화장실이 딸려 있었다. 진짜 센 약이라면 구토를 하게 될 수도 있었다. 나는 코로 가루를 들이마신 뒤 편안한 베개에 기댔다. 혼자 약에 취하는 걸 꺼릴 이유가 뭔가?

아래층에서도 스테레오 세트를 봤는데 침실에 또 하나가 있었다. 그 옆에 레코드판이 쌓여 있었고, 지금 사샤가 그것들을 뒤적거리는 중이었다. "내가 장담하는데, 우리 부모님 취향은 최악이야." 그러면서 그는 영화 사운드트랙 앨범들을 옆으로 내던졌다. 〈카멜롯〉, 〈마이 페어 레이디〉. "누가 이런 걸 들어?" 그는 시내트라도 옆으로 내던졌다. 로즈메리 클루니. 바브라 스트라이샌드! 하지만 계속 레코드판들을 뒤적거리면서 사샤는 자신도 모르게 〈카멜롯〉에 나오는 노래 〈이프 에버 아이 우드 리브 유If Ever I Would Leave You〉를 흥얼대기 시작했다. 한때 좋아하던 노래임이 분명했다. 가사를 다 알았다. 신경 쓰지 않고 자연스럽게 부르는데도 목소리가 아름다웠다. 내 눈에 눈물이 가득 고였다.

"야, 이거면 되겠다." 그가 라벨의 앨범을 찾아냈다.

침대까지 닿는 긴 선이 달린 헤드폰이 있었다. 라벨의 〈볼레로〉를 재생하기에 앞서, 사샤가 내게 헤드폰을 씌웠다.

"자, 이제부터 네가 할 일은 여기서 꼼짝 말고 쉬는 거야." 그는 어린애에게 하듯이 내 코를 잡아당기더니 문을 닫고 나갔다.

그리 긴 시간이 지나지 않아 일어나야 했다. 나는 화장실로 들어가, 이런 말이 기이하게 들리긴 하겠지만, 〈볼레로〉의 리듬에 맞추어 아주 조용히, 아주 자연스럽게 구토를 했다. 토하고 나자 더 나아졌지만, 토하기 전에도 꽤 기분이 좋긴 했다. 뼈가 없는 듯한 다리로 침대로 돌아가 다시 헤드폰을 썼다. 이제 나는 환락궁에 있었다. 몸은 무겁고, 머리는 어지럽고, 혈관에 나비들이라도 갇혀 있는 양 피가 펄럭거렸다. 내가 할 일은 그저 쉬는 거야. 좋아. 누가 팔다리를 잡아당기면 엿가락처럼 늘어날 것 같았다.

헤로인에 대해 모르는 사람들을 위해 언젠가 내 친구가 한 말을 인용해보자. "처음 헤로인을 했을 때, 신이 천국에서 몸을 숙여 내 입술에 키스한 것 같았어."

저녁을 안 먹었는데도 배가 고프지 않았다. 목도 마르지 않왔다. 담배를 아래층에 두고 왔지만 담배 생각도 간절하지 않았다. 무슨 괴로운 일이 있었던가? 기억이 안 났다. 앤의 말이 옳았다. 사샤는 천재였다.

〈볼레로〉가 끝나자 일어나서 다시 틀었다. 그렇게 몇 번 했다. 그날 밤 처음 들어보는 곡이었다. (그리고 지금의 나라면 절대 듣지 않을 곡이기도 하다.)

아래층에서는 상자들과 여행 가방들에 물건을 담느라 바빴다. 졸다가 깨서 내려가봤지만 아무도 내게 관심을 보이지 않았다.

조금 뒤에는 집 안 어딘가에서 섹스가 진행되고 있다는 걸 희미하게 의식했다.

어느 순간 진짜 잠이 들어서 아침까지 깨지 않았다. 나는 옷을 다 입고 스니커즈까지 신은 채 이불 위에서 잤다. 헤드폰이 옆에 있었지만 스테레오는 없었다. 거실에 있던 스테레오도, 텔레비전도, 값나가는 건 조각상까지 몽땅 사라진 뒤였다. 사람들도 보이지 않았다. 부엌에—콜라가 말라붙어 바닥이 온통 끈끈했다—쪽지가 있었다. "네가 정신을 못 차려서 그냥 두고 간다. 혼자서도 돌아갈 수 있을 거야." 그래, 그건 문제가 되지 않았다. 혼자서도 돌아갈 수 있었다. 서둘러 갈 필요만 없다면. 나는 물을 4리터쯤 마신 뒤 위층으로 올라갔고, 침대에 눕자마자 다시 잠이 들었다.

두 번째로 일어난 건 누군가 나를 깨워서였다. 어떤 손이 내

어깨를 잡고 흔들어댔다. "애, 정신 차려. 더는 여기서 자게 둘 수 없어. 어서, 일어나, 일어나라고." 사샤가 돌아온 것이다. 그는 침대 옆 의자에 앉아 있었다. 맞춤 정장으로 갈아입은 모습인데 나이가 쉰 살쯤 되어 보였다. V 자 머리선이 새하얗고, 얼굴은 비극적이었다. 그가 말했다. "너 누구니?" 나는 그제야 상황을 깨닫고 경악해서 입이 바짝 마른 채로 잔뜩 쉰 목소리를 냈다. "사샤 어머니."

"아니, 그건 나고. 넌 누구니?"

계단을 올라오는 발소리가 쿵쿵 울리더니 한 남자가 방 안으로 성큼성큼 걸어 들어왔다. 그가 턱으로 나를 가리키며 말했다. "이제 깬 거야?"

보아하니 그들이 이제 막 도착한 건 아닌 듯했다. 두 사람은 나를 발견하고도 즉시 깨우지 않은 것이다. 그런 생각이 들자 오싹했다. 내가 잠들어 있는 사이 맨슨 패밀리처럼 '잠입해' 돌아다녔다니. 물론 이곳은 그들의 집이었지만.

그 남자─사샤의 아버지가 아니면 누구겠는가?─의 시선은 어서 이 집에서 나가라고 말하고 있었다. 나는 비틀거리며 일어나 횡설수설하기 시작했다. 정말 죄송하다고, 어떻게 이런 일이 일어나게 된 건지 모르겠다고, 잠이 들어버린 것 같다고, 더 이상 폐가 되지 않게 이제 그만 가봐야겠다고─

"경찰 부를 때까지 아무 데도 못 가."

"경찰!" 사샤 어머니가 발로 걸어차이기라도 한 것처럼 남편을 처다봤다. "제발, 루이스. 경찰 부르면 안 돼."

"안 돼?"

"안 돼, 루이스. 우리 딸을 경찰에 신고할 순 없잖아."

"아, 안 된다? 그럼 어쩔 건데?"

"글쎄—" 사샤 어머니는 나를 등지고 있었다. 나는 그가 나보다 루이스에게 더 화가 나 있음을 알 수 있었다. "일단 이 아이를 집에 돌려보내고, 그다음엔 침대에 누워서 다음 화요일까지 울어야겠어."

"보험회사에서 이 일을 내부 범죄라고 할 거라는 거 알잖아. 보상금은 한 푼도 못 받을 거야."

"알아."

"그나마 집을 폭파시키지 않은 걸 다행으로 여겨야겠지."

사샤 어머니가 눈을 감았고, 나는 그가 무엇을 보고 있는지 정확히 알 수 있었다. 겨우 몇 주 전 그리니치빌리지에서 일어난 사건. 경찰이 도착하기 전에 도망치려고 불길에 휩싸여 무너져가는 건물에서 비틀거리며 나오던 생존자들(정확히 누구이고 몇 명인지 알 수 없는). 세 사람이 나오지 못했고, 지하실에서 폭탄을 제조하던 두 사람, 남자 하나 여자 하나는 산산조각이 났다. 여자는 사샤 또래였다. 이런 타운 하우스였다.

"루이스." 사샤 어머니가 무정하면서도 애처로운 목소리로 말했다. "이 아이 데리고 나가서 택시 잡아줘." 그러곤 일어나서 화장실로 들어가더니 조용히 문을 닫았다. 나는 간밤에 〈볼레로〉에 맞추어 토한 기억을 떠올리며 지저분한 게 남아 있지 않기를 바랐다.

분노한 루이스와 잠시라도 단둘이 있는 게 두려웠다. 앞장서서 계단을 달려 내려갔지만 그가 문을 열어줄 때까지 기다려야 했다. 내가 밖으로 나가자 그는 택시비가 있는지 물었고, 나는 고개를 저었다. 간밤에 사샤와 함께 캠퍼스를 떠날 때 챙긴 거라곤 담배뿐인데 그 담배마저 어디선가 잃어버린 상태였다.

"그럼 어디로 가는지는 몰라도 거기까지 걸어가야겠군."

쾅.

그건 그의 생각이었다.

나는 몇 블록 안 가서 택시비의 두 배를 모았다. (설명하긴 어렵지만 당시엔, 적어도 아주 잠시는, 사람들이 히피 걸인에게 적선하는 걸 좋아했다. 그들은 히치하이커들을 차에 태워주는 것도 즐겼다. 반체제 문화에 속할 수 없고 그럴 의사도 없는 사람들이 종종 그런 이들에게 친절하고 관대한 태도를 보였다.)

집으로 돌아가는 택시 안에서 기사에게 얻은 쿨 담배를 피우며, 나는 침대 옆 탁자에 누인 결혼사진을 떠올리고 사샤의 부모님이 거기 묻은 흰 가루를 발견하겠구나 생각했다. 그러곤 잠시 환상에 젖었는데, 환상 속에서 나는 사샤의 어머니 품에 몸을 던진 채 강간부터 시작해서 모든 걸 그에게 털어놓았다.

나는 소란스러운 캠퍼스로 돌아왔다. 미군이 캄보디아를 침략한 직후였다. 동맹 휴학 요구가 있었다. 미국 전역의 대학들에서 시위가 일어났다. 오하이오에서는 주 방위군이 켄트 주립 대학의 학생들에게 총을 발포하여 부상자 아홉 명과 사망자 네 명이 발생했다. 열흘 후 미시시피 잭슨 주립 대학에서는 경찰이 학생 둘을 죽이고 열두 명에게 부상을 입혔다. (앤은 두 번째 사건이 첫 번째 사건처럼 주목받지 못한 이유에 주목했다. 잭슨 주립 대학 피해자들이 흑인들이기 때문이었다.) 학기가 끝나기 전에 컬럼비아를 포함한 수백 개 대학들이 휴교에 들어갔다. 그렇게 (일찌감치) 우리의 2학년은 막을 내렸다. 그 마지막 날들에 앤과 나는 자주 만나지 않았다. 하지만 우리 둘 다 같은 결정을 내렸다. 새 학기가 시작될 그해 가을에 우리는 학교에 있지 않기로 했다.

그해 봄의 소요 사태 이전부터도 내게 대학은 혼돈과 혼란의 본고장 같았다. 그곳에서는 학생들이 돈을 벌 필요가 전혀 없으면서도 교도소에 갈 위험을 무릅쓰고 마약을 밀매했으며, 한 바너드 상급생은 역시 경제적으로 그럴 필요가 없는데도 불구하고 국제연합 본부 근처의 화려한 홍등가에서 매춘부로 일하기도 했다. 부잣집 애들은 가난하지 못한 걸 한탄하며 가난한 흑인들을 맹목적으로 숭배했다. 흑인 학생들은 백인 선생이 흑인 학생의 성과물을 비판할 수 없으며 비판 자체가 백인의 아이디어라고 주장했다. 한 선생은 그 유대 엉덩이를 조심하는 게 좋을 거라는 경고가 담긴 편지를 받았다. 언젠가 내가 실수로 흑인 급우의 책을 집어 들자 그는 내 머리를 향해 책을 던지며 이렇게 외쳤다. "너 때문에 한 달은 재수 옴 붙었어!" 그곳에서는 찰스 맨슨이 영웅이거나 적어도 '우리 중 하나'였다. 그곳에는 내가 베트남인들을 죽인 오빠를 두었다는 이유로 나와 상대도 하려 하지 않는 학생들이 있었다. 그 학기의 어느 밤, 우리 모두는 침대에서 뛰쳐나와 대피해야 했다. 누군가 알마 마테르 동상 아래 폭탄을 설치했던 것이다. 그 소음은 충격적이었을지 모르나 그 행위 자체는 누구에게도 놀라운 일이 아니었다.

앤의 경우 사샤와 마찬가지로, 근래에 학생의 힘이 커지긴 했지만 대학들은 여전히 지배층의 기관으로 남아 재계와 한통속이 되어 젊은이들을 부패하고 비민주적인 사회로 내보내 자리 잡게끔 준비시키는 역할에 전념하고 있다고 믿었다. 사샤처럼 지하 조직으로 들어갈 생각이 없었지만, 그로선 더 이상 학생의 특권을 누릴 수가 없었다. 우리 둘 다 환멸을 느꼈고 우리 둘 다 대학을 떠나고 싶어했으나, 이유는 달랐다. 앤은 여전히 세상을 바꾸려 하고 있었다. 그리고 나는 (나중에야 깨닫게 된 일이지만) 로맨스를 찾고 있었다.

*

언젠가 한 무리의 젊은 여자들 앞에서 강간당한 일에 대해 이야기한 적이 있다. 그 사건이 있고 오랜 세월이 지난 뒤, 이미 내가 두 번 결혼했고 두 아이를 둔 때였다. 여성학 교수와 친구가 되어 그에게 내 이야기를 했는데, 그가 여성과 성폭력에 대해 연구하고 있는 몇 명의 젊은 여성들에게 그 경험을 들려주었으면 좋겠다고 부탁한 것이다. 내키진 않았지만 친구의 부탁을 거절하기가 어려웠다.

나는 그 친구의 집 거실 바닥에 앉아 백포도주 잔을 들고 1970년에는 모든 게 달랐다는 말로 이야기를 시작했다. 당시 여자들은 달랐다고. 당시엔 여자들에게 강간에 대한 두려움이 없었다고 할 수 있는 것이, 예를 들자면 히치하이크하는 여자들을 어디에서나 볼 수 있었다고, 심지어 임산부나 아이들을 데리고 있는 여자들까지 히치하이크를 했다고. 그들은 도로로 나가서 낯선 남자 차에 올라탔는데—미국에서 다른 모든 폭력 범죄들처럼 강간도 증가하던 시기였다—요즘 정신 똑바로 박힌 여자라면 누가 그런 짓을 하겠느냐고. 나는 그들에게 히치하이크로 덴버에서 맨해튼까지 와서 우리 신입생 기숙사에서 묵은 두 히피 소녀들 이야기를 들려주었다. 우리가 무섭지 않았냐고 묻자 그들은 안 무서웠다면서 "남자가 볼ball 하고 싶어하면 하면 되지"라고 말했다. 그리고 마침내 재회하게 된 여동생 솔랜지 이야기도 들려주었다. 히치하이크로 몇 번이나 국토를 횡단한 그 아이도 같은 이야기를 했다고. 트럭 운전사들의 황금시대였다는 농담까지 했는데 당시엔 그런 일에 대해 웃으며 이야기할 수 있었다고. 하지만 내 친구의 집 거실에 모인 여자들은 아무도 웃지 않았다. 나는 그들에게 누구든 강간이라는 걸 할 수밖에 없는 처지에 내몰리는 자체가 범죄라고 생각했던 광적인 과격파 성 혁명주의자들에 대해 이야기했고, 한번은 솔랜지가 자신은 몇 년 동안 원하는 모든 남자들과 잤다고 고백하더라는 이야기도 보탰다. 솔랜지는 그게 정치적인 문제라고 했다. 어떤 이들에게 자유연애는 말 그대로 공기나 물 같은 것이고 부끄러운 게 아니기 때문이라는 것이었다. 나는 그들에게 당시엔 방에 두 남자가 있는데 그중 한 사람하고만 자는 건 무례하거나 무정한 짓이라고 여기는 여자들도 많았다고 말했다. (여전히 아무도 웃지 않았다.)

나는 엘드리지 클리버 이야기를 꺼내며―그는 연습 삼아 흑인 여자들을 강간한 다음 '저항 행위'로 백인 여자들을 강간했다고 알려져 있었지만―내가 알던 여자들 중 적어도 절반은 그와의 섹스를 영광으로 여겼을 거라고 말했다. 블랙 팬서스와의 섹스는 그들에게 최고의 꿈이었다.

나는 그때 왜 경찰서에 가지 않았는지, 왜 남자친구에게 말하고 싶지 않았는지 이야기했다. 그리고 어머니에게 알리지 않은 건 여행 가방을 잃어버린 일이나 크러그 선생님이 나를 껴안고 대학 지원에 대해 이야기한 일에 대해 함구했던 것과 같은 이유에서였다고, 말해봤자 화만 자초할 뿐이기 때문이었다고 설명했다. 매사가 내 탓이었으니까. 하지만 그건 내 어머니에 대한 이야기였다. 다른 이야기였다. 나는 세월이 흐르면서 나 자신이 강간당한 이야기를 누구에게 하고 누구에게 하지 않는지 발견하는 것이 무척 흥미로웠노라고 토로했다. (나는 그 이야기를 이 친구에게는 했지만 저 친구에게는 하지 않았고, 첫 남편에게는 했지만 두 번째 남편에게는 하지 않았고, 딸에게는 했지만 아들에게는 하지 않았다.)

나는 그래선 안 된다는 경고를 듣고도 인적 없는 공원을 혼자 산책한 건 무책임하고 그야말로 멍청한 짓이었다고 생각한다고 말했다. 아니, 자업자득이었다는 건 아니라고, 잘 들어줬으면 한다고. 내 말은 그게 아니라고. 나는 오해받지 않기를 바라면서도 오해받게 되리라는 두려움을 안고 말했다—기왕 강간을 당할 거였다면, 그리고 강간을 당하기에 가장 좋은 때라는 게 존재한다면, 나는 그런 때에 강간을 당했다고. 그 시기의 내게 성교라는 게 신비함을 잃었던 것이, 성교가 단순히 일상적인 일을 넘어 그저 무의미한 행위일 수도 있으며 내가 알지 못하거나 관심도 없는 사람, 다시 볼 생각이 없는 사람, 전혀 매력을 느껴본 적이 없는 사람, 심지어 싫어하는 사람, 내가 마약에 덜 취했거나 덜 게으르거나 덜 피곤했더라면 분명 하지 않았을 사람과도 쉽게 할 수 있는 것임을 깨닫게 된 것이 확실히 도움이 되었노라고 말했다. 나는 영화 〈우드스톡〉 중 어린애 둘이 나와서 인터뷰하는 장면을 인용했다. "우리 볼ball 하고 막 그러는데요, 그게 진짜로 아주 좋은 일 같은 게, 엄청 자유롭고 서로 얽매이지도 않고 서로 사랑하거나 뭐 그런 것도 없고, 왜 있잖아요……"

나는 광기가 만연했던 당시의 분위기 역시 분명 도움이 되었을 거라고 말했다. 사샤의 부모님 집에서 보낸 그 밤뿐 아니라 그 시기의 전반적인 광기. 시간이 지나 그때를 돌이켜보던 나는 결국 강간 사건이 얼마나 자연스럽게 일상으로 섞여 들었는지 깨닫게 되었다. 끔찍한 순간이 끔찍한 시대에 섞여 든 것이다. 그건 하나의 순간일 뿐이었다. 나는 아니라고, 거듭 아니라고(그들이 솔직히 인정하라는 압력을 가했을 때), 앤과 사샤가 그 사건을 축소시키며 바로 그 시각 세계에서 벌어지고 있는 더 끔찍한 일들을 기억하라고 했을 때 분노를 느끼지 않았다고 대답했다. 말이야 바른 말이지, 내 고등학교 친구 조이 터코가 제 오빠의 아내가 강간당한 걸 알고 내뱉었던 말—"바로 그 자리에서 우리 오빠의 결혼 생활은 끝장난 거지"—과 비교하면 앤과 사샤의 반응은 큰 힘이 되어주었다. 내 친구의 거실에 모인 여자들 중 영화 〈비정한 도시〉를 본 사람은 아무도 없었지만 다들 진 피트니의 노래는 알고 있었다. 나는 내 인생을 돌이켜보면 강간보다 더 끔찍한 일들을 많이 겪었으며, 기이한 진실이고 나에겐 씁쓸한 일이기도 하지만 그 더 끔찍한 일들이 강간을 작은 사건으로 만들었노라고 말했다. 그러곤 마음속으로 이제 술잔을 내려놓고 더 이상 마시지 말아야겠다고 다짐했다.

그들은 내가 진실을 부정하고 있다고 말했다. 내가 그 일을 이성으로만 분석하려 하고 있으며, 분명 감정적으로 처리해야 할 것이 많이 남아 있다고 했다. 그 강간 사건이 실제로 얼마나 끔찍했는지를 억압해왔다는 것이었다.

그해 봄의 기억을 하나 더 이야기할까 한다. 한 여학생이 무심코 기숙사 방에 들어갔는데, 룸메이트가 남자친구와 함께 침대에 누워 있었다. 나중에 그는 그 일을 우리에게 전하며 조롱기 가득한 목소리로 말했다. "둘이 아직 속옷을 입고 있더라니까!" 우리는 그들을 얼마나 한심해했는지 모른다. 그런 멍청한 부르주아식 성교가 어디 있단 말인가. 당시 옷을 하나씩 벗기는 건 무례한 짓으로 간주되었다. 불을 끄는 것만큼이나 큰 잘못이었다.

제2부

누구와 알고 지내는지가 가장 중요하다. 스테이시 루돌프슨과 나는 현대무용 수업을 같이 들었다. "우리 새엄마한테 전화해봐." 그가 말했다. "〈비자주〉 피처 에디터거든."

　알고 보니 피처 에디터는 보조 인력을 구하고 있지 않았으나, 헬스와 뷰티 담당 에디터 니콜 비숍이 새 비서('어시스턴트 에디터'로 명칭이 바뀌기 1년쯤 전이었다)를 찾고 있었다. 대학 중퇴가 고졸보다는 나았겠지만, 내가 채용된 건 물론 타이핑 실력 덕이었다. 철자법과 어휘력 테스트도 있었는데, 객관식이었고 아주 쉬웠으며 필체도 꼼꼼히 보았다. 어떻게 그런 옷차림으로 면접을 보러 갈 생각을 했을까, 쯧쯧―하지만 그 사무실에 드레스 코드가 있다는 걸 알게 된 이상 그에 따르면 될 일이니 문제 될 건 없었다. 청바지는 안 되고, 바지도 안 되고, 맨다리도 금지였다. 전체적으로 단정한 차림새가 요망되었다. 그런 점에서 니콜 비숍 자신보다 훌륭한 귀감은 없었다. 우아한 옷차림으로 자신의 부서를 광고하고 다니는 사람이랄까. 진정한 아름다움—거의 안 한 것처럼 보이는 전문가적 메이크업—과 건강한 모습. 훗날 그는 몸무게와의 싸움을 벌이게 되지만 당시엔 맵시 있는 몸매를 갖고 있었다. 그의 품위는 내가 처음에 영국인의 억양으로 착각한 말씨에 의해 더 강조되었는데, 나중에 알고 보니 그는 과거 로디지아로 알려져 있던 나라 출신이었다. 니콜과 나의 공통점이 있다면, 그 역시 웰즐리 대학을 2년 다니다가 중퇴했다는 사실이었다. 그는 신혼이었다. 다른 잡지사 에디터인 그의 남편은 잡지계의 거물이라고 소설과 시 담당 에디터의 비서가 알려주었다. 남편의 이름은 휘트였다. 그 또한 멋쟁이였다. 잘 어울리는 한 쌍의 부부. 그들에겐 낭만적인 작은 전통이 하나 있었다. 수요일 저녁이면 휘트가 퇴근 후에 니콜을 데리러 와서 둘이 이른 저녁을 먹고 영화를 보러 갔다. 그는 적어도 일주일에 한 번은 아내의 사무실로 꽃을 배달시켰다. 아직 신혼이라고 모두들 말했는데, 젊은 여자들은 동경하는 목소리였고, 나이 든 여자들은 다 안다는 듯 냉소적인 어조였다.

곧 니콜이 임신한 걸 모두가 알게 되었다.

니콜은 젊은 여자들이 즉시 반하고 마는 그런 여자였다. 나는 그가 나 자신이 원하는 모든 걸 가졌음을 곧바로 알 수 있었다. 나는 그의 옷장을, 그게 아니라면 그의 패션 감각이라도 갖고 싶었다. 그가 하는 일, 그의 남편 같은 남편—거물에, 처세에 능하고, 그러면서도 소년 같은 면이 있는—을 갖고 싶었다. 수요일 밤의 데이트도. 꽃도. 뱅크 스트리트에 있는 갈색 사암 아파트(니콜이 임신 8개월째부터 사무실에 나오지 않으면서 내가 자주 드나들게 된)도, 그리고 마침내 태어난 왕자님도.

나는 운이 좋았다. 〈비자주〉에도 어김없이 괴물들이 존재했고(알고 보니 스테이시의 새엄마도 그중 하나였다), 괴물들 밑에서 일하는 비서들은 시달림을 당했다. 하지만 니콜은 너그러웠다. 다른 상사들과는 달리 그는 자기를 이름으로 부르게 했고(이름 이야기가 나와서 말인데, 나는 〈비자주〉에서야 마침내 '조젯'이 되었다), 처음 일을 배우는 내가 멍청한 실수들을 저지를 때마다 친절 그 자체로 반응했다. "아, 편지를 발송할 때는 항상 사본을 남겨야 해요. 내 잘못이에요. 미리 말해줬어야 했는데." 나는 잡지사에서 왜 전문적인 훈련을 받은 진짜 비서들을 뽑지 않는지 궁금했는데, 나중에 누군가 설명해주기를 편집장이 '캐서린 기브스 비서 학교 스타일'을 원하지 않는다고 했다. 〈비자주〉는 구인 광고를 내지 않아서, 그곳에 취직하려면 아는 사람이 있어야 했다.

비-자주. 잡지 이름을 프랑스어식으로 발음하지 않으면 편집장이 노발대발했다. 주요 독자층은 이제 막 사회에 진출하여 경력을 쌓다가 때가 되면 가정도 가지리라 꿈꾸는 20대와 30대 초반 독신 여성들이었다. 편집진은 모두 여성이었고, 사무직원들도 몇 명(우편물실 직원들과 영업부장)을 제외하곤 다 여자들이었다. 하지만 진짜 권력―⟨비자주⟩가 살아남아야 할지 죽어야 할지 결정하는(그리고 1980년대가 도래하면 죽음을 결정하게 될)―은 다른 층이나 다른 건물에 근무하는 남자들에게 있었다. 나는 그들의 이름을 알긴 했지만 직접 본 적은 없었다.

나는 별도의 방 없이 니콜의 사무실 바로 앞에 놓인 책상에서 일했다. 에디터 비서들은 다 그랬다. 그리고 한 가지 규칙이 있었는데, 책상이 지저분하면 안 된다는 것이었다. 익숙해지기 어려운 일이었다. 나는 통로 자리에서 너무 노출된 기분을 느꼈고, 늘 책상을 깨끗하게 정리하려면 노력이 필요했다. 드레스 코드를 따르는 건 더 큰 노력을 요하는 일이었다. 나는 점심시간에 사무실 근처 백화점들을 돌며 세일하는 옷들을 찾곤 했다. 매달 ⟨비자주⟩에 실리는 옷들을 사 입을 형편도 안 되고 니콜의 패션 감각도 갖지 못했지만, 나는 그를 닮기 위해 최선을 다했다. 심지어 필체까지 흉내 내면서 특정한 글자들을 니콜처럼 쓰는 자신을 발견하기도 했다. 나는 그를 따라 철자 Z와 숫자 7에 횡선을 그었다. (하지만 가끔 내 입에서 튀어나오는 영국식 억양은 맹세코 무의식적인 것이었고, 당연히 나로서는 당혹스러웠다.)

물론 니콜은 누구에게서도 '닉'이라고 불려본 일이 없었다.

날마다 사무실에 화장품과 기타 미용 제품 샘플들이 잔뜩 들어왔는데, 나는 그 대부분을 집에 가져갈 수 있었다. 기뻤다. 그건 천국―'여자라서 행복해요' 천국―의 만나였다. 대학에 다닐 때는 〈비자주〉 같은 잡지들에 별로 관심이 없었다. 그랬던 내가 이제 '우리' 잡지뿐 아니라 많은 경쟁 잡지들까지 읽고 있었다. 전에 없이 외모에도 신경을 쓰게 되었다. 나는 화장을 시작했는데 니콜의 화장법을 배운 덕에 자연스러워 보였다. 윤기 있고 엉키지 않는 머릿결, 눈을 더 커 보이게 하는 법, 내 얼굴색에 맞는 블러셔 색조, 내 몸에 맞는 향—그런 것들이 중요하게 다가왔다. 나는 비타민 E(우리가 '뷰티 비타민'이라고 부르던)를 복용했고, 하루에 물을 여섯 잔에서 여덟 잔씩 마셨다. 잘 먹고 더 많이 자려고 노력하는 것, 대학 시절의 나쁜 습관들을 하나씩 버리고(흡연만 빼고. 담배만은 니콜을 따라 끊을 수가 없었다) 자신을 돌보는 것이 좋았다. 헬스와 뷰티에 대한 지식은 무궁무진한 듯했다. 그건 전혀 다른 종류의 교육이었고, 나는 근면한 학생이었다. 잡지에 나와 있는 한심한 테스트들에 응하기까지 했다. "당신의 뷰티 IQ는?" "다음 중 패션 금기 사항은?" (아, 특대형 핸드백이 또 등장했다!) 내가 살던 곳에서는 들어보지도 못한 아보카도라는 열매가 샴푸부터 풋 크림까지 무수한 제품들의 성분으로 인정받기 시작했고, 니콜의 기사에서는 "진정한 비타민과 영양소의 산실"로 소개되었다. 그런 지식들이 어찌 나에게 학교에서 배운 것들 못지않은 기쁨과 만족감을 줄 수 없었겠는가? "반으로 잘라서 씨를 빼내고 게살 샐러드를 채우면 우아하고 건강한 점심이 되지." 〈비자주〉의 유일한 흑인이자 나와 가까운 자리에서 일하는 다른 비서 클리오 킹은 아보카도 씨를 화분에 심어 잎이 무성한 큰 나무로 키우는 법도 알려주었다. 나는 클리오와 다른 비서들과 가까워졌고, 서서히(생각해보니 그렇게 서서히는 아니었지만) 그들이 대학 친구들을 대신하게 되었다. 그들은 거의 내 또래로 내가 심취하게 된 것들에 심취해 있었다. 우리는 그 잡지의 가장 충실한 독자들이요 자매들이었다. 그리고 그들은 나를 조지라고 부르지 않았다.

많은 대중잡지들이 변화의 일로에 있었으나 여전히 글이 중요했고, 니콜은 기사에 공을 들였다. 수정본을 여러 번 타이핑하면서 나는 그 사실을 알 수 있었다. 매 호 단편소설들과 일반적인 관심사를 다룬 기사들이 실렸는데, 그중 일부는 수천 단어 길이였다. 앤(물론 그는 내 직장 이야기를 듣고 얼굴을 찌푸렸다―"그 우스꽝스러운 억양은 어디서 배운 거야?") 같은 사람들은 여성지들이 진지한 척한다며 조롱했다. 하지만 〈비자주〉 에디터들은 잡지 한 권에 '최고의 봄 패션', W. H. 오든의 시, 테드 케네디 인터뷰, 다양한 리뷰들, '노브라로 다니는 건 좋은 생각일까?', '당신이 좋아하는 색깔이 당신에 대해 말해주는 것', '산부인과 첫 방문 시 알아두어야 할 것들', '2인 촛불 만찬 레시피', '베트남에서 온 편지'를 모두 담는 걸 긍지로 여겼다.

뷰티와 패션에 전혀 관심이 없는 요즘에도, 나는 병원 대기실 같은 곳에서 시간을 죽이기 위해 여성지를 펼칠 때마다 그때 왜 내가 그 세계에 매혹되었는지 금세 깨닫는다. 질서, 조직, 단순한 업무, 온화한 멘토, 적으나마 꼬박꼬박 나오는 주급. 현명한 예산 관리란 월세가 주급을 초과하지 않도록 하는 것이라는 말이 있었다. 당시 내가 제대로 살고 있다고 느낄 수 있었던 건 어느 정도 그 덕분이기도 했다. 월세와 주급이 똑같이 125달러였으니까. 나는 96번가 근처 웨스트엔드 애비뉴에 첫 원룸을 구했다. 지하 방이었고, 창문에는 쇠창살이 쳐져 있었으며, 바퀴벌레가 나왔고, 밤길은 무서웠고, 관리인은 술꾼에 여자를 밝혔다. 하지만 내겐 낙관주의의 시절이었다. 나는 곧 운이 트일 것임을 알았고, 니콜의 집 근처, 그리니치빌리지에서의 삶을 열망했다. 니콜의 아기가 태어날 즈음 그의 아파트에 자주 가게 된 나는 그 동네 근처를 황홀경에 젖어 돌아다니곤 했다. 이 도시의 낭만적인 동네들은 끝이 없는 걸까? 나는 우리 사무실이 있는 미드타운을 여전히 좋아했지만, 살기엔 확실히 그리니치빌리지가 나았다.

이따금 에디터들이 짜증을 부릴 때를 제외하면 〈비자주〉는 대체로 평온한 분위기였다. 사무실 공간들은 멋지게 설계되고 아름답게 꾸며져 있었다. 무슨 이유인지 제일 먼저 떠오르는 건 카펫인데, 아주 옅은, 익지 않은 복숭아색이면서도 절대 더러워지는 법이 없었다. (내겐 그게 늘 신기했다.) 기숙사 카펫은 역겨운 암갈색이었고 색이 그렇게 짙은데도 날이 갈수록 얼룩이 늘었다. 얼룩을 막으려는 노력이 있었던 건 아니다―그 반대라면 모를까. 당시엔 대학 캠퍼스에서 기물 파손이나 도둑질이 그리 흔하지 않았지만 시설물에 대한 존중은 한참 부족했다. 일부 학생들이 담배를 어디에 비벼 껐는지 알면 놀라 자빠질 것이다. 하지만 내가 이 특정한 순간에만 새삼스레 〈비자주〉의 카펫을 떠올리는 건 아니다. 그 사무실을 떠난 뒤에도 수년 동안, 알 수 없는 이유로, 그 옅은 색 플러시 카펫이 머리에 떠오르곤 했다. 사무실 곳곳에, 심지어 여자 화장실에까지 놓여 있던 싱싱한 꽃이 든 커다란 화병처럼 그 카펫 역시 내게 호화로움을 의미했던 듯하다. 니콜의 사무실은 정말이지 호화로웠다. 갈색 가죽 가구며 골동품 책상이며 램프들이며 조랑말 가죽 러그가 꼭 개인 저택의 서재 같은 인상을 주었다. 니콜과 휘트는 신혼여행지였던 프랑스와 사진에 열정을 쏟고 있어서, 벽마다 프랑스의 유명 사진가들이 찍은 프랑스 사진을 담은 액자들이 걸려 있었다. 장 콕토의 서명이 있는 편지를 넣은 액자도 있었는데 결혼 선물로 받은 거라고 했다. 이 기억에는 착오가 있을 수도 있다. 그 편지 액자는 역시 액자들이 많이 걸린 그들 부부의 아파트에 있었던 건지도 모르겠다.

니콜의 사무실 책장에는 작은 쟁반에 놀라울 정도로 섬세한 찻잔 세트가 놓여 있었다. 그 두께가 어찌나 얇은지 차가 스며 나올 것만 같았다. 이제 곧 페미니스트들이 핑크칼라 노동자*들에게 이런 지시를 내리게 될 즈음이었다. "당신의 상사에게 '나는 커피도 안 타고 책상도 안 닦아요'라고 말하라." 하지만 상사가 여성에, 임신한 몸이고, 착하고 아름다운 사람이며, 당신이 그를 무척이나 사랑한다면 이야기는 달라지지 않겠는가? 찻잔을

---

* 사무실이나 식당 등에서 저임금 노동을 하는 여성을 이르는 말.

깰까 봐 무척 두려웠던 것만 제외하면, 나는 니콜에게 오후의 차를 만들어주는 것이 좋았다. 그를 위해서라면 무슨 일이라도 즐겁게 할 수 있을 것 같았다. 요즘도 나는 Z와 7에 횡선을 긋고, 이따금씩 창가 의자에 앉아 한 손으로 그 작고 예쁜 찻잔을 들고 다른 손은 배 위에 올려놓은 채 창밖을 내다보던 그의 모습을 생각한다. 평온하면서도 엄숙함이 깃든 그 표정이 그에게 무척이나 잘 어울렸다. 잠시라도 다시 그곳으로 돌아가 그 시절의 그를―그리고 나 자신을―볼 수 있다면, 심지어―향수는 모순적인 감정이기에―나를 노려보며 "저 서류들 책상 위에 그렇게 늘어놓는 대신 서류철에 정리해놓아야겠다는 생각 안 들어요?"라고 말하던 편집장까지도 볼 수 있다면 무언들, 그 무언들 못 하겠는가.

나는 향수 그 자체가 사랑이라는 결론에 이르렀다. 향수는 이따금 내게 점심으로 아보카도와 게살을 먹어야 한다는 지시를 내리기도 한다.

내가 니콜과 함께 차를 마신 적은 없다. 나는 그 찻잔을 사용해본 적이 없었다. 나는 커피 수레가 우리 층에 오기를 기다렸다. 요란한 종소리가 들리면("하, 꼭 저래야 해?" 툭하면 두통에 시달리는 편집장은 투덜거리곤 했다) 나는 커피와 페이스트리를 사러 갔다. 질은 그리 좋다고 할 수 없었다. (니콜은 그 수레에서 파는 것들에 손도 대지 않았다.) 커피는 너무 연하고 페이스트리는 너무 달았다. 그런데도 그 둘을 함께 먹으면 맛이 잘 어우러졌다.

말했다시피, 〈비자주〉에서의 새 삶이 내겐 좋고 올바르게 느껴졌다. 그 모든 게 치유 효과를 지니고 있었다. 니콜에게 반한 것까지도 그랬던 듯하다. 그게 당시 내가 찾던 로맨스였고, 학생 시절을 그리워하게 되는 건 오랜 시간이 지난 뒤의 일이 될 것이었다. 그동안 내가 얼마나 많이 변했든, 그때의 삶이 지금의 삶과 얼마나 멀리 떨어져 있든 나는 부분적으로 〈비자주〉에 의해 형성되었으며 아직도 그에 감사한다. (아직도 클리오와 친구로 지내고 있는 것처럼.) 신기할 것도 없는 일이다. 사람에겐 믿고 의지할 무언가가 있어야 하며, 적어도 한동안 나는 여성지들이 우리에게 믿으라고 하는 것들을 믿기로 했던 것이다. 우리는 스스로를 더욱 아름답게 만들 수 있다는 것, 그리고 그렇게 해야만 한다는 것, 그렇게 하면 더 행복하고, 더 성공적이고, 더 훌륭한 사람이 될 수 있다는 것. 마사지, 얼굴 관리, 스파─대부분의 구독자들처럼 나 역시 사치스러운 미용 관리를 받을 형편은 못 되었다. 하지만 그것에 대해 읽을 수는 있었고, 읽는 것만으로도 놀라우리만치 즐겁고 만족스러웠다. 실제로 요리를 하거나 먹지 않고 레시피를 읽는 것만으로도 만족을 느끼듯이 말이다. (물론 이것이 그런 잡지의─그리고 어쩌면 많은 요리책들의─성공 비결이기도 하다.) 나는 〈비자주〉의 내용과 니콜의 삶(나 자신도 갖고 싶은 그의 것들, 요컨대 그의 행복)을 연결시켰다. 내가 니콜의 행복을 그렇게 확신한 이유는 뭐였을까? 그건 진정으로 행복한 사람만이 그렇게 친절할 수 있다는 결론을 내렸기 때문이었다. 내가 아는 한 그에겐 적이 없었다. 그리고 그에게 매혹된 사람이 나만은 아니었다. 많은 시련을 겪은 사람들에게서 찾아볼 수 있는 온화함이 있는가 하면, 늘 꽃길만 걸었던 사람들에게서 찾아볼 수 있는 다른 종류의 온화함이 있다. 니콜은 후자에 속했다. 여하튼 나는 그렇다고 믿었다.

"중요한 건 빛나는 것이다." 그가 매달 작성한 헬스와 뷰티 담당 에디터의 편지 중 하나는 이렇게 시작한다. 그는 그야말로 빛났다. 눈도, 피부도, 치아도, 머리카락도. 하지만 내가 본 건 신체적 아름다움과 건강만이 아니라 행복 그 자체가 발하는 빛이었다.

앤은 내가 결국 〈비자주〉에 싫증을 느끼고 새로이 심취해 있는 다른 것들에 대해서도 부끄럽게 여기게 될 거라고 말했는데, 그의 많은 말들이 옳았듯이 그 말 역시 옳았다. 하지만 조만간 그렇게 될 거라는 예언은 빗나갔다. 그 일은 몇 년 뒤에나 일어났다.

〈비자주〉에서는 매해 1월 신년 호에 스태프를 대상으로 특별한 '변신' 코너를 실었다. 1971년에는 나를 포함한 세 사람이 선정되었는데 모두 신입이었다. 비서 둘―클리오와 나―과 미술부에 새로 합류한 조앤이라는 40대 여자. 그런 코너가 흔히 그렇듯 일단 '변신 전' 사진 촬영이 진행된 다음, 전문 모델들의 패션 사진 촬영을 준비하던 헤어스타일리스트들과 메이크업 아티스트들이 잔뜩 들떠 있는 우리들의 머리 주변에서 법석을 떨었다. 누가 무슨 옷을 입을지에 대한 결정이 어떻게 내려졌는지는 이제 기억이 안 나지만 몇 번의 피팅이 있었고, 우리는 '변신 후' 촬영까지 마친 뒤 자신이 입었던 옷과 액세서리를 가질 수 있었다. 내 경우엔 검은색과 흰색으로 이루어진 하운드투스 체크 무늬가 있는 모직 블레이저와 스커트, 빨간 실크 블라우스, 빨간 가죽 구두, 그리고 그에 어울리는 숄더백이었다. 그때껏 내가 가져본 옷들 중에서 가장 좋은 것들이었다. (안타깝게도, 그 옷을 너무 좋아한 나머지 너무 자주 입어서 금세 닳아버렸다.)

"우린 조젯의 장발 부랑자 스타일을 최신 유행 스타일로 바꿀 필요가 있다고 생각했어요." 잘린 머리가 바닥에 쌓이는 걸 보며 나는 최소한의 아픔만을 느꼈고, 그 후로 그들이 제안한 턱길이 칼단발을 고수하게 되었다.

그해의 어느 날, 빗속에서 매디슨 애비뉴를 달려 내려가던 중이었다. 나는 예의 블레이저와 치마 정장에 빨간 구두 차림이었고, 우산 없이 비를 만나는 바람에 빨간 핸드백을 머리 위로 들어 올린 채였다. 그 옷과 예쁜 신발을 버릴까 봐 잔뜩 겁을 먹고 물웅덩이를 피해 방향을 돌리던 나는 점심 도시락을 한 아름 들고 오던 어떤 남자와 부딪치고 말았다. "이런 씹할." 단순한 짜증을 넘어선 반응이었다. "왜 앞을 안 보고 다니는 거야?" 꽁지며

리, 링 귀걸이, 두건, 흉터―해적 같아 보이는 그의 두 눈에는 핏발이 서 있었다. 나의 사과는 목구멍에서 잦아들었다. 상대가 보인 건 분노를 넘어선 감정이었다. 나는 그의 말을 분명히 들었지만 내 귀를 의심할 수밖에 없었다. "돈 많은 년."

아무도 클리오에게 그 말을 전하지 않았으나, 니콜이 내게 귀띔해주었다. 1월 호가 나간 뒤 주로 남부에 사는 독자들 몇 명이 〈비자주〉에서 흑인 여자를 본 게 불쾌하다며 정기 구독을 취소했다는 얘기였다. 그중 한 여자는 이런 글을 써 보냈다고 했다. "난 〈에보니〉에서 백인 여자를 본 적이 없어요. 다 그럴 만한 이유가 있어서겠죠."

경악스러운 일이 전혀 놀랍지 않은 경우가 있다. 흑인 가수들이 엄청난 성공을 거두고 있는데도 대부분의 음반 회사들이 앨범 커버에 아프리카계 미국인 가수의 사진을 싣지 않으려 하던 그런 시대였다. 많은 상점들이 그런 앨범을 취급하지 않아서였다.

질문: 클리오에게 그 이야기를 해주었어야 했을까?

그러면 진실을 알고 싶어했을 것이다.

나는 그의 친구였다. 나는 그 편지들에 대해 듣고 당사자인 그는 듣지 못한 게 옳은 일이었을까?

클리오는 나보다 세 살 위였고, 필라델피아 출신이었으며, 문학사 학위가 있었고, 나중에 언론 대학원에 진학하게 될 터였다. "거기나 아니면 로 스쿨에 가려고." 그는 〈비자주〉의 어느 부서에서 일할지 고민하다가 소설과 시 담당 에디터 밑으로 가기로 결정했고, 〈비자주〉를 떠난 뒤에도 그곳 사람들과 관계를 끊지 않고 가끔 책이나 연극 리뷰를 썼다. 그는 공감 능력이 뛰어난 흑인이 백인 사회에서 겪는 이야기를 다룬 책으로 얼마간 주목을 받았다. 그다음엔 희곡을 써서 훨씬 더 큰 주목을 받았다. 이어 희곡을 몇 편 더 써서 이름을 떨쳤다. 그는 일찍 결혼하여 아이를 하나 두었다. 하지만 곧 이혼하고 혼자서 아이를 키웠다. 그는 그 이야기를 담은 책도 썼다. 그는 암에 걸렸고, 암 극복에 관한 책도 썼다.

"우린 깊이가 15센티미터에 이르는 무성한 아프로 스타일 때문에 클리오의 섬세한 이목구비가 빛을 발하지 못한다고 생각했어요." 그래서 그들은 클리오의 머리를 짧게 깎아놓았다. 미용사들의 왕 케네스가 말하기를, 여자들이 헤어스타일을 계속해서 바꾸는 건 실수라고, 어떤 여자에게나 얼굴에 맞는 헤어스타일은 한두 가지뿐이라고 했다. 세련된 여자들은(재클린 오나시스, 그레이스 왕비) 그걸 알고 있다는 것이었다. 하지만 이제 그런 센스는 사라져가고 있었다. 클리오가 그 말을 들었다면 뭐라고 했을까? 학교로 돌아간 클리오는 소녀 시절처럼 머리를 기르고 곧게 펴서 핀으로 고정시켰다. 그다음엔 콘로* 스타일로, 그다음엔 레게 머리로 바꿨다. 어떤 얼굴에는 거의 모든 모자가 어울리는 것처럼, 그 모든 헤어스타일이 클리오에게 어울렸다. 심지어 항암 치료를 받느라 머리카락이 다 빠졌을 때조차 우리는 그의 머리가 다른 세상의 아름다움을 지녔다는 데 동의했다. 그 머리가 얼마나 예뻤는지 한동안 그는 머리가 자랄 때마다 깨끗이 밀어버리곤 했다.

여러 해가 지난 뒤 그를 마지막으로 만났을 때 클리오의 머리칼은 스컬캡, 혹은 얇은 가죽, 혹은 흰 껍질 같아 보였다. 내 시선이 어디로 직행하는지 알아챈 그는 한 손을 들어 머리를 어루만지며 자조 섞인 목소리로 서글프게 말했다. "서리 내린 것 같지."

한편, 앤에겐 중대한 일이 일어났다. 사랑에 빠진 것이다. 그는 내게 그 이야기를 하면서 울었고, 나는 해묵은 질투심을 느꼈다. 나도 위층 남자와 만나고는 있었지만 사랑하는 사람은 없던 터였다.

앤은 우리 집 식탁에서 내가 만들어준 라자냐에 거의 손도 안 댄 채 울기만 했다. 나는 요리를 배우고 있었다. 나와 만나는 위층 남자가 고정 실험 대상이었는데, 그의 말마따나 요리가 형편없어도 늘 디저트, 그러니까 섹스가 있었기 때문이었다. (사실

• 머리카락을 여러 가닥으로 단단하게 땋아 두피에 붙이는 스타일.

그 모든 건 〈비자주〉의 '2인 촛불 만찬'을 시도해보고 싶어서 시작한 일이었다.)

앤은 학교를 떠난 뒤에도 뉴욕에 남아 사샤가 살던 공동 아파트로 들어갔다. 그는 '인민 서점'이라는 서점에서 일하고 있었다. 코네티컷의 집에는 한 번도 가지 않았고 부모님과도 거의 만나지 않았다. 그에겐 일자리와 이상이 있었고, 이제 사랑하는 남자도 생겼다. 그는 냅킨에 코를 풀며 그 남자에 대해 이야기했는데, 할렘 출신의 교사로 지하철 승강장에서 만났다고 했다. (막 강도를 당한 앤이 의자에 웅크리고 앉아 숨을 헐떡이고 있는데 그가 걸음을 멈추고 무슨 일인지 물어봤다.) "그 사람은 시도 써." 앤은 그가 한때 SNCC와 공산당 소속이었고 젊은 혈기에 급진주의자로 활동했었다는 걸 알고 몹시 기뻐했다. "하지만 혁명가는 아니야—이제는." 앤이 부드럽게 덧붙였다. "그저 아이들을 사랑하는 조용한 사람이지." 혁명가 시절의 그였다면 백인 여자와의 데이트는 상상도 못 할 일이었을 거라고 했다. "자기가 백인들, 특히 백인 부자들에 대해 무슨 말을 하고 무슨 글을 썼는지 내가 안다면 절대 자기를 만나고 싶어하지 않을 거라더라." 하지만 물론 앤은 알고 있었다. 그런 것들에 대해 정확히 알아내야만 직성이 풀리는 성격이었으니까. 그래도 그를 만나고 싶어했다.

그의 경우에도 새사람이 되면서 이름을 바꾸어 1966년부터 콰메 퀘시로 살아왔지만 이제 원래 이름으로 돌아갈 생각을 하고 있었다. 그의 어머니야 기뻐할 일이었을지 몰라도 앤에겐 아니었다. 앤은 앨프리드 윈스턴 블러드보다는 콰메 퀘시와 만나고 싶었다. 나는 앨프리드 블러드가 귀족 이름 같아서 좋다고 말했으나 앤은 결사반대였다. "솔직히 말해봐. 그 이름을 들으면 흑인이 떠오르니?"

그는 어린 나이가 아니었다. 서른을 목전에 둔 남자였고, 정착하고 싶어했다. 그는 앤에게 진지한 만남이 아니라면 시작할 생각도 말라고 경고했다. 그는 아이들을 원했다. 앤은 아이를 가질 준비가 되어 있었을까? 앤이 스스로를 속이면서 그럴 준비가 되었다고 믿는 건 상상조차 할 수 없는 일이었다. 이제 갓 스무살 아닌가. 그러나 이미 그들은 첫발을 뗀 상태였다. 그들은 함께 살 아파트를 찾고 있었고, 곧 바너드 캠퍼스 위쪽 티먼 플레이스에서 아파트를 구하게 될 터였다. 그는 앤의 현재 주거 방식을 전혀 좋아하지 않았다. 그 불결함. 성적인 문란함. 그는 앤의 룸메이트들도 좋아하지 않았다. 한창 급진주의자로 활동하던 시기에도 젊은 백인 급진주의자들을 제일 싫어하던 사람이었다. 슬럼가로 들어와라. 당신들이 무엇을 해야 하는지 우리가 직접 보여주겠다. 결국 스토클리 카마이클, 일명 콰메 투레가 그들의 유입마저 금지하긴 했지만. 콰메는 인민 서점도 싫어했다. 유대인식 아프로 헤어스타일을 한 서점 지배인은 콰메가 들어갈 때마다 주먹을 들어 보였다. 그는 더 이상 백인들을 증오하지 않을 뿐, 그렇다고 그들을 좋아하게 된 건 아니었다. 그러면 앤의 혁명적 목표와 활동에 대한 그의 의견은? "그는 내가 그 모든 것들과 작별하기를 원해."

그러니 앤이 우는 것도 당연했다. 무척이나 혼란스러울 터였다.

도대체 쉬운 게 없었다. 드레이턴 부부는 아직 그들의 관계에 대해 몰랐으나, 블러드가에서는 알았다. 열여덟 살 때부터 혼자 독립해 살아온 콰메는 집주인과 분쟁이 생기는 바람에 임시로 부모님 집에 들어가 살고 있었다. 앤에 대해 그의 어머니가 처음 한 말은 "아니, 왜 넌 스스로 네 무덤을 파는 거니?"였다. 결혼한 두 누나들은 이렇게 말했다. "흑인 여자는 눈에 안 차?" "걔 예쁘지도 않고, 그냥 백인일 뿐이잖아!" 친척들과 친구들 역시 다양한 정도의 반감과 회의를 보였다. 할렘 거리의 낯모르는 이들까지 자신의 감정을 표출했다. "이봐, 깜둥이, 그 분홍 계집애랑 뭐 하는 거야?" 그의 아버지만 무심했다. 모지스 블러드는 운전기사로 일하다가 사고가 난 뒤 휠체어에 의지해 살며 고통과의 싸움에 온 힘을 바치고 있었다.

나는 아직 콰메를 소개받지 못한 것에 약간 마음이 상했다. 지하철에서의 만남은 벌써 여러 달 전이었다. 나로선 인정하고 싶지 않았지만, 앤과 내가 학교를 떠난 후 얼마나 많은 것들이 얼마나 빨리 변해버렸는지 보여주는 증거였다. 또 나로선 인정하고 싶지 않았지만, 이제 우리가 연락을 유지하는 건 주로 내게 달려 있는 듯했다. 늘 내가 먼저 연락하고 내가 먼저 만나자고 했으며, 막상 만나도 서로에게 할 말은 점점 줄어드는 데다 앤은 정신이 딴 데 가 있는 것 같은 때가 많았다. 진실—내가 애써 외면해온—을 고백하자면, 나는 앤의 우정을 잃게 될까 봐 두려웠다. 그건 내게 또 하나의, 더 깊은 상실감을 안겨줄 테니까. 그걸 뭐라고 불러야 할까? 중대한 실패. 앤과 처음 함께 지내던 시절에 단지 그를 피하고 싶어서만이 아니라 그를 무시하고, 거부하고, 상처 주기 위해 밤늦게까지 방에 들어가지 않고 그에게서 숨곤 했던 기억이 뼈에 사무쳤다. 그때 앤은 나에게 상처를 주지 않기 위해서라면 세상에 못 할 일이 없을 것 같았다. 그런 그가 이제는 내 감정에 신경도 쓰지 않고 있었다. 예를 들어, 그는 내가 만들어준 저녁 식사에 거의 손도 안 댔고, 고맙다는 형식적인 말 한 마디 없었다. 라자냐가 별거 아니라는 듯. 자기가 내 손님이 아닌 것처럼.

위층의 내 연인이 막 귀가해 음악을 튼 참이었다. (그는 밴드 드럼 주자였다.) 나는 앤에게 그를 소개할까 생각했지만 그러지 않기로 했다. 그것 또한 우리가 멀어졌다는 증거였다. 나는 앤에게 새 친구들을 소개한 적이 없었다.

물론 우리가 멀어진 데는 〈비자주〉도 한몫했다. 늘 그랬듯 앤은 노골적으로 경멸을 드러냈다. 나는 그의 부모가 속한 적의 영토에 들어간 셈이었고("소피는 그런 잡지들을 다 읽어"), 내가 거기 오래 머물수록 그가 나를 존중하는 마음은 줄어들 터였다. 그는 가끔—사실 대개의 경우—다정했다. 하지만 성급하고 짜증스러울 때도 있었고, 그런 면이 내가 상상하고 싶지 않았던 방식으로 나를 괴롭혔다. 나는 앤이 나에 대해 어떤 의견을 갖든 초

연해지기를 간절히 바라면서도 늘 그것에 연연했다. 나는 젊은이들이 스스로를 관용적이고 자유사상을 따르며 평등주의적이라고 여기지만 실상은 고집스러우리만큼 비판적이고 제멋대로에 까다롭고 우월감에 젖어 있다는 걸 아직 모르고 있었다. 나중에야 내 아들과 딸, 그들의 친구들에게서 그런 결점들을 (확연히) 발견하게 될 터였다. 정작 내가 그 나이였을 때는 우리의 진상을 보지 못했으며, 그런 결점들이 강한 정치적 의견을 가진 사람들에게서 최악의 형태로 나타나는 경우가 빈번하다는 것도 알지 못했다.

앤이 비판적인 사람이 되어갈수록 나는 상처받기 쉬운 존재가 되어갔다. 마치 껍질이 몇 겹씩 벗겨져 나가는 듯했다. 내가 앤을 실망시켰고, 그의 기준에 부합하지 못했으며, 더 이상 그에게 진지하거나 특별한 관심의 대상이 되지 못한다는 것―이 모두가 부인할 수 없는 사실이었고 그만큼 고통스러웠다. 그 고통이 내 마음을 짓눌렀으나 그에 대해 이야기할 상대도 없었다. 그런 고통스럽고 내밀한 문제에 대해 허심탄회하게 이야기할 수 있는 사람은 단 한 명―앤뿐이었다.

나는 그가 내 이야기에 대해 천박하다는 표현을 얼마나 많이 쓰는지 세기 시작했다. "그건 너무 천박해, 조지." 조지라니. ("미안해. '조젯'은 주름 장식이 많이 달린 페티코트를 연상시켜서." 조젯이 내 진짜 이름이라는 점은 신경도 안 썼다.)

나의 새 근무복에 대해선 이렇게 말했다. "그런 옷을 입고 다니게 하다니, 끔찍하다."

아마도 앤에게 〈비자주〉 1월 호를 꼭 챙겨 보라는 말을 꾹 참고 하지 말았어야 했을 것이다. 하지만 그 일을 혼자 담아두기엔 내가 너무 신이 나 있었다. 그래서 모두에게 말했다. 앤이 그걸 보았는지 안 보았는지는 모르겠다. 어쨌거나 그는 그에 대해 전혀 언급이 없었다. 완전히 잊었을 가능성도 있다. 그런 천박한 일은 잊어버리기 쉬웠을 테니까. (앤의 행동을 단순한 시샘으로 돌리고 싶어한다면 그에 대해 몰라서 하는 소리다.) 하지만 나는 그를 용서할 수 없었다. 나에게 중요한 일을 어떻게 천박하게 여길 수 있단 말인가.

그래도. 그날 밤 작별 포옹을 할 때 나는 그를 보내고 싶지 않았다. 나 역시 혼란스러웠다. 앤에 대한 나의 마음은 늘 혼란스러웠다.

"그 사람 언제 만나게 해줄 거야?"

"다음에." 앤이 약속했다. 하지만 그때가 언제인지는 말하지 않았다.

내가 막 설거지를 시작했을 때 위층 남자가 내려와 초인종을 눌렀다. 앤이 떠나는 걸 본 모양이었다. 그는 검은 꿀이 든 작은 병을 들고 있었다. 그는 훌륭한 드러머였고, 다른 것도 잘했다. "디저트?"

내가 콰메를 만난 건 그와 앤이 티먼 플레이스에 있는 아파트로 들어가 살기 시작한 뒤였다. 앤이 퇴근 후에 저녁을 먹으러 오라고 초대했다. 나는 우선 집에 들러 옷을 갈아입고(앤에게 내 근무복을 더 이상 보여주지 않을 작정이었다) 전날 사둔 포도주 한 병을 챙겼다. 앤이 보고 감탄했던 내 아보카도 나무도 집들이 선물로 챙겼다. 그 나무가 그리워질 터였지만—내가 난생처음 키운 나무였고 아주 잘 자라고 있었다—하나 더 키우면 된다고 생각했다. (결과적으로 두 번이나 시도했지만 신기하게도 두 번 다 실패하고 말았다.)

125번가까지 지하철을 타고 가는 짧은 시간 동안, 묵직한 테라코타 화분 때문에 허벅지에 멍이 들고 무성한 잎사귀들로 질식할 듯한 기분을 느끼며 나는 내가 얼마나 긴장하고 있는지 의식했다. 콰메와 내가 서로를 마음에 안 들어 하면 어쩌지? 앤이 그에게 나에 대해 뭐라고 말했을지, 그가 나를 어떤 사람으로 생각하고 있을지 궁금했다. 앤이 나에 대해 아는 모든 것들, 우리가 처음 만난 이후로 내가 그에게 털어놓은 모든 사적인 일들이 떠올랐다. 앤은 사실상 나의 모든 걸 알고 있었다. 그렇다면 나와는 생면부지인 콰메 역시 그 모든 것들을 안다는 의미가 될까? (나는 처음 소개받는 사람에게서 "얘기 많이 들었어요"라는 말을 듣고 아주 기분이 좋거나 편안했던 적이 단 한 번도 없다.) 혹시 앤에게 내가 전보다 훨씬 덜 중요한 존재가 되었고, 그래서 남자친구에게 나에 대해 거의 이야기하지 않았다면? 그저 한두 단어로 뭉뚱그려 말했는데 그 단어가 천박이라면? 그리고 지하철역에서 나와 티먼 플레이스로 걸어갈 때는 이런 생각이 스쳤다. 바로 저기, 공원에서 내가 당한 일을 그에게 말했을까?

문을 열어주고 나에게서 화분을 받아 든 건 콰메였다.

"우아―여보, 와서 이것 좀 봐." 여보! 누가 앤을 그렇게 부르는 걸 들으니 기분이 이상했다. 그들이 나이 든 사람들처럼 느껴졌다. 그는 키가 작은 남자로 앤이나 나보다 많이 크지 않았고, 몸은 깡마른 편이었다. 튀어나온 광대뼈에 턱을 거의 뒤덮은 구레나룻, 아프리카식 납작모자. 완벽한 치아와 아몬드 모양의 푸른 눈을 갖고 있었지만 나는 그가 미남보다는 호감형에 가깝다고 판단했다. 앤이 부엌에서 달려 나왔다. 나무를 보고 손뼉을 치는 앤의 모습에 가슴이 벅차오를 정도로 뿌듯했다. 화분을 어디에 둘지 의논한 뒤(햇볕이 제일 잘 드는 거실에 두기로 했다), 나는 그들에게 포도주를 건넸다. 콰메는 포도주를, 아니, 그 어떤 알코올 음료도 마시지 않았지만 포도주병을 따서 잔 두 개에 따라주었다. 앤은 참치 카레를 마저 만드느라 잔을 든 채 부엌으로 갔다. 앤은 요리에 재주가 없었고 그걸 솔직하게 인정했다. 참치 캔에 있는 레시피대로 음식을 만드는 중이었다. "20분쯤 걸릴 거야." 그가 말했다.

그동안 콰메가 내게 집을 구경시켜주었다. 실내는 전부 흰색 페인트로 칠했고 가구가 거의 없어―거기서 살기 시작한 지 얼마 안 된 참이었다―임시로 꾸민 대학원생 방처럼 보였다. 바닥에 매트리스를 깔아 침대로 썼고, 낡은 트렁크에 바틱 염색 천을 씌워 커피 테이블로 삼았으며, 책꽂이는 송판과 콘크리트 블록으로 만든 것이었다. 그런데도 진짜 가정 같은 느낌이 들었다. 침실에서 앤과 콰메가 나란히 손잡고 서 있는 흑백사진을 확대해 만든 포스터를 보고 나는 깜짝 놀랐다. 존 레넌과 오노 요코처럼 완전히 알몸이었던 것이다. "내 친구가 찍어줬어요." 콰메가 말하고는 놀리듯 물었다. "왜 얼굴이 빨개졌어요?"

"포도주 때문이에요." 나는 다른 방을 들여다보며 대답했다. 가구라고는 작은 책상과 철제 접의자뿐인 방이었다. 책상 위에는 타자기가 놓여 있었는데, 일부 타이핑된 종이가 거기 끼워져 있는 게 보였다.

여기가 내 방일 수도 있었는데. 말도 안 되는 생각이 고개를 드는 걸 막을 수가 없었다. 내가 끔찍하게 외로웠다는 말을 했던가? 그 전까지 나는 혼자 살아본 적이 없었다. 나만의 방을 갖는 건 정말 멋진 일이었지만, 나 혼자만 사는 집은 감옥이었다.

포도주 덕에 긴장이 풀렸다. 나는 거실로 돌아가 안도감을 느끼며 자리에 앉았다. 나도 편안하고, 콰메도 편안하고, 앤도 내 선물을 받고 기뻐했다. 그러니 초조해할 필요가 없었다. 즐거운 저녁 시간을 보내지 못할까 봐 두려워할 이유도 없었다. 따뜻한 거실에 카레와 파이프 담배 향이 감돌았다. 콰메는 술은 마시지 않았지만 모든 종류의 담배를 피웠다. 파이프, 궐련, 시가. 지금 그는 마리화나를 말고 있었다. 앤이 부엌에서 머리를 빼꼼 내밀었다. "음악 좀 틀어, 자기." 자기! 앤이 누군가를 그렇게 부르는 걸 들으니 기분이 이상했다. 콰메가 턴테이블의 레코드판을 바꾸지 않고 그대로 전축을 틀었다. 나는 그게 앤의 빌리 홀리데이 앨범임을 알아채고 가슴이 저려왔다. 〈갓 블레스 더 차일드God Bless the Child〉. 나는 그 레코드판의 어느 부분에서 잡음이 나는지 까지 속속들이 알고 있었다.

　"동생 이야기 듣고 안타까웠어요." 그러니까 콰메가 그 이야기를 들은 것이다. "소식 없어요?" 나는 깜짝 놀랐는데, 앤이 그에게 그 이야기를 해서나 그가 그 이야기를 꺼내서가 아니라, 사실 소식이 있었기 때문이었다. 나는 엽서를 한 장 받았다. 엽서에 이름이 적혀 있었던 건 아니다. 만화가들이 흔히 쓰는 볼록한 글씨체로 "누구게?"라고만 쓰여 있었다. 커다랗고 굵은 물음표. 미시건주 앤아버(내가 아는 사람이 단 한 명도 없는)에서 온 것이었지만, 정작 엽서에는 자유의여신상 사진이 있었다. 작은 농담. 그게 솔랜지라고 확신하지는 못할지언정, 내겐 달리 생각나는 사람이 없었다. 솔랜지가 사라진 지 2년이 다 되어가고 있었다. 그동안 나는 그애가 죽었을지도 모른다고 생각했다. 이제는 솔랜지가 살아 있을 뿐 아니라, 설혹 집에 돌아갈 준비는 되어 있지 않다 하더라도(사실 나는 그애가 집에 돌아가지 않으리라 확신했다) 기꺼이 발견되고 싶어한다고 믿지 않을 수 없었다. 아직 미성년자이긴 했지만, 그애는 이 시점에 자신이 다시 나타나도 나쁜 일은 생기지 않으리라 계산했을 터였다.

　"자유의여신상?" 콰메가 말했다. "동생은 무슨 얘길 하고 싶었던 걸까요? 뉴욕을 거쳐갔다고? 자신에겐 자유가 필요했다고?"그는 마리화나 흡연자가 날숨을 참을 때 내는 특유의 목 졸린 목소리로 그렇게 말하며 내게 불붙인 마리화나를 권했다. 나는 고개를 저었다. 마리화나를 피울 때면 편집증에 사로잡힌 듯한 기분이 들기 시작한 무렵이었다. 이제 나는 드러머와 함께 있을 때만 약을 했다. 그는 무모하고, 변덕스럽고, 무책임하고, 방종하고, 신체적 건강을 유지하기엔 너무 가난했지만, 그래도 용케 여자에게 안전한 기분을 느끼게 해주는 능력은 있었다. 콰메는 마리화나를 몇 모금 더 피운 뒤 조심스럽게 불을 끄고 옆에 내려놓았다. "앤도 마리화나를 즐기진 않죠."그가 생각에 잠긴 채 말했다. 그 모습을 보며 나 역시 생각에 잠겼다. 콰메에게서 마리화나에 취한 기색은 전혀 찾아볼 수 없었다. 그에게 마리화나 반 개비는 내게 포도주 반잔만큼의 영향 정도만 미치는 걸까? 날마다 여섯 개들이 맥주 한 팩씩 마셔도 멀쩡한 사람들처럼, 그도 절대 망가지는 일 없이 매일 마리화나를 즐기는 걸까?

나는 솔랜지가 무언가 메시지를 전하려 했던 건지 아닌지조차 모르겠다고 말했다. "아마 그 엽서를 우연히 손에 넣게 되어 그냥 보냈을 거예요. 하지만 여기 뉴욕에 온 적은 있는 것 같아요. 느낌이 그래요."

콰메가 고개를 저었다. "이해가 안 돼요. 아무 문제도 없다면 왜 당신에게 와서 직접 밝히지 않는 걸까요? 왜 수수께끼 놀이를 하고 있을까요? 왜 가족들에게 그렇게 심한 상처를 주면서 그런 식으로 사라져야만 했을까요? 우리 누나들 중 하나가 그랬다면 용서할 수 있었을지 모르겠네요." 그는 우회적으로 하나의 질문을 던지고 있었지만 나는 못 들은 척했다. 내가 솔랜지에 대해 이야기하고 싶은지 확신이 없었다. 내가 진실할 수 있을지도 확신이 없었다. 어쨌든 모르는 사람이 내 동생에 대해 평가하는 소리를 듣고 싶지 않다는 건 확실했다.

"요즘 아이들 말인데요," 하고 그가 입을 열었다. (노인네 같은 소리!) "많은 경우, 사춘기가 되면 이미 너무 늦어요. 아이들을 바꾸고 싶으면 더 일찍 손을 써야 해요. 훨씬 더 일찍." 그래서 6학년 아이들을 가르치는 모양이었다.

저녁 식사가 준비되었다. 식탁은 없었다. 부엌 바로 바깥에 탁자가 있긴 했지만 위에 책들과 서류들이 잔뜩 쌓여 있었다. 우리는 바틱 염색 천을 씌운 트렁크에 둘러앉았다. 내가 잊고 있던 게 있었다. 앤은 경험 없이도 참치 캔과 쌀로 맛있는 요리를 만들어낼 수 있는 사람이었다. 하지만 내 판단은 중요하지 않았다. 앤은 전혀 신경 쓰지 않는 것 같았지만, 나는 콰메가 앤을 칭찬하지 않는 것에 부아가 치밀었다. "걱정 마." 그가 앤에게 말했다. "당신도 언젠가는 훌륭한 요리사가 될 테니까." 이게 무슨 뜻이지? 자기는 요리를 잘한다는 건가? 그럼 왜 본인이 저녁을 준비하지 않은 거야? 그에게 마음에 들지 않는 점이 있다면 바로 그것이었다. 그는 상대를 아랫사람 대하듯 했다. 아무래도 아이들과 대부분의 시간을 보내다 보니 그렇게 된 모양이었다. 그가 앤과 나에게 하듯 다른 사람들에게도 그렇게 얕보는 투로 이야기하는지야 알 수 없는 노릇이었지만, 어쨌든 자신이 말하고 있지 않을 때 그의 주의가 자꾸 흐트러지는 것도 눈에 띄었다. 그는 우리 말을 귀 기울여 듣지 않았다. 물론 내가 아는 대부분의 남자들이 그러긴 했지만.

그는 이미 앤에게 지대한 영향력을 미치고 있었다. 그는 앤이 자신을 본보기 삼아 어린이 교육에 몸 바치도록 설득했다. 그래서 앤의 계획은, 먼저 문학사 학위를 받은 다음(그는 당시 시립 대학에 다니고 있었다) 콰메가 시립 대학 졸업 후에 다닌 컬럼비아 사범대에 입학하는 것이었다. 그의 발자취를 따라서.

"갑자기 나의 길이 너무도 단순하고, 너무도 분명하게 보였어." 앤이 말했다. "콰메의 말이 맞아. 진정으로 세상을 바꾸고 싶다면—"

"아이들과 일하는 건 단순한 직업의 문제가 아니야. 그 또래 아이들이 얼마나 아름다운지 몰라—전부 다!"

"콰메가 그러는데, 아이들에 둘러싸여 있는 것만으로도 도취감을 느끼고—"

"체호프가 말했다시피, 동물의 세계에서는 징그러운 벌레로 시작해서 아름다운 나비로 끝나지. 사람은 나비로 시작해서 징그러운 벌레로 끝나고!"

나는 그 말을 기억에 담아두고 싶었다.

그들은 아이를 갖는 문제는 몇 년 미루기로 했다고 말했다. "나야 늙은 벌레지만," 콰메가 앤을 향해 빙긋 웃었고, 앤도 빙긋 마주 웃어 보였다. "앤은 아직 나비니까. 우리에겐 시간이 있어."
그들은 키스했다.

그들의 새 아파트가 이미 진짜 가정 같다고 생각했던 나는 이제 앤과 콰메가 진짜 부부 같다고 생각하고 있었다. 그리고 복잡한 감정으로 몹시 혼란스러운 가운데, 그 모든 일들이 진짜로 일어날 것임을 예감했다. 앤은 한 남자의 아내가 될 것이다. 그들은 연애 단계를 넘어 미래를 약속한 상태였다. 그들은 이미 서로에게 남편과 아내 같았다. (나는 아직 신혼인 니콜과 휘트를 떠올렸다.) 남편과 아내 같다는 건 키스와 애무 때문이 아니라(그것도 크긴 했지만), 콰메가 앤의 요리를 칭찬할 필요를 못 느끼고, 앤은 그에 대해 기분 나빠 하지 않으며, 서로의 말에 끼어들어 대신 마무리를 지어주는 방식 때문이었다. 그 모든 게 그들의 친밀감에서 비롯한 것이었다. 밥에서 올라오는 김처럼 실내를 따듯하게 해주고 카레와 파이프 담배처럼 공기를 달콤하게 만들어주는 친밀감. 사랑은 진하고 따듯하고 달콤한 황금빛 카레였다.

사랑, 결혼―아이들? 앤이 아주 훌륭한 선생님이 되리라는 사실에는 의심의 여지가 없었다. 하지만 자기 자식을 갖는 문제는 완전히 다른 것이었다.

엄마 노릇. 나는 앤이 그것만은 잘해내지 못할 것임을 거의 확신했다.

"당신은 어쩌려고요?" 앤이 커피를 만들러 부엌으로 간 사이 콰메가 내게 말했다. "부디 당신도 학교로 돌아가 학위를 마칠 계획이라고 말해줘요." 살살 구슬리는 듯한 어조였다. 나는 모르겠다고 대답했다. 지금 당장은 직업이 있다고. 학교로 돌아갈 이유가 없다고. 물론 그는 그 기회를 놓치지 않고 내가 반박할 수 없는 많은 근거들을 끌어왔다. 내가 콰메 퀘시를 좋아하지 않을 또 하나의 이유가 있다면 바로 그것이었다. 그에겐 설교자 같은 면이 있었다. 다른 사람들에게 영향을 주고 싶어하는 유형의 인물 같았다. 다른 사람들을 지배하거나, 그게 아니더라도 최소한 앞길을 인도해주고 싶어하는 그런 인물. 이 역시 그가 교육에 완전히 미친 이유일 터였다. 그날 저녁에 그는 교사가 최대한 많은 학생들과 졸업 후에도 연락을 유지하는 것이 이상적이라고 말했다. "그런 식으로 계속해서 그들의 삶에 영향을 미치면서 틀을 잡아주는 거죠." 구닥다리 같은 생각 아닌가? "틀을 잡아주"다니. 콰메 자신에게도 늘 그를 지켜봐주는 초등학교 선생님이 있었다. "열심히 노력하고 자존감을 잃지 않으면 무엇이든 이룰 수 있다는 믿음을 갖게 해준 분이죠." 나는 좀 슬픈 마음으로 크러그 선생님을 생각했다. 지금쯤이면 크러그 선생님도 내가 자신의 기대를 저버렸음을 알게 됐겠지. 늘 사람들을 실망시키는 게 내 운명인 걸까? 나는 콰메와 잘 알지도 못하는 사이인데 벌써 그를 실망시키고 있었다. "물론 결국 그게 그렇게 간단한 일이 아니라는 걸, 아무리 열심히 노력하고 자존감을 잃지 않아도 이 인종차별적인 세상에서는 아무것도 얻지 못하게 될 수 있다는 걸 깨닫게 되었지만요. 그래도 난 그 한 분의 선생님이 내 인생에 아주 중요한 영향을 미쳤다는 걸 알아요. 무엇보다도, 교사가 되고 싶어 하도록 만들었으니까요."

콰메는 크러그 선생님처럼 고등교육의 중요성에 대해 계속 해서 이야기했다. 하지만 이제 내가 거의 듣지 않고 있었다. 커피를 들고 돌아온 앤과 그 〈비자주〉적인 모습에 정신이 팔린 터였다. "사랑은 피부에 좋다." (중요한 건 빛나는 것이다.) 나는 주연 여배우들이 섹스를 한(아마도 감독 자신과) 직후에 촬영을 진행했다는 어느 할리우드 감독의 이야기를 떠올렸다. 진위가 의심스러운 얘기긴 하지만, 어쨌든 그게 여배우들의 가장 빛나는 순간을 포착하는 방법일 수는 있었을 것이다. 예전에는 흔히 이렇게들 말하지 않았던가. 여자가 인생에서 가장 아름다워 보이는 순간은 두 번 찾아온다. 아내가 되는 순간과 첫아이를 갖는 순간. 어릴 때는 그 말을 들으면 화가 났었다. 하지만 스무 살이 되어보니 마침내 그 의미를 알 수 있었다.

내 머릿속에 자주 떠오르는 장면이 있다. 앤과 콰메가 소파에 반쯤 마주 보며 앉아 있고, 앤이 맨발을 그의 무릎에 올려놓는다. 우리가 커피를 마시며 이야기를 나누는 동안, 콰메는 앤의 발을 잡고 애무한다. 꾹꾹 누르고 쓰다듬는다. 토닥거리고 어루만진다. 이 역시 계속 이어진다. 침실 벽에 걸린 정면 누드 사진보다 훨씬 에로틱하다. 그 손바닥의 온기와 피붓결, 그게 나를 간지럽히는 듯 느껴져 나는 운동화와 양말을 벗어던지고 미친 듯

긁어대고 싶다.

나는 앤에게 부모님의 안부를 물었다.

"아, 맙소사." 그가 말했다. "너한테 말 안 했구나. 그들이 마침내 콰메를 만났지." 앤과 콰메는 냉소와 인내의 시선을 교환했다.

드레이턴 부부는 뉴욕에 와서 앤과 콰메에게 저녁을 사주었다.

"우리가 이 아파트로 들어오기 직전이었어." 앤이 말했다. "처음엔 코네티컷의 집으로 오라고 했지만 난 콰메를 백인 동네로 끌고 갈 이유를 못 느꼈고, 그래서 뉴욕에서 만나기로 했지. 그동안 한 번도 가본 적이 없는 레스토랑을 고르더라. 56번가에 있는 아담하고 멋진 프랑스 식당이었어. 처음엔 나도 아무 생각이 없었는데, 약속 날짜가 되어 그 레스토랑으로 가는 길에 찜찜한 기분이 들기 시작하더라. 그곳에 도착할 때까진 왜 그런 기분이 드는지 몰랐다가 결국 깨닫게 되었어. 왜 그 레스토랑이었을까? 왜 그들이 한 번도 안 가본 곳을 선택했을까? 너도 기억하겠지만, 우리 부모님은 항상 몇 군데 단골 레스토랑에서만 식사를 하잖아. 자기들을 알아봐주고, 가족처럼 대해주고, 모두들 내가 자기들의 딸이라는 걸 아는 레스토랑 말이야. 그럼 뭐지? 나만 나가는 것도 아니고, 내 룸메이트를 데리고 나가는 것도 아니고, 내 흑인 남자친구와 함께 나가는 자린데, 그들이 평소와는 다르게 자기들 얼굴이 알려져 있지 않고 다시 가지도 않을 레스토랑을 선택한 게 아무런 저의도 없는 순수한 행동이었다고 믿으라고?

나는 그들에게 그걸 따지지 않을 수 없었지. 콰메를 생각해서 식사가 끝날 때까지 기다렸어. 물론 그들은 모든 걸 부인했지. 네가 잘못 생각한 거다, 지금 농담하는 거냐, 어떻게 그런 의심을 할 수 있느냐 등등. 그저 분위기를 좀 바꿔보고 싶었다, 친한 친구들이 이 프랑스 레스토랑을 격찬했다, 별 세 개에 세계적인 명성을 지닌 주방장이 어쩌고저쩌고. 소피는 콰메를 보면서 가슴에 손을 얹더니 앤이 '상상하고 있는 건' 자신들의 진심과 거리가 멀어도 너무 멀다고, 반드시, 반드시 자신의 말을 믿어줘야 한다고 강하게 이야기하더라. 그다음엔 터너가 나서서 자신은 인종차별주의자가 아니라는 걸, 오 정말 아니라는 걸 증명해야겠다는 듯 사타구니에 드롭킥이라도 맞은 것처럼 필사적인 고음의 목멘 소리로 말했지. '오, 우리 모두 내일 카페 데자르티스트에 가서 맛있는 브런치를 먹는 게 어때!'"

앤은 그럴싸하게 흉내를 냈다. 성냥불이라도 켠 것처럼 터너 드레이턴이 순간적으로 확 살아났고, 그 기이하고 혼란스럽고 가슴 죄는 순간, 놀랍게도 나는 그를 보게 되어 기뻤다.

앤은 분노에 차서 웃고 있었다. "그 후로 그들과 연락을 끊었어."

내가 물었다. "그 레스토랑은 어땠어?"

"맙소사, 조지. 그런 천박한 질문을 하다니." 앤에겐 경멸할 게 많기도 했다.

하지만 콰메가 내게 눈을 찡긋하며 입술을 움직여 환상적이라고 말했다. 그는 짓궂은 미소를 짓고 있었다.

"앤이 왜 화가 났는지는 이해해요." 마치 그 부위에 문제가 있기라도 한 양 콰메는 앤의 발을 토닥이며 말을 이었다. "앤은 자신의 가족에 대해 나보다 잘 아니까요. 어쩌면 앤의 생각이 맞을 수 있겠죠. 하지만 고의가 아니라 무의식적으로 그렇게 행동했을 수도 있어요. 결국 많은 인종차별이 무의식적으로 저질러지거든요. 그분들이 새로운 레스토랑을 선택하게 된 자신들의 진짜 동기를 의식하지 못했을 수 있다는 거죠. 실제로 그런 동기라는 게 있었다면 말이지만. 나는 그분들에게 기꺼이 무죄 추정의 원칙을 적용하고 싶었어요. 하지만 여기 한 성깔 하시는 분께서—" 콰메는 앤이 제멋대로 구는 사랑스러운 딸이라도 되는 것처럼 그의 이마에 입을 맞췄다.

내가 말했다. "진짜 시험해보려면 아무 말 않고 있다가 다음엔 어떻게 하는지 봤어야 했는데. 그러니까, 만일 다음에도 그분들이—"

"난 어리석은 게임 안 해."

그날은 아니고 다른 때 느꼈던 것인데, 그즈음 앤은 내 말에 대꾸할 때 '그 입 좀 다물지그래?'라고 내뱉는 듯한 어조를 사용하는 경우가 잦았다.

콰메의 가족 또한 그와 앤의 동거를 전혀 기뻐하지 않았다고 했다. 그들은 여전히 그 결혼을 말리고 싶어했다. 하지만 콰메는 앤보다 더 철학적이고 낙관적이었다. 첫째, 그는 앤과 달리 그 문제에 대해 다른 사람들과 대립하거나 대화할 생각이 없다고 했다. 그가 자신을 비판하는 사람들에게 할 말은 하나뿐이었다. 자신은 사랑을 하고 있다는 것. 사람들이 그의 면전에서 그가 흑인 인권 운동을 하던 시절에 내세웠던 과격한 주장들을 상기시키며 위선자라고 불러도 그는 화내지 않았다. 그는 이렇게 말했다. "만일 진정으로 나를 위한다면, 그들 대부분은 내게 돌아올 거예요. 시간이 좀 걸릴 뿐이죠. 그렇지 않은 사람들은? 꺼져버리라죠."

티먼 플레이스는 백인과 흑인이 섞여 사는 동네였고 그들의 이웃들은 대체로 양식 있게 나왔으나, 길에서 마주칠 때마다 의도적으로 시선을 피하는 늙은 백인 남자가 하나 있었다. 어떤 이웃은 그들을 각각 따로 만날 땐 극도로 수다스럽다가도 둘이 함께 있을 때 마주치면 꿀 먹은 벙어리가 되었다.

앤을 가장 당혹스럽게 하는 건 처음 보는 사람들이 드러내는 적의였다. "어떤 사람들이 우리를 보는 시선. 그들이 입 밖으로 낼 자격이 있다고 생각하는 말들." ("그래, 결국 흑인은 그렇게 아름답지 않다는 거구먼. 안 그래요, 형제?") "한번은 길에서 헤어지며 내가 콰메에게 키스를 했는데, 여자 둘이 그걸 지켜보다가 하나가 다른 하나한테 이렇게 말하더라—나한테도 그 말이 들릴 거라는 걸 그 여자는 알고 있었어—'저것 좀 봐. 저 남자 거시기가 커서 그런 거야.'"

콰메는 "얘는 어쩌려고"라는 얘길 하는 사람들만큼은 한 대 갈겨주고 싶다고 솔직히 털어놓았다. 사실 요즘 자기가 시보다는

197

에세이를 쓰고 있는데, 제목을 '비운의 물라토*는 이제 그만'이나 '비운의 물라토라는 미신'이라 붙일 생각이라고 했다.

"사람들이 혼혈 생식에 대해 갖고 있는 미친 생각들과 공포는 정말이지―이제 다들 제정신으로 돌아올 때가 됐어요. 확실한 게 하나 있다면, 내가 행복하고 자존감 있는 아이들을 키워내느냐 마느냐는 전적으로 나 자신에게 달려 있다는 거예요. 아이의 피부색은 아무 상관도 없죠."

그러고서 그는 이만 실례해야겠다고, 잠자리에 들기 전에 그 에세이를 조금 더 쓰고 싶다고 말했다.

11시가 지난 시각이었다. 나도 앤을 도와 집 안 정리를 좀 하고서 집으로 돌아가야겠다고 말했다. 이어 우리 모두 일어났고, 나는 포도주를 너무 많이 마셨음을 깨달았다.

콰메에게 작별 인사를 할 때에야 내가 그의 눈 색깔을 잘못 알고 있었다는 걸 깨달았다. 네이비색 셔츠를 입고 있어서인지 눈동자가 파란색으로 보였는데, 우리 사이에 있는 키 큰 스탠드 불빛에 보니 초록도 그만큼 섞여 있었다. "눈이 참 아름다워요." 내가 말했다. 불시에 던진 칭찬에, 그는 고맙다는 말 대신 사람들이 당혹스러울 때 하듯 미소를 지으며 자기 발을 내려다보고는 안쪽 방으로 들어갔다.

앤은 살그머니 부엌에 가 있었다. 그가 물을 트는 소리가 들

· 흑인과 백인 사이의 혼혈.

렸고, 이어 빈방에서 속사포 같은 타이핑 소리가 들려왔다. 나는 커피 잔들을 모아 부엌으로 가져가면서 말했다. "콰메는 타이핑이 나보다 빠르네."

"있잖아, 나 도와줄 필요 없어, 조지. 그냥 가줄래?" 앤이 접시들을 거칠게 다루는 바람에 물이 사방으로 튀었다.

나는 커피 잔들을 작업대 위에 놓았다. 아주 조심스럽게. 손이 떨리는 탓이었다. 내가 물었다. "왜 그래?"

앤은 아무 말도 하지 않았고 내 쪽으로 시선을 돌리지도 않았다. 내게 옆얼굴(변함없이 손도끼처럼 날카로운)을 보이며 싱크대 앞에 서 있을 뿐이었는데, 그 길고 가느다란 목에 도드라진 정맥들이 보였다.

"앤, 왜 화가 난 거야?"

그는 고개를 저었다. 부인이 아닌 좌절과 조바심의 몸짓이었다. 화가 난 게 분명했다.

"내가 방금 한 말 때문에 그래? 콰메의 타이핑 얘기?"

"당연히 아니지!"

"그럼 그의 눈에 대해 한 말 때문이야?"

"그의 아름다운 눈 말이니? 옛날 옛적에 어떤 염병할 농장의 개새끼 같은 주인 놈이 노예였던 콰메의 조상을 강간했기 때문에 아름다운 색을 갖게 된 그 눈? 네가 하고 있는 말이 그거니?"

사람들이 흔히 하는 말마따나, 비웃음이 송곳니에서 뚝뚝 떨어졌다.

"나는 그런 뜻으로 한 말이 아니라—"

"어떤 뜻으로 한 말이든, 용서할 수 없을 만큼 무신경했어."

"난 그저 그게 매력적이라고 생각해서 칭찬으로 얘기했을 뿐인데—"

"공교롭게도 네가 그의 가장 큰 매력으로 뽑은 게 백인적인 거였구나."

"그게 그의 가장 큰 매력이라고 말한 적 없어. 내가 생각지도 못한—"

"그래, 물론 넌 생각지도 못했겠지. 하지만 상처를 입혔어. 그러니까 그냥 가줬으면 좋겠다."

"무슨 상처? 난 가고 싶지 않아. 무슨 상처?" 술기운 없이 머리가 맑았으면 싶었다. 내가 용서받을 수 없는 짓을 저질렀다고 생각하진 않았지만 어떻게 스스로를 변호해야 할지 알 수가 없었다. 마음 같아선 콰메를 데리고 나와 무죄 추정의 원칙에 호소하고 싶었지만 그럴 수도 없었다. 폭력을 목격하기 직전에 경험하는 찌릿한 감각이 온몸에 퍼졌다. 앤의 손이 쉽게 미치는 곳에 칼이 몇 개 있다는 걸 의식하지 않을 수 없었다.

"앤, 제발, 제발 이해 좀 해줘."(맙소사, 내가 지금 앤에게 애걸하고 있다니.) "앤, 그러다 접시 깨겠어." 그는 수도꼭지를 잠그더니(수도꼭지에서 비명 소리가 났다), 어깨에 걸친 마른행주는 안중에도 없이 비누 거품 묻은 손을 미친 듯 셔츠 앞자락에 닦았다. 그의 온몸이 떨리고 있었다. 앤이 포도주를 얼마나 마셨지?

안색이 좋지 않았다. 하지만 그의 얼굴은 그게 나 때문이라고 말하고 있었다. 나를 더 이상 견딜 수가 없다고 그의 표정이 말하고 있었다. 그를 그렇게 만든 건 나였다.

"이해를 못 하고 있는 건 너야. 네가 어떻게 이해를 할 수 있겠어? 역사에 대해 아무것도 모르는데. 정치에 대해서도 무지하지. 정치적 견해도 없고. 넌 완전히, 가망이 없을 정도로 무관심해. 늘 그랬지. 그런데도 조지 넌 변화하려는 노력조차 없어. 스스로 배우려고도 안 해. 〈보그〉나 〈비자주〉 같은 것들에 휘둘리는 데 완전히 만족하지."

"사샤 같은 사람들한테 휘둘리는 것보다는 그게 훨씬 나을걸."(그렇고말고!) "게다가, 네 말도 그래. 콰메가 어떻게 그런 눈을 갖게 됐는지는 너도 모르잖아. 그게 노예 시대에 일어난 일인지 아닌지도 모르잖아. 그게 언제, 어떻게 일어난 일인지 모르잖아. 그게 강간이었다는 걸 네가 어떻게 알아?"

뒷방의 타이핑 소리는 멈춘 상태였다. 거기까지 닿지 않기엔 우리 목소리가 너무 컸던 것이다. 앤은 몸을 똑바로 가누려는 듯 싱크대 가장자리를 꽉 붙잡고 있었다. 나는 재앙이 임박했음을 확신했다. 만화 캐릭터처럼 작은 두 손으로 달려오는 기차를 막으려 하는 나 자신이 보였다.

"저기," 내가 말했다. "가서 콰메에게 물어보면—"

"그에게 말만 했단 봐!"

"뭐라고?"

"내가 한심하다!"

어깨에 마른행주가 걸려 있는 걸 알아챈 그는 그걸 잡아채더니 결투를 신청하듯 내 면전에 던졌다. "너한테 그 많은 시간을 낭비하다니! 넌 가르칠 수가 없어—가망이 없어—멍청한, 이 멍청한—"

옛날에 학교에서 여자애들 몇 명에게 괴롭힘을 당했을 때, 나는 울면서 오빠에게 갔다. "내가 뭘 할 수 있겠니?" 오빠가 말했다. "난 남자야. 여자애들하고 싸울 순 없다고." 괴롭힘이 갈수록 심해지자 가이는 내게 싸우는 법을 가르쳐주겠다고 했다. "주먹을 써. 주먹을 쥘 땐 반드시 엄지를 바깥으로 빼야 해. 엄지를 안으로 넣고 때리면 절대 안 돼. 세게 때리면 엄지가 부러져."

그의 말이 옳았다.

하지만 엄지를 부러뜨릴 만한 가치가 있었다.

지금 하고 싶은 이야기가 하나 더 있다. 바로 다음에 일어난 일은 아니지만 여기서 밝히는 게 좋을 듯하다. 이 이야기에서 나는 아직 〈비자주〉에 근무 중이고, 얼마 전부터 니콜이 내게 일부 지면을 맡긴 상태다. 이를테면, 독자들의 뷰티 관련 질문에 답장을 쓰는 사람이 바로 나다. ("겨울이라 입술이 텄는데, 어떻게 하면 립스틱을 고르게 잘 바를까요?" "먼저 마른 칫솔로 입술을 살살 문질러주세요.") 답을 모를 때 연락을 취할 수 있는 미용 전문가들과 피부과 의사들과 다른 전문가들 명단이 있지만, 이제는 나 자신도 어느 정도 전문가가 되어 있다. 한편 니콜은 다른 직장을 알아보는 중이다. 새 편집장이 오고 나서 이직을 원하게 되었는데, 새 편집장이 무슨 이유에선지 그에게 적대적이기 때문이다. 나는 니콜을 싫어하는 사람을 처음 보았으며, 니콜 자신도 졸지에 그런 일을 당하다 보니 대처할 준비가 전혀 안 되어 있는 것 같았다.

이제 걸음마를 시작한 니콜의 건강한 아들 테디는 이름에 걸맞게 꼭 껴안아주고 싶을 정도로 귀엽다. 보는 사람마저 자기 아이를 갖고 싶은 열망으로 채울 만큼 예쁜 미소 천사다. 테디는 나와 자주 만나지 못하는데도 나를 무척 좋아해서 니콜을 흐뭇하게 만들고 나를 울고 싶게 만든다. 니콜과 휘트는 더 이상 수요일 저녁의 전통을 이어가지 않지만 꽃 배달은 더 많이 온다. 그들에 대한 루머도 떠돈다. 누군가 말하기를, 휘트가 바람을 피워서 그들이 이혼 위기에 있다고 한다—"니콜에게 들킨 게 그거 하나지 뭐." 가여운 니콜. 나는 그가 불행한 것이 싫지만 그가 휘트와 이혼하는 것도 원하지 않는다. 언제나 휘트를 좋게 생각했고, 두 사람이 평생 로맨스를 나눌 거라는 믿음에 빠져 있기 때문이다. 게다가 테디가 있지 않은가.

그들은 헤어지지 않는다. 대신 롱아일랜드에 주말 별장을 마련하고, 둘째를 갖기로 결심한다. 그즈음 니콜은 다른 잡지사에서 자리를 제안받는데, 공교롭게도 우리의 새 편집장이 〈비자주〉에 오기 전에 일하던 잡지사다. 두루두루 나쁘지 않은 일이다. 나는 뷰티 에디터로 승진한다. 이 정도면 괜찮은 상황이다.

〈비자주〉에서 10년 가까이 일한 니콜을 위한 성대한 송별 파티가 열린다. 파티 장소는 그린 스트리트의 한 로프트,* 아직 대부분이 공장 지대인 소호의 생산 현장이 주거 공간으로 바뀌기 시작하면서 생긴 곳들 중 하나다. 니콜은 둘째를 임신했는데 이번엔 고생이 심하다. 두통과 수면 부족으로 녹초가 되어 있다. 나는 그의 안색이 나쁜 걸 본 적이 없으며, 이 정도로 나쁜 건 더욱 보지 못했다. 의사는 첫 석 달이 지나면 나아질 거라고 그를 안심시켰다. (사실 그는 유산하게 될 것이다.) 그는 파티 내내 거대한 말편자 모양 가죽 소파에 비스듬히 앉아 있고, 휘트와 내가 그에게 음식과 음료를 가져다주거나 그가 만나고 싶어하는 손님들을 데려다준다. 흡연자들은 소파에서 멀리 떨어져 있어야 한다―담배 연기가 니콜의 구역질을 유발할 수 있는 몇 가지 냄새들 중 하나이기 때문이다.

나는 담배를 챙겨 들고 파티장 저쪽 끝으로 천천히 걸어가며 (손님들이 꽉 차 있다) 클리오가 도착했는지 살펴본다. 그는 이제 〈비자주〉에서 일하지 않지만 파티에 초대되었다. 나는 창가에서 담배를 피우며 다른 손님 몇 명과 담소를 나누는 휘트 옆을 지나친다. 대부분은 나도 일을 통해 아는 사람들이다. 걸음을 멈추고 담배에 불을 붙이는데 휘트가 나를 부른다. "조젯! 내 친구를 소개하죠. 이쪽은 디키 스마이드." 턱수염을 기른 거구의 남자로, 파티장 안의 모델들만큼이나 키가 크다. 그는 초록 숲 색깔의 거대한 벨벳 양복 차림이다. 염소수염에 분가루가 묻었고, 눈썹은 전문가의 손길로 다듬어졌다. "당신도 이 친구 책을 알 거예

• 공장이나 창고 건물을 개조해서 만든 아파트.

요." 휘트가 말을 잇는다. "『뉴클리어 왈츠』를 쓴 사람이에요." 나는 『뉴클리어 왈츠』도, 디키 스마이드도 처음 들어본다. 하지만 뭔가 분위기가 심상치 않다. 휘트는 왠지 교활한 표정이고, 모두가 나를 뚫어지게 바라보고 있다. 내가 "아, 정말요?"라고 말하자 다들 웃음을 터뜨린다.

"봤지? 내가 뭐랬어!" 휘트가 의기양양하게 말한다.

"당황하지 마세요. 당신이 처음 당하는 것도 아니니까." 쾌활한 초록 거인이 내가 예상한 단조롭고 비음 섞인 목소리로 말한다. 알고 보니 그는 작가가 아니다. 『뉴클리어 왈츠』를 쓰지도 않았다. 그런 작품이 존재하기나 하는지 모르겠다.

"다들 바로 그렇게—아, 정말요?—대답하며 그 책에 대해 아는 척한다니까." 휘트가 말한다.

나는 화가 나지만 분위기를 맞춘다. 이제 휘트는 내게 디키 스마이드가 진짜로 하는 일에 대해 말해주지만, 난 흥미가 없다. 그가 내 몸에 팔을 감아 자기 옆으로 다정하게 끌어당기는데, 그의 손이 내 흉곽 위에 자리하여 가슴 일부에 닿는 게 자꾸 신경 쓰인다. 적절한 남자가 적절한 때 사용하면 매우 대담하고 유혹적일 수 있는 낡은 수법이다. 휘트는 이제 디키 스마이드에게 나에 대한 찬사를 늘어놓는다. ("니콜 말이, 조젯이 머지않아 〈비자주〉를 이끌게 될 거라더군.") 전혀 니콜의 말 같지가 않아 나로서는 혼란스럽다. 루머가 떠오르지만("니콜에게 들킨 게 그거 하나지 뭐") 휘트는 내게 손댄 적이 없었고, 그래서 나는 그가 취한 건가 생각한다. 그동안은 휘트가 술이나 약에 취한 것을 본 적이 없는 것 같다. 그의 몸에서 알코올의 기운 같은 열기가 발산되고 내 뺨에 그의 뜨거운 숨결이 닿는다. "치마가 아주 섹시하네요." 그는 취했다. 나는 조심스럽게 몸을 빼며("아, 저기 클리오가 왔네요") 그동안 늘 휘트를 좋게 생각해왔으며 지금껏 그가 내게 한 번도 손을 댄 적이 없음을 상기한다. 진짜로 클리오가 왔지만, 그는 반대쪽으로 움직인다. 은퇴한 편집장에게 이끌려 바를 향해 가고 있다. 나는 이제 더 빽빽해진 손님들을 헤치고 클리오에게 가기 전에 화선지로 만들어진 일본식 병풍 뒤로 빠져 화장실에 들어간다.

화장실에서 볼일을 마치고 문을 여니 휘트가 있다. 그가 나를 안으로 밀어 넣더니 등 뒤의 문을 닫는다.

남자들은 다 강간범이다. 과격한 페미니스트들은 아무 거리낌도 없이 그렇게 말한다. 하지만 나는 이어 휘트가 보여준 행동을 감히 할 수 있는 남자들이 그리 많으리라 생각하지 않는다. 설령 술에 취한 상태에서라도 말이다. 그는 한 손으로 내 목덜미를 받치고 입을 맞춘다. 위스키에 절은 혀를 내 입에 가득 채워 저항의 소리를 억누르고, 다른 손으로 능숙하게 내 치마 속 팬티를 벗긴다. 노련함이 필요한 일이다. 그러니까 루머가 사실인 것이다. 나 역시 노련하다. 무슨 일이 벌어질지, 그가 무슨 짓을 하려고 하는지 안다는 의미에서. 남자들이 다 강간범은 아니지만, 무력의 행사가 종종 괜찮은 보상으로 이어지는 탓에 늘 시도해볼 가치가 있다고 여기는 남자들이 있긴 하다. 그는 부자에, 미남이고, 대담하고, 취했고, 힘이 세고, 나쁜 남자다. 그는 자신을 알며, 외모와 돈과 배짱이 강력한 승리의 조합임을 안다.

그 모든 끔찍한 루머들이 다 진짜다.

그의 비명이 타일 벽에 부딪쳐 울린다. 나는 고개를 숙인 채 파티장을 가로질러 달린다. 누가 이름을 부르는 소리가 들리지만 멈추지도, 고개를 돌리지도 않는다. 나는 계속 고개를 숙인 채이고, 턱이 젖어 있으며, 입을 가린 손도 젖어 있다. 나는 달린다.

"그래, 내가 널 불렀어. 그때 네 모습을 너도 봤어야 했는데. 이 미친 것." 클리오. "우리 모두 무슨 일이 있었는지 2초 만에 알아챘지. 어떤 사람은 그가 병원에 가서 꿰매야 할 거라고 말했어. 어떤 사람은 꼭 파상풍 주사를 맞아야 한다고 했고. 그 인간은 토했던 것 같더라고. 니콜이 의사를 부르려고 했지만 그가 거부했어. 누군가 얼음을 가져왔지. 그는 피 묻은 수건을 입에 물고 집으로 갔어."

며칠이 지났다. 몇 주가 지났다. 나는 니콜의 전화를 기다리다가 연락이 없기에 먼저 전화를 걸었다. "지금은 얘기 못 해요." 그가 말했다. 나는 그 말이 너와 영원히 얘기하지 않을 거야라는 의미임을 알아챘다.

"아니, 뭘 기대한 거야?" 클리오가 말했다. "넌 그들 부부가 아는 모든 사람들 앞에서 그 인간의 실체를 드러냈어. 니콜이 너한테 고맙다고 할 것 같아? 네가 그 두 사람을 철저히 망신시켰는데? 파티를 망친 건 말할 것도 없고 말이지."

"그러니 나한테 그렇게 나와도 된다는 거야?"

"네가 피를 보지 않고도—여기서부터 클리오는 웃기 시작했다—그를 막을 수 있었을 거라는 거야!" 그는 웃고 또 웃었다. "그 인간 혀가 시커멓게 변했대. 차우차우처럼! 뭐 개가 맞긴 하지! 하지만 진지하게 하는 말인데, 니콜을 비난할 수는 없어. 니콜에게 그는 남편이고, 아이 아빠니까. 알다시피 규칙이란 게 있잖아. 넌 그걸 깼으니 대가를 치러야지. 장담하는데, 니콜은 이 일로 너를 평생 용서하지 않을 거야."

"내가 세면대 앞에서 그놈이 하는 대로 내버려두고 입을 다무는 게 나았을 거라는 얘기구나."

"아냐! 하지만 니콜 입장에서는, 네가 그렇게 해줬다면 훨씬 나았겠지. 안 그래?"

"그랬겠지."

"네가 과했어."

알고 보니 대다수 사람들의 의견이 그와 같았다.

이 일은 사람들이 하고 또 하며 옮기기에 좋은 이야기였다. 수년에 걸쳐 그 이야기는 나 자신이 관련되어 있다는 걸 모르는 이들에 의해, 가끔은 왜곡되고 윤색된 형태로 내게 돌아오곤 했다. 오랜 세월이 지난 뒤 밀레니엄 전야 파티에서 나는 한 젊은 여자와 대화를 나누게 되었는데, 우연히 그가 휘트 비숍 이름을 꺼냈다. 한때 그의 밑에서 일한 적이 있다는 것이었다. "제가 아는 이야기가 하나 있어요. 오래전 그 사람이 젊을 때 있었던 일이죠." 클럽에서 일어난 일 같다고 그는 말했다. 휘트 비숍이 화장실에서 문을 잠가놓고 어떤 여자한테 오럴을 받고 있었는데 그 여자가 마약에 취해 하마터면 그의 성기를 물어뜯어버릴 뻔했다는 것이었다. 그가 출혈 과다로 죽기 직전까지 갔다고 여자는 내게 말해주었다. 앰뷸런스, 응급실, 봉합 수술―상세한 부분까지 모두 늘어놓으면서.

그때 나는 휘트와 니콜이 이혼할 거라고 생각했는데 그들은 결국 이혼을 하지 않았다. 영영 둘째를 갖진 못했지만 니콜이 세상을 떠날 때까지 두 사람은 결혼 생활을 유지했다. 니콜이 죽은 건 1998년이었다. 나는 이미 오래전에 휘트를 용서한 상태였다. 하지만 니콜은 그제야 용서할 수 있었다.

그 일은 티먼 플레이스에서의 재앙 직후에 시작되었다. 전화 벨이 울려서 받으면 저쪽에서 끊어버리는 일이 일주일에 몇 번씩 일어났다. 한번은 전화를 건 사람이 곧바로 끊지 않고 한 박자 망설이는 틈을 타 내가 물었다. "앤?" 찰칵. 나는 전화를 걸어 놓고 그렇게 끊어버리는 게 화가 났다. 앤의 연락을 받고 싶진 않았지만―이제 그와 관계를 이어가고 싶지도 않았다―그런 전화를 거는 사람이 앤인지는 확인하고 싶었다. 다행히 몇 주 뒤부터는 그런 전화가 오지 않았다. 그즈음엔 부러진 내 엄지도 회복되어 있었다.

1972년 6월. 나는 번민에 젖었다. 학교를 계속 다녔다면 졸업할 해였다.

그해 여름 우리 동네에 새 책과 헌책을 파는 서점이 문을 열었다. 좁아터진 서점은 온갖 물건들로 넘쳐났으며, 말끔하게 치워진 적이 없었다. 심지어 이사를 들어오면서도 가게(전에는 수표를 현금으로 바꿔주는 곳이었던)에 비질조차 하지 않은 듯했다. 페인트칠을 안 한 건 확실했다. "어차피 책들이 다 가리는데 누가 벽을 보겠어요?" 주인 루벤의 말이었다. 나는 퇴근길에 거의 매일 서점에 들르면서 그와 금세 친해졌고, 사정이 급할 땐 한두 번 가게를 봐주기도 했다. 그리고 내가 책을 너무 많이 사들여 더 이상 둘 곳이 없을 지경에 이르자 우리 집에 책꽂이를 설치하느라 토요일 하루를 다 바친 사람도 루벤이었다. 그날 그는 우리 집에서 저녁을 먹었고, 밤을 보냈고, 그렇게 로맨스가 탄생했다. (예의 드러머 이름을 밝히지 않았다는 건 알고 있다. 부끄럽게도, 도무지 기억이 안 나서였다. 그가 이후 어떻게 됐는지도 기억이 안 난다. 진실을 말하는 게 항상 쉬운 건 아니다. 여성해방이 많은 걸 변화시켰지만 달라지지 않은 것이 있다. 여자라면 적어도 자신이 만난 남자들 이름은 기억해야 한다는 생각. 어느 날 책을 펼쳐 이런 구절을 읽었다고 해보자. "나는 그 여름에만 여남은 명의 연인을 만났다." '나'가 남자인지 여자인지에 따라 이 구절의 의미가 얼마나 달라지는지 생각해보라.)

열렬한 독서가이자 서점 주인이자 책 수집가이자 책꽂이 장인인 루벤은 내게 끊임없이 책을 추천했다. 내게 판 책도 많았지만 선물로 주는 책이 점점 더 많아지기 시작했다. 그해 여름을 얼마 앞두고 나는 그동안 잊고 살아온 탐독의 즐거움을 되찾기 시작했다. 당시 내게는 TV가 없었고 내 친구들도 거의 그랬다. TV에 중독되어 어린 시절을 보낸 첫 세대인 우리는 대학에 들어가면서 TV 보는 습관을 버리게 되었다. 하지만 영화는 달랐다. 나는 일주일에 몇 편씩 영화를 봤다. 늘 가는 영화관이 있었는데, 루벤의 서점에서 멀지 않았다. 그 영화관 역시 초라하고 지저분한 곳으로(루벤의 서점과 한집의 두 방처럼 냄새가 똑같았다), 1달러 정도만 내면 할리우드 클래식 영화와 옛날 외국 영화를 동시 상영으로 볼 수 있었다. 뉴욕에는 그런 예술영화 상영관들이 상당히 많았고 루벤의 서점 같은 서점들은 더 많았으며, 나는 그것들이 영원히 뉴욕의—그리고 내 삶의—일부로 남아 있으리라 믿어 의심치 않았다. 그리고 그땐 돈이 중요하지 않다고 생각했다. 그러니까 당시에는 세상살이를 시작할 때 지금에 비해 돈 걱정을 얼마나 덜 했는지에 대해 이야기하는 것이다. 나는 학비 걱정 없이 학교를 다녔고, 학교를 떠난 후에도 걱정 없이 맨해튼에 계속 살면서 직장을 구하고 방세를 낼 수 있었다. 물론 예금도 없고 신용카드도 없었으며, 갖고 싶어도 손에 넣을 수 없는 것들이 무수히 많았다. 하지만 책을 사고, 영화를 보고, 일주일에 두어 번은 브로드웨이의 중국 식당, 쿠바-중국 식당에서 외식을 하는 것—이 모든 걸 주급 125달러로 누릴 수 있었다. 그때 나는 결핍감 같은 것도 없었다. 1972년 여름 무렵의 시대 상황과 내 삶을 돌이켜보면 고통과 고난과 회의로 가득한 시절이었다고 말할 수 있으나(실제로 그것들이 내 삶의 일부였으니 거짓말이 아니다), 그래도 그 어떤 삶 못지않게 거의 완벽했다는 생각이 든다. (나중에 몇 번 그 삶을 다시 살아보려고 시도했다가 실패하고 말았는데, 가장 중요한 요소인 젊음이 빠졌기 때문이었다.) 로맨스를 원했던 나는 여러 면에서 그걸 찾았다고도 할 수 있었지만, 내가 '위대한 사랑'이라고 생각하기 시작한 것은 아직 이루지 못하고 있었다. 그 역시 찾아올 터였지만, 당시 내가 특정 종류의 노래들을 얼마나 많이 들었는지 고려하면 그것이 내가 찾고 있는 방향에서는 오지 않을 것임을 알았어야 했다. 나는 세상에 우연이란 없고 내가 하는 모든 일들이, 이를테면 내가 읽은 모든 책들이 어떤 치밀한 준비의 일부라고 확신했으며, 이 준비가 위대한 사랑을 위한 것이 아니면 무엇이겠느냐고 생각했다. 루벤에 대한 나의 애정은 위대한 사랑이 아니었고, 나는 그걸 알았다. 그동안 다른 남자들에게 느꼈던 애정보다 더 클 수는 있을지언정(루벤, 그는 헌신적이었고 나의 가장 좋은 친구였다) 사랑은 결코 아니었다. 위대한 사랑을 경험한 적 없다는 사실이 그것에 대한 '거창한 생각들'을 품지 못하게 막을 수는 없었다. 나와 세상 사이엔 베일이 걸려 있었다. 그래서 늘 무엇이 진짜이고 진짜가 아닌지 알 수 없었으며, 사랑이 그걸 바꿔줄 거라고 생각했다. 사랑에 빠지면 베일이 걷힐 거라고. 진짜 세상을 볼 수 있게 되고, 사물과 그것의 그림자를 구분하게 될 거라고―그랬다, 난 그리스 고전들을 읽고 있었다.

나는 대학에 다닐 때 수강 신청만 해놓고 거의 출석하지 않은 강의들의 독서 목록들을 갖고 있었는데, 다시 강의실에 앉고 싶은 열망 같은 건 전혀 없었지만 이제 그 책들을 읽을 준비가 되어 있었다. 앤이 마지막으로 남긴 혹독한 비난이 귓가에 맴돌았다. 물론 그건 사실과 달랐다. 물론 나는 배우고 싶었다! 대학에 다닐 때는 책을 읽기가 어려웠던 데다 약의 도움 없이는 공부를 할 수가 없었는데, 이제 그런 문제는 사라졌고 모든 책들을 읽고 싶었다. 바너드에 들어갔을 때, 난 다른 것들도 부끄러웠지만 앤 같은 친구들처럼 독서를 많이 하지 않은 것이 특히 부끄러웠다. 우리 집에 있던 책들은 우리가 학교에서 가져온 것들뿐이었다. 고등학생 시절 과제물 외에도 더 많은 책들을 읽고 싶은 갈망이 생기면서 도서관에서 빌려 온 책들은 대부분 여학생들을 위한 대중소설로, 치어리더나 자원봉사 간호조무사, 젊은 여성 기수들에 대한 이야기들이었으며 거의 항상 첫사랑을 다루고 있었다. 그중에서도 미인 대회 참가자에 대한 소설은 하도 여러 번 읽어서 지금까지도 내가 가장 많이 읽은 책으로 남아 있다.

　　나는 어릴 적에 읽어서 다른 내용 대부분이 망각의 늪에 잠긴 가운데 여전히 기억에 남아 있는 아주 세부적인 편린들을 좋아한다. 프레첼 과자 봉지, 밀짚모자를 쓴 말, 고아의 판지 여행 가방, 원피스에 달린 에나멜가죽 나비 리본, 차가운 그레이비소스 덩어리, 붉은 마차, 빨간 신발, 잃어버린 모자(빨간색 격자무늬). 너무 두껍게 빵을 썰어 버터를 듬뿍 발라 먹는 엄마를 부끄러워하는 소년, 소년의 입술이 너무도 부드러워서 놀라는 젊은 여자. 이런 식으로 계속 쓰다 보면 여러 페이지를 채울 수 있을 듯하다. 그러고 보면 나의 어릴 적 독서에는 전혀 문제가 없었던 모양이다.

여주인공들. 재클린 코크런은 화장실 선반 위 콜드크림 상표에서 많이 봐서 익숙한 이름이었다. 그런데 아, 그 이름이 도서관 선반 위 책에서 다시 보였다. 『정오의 별』. 자서전. 극적인 역경을 딛고 이룬 극적인 출세, 그 역경들 중에는 양모의 학대도 포함되어 있었다. 밑바닥에서 일궈낸 성공. 그는 여덟 살 때까지 신발도 없었다. "내 이야기는 톱밥 깔린 곳에서 시작하여 별들의 세계로 이어진다." 코크런은 화장품 제국을 세웠을 뿐 아니라, 아주 드문 여성 비행사이기도 했다. 비행 경주 선수, 신기록 보유자. 하지만 그가 성인이 되어 이룬 업적들도 그가 어릴 적에 해낸 경이로운 일에는 비할 바가 아니었다. "엄마가 나를 때리려고 했다. 나는 그 문제를 내 힘으로 해결하기로 결심했고, 이글거리는 눈으로 따지고 들었다. 엄마는 내가 진심으로 하는 말임을 깨닫고 물러섰으며, 그 후로 다시는 내게 손을 대지 않았다. 엄마는 여섯 살짜리 아이에게도 지는 겁쟁이였다."

이사는 고난인데, 그건 이사에 특히 과거를 들추는 과정이 수반되기 때문이다. 우리는 얼마나 많은 것들을 잊고 사는가—심지어 우리를 깊이 감동시켰던 것들, 우리를 변화시켰던 사건들까지도 말이다. 어느 집에나 헌 옷과 서류, 사진, 온갖 기념품으로 가득한 상자들과 트렁크들이 있기 마련이다. 잘 간직해둔 것들조차 우리는 다른 모든 것들과 함께 잊는다. 어느 날 이사를 하면서 그 모든 것들이 다시 세상의 빛을 보게 될 때까지. 그것들이 나오고("어머 세상에, 내가 이걸 간직하고 있었다니!"), 바늘과 핀처럼 마음을 찌르는 이것들을 계속 파헤치다 보면 이따금 더 심각한 것도 나온다. 조개껍질 열듯 마음을 비집어 여는 진짜 칼. 그리하여 어느 날 나는 1972년 여름의 독서 목록을 적어놓은 노트를 다시 펼치게 되었다. 그리스 철학, 그리스 희곡들. 소설들. 헨리 제임스, 조지 엘리엇, 토머스 하디. 시들. (천만다행으로 내 안에서 죽은 건 시를 쓰는 것에 대한 사랑뿐이었다.) 예이츠, 오든, 엘리엇, 월리스 스티븐스, 앤 섹스턴, 실비아 플라스. 영화 목록은 안 남겼지만 〈위대한 환상〉, 〈시민 케인〉, 〈도쿄 이야기〉 같은 영화들을 처음 본 것 역시 그해 여름이었음을 나는 확신한다. 얼마나 멋진 인생인가! 워즈워스는 목록에 들어 있지 않았을지 모르지만, 그 시절을 돌아볼 때면 축복과 젊음과 천국에 대한 그의 시구들이 떠오른다. 당시엔 시간 자체가 지금과 달랐던 게 분명하다. 그게 아니고서야 어떻게 그 모든 책들을 읽으며 다른 일들까지 해낼 수 있었겠는가? 하지만 루벤은 나보다 더 많이 읽었다. 일터에서, 손님들을 상대하는 사이사이(어떤 손님들은 그의 무관심에 불만을 표하기도 했지만, 좀도둑들은 그 덕을 톡톡히 봤다), 잠자리에서. 그는 내가 잠이 든 뒤에도 오랫동안 책을 읽었다.

나는 독서 목록이 담긴 노트를 발견한 상자에서 다른 목록이 담긴 다른 노트도 발견했으니, 다름 아닌 내가 써본 새 미용 제품들 목록으로, 사용 후기도 함께 적혀 있었다. (그것이 나의 중요한 업무 가운데 하나였다.) 나이트 크림. "너무 진함. 아침에 일어나보니 뾰루지가 나고 눈 밑이 처짐." 향이 가미된 립글로스. "향긋하고 상쾌함." 새로 나온 마스카라는 내 속눈썹을 "뾰족뾰족하고 마른 가루 범벅으로" 만들었다. 딸기 향 질 탈취제는 "R을 토하고 싶게" 만들었다.

또 다른 것들. 묵은 타자기용 지우개, 바퀴에 털이 달린 것으로 화석처럼 딱딱했다. (뭐 하겠다고 그걸 간직했을까?) 묵은 일기장, 여전히 대부분이 빈 페이지였다. 묵은 학기말 리포트. 바로 그해, 1972년에 만든 첫 여권.

나는 딸 조와 함께 온종일 정리 작업을 하고 있다. 학교 기숙사에서 생활하는 딸이 주말을 이용해 나를 도우러 왔다. 이제 조와 아들 주드도 다 크고 나 혼자 살게 되면서 더 작은 집으로 이사한 참이다. 마침내 나는 웨스트빌리지로 이사하게 되었다. 조는 온종일 무척이나 즐거워한다. "엄마한테 이 치마가 맞았다니 믿을 수가 없어!" "내 바비 인형을 간직한 거예요?" "아빠가 이 모자를 썼다고요?" "와! 우리도 『위대한 개츠비』 읽고 있어요. 이 책 괜찮아요?" 나는 거친 물살을 헤치고 힘들게 헤엄을 친 직후 처럼 기진맥진하고 현기증이 난다. 그래서 바닥에서 뻣뻣하게 일 어선다. "좀 쉬자."

"이 리포트 A 받았네요!" 나의 유일한 A.

아직 대부분의 접시가 신문지에 싸인 채 상자에 들어 있는 부엌에서, 나는 주전자를 불에 올리고 냉장고를 열어 남아 있던 스파이스 케이크를 꺼낸다. 우리는 따끈한 레몬차와 차갑고 오래 된 스파이스 케이크를 먹는다. 조가 내 리포트를 소리 내어 읽는 다. "왜 『위대한 개츠비』는 위대한 책이 아닌가."

루벤. 검은 머리 미남에 똑똑하고, 헌신적이고, 맹목적이고, 진실한 남자. 그 여름이 끝날 무렵 나는 그에게 실연의 아픔을 안겼다. 다른 남자를 만나게 된 것이다. 내가 프랑스어를 배우러 다니던 프랑스 어학원의 강사였다. 나는 두 주 휴가를 내서 그와 함께 파리로 갔다. 그보다 로맨틱한 시작은 없었다. 하지만 짧았 다. 나는 피임약을 끊어도 두 달 정도는 임신이 안 된다는 말을 어디서 주워들었고 그걸 믿었다. 내가 그 말을 하자 로메오는 나 를 때렸다. "너 피임약 끊었다는 말 안 했잖아!" "네가 안 물었잖 아!" 그리하여 분노와 비난, 진한 피, 생리통과 함께 그 로맨스는 막을 내렸다.

루벤에게 돌아갈 수도 있었지만 나는 스스로에게 그런 위안을 허락하지 않았다. 하지만 내가 평생 꿈꾼 직업들 가운데 나를 행복하게 만들 수 있었던 건, 어딘가에 있는 작은 서점에서 파트너와 함께 헌책을 사고파는 일이었다.

누가 전화를 걸었다가 말도 없이 끊어버리는 일이 다시 시작되었을 때, 나는 더 이상 앤을 생각하지 않았다. 전화를 건 사람이 앤일 리가 없다는 걸 이젠 알았던 것이다. 애초에 앤이라고 생각한 것 자체가 터무니없는 일이었다. 앤은 그런 짓을 할 친구가 아니었다. 그랬다, 앤은 아니었다. 하지만 모르는 사람도 아니었다.

젤마가 수녀의 베일을 쓰고부터(젤마는 그런 표현에 몸서리를 쳤다. "제발, 우린 이제 베일 안 써") 우리 가족은 그애를 '시스터 시스터'라고 불렀는데, 시스터 시스터가 즐겨 하던 말이 있다.

• Sister Sister. 자매라는 의미의 sister와 수녀라는 의미의 sister를 합친 호칭.

"솔랜지가 그날 그 버스에 탔을 때 수호천사가 함께 탄 거야."

사실 그 수호천사란 어느 커플이었고, 그들이 버스에 탄 건 솔랜지와 함께가 아니라 그다음 정거장에서였다.

내가 생각했던 대로, 1969년 8월의 그날 솔랜지에게는 별다른 계획이 없었다. 나중에 그애가 한 말로는 자기 머릿속 목소리가 시키는 대로 따랐다고 했다. 처음엔 자신이 가출하고 있다는 확신조차 없었다. ("그냥 어딘가로 가고 싶었어.") 그애는 히치하이킹으로 버스 터미널까지 가서 버스표를 샀고(처음 온 버스가 올버니행이었다), 이제 수중엔 1달러와 잔돈 몇 푼, 입고 있는 가벼운 옷, 크기만 컸지 거의 빈 가방뿐이었다. 솔랜지는 버스에서 흡연이 가능한 뒷좌석에 앉았다. 버스가 출발하자 겁에 질린 그애는 담배에 불을 붙여 과호흡을 하듯 급히 뻐끔거렸다. 하지만 버스가 고속도로로 들어서서 신나게 달리기 시작하자 가슴이 터질 것 같았다. 즐겁고, 흥분되고, 자랑스러웠다. 모든 게 달라졌다. "난 이미 달라져 있었지." 그애는 마음속에서 다른 사람이 되어 있었다.

버펄로의 주립 대학을 중퇴한 20대 초반의 그로버와 팸은 저지 쇼어로 가던 길이었다. 그들의 친구 하나가 저지 쇼어의 해수욕장에 가게 몇 개를 가진 사장이 마련해준 방갈로에서 다른 종업원들과 함께 지내고 있었다. 그로버와 팸은 침낭을 가지고 여행에 나섰다. 친구의 거처에서 잠시 신세 질 계획이었으나, 그곳은 그들이 계획한 대륙 횡단 여행의 첫 경유지일 뿐이었다. 버스에 오른 그들은 솔랜지가 혼자 앉아 담배를 피우고 있던 맨 뒷좌석으로 갔다. 그들도 담배를 꺼냈고, 즉시 대화가 시작되었다. 솔랜지는 진실과 반쪽짜리 진실과 거짓이 뒤섞인 이야기를 늘어놓았고 곧 그게 습관이 될 터였다. 솔랜지의 이야기에 의혹을 품었을 수도 있었겠지만(이를테면 자기가 열여덟 살이라고 한 것), 그로버와 팸은 그런 생각을 겉으로 드러내지 않았다. 중요한 건 솔랜지가 그들 마음에 들었다는 사실이었다. 솔랜지도 그들이 좋았다. 그리하여 버스가 올버니에 도착할 때쯤 그들은 친구가 되어 있었다.

그로버와 팸은 올버니에서 뉴욕시로 가는 버스를 탄 다음 거기서 다시 저지 쇼어행 버스로 갈아타야 했다. 터미널 화장실에서 솔랜지의 팔과 다리에 생긴 멍 자국을 보고 팸은 결단을 내렸다. 팸과 그로버는 새 친구의 버스비를 내주기로 의견을 모았다. 그들은 뉴욕에서 경유 시간 30분을 활용하여 구걸을 했다. 솔랜지는 사람들이 선뜻 자신에게 돈을 내주는 것에 깜짝 놀랐다. 한 남자는(고향의 뒤모리에 신부님과 너무 닮아서 그애는 심장이 멎을 뻔했다) 솔랜지를 노려보더니 고개를 내저으며 퉁명스럽게 말했다. "받아라, 얘야." 10달러였다!

솔랜지는 생존에 꼭 필요한 중요한 교훈을 배우고 있었다. 올버니에서 팸에게 멍 자국을 보여줬을 때, 그애는 지저분한 화장실 거울에 비친 자신의 모습을 얼핏 보았다. 남들에게 보여야 하는 모습이었다. 무력하고 보호가 필요한 모습. 그리고 어여쁜 소녀의 얼굴. 거짓말을 할 수 없는 얼굴. 게다가 그애의 거짓말이 진짜 거짓말이었을까? 그애는 며칠 전 세탁물을 가지고 지하실로 내려가다가 계단에서 굴렀다. 하지만 그것들을 과거 엄마한테 맞아서 생긴 그 모든 멍 자국의 대체물로 내세우는 게 과연 죄가 될까? 만일 그게 거짓말이라면 하얀 거짓말이었다. 만일 그게 죄라면 죽을죄는 아니었다.

솔랜지는 우리 집 딸들 중 제일 인물이 좋았다. 대단한 미인은 아니었지만 일부 여자애들에게서 찾아볼 수 있는—많은 어른들에겐 놀랍고 어떤 어른들에겐 거부할 수 없는 매력으로 다가오는—섹시한 어린이의 면모가 있었다. 이런 여자애들은 순수함을 잃은 지 한참 지나서까지 순수한 외모를 유지한다. 솔랜지의 경우 납작한 얼굴과 인형 같은 앵두 입술, 물끄러미 바라보며 눈을 깜빡거리는 진지한 경탄의 태도가 그런 인상을 풍겼다. 자기는 너무 어려서 이해할 수 없는 무언가를 뚫어지게 응시하는 듯한 그런 모습이 그애에겐 늘 있었다. 어쩌면 실제로 그랬고, 그 이해할 수 없는 무언가는 인생이었는지도 모르겠다. 솔랜지가 훨씬 나이를 먹은 뒤에도 하이힐은 그애의 발에 비해 너무 커 보였고, 손에 든 담배도 유난히 길어 보였으며, 어떤 화장을 해도 떡칠처럼 보였다. 한번은 솔랜지가 우리 집에 와 있을 때 우연히 내 아들의 친구가 놀러 왔는데, 솔랜지가 떠난 뒤 이 다섯 살 먹은 아이는 주위를 두리번거리며 물었다. "그 여자애 어디 갔어요?"

솔랜지는 화장실 거울을 흘끗 보며 단어 하나를 생각했고, 그 단어는 말라깽이였다. 늘 얼마간의 매력을 불러일으키는 특징이지만, 그때만큼 그 호소력이 크게 작용했던 시절도 없을 것이다. 킨의 작품들―잉크를 가득 채운 찻잔 받침만 한 눈을 가진 굶주린 듯 야윈 소녀들 그림―이 선풍적인 인기를 끌면서 복제화들이 어디에서나 눈에 띄던 때였다. (그 그림들은 다 어디로 갔을까?)

그로버와 팸, 그들은 물론 천사가 아니라 히피였다. 하지만 천사라고 할 수도 있었다. 나는 그들이 솔랜지의 영혼은 몰라도 목숨은 구했다고 믿는다. 그리고 다른 시절이었더라면, 예를 들어 요즘 같은 때였다면 솔랜지가 그렇게 운이 좋을 수 있었을지 의심스럽다. 거의 어딜 가나 기꺼이 자신의 친구 혹은 보호자가 되어준 그로버와 팸 같은 사람들을 만날 수 있었을까? 다른 시절이었더라면, 3년 동안 바람처럼 떠돌던 그애는 도움의 손길을, 식탁의 자리를, 하룻밤 혹은 제가 원하는 만큼 묵어갈 침대를, 기꺼이 자신을 받아들여줄 '가족'을 발견하지 못했을 것이다. 히피가 되어 영원한 어린애로 남는 대신 빠르게 어른으로 성장해야만 했을 것이다. 그땐 모든 게 달랐고, 솔랜지는 젊은이들의 끊임없는 이동 대열에 합류하는 참이었다―가끔은 홀로, 대개는 여럿이서 길을 떠나기 시작한 그 의지할 곳 없는 불안한 아이들은 일을 하지 않아도 부족함이 없었고, 빈번히 법을 어기면서도(마약, 불법 침입, 히치하이킹, 좀도둑질) 용케 체포는 피했다. 대공황 때, 떠돌이들은 특정한 집 앞 골목이나 담장 기둥에 고양이 그림을 그려서 다른 떠돌이들에게 이 집에 친절한 부인이 산다는 걸 알렸다고 한다. 이 신세대 떠돌이들도 도움을 받을 수 있는 곳을 서로에게 알리는 그들 나름의 방식을 만들었다. 필요에 답하듯 곳곳에 대지의 어머니들이 생겨났다. 무료 숙박소, 유스호스텔, 코뮌—사샤 같은 급진적 지하 조직원들을 아지트로 데려다준 네트워크와 다르지 않았다. (사실 두 역할을 다 하는 곳도 있었다.) 우드스톡 이후로 가난한 방랑 젊은이들이 폭증하며 일종의 국가비상사태에 이르렀고, 그 문제를 해결하기 위한 공식·비공식 자선단체들이 조직되었다. 많은 곳들이 공짜 점심뿐 아니라 공짜 아침과 저녁 도시락까지 제공했다. 공짜 옷, 공짜 숙소, 공짜 비누와 온수, 공짜 진료와 상담, 재활도 제공했다. 직업의식을 물질주의나 변절과 혼동하지 않는 사람들을 위한 공짜 직업 훈련과 취업 알선도 있었다. 그리고 물론, 무임승차가 있었다. (거의 맨해튼을 벗어나지 않았던 내겐 그 모든 변화가 하룻밤 사이에 일어난 듯했다. 어느 날 나가보니, 곳곳에 히치하이커들이 보였다. 그러다 다음에 나가보니, 히치하이커들이 드물어져 있었다. 어느 날 나가보니, 몇 분 만에 차를 얻어 탈 수 있었다. 그러다 다음에 나가보니, 그냥 지나치지 않고 서는 차는 경찰 순찰차뿐이었다. 어떤 이들은 그게 테이트-라비앙카 사건 때문이라고 했다. 이제 '길 위에' 선 사람들은 운전자들에게 낭만적인 신인 작가가 아니라 장발의 사이코패스 연쇄살인범으로 보였다.)

그들이 저지 쇼어에 도착했을 때는 한밤중이었다. 방갈로는 꽉 차 있었다. 그곳에 정식으로 거주하는 종업원 네 명 외에도 여남은 친구들이 바닥에서 자고 있었다. 그로버와 팸의 친구는 무스라는 사람이었는데, 그로버와 팸을 본 그에게서 나온 첫마디는 이랬다. "지금 여기서 뭐 하는 거야?" 그 주말에 뉴욕주 북부에서 엄청난 축제가 벌어지고 있었던 것이다. 그들이 그 사실을 몰랐을까?

사실 그로버와 팸도 우드스톡 페스티벌 표를 구하려다가 실패한 터였다. 무스는 그렇다고 못 갈 건 없다고 말했다. 이번처럼 세계 최고의 밴드들이 참가하여 사흘씩 열리는 공연은 다시 없을 거야. 야외 공연인 데다 엄청 넓은 농장에서 열리니 입장권 없이도 쉽게 들어갈 수 있어. 히치하이킹도 버스도 필요 없어. 서 퍼들한테서 중고 밴을 샀거든. 밴 뒷자리에 매트리스를 깔 거고, 또―그러면 일은 어쩌고? (그는 프렌치프라이 매점에서 일하고 있었다.) 무스는 상관없다고, 그 해수욕장에 진절머리가 나서 어차피 그만둘 생각이었다고 말했다. 사장이 돼지 새끼라고. 하지만 사실 그는 사장을 무서워했고, 성수기가 한창일 때 일손이 달리게 만들어 사장을 화나게 하거나 주급을 못 받게 될까 봐 겁을 냈다. 사장은 매주 금요일 무스의 교대 근무가 끝나면 현금으로 주급을 줬다. 그러니 그때까지는 떠날 수 없었다. 공연 일부를 놓치겠지만 그 정도는 괜찮았다. 더 후나 재니스 조플린만 볼 수 있으면 되었다.

그 문제를 매듭지은 뒤 모두 잠자리에 들었는데, 그로버와 팸과 솔랜지는 방충망을 친 포치 바닥에서 자야 했다.

누가 물어본 건 아니었지만, 솔랜지는 집이 있는 방향으로 거슬러 가는 것에 대해 좀 확신이 없었다. 무스라는 남자와 짝이 되는 것도 걱정스러웠다. 그는 멋진 근육과 잘 그을린 구릿빛 피부를 갖고 있긴 했지만 프렌치프라이를 너무 많이 먹어서인지 온통 기름기로 번들거렸다. 게다가 그애에겐 갈아입을 옷은 물론 자기 침낭 하나 없는데, 하필 무스가 매트리스 이야기를 하며 이쪽을 슬쩍 곁눈질하기도 한 터였다. 그렇지만 우드스톡에 가는 건 무척 신나는 일이었다. 고향에서도 모두들 그 이야기를 했었고, 이미 그애는 다른 사람들에게 휩쓸려 그들이 이끄는 대로 어디든 따라가는 것이 좋아진 상태였다. 이상한 논리이긴 했지만, 그러면 안전한 기분이 들었다. 버스 몇 시간 함께 탄 것으로 그로버와 팸의 친구가 되었으니 내일 아침이면 그들 모두와 형제자매 사이가 되어 있을 것 같았다.

그들은 모래투성이 포치 바닥 여기저기에 웅크리고 잠든 이들 무리에 합류했다. 팸을 사이에 두고 솔랜지와 그로버가 양쪽에 누웠고, 그로버와 팸은 조용히 일을 치렀지만 솔랜지는 그 두 사람이 무얼 하고 있는지 정확히 알았다. 그애는 배와 가슴에 통증이 느껴지리만치 그로버를 원했다. (머지않아 그애는 그로버를 갖게 될 것이고 팸의 축복까지 받게 될 터였다.) 사실 밤새 방갈로 여기저기서 조용한 신음 소리와 거친 숨소리가 들려왔다. 무스에겐 듀스라는 개가 있었는데, 그 작은 개는 귀가 짝짝이에(한쪽은 검은색에 다른 한쪽은 흰색, 또 한쪽은 접히고 다른 한쪽은 펴져 있었다) 한쪽 눈에 안대를 댄 것처럼 검은 얼룩무늬가 있어서 불량한 느낌을 주었다. 그 개가 옆에 누워 솔랜지는 녀석을 꼭 끌어안았고, 그러자 온종일 햇빛 아래서 신나게 논 아이처럼 노곤하고 행복한 기분이 느껴졌다. 파도 소리가 들리고 짠물 냄새가 풍겨 왔다. 솔랜지는 내일 해변에서 개와 실컷 놀아야겠다고 생각했다. 그애의 마음속에서 그로버와 팸이 가족이 된 것처럼 듀스도 그애의 개가 되어 있었다.

솔랜지에게 가족을 대신할 존재들을 찾아내는 게 그토록 쉬웠던 것도 놀랄 일은 아니다. 언젠가 나는 파티에서 한 남자를 만났는데, 그 남자는 파티가 끝나갈 무렵 자신의 세 누이들보다 내가 더 가깝게 느껴진다고 고백했고 나는 그의 말이 진심임을 의심하지 않았다. 우리를 잉태하고 우리와 함께 자란 사람들이 우리에 대해 가장 알지 못하는 경우가 얼마나 흔한지. 해마다 가족들이 건네는 실망스러운 생일 선물과 크리스마스 선물만 봐도 알 수 있지 않은가. 그러니 내가 어찌 놀랄 수 있었을까? 나는 친구들과 사랑에 빠져 자신이 어디에서 왔고 그곳에서 얼마나들 애를 끓이고 있을지 까맣게 잊은 채 완전히 새로운 인생을 시작하는 게 얼마나 당연하게 보일 수 있는지 알고 있었다. 몇 주, 몇 달 내내 가족 생각을 피하면서 살 수 있다는 것도 알았다. 그런 내가 어떻게 솔랜지의 행동을 비난할 수 있었겠는가? 솔랜지가 "난 늘 내가 고아라고 생각했어"라고 말했을 때, 어떻게 그 말을 이상하게 받아들일 수 있었겠는가? 나 역시 같은 생각(같은 환상이라고 해야겠지만)을 품고 살았는데 말이다.

물론 솔랜지는 자신이 저지른 일에 겁을 먹었고, 우리에게 연락하지 않은 것에 죄책감을 느끼기도 했다. 하지만 그애에겐 핑계가 있었다. 편지를 쓰거나 전화를 걸면 찾으러 올까 봐 두려웠던 것이다. 그애의 이야기를 들은 많은 사람들이 가족에게 연락해야 한다고 강력하게 주장했고, 그중 일부는 자신이 대신 연락해주겠다고 나서기까지 했으며, 위스콘신주 매디슨의 교회에서 자원봉사자로 일하던 한 착한 여성은 실제로 우리 엄마에게 편지를 보내기까지 했다. 엄마는 그 편지를 받지 못했는데, 솔랜지가 두 가지를 절대 노출하지 않았던 탓이다. 진짜 나이와 진짜 고향.

하지만 솔랜지는 양심의 가책에서 벗어날 수가 없어서 자신이 무사하다는 걸 우리에게 알려주기로 결심했다. 다만 결심을 좀처럼 실천에 옮기지 못했고, 미루면 미룰수록 그 일은 점점 더 어렵게만 느껴졌다. 시간이 흐를수록 이제 영영 집에 돌아갈 수 없으리라는 확신이 더 굳어져갔다. 어차피 고향에 가고 싶은 마음도 없었다. (나는 저 유명한 가출 소녀 도러시˙가 무지개 너머

• 영화 〈오즈의 마법사〉의 주인공을 가리킨다.

집으로 돌아가는 것에 그토록 집착했던 걸 도무지 납득할 수 없다. 내가 아는 어떤 아이의 상상과도 맞지 않는 얘기다.) 솔랜지에겐 집을 떠난 삶이 불행하지 않았을 뿐만 아니라, 집에 있는 가족 누구도—심지어 가이조차도—아직 자신을 사랑하고 있으리라는 생각이 들지 않았다. 우리 모두 그애가 한 짓에 너무 화가 나서 절대로 용서하지 않을 거라고 생각했다.

하지만 언젠가 뉴욕을 지나는 길에 용기를 짜내어 바너드로 전화를 걸었는데, 내가 학교를 떠났다는 소식만 들었을 뿐이었다. 그애는 전화번호부에서 내 이름을 찾아냈지만 더는 용기를 낼 수가 없었다. 그래서 전화를 거는 대신 주소를 적어두었다. 나중에 타임스 스퀘어의 신문 가판대에서 엽서 한 장을 샀고, 한참 지나서 다시 여행길에 올랐을 때 그 엽서에 한 줄 휘갈겨 내게 보냈다. 그러니까 언니도 학교를 떠나고서 집에 돌아가지 않은 거구나. 실로 오랜만에, 솔랜지는 내 소식을 궁금해하기 시작했다. 이제 연락처를 알지만, 내가 그곳에 얼마나 오래 살지 누가 알겠는가? 솔랜지 자신도 같은 장소에 두 달 이상을 머문 적이 거의 없는 터였다. 나중에 그애가 내게 한 말로는, 미국의 주요 도시들을 다 돌아다녀봤다고 했다. 솔랜지가 3년 동안 많은 곳을 여행한 건 분명했다. 하지만 그애의 허풍에서 진실만 가려내자면 주로 서부에서 지낸 것 같았다. 대개 그애가 특정 장소에 갔던 경우는 함께 다니던 사람들이 그곳으로 가게 되어서였다. 매디슨이나 덴버에 아는 사람이 있거나, 샌프란시스코에서 공연을 하게 되었거나, LA에 그레이트풀 데드 콘서트가 있거나, 포틀랜드나 시애틀에서 일하게 되었거나, 밴쿠버에 사는 친구에게 땅이 좀 있어서 7월 한 달 동안 야영을 할 수 있게 되었거나 하는 식으로. 그로버와 팸과 연락이 끊긴 지 오랜 시간이 지나고, 그애는 다른 커플을 만나 그들의 차를 얻어 타고 엘패소에서 마약을 실어 뉴욕으로 운반해 왔다. 이따금 솔랜지는 호기심(그리고 뭐라고 이름 붙이기 어려운 다른 감정들)에 못 이겨 나에게 전화를 걸었다. 하지만 내 목소리를 들으면 당혹감이 밀려들었고, 손에 든 수화기는 뜨거운 감자로 변했다. 그러다 마침내, 그애가 망설이는 사이 내가 급히 말했다. "제발 끊지 마. 솔랜지 너라는 거 알아." 하지만 솔랜지는 전화를 끊어버렸다! 다시 한번 말없이 전화를 끊어버리고 울음을 터뜨렸다. 나중에 내게 말하기를, 내 목소리 때문에 끊었다고 했다. 틀림없이 화난 목소리였다는 것이었다. 하지만 기억하건대 내가 느낀 건 분노와는 전혀 다른 감정들이었다. 그렇게 그애가 마지막으로 전화를 끊어버렸을 때, 나도 울음을 터뜨렸다. 하지만 이제 솔랜지는 뉴욕에 있었고, 다음엔 전화를 거는 대신 직접 나타났다. 바람이 불고 폭우가 내리던 밤—미스터리의 끝이 아닌 시작과 어울리는, 누군가를 찾기보다는 잃어버릴 것만 같은 밤이었다.

나는 문을 열었고, 어여쁜 소녀를 보았다.

"우리가 우드스톡에 도착했을 때쯤엔"—아니, 그들은 그곳에 도착하지 못했다. 솔랜지는 당시 우드스톡에 갔던 것처럼 말하곤 하지만 사실 공연을 전혀 보지 못했다. 그들은 너무 늦게 출발했고, 베설 외곽까지밖에 가지 못했다.

무스가 말했다시피 입장권은 없어도 되었다. 입장권 없이 들어오는 사람들이 수만 명에 이를 게 분명해지자 주최 측에서 일찌감치 무료입장을 선언한 터였다. 하지만 그 시점에도 이미 엄청난 인파가 몰려들어 많은 사람들이 쫓겨나야 했다. 아직 행사장에 도착하지 못한 사람들은 무대 반경 수 킬로미터 내로는 접근할 수 없다는 경고가 모든 방송들을 통해 전해졌다. 경찰과 주방위군이 군중(그들 다수가 돌아가기를 거부했다) 통제에 투입되었고, 주지사는 비상사태를 선포했다. 주 고속도로와 그 밖의 간선도로들이 폐쇄되었다.

낭패였다! 공연이 한창일 때 도착하여 절정을 맛볼 수 있도록 그로버에게 운전대를 넘기고 미리 메스칼린 환각제를 한 알 먹은 무스가 그 누구보다 괴로워했다. 도로가 꽉 막혀 차가 꼼짝도 못 하는 데다 온통 그와 상태가 비슷한 불만에 차고 혼란에 빠진 히피들에 더해 예상에 없던 경찰들까지 몰려든 상황에서, 무스는 환각 증세를 보이기 시작했다. 솔랜지는 이미 그로버에게 신호를 보내 제 욕망을 알린 상태였는데, 거기엔 그의 친구와 짝을 맺고 싶지 않다는 의사도 포함되어 있었다. 하지만 이제 그럴 위험은 거의 없는 듯했다. 무스는 이미 솔랜지의 존재를 잊고 있었다. 그는 저지 쇼어의 사장이 마피아나 갱단과 연결되어 있다고 주장하면서, 자신이 말도 없이 도망친 데다 방갈로에서 매트리스까지 훔쳤으니 곧 그가 잡으러 올 거라고 했다.

주위에서는 사람들이 행사장까지 걸어갈 요량으로 차를 버려둔 채 고속도로에서 빠져나가고 있었다. 비틀스(혹은 롤링 스톤스)가 깜짝 출연 할 거라는 소문이 빠르게 퍼져나갔다. 코앞까지 와서 행사장에 들어가지 못한다는 사실을 잠자코 받아들이는 사람은 아무도 없었다. 일단은 포기할 준비가 된 사람들도 그대로 머무르면서 내일은 어떻게 될지 확인하고 싶어했다. 평화와 음악은 앞으로도 이틀 더 이어질 테니까. 그들은 가능한 곳이면 어디에나(사실은 그들이 원하는 곳이면 어디에나) 캠프를 쳤다. 어둠과 함께 혼돈이 찾아왔다. 자동차 경적 소리, 라디오 소리, 요란하게 싸우는 소리, 노랫소리와 기타 소리, 웃음소리와 울음소리, 경찰 메가폰 소리, 헬리콥터 소리. 평화는 별로 없었다. 무스가 데려온 개도 제정신이 아니었지만 무스는 신경도 안 썼다. 몇 시간 전 출발할 때는 아무도 음식이나 물 생각을 못 했다. 그들이 챙겨 온 건 마약뿐이었다. 그들처럼 듀스도 밴 밖으로 나가고 싶어서 발광을 했다. 앞발로 문을 긁어대며 깨갱거렸고, 이제 눈의 얼룩무늬는 불량스러운 수준을 넘어 광기를 보였다.

그로버는 친구 무스를 몹시 못마땅해했다. 지금 타고 있는 밴이 서퍼들에게 산 것이 아니라 매트리스와 마찬가지로 무스네 사장의 소유물이라는 사실을 깨닫기 시작한 참이었다. 하지만 그로버의 분노가 폭발한 건 무스가 편집증적으로 마피아에 대해 떠들어대고 있었기 때문이었다.

"너 때문에 여자들이 겁먹잖아." 그로버가 말했다. "진정 좀 해!"

듀스가 자기를 혼내는 줄 알고 즉시 매트리스에 오줌을 쌌다.

다들 두 시간 동안 꼼짝도 못 하던 터였다. 그로버와 팸은 앞좌석에 늘어져서 졸고 있었다. 솔랜지는 매트리스가 젖지 않은 부분에 듀스와 웅크리고 있었다. 무스는 이제 목소리를 낮추어 중얼거렸다. "밖에서 무슨 일이 벌어지고 있는 거야? 씹할, 무슨 일이냐고! 아무도 우리가 무대 가까이 가는 걸 막을 수 없어." 마침내 그는 문을 열고 밤의 어둠 속으로 돌진했다. 사라져가는 그를 바라보며, 솔랜지는 가이가 전쟁터에서 돌아온 직후 이나에게 들려주었던 일화를 떠올렸다. 미군 하나가 LSD를 먹고 순찰을 나갔다가 환각이 와서 정글로 도망쳐 다시는 돌아오지 않았다는 이야기였다.

이윽고 다시 차들이 움직이기 시작했으나 무스는 보이지 않았다.

그들은 먹어야 했다. 화장실도 급했다. 이제 음악 따윈 관심도 없었다. 그저 도로에서 벗어나고픈 마음뿐이었다. 그러다 자동차 행렬을 따라 캐츠킬스의 작은 마을로 들어선 그들은 환각과도 같은 광경을 보았다. 한밤중인데도 모든 불이 밝혀져 있었다. 수천 명의 배우들이 서성이며 감독의 지시를 기다리는 영화 세트 같았다. 마을 주민 모두가, 아이들까지도 깨어 있었다. 대부분의 사람들은 그저 멍하니 구경만 하고 있었지만, 도움을 구하는 소리에 발 벗고 나서는 이들도 있었다. 교회와 고등학교가 개방되었고, 팬케이크집과 주유소도 문을 열었다. 학교 식당에 볼로냐소시지와 흰 빵 샌드위치가 산처럼 쌓였고, 체육관에는 간이 침대들이 줄줄이 놓였다. 보건교사가 동원되었다. 자원한 소방대원들이 교통정리를 하며 사람들에게 주차할 곳과 소변 볼 곳을 알려주었다. 마을 공유지와 개인 주택의 잔디밭에 텐트가 세워지고 침낭이 깔렸다. 전반적으로 혼란과 피로감이 극에 달한 상태였으나 무모한 흥도 있었다. 분명코 비상사태치고는 축제 분위기였다. 불을 피워서는 안 되는 장소들에 모닥불이 피어올랐다. 노래와 춤이 있었고, 자신의 행동이 이 난장판에 어떤 영향을 미칠지 생각지도 않은 채 옷을 벗는 이들도 보였다. 마리화나가 든 궐련과 파이프를 공공연히 돌려 피워도 아무도 체포되지 않았다. 나바호족 모포 하나만 걸친 젊은 여자가 경찰관에게 파이프를 돌리려고 하자 그는 장난스럽게 두 손으로 눈을 가려—눈감아주겠다는 뜻으로—환호와 박수갈채를 받았다.

팸이 말했다. "고향 사람들한테 이 이야기를 하면 누가 믿을까?" 게다가 주변부가 이 정도라면, 과연 중심부에서는 어떤 일이 일어나고 있다는 것인가.

그들은 무스를 포기했다. "넌 이제 내 개야." 솔랜지가 듀스의 접히지 않은 귀에 대고 속삭였다. 듀스는 솔랜지의 커다란 가방에 꼭 맞았다.

팸이 말했다. "그로브, 그 밴이 그렇게 문제라면 그냥 버리고 가자. 여기서는 어디로 가든 히치하이킹을 할 수 있을 거야." 그래서 그들은 차를 세워둔 곳으로 돌아가 열쇠를 두고 짐을 챙겼다.

마을 공유지에 여관이 하나 있었다. 여관 지배인은 지저분한 히피를 안으로 들이고 싶어하지 않았지만 몇몇이 건물 앞면과 옆면을 둘러싼 포치에서 자는 건 허락했다. 그렇게 여관 투숙객들은 방 창문 너머 야외에서 남녀가 어울려 자는 놀라운 광경을 목격하게 되었다.

이번엔 그로버가 가운데서 잤다.

아침이 밝아오자 더 이상 현실을 부정할 수 없었다. 경찰과 구조대원들이 무리마다 찾아다니며 이성에 호소하려 애썼다. 그들은 공연장에 사람들이 더 몰리지 않도록 막아야 했다. 이미 그곳에 가 있는 사람들에게 충분한 음식과 물을 공급하는 것만도 큰 문제였다. 뜨거운 햇볕과 주말에 예보된 폭풍우도 걱정이었다. 전날 주최 측에서는 공연 취소까지 심각하게 고려한 터였다. 하지만 드넓은 행사장에 젊은 애들이 이미 가득했고 그들 다수가 과도한 흥분 상태에 강력한 환각 증세까지 보이고 있었기에, 결국 그들이 즐길 수 있도록 하고 공연에 관심을 집중시키는 편이 더 안전한 해결책이라는 결론에 이르렀다. 이 시점에 공연 취소로 폭동을 불러일으키는 건 그들 모두 생각조차 하고 싶지 않은 일이었다.

그리하여 쇼는 계속되었지만, 모두가 쇼를 즐길 수는 없었다.

그로버와 팸과 솔랜지는 아침에 먹을 걸 찾아 나섰다가 멀리 아이오와에서 온 무리에 합류하게 되었다. 그들은 집시 카라반처럼 차 몇 대에 나누어 타고 왔는데, 집시와 다른 점은 모두 금발이라는 사실이었다. 그들의 차들 중에는 좌석들 대부분을 뜯어내고 노란 형광색으로 칠한 낡은 스쿨버스가 한 대 있었다. 그들은 그걸 '옐로 서브마린'(양쪽 옆구리에 굵은 글씨체로 그렇게 써놓았다)이라고 불렀으며, 자신들은 '멜로 옐로 헤즈'라고 불렀다. 그들 중에는 혈연이나 결혼으로 맺어진 사람들도, 생판 남인 사람들도 있었지만, 모두가 아이오와의 농장에서 함께 살고 있었다. 그로버와 팸과 솔랜지가 처음 보았을 때 그들은 팬케이크 집 주차장에서 손을 잡고 둥글게 선 채 춤을 추고 있었다. 모두들 자신들이 처한 상황에 대해 불쾌하게 생각하기를 거부했다. 그들의 족장이 선언하기를, 그곳까지 오는 여정만으로도 더할 수 없이 즐거웠노라는 것이었다. 그 족장의 키가 어찌나 크고 다리는 또 얼마나 긴지 꼭 죽마를 타고 있는 것 같았다. 그리고 돌아가는 길은 두 배로 즐거울 거라고 족장은 말했다. "언제나 중요한 건 여행이지." 셔츠 없이 오버올 바지만 달랑 입은 그는 높은 실크해트를 써서 키가 더 커 보였다. 턱은 돌출되어 있었고, 턱수염이 스웨덴인 에이브러햄 링컨 같은 인상을 주었다. 그는 '빅 존'

• Mellow Yellow Heads. 〈멜로 옐로Mellow Yellow〉는 도너번이 비틀스의 노래 〈옐로 서브마린Yellow Submarine〉에 대한 오마주로 만든 노래다.

또는 '파파 존' 또는 '빅 파파'로 불렸다. 그의 아내는 플뢰르*라는 이름처럼 아름다웠다. 거기 있는 여자들 모두 아름다웠다.

그들은 남녀 합해서 스물다섯 명쯤 되었고 아주 예쁜 임산부도 한 명 포함되어 있었다. 아기가 둘에 다양한 연령대의 어린이들도 몇 명 있었고, 그들 모두 금세 솔랜지와 듀스를 좋아하게 되었다. (내 아이들을 포함한 대부분의 아이들이 솔랜지에게 유대감을 느끼는 경향이 있는데, 어찌 보면 그 이유는 분명할지도 모르겠다. 그 여자애는 어디 갔어요?) 그렇게 해서 솔랜지에게는 아름다운 추억이 하나 더 생겼다. 그로버와 팸, 그리고 그애가 사랑하게 된 명랑한 대가족—특히 늘 벌거숭이로 돌아다니고, 그 금발을 빗겨주거나 땋아줄 때면 풀과 마리화나 냄새를 풍기던, 솔랜지가 아는 어떤 아이들보다 행복하던 아이들—과의 서부 여행. 그들은 저 미친 버스에 올라 광활한 여름 하늘 아래 곡식이 익어가는 들판과 농장들과 공장들을 지나 대륙의 중심부로 달려갔다. 그게 미국이었다.

노래가 없는 삶은 살 가치가 없다. 그것이 멜로 옐로의 신조였다. 차를 타고 달리면서도, 멈출 때도, 그들은 노래했다. 그들에겐 기타 두 개와 플루트 하나, 봉고, 탬버린, 하모니카가 있었다. 중서부에 이르렀을 즈음, 솔랜지는 세상의 포크 송이란 포크 송은 모두 배웠다고 자신할 수 있었다.

• 프랑스어로 '꽃'이라는 뜻.

239

그들은 가는 길에 자주 쉬었고, 어딜 가나 사람들의 구경거리가 되었다. 가끔은 구경에 그치지 않고 험악한 분위기를 연출하거나, 적대적인 말을 하거나, 심지어 돌을 던지는 사람들도 있었다. 한번은 클리블랜드 화물자동차 휴게소에서 누가 그들의 버스 타이어를 찢어놓은 적도 있었다.

그래도 그들은 고운 마음을 잃지 않았다. 알지도 못하고 아무런 해도 끼치지 않은 자신들에게 상처를 주고 싶어하는 마음을 품을 수 있는 그 불쌍한 사람들을 진심으로 안타까이 여겼다. "그들이 증오하는 건 우리가 아냐." 빅 파파가 모두에게 상기시켰다. "그들 자신이지." 이어 플뢰르가 덧붙였다. "그들도 우리 형제자매야."

구경꾼들을 끌어모았던 장소를 떠날 때면 그들은 차창 밖으로 손을 내밀어 흔들거나 평화의 사인을 그려 보이며 외쳤다. "안녕, 사랑해요, 사랑해요, 안녕!" 이렇게 외치기도 했다. "우리와 함께 가지 않을래요? 가요!" 그리고 물론 가는 길 내내 무수히 많은 히치하이커들을 태웠다.

그들은 돈이 거의 없었고 차에 기름을 넣는 데 필요한 정도만 갖고 다녔다. 도시에 내리면 각자 쇼핑 목록을 들고 여러 상점들로 흩어져 우유부터 건전지까지 필요한 모든 걸 훔쳤다. (솔랜지의 큰 가방이 제 몫을 톡톡히 해냈다.)

일단 '컴 투게더' 농장에 도착하자 그로버와 팸과 솔랜지는 오래 머물지 않았다. 멜로 옐로 헤즈와 그곳에 정착해 지내는 건

길 위의 생활보다 재미가 없었다. 우선, 그곳엔 규칙들이 있었다. 모두가 일을 해야 했고, 식사는 채식으로 엄격히 제한되었다. (누구든 고기 생각이 간절해지면 그에 대해 소와 이야기해보라는 소리를 들었다.)

그로버와 팸은 소나 채소나 포크 송의 열렬한 팬이 아니었다. 그들은 휴가를 즐기고 있다고 생각했기에 일을 하고 싶어하지 않았고, 특히 꼭두새벽부터 일하는 건 질색이었다. 그리고 그들은 아직 캘리포니아에서 멀리 있었다. 두 사람은 어서 헤이트*에 가고 싶어 안절부절못했다.

솔랜지는 농장에서 아이들과 대부분의 시간을 보냈고, 자신에게 아이들 이상의 대단한 걸 기대하지 않는 그곳에서 행복하게 살 수도 있을 것 같았다. 문이라는 임산부가 아기를 낳을 때까지만이라도 머물고 싶었다. 모두가 초대되어 지켜보는 가운데 들판에서 출산을 한다고 했다. 하지만 동시에 그로버가 가는 곳이면 어디든 따라가야 한다고 굳게 믿고 있었다. 이제 그는 친구가 아니라 그애의 남자였다. 한편, 팸은 반대 방향으로 움직이는 중이었다. 그는 여전히 그로버를 사랑했지만, 솔랜지가 등장하기 전부터 이미 그와의 관계가 식어서 이제 소중한 친구나 남자 형제에게 느낄 법한 감정을 느끼고 있었다.

가슴이 찢어지는 일이었지만, 솔랜지는 듀스가 다시 여행길

* 히피와 마약 문화의 중심지였던 헤이트 애시베리를 가리킨다.

에 오르기보다는 선량한 채식주의자들과 함께 그곳에 남는 편이 낫다는 것에 동의했다. 그 대가로 플뢰르와 존은 솔랜지에게 옷 몇 벌과 침낭을 주었다.

세 사람은 얼마 못 가 자신들에게 지독한 사면발니가 옮았음을 알게 되었다. 그들을 픽업트럭에 태워준 제1차 세계대전 참전 용사라는 노인은 그들이 치료법을 모른다는 사실에 놀라워했다. ("음모 절반을 밀어버린 다음 남은 반쪽에 불을 붙이면 사면발니들이 불을 피해 기어 나올 거야. 그럼 그때 얼음 깨는 송곳으로 찔러 죽이는 거지.")

결국 그들은 침낭 세 개와 거의 모든 옷들을 버려야 했다.

어쨌든 그 이야기는 전부 글로 쓰였다. 이 모두가, 솔랜지 자신이 1990년에 출간한 회고록에서 다른 형태로 이야기되었다.

솔랜지가 나의 집 문 앞에 나타난 그 비 오던 밤에 나는 처음으로 그애의 이야기를 토막토막 듣게 되었다. 그날 솔랜지는 우산도 없이 오느라 비에 홀딱 젖은 채 이가 딱딱 맞부딪치도록 떨고 있었다. 고양이가 물어들인 물건 꼴이로구나! 엄마가 즐겨 쓰던 표현 가운데 하나였다. 하지만 그날 밤 솔랜지는 고양이가 물어들인 물건보다는 고양이 자체로 보였다. 그애는 옆구리가 쏙 들어간 여위고 젖은 몸을 이끌고 바닥에 물을 뚝뚝 떨어뜨리며 거실로 들어왔다. 처음엔 흠뻑 젖어 딱한 모습이었으나 라디에이터에 몸을 녹이고 털을 말리자 본래의 모습을 되찾아 언제라도 혀로 털을 다듬고 접시의 크림을 핥아먹을 수 있게 되었다.

　나를 찾아오기 두 달 전부터 솔랜지는 뉴욕에 살고 있었다. 나의 집 바로 아래쪽에 있는 이스트빌리지에서 로치라는 남자와 지냈는데, 그는 엘패소에서 뉴욕으로 마약을 운반한 커플의 친구였다. 솔랜지는 한동안 나에게 로치를 소개해주지 않았다. 그래서 나는 그를 이름과 같은 인물로 상상하게 되었고* 따라서 실제로 만났을 땐 상상했던 것보다 좋은 인상을 받지 않을 수 없었다. 그는 필모어 이스트 공연장에서 무대 담당으로 일하고 있었다. 그저 성가신 상황을 피하고 싶은 생각밖에 없는 듯 문제를 일으키지 않고 자중하며 지내는 것, 특정한 전과자들에게서 볼 수 있을 법한 태도였다. 로치의 외모는 그의 실체를 그대로 드러냈다. 말하자면 광기에 빠졌던 시대의 생존자, 이 시기에 등장하기 시작한 부류. 몸의 문신에, 그동안 가본 모든 그릇된 길들의 지도를 그린 양 너무 일찍 주름진 얼굴에, 다 쓴 성냥 같은 눈동자에 저마다의 역사를 담고 있는 청년들. 그들의 미래로 말할 것 같으면, 머리를 짧게 자르고 마약을 끊고 다시 본명을 쓰기 시작한다 해도 결코 진정 올바른 정신 상태로는 돌아갈 수 없을 터였다. 그들은 결코 정장을 입을 수도, 사무실에서 일할 수도, 그들의 아버지들이나 아들들이 (혹은 대부분의 여자들이) 진지하게

---

* roach는 '바퀴벌레'를 뜻하기도 한다.

받아들이는 것들을 진지하게 받아들일 수도 없을 터였다. 한쪽 면에는 아무 의미 없다, 반대쪽에는 존나 의미 없다라고 적힌 양면 광고판을 걸고 다니는 사람들. 그들 다수가 평생 날마다 마리화나를 피우게 될 터였다. 60년대의 피해자들. 어떤 사람들은 그들을 그렇게 불렀다. 하지만 그들이 그들 세대에서 가장 불행하다고 할 수 있을까? 난 그렇게 생각지 않았다. 어쨌든 로치에 대해 길게 이야기할 필요는 없는 게, 그와 솔랜지의 관계는 오래가지 못했다. 그들은 부엌에 욕조가 있는 이스트빌리지의 낡은 다세대 주택에 살았다. 합판으로 덮인 그 욕조는 식탁 역할도 했다. 이웃에 음악가들이 많이 사는 통에 세상에서 제일 시끄러운 건물 같았고, 그런 요란한 진동에도 벽이 무너지지 않는 게 기적이었다.

음악은 이제 솔랜지의 것이기도 했다. 그애는 자신만의 기타를 가지고 있었으며 곡도 썼다. 여행 중에 많은 음악가들을 만나고 한동안 특정 밴드들을 따라다니며 슬프고 비천한 광팬의 삶을 살기도 했던 그애는 이제 스타를 꿈꾸고 있었다. 기타 실력도 수준급에 내가 보기엔 그애가 가사를 쓴 일부 곡들은 조니 미첼의 곡 못지않았지만, 목소리는 나보다 크게 나을 것이 없었다. 물론 솔랜지가 그런 작은 문제로 좌절할 인물은 아니었다. 내가 무슨 일을 하는지 알게 되자, 그애는 자신이 모델 일을 할 수 있도록 도와달라고 계속 졸라댔다. 나는 그럴 만한 힘이 없다고, 게다가 넌 키가 작아서 모델이 될 수 없다고 말해도 귀담아듣지 않았다. 그저 자신이 대부분의 사람들에게 매력적인 인상을 준다는 생각에만 매달렸다. (공정을 기하기 위해 덧붙이자면, 결국 솔랜지는 몇 년 뒤 카탈로그 모델 일을 하게 되었다.) 솔랜지가 자신의 앞날에 대해 현실적인 시각을 갖도록 하기까지는 지속적인 노력이 필요할 터였다. 마침내 고등학교 졸업장을 따도록 그애를 설득했을 때, 나는 이를 커다란 승리로 여겼다. 그해에 내가 달리 이룬 게 없었다 해도 그 일 하나만으로 스스로를 칭찬했을 것이다.

솔랜지는 가출 후 만나는 모든 사람에게 자신이 집에서 얼마나 끔찍하게 살았는지에 대해 이야기했다. 네가 다친 걸 무리에 알리지 말라고? 내 동생은 그걸 만천하에 알리고 싶어했다. 그게 그애 회고록의 서브텍스트이자 그애가 쓴 거의 모든 곡들의 근원이었다.

솔랜지는 자신이 아버지에게 버림받고 어머니에게 학대당한 고아와 다름없는 아이였음을 모두에게 이야기했다. 하지만 그 이야기에서 엄마는 아름다웠다. 그애는 엄마의 차갑고 엄격하고 대단한 미모를 엄마가 지닌 힘의 일부로 만들었다. 엄마는 악했지만 아름답고 허영심이 강했다. 엄마의 듬성듬성한 머리칼과 튀어나온 정맥, 거친 피부 이야기는 쏙 빠졌다. 칠칠맞지 못한 학교 구내식당과 요양원 종업원도 꺼져! 솔랜지는 엄마를 왕족으로 변신시켰다. 엄마는 「백설공주와 일곱 난쟁이」 속 아름다운 살인자 여왕이었다.

어딜 가나 사람들이 그애의 이름 때문에 애를 먹었다. 많은 사람들이 그런 이름은 처음 들어봤다고 했고, 이름을 잘못 발음하는 이들도 너무 많았다. 그래서 다른 이름이, 순수하고 단순하며 좋은 것을 연상시키는 이름이 필요했다. 레인Rain. 그애에게 어울리는 이름이었다. 비는 아름다운 것이요 자연적인 것이지만, 알다시피 눈물처럼 슬픈 것이기도 하니까.

나는 그 이름으로 그애를 부르지 않겠다고 말했다.

이스트 6번가에 사는 로치와 레인.

내 아이들에게 솔랜지는 크래시* 이모가 된다. 크래시 이모 와요? 크래시 이모 와요? 크래시 이모 아직 안 왔어요? 크래시 이모 우리랑 같이 살 거예요? 크래시 이모 언제 와요? 크래시 이모 언제 또 와요? 크래시 이모 왜 더 못 있어요? 크래시 이모 왜 우리랑 같이 못 살아요?

등등.

솔랜지가 다른 시대 사람이었다고 가정해보자. 그랬다면 특정한 신호들을 그렇게 쉽게 오해하거나 무시할 수 있었을까? 이

---

* crash. 주로 '충돌 사고'나 '추락'의 뜻으로 쓰이는 이 단어는, 히피들 사이에서 '남의 집에 잠시 묵는 것'을 의미하기도 한다.

를테면, 그애에게 버스에 오르라고 했다는 그 목소리. 감정을 자유롭게 표현하고, 마약 기운으로 환각에 빠지거나 멍해져 있고, 우스꽝스러운 복장을 하고, 미친 짓을 하고, 말썽을 피우는 그 모든 괴짜들을 일상적으로 볼 수 있는 시대가 아니었더라면 어땠을까? 결국 그애가 도달한 헤이트 같은 장소들에 그토록 많은 가출 청소년들이 모여 있지 않았더라면 솔랜지는 아주 특이한 존재가 되지 않았을까? 늘 마약에 취해 있고 싶은 욕망. 현실 도피. 허언증. 성적 해방과 문란함의 경계는 어디일까? 문란함과 색정증의 경계는 어디일까?

나는 솔랜지에 대해 일종의 이론을 세웠고, 이를 젤마에게 이야기했다. 유명해지는 방법이 '수녀의 베일을 쓰는 것'이었다면 솔랜지는 베일을 썼을 거야. (젤마: "내가 지금 베일 쓰고 있어?" 아니. "그럼 이제부터 그런 말 쓰지 마.") 솔랜지는 어릴 때 꽤 폭력적인 아이로 싸움을 잘했다. 그런데 이제 한쪽 뺨을 맞으면 다른 뺨을 내미는 간디의 추종자가 되어 있었다. 사람들이 그애에게 매력을 느끼는 것도 놀라운 일이 아니었다. 그애는 예쁜 데다 개방적이고, 즉흥적이며, 사랑이 가득했으니까. 자유로운 영혼, 거친(그러면서도 온화한) 존재, 본능적이며 학교 교육을 받지 않은 자연 그대로의 여자. 남자였다면 혁명가나 무법자라는 낭만적 이름으로 불렸을 타입의 여자였다. 실제로 이런 타입의 남녀는 서로에게 반하여 로맨스를 나누는 경우가 흔하다. (로치와 레인처럼.)

솔랜지는 속옷을 입는 법이 없었다. 몸의 털도 밀지 않았다. 디오더런트, 향수, 화장품도 절대 쓰지 않았다. 열여덟 살인데도 열두 살로 보였다. 안녕, 귀여운 학생. 부랑아. 말라깽이. 남자 있어? 네 아빠 누구니? 누구네 엄마는 울고 있겠네. 그애는 파티를 좋아하고 나눔을 좋아했다. 그애에게 그 시절에 대한 이야기를 시작하게 하는 것은 금물이다. 그애는 두 번 다시 그런 인기와 관심을 끌지 못할 것이다. 그래서, 몇 가지 후회에도 불구하고 그애는 그 시절이 자신의 인생에서 최고의 날들이었던 것처럼 이야기한다.

그애에게 그 시절에 대한 이야기를 시작하게 하는 것은 금물이다.

하지만 내 아이들은 절대 참지 못하고 그 이야기를 끌어내곤 했다.

아 그래, 그땐 모든 게 달랐지. 그때 사람들의 마음은 너무도 너그럽고 따뜻하고 개방적이었지. 어디든 여행할 수 있었고, 누군가의 집 문을 두드린 다음 누구누구의 친구라고 말하면 즉시 들여보내줬지. 아이들은 아무런 계획도 없이 온 세상을 떠돌아다녔지! 처음 만난 사이에도 서로에게 순수한 사랑을 느꼈지. 젊다면 우리가 될 수 있었고, 젊은이들이 젊은이들을 보살폈지. 돈? 그게 뭔데? 그런게 왜 필요해? 누가 그런 걸 원해? 우린 충분한 사랑을 전하고 우리가 가진 모든 걸 나눌 수만 있다면 더 이상 바랄 게 없다고 생각했지. 우린 새로운 세상을 만들 수 있다고 진짜로 믿었지. 전쟁도, 소유도, 굶주림도, 시기도, 탐욕도 없는 세상.

상상해보라.

당시 솔랜지가 만든 곡들 가운데 하나의 제목은 〈난 그저 손만 내밀면 되었지〉였다. 또 하나는 〈나는 하나의 상처〉였고.

"엄마, 왜 그렇게 신경을 써요? 무슨 큰 비밀이라도 있는 거예요? 우리에게 말하고 싶지 않은 게 대체 뭐예요?"

주드는 수년이 지난 뒤에야 솔랜지가 자신과 누나에게 마리화나를 가르쳐준 사실을 실토했다. "나 멋진 이모 아냐?" 당시 두 아이 다 초등학생이었다.

아이들이 대학에 다닐 때, 아이들 친구들이 자신의 부모님에 대해 이야기하는 것을 들었다. 한 아이가 말하기를, 자신은 처음엔 부모님이 히피였다는 걸 알고 자랑스러웠는데 이제 당황스럽기만 하다고 했다. "난 히피 싫더라." 다른 아이가 말했다.

그들의 부모는 그들에게 이렇게 말했다고 한다. "네가 무슨 짓을 해도 우린 충격 안 받아. 우린 네가 상상할 수 있는 모든 미친 짓들을 했으니까. 우리가 먼저 했으니까. 너는 사막의 폭풍*을 전쟁이라고 부르니? 하! 우리에겐 베트남이 있었지. 우리가 하던 LSD는 요즘 나오는 것보다 훨씬 셌어."(그게 사실인지는 모르

---

* 1991년 걸프전의 작전명.

겠지만 나도 그런 얘길 종종 듣긴 했다.) "너희는 편안하게 살잖니. 우린 직접 참여했고, 정치에 대해 걱정했지. 우리에겐 이상이 있었고, 우린 대의명분을 위해 싸웠어. 그때 우리가 그 모든 걸 이루어놓지 않았더라면 너흰 지금의 권리들과 특권들을 누릴 수 없었을 거다."

등등.

솔랜지의 후회들은 무엇인가?

1. 문신. 얌전한―특히 조와 주드의 문신들에 비하면―모양이지만(원을 이룬 별들, 유니콘의 머리), 솔랜지는 그 문신들을 싫어하게 되었다.

2. 사람들이 잘 보살펴주었다고는 하나 솔랜지는 영양실조에 걸린 적이 있고 그것과 간염(당시엔 주삿바늘을 돌려쓰면서도 아무도 걱정하지 않았다)이 평생 그애의 건강에 영향을 미쳤다. 내가 보기에 솔랜지는 늘 아픈 것 같았다. 면역력이 없어서 감기를 달고 살았다. 그리고 물론, 담배를 너무 많이 피웠다. 매년 겨울을 죽을 고생을 하며 넘겨야 했다. 젤마처럼 엄마의 편두통을 물려받았고, 애도 안 낳았는데 이른바 '매우 거친' 정맥에 시달렸다. 이도 일찍부터 빠지기 시작했다.

3. 너무 많은 상대와 기계적으로 섹스를 하다 보니 섹스의 깊은 마력이나 흥분을 영원히 잃고 말았다. 그애는 기본적으로 필요한 것들을 얻기 위해서뿐 아니라 곤경에서 벗어나기 위해서도 ("알았어요, 그럼 앞으로 더 이상 나 건드리면 안 돼요") 섹스를 이용하는 법을 배웠다. 다른 가출 소녀는 그애에게 경찰을 다루는 요령을 알려주었다. 입으로 해주면 경찰도 별수 없어. 널 죽이거나 아니면 그냥 보내줘야지. ("난 그저 손만 내밀면 되었지.")

4. 어딘가에서 걸린 무증상·미확진의 치료받지 않은 병 때문에 나팔관이 손상되어 아이를 가질 수 없게 되었다.

솔랜지는 집에 돌아갈 생각이 없었다. 그애의 방랑 시절(솔랜지 자신의 표현이다)은 끝났다. 그애는 로치와 헤어진 뒤에도 뉴욕에 머물기로 결심했다. 집에는 잠시 다니러 가지도 않으려 했고, 결국 엄마가 병에 걸려 죽을 때까지 두 사람은 한 번밖에 만나지 않았다. 그리고 끝까지 화해는 없었다. 그게 우리였다. 우린 서로를 용서하거나, 용서를 구하거나, 무기를 거두거나, 대화로 푸는 그런 가족이 아니었다. 솔랜지는 회고록에 이렇게 썼다. "우리 집에선 침묵 아니면 폭력이었다." (책이 출간되었을 때 한 평론가는 "가난과 역기능, 학대, 불화로 얼룩진 세계에서의 암울한 성장에 관한 또 하나의 회고록"이 등장했다며 탄식했다.)

엄마가 돌아가신 뒤, 나는 엄마가 요양원에서 일한 것이 자꾸 마음에 걸렸다. 엄마 인생의 그 시기로 왜 자꾸 마음이 갔는지 모르겠지만, 중년의 나이에(하지만 그런 인생에서 어떤 시기였는지가 중요하기는 했을까?) 그 사악한 곳에서 일했던 엄마를 자꾸 생각하게 되었다. 민원이 너무 많아 결국 당국에서 폐쇄 명령을 내렸으니 그 요양원이 아주 악독한 곳이었던 건 분명했다. 나는 그곳에서 간병인 같은 것으로 일하던 엄마에 대한 생각을 떨쳐버릴 수가 없었다. 솔직히 말해서 엄마가 정확히 무슨 일을 했는지는 알지 못했고, 알고 싶지도 않았으며, 엄마도 그에 대해 이야기한 적이 없었다.

엄마가 날마다 노쇠와 질병과 죽음을 가까이에 두고 일한 것이 엄마 자신의 쇠락에 얼마나 영향을 미쳤는지 누가 알 수 있을까? 마지막으로 몇 번 집에 갔을 때—엄마가 아프기 전이었다—나는 엄마의 면전에서 도망치지 않기 위해 마음을 다잡아야 했다. 엄마는 더 이상 밤에 침대로 가지 않았다. 저녁 8시나 9시쯤 옷을 다 입은 채 소파에서 잠들어 새벽까지 잤다. 날마다 같은 옷을 입은 채 잠들고 깨는 일과가 반복되었다. 그것 하나만으로도 나는 엄마와 한집에 머물기가 힘들었다. 한번은 엄마가 어둠 속에서 부엌에 혼자 앉아 있는 걸 발견하기도 했다. 해가 지고 몇 시간이나 흐른 뒤였다. 내가 불을 켰는데도 엄마는 몇 분 동안 자신이 어디 있는지 모르는 듯했다. 아무도 엄마를 설득하여 병원에 데려갈 수 없었다. 사실 그 동네 사람들 거의 모두가 그랬다.

아무리 걱정스러운 증세가 나타나도, 아무리 아파도 그들은 꿈쩍도 하지 않았다. 그저 술을 더 마실 뿐이었다. 그들에겐 현대 의학과 친해질 생각이 없었다. 병원에서 몸에 칼 대게 하면 안 돼. 그것이 대대로 전해 내려온 규율이었다. 최악의 알코올의존자들이 아는 체하며 경고했다. "절대 그들이 주는 독을 먹어선 안 돼."

엄마는 어머니 역할에서 물러났다. "난 너희한테서 손 뗀다!" 엄마는 말했다. 우리한테 왜 신경 쓰겠는가? 전부 배은망덕한 괴물들인데. (도대체 엄마가 우리에게 뭘 주었기에 우리를 배은망덕한 괴물들이라고 생각한 건지 우리는 늘 스스로에게 묻게 되었다.) 우리 모두가 아버지의 자식들이었다―나쁜 씨들, 엄마는 자신이 인큐베이터나 대리모 정도밖에 안 되는 것처럼 우리를 그렇게 불렀다.

마음이 가장 고요한 때마저도 엄마에겐 할 수 있는 게 비난뿐이었다. 결국 엄마의 마지막 비난의 화살은 솔랜지에게로 향했다. 솔랜지가 가출하면서 우리 가정을 파괴했다고 엄마는 말했다.

내가 솔랜지에게 그런 생각들에 시달리고 있다고, 엄마가 돌아가시니 죄책감이 든다고 말하자 그애는 자신은 그런 생각들에 시달리지 않고 엄마에 대한 죄책감도 전혀 없다고 했다. "노얼이 눈 옷 안 입겠다고 버티니까 엄마가 화가 나 그애를 때려눕혀서 노얼 팔이 부러졌던 거 기억나?" 오 세상에. 기억났다. 그때 엄마가 얼마나 후회했는지도 기억났다. 병원에서 경찰에 신고할까 봐 얼마나 두려워했는지도 기억났다. 하지만 병원에서는 아무도 엄마의 설명을 의심하지 않았고 아무도 경찰에 신고하지 않았다. 그래서 그 두려움은 엄마를 새사람으로 만들지 못했다. 엄마는 버릇을 고치지 않았다.

앞에서도 말한 걸 되풀이하자면, 내 고향에서는 우리 부모님이 특이한 경우가 아니었다. 그곳에서 그들의 행동은 이례적이지 않았다. 내가 이런 이야기를 하는 건 우리를 괴롭히는 질문에 답하기 위해서다. 우리는 그때 왜 아무런 노력도 하지 않았는가? 그게 아이들이다. 우린 그냥 받아들였다. 우린 가난과 역기능, 학대, 불화로 얼룩진 세계에서 암울하게 성장한 또 다른 여섯 아이들이었을 뿐이다.

엄마는 가망 없는 사람이었다고 솔랜지는 말했다. 엄마는 범죄자였어. 솔랜지는 미안함이나 죄책감으로 시간을 낭비하는 일은 절대 없을 거라고 했다. "난 늘 내가 고아라고 생각했으니까." 그럼에도 솔랜지는 엄마의 장례식 후에 가장 심하게 무너졌다. 그리고 세월이 더 흘러 글을 쓰게 되었을 때 그애의 회고록에서 지배적인 자리를 차지한 건 바로 엄마였다.

그리고 지금 다시 엄마가 아이들 팝업 북 속 그림처럼 튀어나온다. 나는 이 책에서 이것이 엄마의 마지막 등장이기를 바라지만 과연 그렇게 될지 자신할 수 없다.

*

오랫동안 소식이 없던 동생이 나의 집 문 앞에 나타났을 때 나는 어떤 감정을 느꼈을까?

어딘가에서 읽은 거창한 문구를 거부할 수가 없다. "나는 그를 보자 피의 용솟음을 느꼈다." 물론 나는 솔랜지가 찾아올 수도 있으리라 기대하고 있었다. 그애의 엽서를 받고부터 엄청난 충격으로 다가올 그 일에 대한 마음의 준비를 해온 터였다.

처음엔 솔랜지의 젖은 옷을 갈아입히느라 정신이 없었다. 내 목욕 가운과 두꺼운 양말을 내어주고 솔랜지의 옷은 화장실에 널어 말렸다. 솔랜지는 즉시 라디에이터 옆 카펫에 몸을 동그랗게 말고 앉았고, 나는 조금 시간이 지나서야 자리에 앉을 수 있었다. 그애가 내게 미소를 보냈지만 불안한 미소였다. 그애로서는 커다란 한 걸음을 내디딘 셈이었다. 누가 봐도 불안하고 초조한 모습으로, 솔랜지는 돌아온 탕아의 온순하고 참회하는 태도를 내비쳤다. 하지만 창피해하진 않았다. 기가 죽어 있지도 않았다. 자부심, 어쩌면 반항심이 언뜻언뜻 보였다. 밤이 깊어지고 긴장이 풀리면서는 더 자주. 얼굴로 내려온 긴 검은 머리칼을 홱 쓸어 올리거나 담배를 피우는 태도에서, 더 정확하게 말하자면 내가 재떨이로 쓰는 니스 칠 된 조개껍데기에서 멀찌감치 떨어져 제대로 조준하지도 않고 담뱃재를 튕기는 모습에서 그게 보였다. (놀랍게도 우리 둘 다 뉴포트* 담배를 피웠다.) 솔랜지는 누구에

---

* 독한 멘톨 담배로 육체노동자들이나 흑인들이 주로 애용함.

게 용서를 구하기 위해 온 게 아니었다. (그애가 조지 집안 사람이라는 걸 잊어서는 안 된다.) 만약 그애에게 손톱만큼이라도 죄가 있다고 암시만 해도 그애는 벌떡 일어나 여봐란듯이 나가버릴 것만 같았다. 내가 분명하게 기억하고 우리 엄마와 적지 않은 선생님들을 미치게 만들었던 그애의 건방이 다른 무언가로, 장난기는 줄고 단단함은 더해진, 세상을 다 안다는 듯한 태도로 바뀌어 있었다―오, 지난 3년간 나도 본 게 좀 있고 이제 인생이 뭔지 아니까 더 이상 나를 어린애로 생각하지 마, 난 다 컸어, 나이보다 훨씬 조숙해, 언니 너보다 어른이야, 알았지. 그애는 나와 눈을 맞추었다가도 옆으로 시선을 쓱 미끄러뜨리곤 했다. 건방이었다. 전에 없이 메마르고 목쉰 웃음을 가끔 내뱉었는데 조롱 어린, 까마귀 같은 소리였다. (나중에 조도 10대가 되어 그렇게 시선을 미끄러뜨리고 그렇게 웃는 버릇으로 내 신경을 몹시 거스를 터였다.) 나는 그게 일부러 꾸민 태도임을 알았지만 어쨌거나 솔랜지는 오랫동안 그런 태도를 즐겼고, 나는 부모들이 인상 쓰는 아이에게 하는 말을 그애에게 그대로 해주고 싶은 충동을 느꼈다. 계속 그래라, 평생 그렇게 살게 될 거다.

하지만 처음 그애가 얼핏 내비친 취약한 모습이(커다란 한 걸음을 내디뎠는데 어떤 대접을 받게 될까? 두 팔 벌려 환영해줄까? 면전에서 문을 쾅 닫아버릴까?) 나에게서 애정을 끌어냈다. 그애의 심장이 내 손에 들어 있기라도 한 것 같았다.

그러다가 곧, 솔랜지의 모습에서 나는 안도를 느꼈다. 차림새도 엉망이고 배도 곯은 것 같았지만, 전반적으로 그애는 또래의 다른 여자아이들과 거의 비슷해 보였다. 행동도 그 또래 여자아이 같았다. 킥킥거리고, 쾌활하고, 말이 빠르고, 몹시 수다스러운 모습—밤새도록 떠들 수 있을 듯했다. 나 역시 그애의 모험에 대해 빠짐없이, 속상하고 무서운 부분들까지도 다 듣고 싶었다. 하지만 그보다 먼저 뭐라도 먹이고 싶었다. 나는 수화기를 들고 라지 사이즈 피자를 주문했다. 피자가 오자 우리는 상자째 바닥에 놓고 게걸스럽게 먹었다. 축제의 분위기가 우리를 사로잡았고, 부모가 집에 없어서 잠자리에 들 시간이 한참 지난 뒤까지 깨어 있는 아이들처럼 뭔가 못된 짓을 하고 있는 듯한 기분도 들었다. 기숙사에서의 밤들이 떠올랐다. 앤도 생각났다. 오, 세상에, 앤도 저 피자 가장자리 부분을 작은 뼈들처럼 피자 상자에 쌓아놓는 버릇이 있었는데. 라디에이터가 조용히 쉭쉭거리면서 방을 온기로 가득 채웠다. 나는 솔랜지의 뺨에 혈색이 도는 걸 보았고 내 뺨도 상기된 걸 느꼈다. 이제 다 마른 그애의 머리칼 두 타래가 매혹적인 나선을 이루며 얼굴을 감싸고 있었다. 입술에 묻은 토마토소스가 그 입술에서 쏟아져 나오는 이야기들을 더욱 야단스럽게 만들었다. 나는 음악을 틀어놓은 터였다. "아, 잠깐!" 그애가 이야기를 끊고 말했다. "이 노래 좋다!" 우리는 조용히 앉아 노래에 귀를 기울였고, 노래가 끝난 뒤 나는 축음기의 바늘을 들어 그 곡을 다시 틀어야 했다. 〈후 노스 웨어 더 타임 고즈Who knows where the time goes?〉

"내가 원하는 게 이런 거야." 솔랜지가 흥분해서 말했다. "내가 만들고 싶은 노래가 바로 이런 거라고."

그애는 꿈으로 가득했다.

피자를 다 먹자 솔랜지는 뉴포트 담뱃갑에서 전문가의 솜씨로 만 마리화나를 꺼냈다. 나에겐 마약에 취하는 것이 점점 드문 일이 되어갔지만, 솔랜지는 적어도 한 번 이상 마약에 취하지 않고 보낸 날이 마지막으로 언제였는지 기억도 못 했다. 그애는 나보다 마리화나를 훨씬 더 많이 피웠다. 마리화나에 취하자 나는 더 조용해진 반면 그애는 더 활기를 띠었고 이야기는 갈수록 드라마틱해졌다. 그때 막 유명해지기 시작한 전위 연극을 보는 것과 다르지 않았다. 홀로 무대에 서서 떠들어대는 배우. 목욕 가운마저 잘 어울리는 소품 같았다.

나는 황홀했다. 아찔한 기쁨에 사로잡혔다. 나에겐 자매가 있어. 앤 같은 가짜가 아니라 진짜 자매. 나에겐 솔랜지가, 솔랜지에겐 내가 있어―내 머릿속에 우리가 다시 헤어지리라는 생각은 자리할 곳이 없었다. 그리고 실제로 그때부터 지금까지 몇 차례의 공백을 제외하면, 솔랜지와 나는 거의 날마다 대화를 나누게 되었다.

나는 솔랜지를 바라보며 질식할 것만 같은 거센 사랑의 물결에 휩쓸렸다. 나는 이제 솔랜지가 내 책임이라고 스스로에게 말했고 자부심에 가슴이 벅차오르는 것을 느꼈다. 어릴 때 길에 버려진 고양이를 발견하고 집으로 데려가며 애정과 지금 같은 자부심에 가슴이 뛰었던 기억이 떠올랐다. 그 새끼 고양이는 이제 내가 사랑하고 보살펴줄 나의 것이었고(고양이가 바로 다음 날 아침에 도망쳐버릴 줄은 미처 몰랐다), 누군가의 구원자이자 보호자가 되었다는 이 벅찬 기쁨을 영원히 간직하고 싶었다.

솔랜지의 이야기를 듣자니―그애의 말소리는 점점 더 새의 날카로운 지저귐을 닮아갔는데, 마약이 그애의 혀에 영향을 미친 것인지 아니면 내 귀에 영향을 미친 것인지 나로서는 알 수가 없었다―내게 주어진 기회에 감사하는 마음도 들었다. 더 좋은 언니가 되지 못했던 지난날을 속죄할 기회, 내가 은밀히 기도해온 그 기회가 온 것이었다.

어쩌면 중요한 일일 수도 있어서 여기에 적는데, 이즈음 나는 거의 항상 아기를 갖는 환상에 젖어 살고 있었다. 남편은커녕 진지하게 만나는 사람조차 없었지만, 내가 갈구하는 사랑은 오직 아기를 갖는 것으로만 충족될 수 있다는 확신이 커져가던 참이었다. 그리고 그 확신은 틀리지 않았다. 곧 나는 아이를 갖는 것이 내가 삶에서 확실하게 원하는 단 하나임을 추호도 의심하지 않게 되었다. 의기소침해질 때면 언젠가 나를 사랑하고 내게 사랑받을 아이들에 대한 환상으로 스스로를 위로하기까지 했다. 임산부나 아기를 데리고 있는 여자만 보아도 가슴이 뛰었다.

내가 아는 내 또래 여자들 대부분은 이런 감정을 갖고 있지 않았다. 그들은 엄마가 되는 것을 두고 갈등했다. 그들이 확실히 아는 한 가지가 있다면 자신의 어머니처럼 살고 싶지 않다는 것이었다. 결혼 생활과 가족에 삶을 바치느라 적어도 딸들이 보기엔 다른 모든 걸 놓쳐버린 여자들. 한 세대 만에 여자들의 삶은 극단적으로 변화하여, 무수한 소녀들이 성장한 후 자신을 길러준 여자와 할 말이 거의 없음을 깨닫게 되었다. 절대 가족이라는 짐을 짊어지지 않겠다는 소녀들과 젊은 여자들의 맹세를 심심찮게 들을 수 있던 시절이었다―이를테면 그것이 〈비자주〉에서 일하는 많은 동료들의 생각이었다. 결혼의 가능성을 열어놓고 언젠가 아이도 하나쯤 낳을 생각을 하는 이들도 있었으나(동시에 커리어도 계속 쌓아갈 수 있다는 전제하에), 그들은 정착하기 전에 할 일이 많았고 절대 서두르지 않았다.

오직 나만이 서두르고 있었다. 오직 나만이 첫아이를 낳은 뒤에야 진짜 삶이 시작되리라는 생각으로 조급해하고 있었다.

이에 대해 털어놔봐야 다른 여자들은 이해하지 못하거나 눈살만 찌푸릴 것임을 알았기에 나는 이런 감정을 거의 마음속에만 담아두고 있었다. 하지만 꿈에까지 제동을 걸어야 할 이유가 어디 있는가? 이따금 나는 그런 감정에 완전히 도취되어 아이들을 잔뜩 낳는 상상을 했다―다섯은, 열은? 최소한 둘 이상은 되어야 했는데 아들과 딸을 모두 갖고 싶기 때문이었다.

솔랜지의 이야기를 들으면서, 그리고 나중에는 그애가 체험했다는 모든 것들에 대해 생각하면서, 나는 질투의 죄를 범했다. 그건 내가 앤에게 너무도 자주 느꼈던 질투와 비슷했다. 지금 생각해보면 정말 이상하긴 한데, 가이가 전쟁에 나간다고 선언했을

때도 그런 감정을 느꼈다. 내 삶에 모험이라는 요소가 부족하리
라는 사실을 분명하게 깨닫고 받아들인 것이 언제였을까? 솔랜
지는 내게 "언니는 나보다 시스터 시스터에 훨씬 더 가까워"라는
말을 자주 했고, 그 말이 옳았다. (나의 경우 성부와 성자와 성령
이 아닌 집과 가정의 수호신을 모시게 되었지만.) 나는 솔랜지가
이미 열여덟 살에 가본 곳들을 평생 절반도 구경하지 못할 터였
다. 솔랜지는 그 시대의 큰 꿈들 중 하나를 실현한 셈이었다. 쉐
보레를 타고 미국을 구경해요! (텔레비전 시대 초기, 다이나 쇼어가
쉐보레 자동차 광고 시엠송을 열창하면 가족 모두가 따라 부르
곤 했다.) 미국은 당신이 방문하길 기다려요! 나는 대도시로 왔지만,
솔랜지는 미국이라는 조각보를 이룬 주들을 모두 누비며 전국을
여행했다. (미국은 가장 위대한 땅!) 비록 기술도 돈도 없는 어린
여자애였지만, 용케 살아남을 수 있었을 뿐 아니라 경이로운 시
간을 보내기까지 했다. 열여덟 살, 그애에게는 죽는 날까지 할 이
야기들이 넘쳐났다. 나는 내가 그런 삶을 살지 못할 것임을 언제
알게 되었을까? 나는 타인들의 삶, 그들이 직면한 도전들과 그들
이 건 모험들에 대해 생각하며 수치심과 자기혐오에 젖는 힘든
시기를 겪었다. 나는 스스로를 겁쟁이, 상상력도 야망도 의지력
도 없는 인간이라고 비난했다. (진실을 말하자면, 나 자신만 내게
그런 비난을 보낸 건 아니었다. 다른 사람들도 나의 소심함을 비
난했고, 독서에 대한 나의 열렬한 사랑은 중독, 악, 혹은 도전이
나 위험이나 흥분이나 심지어 현실의 의무들에 대한 비겁한 회

피로 매도되었다.)

　그날 밤, 솔랜지가 다운타운으로 돌아가기엔 시간이 너무 늦어 우리는 한 침대에서 잤다. 어릴 때처럼 서로 거꾸로 누워서 잤다.

　아침에 솔랜지가 먼저 일어났다. 나는 폭포 위로 차를 몰아가는 꿈을 꾸다가 샤워기 물소리와 그 소리에 묻혀 작게 들리는 노랫말 "어메이징 그레이스"에 잠이 깨었다.

　직장에서 사람들이 내게 뭔가 달라졌다고 말했지만 나로서는 그에 대해 설명하기가 힘들었다. 클리오 말고는 누구에게도 가출한 동생이 있다는 이야기를 하지 않은 터였다.

　나 한때 길을 잃었지만 이제 길을 찾았지.* 그 시절엔 어딜 가나 그 노래가 들리는 듯했다.

• 〈어메이징 그레이스 Amazing Grace〉의 가사.

내가 영화 〈우드스톡〉에서 그애의 환영을 보았다고 말했을 때 솔랜지는 기뻐했다. 그애는 이 일에서 신비주의적인 의미를 찾고 싶어했다. 우드스톡 페스티벌 몇 달 뒤에 열렸던 롤링 스톤스 콘서트에 대한 또 하나의 영화, 또 하나의 다큐멘터리인 〈김미 셸터Gimme Shelter〉가 나왔는데, 그 영화 어디에서도 나는 솔랜지를 보지 못했지만 이번엔 진짜로 솔랜지가 거기 있었다.

당시 솔랜지는 버클리에 살고 있었다. 그즈음엔 정글이 되어버린 헤이트에서 생존을 위한 몸부림에 진이 빠진 그로버와 팸이 결국 연인으로 재결합하고 동부로 돌아간 뒤에도, 그애는 캘리포니아에 남았다. 솔랜지는 학생들의 손에 넘어갔고, 일종의 은밀한 반려동물이나 마스코트처럼 기숙사 방들을 전전했다. 다시금—점성가들의 경고가 있었음에도—모두가 그 현장에 있고 싫어했다. 그 콘서트는 제2의 우드스톡, 서부의 우드스톡, 로큰롤의 역사로 광고되었으며, 공짜였다. 롤링 스톤스가 미국 팬들에게 주는 선물이었다. 하지만 솔랜지의 말에 따르면, 주먹싸움이 시작되기 훨씬 전부터 이미 그 행사는 러브인*이 되지 못할 것임을 예감할 수 있었다. 콘서트 전날 앨터몬트 스피드웨이에 도착한 사람들의 눈에 처음 들어온 것이 콘서트장으로 이어지는 비포장길에 놓인 커다란 정육점 칼이었다는 사실을 이후 많은 이들이 의미심장하게 떠올리게 될 터였다. 사람들은 걸어가다가 그걸 보고 걸음을 늦추었으나 그 불쾌한 물건에 손을 대고 싶어하는 이는 아무도 없었다. 그게 불길한 징조임을 예감이라도 한 듯 모두 피해 갔다.

날아다니는 주먹들, 날아다니는 맥주 캔들, 쇠줄을 돌리고 당구봉을 휘두르는 지옥의 천사들**, 부상자들을 실은 들것, 살인. 나는—나뿐 아니라 모두가—사건 직후 그 모든 것에 대해 들었다. 하지만 〈와일드 번치The Wild Bunch〉나 〈우리에게 내일은 없다Bonnie and Clyde〉 같은 영화 속의 새롭고 실감 나는 폭력이 아닌 실제 살인을 스크린으로 본다는 건 그저 말로만 듣는 것과는 완전히 다른 얘기였다.

보도에 의하면 두 남자 사이에 싸움이 벌어졌고—여자 때문

• love-in. 1960년대에 히피들이 갖던 사랑의 집회.
•• 미국의 바이커 갱단으로 이후 폭주족의 상징이 된다.

이기도 했고 인종 문제이기도 했다—총을 가진 흑인이 칼을 가진 백인에게 목숨을 잃었다. 하지만 영화에서는 총잡이가 무대를 겨냥한 것처럼 보이고, 돈을 받고 고용된 지옥의 천사 칼잡이는 자신의 임무를 수행하며 믹 재거의 목숨을 구하는 것처럼 보인다.

믹 재거, 믹 재거—
당신은 내 마음 흔들리게 해—
난 당신의 칼집이 되겠어요, 베이비—
당신은 단검—

수년간 그의 이름은 일종의 측정 장치가 되었다. 나는 솔랜지가 믹에 대해 언급하는 횟수를 세었고, 숫자가 올라가면 걱정하기 시작했다. 심지어 솔랜지가 믹의 이름을 말하는 횟수와 약을 거른 횟수 사이에 직접적인 관계가 있다는 것도 알 수 있었다. 나는 시간이 지나면서 그런 일에 잘 대처하게 되었고 심지어 전문가의 경지에까지 올랐지만, 처음엔 무력했다. 무지했다. 내 동생은 믹 재거에게 열광하고 있었고, 그런 소녀들이 수백만이었다. 소녀들이 얼마나 유행에 민감한지는 모두가 알았다—비틀마니아*의 기억이 아직 생생한 때였다. 대중음악이 사람들의 삶에 과거 그 어느 때보다 강력한 힘을 미치던 시기이기도 했

---

* 오랫동안 억눌려 있던 젊은이들의 감정이 비틀스 팬덤이라는 형태로 폭발한 현상. 광적이고 과격한 각종 사고를 촉발하기도 했다.

다. 나는 앨터몬트 콘서트와 솔랜지의 가출 훨씬 이전에 시작된 그애의 열렬한 롤링 스톤스 사랑에 의문을 제기한 적이 없었고, 나 자신도 롤링 스톤스의 열성 팬이었다. 장담하건대, 〈새티스팩션Satisfaction〉을 레코드판이 망가질 정도로 많이 튼 사람들이 우리만은 아니었을 것이다. 우리의 학창 시절에는 비틀스보다 롤링 스톤스를 좋아하는 게 더 멋져 보였다―제일 멋진 건 자기들보다 뛰어난 흑인 가수들의 자리를 빼앗은 저 모든 영국인 침입자들을 호모 새끼 취급하며 경멸하는 것이었고, 가이 같은 사람들은 흑인이 아니면 로큰롤이 아니라고(단, 엘비스는 빼고) 여겼지만 말이다. 어쨌거나, 침실 벽을 도배하다시피 한 포스터, 풍선껌 카드, 티셔츠, 펜던트, 벨트 버클, 열쇠고리와 그애가 수집한 다른 용품 들, 그리고 10대를 위한 잡지들 같은 데서 얻을 수 있는 그애의 우상에 관련된 따분하기 짝이 없는 소식들부터 터무니없는 가십에 이르기까지 모든 정보에 대한 무한한 욕망, 그의 일대기를 줄줄 외는 열정, 메리앤 페이스풀과의 연애 사건을 둘러싼 자살 협박(그 연애가 끝날 때 메리앤 페이스풀 자신도 자살 기도를 하게 된다)―이 모든 것들이 솔랜지가 얼마나 골수팬인지를 말해주었다. 그애가 스스로 곡을 쓰고 노래를 부르기 시작하면서 역사상 가장 위대한 팝 아이콘들 중 하나로 전성기를 구가 중이던 자신의 우상에게 더 심하게 빠져든 건 수긍할 만한 일이었고, 그애가 믹에게 바치거나 그에 대한 내용을 담은 노래를 100곡도 넘게 썼다고 말했을 때도 나는 너무 극단적이라고 생각하긴 했지만 해로울 건 없다고 여겼다. 솔랜지에게 믹 재거가 다른 이들의 예수 그리스도요 나폴레옹이요 히틀러요 JFK임을 받아들이기까지는 오랜 시간이 걸릴 터였으니, 아직은 그애를 그런 이들의 무리에 넣기를 고집스레 거부하고 있었다. 그애는 마약 문제가 심각하고, 원래 흥분을 잘 하고, 무모하고, 다루기 어려운 아이였으니까. 그런 조합이 말썽으로 이어지는 건, 즉 마약이 마음속에 자리한 감정이나 성격 문제를 악화시키는 건 자연스러운 일이니까. 나는 그렇게 믿었고, 동시에 마음 깊은 곳에서는 동생이 정상적인 아이라는 것도 믿었다. 1964년의 그 일요일 저녁, 〈에드 설리번 쇼〉를 보면서("숙녀 신사 여러분, 롤링 스톤스를 소개합니다!") 우리가 흠모하던 여배우 헤일리 밀스를 닮은 저 밴드 리더가 우리의 삶에 어떤 역할을 하게 될지 그 누가, 당시 초등학생이었던 솔랜지와 내가 어찌 짐작이나 할 수 있었을까?

*

"모든 여자들은 소녀 팬이다"—믹 재거.

믹에게,

어제도 당신에게 편지를 썼고 당신이 아직 그 편지를 받지 못했으리란 걸 알지만 이렇게 또 편지를 써야만 했어요. 난 당신 생각을 멈출 수가 없어서 잠도 못 자고 음식도 못 먹고 있어요. 지금 당신을 위해 새 곡을 쓰고 있는데 아직 완성은 안 됐어요. 곡이 완성되면 늘 그랬듯 당신에게 보낼 거고, 나의 다른 모든 곡들이 그러기를 바랐듯이 그 곡도 당신 마음에 들기를 바라요. 전에도 한 말이지만, 이 생각이 다시 내 마음을 끈질기게 괴롭혀 다른 생각은 할 수도 없고 도무지 마음의 평화를 찾을 수가 없으니 또 해야겠어요. **나는 일부 사람들이 앨터몬트에 대해 하는 말에 동의하지 않는다는 걸 당신에게 알려주고 싶어요. 나는 당신에게 어떤 식으로든 책임이 있다고 믿지 않아요.**

공정한 사람이라면 거의 누구나 당신이 그 **비극적인 죽음**을 막을 수 없었다는 걸 이해할 거예요. 당신도 알다시피 나 자신도 그때 관객들 속에 있었어요. 실제 그 자리에 있었던 사람이라면 당신이 얼마나 용감했는지, 당신이 난폭한 군중을 설득하고 사람들을 진정시키기 위해 얼마나 애썼는지 알 거예요. 이제는 널리 알려진 대로, 그건 무익한 싸움이었을 뿐이에요. 더군다나, 내가 〈김미 셸터〉를 총 스물두 번이나 보면서 연구하고 또 연구한 바로는, 손에 총을 든 그 남자가 무슨 생각을 하고 있었는지는 아무도 확실히 알 수 없다는 사실이에요. 무슨 일이 **일어날 수** 있었는지 생각하면! 오 맙소사, 그 사건은 또 하나의 **암살**이 되었을 수도 있었잖아요! 얼마나 아슬아슬한 상황이었는지를 생각하면—바로 이런 생각 때문에 여러 날 밤낮으로 잠도 못 자고 먹지도 못하고 있어요. 하지만 또 당신이 그때 무대 위에서 얼마나 무서웠을지, 그런데도 "우리 모두가 하나라면, 우리 모두가 하나라는 걸 보여줍시다"라고 말한 당신이 얼마나 용감하고 영웅적이었는지를 생각하면, 난 당신에게 헤아릴 수 없는 사랑을 느껴요. 그 순간에 당신은 당신의 실체를, 당신이 **록 스타**이자 **좋은 사람**이기도 하다는 걸, 많은 사람들이 당신을 **나쁜 남자**로 만들고 싶어하지만 사실은 그렇지 않다는 걸 세상에 보여줬으니까요. (힌트: 내가 새로 쓰는 곡에 담길 내용이 바로 이거예요.) 당신처럼 민감한 영혼을 가진 사람은 이 사건으로 인해 지금까지 들어왔고 앞으로도 듣게 될 혐오스러운 말들에 상처받기 쉽다는 거 알아요. **오만**하다느니, **이기적인 놈**이라느니, **지독히도 무책임**하다느니 하는 말들이 지겹도록 돌고 있죠. 어떤 떠버리들은 당신이 지옥의 천사들을 보안 요원으로 고용한 건 웨더맨 조직원들에게 국방성을 맡긴 꼴이나 마찬가지라고, 당신이 그런 멍청한 짓만 하지 않았더라면 그 불쌍한 아이는 아직 살아 있을지도 모른다고 아직까지 지껄여대고 있죠.

그저 우리를 즐겁게 해주려 했던 것뿐인데 그런 가혹한 비난을 듣게 된 것이 당신에게 얼마나 고통스러울지, 모든 게 엉망이 되어버려서 당신이 얼마나 슬플지 난 알아요. 영화에서 당신의 고통이 너무도 분명하게 보여요. 지난번에 영화를 보면서 나는 벌떡 일어나 **믹, 그렇게 자신을 괴롭히지 마요, 당신은 손에 피를 묻히지 않았어요**라고 소리치고 싶은 걸 간신히 참았어요. 내가 실제로 무슨 소리를 질렀던 건지, 아니면 너무 큰 소리로 흐느껴서인지 근처에 앉아 있던 사람들이 일어나 자리를 옮기더군요. 오, 그들은 몰라요! 누가 나가서 지배인을 불러왔고, 지배인은 나를 보자 한숨을 쉬면서 다른 손님들에게 방해가 되지 않도록 조심하겠다고 약속하지 않았느냐고 물었어요. 그래서 난 이렇게 대답했죠. 다른 손님들 중에 나만큼 이 영화 티켓을 많이 산 사람이 몇 명이나 되죠? 그러자 지배인은 다시 한숨을 쉬더니 마지막으로 한 번 더 기회를 주겠다고 하고 가버렸어요. 내가 딱하다는 듯이. 반신반인의 존재를 껴안은 사람이 한낱 인간에게, 그것도 44킬로그램밖에 안 나가는 여자를 영화관에서 쫓아낼 배짱도 없는 겁쟁이에 얼굴엔 여드름 흉터가 파인 뚱보에게 동정이라도 받을 필요가 있다는 듯이 말예요. 다시 말하는데, 당신은 앨터몬트에서 일어난 그 어떤 일에도 책임이 없고 살인은 특히 말할 것도 없어요. 그건 운명이었어요. 산타나에게, 제퍼슨 에어플레인에게, 크로스비에게, 스틸스에게, 내시나 영에게 물어봐요. 그건 주인공들이 등장하기 오래전부터 이미 막을 수 없는 장면이었어요. 점성가들한테 물어봐요. 태양이 궁수자리에, 달이 전갈자리에 있었어요. 운명으로 정해져 있었다고요! 그런데 누가 당신을 비난할 수 있겠어요?

　그애가 자기네 흑인들 음악을 훔쳐 부와 명성을 얻은 당신에게 복수하려고 나선 거라는 이야기가 떠도는데, 물론 난 절대 안 믿어요. 당신이 그들의 리듬과 블루스, 춤 동작, 영혼, 제스처, 심지어 억양까지 훔쳤다니―당신이 영혼도 없고 자신만의 독창적인 음악적 아이디어도 없는 좀도둑, 흉내쟁이에 지나지 않고 그 때문에 총을 맞아 마땅한 것처럼 말예요. 당신이 입술을 아프리카인처럼 만드는 수술을 받았다느니, 사실 당신에겐 아프리카에서 온 조상이 있다느니, 당신과 키스 리처드가 연인 관계라느니 하는 루머들과 똑같은 헛소리죠.

당신이 협박 편지를 많이 받았고 **목숨을 위협하는** 편지들까지 받았다는 거 알아요. 그것 때문에 난 진짜 너무 열 받아서 당신에게 매일 **사랑의 편지**를 쓰기로 결심했어요. 당신의 진정한 팬들이 당신을 아끼고 흠모하며 늘 당신 곁에 있을 거라는 사실을 잊으면 안 돼요. 오 믹, 키스와 다른 스톤스 멤버들이 이 고난의 시기에 당신에게 힘이 되어주고 있기를 바라요. 비앙카가 당신에게 위안이 되어주고 있기를 바라요. 물론 그게 당신 아내로서의 의무죠. 비앙카 이야기가 나왔으니 말인데, 원래 그런 의도로 이 편지를 쓰게 된 건 아니지만 어쨌든 이 자리를 빌려 전에 비앙카를 들먹이며 끔찍한 말들을 써 보냈던 것에 대해 용서를 구하고 싶어요.

질투가 얼마나 사악한 감정인지, 당신의 애정 생활에 대한 이야기만 나오면 내가 얼마나 미쳐버릴 것 같은지는 굳이 얘기할 필요도 없겠죠. 당신이 다른 여자와 함께 있다는 생각만 해도—뭐랄까—글쎄요—믹서에 그 여자 심장을 넣고 갈아버리고 싶어져요. 내가 그 편지들에 정확히 뭐라고 썼는지는 떠오르지 않지만 그때의 기분은 기억이 나고 그 편지들의 요점도 알고 있어요. 하지만 그 뒤로 마음을 바꿨어요. 나 자신의 어깨를 잡고 세게 흔들었죠. 나 자신을 앉혀놓고 잘 타일렀죠. 마이클 필립 재거, 당신에게 맹세하는데, 난 이제 그 추잡한 감정들을 다 털어버렸어요. 이제 당신과 비앙카가 서로에 대해 얼마나 진지한지 알고 비앙카가 당신에게 소중한 딸도 낳아줬으니, 나도 마침내 당신의 행복을 기뻐하고 당신들 **둘에게** 많이 늦은 축하를 보낼 수 있게 되었어요. (아마 짐작했겠지만, 나의 결혼 선물은 지난번에 보낸 곡들 중 하나인 〈비앙카, 마벨Bianca, Ma Belle〉이에요.)

거짓말은 안 할래요. 내 질투심을 완전히 지워버렸다는 말은 안 해요—아마 그건 너무 지나친 요구이기도 할 거고요. 하지만 **믹**과 **레인**은 맺어질 수 없다는 걸, 당신은 결코 내 남자가 될 수 없다는 걸, 그러니까 난 우리가 함께했던 한 번의 짧지만 빛났던 순간에 대한 기억으로 만족해야만 한다는 걸 받아들이게 됐어요. 당신이 비앙카에게 내 이야기를 했는지, 아니면 앞으로 할 계획인지 모르겠네요. 당신이 아니라고 대답해도 물론 난 이해할 수 있어요. 나도 당신의 눈을 통해 비앙카를 보게 되었고, 그래서 그가 당신의 쌍둥이 누이라 해도 될 정도로 무척 아름답고 섹시하게 보여요. 잘된 일이죠. **세상에서 제일 섹시한 남자**가 평범하고 못생긴 여자와 함께 산다면 어떻겠어요? 당신이 아주, 아주 멋진 아버지일 거라고 확신한다는 말도 덧붙이고 싶네요. 세상에 널리 알려지고 숱한 비난을 받는 당신의 삶의 방식을 고려하면 많은 이들이 내 의견에 동의하지 않겠지만요. 하지만 그들은 나만큼 당신에 대해 알지 못하고……

등등.

그런 편지들이 수백 통은 되었고, 그중 많은 편지들이 어마 어마하게 길었으며, 모두 내가 솔랜지의 '거미체'라고 부르는, 평소 그애의 글씨체와 다른 가늘고 빽빽하고 뾰족뾰족하게 휘갈긴 글씨로 쓰였다. 이것—글씨체의 변화—도 주의 깊게 지켜보아야 할 일임을 나는 경험을 통해 배우게 되었다. 필기광. 솔랜지는 노란 리걸 패드나 습관적인 충동구매로 사들인 비싼 이탈리아제 가죽 장정 노트들에 맹렬히 글을 휘갈겼다. (그애는 쇼핑 중독에 빠져 필요하지도 않은, 심지어 진짜 원하지도 않아서 나중에 다 버릴 물건들을 마구 사들였다.) 쓰고, 쓰고, 또 쓰고. 그애가 글쓰기를 멈추는 건 말을 시작할 때뿐이었다. 끝없는 독백들, 끝없는 화제의 전환들. 지칠 줄 모르는, 사람의 진을 빼놓는 불합리한 추론의 제왕.

그애가 그 편지들을 전부 보낸 건 아니었지만, 보낸 것들 중 많은 편지에 답장을 받았다. 물론 반신반인께서 몸소 쓰시지는 않았고 팬레터 담당 대행사에서 보내온 것이지만. 가로 20센티미터 세로 25센티미터 크기의 광택 나는 종이에 공연 안내 및 감사의 글과 함께 인쇄된 서명, 사랑하는 닉이 키스를 보내며가 담겨 있었다.

존 레넌이 총에 맞았을 때 솔랜지는 심하게 무너졌다. 그애는 뉴스를 듣고 레넌의 아파트 근처 경찰 바리케이드 앞으로 몰려든 군중에 합류했고, 거기서 암살에 대해 떠들며 다음 순서는 믹 재거라고 주장하여 사람들을 놀라게 했다. 어떤 이들에겐 아마 그 말이 협박으로 들렸으리라. 경찰이 솔랜지를 벨뷰 병원 응급실로 데려가자, 그곳 스태프가 그애를 알아보고 받아준 다음 주치의를 호출한 뒤 내게 연락했다. 1980년 12월 9일의 일이었는데(존 레넌은 그 전날 밤 다른 병원에서 죽었다), 그때쯤엔 나도 무력하지만은 않았다. 더 이상 솔랜지의 병에 대해 무지하지 않았고, 믹에 대해서도 모두 알았다. 하지만 이번엔 평소의 경고 신호들이 없었다. 불시에 속도가 0에서 시속 800킬로미터로 치솟은 형국이었다.

벨뷰 응급실에서는 저격 뉴스를 듣자마자 환자들이 몰려들 것에 대비했고, 그들의 예상은 맞아떨어졌다. 당시 솔랜지가 그 사실을 알았을 리는 없지만, 이후 나는 믹 재거가 실제로 암살범 마크 채프먼의 암살 명단에 들어 있었음을 알고 무척 놀랐다.

*

그동안 앨터몬트 이야기를 너무 많이 들은 터라 그날―솔랜지가 처음 뉴욕의 내 집을 찾아오고 두어 달쯤 지난 뒤였는데―나는 건성으로 그애의 얘기를 듣고 있었다. 적어도 처음엔 그랬다. 게다가 우리가 환각 여행 중이기도 했고. 그날은 주말이었다. 로치는 친척 장례식에 가느라 뉴욕에 없었다. 솔랜지가 갑자기

자기 집을 방마다 다른 색깔로 새로 칠하고 싶어서 나는 솔랜지를 도우러 갔다. 하지만 집에 도착해보니 페인트도, 붓도, 롤러도 없었다. 전에도 있었던 일이라 별로 놀랍지는 않았다. 솔랜지는 거창한 계획을 세웠다가도 새로운 일에 정신이 팔려 먼젓번 계획을 끝내 실행에 옮기지 못하는 경우가 다반사였다.

솔랜지는 페인트 가게에 가긴 했었는데 색깔들이 너무 많아서, 그리고 색깔마다 현기증이 날 정도로 색조가 다양해서 정신이 없다고, 나중에 알고 보니 그게 불안장애라는 거였다고 했다. 불안장애, 공황장애, 경조증―이런 용어들은 아직 우리가 흔히 쓰는 말이 아니었다. "무슨 일이 일어난 건지 모르겠어. 겁이 나더라고―그 많은 페인트라니―도무지 숨이 안 쉬어지고―무서웠어." 그래서 도망쳤다고 했다. 집에 돌아온 솔랜지는 계획대로 크리스털을 흡입하고 페인트칠을 하는 대신, LSD를 먹어야겠다고 결정했다.

솔랜지가 나를 다운타운으로 초대했으니 나는 기꺼이 그애와 함께 하루를 낭비할 수 있었다. 날씨만 좀 덜 더웠으면 좋겠다는 생각이 들었다. 솔랜지의 집에는 에어컨이 없었다. 선풍기만 두 대 있었는데 둘 다 고장 난 상태였다. 나는 열린 창가에 놓인 의자에 앉았다. 의자가 하나 더 있었지만―부엌이었다―솔랜지는 바닥에 앉았다. 솔랜지는 늘 바닥에 앉았고, 카펫이 깔려 있지 않거나 바닥이 거칠고 더러워도 마찬가지였다. 당시 너무도 많은 사람들이 바닥을 선호한 것에도 필시 이유가 있었을 텐데 도대체 그게 무엇이었을까? 마치 신발을 신는 게 훨씬 편한 뜨거운 도시의 보도 같은 곳에서까지 맨발로 다니기를 선호하는 것이나 다를 바가 없는 습관이었다. 내가 앉은 곳에서 팔 두 개 만큼도 안 되는 거리에 환기구가 있었고 그 너머 이웃집 창이 열려 있었다. 솔랜지가 재잘거리는 동안 나는 그 집 부엌에서 들려오는 소리에 점점 더 귀를 기울이게 되었다. 한 여자가 아기에게 병에 든 음식을 먹이며 아기가 한 스푼씩 먹을 때마다 다정한 말로 칭찬을 해주었다. LSD의 도움으로 나는 그 여자가 되었다.

믹은 가슴에 주름진 턱받이 모양 장식이 달리고 소매가 길게 늘어져 펄럭이는, 빨강과 검정으로 이루어진 새틴 셔츠 차림이었다. 솔랜지는 그의 얼굴을 볼 수 있을 만큼 무대와 가까운 곳에 있었다. 그냥 노래만 부르는 게 아니라 노래를 먹고 그 부스러기들을 핥는 듯한 그의 입술과 혀의 과장된 동작들까지 모두 볼 수 있었다. 눈물이 그애의 턱에서 뚝뚝 떨어졌다. 지난밤 동이 트기 몇 시간 전, 그애가 친구들과 함께 추위를 피해 모닥불 주위에서 야영을 하고 있는데 커다란 빨강 모자를 쓰고 기다란 빨강 스카프를 두른 남자가 그들 앞에 등장했다.

"안녕, 여러분. 모두 내일 록을 즐길 준비 됐어요?"

그가 미리 무대를 점검하러 헬리콥터를 타고 온 것이었다. 그러곤 떠나지 않고 그곳의 제일 좋은 자리를 차지하기 위해 여러 시간 전부터 와서 한겨울의 추위를 용감하게 견디고 있는 가장 열렬한 팬들 사이를 돌아다녔다.

"헤이, 꼬마 아가씨, 어때? 내일 내가 무슨 노래 불러줬으면 좋겠어?"

⟨홍키 통크 우먼Honky Tonk Woman⟩이라고 솔랜지가 대답하자 그는 웃었다.

"아니, 자기가 그렇게 대답하리라는 걸 내가 어떻게 알았을까? 이 믹 아저씨가 그걸 어떻게 알았지? 좋아, 우리에게 키스해줘. 내일 그 노래를 들으면, 너를 위해 부르는 노래라는 걸 알아줘야 해."

그러더니 모두가 지켜보는 앞에서 그애를 안고 가까이 끌어당겼다. "오, 이 아가씨 좀 봐, 엄청 떨고 있네, 난 아직 아무 짓도 안 했는데." 그가 커다란 모자로 앞을 가린 채 그애의 귀를 혀로 핥았다. 이어 스카프에 가려진 손을 뻗어 그애의 손을 잡고서는 자신의 바지로 가져갔다. "여기 봐." 그가 자신이 발기한 걸 보여줬다. 어쩌면 늘 그렇게 발기된 상태인지도 몰랐다. "내일 공연 끝나고 나한테 올래? 내 트레일러로 와, 베이비, 약속? 내가 전율하게 해줄게."

그때부터 그애는 잠을 이루지 못했다. 그의 냄새가 다 날아갈 때까지 손을 얼굴에 대고 깊이 그 냄새를 빨아들였다.

아기가 식사를 끝냈다. 나는 아들을 유아용 의자에서 안아올려 어깨에 안고 부드럽게 등을 토닥였다. 그런 뒤 아기방으로 데려가 기저귀를 갈아주다가 아들이 아니라 딸임을 깨달았고, 아기를 침대에 뉘었다.

"여러분," 믹이 애원했다. "형제자매들이여. 자자, 이제 진정합시다."

〈심퍼시 포 더 데블Sympathy for the Devil〉 중간 어디쯤에서 그애는 용케 그와 눈을 맞출 수 있었다. 팬들—일부는 반라, 일부는 전라 상태인—이 무대 위로 올라가려다가 지옥의 천사들 손에 붙들려 관중 속으로 던져졌다.

"여러분."

그애의 턱에서 눈물이 뚝뚝 떨어졌다. 다른 팀들의 공연이 끝나고 마침내 롤링 스톤스가 무대에 오르기 전 한 시간 반의 휴식 시간에 그애는 지옥의 천사 한 사람에게 다가가 롤링 스톤스 트레일러가 어디 있는지 물었다. 그애는 지난밤 믹이 자신에게 한 이야기를 전했다. 상대는 말없이 그애의 한쪽 가슴을 움켜쥐더니, 마치 잠긴 문의 손잡이를 돌리듯 우악스럽게 이리저리 비틀었다.

솜이나 물로 귀를 막은 듯 솔랜지의 말이 간간이 한마디씩 들려왔고, 나는 이미 너무도 익숙한 그 이야기에 전에는 들어보지 못한, 어쩌면 중요한 것일 수도 있는 내용이 섞여 있음을 깨달았다. (실제로 일어난 일과 솔랜지가 기억하는 일, 그애가 상상한 일, 그애가 이미 나에게 말해준 일, 그애나 내가 영화에서 본 일을 구분하겠다고 애쓰는 건 소용없는 짓이었다.)

나는 더 자세히 들어보고 싶었지만 솔랜지의 관심이 무대에 쏠려 있었듯이 내 관심은 아기 침대에 쏠려 있었다. 최소한 아기가 잠들 때까지만이라도 기다리고 싶었다. 그러고 나면 화장실부터 다녀와야지.

군중 속에서 필사적인 울부짖음이 들려왔다. "파블로! 파블로! 도와줘! 당신이 안 보여! 나 앞이 안 보여!" LSD를 과용했거나 애인과 떨어지게 된 모양이었다. 그날 밤 수십 명이 마약에 취해 맛이 가거나 쓰러졌고, 수많은 이들이 서로 떨어지거나 서로를 잃어버렸다.

"다들 아가리 닥쳐, 씹할 그만 좀 하라고." 잔뜩 흥분한 지옥의 천사들이 로마 검투사들처럼 무대를 누볐다. 그들 중 하나는 당구봉을 창처럼 어깨에 둘러메고 있었다. 그가 텁수룩한 금발 머리를 흔들며 호통쳤다. "이 씹새끼들아 음악을 듣고 싶은 거야 아니면 싸우고 싶은 거야?"

딱! 펑! 탁! 쿵! 픽! 철썩! 쿵쿵! 우두둑!

"이거 너무 이상하잖아. 내가 듣기론 지옥의 천사들은 롤링스톤스를 좋아하지도 않는데."

"이 공연은 존나 폭망이야."

"이건 공연이 아니야, 씹할 폭동이지!"

"여러분," 믹이 노래를 중단하고 말했다. "지금 누가, 뭘 위해 싸우는 겁니까? 우리가 왜 싸우는 겁니까?"

"엿 먹어라, 재거, 씹할 이게 다 너 때문이잖아."

"우리가 왜 싸우는 겁니까?"

"공연 중단해!"

"앰뷸런스와 의사를 불러야겠어요." 믹이 지친 목소리로 말했다. "거기 비계 근처."

정육점 칼을 봤던 사람들이 그 기억을 떠올렸다. 아니, 칼이 아니라 도끼였나?

저편 셰퍼드 한 마리가 무대로 올라가 미친 듯 빙글빙글 돌고 있었다.

"총! 총!"

"최고로 아름다운 저녁이 될 수 있었는데요." 믹이 말했다. 무대와 아수라장에서 멀리 떨어진 뒤쪽 군중들은 공연이 재개되기를 원하며 박수를 치고 환호성을 올렸다. "제발 좀 진정하세요. 지옥의 천사들. 여러분 모두. 진정하고 정상으로 돌아갑시다."

솔랜지와 함께 온 친구들은 떠나고 싶어했다. 많은 사람들이 이미 떠났거나 떠나려 했다. 솔랜지는 여전히 울고 있었다. 붙잡혔던 가슴도 여전히 아팠다. 그 멍 자국—시퍼런 손가락 자국—은 몇 주나 갔다. 누군가 그애의 머리에 맥주를 부었지만 그애는 굳건히 서 있었다. 〈홍키 통크 우먼〉 나오기 전엔 안 가." 그애는 공연이 끝난 뒤 믹을 찾아갈 결심이었다. 조금 전 그와 눈이 마주친 터였다. 나 무서워, 그의 눈이 그애에게 그렇게 말했다.

"가자, 얘들아, 다들 미쳤어. 저 옆에서 지옥의 천사들이 고양이를 칼로 찔렀대. 여기서 나가자."

"〈홍키 통크 우먼〉 나오기 전엔 안 가."

내가 전율하게 해줄게.

그애의 손바닥에 남은 오줌 냄새.

솔랜지의 친구들은 〈브라운 슈거Brown Sugar〉가 끝난 직후에 떠났다.

〈홍키 통크 우먼〉은 마지막에서 두 번째 곡이었다.

꼭 입덧 같았다. 나는 토하지 않기 위해 아기의 통통한 분홍빛 뺨에 조그만 금빛 반달처럼 드리운 속눈썹에 집중했다. 연하디연한 푸른색과 뒤섞인 연하디연한 분홍색 뺨─아기가 젖을 떼기 전 젖이 가득했던 나 자신의 풍만한 가슴 같았다. 아기방은 분홍색과 푸른색과 흰색으로 칠해져 있었다. 그러니까 아기는 온통 분홍색과 푸른색과 영광의 구름 속에서 세상에 나온 것이다. 아, 구역질. 내가 뭘 먹었지? 나를 아기 침대에 기어 들어갈 수 있을 만큼 조그맣게 만들어주는 약.

"조지! 씹할 지금 뭐 하는 거야? 창문에서 떨어져! 괜찮아? 자, 바닥에 앉아. 이 아래가 더 안전해. 언니 때문에 식겁했잖아. 괜찮은 거야? 토할 것 같아? 바람 좀 쐴까? 아, 진짜, 아, 진짜, 언니 때문에 진짜 식겁했다고. 어딜 가려고 한 거야?"

　다들 똑같은 말을 했다. 오, 그 색깔, 색깔들, 모든 걸 처음 보는 것 같아, 저항하지 않으면 자아를 잃고 더없는 행복을 발견하게 돼. 신을 만나게 돼. 다들 그 환각 여행을 결코 잊을 수 없을 거라고 말했다. 하지만 내가 아는 모든 사람들이 그 여행을 잊었고, 심지어 신을 만나는 부분까지도 잊었다. 우리 모두 평생 LSD를 할 거라고, 그래서 점점 더 영적인 존재가 될 거라고 맹세했지만 내가 아는 대부분의 사람들이 대체로 다음과 같은 과정을 겪게 되었다. 어느 날 평소처럼 초조한 기대감에 가득 차서 약을 한다, 그리고 약 기운이 돌면 세상이 부서지는 걸 지켜보며 내가 다시 여기 도달했구나 생각하는 자신을 발견한다, 그러다가, 얼마나 많은 약을 얼마나 자주 하건, 다시는 LSD를 하고 싶은 마음이 안 드는 것이다.

　결과적으로 나에겐 그게 마지막 LSD 여행이었는데 당시엔 그걸 알지 못했으며, 솔랜지와 내가 똑같이 반 알씩 삼켰는데 우리가 같은 속도로 우주를 여행하지 않았다는 것 또한 알지 못했다. 솔랜지는 LSD를 하도 많이 먹어서 늘 약효를 장담할 수 없게 된 사람들 가운데 하나였다. 그애도 몽롱해지긴 했지만 나처럼 완전히 취하진 않았다. 그애는 약을 더 먹고 싶은 유혹을 느꼈다. 하지만 그 자주색 캡슐은 로치가 숨겨둔 것이었고, 그의 허락 없이 한 알을 꺼내 먹은 것만으로도 이미 심각한 문제가 될 수 있었다. 과거 마약 거래로 먹고살았던 로치는 지금도 가끔 특별 고객 몇 명에게 약을 대고 있었으며, 솔랜지가 알기론 그가 숨겨둔 LSD는 그 고객들 중 한 명을 위한 것이었다.

그때 솔랜지가 나만큼 취해 있지 않았다는 건 나를 피해 간 많은 현실들 가운데 하나에 불과했다. 그걸 알았더라면 덜 무서웠을 텐데. 나는 줄곧 눈을 가늘게 뜨고 있었다. 눈을 크게 뜨면 너무 많은 세상이 한꺼번에 밀려들었고—두 개의 터널과 한 쌍의 고속 열차를 생각해보라—메스꺼움이 심해졌다. 내가 무언가로 득실거리는 바닥을 껴안고 있는 사이에 얼마간의 시간이—1분, 하루—흘렀다. (이 여행의 후반부에 고개를 돌렸을 땐 죽마에 올라 걷고 있는 듯한 바퀴벌레와 정면으로 시선이 마주쳤다.) 나는 토했다. (오, 그 색깔, 색깔들.) 나는 무력하게 동생을 찾았고 냉장고 앞에 서 있는 그애를 발견했다. 그애는 팬케이크처럼 납작했다—아니, 그보다 더 납작했다. 아이들이 가지고 노는, 붙였다 뗐다 하는 스티커였다—색칠 스티커였다! 그다음엔—그때 내 머리에 떠오른 것에 걸맞은 명칭이 있는 것 같지가 않다—그것조차 아니었다. 나는 한 아이의 손가락이 흰 문에 갈색과 분홍색과 초록색을 칠하는 걸 보았고, 아직 정신을 완전히 놓지는 않아서 그게 내 동생의 머리이고, 얼굴이고, 오빠의 군복 셔츠임을 알 수 있었다. 살아 있는 사람이 지워져가는 끔찍한 광경을 견딜 수 없어서 나는 눈을 감았다.

그때껏 이 단계에 도달해본 적은 없었으나 이 단계에 대해 들어보긴 했고 다음 단계에 대해서도 들어봤는데, 일단 이 단계에서는 눈에 보이는 세계가 완전히 소멸되고 심지어 추상들과 색깔들도 사라져 일종의 눈먼 상태를 체험하게 되지만 그건 어둠이 아니라 빛을 보는 것이라고 했다. 충분한 양을 복용하면 이 눈먼 상태, 내가 상상하기엔 설맹과 같은 상태가 오고, 더 많은 양을 복용하면 다음 단계, 그러니까 이 눈먼 상태, 이 무의 상태, 이 빛 너머에 있는 환각으로 넘어가 나 자신을, 내 몸 바깥에 있는 나의 몸을, 일란성 쌍둥이나 클론 같은 나를 보게 된다고 했다. 모두 마음속에서 일어나는 일이지만 손으로 만져질 정도로 생생하다고 했다. 그리고 그 단계에서는 매우 취약한 상태가 되므로 미치지 않기 위해서는 매우 확고하고 강해야 한다고 했다. 절대 아무것도 안 할 수 있을 정도로 강해야 한다는 것이었다.

　한때는 그런 이야기를 들으면 마음이 경외감으로 가득 찼다. 전율과 유혹을 느꼈다. 나도 그런 여행을 할 수 있을까? 나도 그곳에 도달할 준비가 되어 있을까? 하지만 싫든 좋든, 준비가 되었든 안 되었든 그곳에 갈 수 있음을 알게 되자 그걸 원하는 마음이 사라졌다. 나는 이미 도저히 감당할 수가 없었다. 세상에, 솔랜지가 깨진 달걀처럼 냉장고 문에서 흘러내리고 있었다. 내가 할 수 있는 건 자신의 근처에서 LSD 여행을 하는 사람이 말하지 않기를 모두가 희망하는 세 마디를 웅얼거리는 것뿐이었다. 그만 좀 멈춰.

"그런데 언니는 실제로 그 말 안 했어." 솔랜지가 나중에 말했다. "아무 말도 안 했어. 언닌 말을 못 했어. 듣지도 못했고. 내가 언니한테 말을 걸었지만, 정신이 어디에 가 있나 확인해보려고 했지만, 언닌 내 말을 못 들었어. 내가 냉장고에서 음료수나 뭐라도 좀 꺼내줄까 물었더니 언니는 나를 빤히 보기만 했어."

그런 것들을 이미 체험한 솔랜지는 그때 내가 정신이 정확히 어디에 가 있는지 말하지 않아도 모든 걸 짐작하고 정신병원 간호사처럼 능숙하게 대처했다. 그애는 나에게 진정제를 먹일까 고려해보았다. 내가 실제로 그 세 마디 말을 했더라면 아마 진정제를 먹였을 것이다. 그애 자신은 잘 통제되고 있었기에(그애가 그런 상태에 썩 만족해 있었다는 얘긴 아니다) 내 여행이 계속되어도 안전하다는 판단을 내렸다. (자주색 안개* 한 알을 고스란히 낭비하고 싶지 않았던 그애의 마음도 이해가 간다.)

솔랜지는 토사물을 신문으로 덮고(나중에 멀쩡해지면 치울 요량으로) 나를 살살 달래서 일으켜 거실로 데려갔는데, 그 짧은 거리를 가는 데 몇 분이 걸렸다. 날이 더웠지만(사실 나는 더 이상 더위를 못 느꼈고, 땀을 흘리면서도 추워했다), 솔랜지는 창문들을 모두 닫고 잠가놓았다. 블라인드를 내리고 불은 켜지 않았다. (나중에 촛불을 켤 것이었다.) 그애는 전축 앞 바닥에 앉아 두어 시간 동안 디제이 노릇만 했다.

• 자주색 캡슐에 담긴 LSD를 칭하는 은어.

솔랜지와 로치는 음악을 중요하게 여겼다. 우유 상자에 못을 쳐서 만든 수납장이 벽 전체를 뒤덮었고, 거기 앨범 수백 장이 꽂혀 있었다. 다른 살림살이들은 대부분 고물상이나 길거리에서 헐값에 사들인 것이었지만 오디오만은 고급이었다. (그렇다고 그들이 그걸 돈을 주고 샀다는 건 아니지만 어쨌든 그건 완전히 다른 얘기고.) 솔랜지는 세심하게 곡을 선정해, 당시 그애가 제일 좋아한 롤링 스톤스나 두 번째로 좋아한 레드 제플린 대신 그보다 부드러운 소리를 내는 비틀스, 도너번, 닐 영, 잭슨 브라운을 틀었다. 심지어 모차르트도 조금 틀었다. 그애는 곁눈질로 나를 지켜보면서도 내 얼굴을 똑바로 보는 건 피했다. 말하는 것도, 움직이는 것도 피했다. 꼭 움직여야 할 때는 천천히 움직였다. 음악을 요란하게 틀진 않았지만 다른 소리들을 차단할 수 있을 정도로 소리를 높였다. 예를 들어 누가 노크해도 우리는 그 소리를 듣지 못할 터였다. 하지만 입에서 비명이 새어 나왔을 땐 나를 등지고 앉아 있던 솔랜지가 그 소리를 들었다. 고개를 돌린 그애는 내가 바퀴벌레와 눈을 맞추고 있는 걸 보았고(바퀴벌레는 내 의자 등받이에 있었다), 이번엔 천천히 움직이지 않았다. 놀라우리만치 우아하면서도 전사 같은 동작으로 그 침입자를 쫓아가서 죽여버렸다.

와.

평생과도 같은 긴 시간이 지난 뒤, 나는 위험한 절정들을 (천만다행으로 시력을 잃지 않은 채) 넘기고 이제 환각의 위협은 줄어들었지만 아직 다시 현실에 장악되지는 않은 기적적인 단계로 들어섰다. 아직 말할 준비는 안 되었으나 마침내 의자에서 벗어나 나보다 키 큰 사람에게서 빌려 온 것 같은 다리로 조심스럽게 움직일 수 있었다. 약 기운이 돌기 시작한 이후 처음 담배를 피울 수 있었고, 그건 내 평생 가장 깊은 만족을 주는 담배였다.

이제 눈길이 닿는 곳마다 무늬가 보였는데, 그 무늬 이름이 '헤링본'이라는 걸 기억하는 자신이 놀라웠다. ("놀라웠"던 건 그때 내가 어휘력을 절반쯤 상실하여 '갈증'이나 '성냥' 같은 더 쉬운 단어들도 생각해내지 못했기 때문이었다.)

내가 약 기운에서 깨어나는 동안 솔랜지는 마리화나를 피우고 있었다. 아편이 가미된 아주 좋은 마리화나라 그애와 나는 곧 거의 같은 수준의 안정기에 접어들었다. 솔랜지가 방 여기저기에 촛불 몇 개를 켜놓고 향도 몇 개 피운 다음 기타를 꺼냈다. 나는 그애의 노래를 들으며 언제 그렇게 실력이 늘었는지 놀랐다. 그애의 목소리는 대담하면서도 순수하고 감정이 넘쳤다. 대부분 그 자신이 작곡한 노래들로, 사랑과 고통, 세상의 좋은 점과 나쁜 점에 대한 내용이었다. 솔랜지는 많은 시련을 겪었음에도 상처받은 세상을 찬양하고 남자를 향한 다정한 감정을 노래했다. 천사처럼 희망과 용서를 노래했다. 나는 그애의 지혜와 선함에 반했고, 그애가 자랑스러웠다. 어쩌면 내 동생은 학교로 돌아갈 필요가 없는지도 몰라. 어쩌면 이애는 이미 모든 걸 알고 있는지도 몰라.

솔랜지가 기타를 내려놓았을 때쯤엔 저녁이 되어 있었다. 그애가 창문을 모두 열자 재 냄새가 섞인 서늘한 도시의 공기가 불어왔다. 길거리에서 놀고 있는 아이들이 만들어내는 매혹적인 음악이 들려왔다. 이웃들이 저녁을 준비하고 식탁에 앉으면서 내는 부엌의 소리가 환기구 너머로 뒤섞여 들려왔다. 위층 어느 집에서는 텔레비전 게임 프로를 보고 있었다. 한 사람이 크게 이기고 있었다.

그날 아침 우리가 LSD를 먹을 때 솔랜지는 전화기를 꺼두었다. 그리고 이제야 전화기를 켰는데 거의 즉시 전화벨이 울리는 바람에 우리 둘 다 화들짝 놀랐다. 연거푸 벨이 울리는 사이 솔랜지가 로치에 관한 이야기를 들려주었다. 한번은 그가 LSD 여행을 하고 있는 동안 그의 어머니에게서 전화가 왔다고 했다. 어머니는 아들의 말투가 너무 이상해서, 아들은 아무 일 없다고 우겼지만 무슨 일이 일어났다고 확신하게 되었다. 어머니가 듣기엔 누군가 영화 속 악당처럼 아들의 머리에 총을 겨누고 있는 것 같았기에("형씨, 아무 일 없는 것처럼 말해, 안 그러면……") 전화를 끊자마자 곧바로 경찰에 신고했다. "그래서 로치가 정신없이 여행을 즐기는 와중에 경찰 둘이 찾아와 문을 두드렸지."

전화벨이 멈췄고, 대신 우리의 웃음소리가 방 안에 울렸다. 그다음 한 시간가량 우리는 세상 모든 게 우스워 죽을 지경이었고, 다음 날엔 윗몸일으키기를 수백 번 한 것처럼 배가 아팠다.

LSD를 먹고 동물원에 간 아이에 대한 이야기를 들은 적이 있다. LSD 중독자들이 즐겨 이야기하는 교훈담들 가운데 하나다. 아이는 먹을 걸 가져가(오렌지라고 치자) 그걸 쇠창살 너머 유인원(오랑우탄이라고 치자, '오렌지'와 운이 맞으니까)에게 던져주었고, 오랑우탄은 오렌지의 껍질을 벗겨 절반을 먹은 뒤 나머지 절반을 아이에게 돌려주려고 쇠창살 사이로 손을 뻗었다. 그러자 그 불쌍한 아이는—그러니까, 이건 교훈담이다. LSD를 먹고 동물원에 가지 말 것.

그게 아니더라도, 회오리바람이 당신을 어떤 오즈의 나라에 떨어뜨릴지 누가 알겠는가.

우리는 부엌에 있었고, 솔랜지가 냉장고를 열고 넥타르와 암브로시아*를 꺼냈다. 차가운 감초 차와 레몬 커스터드. 그 달콤함에 입에는 침이, 눈에는 눈물이 가득 고였다. 우리가 먹고 있는 건 어린 시절이었을지도 몰랐다.

나는 창밖을 내다보았는데, 거기 그가, 이젠 까마득한 옛날에 봤던 것만 같은 그 여자가 있었다. 어머니와 아이—그리고 아버지도 있었다. 그들은 식탁에 둘러앉아 있었고, 아기는 유아용 의자에 앉아 있었다. 식탁에는 스파게티 접시들과 맥주병들이 놓여 있었다. 이탈리아 빵 한 덩어리와 낯익은 밝은 초록색 분말 치즈통도 있었다. 성가족.

남자는 흰 내복 바람으로 소매를 어깨 위까지 둘둘 말아 올린 상태였다. 그는 노동자의 팔을 갖고 있었고, 브이넥 내복 위로

• 신화 속 신들이 먹는 음료와 음식.

곱슬거리는 검은 털이 비어져 나와 있었다. 나는 원래 털 많은 남자를 좋아하지 않지만 그 가슴은 내게 커스터드와 똑같은 작용을 했다.

이제 나는 밖으로 나가고 싶었다. 산책을 나가 새로 생긴 긴 다리로 뽐내듯 동네를 걷고 싶었는데 솔랜지가, 내 동생이, 위대한 간호사가 안 된다고 했다. 대신 우리는 지붕으로 올라갔다. 희미한 불 냄새를 실은 산들바람이 우리 쪽으로 불어왔고 희미한 사이렌 소리도 들렸다. 우리는 금성을 보았다. 솔랜지가 몽롱한 상태로 〈웬 유 위시 어폰 어 스타When You Wish Upon a Star〉*를 부르기 시작했으나 목이 메어 중단했다. 어제의 땅. 그 달콤 쌉싸름함. 지미니 크리켓!** 당신이 누구든 그건 상관없다고? 그 노래는 심지어 그때도 우리를 울릴 수 있었다. 파시스트 같은 월트 디즈니, 장발은 디즈니랜드에 입장할 수 없다고 선언하다니! 하지만 그들이 그를 얼마나 상심시켰을지 생각해보라. 그가 한 모든 일들이 무색하게도 아이들은 이렇게 되고 말았다! 그럼에도 〈판타지아〉가 오랫동안 제2의 전성기를 누릴 수 있었던 건 히피 덕이었다. 〈판타지아〉는 히피들이 좋아하는 영화들 가운데 하나였고, 〈2001〉과 더불어 환각 상태에서 관람하는 것이 강력히 추천되는 작품이기도 했다.

다행히 월트 디즈니가 살아서 그 꼴을 보진 않았다―히피가

---

* 월트 디즈니 만화영화 〈피노키오〉의 주제가.
** 〈피노키오〉에 나오는 귀뚜라미의 이름.

폭동을 일으켜 잠자는 숲속의 미녀 궁전에 난입하고, 판타지랜드에 침입하고, 톰 소여의 섬을 해방시키고, 경찰과 싸우고, 디즈니랜드 전체를 폐쇄하게 만든 사건 말이다. (애너하임, 1970년.)

나는 오래전 디즈니 만화영화 제작자들 몇몇이 비밀리에 만든 만화영화들이 존재하며 그 영화들에서는 백설공주와 난쟁이들, 미키, 도널드, 플루토, 피노키오가 생생하고 익살스러운 성행위를 한다는 소문을 들은 적이 있다. 그 소문이 사실이기를 바라지 않기가 힘들다.

어쩌다 우리는 지붕 위에서 사랑에 대한 대화를 나누게 되었고, 서로를 얼마나 사랑하는지, 세상을 얼마나 사랑하는지, 사랑이 얼마나 멋진 일인지에 대해 이야기했다. 우리는 서로에게 우리가 언제나 서로를 사랑하고 언제나 서로의 곁에 있어줄 것이며 절대로, 무슨 일이 있어도 다시는 떨어지지 않을 거라고 말했다.

다시 아래로 내려와서, 솔랜지는 롤링 스톤스의 〈베거스 뱅큇Beggars Banquet〉 앨범을 틀었다.

콘서트 마지막 곡은 〈스트리트 파이팅 맨Street Fighting Man〉이었다. 믹이 손 키스를 날리며 모두에게 고마움을 전했다. "그럼 이제 서로 작별 키스를 나누세요." 하지만 롤링 스톤스는 감히 자신들의 트레일러로 돌아갈 수 없었다. 그들은 적국에서 탈출하듯, 밧줄 사다리를 내린 채 허공을 맴돌며 기다리던 헬리콥터로 곧장 달려갔다.

밴드가 샌프란시스코의 어디에 묵는지 알고 있던 솔랜지는 그날 밤 노브 힐로 갔다. 믹은 사람들이 득실거리는 호텔 스위트 룸에서 가슴을 치며 그런 일이 벌어진 건 다 자기 탓이라고 했다. 그는 다시는 콘서트를 열지 않을 거라고 엄포를 놓았다. 로큰롤 인생을 청산하겠다고 했다! 최대한 빨리 런던의 집으로 돌아가겠다고 했다. 다시 미국을 보게 될지 모르겠다고 했다. 그가 솔랜지에게 마지막으로 남긴 말은 이랬다. "꼬마 아가씨, 런던으로 오겠다고 약속해줘. 내가 퀸을 소개해줄게."

로치가 집에 온 건 10시나 11시 무렵이었을 것이다. 그때까지도 솔랜지와 나는 아직 정신이 혼미한 상태였다. 하지만 로치가 나타나자 솔랜지는 잠시 최면에 걸려 있던 사람처럼 바로 깨어났다. 솔랜지는 그를 보더니 울기 시작했다. 거기 서서 두 주먹을 들고, 입을 크게 벌리고, 눈물을 쏟아냈다. 아이처럼, 내가 과거에 알던 아이처럼—툭하면 몸부림치며 발작적으로 울어대 우리 모두를 겁에 질리게 만들던, 오직 가이만이 달랠 수 있었던 아이. 엉엉! 그애가 울어댔다. 엉엉! 엉엉!

그애는 로치에게 달려가 두 팔로 그의 목을 감싸 안고 두 다리로 그의 허리를 감았다. 그러면서 큰 소리로 뭐라 말했지만 목소리에 점액과 감정이 가득해서 무슨 말인지 알아듣기가 힘들었다. 그애는 그의 약을 훔쳤다고 고백했다. "로치스키, 화내지 마!" 그러더니 이렇게 말했다. "나 너무 무서웠어! 무서워 죽을 뻔했어!" 무엇보다 나 때문에 걱정이 되어 그랬겠지만 자신에게 약이 잘 듣지 않는 것도 무서웠을 터였다. 그게 어떤 의미일까? 뇌가 망가진 건가? 다시는 환각 여행을 할 수 없게 된 걸까? "난 쓸모 없는 애야!" 그애가 울부짖었다. "아무 쓸모가 없어. 쓸모가 있었던 적이 없어. 내가 싫어. 죽어버렸음 좋겠어!"

무슨 일이 일어나고 있는 걸까? 그 놀라운 날, 솔랜지가 정신을 놓을지 모른다는 걱정을 나는 단 한 순간도 하지 않았다. 그애는 나를 위해 애써 버티다가 로치가 오자 마침내 긴장의 끈을 놓아버린 것 같았다.

로치는 어색하게 솔랜지를 안고 몸을 낮추어 소파(나무 궤짝 몇 개를 붙이고 그 위에 싱글 사이즈 매트리스와 소형 쿠션을 올려놓은)에 앉아 한 손으로 솔랜지의 뒤통수를 받친 채 그애를 앞뒤로 부드럽게 흔들어주었다. 그렇게 1분쯤 지난 뒤, 그가 솔랜지를 떼어내 소파에 눕혔다. 솔랜지는 아직도 흐느끼고 있었지만 이제 말은 하지 않았다. 그애는 벽을 보고 누워 벽을 발로 차기도 하고 두 주먹으로 약하게 때리기도 했다. 로치는 사라졌다. 나는 부엌에서 가스레인지 켜는 소리를 듣고 그가 차를 끓이나 보다 생각했다. 그러곤 솔랜지 옆 바닥에 무릎을 꿇고 앉아 할 말을 찾지 못한 채 땀에 젖은 그애의 등을 쓰다듬었다. 로치가 욕조 물을 트는 소리가 들렸다. 잠시 후 그가 한 손에는 주사기를, 다른 손에는 가죽으로 된 개 목걸이를(그들에겐 개가 없었지만) 들고 돌아왔다. 그러더니 주사기를 손에 든 채 용케 솔랜지의 왼

팔에 개 목걸이를 단단히 감고서 주삿바늘을 꽂았다. 그러는 내내 솔랜지는 단 한 번도 몸을 움찔하거나 고개를 돌리지 않았고, 그러는 내내 아무도 말이 없었다. 주삿바늘을 빼내자 솔랜지의 팔에서 피가 조금 흘러내렸는데, 피가 바닥에 떨어지기 전에 로치가 몸을 기울여 그것을 핥았다.

로치는 솔랜지를 안아 올려 부엌의 욕조로 데려갔다. 그는 솔랜지를 목욕시킨 뒤 수건으로 몸을 감싸 안고서 나를 지나쳐 침실로 들어갔다. 그가 침실 문을 닫았고, 나는 부엌으로 들어가 물이 천천히 빠지고 있는 욕조를 보았다. 싱크대에 로치가 헤로인을 만드는 데 쓰느라 시커메진 수저가 있었다. 토사물로 얼룩진 바닥의 신문을 보자 아까 있었던 일이 기억났고, 같은 날 그런 일이 일어났다는 게 믿기지 않았다. 아까와 같은 장소 같지도 않았다. 이제 그 집은 내가 머물 곳이 아닌 것 같았다. 나는 로치와 솔랜지가 침실에서 섹스를 하고 있으리라 확신했고, 그것에 대해 생각하고 싶지 않았다. 로치에게 안겨 침실로 들어갈 때 솔랜지는 거대한 헝겊 인형처럼 사지가 축 늘어진 게 완전히 의식을 잃은 것처럼 보였다─로치가 그애에게 고통을 주는 건 아니겠지만, 그렇다고 그걸 합의된 섹스라고 부를 수도 없었다.

부엌으로 돌아온 로치가 마침내 내게 알은척을 했다. 그가 물었다. "어떻게 하고 싶어요?" 그에 대해 생각할 시간을 충분히 가진 뒤였다. 나는 집에 가고 싶었다.

"확실해요? 오늘 밤에 혼자 있을 수 있겠어요?"

나는 그렇다고 했고, 로치가 나와 함께 나가서 택시를 잡아 주겠다고 했다. 택시비가 없다고 하자 그는 말했다. "괜찮아요."

솔랜지는 어떠냐는 질문에 그는 고개를 저었다. "종종 저래요." 그의 말끝이 흐려졌다. "문제가 있어요. 진짜 심각한 문제. LSD 문제가 아녜요. 솔랜지에겐 도움이 필요해요." 그러다 말을 뚝 끊더니 다시 이었다. "젠장, 당신에게 이런 얘길 털어놓을 생각은 없었는데. 이제 다 괜찮아요. 갑시다."

가까이서 보니 로치도 마약 없는 날을 보낸 것 같지는 않았다.

밖으로 나가기 직전에 로치가 말했다. "미리 마음의 준비를 해둬요. 여긴 R. 크럼*의 땅이니까." 이스트빌리지, 토요일 밤, 여름. 핼러윈의 호박 등 같은 머리를 가진 남자가 퍼레이드를 이끌고 있었다. 우리가 지나친 사람들 가운데 적어도 절반은 분장을 한 것만 같았다. 나도 모르게 그들의 얼굴을 들여다보았다. 한 블록을 걸어가는 사이 온갖 표정을 볼 수 있었다. 웃는 표정, 화난 표정, 상실감에 찬 표정, 겁에 질린 표정, 약에 취해 맛이 간 표정, 은밀한 표정, 수치스러운 표정, 피해망상에 시달리는 표정, 우쭐한 표정, 상심한 표정, 따분한 표정, 어리석은 표정, 희망에 찬 표정, 절망적인 표정, 죄책감에 찬 표정, 계산적인 표정. 특별한 시력─특별한 헤링본 필터를 끼운─을 갖게 된 나는 그들 모두가 살아 있는 것은 아니며, 그들 모두가 인간인 것도 아님을 알

* 미국 언더그라운드 만화를 대표하는 만화가이자 음악가.

수 있었다.

내가 행인과 두 번째로 부딪치자 로치가 한 팔로 내 허리를 감고 가까이 끌어당겼다. 그의 표정으로 말할 것 같으면, 험악한 느낌이 있었다. 로치는 바이커는 아니었지만 바이커처럼 꾸미고 다녔다. 야만인의 머리, 검투사의 팔, 검은 가죽조끼만 걸친 떡 벌어진 가슴. 잠깐만. 장례식에 갔었다고 했지? "누가 죽었어요?" 그 질문에 로치는 놀란 얼굴이었다. "누구 장례식에 다녀왔어요?"

"당신은 몰라도 돼요." 그러면서도 그는 내 기분이 상하지 않게 어깨를 토닥였다.

로치스키. 솔랜지가 그 이름으로 그를 부르는 건 그날 처음 들었다. 나는 이제 그를 종종 만나고 있었지만 그에 대해 아는 게 없었다. 솔랜지도 그를 진짜로 아는 것 같진 않았다. 그는 너무 잘 알려지지 않는 편을 선호하는 그런 남자였다. 당신은 몰라도 돼요. 그의 본명은 조지프, 로드아일랜드 출신이며 대학은 안다녔다. 고문을 당한다 해도 나로서는 그 이상을 말할 수가 없었다. 몇 달 뒤 그와 나는 병원 카페에 앉아 맛없는 커피를 마시게 될 것이고, 나는 그가 다시는 자신을 만나지 못할 이유에 대해 설명하는 걸 듣게 될 터였다.

"당신이 어떻게 생각할지 알지만, 여기서 진실을 말해야겠어요. 당신 동생과 사는 것, 난 그게 어떤 의미인지 알아요. 종신형, 바로 그거예요. 미안한데 난 내가 그거 못 한다는 거 알아요. 그 사람 사랑하고 그 사람 때문에 가슴이 찢어지지만, 난 솔랜지를 돌볼 수 있는 남자가 아니고, 지금 이 자리에서 솔직하게 다 털어놓는 게 좋겠어요."

종신형. 잔인하지만 솔직한 말이었고, 나는 그를 용서했다. 그 후로도 나는 다른 로치들에게서 이 비슷한 말들을 듣게 되었으며 대개의 경우 그들을 용서했다.

병원에 입원하기 전에 마지막으로 나와 나누었던 대화에서 솔랜지는 런던 여행 이야기를, 믹과 신나게 놀고 퀸을 만난 이야기를 들려주었다. 그애가 빼먹은 건 어떻게 여권도 없이 해외여행을 할 수 있었느냐는 것뿐이었다.

그러고 얼마 안 지나서 솔랜지는 약상자에 들어 있는 걸 모조리 먹어치웠다. 이 약, 저 약, 아스피린, 기침 시럽, 소독용 알코올, 그리고 헌 면도날 하나.

당시 맨해튼에는 히피 택시 기사가 백만 명쯤 되었는데, 그 중 절반가량이 세인트마크스 플레이스에 모여 있는 것 같았다. 로치가 눈짓으로 한 대를 불렀다. 내가 가톨릭 신자라는 말을 했던가? 그 택시 기사는 솔랜지와 내가 자란 집 현관에 붙어 있던 구세주를 닮은 모습이었다. 그가 창문을 내리자 로치가 카멜 담뱃갑을 들이밀더니 마리화나 한 개비가 반쯤 빠져나오도 흔들어 보였다. "이거면 이분 96번가까지 무사히 데려다줄 수 있어요?"

"그럼요." 구세주가 더없이 행복한 표정으로 대답했고, 두 남자는 흑인식으로 악수를 나눴다.

택시 기사는 미드타운을 지나고서야 마리화나에 불을 붙였다. 그는 바람처럼 차를 몰아 나를 집 앞까지 무사히 데려다주었다. 그러곤 떠나기 전에 두 손을 합장하고 고개를 숙여 힌두식 인사를 했다.

나는 당신을 원했어요—
나는 대가를 치르지 않았어요—
난 가출 소녀였을 뿐—
내가 잃어버린 걸 사랑한—

한때 알고 지내던 전직 공연 매니저의 말에 따르면, 열성 소녀 팬들은 크게 세 부류로 나뉘었다. 첫 번째 부류는 전국구 팬들로, 좋아하는 밴드의 모든 일정을 기록해놓고 공연이 열릴 도시에 그 밴드보다도 먼저 도착해 밴드에 접근하기 위해 호텔과 제작사 직원들, 그리고 기타 관계자들과 거래를 하는 진짜 프로들이었다. 이들 대부분은 돈이 없지만 돈만큼 유용한 걸 갖고 있었고, 그걸 기꺼이 이용하려 했다. 이들 중 일부는 그 자신이 유명 인사가 되기도 했다. 몇몇은 여러 록 스타와 만났다며 과시했고, 몇몇은 스타와 진지한 연애를 하고 같이 살며 아기까지 낳았다. 그리하여 결국 자신의 이야기를 팔거나 경험담을 책으로 쓰기도 했다. 그리고 한 사람은 자신이 록 슈퍼스타가 되었다. 두 번째 부류는 지역 팬들로, 일류 그룹과의 주된 차이는 여행을 하지 않는다는 점이었다. 그들은 밴드에 삶을 통째로 바치지도 않고 그들과 가까운 친구가 되지도 않았다. 그리고 마지막으로 주변부에서 얼쩡거리는 '초보'들이 있었는데, 그들은 선배 팬들을 추종하며 그들에게서 배울 수 있는 건 다 배우려고 애썼다. 히피족을 모방하는 이 10대 소녀들의 경우 표가 매진된 공연장에 들어갈 능력은 있을지 몰라도, 무대 가장자리를 벗어나 자신의 우상에게 더 가까이 다가가는 데 필요한 적극성과 기술은 없었다. 이 세 부류들에, 특히 마지막 부류에 가출 소녀들이 많았다. 남자들도 일부 있었다.

"대부분의 소녀 팬들은 그저 자기가 하고 싶은 일을 했을 뿐이야." 공연 매니저는 말했다. "가끔 골칫거리가 되기도 했지만 그들은 기본적으로 무해한 존재들이었고, 분방한 여자애들이 주위에 득실거리는 걸 싫어할 남자는 거의 없지. 하지만 일부는 미친 애들이었어. 그러니까 내 말은, 무슨 짓이라도 할 수 있는, 진짜 거칠고, 엉망으로 사는, 미친 애들이었다는 거야. 그들은 트레일러 하나에 진을 치고 가수들은 물론 공연 매니저, 보디가드, 심지어 지나가는 낯선 사람들에게까지 몸을 줬어. 우린 그애들이 불쌍하다고 생각면서도 혐오감을 느끼지 않을 수 없었지. 그애들을 몽땅 모아서 동물 보호 협회에라도 보내고 싶은 심정이었다고."

그들 일부는 횟수를 기록했고 경쟁심에 휘말렸다. '모든 밴드와 하고 싶다'는 생각을 훨씬 넘어서는, 그야말로 터무니없는 목표를 세우기도 했다. 예를 들어 로드 스튜어트 투어에서 유명해진 벨벳 마우스라는 소녀 팬이 있었다. 그애는 어느 날 밤 호텔 로비를 비틀비틀 돌아다니며 "350명!"이라고 자랑스레 외치다가 의식을 잃고 쓰러졌다.

진실 혹은 거짓. 롤링 스톤스의 많은 소녀 팬들이 〈스티키 핑거스Sticky Fingers〉 앨범 커버의 저 유명한 혀 내민 로고를 한쪽 엉덩이 골 가까이 문신으로 새겼다.

*

디스코 시대가 끝날 무렵, 스튜디오 54 모퉁이를 돌면 나오는 한 태국 식당에서 나는 친구와 다음과 같은 대화를 나누게 되었다.

"방금 누가 네 뒤에 와서 앉았는지 맞혀봐."

"누군데?"

"믹 재거."

"세상에, 확실해?"

"물론 확실하지."

"혼자 왔어?"

"아니, 남자 둘하고 같이. 롤링 스톤스는 아니고. 모르는 사람들이야. 내가 장담하는데, 스튜디오 54에 온 게 분명해."

"그렇겠지. 어때 보여?"

"환상적이야. 이제 젊지도 않은데. 있지, 다들 그가 사실은 동

성애자라고 하잖아. 그게 사실이라면 그는 세상에서 이성애자 흉
내를 제일 멋지게 해내는 사람이야."

"사인을 받아야겠어."

"농담이겠지."

"아니. 뭐라도 해야겠어."

"무슨 소리야?"

"설명하기 어려워. 내 동생 때문이야."

"그 미친 동생?"

"약물 치료 받는 동안은 멀쩡해."

"그러니까 동생을 위해서 사인을 받겠다고?"

"아니. 나를 위해서." 나를 위해서.

"소녀 팬 노릇을 하기엔 좀 늦지 않았나?"

"모든 여자들이 소녀 팬이다.'"

"뭐?"

"사실은 말야, 내가 진짜 원하는 건 사인이 아냐. 그보다는 뭐
랄까―교류지. 일종의 접촉. 사인을 부탁하지 않고 어떻게 그걸
얻을 수 있겠어?"

"하지 마! 그런 짓 하는 사람들―너무 당황스러운 짓이잖아.
무례한 짓이기도 하고. 사람들이 그렇게 귀찮게 구는 걸 그가 좋
아할 것 같아?"

"싫으면 싫다고 하겠지. 그래도 난 괜찮고."

"내가 싫어. 내가 안 괜찮아. 나까지 창피하게 만들지 말아줬

으면 좋겠어."

"이런 기회 다시는 없을 거야."

"뭐? 바보짓을 할 기회?"

"넌 이해 못 해."

"네가 지금 천박하기 그지없는 짓을 하려는 건 이해하지."

"그래. 하지만 지금 안 하면 평생 후회할 거야."

"오, 정말 말도 안 돼! 그러면 나 이제 다시는 여기 못 와!"

"그 사람 지금 뭐 하고 있어?"

"메뉴판 보고 있어."

"웨이트리스 오기 전에 서두르는 게 좋겠다. 그래야 덜 어색할 테니까."

"오, 조젯, 그건 뭐라 표현할 수도 없을 만큼 끔찍한 짓이야! 네가 이런 사람인 줄 미처 몰랐어. 너 정말 하면 나 화낼 거야. 절대 용서하지 않을 거야! 그가 창피 주면 어쩔래? 제발 그랬으면 좋겠다. 넌 창피당해도 싸!"

그는 친절했다. 그는 고개도 들지 않고 내가 테이블에 슬그머니 들이민 펜과 종이를 집었다. 다른 두 남자는 참을성 있게 지켜보았다. 그가 종이를 내게 도로 건넸다. 물론 나는 그 사인을 알아보았다.

사랑하는 믹이 키스를 보내며.

제3부

"그런 끔찍한 짐"이 되었다는 죄책감에 시달리던 솔랜지는 자신이 아니었더라면 내가 첫 남편을 만나지 못했으리라는 사실을 자주 상기시켰다. 그는 솔랜지가 다니던 병원에서 일하던 사람이었다. 사실, 우리 모두 내가 제러미와 결혼한 건 솔랜지의 상태 때문에 집에 정신과 의사가 필요해서였다고 말하곤 했다. 물론 농담이었다. 하지만 우리가 이혼하게 되었을 즈음 제러미는 진담으로 그 말을 입에 달고 살았고, 급기야 그걸 "당신이 나와 결혼한 유일한 이유"로 만들었다. 그리고 마지막에는 그러니까 도대체 내가 왜 공통점이라곤 하나도 없는, 절대 내 타입이 아닌, 절대 나를(어쩌면, 내가 가끔 주장했듯이 그 어떤 여자도) 행복하게 해줄 수 없는 남자와 결혼한 건지 도무지 기억해낼 수 없었을 땐, 결국 나도 입씨름을 멈추고 처음부터 그런 우스꽝스러운 이유가 있었을지 모른다는 가능성을 받아들였다. 어쨌거나 제러미와 약혼할 때 내가 절박했던 건 분명하다. 당시 솔랜지는 최악의 상태였고, 나는 그렇게 부담감에 짓눌려 도움이 간절히 필요했던 적이 없었다. 게다가, 나중에 밝혀지겠지만, 내가 비참한 기분을 느낄 다른 이유들도 있었다.

나를 좀 보라. 한 단락 안에서 결혼과 이혼을 다 해치우다니! 남편 1호를 단 몇 줄로 없애버리다니! 하지만 우리는 5년을 살았다. 그는 내 딸의 아버지이기도 하다. 전남편들이 흔히 그렇듯 그는 내 마음속에서 작은 자리만을 차지하게 되었다. 나는 제러미에 대한 기억이 거의 없으며, 조가 아니었다면 그의 현재 삶에 대해 전혀 알지 못할 것이다. 그래도 향수에 젖어보자면, 마법과도 같았던 로마에서의 일주일, 창피한 줄도 모르고 그의 의학 학위를 자랑스러워했던 일, 갓 태어난 딸을 두고 둘이 좋아서 법석을 떨던 달콤한 기억이 떠오른다.

사실 제러미가 솔랜지 문제에 큰 도움이 되지 못했다는 사실을 덧붙여야겠다. 솔랜지는 내 환자가 아냐. 제러미가 늘 하던 말이었다. 집안 식구라고 해서 내가 주치의라도 되는 것처럼 함부로 결정을 내릴 순 없어. 그렇다고 그가 집안 식구로서 대단한 도움이 되었던 것도 아니다. 솔랜지는 오랜 세월 많은 의사들을 만나왔고 그중에는 좋은 의사들도, 나쁜 의사들도 있었지만 그애가 시련을 겪는 동안 늘 그애 곁에 있어 주었던 집안 식구는 나뿐이었다. 솔랜지는 정신분석부터 전기 충격까지 여러 종류의 치료들을 받았으며(전기 충격은 일시적이나마 효과를 보였고, 정신 분석은 전혀 효과가 없었다), 확실하게 알 수는 없지만 이젠 최악의 상태를 벗어난 것 같기도 하다. 이 글을 쓰고 있는 지금 솔랜지는 입원할 필요 없이 10년 가까이를 보냈고(그 전에는 적어도 2년에 한 번씩 입원했다), 우리는 그게 닥터 웰(의사에게 잘 어울리는 이름이다)과 약물의 발전 덕이라고 생각한다.

솔랜지가 처음 입원하고 주치의가 나에게 가족력에 대해 물었을 때, 나는 엄마 생각을 하며―엄마의 분노, 우울, 우리를 사랑할 수 없었던 것―그 모든 것들을 이제 다른 시각에서 보게 되었다. 그리고 나중에 내 아이들을 면밀하게―너무도 면밀하게―지켜보면서는 심한 감정 기복이나 무기력의 증세가 느껴질 때마다 공황 상태에 빠지곤 했다. 솔랜지에게 자신의 문제들을 말로 표현하려고 노력해보면 그것들을 정리하고 이해하는 데 도움이 될 거라고 조언한 사람은 닥터 웰이었다. 결국 그 말들이 쌓여 그애의 회고록이 될 터였다. 그리고 팝 스타의 꿈이 이루어지지 않을 것임을 받아들인 솔랜지는 곡 대신 시를 쓰게 되었다.

솔랜지는 앤이 내 인생에서 나간 직후에 내 인생으로 돌아왔다. 그 후 여러 해 동안 나는 앤 생각으로 시간을 허비하는 일이 거의 없었다. 나는 우리가 더 이상 서로 볼 일이 없으리라 확신했다. (한 편의 소설처럼 인생 또한 같은 것들의 반복, 되풀이되는 주제들, 전환점들, 발사되어야만 하는 총들과 마지막에 이르기 전에 돌아와야만 하는 사람들로 이루어져 있음을 깨달으려면 특정한 나이에 도달해야만 한다는 것이 나의 믿음이다.) 일단, 나는 솔랜지 때문에 다른 데 신경 쓸 겨를이 없었다. (그때는 제러미를 만나기 전이었다.) 둘째로, 앤은 이제 내게 아주 먼 옛날로 느껴지는 시절에 속해 있었다. (기억이라는 게 모순투성이라, 지금보다 그때 나는 그 시절을 더 멀게 느꼈다.) 당시 내게는 대학 시절에 대한 향수가 전혀 없었고, 그저 그 시절이 끝난 게 다행스러울 뿐이었다. 그 친구들과 연락을 유지하는 일에도 무심했다. 너무 비참했고 모든 면에서 완전히 실패한 것만 같았던 대학 시절을 떠올리고 싶지도 않았다. 그리고 물론 앤에 대해 생각하고 싶지 않은 타당한 이유도 있었다. 특정한 날씨만 되면 엄지손가락이 욱신거리며 그와의 마지막 만남을 상기시켰고, 그때마다 수치심에 내 존재 전체가 욱신거렸다. 그 망신스러운 이야기를 아무에게도 하지 않으면 어떻게든 그게 아예 일어나지 않은 일이 될 수 있으리라는 생각도 들었다. 한동안 나는 앤이나 콰메와 우연히 마주칠까 봐 두려워하며 살았다. 그런 일은 없었지만, 우연히 그들에 관한 소식을 전해 들었다. 그들은 더 이상 티먼 플레이스에 살고 있지 않았다. 집에 불이 나서 다른 곳으로 이사하게 되었다는 것이었다. 나는 그들이 어디로 갔는지 전혀 몰랐다. 한번은 파티에서 술을 너무 많이 마시고 홀로 집에 돌아와 감상적인 기분에 젖어 전화번호부에서 그들의 이름을 찾아보았다. 드레이턴과 콰시, 블러드로 찾아봤지만 그들의 이름은 없었다. 마치 하나의 끈이 끊기기라도 한 것처럼 그 후로 앤은 내 마음속에서 거의 사라졌다. 그러다 1976년 봄에 갑작스러운 변화가 찾아왔고, 그때부터 지금 이 순간까지 나는 앤에 대한 생각을 멈춘 적이 없다고 해도 과언이 아니다. 밤새 그의 생각에 잠을 설치고 아침에 깨어나서 제일 처음 떠오른 사람이 그였던 시기—아마도 몇 개월에 불과했겠지만 내 기억에는 무한히 긴 시간으로 남아 있는—도 있었다.

당시 나는 매일 출근길에 신문을 사곤 했다. 그리하여 72번가 지하철역(당시 나는 96번가에서 73번가와 리버사이드 드라이브가 만나는 곳으로 이사해 살고 있었다) 승강장에 서서 그 기사를 읽게 되었다. 나는 그 즉시 기사가 사실일 리 없다고 생각했고, 그러면서도 큰 혼란에 빠졌다. 바로 그때 쉭쉭거리며 역으로 달려 들어온 열차가 마법의 용 퍼프*였다고 해도 그보다 충격적이지는 않았을 것이다. 둘리(내가 거의 잊었던 그 이름 둘리!) 드레이턴이 경찰관을 죽였다.

나는 열차에 타지 않았다. 대신 도로 계단을 올라가 거리로 나가서 커피숍에 들어갔다. 카운터 자리에 앉아 커피를 주문했지만, 결국 커피에는 손도 대지 않았다. 대신 신문을 카운터에 펼쳐놓고 그 기사만 읽고 또 읽었다. 사실이 아닌 이야기가 어떻게 거기 흑백으로 인쇄되어 있을 수 있는지 도무지 납득이 되지 않

* 〈퍼프 더 매직 드래건Puff the Magic Dragon〉이라는 노래에 등장하는 바닷가에 사는 용.

았다. 그 〈뉴욕 타임스〉가 마치 〈내셔널 램푼〉이나 〈매드〉 같은 잡지들보다도 사실성이 떨어지는, 아이디어 상품을 파는 상점에서나 볼 법한 가짜 신문 같았다.

앤이 경찰관을 죽였다. 그는 경찰관에게 총을 두 발, 머리와 목에 한 발씩 쏘았고, 경찰관—사전트 경관, 31세, 브루클린 베이 리지 거주, 남편이자 두 아이의 아버지—은 사망했다. 앤은 그의 파트너까지 쏴서 다리에 부상을 입혔다. 이 놀라운 사건은 도축장 지구에서 백주에, 정오 직후에 벌어졌는데, 일요일이라 가게들은 모두 문을 닫은 터였고 인적도 없었다. 경찰에 따르면 사전트와 그의 파트너—그보다 연장자인 헤퍼넌 경관—가 몇 블록 떨어진 곳에서부터 바이크 운전자를 추격하고 있었는데, 그 바이크 운전자는 나중에 앨프리드 블러드(콰메 퀘시로도 알려진)로 밝혀졌다. 콰메는 헬멧을 착용하고 있지 않았다. (후속 보도에서는 헬멧은 착용했지만 턱 끈을 매지 않았다고 했다.) 그리고 멋대로 바이크를 몰고 있었다. (역시 후속 보도에서는 한 번 빨간불을 무시하고 그대로 통과했다고 했다.) 경찰관들이 바이크를 세우자 콰메는 난동을 부렸다. 큰 소리로 협박과 욕설을 내뱉고 경찰의 지시에 따르기를 거부했다. 그들이 그를 진정시키려는데 아무 예고도 없이 갠스보트 스트리트에 있는 2층짜리 건물의 2층 창문에서 총알이 날아왔다. 사전트 경관이 쓰러졌고, 콰메는 돌아서서 달아났다. 그와 거의 동시에 헤퍼넌은 다리에 총을 맞으면서 콰메의 등을 쏘았다. 헤퍼넌은 간신히 순찰차 뒤로 기어가 지원을 요청했다. 현장에 도착한 경찰관들이 건물로 들어가 앤을 찾아냈고, 그는 순순히 항복했다. 앤은 막 앰뷸런스를 부른 참이었다. 그는 연행되면서 경찰관에게 콰메를 볼 수 있는지 물었다. "나는 그가 살았는지 죽었는지 몰랐다"라고 나중에 앤은 말했다. 경찰은 앤에게 콰메를 보여주지 않았는데, 그는 이미 사망한 상태였다.

〈타임스〉 1면에 기사가 실렸고, 이어지는 다음 면에는 내가 앞서 언급했던 사진이 실려 있었다. 조사를 받게 될 경찰서 앞에서 있는 앤의 사진으로, 등 뒤로 수갑이 채워지고 긴 머리칼이 얼굴을 가린 모습이었다. "이 자그마하고 매력적인 금발 여성은 터너와 소피 드레이턴의 외동딸이다." 나는 앤 아버지의 이름을 까맣게 잊고 있었다. 곧 소피와 터너의 사진들도 여러 신문에 실리게 되고, 텔레비전에도 잠깐 비치게 되며, 나는 그들을 처음 만났을 때 두 사람이 마치 피를 나눈 남매처럼 보였던 것을 상기하게 된다. 그들은 여전히 그렇게 보였고, 고통스러워하는 모습이었다.

그 기사에는 콰메가 초등학교 교사라거나 앤이 컬럼비아 사범대학에 입학한 사실이 언급되어 있지 않았다. 하지만 이 내용은 그들, 특히 앤에 대한 다른 많은 사실들과 함께 후속 기사들에 소개되었고, 그중에는 〈뉴스위크〉에 실렸던 그의 신입생 시절 사진—맬컴 엑스와 호치민의 얼굴 사이에서 앞을 노려보는 앤과 이제 거듭거듭 인용될 문구 "우리가 원하는 건 미국이 마침내 자신의 죄악들을 직시하는 것이다"—도 있었다.

나는 사무실로 출근했지만—달리 무얼 할 수 있었으랴?—
그날 일을 거의 하지 못했다. 여기저기 전화를 거느라 오전 시
간을 다 보냈다. 신문에 실린 것보다 자세한 이야기를 들려줄 수
있는 사람을 찾고 싶었다. 하지만 그런 사람은 없었다. 나와 통화
한 사람들은 하나같이 놀라 말문이 막힌 상태였다. 웨스트 11번
가의 타운 하우스 폭파 사건이 있던 날 캠퍼스 분위기가 떠올랐
다. 나는 사샤 생각이 났고, 평생 처음이자 마지막으로 그가 어디
있는지, 어떻게 하면 그와 연락이 닿을지 궁금했다. 그 후로 여러
번 앤의 부모님에게 전화를 걸어볼까 생각했지만, 그때마다 그게
온당한 일로 여겨지지 않았다. 나는 그들에게 모르는 사람이었
다. 더 이상 그들 딸의 친구도 아니었다. 게다가 그들은 내가 알
고 싶어하는 것들에 대해 이야기해줄 수 있는 사람들이 결코 아
니었다.

그날 나는 클리오와 점심을 먹으러 나갔다. 나는 그에게 그
기사가 전부 틀렸다고 단언했다. "도대체가 말이 안 돼."

"근데 네가 전에 그 여자가 웨더맨인가 뭔가와 관련이 있다
고 하지 않았어?" 그런 착각을 하는 사람이 클리오만은 아니었
다. 그 내용은 콰메가 한때 블랙 팬서스 소속이었다는 허위 사실
과 함께 여기저기에 기사로 실리기까지 했다.

"신입생 때 SDS 소속이긴 했지만 웨더맨과는 아무 관련 없
어, 그건 아냐. 그들을 알긴 했지—거기 친구들 몇 명이 있긴 했
으니까, 그건 맞아. 하지만 사실 벌써 그때부터 SDS와 학생 운동

전반에 완전히 환멸을 느꼈어. 어쨌거나 앤은 이런 짓을 할 애가 아냐. 절대로. 실제로 무슨 일이 있었는지는 모르겠지만, 유일한 목격자가 다른 경찰뿐인데 그 사람을 어떻게 믿어? 그자는 콰메를 죽였잖아. 그가 거짓말을 하는 걸 수도 있어."

"그것도 말이 안 되지." 클리오가 말했다. "그 경찰들이 스스로를 쏜 건 아닐 거잖아. 그리고 그 여자가 왜 총을 갖고 있었지? 애초에 거기 강변 동네에서 뭘 하고 있었던 거야? 거긴 아무도 안 살아. 도축장들이랑 창고들, 게이 바들밖에 없다고. 그런데 그 여자는 그 건물에서 저격수처럼 총을 들고 창가에 서서 뭘 하고 있었던 거지? 총 쏘는 건 어디서 배운 거야?"

"급진주의자들 중 많은 이들이 총 쏘는 법을 배웠어. 그들이 받은 훈련의 일부지. 그들은 길거리 싸움과 가라테도 배웠어. 다가오는 혁명에 대비해야 했으니까. 자신을 방어할 준비를 해둬야 했지. 특히 경찰로부터." 이런 말이 완전히 어처구니없게 들리지는 않았던 시대가 실제로 있지 않았던가. (그리 먼 과거도 아니었다.) 나는 앤이 캘리포니아의 급진주의자 훈련 캠프에 참가했던 1969년 여름을 떠올렸다. 그리고 그가 적어도 활쏘기에 있어서는 명사수였다는 기억을 되새기며 좌절감을 느꼈다. 마음만 먹으며 무엇이든 잘했던 앤.

클리오가 말했다. "내가 할 수 있는 말은, 그 여자가 부자라 다행이라는 것뿐이야. 최고로 비싼 변호사가 필요할 테니까. 이건 경찰관 살인 사건이야. 그거면 사형 선고까지 받을 수 있었던 게 그리 오래전 일도 아니지. 네 옛 룸메이트는 평생 감방에서 썩게 될 수도 있어."

"완전히 미친 짓이야." 내가 말했다—소리가 너무 커서 주위 테이블에 있던 사람들이 쳐다봤다.

나는 사무실로 돌아와서 라디오를 갖다 놓고 매시간 뉴스를 들었지만 뉴스 내용은 절망적일 만큼 변함이 없었다. 앤이 일요일에 그 비주거지의 빈 건물에서 무얼 하고 있었는지에 대한 미스터리는 내가 퇴근해서 집에 돌아갈 때까지 풀리지 않았다. 저녁 뉴스에 따르면, 총알이 발사된 방은(총을 누가 쏘았는지에 대해선 의심의 여지가 없었다. 앤은 그 안에 혼자 있었고, 경찰은 그에게서 '살인' 무기를 빼앗았다) 육류 창고 위층의 불법 개조 공간이었다. 경찰은 그곳에서 앤이 가지고 있던 스미스 & 웨슨 외에도 여러 종류의 권총들과 칼들, 수류탄, 산탄총, 돌격용 소총들을 포함한 은닉 무기들, 불법 약물(수면제, 마리화나, 암페타민 등), 그리고 정권 타도와 경찰의 종말, 부자들의 종말을 외치는 서적들을 발견했다. (법정에서 앤의 변호사는 그런 '선동적인' 책들은 많은 캠퍼스의 책꽂이나 게시판은 물론 평범한 서점에서도 발견할 수 있다는 점을 지적할 터였다.)

심야 뉴스에서는 그 건물 자체가 "웨더맨 지하 조직이나 다른 정치적 극단주의자들의 은신처"일 수도 있다고 했다. 임대계약서의 이름은 몇 건의 폭파 사건들과 관련하여 오랫동안 FBI의 수배를 받아온 용의자의 가명으로 추정된다는 것이었다.

전화벨이 울려 받아보니, 같은 프로그램을 시청하고 있던 클리오였다. "봤지? 분명 정치적 연관이 있는 거야." 나는 여전히 그렇지 않으리라 확신했지만, 일이 아주, 아주 심각해 보인다는 건 인정할 수밖에 없었다. 그때 화재 생각이 떠올랐다.

"어쩔 수 없는 상황이었어. 그들이 어느 날 집에 돌아가보니 아파트가 다 타버렸지. 내 생각엔, 그 건물에 아는 사람이 있어서 급히 그리로 들어간 것 같아. 급진주의자들이 거기서 지낸 적이 있다는 이유로 앤과 콰메가 그들과 관련이 있다고 단정할 순 없어."

"음, 배심원단이 그 말을 잘도 믿겠다."

하지만 내 짐작이 옳았다. 앤은 무죄를 주장하며 그 건물 2층에서 무엇을 하고 있었는지에 대해 바로 그렇게 진술했다. 그와 콰메는 그곳에서 두 달가량 살고 있었다. 앤은 그곳이 불법 개조 공간이며 도망자들을 포함한 급진주의자들의 은신처로 사용되었던 걸 알고 있었음을 부인하지 않았다. 하지만 그는 오클랜드의 훈련 캠프에 대한 정보 누설을 거부했듯이 그들의 이름이나 그들에 관한 정보를 알려주는 것도 거부했다. 그는 이렇게 말했다. "내가 얼마나 심각한 상황에 처해 있는지는 알지만, 그렇다고 해서 친구들과 동지들을 배반할 수는 없습니다."

왜 아무도 앤의 말을 믿지 않았을까? 내겐 앤의 설명이 그렇게 황당무계하게 들리지 않았다. 사람들은 그보다 훨씬 어처구니없는 말들을 아무 의심 없이 덥석 믿지 않는가. "우리는 그 범죄가 사전에 계획된 것이었을 수 있으리라 봅니다. 그들이 경찰관을 살해하기 위해 그 장소로 유인했을 수도 있습니다. 현 시점에서 우리는 두 명 이상의 용의자들이 연루되었을 수도 있으리라 생각하고 있습니다."(경찰 대변인의 말이었다.) 총격 사건이 일어난 그날 콰메가 어디서 오던 길이었느냐는 질문에 앤은—그의 변호인과 그의 운명을 걱정하는 사람들을 절망에 빠뜨릴 만큼 오만한 태도로—자신은 모른다고 대답했다. "우린 서로가 어디서 뭘 하고 있는지 늘 알아야만 하는 부르주아적 관계가 아니었습니다."

초기 기자회견에서 지방 검사는 범행 동기에 대한 기자들의 질문에 엉터리 억측을 내놓았다. "이 공격은 독립 200주년을 맞이하여 기획된 미친 좌파의 행동일 가능성이 있습니다. 어쩌면 퍼트리샤 허스트(바로 그해, 그로부터 불과 얼마 전에 유죄 선고가 내려진) 사건과 모종의 관련이 있을 수도 있어요. 아직 수사 초기 단계지만, 우리는 우리가 무엇을 다루는지 확실히 인지하고 있습니다. 우리는 미국 정부와 더없이 투명한 법 집행을 적대시해온 불순분자를 다루고 있지요. 우리는 지금 급진주의 테러리스트들과 관련되어 있고 도망 중인 수배자들과 긴밀하게 연결된 불순분자에 대해 이야기하고 있는 겁니다. 살인과 살인 미수, 그리고 일말의 뉘우침도 보이지 않는 냉혈한 살인자에 대해 이야기하고 있는 겁니다. 우리는 이 사건을 법이 허용하는 최대한의 혐의로 기소할 것이며, 우리의 목표는 젊은 아내와 어린 두 자녀를 남기고 떠난 토머스 사전트 경관의 사형 집행인이 평생 단 하루의 자유도 누리지 못하게 하는 것입니다."(앤은 즉시 구속되었다. 지하 조직망의 도움으로 수년간 체포를 피해온 급진주의 도피범들과 긴밀한 관계를 갖고 있으며 가족의 상당한 부를 이용할 수 있기에 도주 위험이 높은 것으로 간주되어 보석은 허용되지 않았다.)

토미 사전트는 아름다운 얼굴을 갖고 있었다. 서른한 살이라는 나이보다 어려 보이는 미남의 얼굴이었다. 한동안은 어딜 가나 그 얼굴이 보였다. 그의 불쌍한 아내 또한 오만 곳에 얼굴을 비추었다. 그는 늘 두 아이 중 하나를 안고 있었고, 돌처럼 굳은 얼굴을 한 남편 집 식구들을 거느리고 있을 때도 많았다. 당시 뉴욕주에는 사형 제도가 없었는데도, 사전트 부인은 끊임없이 그 이야기를 꺼냈다. "나에겐 오직 그것만이 진정한 정의가 될 것입니다." 다른 사람들도 사형에 대한 생각을 품고 있는 듯했다. 검사 자신도 사형제 복원의 강력한 옹호자로서 예전처럼 경찰 살해범에겐 사형을 의무화해야 한다고 주장했다. (그는 이후 열아홉 해를 더 기다려야만 했다.)

"컨슬러* 같은 변호사가 필요할 거야." 클리오가 말했다. 앤은

---

* 1968년의 시카고 반전 시위 주동자로 체포된 여덟 피의자 중 일곱 명을 변호한 인물.

그를 고용할 수 있었다. 윌리엄 컨슬러는 기꺼이 앤의 변호를 맡으려 했지만 앤이 거부했다. 그의 부모는 딸의 변호사에게 얼마가 되든 큰돈을 선뜻 지불할 의사를 보였으나 그 역시 앤이 거부했다. 앤은 드레이턴 부부의 재산과 사회적 지위가 줄 수 있는 특권들을 이용할 생각이 없었다. 그는 부잣집 상속녀 퍼트리샤 허스트가 고용했던 F. 리 베일리처럼 잘나가는 거물급 변호사를 고용하려 하지 않았다. 가난하고 알려지지 않은 사람들과 똑같은 방식으로 국선 변호인을 써서 사법 체제에 맞서기로 했다. 나는 국선 변호인이 흑인이라면 그가 더 기뻐할 거라는 생각이 들었다.

하지만 그의 그런 결심은 대부분의 사람들에게서 점수를 얻지 못했다. "도대체 뭘 증명해 보이려는 거야?" "이제 심신미약을 주장해도 아무도 의심하지 않겠군." "아, 알겠네. 순교자 증후군이야." "부자는 가난뱅이 놀이를 할 수 없지." 내가 사무실에서 들은 말들이었다. "자기 원칙을 실행에 옮기는 것일 뿐이야." 나는 말했다. 하지만 그 말이 왜 그렇게 설득력 없이 들렸을까? 학교에서와 똑같았다. 나는 왜 늘 그렇게 앤을 방어하는 데 서툴렀을까? 당시 앤에 관한 기사들에서 그가 말도 안 되는 멍청한 이름들로 불리던 것도 기억난다. 예를 들면, 얼음 공주. 그리고 퍼트리샤 허스트의 유명한 게릴라 가명 타냐를 본뜬 타냐 투. 〈데일리 뉴스〉에서는 앤의 "잔다르크 콤플렉스" 운운하기까지 했다. (잔다르크라니!)

앤이 기소된 직후 나는 그에게 편지를 썼다. 우리가 그렇게 헤어진 것에 대한 안타까움과 함께 어설프게나마 내 감정들을 표현하고—그보다 쓰기 어려운 편지가 있었을까?—콰메의 죽음에 애도를 표하고, 내가 그를 위해 해줄 수 있는 일이 있는지 물었다. 답장은 없었다. (창피하지만 솔직히 고백하자면, 나는 유치하게도 마음이 상했다.) 그래서 그저 방관자로서 모든 과정을 지켜보았다. 하지만 앤이 체포된 시점부터 재판이 진행되는 내내, 나는 매일 아침 비타민이 아니라 약한 독약이라도 섭취하는 양 육체적으로 병든 느낌을 자주 받았다. 버스 뒷좌석에 앉아 장거리 여행을 하는 기분이었다. 식욕도 감소하고 체중도 줄었다—재판 첫날, 누군가의 말마따나 걸어 다니는 해골 같은 모습으로 법정에 나타난 앤에 비하면 아무것도 아니었지만 말이다. "구치소 음식 때문인가요, 둘리?" 기자 하나가 외쳐 물었다. 많은 사람들이 앤을 대할 때 내곤 하던 그 익숙한, 조롱 어린 목소리였다. 이 질문에 앤은 자기 귀가 의심스럽다는 듯 아연실색한 표정으로 그를 쳐다보았다. "아뇨." 그가 말했다. "슬픔 때문이죠."

경찰 살해범, 연인의 장례식 참석 요청 거부당해.

앤은 고인의 친척도 아니고 법적 배우자도 아니라는 게 구치소 측 설명이었다. 하지만 그런 잔인함이 결과적으로는 최선의 선택이었을지도 모르겠다. 콰메가 재직 중이던 할렘 공립학교 앞에서 대대적인 시위가 벌어졌다. 아이들은 흐느껴 울고 대변인들은 고래고래 소리를 질렀다. "흑인 사회는 콰메 퀘시의 등을 쏜 경찰관이 아직 기소되지 않은 것에 분노한다." 그러나 그들에게 콰메의 죽음과 앤의 재판은 완전히 별개의 사건인 것 같았다. 아프리카계 미국인들 사이에 들끓고 있는 콰메에 대한 감정들은 그의 연인에게까지 미치지 못하는 듯했다. 앤에 대해 한마디라도 한 흑인은 콰메의 누나인 디디뿐이었다. "그 미친 멍청이만 아니었어도 내 동생은 지금 살아 있을 것이다." 콰메의 가족들 중 아무도 앤의 재판에 나타나지 않았다. 그리고 재판이 진행되기 전부터 뉴스 보도는 거의 앤에게만 집중되는 경향을 보였다. 시간이 지나면서 콰메는 거의 언급되지 않게 되었다.

"당신은 정치범인가요, 둘리?"

수척해진 얼굴 속에서 이제 엄청나게 커 보이는 푸른 눈이 그 질문을 던진 기자에게 동정 어린 시선을 던졌다. "그래요." 그가 말했다. "당신도 그렇고."

모든 인터뷰를 거절한 앤은 다운타운에 있는 구치소 감방에서 성명을 냈다.

나는 토머스 사전트 경관을 죽였다. 나는 그의 살해를 모의하지 않았다. 콰메 퀘시와 내가, 어쩌면 다른 사람들과 함께, 극단주의적인 정치적 입장에 따라 경찰을 처형하기 위해 그들을 유인할 계략을 꾸몄다는 혐의는 완전한 허위다. 나는 현재 그 어떤 급진주의 정치 조직에도 속해 있지 않다. (한때 그런 조직에서 활동한 적은 있다.) 나는 폭력에 의한 정부 타도를 지지하지 않는다. 내가 토머스 사전트와 그의 파트너 시어도어 헤퍼넌을 쏜 건 오직 한 가지 이유, 나의 사랑하는 친구이자 동지 콰메 퀘시를 당시 내가 인지했던 위험, 즉 목숨을 잃을 위험에서 구하고자 함이었다.

앤의 주장에 따르면, 그가 창가로 간 것은 길에서 누군가 외치는 소리가 들려서였다.

무슨 일이 벌어졌는지 즉시 알 수 있었다. 새 바이크—그의 첫 바이크였고 아직 익숙하지 않은 상태였다—를 타고 나간 콰메가 경찰에 쫓기다가 바이크를 세운 것이었다. 그는 몹시 화가 나 있었다. 그는 바이크를 왜 세우라고 했는지 따지며 경찰관들에게 소리를 질렀다. 평소 콰메의 성격이 불같거나 공격적이지는 않았음을 밝히고 싶다. 그를 아는 사람이라면 누구든 증언하겠지만, 그는 스트레스를 받는 상태에서도 차분한 편이었으며, 그처럼 어린아이들을 위해 삶을 바치고자 하는 사람이라면 반드시 배워야 할 비범한 인내심을 지니고 있었다. 하지만 그때 콰메는 평소의 그로 보이지 않았다. 달리 어떻게 표현해야 할지 모르겠다. 그는 경찰관들에게 소리를 지르고 있었다. 그들에게 욕을 하고 있었다. 그라는 걸 알아보기 힘들 정도로 몹시 흥분해 있었다.

앤은 창문 커튼 뒤에서 그 광경을 보고 겁에 질렸다고 했다.

그건 아프리카계 미국인 남자와 두 백인 경찰의 분노에 찬 대치였고, 그러한 대치는 폭력으로 이어지기 십상이었다. 나는 경찰이 아프리카계 미국인들에게 저지른 무수한 잔혹 행위들을 떠올렸다. 최근에 법 집행관들의 손에 살해된 두 명의 유명한 흑인 프레드 햄프턴과 조지 잭슨 같은 사람들도 생각났다. 그리고 이제 그곳에서 경찰은 콰메에게 무릎을 꿇으라며 소리치고 있었고, 콰메는 그들의 권위에, 아무 잘못도 없는 자신을 멈춰 세운 그들의 권리에 맞서 고함을 질러대고 있었다.

사실 앤은 그 자신도 콰메의 행동을 납득할 수 없었다고 말했다. "그는 자신이 위험에 처해 있다는 걸 알았어야 했다." 한때 SNCC 조직원이었던 콰메는 경찰과 대치 시 적대감을 최소화하는 행동을 훈련한 터였다. 하지만 그는 최근 많은 어려움을 겪었다. 바로 두 달 전에 불이 나서 아파트와 가재도구를 다 잃었다. 그와 앤의 관계를 허락하지 않는 가족들과의 갈등도 계속되고 있었다. 게다가 슬럼가에서 교사로 일하며 받는 일상적인 스트레스들을 견뎌야 했고, 최근에는 불치병 진단까지 받았다. 당뇨병. 그리고 그가 무척 사랑했던 아버지가 지난가을에 세상을 떠났다.

어쩌면 이런 스트레스와 압박감이 쌓여 콰메는 취약한 상태였고, 경찰과 대치하면서 그의 마음속에서 무언가 폭발한 것인지도 모른다. 콰메가 합당한 이유 없이 경찰에게 저지당한 게 이번이 처음이 아님을 덧붙여야겠다. 그때 그는 운전을 하고 있지도 않았다. 메트로폴리탄 미술관 근처를 걷고 있었는데, 순찰 나온 경찰이 그를 불러 세우고는 그 시간에 그 동네에서 뭘 하냐고 물었다. 대낮이었다. 콰메는 미술관에 가는 길이었다.

오래전, 공산주의자이자 SNCC 조직원이었던 시절에 콰메는 경찰과의 충돌을 몇 차례 겪었고, FBI가 블랙 팬서스에 대한 전면전을 펼칠 때 그와 같은 아프리카계 미국인이자 정치 운동가들은 일상적으로 경찰의 감시와 괴롭힘의 대상이 되었다.

앤은 사전트 경관이 총을 빼는 걸 보고("그는 콰메에게서 3미터쯤 떨어진 위치에 서 있었고, 헤퍼넌은 사전트 오른쪽 뒤로 1미터 지점에 있었다. 헤퍼넌은 총을 빼진 않았지만 손이 총집에 가 있었다") 무기가 보관된 벽장으로 ("맹목적 본능에 이끌린 것처럼") 가서 스미스 & 웨슨을 가지고 왔다.

장면이 바뀌어 있었다. 콰메는 이제 아주 조용했다.

사전트: (큰 소리로) 깜둥이, 무릎 꿇고 머리 위로 손 올려.

콰메: (침착하게) 오, 흑인이 바이크 좀 몰았다고 총으로 쏠 생각인가?

사전트: 깜둥이, 시키는 대로 안 하면 그 염병할 깜둥이 대가리를 날려버릴 줄 알아.

콰메: 깜둥이, 깜둥이. 내가 새로운 말 좀 가르쳐줄까, 씹할 놈아?

헤퍼넌: 멍청하게 굴지 마.

사전트: 깜둥이, 죽고 싶어? 내가 그 염병할 깜둥이 대가리를 날려버릴 거거든.

어떻게 내가 사전트 경관의 말을 믿지 않을 수 있었겠는가? 그의 목소리를 들으면 누구라도 그가 자기 말대로 하리라 믿었을 것이다. 그저 콰메에게 겁을 주려는 것이었다고 말하는 사람들이 옳을지도 모른다. 하지만 그때 내겐 그렇게 보이지 않았다. 나는 최악의 사태가 벌어지리라 믿었다—평생 그렇게 강한 확신이 든 적이 없었다. 이미 일어나고 있는 일인 양 모든 게 분명하게 보였다. 콰메는 경찰관들의 말을 듣지 않을 것이다. 그는 무릎을 꿇고 손을 올리지 않을 것이다. 그는 사전트 경관의 총에 맞을 것이다. 내 눈앞에서 죽을 것이다. 그래서 내가 먼저 쐈다.

앤의 말에 따르면, 그다음에 콰메가 돌아서서 도망쳤다는 건 사실이 아니었다.

그는 도망칠 시간이 없었다. 그는 몸을 확 돌려 창문을 올려다보았다. 무슨 일이 일어난 건지 정확히 알았던 게 분명하다. 그는 몸을 돌려 나를 찾고 있었다. 그리고 나는 그를 마주 바라보는 실수를 범했다. 내가 헤퍼넌에게서 시선을 뗀 그 찰나의 순간, 그가 총을 뺐다. 나는 헤퍼넌에게 총을 쐈으나 이미 늦었다. 그가 벌써 콰메의 등을 쐈던 것이다.

이게 사실이다. 내가 사전트와 헤퍼넌을 쏜 건 사랑하는 남자를 구하기 위해서였다. 사전트 경관이 그저 총으로 콰메를 위협하기만 했어도, 그것만으로도 충분히 공포였을 것이다. 하지만 그는 **총을 겨누고서 깜둥이, 깜둥이, 깜둥이**를 외쳤다. 그 말 자체가 총알과 같았다.

무슨 악마가 부추겼는지, 이어 앤은 자신을 잠시 세계적인 유명 인사로 만드는 동시에 자신의 운명을 결정지을 한 줄을 추가한다.

만일 토머스 사전트가 **깜둥이**라는 말을 한 번만 덜 했어도 그는 죽지 않았을 것이다.

지방 검사 사무실에서 샴페인 터뜨리는 소리가 들리는 듯했다. 앤은 자신이 사전트에게 총을 쐈을 뿐 아니라 죽이기 위해 쐈으며, 심지어 헤퍼넌까지 날려버리지 못한 것을 아쉬워한다는 주장이 가능해지도록 만든 셈이었다. 그리고 그 긴 성명서에 뉘우침의 말은 단 한 마디도 없었다.

"그 여자는 살인자에 거짓말쟁입니다." 아직 다리가 온전치 못한(결국 그는 영원히 제대로 걷지 못하게 된다) 헤퍼넌은 말했다. "사전트 경관은 그런 말 한 적 없습니다." (법정에서 선서를 한 뒤에는 진술을 살짝 수정했다. "그랬을 가능성은 인정합니다. 우리는 엄청나게 스트레스를 받는 상태였으니까요. 그 난폭한 남자가 무기를 지녔는지, 당장이라도 어떤 미친 행동을 보일지 우리는 몰랐습니다. 그런 말을 했느냐? 모르겠습니다. 어쩌면 한 번 했을 수도 있어요. 하지만 그 여자 말대로 여러 번 했다면 나도 기억하고 있을 겁니다.")

알고 보니, 그때껏 사전트 경사가 그런 말(당시엔 누구도 'N으로 시작되는 단어'라는 표현을 사용하지 않았다)을 쓰는 걸 들어본 사람은 아무도 없었다. 그의 아내는 기자들에게 만일 자녀들이 그런 말을 사용했다면 그가 때려서 혼을 냈을 거라고 말했고, 그의 부모님은 "아들을 그렇게 키우지 않았다"고 주장했다.

앤의 성명서가 재판 중에 언급되지 않게끔 하려던 변호사의 제안은 앤 자신이 이미 그것을 공식 기록으로 남기기를 선택했다는 이유로 거부되었다.

왜 그렇게 뻔히 자기 이익에 반하는 짓을 할까? 모두가 계속해서 그런 의문을 제기했다.

그건 말이야, 앤은 원래 늘 진실만을 말하는 그런 면이 있거든. 나의 설명이었다. 하지만 그렇게 대답하면서도 늘, 정말이지 설득력 없는 설명이라고 생각했다. 어찌나 궁색한 변명으로 들리던지. (오늘날 일부 급진주의자들이 자신의 과거 행동에 대해 설명하는 내용만큼이나 궁색하게 들렸다. "우리는 미국이 베트남에서 무슨 짓을 하고 있는지 보았고, 그래서 이성을 잃었어.")

"그 여자가 하는 말, 다 헛소리야." 클리오가 말했다. "그때 그 여자는 창밖으로 고개만 내밀면 됐을 거야. 경찰들에게 자기가 거기서 지켜보고 있다는 걸, 그들이 무슨 짓을 저지르기로 마음먹었든 목격자가 있다는 걸 알리기만 하면 되었다고. 정신 멀쩡한 사람이라면 누구나 그렇게 하지 않았겠어? 설마 경찰이 자기 금발 머리를 날려버릴까 봐 겁이 나서 그랬을까? 아니, 난 그렇게 생각하지 않아."

"글쎄, 내 생각엔 그 건물이 주목을 받게 될까 봐 걱정이 되었던 것 같아."

"글쎄, 내 생각엔 그냥 누군가를 쏘고 싶었던 것 같은데. 그리고 내 생각엔 그 여잔 미쳤어."

"넌 앤을 몰라."

"그래, 하지만 그런 부류는 알지. 혁명 놀이를 하고 싶어하는 부잣집 응석받이들. 결국 전부 난장판으로 만들고 다른 사람들의 삶을 망쳐놓을 뿐이지. 흑인 남자들이 좋다고 난리 치는 부잣집 백인 여자애들, 가난한 흑인 남자와 함께 사는 걸 자랑스러워하고,

흑인이 되고 싶어하는 애들. 만일 자기가 흑인이었다면 그 남자들이 거들떠도 안 볼 거라는 것도 모르고. 슬럼가를 추종하는 소녀 팬들. 구역질 나."

나는 앤에 대한 클리오의 가혹한 평가를, 그 경멸과 지독한 몰인정함을 견디기가 힘들었다. 이 시기에 우리의 우정은 식어버렸다. 우리는 앤에 대해 꽤 많은 이야기를 나눴고, 이후 다시 서로 즐겁게 어울릴 수 있을 만큼 편안한 사이가 되기까지는 재판이 끝나고도 오랜 시간이 지나야 했다.

클리오만 그런 감정을 느낀 게 아니었다. 나는 지하철을 타고 출근하는 길에 젊은 흑인 여자 셋이 〈데일리 뉴스〉를 보며 나누는 대화를 엿들었다.

"아니, 이 여자 도대체 왜 이래? 자기가 뭐라고 생각하는 거야?"

"흑인의 훌륭한 친구가 되려는 부자 백인 숙녀네."

"자기가 한 일이 정당하다고 모두가 믿어주기를 바라는 거지."

"자기는 그저 자기 남자를 지키려고 그랬다는 양."

"결국 그를 총에 맞아 죽게 만들었으면서!"

"난 이 여자 말 한 마디도 안 믿어."

"미친 여자야. 가둬버려야 해."

"그런데 그 남자는 이런 여자랑 뭘 하고 있었던 거래?"

그들의 대화에 끼어들어 무슨 말이라도 해야 했을까? 내가 무슨 말을 해야 했을까?

블랙 팬서스가 웨더맨에 대해 어떻게 말해야 했는지 상기해 보라. 우리는 그들을 지지하지도 않고 그들과 정책을 공유하지도 않는다. 그들은 자신들이 흑인을 돕고 있다고, 흑인을 백인의 압제에서 해방하는 혁명에 참여하고 있다고 생각할 수도 있지만, 우리는 그들과 연합하지 않았으며 그들에게 우리의 이름으로 말할 권리를 부여하지도 않았다.

〈암스테르담 뉴스〉의 한 동정적인 칼럼니스트는 앤이 타인종 간 결혼의 구체적 사례로 이용되고 있다는 의견을 냈다. 자신의 부류에 단단히 붙어 있지 않으면 어떤 재앙이 닥칠 수 있는지 보았는가? (대법원에서 타인종 간 결혼 금지법 폐지 결정을 내린지 10년도 채 안 된 때였다.)

나는 나중에야 알게 된 사실이지만, 그때부터 앤에게 협박 편지가 쏟아졌고 그런 편지들은 수년간 이어졌다. "깜둥이의 연인에게."

*

재판이 끝날 무렵인 1976년은 ─ 재판은 1977년이 되기 직전에 끝났다—60년대보다 80년대에 훨씬 가까운 시절이었다. 그 200주년의 해에 정치 운동의 열기는 거의 식어 있었다. 이는 베트남전 종전에 따른 징집 종식의 영향이기도 했다. 지하 운동 조직은 급속히 소멸되었다. 웨더맨 지하 조직에서 자신들의 소행이라고 주장한 마지막 폭파 사건이 일어난 게 1975년 6월이었다. (1981년 브링크스 은행 강도라는 뜻밖의 충격적인 사건으로 11년 전 그리니치빌리지 타운 하우스 폭파 후 잠적했던 급진주의자 캐시 부딘이 체포될 일이 아직 남아 있긴 했지만 말이다.) 많은 급진주의 도망자들이 이제 수면으로 떠올라 법에 굴복할 계획을 세우고 있었으니, 그게 그들이 앤의 사건에 대해 침묵한 이유를 부분적으로나마 설명할 수 있을지도 모르겠다. 재판이 진행되는 동안, 매일은 아니고 며칠쯤은 슬퍼하는 소수가 법원 앞에 와 둘리 드레이턴을 석방하라나 콰메 쾌시에게 정의를 같은 구호가 적힌 피켓을 들고 서 있었다. 그 사람들도 구호들도, 시위의 시대가 진정 옛날이 되었음을 깨닫게 해줄 뿐이었다. 마치 누군가 홀로 〈우리 승리하리라 We Shall Overcome〉를 열창하는 듯한 모습이었다.

앤은 처음부터 퍼트리샤 허스트의 그림자에서 벗어날 수 없었다. 워낙 기이한 일이라 유례없는 유명세를 탄 퍼트리샤 허스트 사건은 그가 1974년에 공생 해방군*에 납치되면서 시작되었

---

* Symbionese Liberation Army. 1970년대 초 미국 캘리포니아를 중심으로 활동한 좌익 급진주의 단체.

다. 공생 해방군은 그의 가족들에게 수백만 달러 상당의 음식을 가난한 이들에게 기부할 것을 요구했다. 그다음엔 피해자 자신이 충격적인 공식 성명—자신이 공생 해방군의 일원이 되었고 이제부터는 타냐(체 게바라의 연인 이름을 따서)로 불러달라는—을 냈고, 실제로 무장 은행 강도 사건에 참여했고, FBI에 체포되었고, 재판(세기의 재판으로 알려진)을 받았고, 재판정에서 배심원단은 그가 세뇌되었다는 변론을 믿어주지 않았다. 앤의 체포 당시 허스트는 7년 형을 받아 연방 교도소에서 복역을 시작한 참이었다. (허스트는 2년쯤 지나서 카터 대통령에게 가석방 허가를 받고, 2001년 클린턴 대통령으로부터 사면을 받게 된다.)

퍼트리샤 허스트와 앤 사이에 몇 가지 사소한 유사점이 있었던 건 사실이었다. 그들 둘 다 부유한 가정 출신의 젊은 여성으로, 자신의 타고난 특권들을 포기하고 자신의 계층과 가족을 성토했다. 그들 둘 다 총을 들었고, 흑인 남자와 성적 관계를 맺었다. 허스트의 경우 공생 해방군 지도자 도널드 디프리즈(로스앤젤레스 경찰과의 총격전에서 다른 몇 명의 조직원들과 함께 사망한)와의 관계가 '스톡홀름 증후군' 때문이었다고 주장했지만 배심원단을 설득하는 데는 실패했다. 머리 일곱 달린 뱀이 그려진 공생 해방군의 심벌을 배경으로 혁명가 스타일 베레모를 쓴채 기관단총을 들고 있는 사진을 포함한 허스트의 사진들이 널리 유포되었다. 몇 장의 사진들에서, 특히 그 사진에서 허스트는 앤과 닮아 보였다. 둘이 자매라고 해도 믿을 정도였다. 실제로 많은 사람들이 그들을 자매로 여겼다.

내가 읽은 앤의 사건에 대한 기사들 절반은 퍼트리샤 허스트의 이름을 언급하고 있었다.

퍼트리샤 허스트와 공생 해방군이 대서특필되는 동안 〈롤링스톤〉지에 급진주의자들에 대한 기사가 하나 실렸다. "옛날에는, 급진주의자들이 멋졌다. 섹시했다. 매사 그들과 의견을 같이하지 않더라도, 사람들은 그들을 우러러보았다. 그들처럼 되고 싶다는 은밀한 희망을 품었다. 하지만 이제 모든 게 달라졌음을 직시하자. 민중을 약탈하는 벌레 같은 파시스트 타도! (공생 해방군의 구호다.) 그런 말을 하면서도 사람들이 킥킥거리지 않던 시절을 기억하는가? 은행 계좌가 있는 이들은 전부 자본주의의 개들에게 동조하는 자였던 시절을 기억하는가? 단순히 급진주의자들이 더 이상 멋져 보이지 않는다는 얘기가 아니다. 그들은 완전히 웃음거리로 전락한 듯 보인다. 웨더맨 같은 조직들(공생 해방군 같은 미치광이들은 말할 것도 없고)이 판치던 시대를 돌아보며 우리는 스스로에게 묻게 된다. 그게 다 무슨 일이었지?"

『갇힌 영혼』이 1968년 〈뉴욕 타임스〉 선정 10대 베스트셀러 명단에 올랐던 때를 기억하는가?

퍼트리샤 허스트가 그랬듯, 앤도 부모에 대한 태도가 재판 결과에 중요한 영향을 미칠 수 있다는 변호사의 경고를 받았다. 하지만 앤의 경우 그 경고를 무시했다. 드레이턴 부부는 매일 재판에 참석했는데, 나중에 한 사람 이상의 배심원이 말하기를 앤은 부모에게 명확히 거리를 두었으며 이는 변호사에게 보여준 진심 어린 호의의 태도와 너무나 대조적이었다고 했다. 또한 그는 법정을 가득 채우고 자신을 죽일 듯 노려보며 심지어 가끔 말참견까지 하던 경찰관들의 적의에도 무관심해 보였다.

"전혀 겁을 먹지 않는 것 같았어요." 한 배심원은 말했다. "그 어떤 일에도 겁을 먹지 않을 것 같았죠." 사실 그것이 앤에 대한 일반적인 인상이었다. 피고는 두려움을 몰랐다, 그는 강했다, 그는 한결같았다. 그리고 배심원장의 말마따나, "그는 백인들을 좋아하지 않는 것 같았다".

변호사 레스터 프라이속은 앤이 다른 건 몰라도 냉혈한 살인자는 결코 아니라는 점을 배심원들에게 납득시켜야 했다. "이 여성에겐 살해 의도가 전혀 없었습니다." 이 젊은 여성을 법정에 세운 비극이 일어나기 전 그가 정확히 어떤 사람이었는지를 배심원들이 우선 기억하도록 만들어야 했다. 그가 살아온 인생의 어느 시점에서든 그를 알고 지낸 이들로서는 아무도 예상치 못했던 운명이었다. 몇 명의 증인들(거기엔 앤을 가르쳤던 선생님들이 포함되었고, 그중에는 바너드에서 아프리카계 미국 문학을 가르친 오티스 키블 교수도 있었다)이 앤의 성격에 대해 증언했으며, 변호사의 주장에 의하면 그들의 증언은 앤이 지금까지 살아오는 동안 학업 성적만큼 도덕과 이상주의로도 감탄의 대상이었음을 입증했다. 한 증인의 말에 따르면, 앤은 "내가 아는 그 어떤 젊은 사람보다 양심적"이었다. 다른 증인은 앤을 "내가 아는 가장 진실한 사람"이라고 불렀다. 또 다른 증인은 고등학교 시절 앤이 가끔 "미래의 첫 여성 대통령"으로 불렸다고 했다.

"숙녀 신사 여러분, 이런 젊은이가 미래의 냉혹한 살인자로도 여겨질 수 있었을까요?"

그렇다, 앤이 반전 시위에 참가한 건 맞는다. 그 시위들이 늘 평화적인 건 아니었으며, 그가 경찰에 끌려간 불운한 시위자들 중 하나였던 것도 맞는다. 하지만 전쟁이 끝난 지금, 미국 정부 스스로 동남아시아에서 분쟁을 종식시키고 병력을 철수하는 게 옳다는 판단을 내린 지금, 어찌 그 시절의 반전 시위자들이 정당한 이유로 행동에 나섰다고 말하지 않을 수 있겠는가? 앤을 단순한 반전 운동가를 넘어 미 정부와 자본주의 체제의 폭력적 전복을 꾀하는 미친 좌파 극단주의자로 몰려는 검찰 측의 시도는 잘못된 것이다. 그가 폭력적인 사람이었다는 증거는 전혀 없다. 아니, 그는 열정적인 사람이었다. 그리고 그는, 정말이지, 강한 신념의 소유자였다. 그는 무엇보다도 가난하고 억압받는 사람들, 자신보다 불우한 사람들을 열정적으로 보살피는 일에 헌신했다.

체포 당시 피고는 어떤 삶을 살고 있었는가? 범죄자의 삶? 물론 아니다. 불만 많은 사회적 낙오자—혹은 혁명적인 도시 게릴라의 삶? 아니다. 앤 드레이턴은 가장 고귀하고 이타적인 직업인 교육자의 일원으로 사회에서 자리 잡기 위해 준비 중이었다. 그는 학위를 받으면 가장 도움이 절실한, 우리의 문제 많은 도심

지역 학교들에서 교편을 잡을 계획이었다. 그의 목표는 언제나 한결같았다. 다른 사람들을 돕는 것. 선을 행하는 것.

사실 앤은 아주 어릴 때부터 타인의 고통에 남달리 민감했음에 분명했다. 그의 어머니가 법정에서 어린 앤이 부모를 따라 뉴헤이븐에 갔을 때 일어난 일에 대해 이야기했다. 그들은 공원에서 누더기를 걸친 지저분한 남자가 땅바닥에 누워 있는 걸 보았다. 그런 광경을 난생처음 본 여섯 살 꼬마 소녀 앤은 부모님을 붙잡아 세웠다. 그러곤 그 불쌍한 사람을 집으로 데려가자고 우겼다. 부모님이 안 된다고 하자 그는 울음을 터뜨렸다. 드레이턴 부인은 슬픔에 잠긴 얼굴에 온화한 미소를 머금고 이야기를 이어갔다. 다음 날 여섯 살의 어린 앤은 부엌에서 음식을 꺼내고 자신의 침대에 있던 담요를 챙겨 혼자 뉴헤이븐의 공원에 있는 그 남자에게 갈 요량으로 집을 나섰다가 이웃 사람 손에 이끌려 집으로 돌아왔다.

일주일이 지난 후에도 앤은 계속해서 그 낯선 사람을 가족으로 들이자고 부모님을 졸랐다.

"그리고 지금까지도, 앤은 우리를 용서하지 않은 것 같습니다." 드레이턴 부인이 눈물을 닦으며 말했다.

배심원단은 앤의 어린 시절에 있었던 다른 사건들에 대해서도 들었다. 앤은 탈리도마이드 기형아들이나 기아와 질병에 시달리는 다른 나라 사람들의 사진, 남부에서 경찰견이 민권 운동 시위자들을 공격한 사건, 베트남 학살 뉴스에 히스테릭한 반응을 보였다. 학교에서 아돌프 아이히만의 범죄에 대한 토론 수업 중 구토를 시작해서 귀가 조치를 받기도 했다. 앨라배마 흑인 교회 폭파 사건으로 자기 또래의 소녀 넷이 목숨을 잃었다는 뉴스를 접했을 때는 며칠간 식음을 전폐했다.

드레이턴 부부가 어린 딸의 치료를 맡겼던 정신과 의사도 법정에 나와 증언했다. 그는 다른 환자의 경우 그런 행동은 자기 극화와 관심을 받고 싶은 욕구로 해석될 수 있으며 그 나이의 소녀에게서 흔히 볼 수 있는 현상이지만, 앤의 경우는 달랐다고 말했다. 우선 그는 충분한 관심을 받고 있었고, 임상 소견상 우울증도 없었으며, 대부분의 면에서 정상적이었고, 적응력이 뛰어났을 뿐 아니라 아주 잘 자라고 있었다. 그에게 결여된 건 삶의 잔혹성이나 인간에 대한 인간의 무자비함에 직면했을 때 그것에 대처하는 메커니즘이었다. 아뇨, 어린 앤이 정신적 질환을 갖고 있었다고 보긴 어렵습니다.

하지만 그런 초민감성이 인식의 왜곡을 초래하여 감정적 상처들에 취약하게 만들었을 수도 있지 않을까요?

물론 그렇죠.

검찰 측은 흉악 범죄로 기소된 사람들 다수가 딱한 처지인 데 반해 피고는 불우한 가정 출신이 아니고, 어릴 때 버려지거나 박탈당한 경험이 없으며, 폭력이나 학대, 방치의 대상이 되었던 적도 없음을 배심원단에게 끊임없이 상기시켰다. 동화 같은 어린 시절, 검찰 측은 그렇게 불렀다.

동화 같은 어린 시절이라고? 맞는 말이다. 이 시대의 아이가 지구상의 냉혹한 현실들로부터 보호받을 수 있다니, 그야말로 동화가 아니면 뭐겠는가. 드레이턴 부부는 정신과 의사의 조언에 따라 한동안 딸이 신문과 TV에 노출되는 걸 막아보기도 했지만 물론 뜻대로 되지 않았다. 버밍햄, 베트남, 아우슈비츠, 전쟁, 인종차별, 폭동, 불필요한 죽음, 질병, 고문, 굶주림, 폭력, 그리고 온갖 종류의 불행―이런 것들을 앤에게, 그 세대의 어떤 아이들에게건 감추기란 불가능했다. 하지만 이런 것들이 다른 아이들보다 앤에게 더 깊이 파고든 건 의심할 바 없는 사실이었다. 그걸 알았더라면 어쩌면 그의 부모가 어린 딸을 멀리, 어느 동화에 나올 법한 숲속 작은 오두막에 가둬버렸을 수도 있었을 텐데. 아니면 그 의사가 앤에게 이런 일들을 무덤덤하게 받아들이게 하는 알약 같은 걸 처방해줄 수 있었어도 좋았으련만.

검찰 측은 배심원단에게 피고가 역경을 모르고 애지중지 곱게 자랐다는 점을 명심해달라고 호소했다. 하지만 자세히 들여다보니 진실은 판이하게 달랐다. 어린 앤은 세상에 존재하는 모든 악에 대해 알게 됨과 동시에 자신이 그 악의 원인이라는 사실도 알게 되었던 것이다. 그는 자신이 누리는 온갖 멋진 혜택들과 좋은 것들이 자신보다 운이 좋지 못한 타인들에 대한 착취를 통해서만 얻어질 수 있음을 깨달았다. 그것이 그가 자라난 60년대라는 시대의 가르침이었다. 그는 희생자들의 고통에 가슴이 찢어졌지만, 그들을 희생자로 만드는 것이 바로 그 자신이었다. 그의 인종, 그의 계층. 그들이 죄인들이자 사악한 자들이었으며, 사회의 악이요 역사의 암 덩어리들이었다. 부자, 백인, 그리고 미국인. 도덕적으로, 정신적으로 그보다 더 타락할 순 없었다―다들 그렇게 말하지 않았는가! 그가 속한 부류의 역사는 소름 끼치는 만행의 역사였고, 가진 자가 되는 건 곧 대량 학살범이 되는 것이었다―그것이 앤이 외면할 수 없는 진실이었다.

그는 둘리라는 이름이 필시 조상 때 노예를 부렸을 남부 가문의 성이라는 걸 알고 경악하여 그 이름을 거부했다. 그 자신의 이름, 부모가 자신을 위해 선택한 이름은 그가 상상할 수 있는 가장 혐오스러운 일과 엮이며 그에게 증오의 대상이 되었다. 하지만 그는 바보가 아니었다. 이름을 바꾼다고 쉽게 구원을 얻을 수는 없음을 알고 있었다.

그런 조숙한 감수성을 지닌 청소년에게 전 세계에서 저질러지는 최악의 죄악들, 대대로 저질러져온 최악의 죄악들, 무수히 많은 무고한 이들에게 가장 참혹한 고통을 초래한 죄악들, 적절한 배상이나 충분한 보상이라는 것이 이루어질 수 없는 죄악들이 자신의 진정한 유산이요 자기 부류의 전통이라는 사실을 가슴과 머리에 깊이 새겨 넣는다는 건 어떤 의미였을까?

부자들은 돼지 새끼들이다, 부자들은 개자식들이다, 부자들은 죽어 마땅하다. 부자가 가진 것들 가운데 가난한 자의 피가 바쳐지지 않은 것은 없다―이제는 우리 모두에게도 익숙한 수사가 아닌가. 10대―어쩌면 비판에 가장 민감한 시기라고 할 수 있는—시절에 이런 집중포화를 받고 자신이 인민의 적이라는 말을 끊임없이 듣게 된 예민한 소녀는 어떻게 되었을까?

또 한 명의 심리 전문가가 증언대에 서서 그가 어떤 갈등을 겪고 어떤 자기혐오와 절망에 시달렸을지에 대해 이야기했다. (방청석에서 엿들은 말. "정부에서 저런 개소리에 돈을 지불한다니 믿을 수가 없군.")

그리고 이런 건강하지 못한 상황은 앤이 대학에 들어간 후 악화 일로에 놓인다. 그는 학생 운동에 헌신하고, 많은 사람들에게 그는 물 만난 고기처럼 보인다. 심지어 그는 캠퍼스 스타 같은 존재가 된다. 하지만 2학년이 되자 엘리트주의 대학 시스템과 학생 정치 양쪽에 환멸을 느끼고 중퇴한다.

1년쯤 지나서 그는 자신과 같은 문제들로 고민했으나 마음의 평화를 찾은 듯 보이는 콰메 퀘시를 만난다. 적어도 그는 앤 자신이 갈망하게 된, 조용하면서도 의미 있는 삶을 살고 있다. 그보다 나이가 열 살가량 많은 콰메 퀘시는 그의 멘토가 되어준다. 그들은 사랑에 빠진다. 동거를 시작한다. 결혼과 아이 이야기도 한다.

하지만 슬프게도 이 장밋빛 그림이 전부가 아니다. 전혀. 앤은 곧 우리 사회가 타인종 간 커플에 지우는 십자가의 무게를 느낀다. 그와 콰메에게 가해진 모욕들의 목록이 (검찰 측의 이의 제기를 무릅쓰고) 법정에서 나열된다. 일기 형식의 증거가 피고가 그간 자신이나 콰메 혹은 두 사람 모두 신체적 위해를 입을 수도 있다는 두려움을 자주 느꼈음을 증명한다.

그렇다면, 총격 사건이 있던 즈음 피고의 정신 상태는 어땠을까? 화재로 모든 걸 잃고 일시적 홈리스 상태였기에 분명 기분이 좋지 않았을 것이다. 자신과 콰메의 피부색이 다르다는 이유로 느껴야 하는 긴장감도 물론 불행의 요인으로 작용했을 것이다. 그럼에도 그는 대체로 낙관적이었다. 삶에 기대하는 것들이 많았고 여러 면에서 과거 어느 때보다 행복했다. 콰메의 영향으로, 그리고 그 자신도 나이를 먹어가고 있었기에 많은 분노와 불만을 털어버릴 수 있었다. 시위 세대에게서 흔히 볼 수 있듯이 그는 이제 젊은이의 반항 정신에 작별을 고하고 사회에서 보다 성숙한 역할을 담당할 준비가 되어 있었다. 그렇다고 해서 가지지 못한 이들에게 관심을 끊거나 올바른 삶에 대한 높은 기준을 포기하려는 건 아니었다. 우선, 그는 부자로 살 생각이 없었다. 그는 가족의 돈을 차단했고, 서구의 소비문화와 물질주의를 혐오하는 사람으로서 소박하고 절제된 삶의 방식을 택했다. 작은 돈이나마 모이면 자신보다 덜 가진 이들에게 주었으며, 없는 시간을 쪼개어 지역 사회를 위해 봉사 활동을 했다. 물론, 그는 여전히 정치에 관심이 많았다―그렇지 않을 이유가 뭔가? 하지만 극단주의자나 선동가는 아니었다. 사실 우정 때문에 지켜온 유대와 의리를 제외하면, 수년간 그 어떤 급진주의 운동과도 관련이 없었다.

변호사는 배심원단을 향해 앤에게 형제자매가 없으며 사건 당시 그가 부모님과도 소원한 상태였다는 사실에 특별한 무게를 두어달라고 부탁했다. 숙녀 신사 여러분, 이는 당시 콰메 퀘시가 앤 드레이턴에게 유일한 가족이었음을 의미합니다. 그렇다면, 사랑하는 사람이―그에겐 오직 콰메 퀘시밖에 없었다는 점을 기억해주십시오―총에 맞아 천국에 가기 직전인 상황 앞에서 그가 어떤 심정이었을지 이해하는 게 그토록 어려운 일일까요?

"숙녀 신사 여러분, 여러분은 스스로에게 이렇게 물어야 합니다. 흑인에게 총을 겨눈 채 목청이 터지도록 '깜둥이'를 외쳐대고 있는 성난 경찰관이 진짜 위협이 될 수도 있으리라는 앤의 판단이 정말로 그렇게 황당무계한 것이었을까? 앤은 신문을 읽었을까? 아프리카계 미국인들의 역사에 대해, 오랫동안 이어져온 이 도시의 소수민족들과 경찰 간의 껄끄러운 관계에 대해 잘 알고 있었을까? 그가 통계를 몰랐을까? 그의 공포에 대해 진지하게 생각해본다면―"

(이때 법정에 있던 경찰관들이 야유를 보내기 시작했고, 이에 판사는 마음껏 망치를 두드린 다음 10분간 휴정을 명했다.)

나중에 앤의 아버지가 내게 말하기를, 재판 중 변호사가 배심원단의 마음을 흔들 거라는 확신이 드는 순간들이 있었다고 했다. "앤이 제 엄마와 나에 대해 어떻게 생각하는지 온 세상이 들어도 난 상관없었지."

"숙녀 신사 여러분. 평결을 내리기 전에 반드시 하셔야 할 일이 있습니다. 피고가 서 있었던 창가로 가보십시오. 여러분은 그의 눈을 통해 보고 그의 생각 속으로 들어가야 합니다. 그러면 그의 두려움이 지극히 합리적인 것이었음을 이해하게 될 겁니다."

깜둥이, 깜둥이, 깜둥이. 비방 중의 비방. 이미 얼마나 많은 보복 폭력을 일으켰는지 모르는 너무도 폭력적이고 모욕적인 욕설. 얼마나 많은 방아쇠를 당기고 얼마나 많은 비극을 불렀는지 모르는 그 단어.

설령 피고의 진술대로 이 단어가 거듭 사용되었다 해도 그것은 사건과 무관하다는 판결이 내려지기를 검찰 측은 바랐다. 아무리 비열하거나 사악하거나 악의적이라 해도 단순한 단어는 목숨을 빼앗는 행위를 정당화할 수 없음이 법으로 명백히 규정되어 있었다. 하지만 이 사건의 경우 단순한 단어의 사용이 아니라 총이 뒷받침된 상태에서 그 단어가 사용되었음을 기억해야 했다.

"숙녀 신사 여러분, 아무쪼록 창가로 가주시길 바랍니다. 피고는 그 단어를 들을 수 있고 총을 볼 수 있으며 사전트 경관도 볼 수 있습니다. 그는 성난 상태일 뿐 아니라 젊어 보이고, 어쩌면 미숙할지 모르며, 누가 봐도 흥분한 모습입니다. 그의 손에는 총이 들려 있고, 그 총은 조준된 상태에, 손가락은 방아쇠에 가 있습니다. 어떤 사람이 이걸 총알이 발사되기 직전의 상황으로 보지 않겠습니까? 백인이 총을 겨눈 채 고래고래 소리를 지릅니다. '깜둥이, 무릎 꿇어, 안 그러면 날려버린다.'"

계획, 음모, 목적, 설계, 살해 의도? 검찰 측은 그에 대한 증거를 단 하나도 내놓지 못했다. 그곳에서는 다른 무언가가 작용했으니, 그건 쾨메 퀘시가 사전트 경관의 손에 죽을 임박한 위험에 대한 피고의 합리적인 믿음이었다.

사건 직후 피고가 성명서에 직접 쓴 말들을 보자. "평생 그렇게 강한 확신이 들었던 적이 없었다. (……) 그는 총에 맞을 것이다. 내 눈앞에서 죽을 것이다." 한 시간 뒤도 아니고, 내일이나 다음 주도 아니고, 당장 그 자리에서. 바로 그러한 믿음—그러한 합리적 공포—때문에 앤 드레이턴은 다른 상황에서라면 절대로 스스로에게 허용하지 않았을 행동을 하게 된 것이다.

총을 쏜 후 피고가 어떤 행동을 보였는가? 도주할 작정이었다면 얼마든지 기회가 있지 않았을까? 검찰 측에서 그토록 강력하게 주장해온 지하 조직과의 연줄을 이용해 지하로 숨어들 수 있지 않았을까? 그는 도주하지 않았다. 왜? 애초에 살해 계획을 세운 적이 없었기에 도주 계획도 세우지 않은 것이다. 피고의 행동은 전적으로 순간의 충동에 의한 것이었다. 물론 그는 도주를 시도하지 않았다. 대신 어떤 행동을 했을까? 전화로 앰뷸런스를 불렀다. 그는 자신을 구하려는 시도를 하지 않았고, 그 순간 자기 자신은 안중에도 없이 여전히 친구를 구해야겠다는 생각뿐이었다. 경찰 긴급 전화에 녹음된 음성을 들어보면 그는 그때 정확히 이렇게 말했다. "우린 앰뷸런스가 필요해요. 세 사람이 총에 맞았어요." 우리. 세 사람. 분명 피고는 본능적으로 경찰관들도 구조하려 했다. 이어 경찰이 도착한 후 앤은 어떻게 했나? 그가 아직 총을 가지고 있었음을 기억해야 한다. 그리고 우리 모두 알다시피, 그 집에는 더 강력한 무기들도 있었다. 그래서, 그가 총을 쏘려 했을까? 진정한 도시 게릴라 스타일로 최대한 많은 '적'을 제거하려 했을까? 아니다. 그는 항복했다. 그는 법을 아는 사람이었다. 그는 경찰관 살해 혐의로 기소되는 것이 어떤 의미인지 알았다. 시간이 있었지만, 아직 신원이 밝혀지지 않은 상태였지만, 그럼에도 그는 운명을 피하려는 그 어떤 시도도 하지 않았다.

일급 살인? 앤 드레이턴의 과거와 성격에 대해 배심원단이 알게 된 모든 것들이 사실상 그가 재판받고 있는 그런 범죄를 저지를 수 있는 인물이 아님을 증명했다. 평생 자신보다 타인들에게 더 마음을 써온 것으로 알려진 사람이 무자비한 살인자로 돌변할 수는 없는 법이었다. 불운한 상황들이 그로 하여금, 콰메 퀘시의 목숨을 구하기 위해 그가 한 행동을 하는 것 말고는 다른 선택의 여지가 없다고 판단할 수밖에 없는 끔찍한 입장에 처하도록 만든 것이다.

"'깜둥이'가 방아쇠를 당겼다니!" 앤의 적들은 변호사를 신나게 공격했다.

퍼트리샤 허스트의 재판에서처럼, 배심원단은 예상보다 훨씬 빨리 평결을 이끌어내어 모두를 놀라게 했다. 나중에 배심원 몇 명이 평결에 대한 논평을 냈다. "우리는 그 사건에 공모가 있었다고 믿지 않았지만, 그 일이 '비극적 실수'였다고도 믿지 않았습니다." "우리는 피고가 진실을 말하고 있으며, 모든 일들이 거의 그가 말한 대로 일어났음을 믿게 되었습니다." 그래도 피해자가 경찰관이라는 사실엔 변함이 없었다. 그리고 그 범죄는 살인이었다.

선고 공판에서 토머스 사전트 부인이 성명서를 발표했는데, 매우 짧은 내용이었음에도 눈물을 흘리느라 낭독을 마치기까지 오랜 시간이 걸렸다. 부인은 자라나는 아이들에게 아버지의 부재 이유를 설명하는 것이 가장 힘든 일이 될 거라고 말했다.

법정에서 사전트 부인만큼 감정적인 사람은 드레이턴 부인뿐이었고, 그는 심장에 문제가 있어서 의사의 지시에 따라 마지막 사흘간의 재판에는 참석하지 못했다.

보도에 의하면, 앤은 피고들이 (이상하게도) 흔히 그러듯이, 아무런 감정도 보이지 않았다.

판사가 앤에게 선고 전에 하고 싶은 말이 있는지 묻자 그는 없다고 대답했고, 그러자 판사는 그에게 엄격한 눈길을 보냈다. 그는 피고가 무고한 사람의 목숨을 빼앗고도 법정에서 아무런 부끄러움이나 뉘우침도 표현하지 않는 것에 깊은 충격과 실망을 느꼈다고 말했다. 그러곤 잠시 침묵했다.

"재판장님," 앤이 입을 열었다. 그의 목소리를 두고 어떤 매체들은 "적대적이고 냉소적"이었다고 했고, 다른 매체들은 "약한", 혹은 "떨리는", "피로감 가득한" 것이었다고 전했다. "재판장님, 저는 괴물이 아닙니다. 저도 사랑하는 사람을 잃었다는 사실을 기억해주십시오. 솔직히 고백하면, 아직도 저는 장전된 총을 다른 사람에게 겨누고 그를 깜둥이라고 부르는 인간을 무고한 자로 받아들이기가 매우 어렵습니다."

판사는 그녀에게 따귀라도 얻어맞은 듯한 표정이었다. 그는 다시 침묵했다.

"피고 같은 사람들," 이윽고 그가 입을 열었다. "자신이 옳고 그름의 진정한 결정권자라 생각하고, 자신의 행동은 모두 정당화될 수 있다고 여기는 사람들―피고는 세상이 자신을 선이라고, 힘없는 사람들을 위해 마음 아파하는, 가난하고 억압받는 이들의 대변자라고 믿어주기를 원하고 있지요. 하지만 사실 피고는 응석받이로 자란 무지하고 오만한 사람일 뿐입니다. 피고는 다른 사람들에게―적어도 피고의 유치한 판타지 속 세상에 들어맞지 않는 모든 사람들에게―경멸밖에 보이지 않습니다. 하지만 피고 같은 사람들은 더 나은 세상을 만들 수 없어요. 가장 잘하는 게 증오인데 어떻게 그걸 해냅니까? 피고는 토머스 사전트가 경찰이라는 이유로 그를 증오했고, 사랑과 용서는 불가능했지요. 그렇습니다, 피고에게 그는 사람이 아니었어요. 그냥 돼지 새끼였지. 그래서 그날 방아쇠를 당길 수 있었던 겁니다.

피고는 교도소에서 이 일에 대해 생각할 시간을 많이 갖게 될 것이고, 신의 도우심으로 자신이 무슨 짓을 저질렀는지 깨닫게 될 겁니다. 사전트 경관에게 생명을 돌려줄 수 없으니 속죄는 불가능하겠지만, 어쩌면 피고 자신의 영혼은 구원할 수 있을지도 모릅니다.

또한 나는 피고가 지닌 교육자로서의 지식과 재능이 동료 수감자들에게 유익한 도움을 줄 수 있기를 희망합니다. 그들 대다수는 피고가 누린 만큼 교육받을 기회를 갖지 못했으니까요.

점잖고 훌륭한 부모 밑에서 선하고 생산적이고 행복한 삶을 추구할 모든 수단들을 제공받으며 곱게 자란 전도유망한 피고 같은 젊은이들이 결국 그 모든 걸 내팽개치고 마는 것에 대한 책임이 누구에게, 혹은 무엇에 있는지 모르겠으나, 우리가 피고 같은 젊은이들을 충분히 많이 봐왔다는 걸 신은 아십니다. 우리 나라 정치사의 이 안타까운 시기가 막을 내리고 있다는 건 축복과도 같은 일이지요. 피고의 범죄는 비난받을 만한 것이지만, 피고의 감정 결여는 극악무도한 것입니다."

25년 종신형*은 희소식으로 여겨질 만한 판결이었다. 앤이 가장 무거운 벌인 가석방 없는 종신형을 받을 수도 있다는 억측이 돌던 터였다.

"나는 이 문제에 대해 크게 걱정하지 않을 겁니다." 판사는 이렇게 말을 맺었다. "당신이 다른 사람들의 본보기가 되고, 당신

---

* 25년을 의무적으로 복역한 후 석방 여부가 결정되는 상대적 종신형.

부류의 마지막 존재가 되기를 바랍니다."

이제 지팡이를 짚고 걷는 헤퍼넌은, 평생 철창에 갇혀 사는 것조차 그에겐 과분하다고 말했다.

*

판결이 있고 한 달쯤 지난 뒤 변호사 레스터 프라이속이 〈더 빌리지 보이스〉와 인터뷰를 했다.

공정한 재판? 아니요, 배심원단이 남녀 동수로 이루어지고 비백인 다섯이 포함되어 있긴 했지만, 나는 처음부터 그게 두려웠습니다. 너무도 많은 혼란이 있었으며, 피고의 실체에 대한 너무도 많은 그릇된 추정들이 있었죠.

우선, 많은 사람들이 앤 드레이턴과 콰메 퀘시를 커플로, 사랑하는 사이로 보기 힘들어했던 것 같습니다. 사람들은 그걸 인정하려 하지 않았죠. 나는 앤과 가까웠고, 그가 콰메의 죽음으로 얼마나 큰 충격을 받았는지 보았습니다. 그는 여전히 충격에서 헤어나지 못하고 있어요. 하지만 그런 사실은 도외시되었죠. 법정에서 그런 분위기를 감지할 수 있었어요. 법정에서 앤과 콰메를 가족계획까지 세우던 사랑과 헌신의 커플로 묘사할 때, 나는 사람들이 그에 대해 자세히 듣기를 원치 않는 듯 분위기가 경직되고 냉랭해지는 걸 느꼈습니다. 하지만 그들의 관계를 진지하게 받아들이고 존중해주는 건 중요한 일입니다.

아니, 그렇지 않았습니다.

확실합니다. 사실 불편함이라는 표현으론 부족하죠. 타인종 간 커플의 문제가 사람들에게서 무언가를 끌어냈습니다―앤이 받은 편지들을 보세요! 나 역시 편지들을 받았고, 그 편지들 거의 전부가 인종 혐오로 얼룩져 있었어요. 정말이지, 이런 사실을 진작 알았더라면 우리가 어떤 사회에서 살고 있는지 보여주는 데 필요한 충분한 증거로 내세울 수 있었을 겁니다. 나는 앤과 나 사이에 성적 관계가 있다는 루머까지 돈다는 사실을 이 편지들을 통해 알게 되었어요. 이게 무슨 일입니까? 내가 콰메와 같은 피부색을 가졌으며 그가 백인이라는 사실과 관련이 있을까요?

그들이 그걸 편집증이라고 불러도 나로서는 어쩔 수 없습니다. 그들이 나를 "인종 카드를 이용한다"고 비난할 때도 어쩔 수 없듯이 말예요.

사람들은 그를 어떻게 생각해야 할지 몰랐어요. 그가 재판이 시작되기도 전에 낸 첫 성명에서 만일 사전트 경관이 '깜둥이'라는 말을 한 번만 덜 했어도 그는 죽지 않았을 거라고 했을 때, 그 말은 그야말로 엄청난 충격이었죠. 도저히 받아들여질 수 없는 말이었어요. 자신의 행동을 정당화하려는 소리로 들렸기 때문만은 아닙니다. 그 말은 흑백을 막론한 모든 이들을 당혹스럽게 만들었어요. 미국은 그 말을 받아들일 준비가 되어 있지 않았죠. 사람들이 그런 말을 처음 들은 것은 아니었어요. 그건 전형적인 블랙 팬서스의 자기방어 논리였으니까. 하지만 이번엔 그 말이 젊은 백인 여자의 입에서 나왔죠. 그것도 경찰을 쏜 다음에. 그건 받아들여질 수 없었어요. 그 결과 앤은 어떤 사람들에겐 무시무시한 괴물이, 다른 사람들에겐 웃음거리가, 어릿광대가 되었어요. 그런데도 그는 마지막까지 일관되게, 선고 공판에서도, 기본적으로 같은 이야기를 합니다. 이번엔 더 충격적이었죠. 법정 전체가 숨이 멎는 듯했어요. 기자들의 펜은 수첩 위에서 멈췄고요. 심지어 경찰들마저 침묵했죠. 판사는 얼굴이 시뻘게졌어요. 하지만 콰메에 대한 앤의 마음을 아는 사람들에겐 그렇게까지 충격적이지 않았어요.

물론입니다. 나는 뉘우침을 보이지 않는 것이 어떤 결과를 초래할지에 대해 그에게 분명히 이해시켰어요.

이는 앤 자신과 그의 양심과 관련한 문제입니다. 이 문제에 대해서는 그를 대변하지 않겠습니다.

아, 패티 허스트와의 연관성! 그 이야기를 빼놓을 수 없죠. 일종의 웃음거리가 된 그 일에 대해서도 이야기해야죠. 그 두 여자는 전혀 같지 않고 사건도 완전히 다르다는 점을 명심해주기 바랍니다. 하지만 미국 대중에겐 전혀 먹히지 않을 말이죠. 한 가지 유사점은 있어요. 내가 보기엔 허스트 역시 공정한 재판을 받지 못했으니까.

그래요, 나는 두 여자 모두 시대의 희생양이라고 믿어요. 판사는 많은 사람들—거침없이 자기 의견을 밝히는 급진주의자들에게 신물이 난 다수의 국민—을 대신해서 말했어요. 사실 누구라도 앤을 미워할 이유를 찾을 수 있을 겁니다. 부유하고 보수적인 사람들에게 앤은 배은망덕한 인간이자 자기 계층의 배신자요, 그들의 자식들에게 일어날 수 있는 일에 대한 섬뜩한 경고죠. 그리고 그 반대편에 있는 좌파들과 가난한 사람들, 소수자들은 앤이 응석받이로 자란 돈 많은 백인 애새끼일 뿐이라고 마음껏 그를 경멸할 수 있어요. 그가 타고난 삶을 버리고 나왔다는 사실은 그들에게 중요하지 않죠. 알다시피 이상주의의 시대는 끝났고, 우리는 냉소의 시대를 살고 있습니다. 대부분의 사람들은 세상에 자신들처럼 이기적이고 자기 잇속만 차리지 않는 사람도 있다는 점을 믿으려 들지 않아요. 그는 그 부류의 마지막 존재일 수도 있지만, 판사가 생각한 그런 의미에서는 아닙니다. 사람들은 사실 앤이 독선적이기보다는 품위 있는 사람이며 그의 감수성과 연민은 허식이 아님을 믿으려 하지 않아요. 피부색에 관계없이 비현실적인 인도주의자는 사람들을 짜증

나게 만드는 경향이 있으며, 만일 그 비현실적인 인도주의자가 부유층 출신이라면 상황은 더 나빠지죠. 요컨대, 당신이 하는 일이 당신 자신의 개인적 죄책감에서 비롯한 것이라면 당신의 동기는 순수할 수 없다는 식이에요.

앤과 잔다르크에 대해 언급한 기사를 본 기억이 납니다. 하지만 진짜로 그에게서 연상되는 인물은 시몬 베유죠.

그래요. 바로 지난주에 그와 이야기를 나눴어요. 그는 괜찮아요. 잘 지내고 있어요.

나는 이 사건의 면면이 결국은 인종에 관한 문제라고 생각해요.

그건 그에게 물어야겠죠.

시몬 베유는 누구인가? 당시 내게 그는 앤이 우상시한 인물이자 내게 읽히려고 끝까지 애썼던 몇 명의 작가들 중 한 사람의 이름일 뿐이었다.

나는 그에 대해 알아보기로 했다.

짧은 생애. 1909~1943. 끔찍한 죽음. 자살, 의사들에 따르면 아사. 영국의 어느 요양원에서 지내는 동안 결핵을 치료하려는 의사들의 지시에 따르기를 거부했고 (결핵 진단을 받기 전에도 얼마간 그랬듯) 당시 나치 점령하의 프랑스 시민들에게 배급되던 식량보다 많이 먹기를 거부했다. (아마 그보다도 적게 먹었을 것이다.) 다섯 살 때는 독일군과 싸우는 프랑스군이 설탕 없이 견뎌야 한다는 걸 알고 자신도 설탕을 거부했다. 대학생 때는 중국의 기근 뉴스를 접하고 울음을 터뜨렸다. 그는 교양 있는 특권층 출신이었다. 그의 책들은 사후에야 출간되었지만 그의 지적 재능은 그보다 오래전부터 주목받았다. 그는 학교에서 최고 성적을 받았고, T. S. 엘리엇에 의하면 "성자들에게서 볼 수 있는 천재성을 가진 여성"으로 성장했다. 하지만 이 위대한 정신은 샤를 드골 장군을 비롯한 적지 않은 사람들로부터 실성한 상태로 간주되었다.

그에 대한 다른 평가들. 오만하다, 까다롭다, 폭력적이다, 자기중심적이다, 둔감하다, 맹목적이다, 연극적이다, 고상하다, 신비주의적이다, 몽상적이다, 급진적이다, 우스꽝스럽다, 열정적이다, 유머가 없다, 이타적이다, 이기적이리만치 이타적이다. 그는 인간의 고통과 영혼, 그리고 물질주의적인 현대 세계에서 일어나는 정신적 삶의 타락에 지대한 관심을 쏟았다. 그는 또한 가난하고 억압받는 사람들의 운명에 집착했다. 그들처럼 된다면 어떨까? 그는 그걸 직접 알아야 했고, 그래서 한동안 공장에서 일했고 나중엔 농장 실무 노동자로 일하기도 했다. 하지만 그의 진짜 직업은 교사였다. 그는 여학생들에게 그리스어와 철학을 가르쳤다.

그는 평생 자신의 이상을 이루기 위해 분투했으나, 조금의 과장도 없이 말하건대 결코 만족하지 못했다. 그에겐 돈이나 그것으로 살 수 있는 안락이 필요치 않았다. 그는 월급의 대부분을 다른 사람들에게 나눠줬다. 그는 부르주아적인 안락을 혐오했다. 아니, 모든 안락을 혐오하는 듯했으니, 가끔은 침대를 마다하고 차갑고 딱딱한 바닥에서 잤다. 충분한 잠도, 충분한 영양 섭취도, 충분한 휴식도 거부했다. 섹스도 전혀 하지 않았다. 그는 쾌락이 필요치 않았을 뿐 아니라 누가 만지는 것을 싫어했다. 살인적인 편두통, 늘 좋지 않았던 건강 상태. 하지만 불평 한마디 없었다. 그는 많은 이들에게 영감을 주었고 분명 더 많은 이들의 반감을 샀을 것이다. 그는 혐오가 많았다. 어떤 사람들은 그걸 자기혐오라고 말했다. 그가 태어나면서부터 속한 계층, 그 모든 부르주아적 습성들과 가치들에 대한 혐오가 가장 확실했다. 그리고 그는 유대인이면서도 유대교를 거부했다. "내가 유산으로서 물려받았다 여기는 종교적 전통이 있다면 그건 가톨릭 전통이다. (……) 히브리 전통은 나와 맞지 않는다." 그가 이 글을 쓴 건 비시 정부에 의해 반유대법이 통과된 1940년이었으므로 많은 사람들의 비난이 쏟아졌다.

그는 부모를 무정히 대하지 않았으나 그들에게 시간이나 감정을 거의 허비하지도 않았다. 죽음이 가까워졌을 때 그는 부모에게 이렇게 말했다. "나에게 두 개의 삶이 있다면, 하나는 부모님께 바쳤을 거예요. 하지만 내겐 삶이 하나뿐이었어요." 그는 그 삶마저 길지 않을 것임을 알았던 듯하다.

나는 그의 글을 읽으며 이따금씩 온몸의 털들이 곤두서는 기분을 느꼈다.

"이 세상에서 오직 인간들만이 굴욕의 밑바닥까지 추락하며, 거지보다 훨씬 더 낮은 단계인 이 상태에서는 어떤 사회적 지위도 갖지 못할뿐더러 모든 이들에게 인간으로서의 기본적인 존엄과 이성을 잃은 것으로 간주된다─오직 이런 존재들만이 진실을 말할 가능성이 있다. 다른 모든 사람들은 거짓말을 한다."

"내 부모님이 가난하게 태어났더라면 얼마나 좋았을까!"

그리고 이런 말. "나는 언젠가 운명이 나를 떠돌이 거지로 만들어주리라는 믿음과 희망을 늘 간직한 채 살아왔다. (……) 교도소에 대해서도 같은 생각이었다."

교도소?

그는 사랑이나 명성, 위대한 작가가 되는 것을 꿈꾸지 않았다. 행복이나 성공도 바라지 않았다. 그는 자신이 원하는 걸 늘 분명하게 밝혔다. 가난, 불우함, 짓밟힘, 굴욕, 고문, 구속, 굶주림, 다른 이들이 자신에게 침을 뱉는 것. 누구든 극심한 고통을 당하는 사람─예수를 포함해서, 아니 특히 예수가─이 그에게는 선망의 대상이었다.

아무도 그를 순교자로 만들지 않는다면 그 스스로 순교자가 될 수도 있었다.

그는 결코 변하지 않았다.

나는 그가 여성은 남성과 동등하지 않으며 타고난 약점 혹은 결점 때문에 일류의 정신을 기르지 못한다고 믿었다는 사실에 놀라지 않았다. 여성다움. 앤처럼 베유도 그걸 경멸했다. 하지만 역시 앤과 마찬가지로 그도 여성 해방 운동에 냉소를 보냈을 것이다. 나는 베유도 모든 이들이 똑같이 소박한 옷을 입으면 세상이 더 나은 곳이 되리라 믿었다는 사실을 알게 되었다. 그리고 그가 1942년에 잠깐 뉴욕을 방문했을 때 부르주아적 타락과 물질주의의 심장부라 할 수 있는 이곳에서 그의 눈에 든 곳은 오직 할렘뿐이었다는 내용을 읽으며 미소 짓지 않을 수 없었다.

나는 앤이 마음 깊은 곳에 살인 욕구를 품고 있었다고 믿는 클리오 같은 사람들과 도저히 의견을 같이할 수 없었다. 하지만 그의 복잡하게 뒤엉킨 마음 깊숙이 감금에의 욕구가 자리하고 있으리라는 생각은 몇 번 들었다. 나는 그가 정치 시위 행위로 체포되었다가 가벼운 경고 조치만 받고 풀려날 때마다 얼마나 괴로워했는지 기억하고 있었다. 그는 자신이 흑인이었다면 상황이 얼마나 달랐을지에 대해 이야기했다. (1981년 브링크스 은행 강도 사건에 가담한 혐의로 스물두 해를 복역한 캐시 부딘이 2013년에 가석방 처분을 받게 될 때, 그의 동지였던 이들 중 일부는 만일 그가 흑인이었다면 여전히 철창에 갇혀 있었으리라는 발언을 삼가지 못할 것이었다.)

시몬 베유는 처음엔 평화주의자였지만 결국 투사로 변신했다. 스페인에 내전이 일어나면서 그는 그곳으로 건너갔으나 바보 같은 사고로 화상을 입는 바람에 거의 즉시 본국으로 호송되어야 했다. 나중에 그는 드골에게 낙하산을 타고 프랑스의 나치 점령 지역으로 가서 나치군과 싸울 수 있게 해달라고, 그게 아니더라도 최소한 부상당한 프랑스군을 간호할 수 있게 해달라고 애원했다. 그는 목숨을 잃는 걸 두려워하지 않았다. 분명 그는 자신이 다른 이의 목숨을 빼앗을 수 있다고 여겼고, 나는 그가 앤의 입장이었다면 앤처럼 행동했으리라는 생각이 들었다.

*

메리빌 교도소는 맨해튼과 내 고향 사이 중간쯤에 있었다. 앤이 그곳으로 이송되고 그리 오래 지나지 않은 어느 밤, 나는 솔랜지와 술을 마셨다. "세상에," 내가 말했다. "앤은 여자들을 좋아하지도 않는데. 이제 평생을 그들과 함께 갇혀 살아야 하는 거야?" "그래도 그들 대부분이 흑인일걸." 솔랜지가 말했다. 사실이었다. 그리고 그들 모두 똑같이 소박한 옷을 입을 터였다.

나는 철창에 갇혀 사는 것이 죽음보다 가혹한 벌이라고 생각하는 사람들 가운데 하나였다. (선고가 내려진 뒤 드레이턴 부부는 딸에게 자살 감시를 붙일 필요가 있을지 모른다는 우려를 표했지만 앤은 평소의 경멸 어린 태도로 이렇게 말했다. "그들이 나에 대해 얼마나 모르는지 알겠죠? 도대체 왜 내가 자살을 해요?")

옥살이에 대한 나의 공포는 오래전에 시작되었다. 다른 많은 공포들처럼 엄마(또 엄마 얘기다!)로 인해 생겨난 것 같은데, 엄마가 구제불능인 자기 자식들에 대한 그런 예언을 입에 달고 살았기 때문이다. (아예 그렇게 되기를 바랐다고 할 수도 있을 정도였다.) 우리 동네에서는 아이들 두어 명이 소년원에 입소하면서 일시적으로 종적을 감추는 일이 다반사였고, 교도소에 다녀왔거나 복역 중인 어른들 중에는 차를 훔치다가 잡힌 우리 삼촌 클로드도 포함되어 있었다. 하지만 나의 공포를 비이성적으로 키운 건 그 사람들이나 그들이 실제로 겪은 일과는 아무 관련이 없었고, 그보다는 솔랜지와 내가 어느 날 밤 텔레비전 〈한밤의 쇼〉에서 본 영화* 때문이었다.

우리는 〈한밤의 쇼〉를 보기엔 너무 어렸고 여자 교도소를 그린 영화를 보기엔 더 어렸지만, 아무튼 텔레비전 화면 바로 앞 바닥에 엎드려서, 황금 시간대부터 이미 소파에서 코를 골며 자고 있던 엄마를 깨우지 않으려고 소리를 줄인 채 그 영화를 봤다. 등장인물들의 이름은 생각나지 않지만, 마흔 해가 넘게 지난 지금까지도 그 영화의 거의 모든 장면을 떠올릴 수 있다. 영화에는 열아홉 살 먹은 예쁜 여자가 나오는데, 남편이 강도질하는 걸 돕다가 교도소에 왔고 임신한 상태다. 그는 거기서 아기를 낳고, 출산을 도우러 온 의사는 그곳의 원시적인 환경을 개탄한다. 여자는 아기를 포기할 수밖에 없다는 말을 듣는다. 그에게 그 슬픔은 시작에 불과하다.

• 1950년에 개봉한 미국 영화 〈케이지드Caged〉.

그곳엔 수감자들에게 고통과 굴욕을 주는 걸 낙으로 삼는 사악한 여자 간수가 있다. 그리고 그 대척점에 친절하고 다정한 여자 교도소장이 있지만, 그는 예의 간수와 그의 편에 선 부패한 남자 교도관들을 당해내지 못한다.

교도소가 해낼 수 있는 일은 하나뿐이다. 다정하고 세심하고 교화 가능한 여자를 구제 불가능의 거친 전과자로 만들어내는 일.

주인공 여자와 동료 수감자들의 시련이 우리의 가슴을 찢어놓았다. 우리는 흐느끼는 소리를 죽이려고 팔에 얼굴을 파묻었다. 엄마는 갔다. 우리는 그날 밤은 물론 이후 여러 밤이 지나도록 잠을 이룰 수 없었다. 그리고 수년간, 나는 그 영화가 다시 텔레비전으로 방영된다는 사실을 알기만 해도 기분이 저조해졌다. 누가 돈을 준다고 해도 절대로 그 영화를 다시 볼 생각이 없었다―하지만 내 머릿속에서 방영되는 건 어떻게 멈출 수 있을까?

교도소 수감자이며 주인공의 친구이기도 한 여자가 목을 맨다. 주인공은 어느 눈 오는 날 뜰에서 새끼 고양이 한 마리를 발견한다. 여자 간수가 새끼 고양이를 빼앗으려 해서 두 사람은 서로 때리고 할퀴며 싸운다. 그 사건이 폭동을 유발한다. 간수는 주인공을 의자에 묶어놓고 머리카락을 밀어버리는 것으로 보복한다. 그것이 그 영화의 클라이맥스이자 가장 끔찍한 장면이다. 전기면도기에 머리칼이 잘려 나가고 주인공의 절규하는 눈(입에는 재갈이 물려 있다)이 클로즈업되는 장면을 나는 결코 잊을 수가 없다. (나 때문에 남편 제러미는 자기 전기면도기를 버려야 했다.) 내 고향에서 그러한 처벌 방식은 생소한 것이 아니었다. 대개 엄마들이 딸들에게 그런 벌을 내렸다. 가위를 사용하는 경우도 있었는데, 워낙 머리칼을 바싹 깎다 보니 머리 가죽이 베이기도 했다. 그런 몰골로 학교에 가면 친구를 모두 잃었다. 한순간 다들 놀라서 말을 잃었다가 이내 난리가 났다. 아이들—특히 남자애들—은 무자비했고, 머리를 박박 깎인 여학생은 적어도 머리칼이 도로 자랄 때까지 철저히 외면당했다. 아이에게 그런 짓을 했다고 곤경에 처한 어머니가 있다는 말을 들어본 적이 없다. 우리 엄마는 머리를 깎겠다고 으름장만 놓은 정도였지만, 그 으름장이 솔랑지의 가출에 커다란 역할을 했다.

주인공은 가석방 허가를 받기 위해 몸을 판다. (이 부분에 대해서는 몇 년이 지난 후에야 이해했다. 당시엔 남자들이 그에게 원한 게 뭔지 나로서는 알 수가 없었다.) 갱생과 교화를 믿는 좋은 사람인 교도소장이 마지막 대사를 한다. 그는 교도소에서 나가는 주인공을 바라보며 이렇게 말한다. "다시 돌아올 거야."

그 영화를 본 건 오래전 일이다. 일부 내용에 대해서는 잘못 기억하고 있을지 모르지만, 여전히 난 그 영화를 다시 볼 엄두를 내지 못한다. (이제 TV에서는 방영되지 않지만 비디오로 나와 있을 것이다.) 어쩌면 내용이 내 기억과 아예 다를지도 모르겠다. 하지만 그 기억은 평생 나를 걱정하게 만들었다. 엄마가 노상 우리들에게 너희는 결국 감방 신세를 지게 될 거라는 말을 했기에,

나는 그 영화에서 내 미래를 보았던 셈이었다. 물론 열아홉 살쯤 되자 맹목적인 공포에서는 벗어날 수 있었지만 그래도 여전히 솔랜지에 대해선 걱정하지 않을 수 없었고, 그애가 가출한 뒤로는 특히 더 그랬다. "그 녀석은 군대에 안 갔으면 결국 감방 신세를 졌을 거야." 어릴 때 그런 말을 듣는 남자애들—가이를 포함해서—이 주변에 얼마나 많았던가? "그 녀석 군대 가서 사람됐어." 이 역시 노상 듣는 말이었다. 사람들은 엘비스 프레슬리에 대해서도 그렇게 말했다.

비관적 메시지를 담은 그 음울한 이야기는 내가 인생에 대해 알고 있던 것, 잔혹성의 존재뿐 아니라 고통이 어떻게 사람을 파괴할 수 있는지를 확인시켜주었다. 다른 영화들과 많은 책들에서 발견할 수 있는 다른 관점도 물론 있긴 했다. 어린 시절 학교에서 배우고 교회에서 훨씬 더 많이 접할 수 있었던 견해. 고통은 성자와 영웅에 이르는 길이며 심지어 보통의 선량함에 이르는 길이기도 하다. 하지만 그 증거가 어디 있는가? 현실에서 내가 아는 사람들 가운데 고통을 통해 강해지고 고귀해진 이가 누군가? "굴욕의 밑바닥까지 추락"하는 것이 어떻게 사람에게서 최악이 아닌 무언가를 끌어낼 수 있단 말인가? 이성의 박탈이 어떻게 진실에 이르는 길이 될 수 있겠는가? 베유의 관념, 앤과 그동지들의 관념, 못 가진 자가 신에게 더 가까우며 오직 그들만이 삶의 진실을 알고, 그들의 정신은 그들의 비참한 처지, 선망과 모방의 대상이 되어야 할 그 처지에 이르러본 적 없는 다른 모든 이들의 정신보다 위대하다는 관념─이 관념은 나와 전혀 맞지 않았다. 나는 그걸 도무지 이해할 수 없었다. 빼앗긴 자들, 노예들과 매춘부들, 미치광이들과 전과자들에 대한 찬양─그게 무슨 도움이 될까?

솔랜지를 숭배하는 이들 중에는 여성의 광기에 매료되는 남자들이 있었다. 물론 말할 것도 없이 그 여성이 예뻐야 한다는 조건이 붙었다. 그런 남자들이 매력을 느끼는 건 진짜 광기가 아니라 광기에 대한 낭만적인 관념이었다. 남자가 자신은 미친 여자들에게 약하다고 말할 때 사실은 그것이 자기 자신에 대한 찬사임을 나는 깨닫게 되었다. 나는 그런 이들을 모질게 대해야 했던 경우가 많은데, 그건 솔랜지의 병에 반한 남자들이야말로 그애에게 가장 쓸모없는 존재였기 때문이다. 나는 그들을 포식자로 여겼고, 그들의 머릿속에서 춤추는 환상의 존재를 보았다. 머리를 풀어 헤치고 알몸에 흰 잠옷만 걸친 채 맨발로 돌아다니는, 눈이 커다랗고 얼굴은 백짓장처럼 창백하며 야윈 몸을 떨고 있는 미친 소녀. (실제로 솔랜지 역시 바로 그런 모습으로 어느 겨울밤에 워싱턴 스퀘어 파크에 나타난 적이 있다. 그애는 사람들의 구경거리가 되었고, 보다 못한 뉴욕 대학 학생이 그애를 잘 달래서 세인트빈센트 병원으로 데려갔다.) 어쨌거나 그 숭배자들도 정작 솔랜지가 말썽의 징조를 보이기 시작하면 금세 나가떨어졌다. 이를테면 씻기를 거부하는 낭만적이지 못한 습관이나 레스토랑에서 모르는 사람의 음식을 먹으려고 하는 것 같은 행동들 말이다.

나는 자녀들이 TV에서 뭘 볼지 몰라 전전긍긍하는 그런 엄마가 될 수밖에 없었다. 그래서 끊임없는 감시로 내 아이들을 미치게 만들었다. (통제광, 그 버르장머리 없는 녀석들은 나를 그렇게 불렀다.) 그애들이 얼마나 화를 내며 나를 공격했는지, 특히 다른 친구들은 다 보는 프로그램을 못 보게 하면 얼마나 거세게 반발했는지 모른다. 한번은 조가 분을 참지 못하고 내게 〈TV 가이드〉를 던지며 말했다. "이 빅토리아 시대 마녀 같으니." 한번은 아이들의 선생님과 언쟁을 벌이기도 했다. 그 선생님이 전쟁 다큐멘터리 관련 숙제를 냈는데, 내가 그 다큐멘터리를 보지도 않고 그게 7학년이 볼 만한 프로그램일 리 없다고 주장했던 것이다. (아이들이 『안네 프랑크의 일기』를 읽어야 한다는 것도 나는 받아들이지 못했다.) 딱 한 번 아이들에게 내가 그토록 두려워하는 것에 대해, 크래시 이모랑 내가 봤던 영화와 그로 인한 불면증, 이후 그 생각을 떨쳐버릴 수 없게 된 상황에 대해 설명했지만 아이들은 이해하지 못했다. 다행히도 그들은 내가 이야기하는 것에 대해 아무것도 몰랐다. (하지만 평생 아이들의 삶을 지배할 수는 없다. 나에게 아주 끔찍했던 날이 있는데, 대학에 입학한 조가 머리를 박박 밀고 집에 온 날이었다.)

앤이 철창에 갇히자 나는 다시금 그 악몽에 시달리지 않을 수 없었다. 나도 바보는 아니었다. 교도소 생활이 50년대에 나온

할리우드 B급 영화와 다르다는 건 알고 있었다. 그보다 더 나쁠 터였다.

앤이 구속될 즈음, 마침 미국에서는 범죄와 처벌을 대하는 태도에 대대적인 변화의 바람이 일고 있었다. 당시 형태를 갖추어가던 그것이 미국 역사에 있어 노예제 이후 최악의 도덕적 대참사가 될 줄 그 누가 알았을까? 우리—앤과 나—는 인권 운동의 시대에 성년에 이르렀고, 거기엔 재소자들의 권리를 찾는 운동도 포함되어 교도소 담장 안팎에서 수감 환경 개선을 요구하는 시위를 통해 개혁을 이끌어낸 터였다. 그 운동의 위대한 영웅은 샌퀜틴 교도소에서 복역 중인 여느 범법자로서가 아니라 정치범으로 온 세상에 알려지고 간수들의 손에 죽은 뒤에는 흑인 혁명 열사가 된 조지 잭슨이라는 인물이었다. 앤은 잭슨이 감방에서 쓴 편지들과 자서전을 읽고 깊은 감동을 받았는데, 만일 그때 그가 자신 또한 언젠가는 장기수가 되리라는 사실을 알았다면 어땠을까? 잭슨의 죽음과 앤의 유죄 선고 사이에 미국 전역의 교도소들은 수감자의 헌법상 권리들을 보호하고 수감 생활을 더 견딜 만한 것으로 만드는 개혁을 실행했다. 상담과 문맹 퇴치, 기타 교육 프로그램들의 갱생적 가치가 당연시되기에 이르렀다. 하지만 앤이 복역을 시작할 무렵, 개혁 사상은 이미 유행에서 멀어져가고 있었다. 정치 운동가이자 평화주의자였으며 앤의 또다른 영웅이었던 모리스 매크래컨 목사에 따르면, 미국 교도소들의 상태는 "작은 포로수용소들" 같았다. "나는 누군가를 그곳에 보내는데 기여하는 일을 결코 하지 않을 것이다." 매크래컨 목사는 시민 불복종 행위로 몸소 "그곳에" 보내졌고, 1978년에 탈옥 시도 중 그를 납치한 두 재소자들에 대한 재판에 나서기를 거부하여 일흔셋의 나이로 다시 투옥되었다. "교도소의 참상이 수면 위로 떠오르면 사람들은 이렇게 말할 것이다. '난 그런 일들이 있었는지 전혀 몰랐어'―히틀러 전쟁 후에 그랬던 것처럼 말이다."

1986년. 나는 앤의 사진과 함께 87년도 졸업생인 섀런 우드워드의 글이 실려 있는 바너드 대학 잡지를 펼쳤다.

둘리 앤 드레이턴이라는 이름을 아는 사람들이 지금 캠퍼스에 얼마나 될까? 전前 바너드 학생(2학년까지 다니고 중퇴했다)이로어 맨해튼에서 벌어진 극적인 총격전에서 경찰관 한 명을 죽이고 다른 한 명에게 부상을 입힌 혐의로 유죄 선고를 받은 게 10년 전 일이다. 경찰에 따르면 그 사건은 교통법규 위반으로 시작되었으며, 드레이턴의 남자친구인 콰메 퀘시라는 아프리카계 미국인 교사가 공격성을 드러내면서 확대되었다. 드레이턴은 법정에서 퀘시가 목숨을 잃을지도 모른다는 두려움에 그런 행동을 했다고 주장했다. 그때 퀘시는 총을 겨눈 두 명의 경찰관에게 붙잡힌 상태였는데,

드레이턴에 따르면 인종차별적 욕설로 언어 공격을 당하고 있었다. 하지만 배심원단은 드레이턴의 주장을 받아들이지 않았고, 그는 25년 종신형을 받았다. 그는 지난 10년간 뉴욕주 북부, 경비가 삼엄한 여성 교정 시설인 메리빌 교도소에서 수감자로 살고 있다.

　　화창하고 상쾌한 10월의 어느 날, 나는 인터뷰에 응한 드레이턴을 만나러 교도소로 차를 몰고 갔다. 그 음산한 회색 벽돌 건물은 과거 유명한 리조트 호텔이 자리했던 언덕 꼭대기에 세워져 있었다. (호텔 얼음 저장고였던 건물만 아직 남아 있는데, 으스스하게도 교도소 독방으로 사용되고 있었다.) 전기 철조망과 여기저기 보이는 뾰족한 철선들이 주위의 화려한 가을 단풍들과 어울리지 않는 침울한 인상을 주었다. 메리빌 지역 자체는 길게 늘어선 멋지고 유서 깊은 주택들과 단풍놀이 성수기를 맞이하여 "빈방 없음" 표지판을 자랑스럽게 내건 몇몇 민박집들이 어우러져 동화적 매력을 풍겼다.

　　드레이턴과 편지를 주고받으면서 알게 된바, 그가 지난 10년 사이 교도소에서 벗어난 건 단 한 번뿐이며 이는 딸의 유죄 판결 이후 몇 달 만에 세상을 떠난 어머니의 장례식에 참석하기 위해서였다. (외동딸인 드레이턴은 어머니가 상심하여 죽었으리라는 의견에 격앙된 반응을 보인다.)

　　교도소에 가까워지면서 내 손바닥에 땀이 차기 시작했다. 그건 내가 그런 험악한 장소에 가본 적이 없었기 때문만도, 처음 해보는 인터뷰이기 때문만도 아니었다. 나는 드레이턴과 직접 대면하는 것이 두려웠다. 사실 나는 지난 학기 이전까지 둘리 앤 드레이턴에 대해 들어본 적조차 없었다. (우리 둘 다 우연히도 코네티컷주 출신이긴 했지만 말이다.) 내가 그 사건에 대해 처음 알게 된 건 바너드 역사학과의 리언 교수님을 통해서였다. 리언 교수님은 앤에 대해, 그가 자신의 가장 뛰어난 제자들 가운데 하나였으며 "아마도 가장 잘못된 경우"일 거라고 했다. 교수님은 여성과 급진주의 정치가들에 대한 연구를 진행 중인 내게 드레이턴과의 접촉을 제안했다. 드레이턴은 학부 시절 잠시 SDS에 몸담았던 일을 제외하면 정치 조직에 소속되기를 철저히 거부해왔고 특히 부유한 특권층 출신(드레이턴 자신처럼) 젊은이들로 이루어진 좌파 조직들을 경계했다는 점에서 특별한 사례였다.

나는 재판 기록과 관련 기사들을 통해 알게 된 이 여성과의 만남에 몹시 긴장하고 있었다. 그가 자신의 행동에 대해 뉘우침을 보이지 않은 것이 판결에 중요한 영향을 미쳤으며, 그의 손에 죽은 경찰관의 가족에게 사죄하기를 거부한 일은 그의 편에 섰던 소수의 사람들에게조차 극악무도한 태도로 여겨졌다.

우리의 인터뷰는 작은 면회실에서 이루어졌다. 우람한 체격의 젊은 남자 간수가 드레이턴을 그곳으로 데려온 뒤 우리 둘만 남기고 나가서 문 밖에 앉아 대기했다. 섬세한 이목구비와 놀라우리만치 긴 목을 가진 자그마한 금발 여성. 그에게선 강철 같은 냉정한 분위기가 풍겼다. 그는 말을 할 때 상대의 눈을 똑바로 바라보았는데, 절대로 눈을 깜빡이지 않았다. 손도 움직이지 않았고, 몸을 꼼지락거리거나 많은 제스처를 보이지도 않았으며, 무슨 말을 하건 목소리를 높이거나 낮추는 법 없이 한결같은 어조를 유지했다. 그 단조로움이 나를 더 불안하게 만들었다.

질문을 많이 준비해 갔으나 드레이턴은 자신의 죄나 재판에 대한 나의 질문에 대답하기를 거부했고, 개인적인 이야기도 하지 않으려 했다. 나는 드레이턴이 자신만의 계획을 갖고 있으며 오직 한가지 이유로 인터뷰에 응했음을 곧 깨닫게 되었다. 그에겐 세상에 알리고 싶은 메시지가 있었다.

면회실에 라디에이터가 있었지만(그 덜컥거리고 쉭쉭거리는 소음이 정말 거슬렸다) 나는 이상할 정도로 한기를 느꼈다. 드레이턴이 가끔 얼음 공주로 불렸다는 글을 어딘가에서 읽은 기억이 은연중에 떠올랐다. 그는 단 한 번도 웃지 않았고 미소조차 보이지 않았으나, 그렇다고 깊은 우울이나 불행에 빠진 사람 같은 인상을 주진 않았다. 비극적이되 불행하지는 않은 사람. 모순적인 말로 들릴지 몰라도 나는 그를 그렇게 표현하고 싶다. 나 같은 외부인에겐 끔찍하게 여겨질 수 있는 그 운명을 드레이턴은 받아들인 듯했다.

그는 완벽하게 예의를 갖췄지만, 나는 그가 나에 대해 본능적인 거부감을 느끼고 있다는 생각을 피할 수 없었다. 또한 긴장한 내 모습이 그의 경멸감을 야기하고 그로 인해 긴장이 더 커져가고만 있다는 생각도 들었다. 나는 그의 사진을 찍다가 카메라를 떨어뜨릴 뻔했다.

인터뷰가 끝날 때쯤엔 너무 추워서 이빨이 딱딱 맞부딪칠 정도였다! 드레이턴은 내게 작별 인사를 건네며 자신의 메시지를 정확하게 전달하겠다는 약속을 받아냈는데, 그 말씨는 부드러웠지만 명령과도 같은 힘을 지니고 있었다.

나는 이 만남으로 인한 감정적 충격에 전혀 대비가 되어 있지 않은 상태였다. 무수한 문들을 지나 그 건물을 나서는 동안 과호흡이 왔고, 차를 몰고 언덕을 내려가며 나는 울기 시작했다.

꽤 멋진 사진이라고 나는 생각했다. 그리고 충격적인 사진이기도 했다. 적어도 내겐 그랬다. 10년을 철창에 갇혀 지냈으니 모습이 많이 달라졌으리라 생각하던 터였다. 하지만 앤은 그렇게 나이 들어 보이지도 않았다. 사실 우리 둘 중 나이가 더 들어 보이는 사람이 누구인지 굳이 따지자면 나라고 말해야 할 것 같았다. 하긴, 이와 비슷한 사례들은 얼마든지 있다. 지옥을 체험하고도 지극히 평범하고 완벽하게 정상적으로 보이는 여자와 남자들이 얼마나 많은가. 겉모습만 봐서는 장기간 고문당했다는 사실을 짐작할 수 없는 전쟁 포로들도 있고, 또 요전 날 밤에 내가 텔레비전에서 본 수단인의 얼굴에도 그가 노예 생활로 젊음을 보냈다는 사실은 쓰여 있지 않았다. (또 하나의 미스터리. 정신병을 앓는 환자들은 실제 나이보다 몇 년이나 어려 보이는 경향이 있다. 내가 솔랜지 덕에 정신병동 고정 방문객이 되지 않았더라면 알지 못했을 일인데, 그곳에서는 그런 사실이 분명히 눈에 띄고 자주 언급된다.) 사진 속 앤이 잘 지내고 있는 듯 보이는 것이나 자기감정에 빠진 저 젊은 인터뷰어의 눈에 그렇게 보였다는 사실은 그 무엇도 증명하지 못한다. ("비극적이되 불행하지는 않은" 이라는 그의 표현이 아마도 정확할 것임을 왠지 알 것 같았지만 말이다.)

그 인터뷰의 메시지 자체는 새로울 게 없었다. 앤은 사실상 구속 초기부터 꾸준히 자신의 메시지를 알려왔으니까. 그게 그의 첫 인터뷰도 아닐뿐더러, 앤 자신도 기사를 많이 써서 교도소 간행물은 물론 법학 잡지나 다른 학술지 들에 정기적으로 게재하던 터였다. 그는 늘 글을 썼고, 거기엔 다양한 분야의 공직자들과 신문들에 보내는 수십 통의 편지들도 포함되었다. 그녀는 공개서한을 썼고 진정서를 냈다.

사실 앤의 삶은 내가 TV에서 본 이후 떨쳐버리지 못했던 예의 영화 속 주인공의 삶과 완전히 달랐다. 앤은 타락하지도 절망하지도 않았고, 냉혹한 전과자가 되지도 않았다. 과거의 모습 그대로 남아 있었다. 내게 그건 기적과 다름없었다.

나는 바깥에서 누군가—배우나 작가, 심지어 정치인이나 기타 선출직 공무원이—과거 어느 시점에 마약을 한 적이 있고 심지어 중독에 이르기까지 했다고 고백하는 글을 거의 매일 읽는 것 같다. 그들은 아무도 자신을 잡으러 오지 않을 것임을 알기에 자신이 마약을 얼마나 많이 했는지 온 세상에 거리낌 없이 밝힌다. 그들은 법을 어겼지만 그 사실을 감출 필요가 없다. 아무도 그들을 처벌하지 않을 것이기 때문이다. 그런 사람들이 자신이 한 짓을 감춰야 할 필요를 느끼지 않고 그들의 고백이 공분을 사지 않는 건, 사실 사회가 그들이 한 짓을 그리 끔찍하게 여기지 않는다는 의미가 된다. 그렇다면 날이 갈수록 가혹해지는 마약 방지법에 대해서는 어떻게 이해해야 할까?

미국의 마약 사용자들을 보면 백인과 비백인의 수가 거의 똑같다. 하지만 체포되어 감금되는―예를 들면 록펠러 마약법에 따라―사람들의 경우, 백인과 비백인은 수적으로 큰 차이를 보인다. 부자가 코카인 가루를 흡입하면 괜찮지만, 임대주택에 살면서 크랙*을 하면 경찰의 불시 단속 대상이 되고 재판에서 감금형을 받는다. 자칭 민주주의 사회라는 곳에서 이런 상황을 대체 언제까지 용인할 수 있단 말인가?

그런 뒤, 매크래컨 목사를 상기시키는 내용이 이어진다. "오늘날 마약 문화로 파괴되어가는 가난한 흑인들과, 미국이 그 문제를 다루는 방식은, 그야말로 진행 중인 홀로코스트이다." (편집자들은 마지막 말 "진행 중인 홀로코스트"에 물음표를 달아 제목

• 고체 형태로 굳혀 중독성을 높인 정제된 코카인.

으로 썼다.)

한 페미니스트 잡지에서 임신 중지를 둘러싼 수치심과 침묵에 도전하기 위해 임신 중지 경험을 밝히기로 동의한 유명 여성들의 긴 명단을 발표한 적이 있다. 앤도 그와 유사한 운동을 벌이고 있었다. 마약 100그램 이상을 소지했을 때의 의무 형량이 15년인데, 그 정도의 마약을 소지한 적이 있는 사람들 모두가 앞으로 나와 자신의 신분을 밝히는 것이 어떨까? 그들 중 이 순간 자유의 모든 즐거움과 특권을 누리고 있는 사람들은, 자신의 지역 사회 안에서 자신과 같은 마약 범죄로 유죄 판결을 받은 재소자를 찾아내려는 노력을 기울이고 그 사람을 위해 자신이 할 수 있는 일을 하는 것이 어떨까?

나는 여러분 모두가 옳은 일을 하기를 촉구한다. 양심을 지닌 사람들이라면 현 상황이 지속되도록 방치해서는 안 된다. 죄를 지은 적이 없는 이들이라도 싸움에 참여해주기를 요청한다. 지금 여러분의 지역 사회 내 구치소와 교도소에 연락하라. 누가, 무슨 이유로 수감되어 있는지, 그들의 처지는 어떠한지 알아내라. 철창 안에 있는 여러분의 형제자매들에게 등을 돌리지 말라.

나는 소피 드레이턴의 죽음에 대해서도, 앤이 사슬로 묶인 채 무장 경비원의 감시하에 장례식에 참석한 것에 대해서도 알고 있었다. 앤은 다른 조문객들과 지정된 거리를 두고 따로 서 있어야 했다. 그는 울지도, 말을 하지도 않았다. 사실 그는 말하는 게 금지되어 있었고 그의 아버지에게도 말을 할 수 없었다. 하지만 터너 드레이턴은 이렇게 말했다. "어찌 됐든, 그애가 우리에게 할 말이 있었을까?"

그는 정신이 딴 데 가 있는 듯 뻣뻣하게, 말없이, 눈물도 흘리지 않으며 서 있었다. 아마 그가 참석하지 못했던 다른 장례식에 대해 생각하고 있었을 것이다. 그에게 더 의미 있는 사람의 장례식 말이다.

나는 삶을 바꿔야만 했다.

이는 앤의 재판과 구속에 관련된 일이었으며, 시몬 베유를 읽은 것과도 무관하지 않았다. 앤이 메리빌의 지하 감옥으로 사라진 직후, 나는 학교로 돌아가고 싶은 열망에 사로잡혔다. 틀림없이 얼마간은 향수도 작용했다. 내가 이미 알고 있었듯이, 사람은 반드시 행복했던 장소나 시간에 대해서만 그리움을 느끼는 게 아니니까.

〈비자주〉에서는 휴직 처리를 해주기로 얘기가 되었다. 나는 파트타임 일자리를 구할 작정이었다. 학자금 대출을 받아 바너드에 3학년으로 복학했다.

향수? 기숙사를 지나가며 우리가 쓰던 방 창문을 올려다볼 때마다 다리가 풀리던 현상을 설명할 더 나은 말이 있으면 알려주기 바란다.

나는 1학년 때 앤이 자신이 듣는 아프리카계 미국 문학 수업을 같이 듣자고 권했던 기억을 떠올렸고, 틀림없이 얼마간은 향수 때문에 그 수업을 듣게 되었다. 그리고—앤이 그런 것에 신경쓸 가능성이라도 있는 것처럼—내가 그 수업을 듣는 걸 앤이 알게 되었으면 좋겠다는 희망을 떨쳐버리지 못했다

앤의 재판에 성격 증인으로 출석했던 키블 교수가 아직도 그 수업을 담당하고 있었다. 키블 교수는 이제 쉰이 넘은 나이였다. 머리칼은 거의 다 빠져버렸고, 그 결핍을 보상하려는 듯 산타클로스처럼 무성한 턱수염을 기르고 있었다. 몸도 산타클로스처럼 드럼통 같았다. 그의 연구실이 있는 층에서 엘리베이터 문이 열리면 즉시 그의 시가 냄새가 풍겨 왔으나 아무도 불평하지 않았다. 그의 수업은 바너드와 컬럼비아 학생들 사이에서 매우 인기가 좋았는데, 그가 아프리카계 미국 문화에 대한 유명한 책을 낸 것이 그 이유 중 하나였다. 그는 다혈질에 성미가 까다롭기로 유명했고, 백인 학생들보다 흑인 학생들에게 더 엄격하다고 했다.

어느 날 그의 연구실에서, 나는 학기 내내 마음에 두고 있던 일을 실행에 옮겼다. 앤의 이름을 꺼낸 것이다. 그가 아직 앤과 연락하고 지낸다는 얘길 했을 때 나는 찌르는 듯한 질투심을 느꼈다.

그는 앤과 편지를 교환하고 있다고 했다.

나는 앤이 어떻게 지내는지 물었다.

"오—열심히 일하고 있지. 개인 지도를 많이 한다더군. 거기 있는 다른 여자들이 수료증을 받을 수 있도록 도와주고 있는데, 아마 대부분이 고등학교 수료증일 거야. 책도 많이 읽는다고 하더군. 불평은 없어. 자기연민도 없고. 그런 스타일이 아니지. 우리의 동정도 원치 않아. 딱 한 가지 불만이라면 잠을 잘 못 잔다는 거야. 잡지를 만들어보겠다는 말도 했어. 계획하는 일이 아주 많아. 거기서 변호사 노릇도 하고 있는 것 같던데. 하긴, 늘 뭐든 야무지게 해냈지, 안 그런가?" 그가 미소 지었다. 내 생각이었을 뿐인지도 모르지만, 어쨌든 그의 수염이 일렁이긴 했다.

나는 그에게 다음에 앤과 연락할 때 내 안부를 전해줄 수 있는지 소심하게 물었다.

"왜 직접 연락하지 않고?" 그는 다소 날카롭게 물었다가, 내가 잠자코 목청만 가다듬고 또 가다듬자 한결 부드러워진 어조로 덧붙였다. "교도소에 있는 사람에겐 친구가 아무리 많아도 부족한 법 아니겠나." 다시 그의 수염이 일렁였다.

나는 그러겠다고, 그러겠다고, 나의 옛 친구에게 편지를 쓰겠다고 말했다. 진심이었다. 정말 진심이었다. 하지만 결국 편지를 쓰지 않았다. 그럴 수가 없었다.

앤이 내 연락을 받고 기뻐하리라는 믿음만 있었다면 편지를 쓰기가 더 쉬웠겠지만, 내겐 그런 믿음을 가질 만한 이유가 없었다. 어쨌거나 그는 구치소에서 재판을 기다리는 동안 내가 보냈던 편지에도 답장을 보내지 않았다. 애초에 내 편지를 받지 못했을 수도 있지만 말이다. 그리고 그동안 일어난 일들을 고려하면 그가 나를 잊었고, 옛 바너드 시절의 모든 것들을 잊었을 가능성도 꽤 크다고 나는 생각했다. 나 자신도 얼마나 많은 것들을 잊었던가. 매일 보고 이야기를 나누던 사람들—그들의 얼굴이 이렇게 희미해지고 일부는 이름조차 기억하기 힘들게 될 줄 그 누가 알았으랴. (얼마나 많은 것들이 사라져버릴지 안다면 우리는 삶에 관심을 더 갖게 될까, 아니면 덜 갖게 될까?) 앤과 내가 적이 되어 헤어지지만 않았어도 편지를 쓰기가 훨씬 쉬웠을 것이었다. (이제 그날 저녁을 생각하면 아보카도 나무와 빌리 홀리데이 앨범, 콰메의 타자기, 침실 벽에 걸린 앤과 콰메의 나체 사진이 보였다—그 모든 것들이 불길 속에서 뒤틀리며 검게 타는 광경이었다.) 그리고 편지에 무슨 말을 써야 하는지도 문제였다—그의 삶에 대해 이야기할 수도 없는 노릇이고, 그렇다고 내 삶에 대해 이야기해봐야 그에겐 하찮게 들릴 것 같았다. 게다가 나는 앤처럼 글이 자연스럽게 나오는 사람도 아니었다. 1학년 때 잃은 자신감이 여전히 돌아오지 않은 터였으니, 단순한 글로 생각을 표현하는 일조차 큰 노력이 필요할 것이었다.

　　편지에 대해 생각하면 할수록 그 일이 벅차게 느껴졌고, 솔직히 말하자면 내가 앤에게 편지를 쓰고 싶은 마음보다는 그에게서 소식을 듣고 싶다는 마음이 더 컸다. 나는 여전히 철창 속의 그를 상상하는 일이 힘들었다. 여전히 감방 생활에 대한 끔찍한 환영에 시달리고 있었기에, 앤의 개인 교습이며 독서며 잡지

창간에 대한 키블 교수의 이야기가 만들어내는 인상―메리빌이 무슨 여자 대학이라도 되는 것 같은―을 그대로 받아들일 수가 없었다. 나는 오빠 생각이 났다. 가이가 전쟁터에서 보내온 편지들에서 혹은 집에 돌아온 후에도 베트남에 대해 이야기하려 하지 않았듯이, 앤도 키블 교수에게 교도소 생활의 실상을 밝히지 않았을 것 같았다.

하지만 앤은 바너드에서 피할 수 없는 존재였다. 키블 교수의 수업에서 우리는 조지 잭슨의 옥중 서간집 『솔레다드 형제 Soledad Brother』를 읽었는데, 그 책에 이런 구절이 있었다.

"파시즘이 이미 여기 있고, 구할 수 있는 사람들이 죽어가며, 여러분이 행동에 나서지 못한다면 그 세대들은 차라리 죽거나 가난하고 난도질당한 반쪽 인생을 살아야 하니 (……) 우리와 함께 국민을 위해 목숨을 바칩시다."

그리고 이런 구절도. "존은 어린 형제입니다. (……) 형제들에게 그의 푸른 눈과 피부색을 절대 언급하지 말라고 하십시오. (……) 알겠습니까?"

그리고 이런 구절도. "나는 오늘 깜둥이라는 말을 350번 들었습니다. 겨우 하나의 단어일 뿐인데―하지만 나는 그 단어를 도무지 이해할 수가 없습니다."

다른 수업에서는 오스카 와일드의 옥중 회고록 『심연으로부터De Profundis』를 읽었다. "가난한 자들이 우리보다 더 현명하고 자선을 잘 베풀며 친절하고 세심하다. 그들의 눈에 감옥은 비극이고 불운이며 (……) 타인들의 동정을 불러일으키는 곳이다. (……) 우리 계급의 사람들에겐 그렇지 않다."

나는 그 학기에 영국 소설 수업도 들었는데, 지정 도서 중에 『미들마치』가 포함되어 있었다. 어느 날 학교에서 돌아오는 길, 버스를 타기 전에 그 책을 샀다. 버스가 브로드웨이를 달려 내려가는 동안 나는 책을 펼쳐 「서곡」을 읽기 시작했다. 어린 시절의 성녀 테레사, 그는 남동생과 함께 모로코로 순례 여행을 떠나기로 결심하고 아빌라의 귀족적인 집에서 도망친다. 모든 일이 순조롭게 풀리면 그곳에서 순교자로 죽을 예정이었지만, 그들은 도중에 아저씨들을 만나 집으로 돌려보내진다. 나는 조지 엘리엇이 어린 테레사를 묘사하며 이야기한 "자신을 넘어선 삶에 대한 황홀한 의식"을 이미 지닌 채 뉴헤이븐의 노숙자를 구하고자 집을 나선 어린 앤을 생각하고 있었다.

하지만 나를 소리 내어 울고 싶게 만든 문장은 이것이다. "300년 전에 살았던 그 스페인 여인은 분명 그 부류의 마지막 존재가 아니었다."

제4부

1990년 3월 12일

조지에게,

이 갑작스러운 편지가 너를 불편하게 만드는 건 아닌가 모르겠다. 재판 중에 네가 보내준 친절한 편지 기억하고 있어. 그런데 내가 답장을 했는지는 기억이 안 나네. 만일 답장을 안 했다면 그때 네가 나를 이해하고 용서했기를 바라고, 이제 내 사과를 받아줬으면 좋겠어.

그동안 네가 어떻게 지냈는지 조금은 알고 있어. 학교로 돌아가서 학사 과정을 마쳤다면서. 결혼해서 아이를 하나 낳고 이혼했고. 오티스 키블에게 들었지. 몇 주 전에 오티스가 〈카라카라〉 창간호 한 부와 함께 너와 밸 스트롬이 공동 편집자 관계일 뿐 아니라 부부 사이이기도 하다는 내용의 쪽지를 보내줬거든. 잡지 재미있게 읽었어. 특히 토니 모리슨에 관한 오티스의 글이랑 네 남편이 쓴, 브로드웨이 뮤지컬에 대한 신랄한 공격이 마음에 들었지. (그런데 '카라카라'가 무슨 뜻이야? 내가 보기엔 새 이름 같은데 확실히 몰라서.) 어쨌든 너도 알겠지만, 많은 간행물들이 교도소 도서관들에 무료 구독권을 제공하고 있어. 혹시 〈카라카라〉도 그렇게 해줄 수 있을까?

하지만 그게 이 편지의 중요한 용건은 아니고, 그보다 훨씬 큰 부탁이 있어. 이곳 메리빌 재소자들의 작품을 잡지에 실어주는 문제를 고려해볼 수 있는지 알고 싶어. 물론 너희 잡지 창간호에 실린 글들과 매우 다르긴 하지만, 그런 작품들도 〈카라카라〉 같은 잡지에 아예 안 맞지는 않을 거야. 그래서 너만 괜찮다면 시와 단편소설, 에세이 들을 선정해서 보내고 싶어. 대체로 에세이들이 가장 훌륭하고, 아마 너희 독자들의 관심을 제일 많이 받을 거야. (시를 썼던 사람에겐 시들이 더 끌릴 수도 있겠지?)

알다시피 옥중 문학은 긴 역사와 명성을 지니고 있고, 재소자들의 목소리가 들어줄 만한 가치를 지닌 목소리이기도 하다는 점에는 너도 동의하리라 믿어. 담장 밖 사람들과 자신의 체험을 나누고 싶은 재소자들의 열망이 얼마나 깊은지 말로 다 표현할 수 없을 정도야. 글쓰기가 재소자의 온전한 정신뿐 아니라 목숨까지 구했다고 해도 과언이 아닌 경우들도 있고. 문학적 재능을 키우면 교도소라는 이 이상한 행성을 떠나 세상에 다시 합류할 때 매우 유용할 수 있다는 점은 굳이 말할 필요도 없겠지.

여러 해 동안 메리빌 재소자들은 지역의 여러 학교들에서 나온 교사들이 진행하는 글쓰기 워크숍에 참가할 수 있었어. 아주 훌륭한 프로그램이었는데, 2년 전에 지원이 끊기고 말았지. 우리 잡지 〈시스터 세즈Sister Says〉에 대한 지원도 함께 끊겼고. 슬프게도, 다시 지원을 받기란 쉽지 않을 거야. 요즘 대부분의 교도소들에서 교육 프로그램들이 축소되는 추세인데―갱생보다는 처벌이 점점 더 강조되고 있지―잭 애벗 사건 이후로 옥중 글에 대한 일종의 역풍이 불어온 셈이지. 미국 전역의 문예지들이 수감자들의 작품을 싣는 걸 당연시하도록 설득할 수만 있다면 엄청난 힘이 될 텐데. 단지 우리만을 위해서가 아니라 사회 전체를 위해서. 철창 안 삶의 진상은 모두가 아는 상식이 되어야만 하니까.

부탁인데, 빠른 시일 내로 답장을 써서 네가 기꺼이 나를 도울 생각이 있는지 알려줄래? 그리고 네가 어떻게 살고 있는지 더 자세히 얘기해준다면 무척 기쁠 거야. 난 메리빌 바깥의 사람과 별로 교류가 없어. 오티스와 레스터 프라이속뿐이지. 내 변호사였던 레스터와는 친구가 되었어. 우리 부모님 기억나? 소피는 1977년에 죽었어. 터너는 재혼했고. 상대는 거의 평생 알고 지내온 여자야. 지금은 세상을 떠난 옛 프린스턴 동문의 아내. 소피의 친한 친구이기도 했지.

아―깜빡 잊을 뻔했다. 몇 해 전에 〈비자주〉에서 메리빌에 화장품이랑 다른 미용 제품 샘플을 보냈는데, 그 일을 주선한 사람이 아마 너였으리라는 거 알아. 그게 이곳 여자들에게 얼마나 큰 의미였는지 이루 다 말할 수가 없어. 잡지가 폐간되면서 더 이상 샘플들을 받을 수 없게 되어 모두 얼마나 슬퍼했는지.

그래, 조지, 중년이 된 기분이 어때? 적어도 내 마음속의 너는 대도시에 온 첫날 여행 가방을 도둑맞은 열일곱 살의 모습으로 영원히 남아 있지만. 엄마가 된 기분은 어때? 솔직히 고백하자면, 그 역할을 하는 너를 상상하기가 힘들어. 아들이야, 딸이야?

앤

사실 그 편지를 받았을 땐 두 아이가 모두 태어나 있었다. 나는 주드를 임신한 상태로 밸과 결혼한 터였다.

잭 애벗. 캐시 부딘처럼 몇 년 동안 생각해본 적도 없는 이름이었다. (최근 이 두 이름이 다시금 뉴스를 장식했다. 둘 다 교도소를 떠났는데, 캐시 부딘은 가석방을 받았고 잭 애벗은 목을 맸다.) 1970년대 후반 은행 강도와 살인으로 복역 중이던 젊은 재소자가 자신의 인생 이야기를 나누고 싶어했으니, 그는 크고 유명한 귀를 택했다. 잭 애벗이 노먼 메일러에게 보낸 편지들은 1981년(캐시 부딘을 파멸시킬 범죄가 저질러진 해)에 책으로 나왔다. 이 책의 성공으로 애벗은 교도소에서 풀려났으나 몇 주 만에 다시 살인을 저질렀다. 당시엔 모두들 잭 애벗 사건 이야기였다. 나는 내 아이들에게 그가 누구인지 설명해줘야 했다. 캐시 부딘에 대해서도 마찬가지고.

질문: 어떻게 침대 시트와 신발 끈으로 목을 맬 수 있을까?

나는 아이들을 위해 이 글을 쓰고 있는 걸까? 가끔 그렇게 생각하기도 하지만, 그렇다면 얼마나 헛되고 어리석은 생각인가. 게다가 그게 사실이라면, 그러니까 이게 조와 주드를 위한 글이라면, 그들이 알 필요도 없고 알고 싶어하지도 않을 것이 분명한 내용들을 어째서 이렇게 많이 넣었단 말인가?

조지 오웰의 말마따나 사람들이 글을 쓰는 건 그들이 거역할 수도, 이해할 수도 없는 악마들 때문이라고 생각해보자. 나의 경우 글을 쓰게 만든 악마는 외로움이었다. 권태였다. 오웰은 아기가 관심을 끌기 위해 악을 쓰며 울 때 작용하는 것과 같은 인간의 신비한 본능에 대해서도 이야기했다. 가끔은 내가 하는 일도 그런 게 아닐까 하는 생각이 든다.

하지만 아직 그 이야기를 하지 않았다.

내겐 해마다 한 달씩 롱아일랜드의 여름 별장을 빌려서 사용하는 친구가 있었다. 하지만 그해에는 일이 꼬였다. 부부 사이가 좋지 않았던 것이다. 이제 한 달 동안 함께 휴가를 보낸다는 걸 견딜 수 없게 되었고, 그렇다고 한 사람은 여름 별장에서, 다른 한 사람은 집에서 보낸다는 건 더욱 견딜 수 없었다. 그들은 마지막 순간까지 미적거리다가 내게 말했다. "원한다면 가서 지내." 나는 지나치게 신난 기색을 내비치지 않으려고 애썼다. 손님으로 가본 적이 있던 터라 나도 그 별장을 알고 있었다. 딸기밭과 감자밭이 펼쳐진 그곳에서 행복하고 평화로운 시간을 보내며 바닷가에서 밀린 책을 읽는 나의 모습이 그려졌다. 메리앤 무어에 따르면 외로움은 고독으로 치유된다고 한다. 하지만 고독은 생각보다 찾기 어려우며, 단순히 혼자 있는 상태 이상을 요구하는 법이다.

그곳에 도착한 다음 날 저녁에 폭풍이 몰아쳤다. 발톱 달린 무시무시한 폭풍이 그 작은 오두막을 비집어 뜯어낼 것만 같았다. 어두워지기 시작할 무렵엔 전기까지 나갔다. 촛불 만찬. 얼마나 낭만적이야, 나는 생각했다. 쓸쓸함은 없었다.

나는 오크로 만들어진 식탁에 앉았다. 상판에는 깊은 균열과 상처들이 나 있었는데, 신기하리만치 촉감이 좋았다. 거기서 방금 만든 치즈 토스트 샌드위치와 토마토 샐러드를 먹었다. 다른 때 같았으면 식사하면서 잡지를 읽었겠지만 촛불 빛이 너무 어두웠다. 나는 촛불을 바라보았고―펄럭펄럭, 타닥타닥―곧 졸음이 밀려왔다. 머리가 무겁고 무거웠다. 그리하여 식사를 다 마칠 즈음엔 일어날 마음이 전혀 나지 않았다. 펄럭펄럭, 타닥타닥. 여전히 폭풍이 집을 물어뜯고 칠흑 같은 어둠이 구석구석 차오르는 가운데 촛불은 예쁘게 타오르며 나를 다독였고, 내 마음은 천천히, 아주 천천히 비어가는 컵이나 그릇인 것만 같았다. 하지만 나는 졸음에 빠지기 전에 자리에서 일어나 미리 봐두었던 찬장 속 손전등을 꺼낸 뒤 종이―새것은 아니지만 사용한 흔적이 없는 속기용 노트―와 어지간히도 씹어놓은 볼펜을 찾아냈다. 그러곤 다시 의자에 앉아서 이것저것 따질 것 없는 욕구에 따라, 편지 비슷하긴 하나 특별히 대상이 정해지지는 않은 글을 쓰기 시작했다. 아직 글을 쓰고 있는데 전기가 들어왔다. 자정이 넘었고 잠자리에 들 시간도 지났으나 이제는 전혀 피곤하거나 졸리지 않았다. 폭풍이 언제 그쳤는지도 알지 못했다. 나는 커피를 끓이고 CD 플레이어로 모차르트를 틀어놓은 채 계속 글을 썼다.

나중에 돌이켜보면 마치 최면에 걸린 듯한 체험이었다.

내게는 서류나 편지, 문서 들을 보관하는 낡은 삼나무 상자가 있는데, 이 글도 언젠가 완성되면 분명 그곳으로 가게 될 것이다. (아이들과 관련된 것들―아기 앨범, 성적표, 손으로 직접 만든 어머니의 날 카드, 학교 사진 등―은 따로 간직하고 있다.) 오래전에는 자물쇠가 달려 있었다. 자물쇠가 필요한 시절도 있었지만 이제는 아니다. 어쨌든 그 자물쇠는 고장 났다. 열쇠는 녹슨 채 상자 바닥에 놓여 있다.

빛바랜 잉크는 언제나 나를 슬프게 한다. 어떤 잉크는 머리카락처럼 잿빛이 된다. 앤에게서 온 편지는 분명 검은 잉크로 쓰여 있었는데 이제 갈색으로 변했다. 편지에 답장을 쓴 기억이 떠오르고, 그 기억이 나를 부끄럽게 한다. 그래, 작품들을 보내줘, 라고 나는 답장을 썼다―그 작품들이 〈카라카라〉에 실릴 가능성이 전혀 없다는 걸 잘 알면서도. 밸이 절대 그걸 허용하지 않을 테니까. 그렇다, 우리 이름이 발행인 난에 나란히 실린 건 맞는다. 하지만 우리는 전혀 동등하지 않았다. 〈카라카라〉는 밸의 아기였다. 나는 진짜 아기를 돌보았다. (오해하지 않았으면 한다. 이건 불평이 아니다. 나는 늘 일을 원했지만, 육아와 병행할 수 없는 일은 원하지 않았다. 나는 대부분의 워킹 맘들이 겪는 육아와 일 사이의 갈등에서 자유로울 수 있음을 행운으로 여겼다— 정작 그 여자들은 나와 내 삶을 부러워하기보다 경멸했지만. 나는 왜 갇혀 사는 기분을 느끼지 않는지, 왜 아이들만 곁에 있고 책만 많이 있으면 집 밖으로 나가고 싶은 갈망을 느끼지 않는지 설명하려고 애쓰다가 포기해버렸다. 게다가 아주 잠깐이면 몰라도, 조와 주드를 다른 사람 손에 맡기는 것이 나는 견딜 수 없을 정도로 불안했다. 아이들과 온종일 떨어져 지내야 한다면 아이들 삶의 너무도 많은 부분들을 놓치는 데 울분을 느꼈을 것이다— 많은 일하는 엄마들이 그러듯이 말이다. 나는 소유욕이 강한 엄마이긴 했지만, 나중에 아이들을 떠나보내야 했을 땐 결국 아이들과 늘 함께 시간을 보냈기에 그 일이 더 쉬울 수 있었던 것 같다. 물론 그렇다 해도 결코 수월한 일은 아니었지만. 주드가 조에이어 학교로 들어간 날은 내게 패닉과 애도의 하루였다. 나는 이웃집 고양이가 다섯 새끼들을 빼앗긴 날 제 바구니와 빨래 바구니 사이를 오가며 양말 다섯 개를 물어다 모아놓은 일을 떠올렸다.)

처음부터 모든 게 분명했다. 밸이 진짜 편집장이 되어 모든 중요한 일을 하고 모든 중요한 결정을 내리게 될 터였다. (나를 공동 편집자로 임명한 것도 그중 하나였다.) 애초에 문예지 발간 자체가 그의 단독 아이디어였던 데다 자금 마련을 포함해서 그 아이디어의 실행에 필요한 모든 노력을 기울인 사람도 그였다는 점을 고려하면 이는 지극히 온당한 일이었다. 연줄이 있어서 훌륭한 작가들의 작품을 그리 부담스럽지 않은 고료에 확보할 수 있는 사람도 그였고, 심지어 그즈음엔 이미 어느 정도 명성을 얻었기에 그의 이름만으로도 기고자들을 끌 수 있었다. 그는 나를 공동 편집자로 올리면 외교적 수완을 발휘해야 할 때 도움이 될 거라고 말했다. 늘 '우리'라는 말을 써먹을 수 있으니까. 가끔 그가 작가의 기분을 맞춰주느라 내게 상의 한마디 없이, 자신은 그 작가의 작품을 꼭 싣고 싶었는데 슬프게도 내가 반대했다고 둘러댄다는 것도 알고 있었다. (슬프게도는 밸이 즐겨 쓰는 말이었다.) 그는 그런 거짓말로 퇴짜 맞은 작가들과 좋은 관계를 유지할 수 있었고, 나로 말할 것 같으면, 글쎄, 사실 별로 문제 될 건 없었다. 밸과는 달리 나는 그 세계에서 성공 가도를 달리고 있지 않았으니까. 물론 밸 스트롬에 대해 조금이라도 아는 사람이라면 내가 그의 결정을 뒤집을 수 있으리라고는 절대 믿지 않을 것이었으니, 그건 우리 모두의 게임이었다고 할 수 있으리라. 나를 공동 편집자로 만들 때 밸에겐 또 하나의 속셈이 있었다. 혹시라도 〈카라카라〉 작가들 열 명 중 아홉이 남자라는 사실이 도마에 오를 경우, 표면적으로나마 남편과 아내가 동등한 권력을 갖고 있다는 인상을 주는 것이, 비판을 잠재울 수도 있다고 생각한 것이다.

사실 밸은 다른 사람과 권력을 나눌 수 있는 인물이 아니었다. 그가 아들의 양육과 관련된 거의 모든 문제들을 포함한 집안일을 기꺼이 내게 맡기려 했던 건 우리 모두에게 감사한 일이었다. 안 그랬으면 우리 가정은 단 하루도 유지되지 못했을 테니까. 밸은 타고난 독재자였다. 직원을 유지하기가 힘들어서 나의 아직 녹슬지 않은 비서직 기술이 꼭 필요할 때가 많았다. 우리 사무실은 웨스트브로드웨이 남쪽의 다 쓰러져가는 건물, 중국 음식점 위층에 있었다. 하지만 내 일 대부분은 집(밸이 조부모에게서 물려받은 센트럴 파크 웨스트의 매우 안락한 아파트)에서 할 수 있는 것들이었다. 팩트 체크와 교정 외에도 편지 타이핑, 기록 업무, 그리고 산더미처럼 쌓인 원고들을 관리하는 일까지 모두 내 몫이었다. 거절 통지를 할 때 밸은 대부분의 다른 잡지사들처럼 지정된 양식을 사용해야 한다고 생각했던 반면 나는 개인적인 서신 쪽이 낫다고 고집했다. 결국 양식을 사용하게 되었지만, 나는 무슨 까닭에선지 버틸 수 있을 때까지 버텼다. 어차피 다 사기였는데도 말이다. 청탁하지 않은 원고는 싣지 않았는데, 나로서는 그런 사실을 공표하여 모두의 헛수고를 사전에 방지하지 않을 이유가 대체 무엇인지 납득할 수 없었다. 하지만 밸은 그건 절대 안 된다고 했다. 그렇게 하면 독자들과 구독자들에게 나쁜 인상을 줄 거라는 얘기였다. 다른 스태프들도 그의 의견에 동의했다. 그게 이름도 명기하지 않은 거절 양식보다 더 나쁜 인상을 주겠냐고 나는 물었다. 문학 출판의 수수께끼들. 내가 아이들 상대하기를 더 좋아한 것도 이상할 게 없다. (위대한 작가 체호프가 벌레들과 나비들에 대해 했던 이야기. 나는 내 아이들이 자라는 걸 지켜보며 늘 그 생각을 했다.)

나는 밸이 앤의 편지에 어떤 반응을 보일지 정확히 알고 있었다. 그 친구가 쓴 글은 어때? 그거라면 당장 싣지.

"그래," 나는 앤에게 이렇게 썼다. "네 말이 맞아. 카라카라는 남아메리카의 큰 맹금이지. 매와 독수리 사이에 있는." 잡지에 관한 다른 모든 것들처럼 이름도 밸의 아이디어였다. 매의 눈으로 최고의 작품을 찾아내고, 독수리처럼 문화와 예술에 관련된 가장 의미심장하고 자극적이며 도발적인 뉴스와 아이디어 들을 덮치고, 과도한 찬사를 받는 겉만 번지르르한 가짜들을 무자비하게 공격하자는 뜻이었다. 지금 생각하면 우스꽝스럽기 짝이 없는 소리다. 하지만 그 잡지는 밸 자신처럼 무척이나 진지했고 처음부터 대성공을 거두었다. 모두가 밸 스트롬에게 기대하던 바였다.

그는 어느 날 갑자기 고속도로에서 교통사고로 죽었다. 말할 필요도 없지만 〈카라카라〉 역시 살아남지 못했다.

그는 클리오의 대학 친구였다. 줄곧 해외 생활을 했는데, 주로 런던에서 지냈다. 그러다 뉴욕에 돌아왔을 때(클리오와 달리 그는 원래 뉴욕 출신이었다) 클리오가 파티를 열어주었다. 우리는 그 파티에서 만났다. 당시 제러미와의 결혼 생활은 이미 끝나서 서류 정리만 남은 상태였다. 나는 어린 조와 둘이서 살고 있었다.

이쯤에서 내가 바너드 졸업 후 결국 〈비자주〉에 돌아가지 않았음을 밝혀야겠다. 〈비자주〉는 더 이상 내가 떠날 때의 〈비자주〉가 아니었다. 내가 처음 그곳에서 일하기 시작했던 시절 이후로 여성 잡지의 세계, 아니, 잡지 산업 전반에 많은 변화들이 일어난 터였다. 〈비자주〉의 편집진은 거의 그대로였지만 새로운 비전이, 완전히 새로운 사고방식과 새로운 규칙들이 생겨났다. 글은 줄이고 그림은 늘릴 것. 유명인의 얼굴, 명사들의 프로필, 대인 관계와 라이프스타일(이제 한 단어가 되었다) 관련 특집 기사는 늘리고 시사 관련 기사는 줄일 것. 어떤 이들은 미래의 여성지에는 기사가 없고 이미지들과 쇼핑 정보만 있으리라 내다보았다. (나는 이미 그런 카탈로그 잡지들이 나오는 걸 목격하고 있다.) 한동안은 영문학 학위를 받으면 〈비자주〉의 소설과 시 부서로 옮겨 갈 수 있으리라 생각하기도 했지만, 그 부서는 이미 영원히 사라진 뒤였다. 〈비자주〉는 80년대에 발맞추고자 많은 변화들을 시도했음에도 고전을 면치 못하고 있었다. 새 여성 잡지가 몇 달에 하나씩 탄생하면서 경쟁이 그 어느 때보다 심해졌고, 반면에 각 잡지별, 호별 차별화는 갈수록 약해지고 있었다.

하지만 사실 그런 것들은 내게 별다른 영향을 끼치지 않았다. 나는 신구를 막론하고 〈비자주〉와 그 자매 잡지들에 흥미를 잃은 터였다. 학교에 돌아가고부터는 그런 잡지들을 읽지 않았고, 아름다움의 비결에 대해서는(그런데 왜 비결이지?) 그리스도의 아내로 시러큐스의 수녀원에 사는 젤마보다 관심이 많다고 할 수도 없었다.

제러미를 처음 만났을 때 나는 시만 출판하는 작은 출판사에서 일하기 시작한 지 얼마 안 된 상태였다. 결혼 후에도 계속 그 출판사에 다녔으나 조가 태어나자 사직서를 냈고 제러미도 찬성했다. 그랬다가 결혼이 파탄에 이르면서(인정하건대, 그렇게 되기까지는 별로 긴 시간이 필요치 않았다) 다시 일을 시작했고, 이번엔 집에서 일했다. 나는 프리랜서로 일했는데 대부분 편집 작업이었고 당시엔 그 일이 무진장 많은 것 같았다. 내가 감당할 수 있는 정도보다 훨씬 많은 일거리가 들어왔다. 일하는 시간이 길었지만 일 자체는 힘들지 않았고, 심지어 마음을 달래주기까지 했다. 행갈이를 하고, 문장의 불완전한 부분들이나 분리 부정사를(전부는 아니고!) 바로잡는 일―이 모든 게 좋았다. (내게 영어를 제대로 가르쳐준 크러그 선생님께 축복 있기를.) 한 가지 나쁜 점이 있다면 미국 영어의 질이 얼마나 떨어져가고 있는지 부단히 상기하게 된다는 것이었다. 그 일을 하는 몇 년에 걸쳐 나는 언어의 올바른 용법과 잘 표현된 산문이 꾸준히 감소하는 것을 목격했으며, 여기서 중요한 점은 내가 주로 다루는 글들이 전문 작가들의 것이라는 사실이었다. 그런 추세가 어떻게든 바뀌리라는 희망을 품어보기도 했지만, 내 아이들이 고등학교에 들어가고 그들이 해놓은 숙제의 경악스러운 상태를 확인할 즈음에는 결국 그 싸움에서 패배를 예감하지 않을 수 없었다. (무엇보다, 크러그 선생님이 그 부류의 마지막 존재였던 것 같다는 점이 문제였다.)

나는 운이 좋았다. 집에 앉아(배달원을 통해 일감을 받고 작업이 끝난 원고를 보내면서) 할 수 있는 일거리가 많았을 뿐 아니라, 제러미가 시간에 대해서는 후하지 않았을지언정(하긴 의사였으니까) 양육비만큼은 재혼해서 아들 둘을 얻은 다음까지도 전혀 인색하지 않게 주었으니까. 그는 늘 조에게 최선을 다했고 그것만은 나도 믿을 수 있었다. 따라서 결국 증오로 얼룩진 이혼은 아니었다. 나는 상심하지 않았다. 버림받은 기분도 없었다. 공정하게 말해서, 그 이혼은 내 탓이 아니었듯이 제러미의 탓도 아니었다. 게다가 나에겐 비밀이 하나 있었고, 그 때문에 그에게 모진 마음을 먹을 수가 없었다.

남편 2호는 이야기가 달랐다. 클리오는 그의 친구였지만 처음부터 내게 벨과 진지한 관계로 발전해서는 안 된다고 주의를 주었다. 그 역시 결혼한 적이 있었다. 그리고, 증오로 얼룩진 이혼이 있었다. 다행히도 중간에서 고난을 당할 자식은 없었고, 바다가 두 적을 갈라놓은 터였다. 오로라는 영국인으로 런던에 살았다. 나로서는 그를 만난 적이 없다는 게 다행스러웠지만 어느 날인가 호기심에 이끌려 밸에게 그의 사진을 보여달라고 했고, 그때 들은 대답에 오싹함을 느꼈다. ("내가 그 미친 여자 사진을 왜 갖고 있겠어?") 클리오는 밸의 친구면서도 오로라 편을 들었다. ("'미친 여자' 좋아하네! 밸이 하도 바람을 피워서 돌아버린 거야.")

사랑에 빠진 여자는 스스로를 속인다. 나에겐 다를 거야. 나는 그 맹목적 믿음에 매달리는 수밖에 없었다. 밸과 만난 지 여섯 달 만에 나는 다시 임신했다. 결혼하지 않은 상태에서 임신한 여자는 무엇이라도 믿으려 하는 절박한 여자가 된다.

클리오는 우리를 만나게 한 걸 후회하면서도 자신 역시 한때 밸에게 반한 적이 있음을 시인했다. 신기할 것도 없는 일이었다. 그는 매력적이고 지적인 데다 미남이었다. 다른 대부분의 남자들은 제복을 입고서야 갖출 수 있는 똑똑하고 남자다운 모습이 그에겐 그냥 있었다. 그는 반바지 차림으로도 그렇게 보였다. 높이 쳐든 머리, 제왕 같은 옆얼굴, 군인의 자세, 긴 다리, 긴 등. ("유펜*에서 우린 그를 왕자님이라고 불렀지.") 명민한 왕자님. 정말로 그는 언제 어느 자리에서나 제일 똑똑한 사람이었을까, 아니면 가장 정보가 많고 말을 잘해서 그런 인상을 준 것일 뿐일까? (나는 사람들이 전화를 걸어 와 이렇게 묻곤 했던 걸 기억한다. "밸 있어요? 그의 두뇌가 필요해서요." 역겨운 말이다. 혹은 이런 얘기를 하는 사람도 있었다. "영화 보러 가려는데 밸에게 어떤 영화

---

* UPenn. 아이비리그에 속하는 펜실베이니아 대학을 이르는 말.

를 추천하고 싶은지 물어보려고요.") 하지만 그는 결코 현학적이지 않았다. 따분하지도 않았다. 그 반대였다. 그는 이야기를 잘하고 농담도 잘했다. 그는 상대로 하여금 경청하고 웃게 만들었다.

"보면 알아." 클리오가 내게 전화를 걸어 파티에 초대하면서 했던 말이다. "다 갖춘 남자야. 네 마음에 들 거야. 그런 사람이거든—상대가 즉시 자기를 좋아하게 만들 수 있는 사람. 특히 여자들. 하지만 너무 빠지지 않도록 조심해."

반하기 쉽고 빠지기 쉬운 남자. 파티들에서(벨과 나는 너무도 많은 파티에 참석했는데, 그런 사교 활동이 그의 주요 즐거움들 가운데 하나였을 뿐 아니라 그의 주장에 따르면 업무상 꼭 필요한 일이기도 했다) 나는 그가 사람들, 특히 그를 처음 만나는 사람들에게 어떤 영향을 미치는지 지켜보며 즐겼다. 다른 사람들이 그에게 매료되는 걸 지켜보며 즐겼다—이루 말할 수 없이. 그가 여자들의 마음을 들뜨게 만드는 걸 지켜보며 즐겼다—내가 이런 말을 하고 있다니 믿을 수가 없다. 이제 난 그게 분명한 조기 경고 신호였음을 안다. 내가 벨과 단둘이 있을 때보다 다른 사람들 속에서 그와 함께 있을 때 더 행복했던 것 말이다. 그와 단둘이 있을 때면 어쩐지 내가 충분치 못한 것 같은 느낌이 들 때가 많았다. 그가 날개를 활짝 펼치기 위해선 나—아이들과 나—이상의 것이 필요한 것만 같았다. 그는 자신 같은 사람들—영리하고 최신 정보에 밝으며, 열정적으로 자신의 의견을 피력하면서도 그의 의견을 알려달라고 아우성치는—과 함께 있을 때 최고의 상태에 도달했다. 나는 그런 자리에 어울리지 못하는 것이 결함이라는 걸 알았다. 나도 처음엔 기민하고 적극적으로 어울렸으나 이내 너무 많은 대화들에 지쳐 딴생각에 빠져들기 시작했다. 하지만 밸이 자랑스럽지 않았다고 말한다면 그건 거짓말이 될 것이다. 다른 사람들이 그의 말 한마디 한마디에 매달리는 것이 무척이나 자랑스러웠다. 그가 진짜로 발동이 걸리면 다른 이들은 그저 그에게 머리를 내맡긴 채 간간이 질문만 던지던 디너파티들이 기억난다. 그럴 때면 대학 때 학생들을 완전히 사로잡는 강의를 하던 한두 명의 교수들이 떠오르곤 했다.

이 모든 게 적어도 한동안은 큰 의미를 지녔다. 그리고 한동안은 그것으로 충분했다.

솔랜지. 밸의 매력에 넘어가지 않은 유일한 인물. "무슨 어린애가 징그럽게 '나는 나중에 커서 평론가가 될 거야'라고 말한대?" 온당한 질문이었다. 하지만 당시엔 나를 화나게 할 뿐이었다.

그의 어린 시절 일화를 하나 얘기해보자. 그는 교양 있는 가문 출신이었다. 부모와 조부모 모두 대학교수였다. 두 누나와 마찬가지로 그도 거의 말을 시작하자마자 글을 배웠다. 처음 연극을 보러 갔을 때—여덟 살인가 아홉 살 때였고, 〈세일즈맨의 죽음〉을 보았다—그는 막간에 팸플릿에 메모를 했고, 그날 밤 가족들이 모두 잠자리에 든 다음 자신의 감상을 써서 다음 날 아침 식탁에서 낭독했다. 그의 아버지가 신문을 펼쳐 그 공연에 대한 평론을 보여주었을 때 그는 매혹되고 말았다. 밸은 그런 직업이 존재한다는 걸 처음 알게 되었다. 스트롬 가족이 그랬듯이 연극을 보러 가는 것, 뱁 자신이 그랬듯이 자신이 본 무언가에 대해 글을 쓰는 것이 직업이 될 수 있다니―다만 평론가의 글은 모든 사람들이 읽을 수 있도록 활자화되었고, 평론가 자신이 작품을 마음에 들어 할 수도 아닐 수도 있었으며, 만약 마음에 들지 않을 경우 억지로 마음에 드는 척할 필요가 없었다. 뱁은 거의 모든 상황에서 싫어도 좋은 척하는 게 예의라고 배워온 터였다. ("다른 사람이 입고 있는 옷이 마음이 들지 않는다 해도 그걸 입 밖에 내면 절대 안 돼. 그러면 그 사람 기분만 상하게 되니까. 정직할 수는 있으나 친절한 행동은 아니지.") 평론가는 다른 사람의 기분을 상하게 하거나 친절하지 못한 행동을 하는 것에 대해 염려할 필요가 없었다. 자신의 솔직한 생각을 말할 수 있었다. 그러면 사람들은 그 생각을 읽고 연극을 보러 갈지 말지 결정하는 것이다. 가끔 평론가의 평이 너무 안 좋으면 연극이 한두 회 만에 막을 내릴 수도 있었다. 다음 공연 티켓이 이미 팔렸거나 여전히 많은 이들이 그 공연을 보고 싶어하는 경우에도 말이다. 그래서 평론가에겐 무거운 책임이 따른다고 뱁의 아버지는 말했다. 평론가는 권력자다! 그의 어머니는 말했다. 그리고 뱁은 자신이 커서 하고 싶은 일이 바로 이거라고 선언해서 부모님을 웃게 했다.

"어릴 때부터 징그러운 애였던 게 분명해."

지금 같으면 난 그 말에 미소를 지을 수 있을 것이다. 하지만 그때는 뱁에 대한 솔랜지의 반감이 웃어넘길 문제가 아니었다.

그들은 사이가 좋지 않았다. 잘해야 서로 무시하는 정도였는데 워낙 충돌이 잦았다. 나는 할 수 있는 한 그들을 떨어뜨려놓았다. 무엇보다 조와 주드에게 그들의 그런 행동을 보이고 싶지 않았다. 나는 아이들에게 정신질환자에 대한 연민과 이해심을 가르치려 애쓰고 있는데, 밸은 솔랜지를 향한 혐오감을 숨기려 하지 않았다. (누군가를 미친 사람이라고 부르는 건 사실 그가 즐겨 사용하는 모욕들 가운데 하나였고, 평론에서도 비록 수위를 낮추어 암시 정도로 끝내긴 했지만 그런 종류의 모욕을 삼가지 않았다.) 한편 솔랜지는 밸이 사악하다고 믿었다. 두고 봐. 솔랜지는 말했다. 전처에 대해 그런 식으로 말하는 인간을 믿어선 안 돼.

맞는 말이었다.

사랑에 빠진 여자는 자신에게 거짓말을 한다. 나에겐 다를 거야. 그는 다르지 않았다. 그런데 그때 내가 사랑에 빠진 여자였던가? 어쩌면 지금 난 밸 스트롬 같은 남자와 사랑에 빠졌었다는 사실 자체를 믿고 싶지 않은 건지도 모른다. 모든 게 너무도 혼란스럽다. 가끔은 지금 내가 쓰고 있는 일들이 실제로 일어났던 것 같지 않다는 기분도 든다. 내가 다 꾸며낸 것만 같다.

한번은 솔랜지가 비이성적인 상태에서 밸을 유혹하려고 한 적이 있는데, 아마 나를 구해내기 위해서였을 것이다.

존 F. 케네디의 친구들이 "자네는 왜 그러나? 너무 많은 것들이 걸려 있는데, 왜 그 모든 위험을 감수하고 아내를 속이면서 다른 여자들과 노골적으로 바람을 피워대는 건가? 자네는 지구상에서 가장 중요한 지도자야. 그런데 어찌 그리 무모할 수 있나?"라고 물었을 때 그는 이렇게 대답했다. "나도 어쩔 수가 없어."

클리오가 말했다. "밸이 **특정** 여자들은 건드리지 않았다면 용서할 수 있었을지도 몰라." 기혼 여성, 가정이 있는 여자들. "하지만 그는 가정 파괴범이야."

젊은 여자들이라고 괜찮다는 생각은 들지 않았다. 학교를 막 졸업하고 잡지사에 취직한 여자들. 밸이 자신의 커리어에 도움이 되리라 믿는 꿈 많은 어린 여자들. 아니나 다를까, 그가 죽을 때 곁에 있던 사람이 그런 여자였다.

그도 어쩔 수가 없었다.

그럴 시간은 대체 어떻게 냈냐고? (JFK를 생각해보라. 빌 클린턴을 생각해보라.) 밸은 경이로운 에너지의 소유자였다. (그런 면에서 앤이 연상될 때가 많았다.) 그는 다른 대부분의 사람들보다 잠이 적었고, 그 깨어 있는 시간을 꽉 채워서 쓰고 싶어했다. 오전 내내 글을 쓰고, 오후에는 영화 한 편을 본 다음 극장에 갔다가 늦은 만찬이나 파티를 즐기는 그런 사람이었다. 아마도 피가 그랬을 것이다. 스트롬 가족이 다 그랬고, 그들 모두 문화에 대한 열정이 있었다.

그는 글을 발표하기 훨씬 전부터 다른 사람들이 쓴 평론들을 꼼꼼히 읽곤 했는데(이미 고등학교 시절에 언젠가 자신의 잡지를 펴내기를 꿈꾸던 터였다), 그것들을 마음에 들어 하는 경우가 거의 없었다. 대부분의 평론들이 엉터리였고, 논의의 대상에 대해 잘 모르거나 관심도 없는 사람들이 쓴 것 같은 글들도 많았다. 많은 평론가들이 게을렀다. 그들은 염병할 똑같은 평론을 쓰고 또 썼다. 어리석은 실수들을 저질렀다. 서로에게서 너무 많은 아이디어들을 취했다. 명성에 위압당했다. 진부하고 무가치한 작품들에 대해서는 활짝 열려 있으면서 진실로 독창적이고 용감하고 기이한 작품들에는 불쾌감을 드러냈다. 그들은 가짜를 삼켰고, 진짜는 목에 걸려 넘기지 못했다. 이 모든 것들이 우리가 처음 만났을 때 그가 나에게 해준 이야기였다. 당시 그는 문화 평론가로 부상하며 여러 간행물에 글을 싣고 있었다. 그는 책과 영화, 연극뿐 아니라 그림이나 사진, 그리고 이따금 레스토랑, 문화적 트렌드나 유행에 관한 글까지 썼다. 그의 에세이 선집이 출판되자 이젠 그가 비평의 대상이 될 차례였다. 그의 글은 전반적으로 찬사를 받았으나 지나치게 가혹하다는 지적도 있었다.

"나는 진짜로 정성을 쏟으니까. 그게 나한테는 생사가 걸린 문제니까." 잔인하다는 비판을 받을 때면 밸은 그런 핑계를 댔다. (하긴 그게 아니면 무슨 핑계를 대겠는가? 이렇게 말하는 사람은 없지 않은가—내 기분이 나빴으니까, 아내가 나를 버리고 떠났으니까, 내가 쓴 책이 망했으니까, 나는 여성 혐오자니까, 나는 그 작가를 알고 그 재수 없는 인간의 오만함을 늘 싫어했으니까. 그래서 나도 어쩔 수가 없었다.)

하지만—또 이 얘긴데—나는 남편에 대한 나의 이러한 평가를 신뢰할 수가 없다. 내가 밸을 지나치게 시시하고 희화적으로 그리고 있는 건지도 모른다. 어째서 나는 그가 매우 훌륭한 사람이라는 말로 시작하지 않았을까? 그게 사실인데. 그는 진짜로 정성을 쏟았고, 진짜로 진지했으며, 글을 아주아주 잘 썼다. 그는 중요한 문제들에 대해 썼고, 심도 있고 지적이며 용감한 글을 썼다. 그는 사람들이 어떻게 생각하건 신경 쓰지 않고 자신의 생각을 정확히 말했다―그게 그의 직업 아닌가? 그렇지만, 그렇지만. 왜 그는 거의 혹평만 썼을까? 나는 그 남자와 살았다. 나는 그가 사랑하고 찬양하는 작품들이 얼마나 많은지 알고 있었다. 그런데 왜 그는 그런 작품들에 대해 더 많이 쓰지 않았을까? 그는 그런 질문을 하는 내가 정말 귀엽다며 이렇게 설명했다. 걸작으로 요란하게 선전되고 찬양되는 작품이 얼마나 평범한지 보여줘야 하니까, 평론가라는 작자들이 대부분 얼마나 멍청한 속물들인지 보여줘야 하니까―그걸 모르겠어? 가끔 나는 알겠다고 생각했다. 그럼에도 그가 자신의 역할을 지나치게 즐기는 것이 늘 편치 않았다. 사람들을 공개적으로 망신 주고, 허를 찌르고, 작품을 난도질하는 것. 나는 그 스스로 그걸 즐기지 않고는 그런 일을 할 수 없으리라 생각했다. 그러던 어느 날 조에게 C. S. 루이스의 책―마법에 걸린 터키 젤리(마녀가 준)를 먹는 소년에 대한 이야기였는데, 이 터키 젤리는 먹으면 먹을수록 배가 아픈데도 더 먹고 싶어지고, 소년을 점점 야비하고 고약하게 만든다―을 읽어주던 나는 이 이야기에서 밸을 떠올리며 섬뜩한 기분을 느꼈다. 그 역시 '타락의 달콤한 음식'을 즐기면서 일부의 비난처럼 더욱더 야비하고 고약해져가는 게 아닐까? 부단히 다른 사람들을 공격하고 날마다 새로운 적을 만드는 건 영혼을 위해 좋은 일이 아닐 것이었다. 아무리 그의 명성이 높아지고 그의 작품이 이런저런 상을 받기 시작했다 하더라도 말이다. 그가 성공할수록 그를 비난하는 사람들의 목소리는 높아질 터였다. 그들은 그가 잘난 체한다고, 파괴적이라고 했다. 그는 "가장 큰 두려움과 증오의 대상이 된 이 시대의 평론가"였다. 하지만 밸은 그런 공격에 흔들리지 않았다. 그는 자신이 겁을 먹고 위선자가 되는 일은 절대로 없을 거라고 했다. 그런 점은 감탄할 만했고, 자신이 평가하는 사람의 중요성이 그 평가에 영향을 미치는 것을 허용하지 않는 점 역시 그러했다. 나 같은 사람은 절대로 보여줄 수 없는 용기가 필요한 일이었다. 밸은 두려움이 없었다. 그는 신성불가침의 영역을 난도질하는 것도 두려워하지 않았다. 〈세일즈맨의 죽음〉에 대해선 이렇게 말했다. "나는 어릴 때 처음 이 연극을 보았으며, 분명코 어린애만이 그런 싸구려 감상에 감동할 수 있을 것이다."

또 다른 것들.

"가끔, XX의 소설은 인생 자체만큼 길게 느껴진다."

"아름답고 재능 있는 인기 스타 둘을 데려다가 관객이 다시는 그들을 보고 싶지 않게 만드는 방법을 알고 싶다면, 이 영화를 연구하라."

"슬프게도 우리는 보도 자료를 통해 이 작품의 속편이 나올 거라는 소식을 듣게 되었다."

"이 얄팍하고 번드르르한 책을 읽는 건 어설픈 매춘부와 한 시간을 보내는 것이나 다를 바 없다. 매춘부의 향수 냄새 때문에 도무지 집중할 수가 없으니 차라리 자위를 하는 것이 낫다."

"카페에서 균형이 안 맞아 심하게 흔들거리는 테이블에 앉아 XX의 새 시집을 다 읽었다. 나는 테이블 다리를 시집으로 받친 뒤 그 책의 쓸모를 찾아낸 걸 기뻐하며 카페를 나섰다."

"오늘 아침에 일어나보니 팔이 쑤셨다. 어젯밤 공연에서 코를 골며 자는 나를 아내가 계속 찔러댄 결과였다."

"누가 좀 말해줬으면 좋겠다―카메라는 감독이 아니고, 카메라와 섹스를 해서 얻어지는 건 없다고."

"가족이 회고록의 매혹적인 주제가 될 거라고 XX를 설득한 건 그 가족이 아니었을까?"

호평보다는 악평을 쓰는 것이, 찬사를 보내기보다는 묻어버리는 것이 더 쉽다고들 한다―밸도 아니라고 하진 않았을 것이다. 왜인지는 모르겠으나 그러고 보니 소설의 경우도 그렇다. 선보다는 악이 더 강렬한 이야기를 만들며, 가장 기억에 남는 사실적인 캐릭터는 성자가 아닌 죄인이라지 않는가. 하지만 어딘가에서 W. H. 오든의 말―과시하지 않고는 악평을 쓸 수가 없다―을 읽자 밸에게 딱 들어맞는다는 생각이 들었다. 그의 지식, 위트, 지적 예리함, 도덕적 권위는 늘 전시되었고, 이는 사실상 하나의 규칙 같았다. 즉, 그가 공격하는 작품을 형편없어 보이게 만들수록 작가는 더 멍청하고 천박해지는 반면 벨 자신은 더 똑똑하고 빛이 나는 것이다. 왜 그런지는 역시 수수께끼였다. 그리고 내게 더 큰 수수께끼는 벨의 자신감이었다. 어떻게 사람이 자신의 취향에 대해 그렇게 자신만만할 수 있을까? 솔랜지가 우리 모두에게 즐겨 지적한 대로, 결국 벨 자신은 창작을 해본 적도 없었다.

나는 겁쟁이였다. 나는 벨과 함께 있다가 그의 희생자들 중 하나와 우연히 마주치기라도 하면—파티 같은 데서—초주검이 되었다. 벨은 그것도 귀엽다고 했다. "자기야, 과장하지 마. 악평으로 세상이 끝나는 것도 아닌데." 그러곤 이렇게 단언했다. "사람들은 자기가 생각하는 것처럼 그렇게 민감하지 않아." (자, 누가 미친 사람인가?)

보통 벨 같은 사람은 전반적으로 다른 모든 면에서도 까다로우리라 생각할지 모르지만, 사실—놀랍게도—그는 타인에 대해 제러미보다 훨씬 덜 비판적이었다. (제러미의 경우, 업무 내내 환자들의 자기 고백을 들어야 하는 정신과 의사들이 대개 그렇듯 인간 본성에 대한 깊은 비관주의를 갖게 되었을 뿐 아니라 인간이라는 종족에 완전히 신물이 난 상태였다.) 벨은 인간 혐오자가 아니었고, 평론을 떠나서는 인간의 약점에 상당히 관대했다—불행히도 솔랜지에게만큼은 예외였지만. 또한 나보다 훨씬 사교적이고 인기도 많아서 일일이 참석할 수 없을 만큼 초대를 많이 받았고, 좋은 친구들도 많았으며, 그들에 대해 비판적인 태도를 보이지도 않았다. 나에게도 특별히 비판적이진 않았는데, 지금 생각해보니 아마도 부분적으로는 늘 내게 죄책감을 느끼고 있기 때문이었을 것이다. 그는 우리가 비슷한 정도의 힘이나 야망을 갖지 않은 것, 혹은 내가 엄마 노릇에 삶의 너무도 많은 부분을 바치고 있다는 점에 대해 전혀 신경 쓰지 않았다. 다른 사람들이 이해하지 못하는 나의 모습을 그는 이해했다. 언젠가 파티에서 만난 한 여자가 내게 직업이 없다는 사실을 알고—무례한 의도에서는 아니고 그저 놀라서—말했다. "왜 어머니의 삶과 똑같은 삶을 살려는 거예요?" (중산층은 자신이 만나는 모든 사람들이 중산층이리라 가정해버리는 특성이 있다. 같은 날 다른 손님은 이런 질문을 던졌다. "당신의 부모님은 어느 대학을 나오셨어요?") 밸은 기껏해야 나를 놀리는 정도였다. 종종 내가 너무 순진하고 물정에 어둡고 세상에 대한 호기심이 없다며 놀리곤 했다. 나의 "야만적 뿌리"를 농담거리로 삼고 나의 출신지(물론 그는 가본 적 없는)를 '툰드라'라고 부르기도 했다.

그가 책을 끝까지 읽지 않고 평론을 쓸 때도 있다는 걸 알았을 때 나는 충격을 받았다. 그는 자신이야말로 나의 반응이 충격적이라고 주장했다. 설마 평론가들이 모든 책을 끝까지 다 읽는다고 믿는 건 아니겠지? 그의 경우 일부—소수의—책들은 끝까지 읽을 필요를 못 느낀다고 했다. 어떤 책에 대한 평론을 쓰기 위해 그 책을 반드시 끝까지 읽어야만 하는 건 아니라는 얘기였다. 게다가 평론가는 책의 결말을 밝혀선 안 되고(하지만 사실 밸은 늘 결말을 밝혔다—그것도 그에 대한 불만들 가운데 하나였다), 어떤 책에 대한 지적인 의견을 갖기 위해 그 책의 모든 페이지들을 읽어야 할 필요도 없다고 그는 말했다. 하지만 그러다 한번은 꼬리가 잡혔다. 한 소설가가 작품 마지막 부분에 반전을 숨겨놓았던 것이다. 그걸 모르는 채로 쓴 밸의 평론은 말이 되지 않았다. 분개한 작가가 작은 소란을 일으키긴 했지만 사태가 진정되자 밸은 거의 멀쩡한 모습으로 다시 나타났다. 유명 작가도 아니고 중요한 책도 아니었으니까. 그러다가 다음엔 더 심각한 문제가 터졌다. 다른 작가가 자살을 했다. 아무도 당연하게 밸을 지목하여 비난할 수는 없었다. 이 젊은 작가의 책에 대한 거의 모든 평들이 좋지 않던 터였다. 하지만 밸의 평이 가장 눈에 띄었고 특별히 잔인했으며, 자살에 대한 그의 반응도 문제가 되었다. "내가 왜 눈곱만큼이라도 죄책감을 느껴야 하는가? 확실히 그는 정신적으로 문제가 있는 사람이었다." 내가 밸의 평론들을 읽지 않게 된 것이 그 사건 전이었는지 후였는지는 기억이 안난다. 그의 평론들이 적어도 내게는 예측 가능한 것이 된 시점부터 나는 더 이상 그것들을 읽지 않게 되었다. 그의 취향과 특별한 불평들, 금기들, 깨서는 안 되는 미학적 계명들에 대해 너무잘 알게 되자 그가 쓴 모든 평론들이 거의 똑같아 보였다. 가끔은 읽기 시작했다가 중간에 포기하기도 했다. 이는 우리의 결혼이 실패로 돌아간 것과 무관하지 않았으니, 남편이 쓴 글의 지극히 도덕적인 어조가 내 신경을 건드리기 시작했던 것이다.

*

(두 번째) 결혼의 초상.

"그래, 어떻게 생각해?"

"우린 아니라고 생각하지."

"그래도 한번 읽어볼 수는 있잖아. 혹시 읽어보면—"

"당신 시간을 낭비하고 싶다면 그렇게 해. 하지만 우리는 단지 정치적으로 옳다는 이유 하나로 작품을 싣진 않잖아. 철창 안에 문학 천재가 있어봐야 얼마나 있겠어?"

"글쎄, 잭 애벗도—"

"노먼 메일러가 관여하지 않았다면 그 선정적이고 엄청나게 과대평가된 책은 출간되지도 못했을 거야. 그리고 당신 옛날 친구 부탁이 아니었다면 우리는 이런 토론조차 하고 있지 않았을 걸. 물론, 그 사람이 직접 글을 쓰도록 설득할 수 있다면—그건 흥미로운 글이 될 수 있겠지. 어쨌든 작품의 문학적 가치를 제외한 그 어떤 이유도 우리한텐 고려 대상이 아니야. 당신이 양심의 가책을 느낀다고 해서 쓰레기 같은 글을 실을 순 없다고."

"이런, 난 모르겠네. 우린 실리아의 자동차 와이퍼에 대한 시도 실었잖아."

"무슨 뜻으로 하는 말이야?"

"당신이 그 여자랑 섹스했잖아. 그게 우리가 그 멍청한 시를 실은 유일한 이유고."

"오, 우리 또 그 지겨운 얘기 시작하는 거 아니지, 여보? 응?"

"형편없는 시였다고."

"당신 시 평론가가 다 됐네, 그런 거야, 여보?"

"당신이 섹스를 하고 있거나 하고 싶은 여자 작품을 실은 게 그때만은 아니었지. 당신도 그걸 알고. 문학적 가치는 개뿔."

"정신이 완전히 나가버린 거야, 조젯?"

*

이야기가 너무 샛길로 빠져버렸다. 이유는 모르겠다. 두 번째 결혼에 이렇게 오래 머물 작정은 아니었는데. 여전히 뭔가 매력이 남아 있어서일까······

이제 그 삼나무 상자로, 앤의 편지 속 갈색으로 바랜 그 글씨들로 돌아가고 싶다. 소피는 1977년에 죽었어. 터너는 재혼했고. 앤은 아버지가 정확히 언제 재혼했는지 말하지 않았다.

또 다른 편지. 여기, 이 삼나무 상자에 다른 문서들이나 기념품들과 함께 보관된 편지는 아니다. "나의 사랑스러운 아가씨, 너무도 가슴이 아프지만 다시는 너를 만나지 않기로 결심했어." 간직하지 않았다. 찢어버렸다. 욀 정도로 여러 번 읽은 다음, 찢어버렸다.

이제 사랑에 대해 이야기할 때가 되었다. 한 작가가 다른 작가에게 해주었다는 충고를 읽은 적이 있다. "비결은 세상에서 가장 뜨거운 것에 대해 차갑게 쓰는 거예요. 그러니까, 사랑 말이에요." 하지만 그 충고는 소설에 대한 것이었다.

시행착오를 거치고서야 나는 깨닫게 되었다. '나'가 '그'가 되지 않고서는 그 어려운 일을 해낼 방도가 없었다.

제5부

그 사람을 만날 때마다 그는 무슨 의식을 치르는 듯했다. 그는 늘 준비에 많은 시간을 들였다. 사랑의 행위를 위한 준비인 이 부분도 사랑의 행위와 마찬가지로 서둘러선 안 된다는 듯. 느긋한 목욕과 세심한 단장, 그리고 다가올 시간을 꿈꾸기, 상상하기. 그 사람이 내 여기를 만질 거고, 저기에 입 맞출 거야. 지금껏 그 누구를 위해서도 이렇게 공을 들인 적이 없다는 것이 이 사랑의 중요성을 드러내는 증거였다. 무엇 하나 당연시 여겨서는 안 되었다. 가끔 머리를 빗는 손이 떨렸고, 단추나 지퍼를 채우느라 씨름하기도 했다. 가끔 울기도 했다. 왜 울었을까? 행복해서, 그리고 두려워서. 황홀과 황홀 사이엔 온통 기다림이었다. 그들은 단 한 번도 약속 시간에 늦은 적이 없었다. 날짜를 잊은 적도, 약속을 취소하거나 미룬 적도 없었다. 서로에 대한 친밀감에도 불

423

구하고 그들 사이엔 늘 일종의 격식이 지켜졌다. 그들은 서로를 소홀히 여기고 서로를 당연시하는 단계에는 절대로 이르지 않을 것이었다—그 단계까지 갈 수가 없을 테니까. 그 달콤 쌉싸름한 사랑은 단명할 것이었다. 그리하여 수십 년이 지난 뒤 거울 앞에 서서 머리를 빗는 그의 기억 속에 모진 말은 단 한 마디도 없을 것이었다.

다가올 사랑의 척도가 된 기이한 사랑. 몇몇 소수에게 그 사람에 대해 이야기하면서 그는 결코 과장하지 않을 것이었다. 그는 그 사람을 명확하게 볼 수 있었던 것이 늘 자랑스러웠다. 슬픔으로 변형된 평범하고 점잖은 남자. 평범하지 않았던 건 그의 깊은 감정들이었다. 기적과도 같았던 것은 그런 감정들을 나누었다는 사실이었다. 그런 일이 일어난 건—아무도 예견하지 못한 일이었다—하나의 수수께끼였다. 사랑의 흔한 수수께끼. 처음부터 이루어질 수 없는 사랑임을 알았기에—그 사랑에는 치명적인 결함이 있었고, 천사들의 반대와 신들의 조롱이 따를 터였다—그들의 시간에는 비상한 통렬함이 있었다. 함께하는 모든 시간을 빼앗기고 있는 기분이었다. 그들 중 하나가 말하기를, 어느 순간에는 애무를 받다가 바로 다음 순간 채찍질을 당하는 듯하다고 했다. 그들의 만남에는 늘 부정함의 기운이, 심지어 위험의 기운까지 감돌았다—최소한 한 사람이 간통을 저지르는 듯했고 피의 대가를 치러야만 할 듯했다. 그것은 은밀한 사랑이 될 것임이 처음부터 아무런 설명 없이도 이해되었다.

그때를 돌아보면, 그에겐 무엇보다도 자신의 잃어버린 젊음이 보인다. 겨우 소녀티를 벗은 때였고, 인생 경험이 많지 않았으며, 사랑의 경험은 전무했다. 위대한 사랑, 그는 그걸 그렇게 부르지 않았던가. 하지만 결국 그건 첫사랑이었다. 두 남편과 두 아이가 미래에 있었다. 가끔 그 사람은 이렇게 말하곤 했다. "넌 결혼해서 아이들을 갖게 될 거고, 나에 대해선 다 잊을 거야." 둘 모두에게 위안을 주고자 한 말이었다. 그렇게 그 사람은 애써 미소를 지었다. 그 우울한 미소. 하지만 그가 그 사람을 잊기를 바라지 않은 것처럼 그 사람 역시 잊히기를 바라진 않았다. 둘이 함께 있을 때마다 그는 그 사람을 바라보고 또 바라보았다. 그 사람은 알고 있었다. 언젠가는 그의 얼굴이 흐릿해질까 봐 두려워하고 있었다.

그 사람은 말했다. "너에게 끔찍한 짓을 저지르고 있는 듯한 기분이야―우리 둘 다에게―하지만 주로 너에게. 어쨌든 난 많은 걸 겪었지만 넌―" 하지만 그는 아니라고 했다. 자신은 이미 또래 대부분의 사람들보다 더 많은 고통을 겪고 있는 것 같다고 했다. 그러자 그 사람은 얼굴을 찡그리며 눈을 감았다. 그건 그가 자신이 사랑받고 있음을 확인하는 방법들 중 하나였다. 그 사람은 그가 고통받는 걸 견디지 못했다. 그 사람은 말했다. "난 두려워―난 두려워, 그들이 서로에게 사랑한다는 말만큼 자주 하는 말이었다―언젠가 네가 과거를 돌아보며 스스로 얼마나 젊었는지 깨닫고 내게 모진 마음과 적개심을 품게 될까 봐. 나를 용서할 수 없게 될까 봐." 그러니까 이것이 고통이었다. 그 사람의 눈을 통해 본 그의 모습, 적개심에 차 있고, 더 이상 젊지 않은, 그 사람이 곁에 없는. 이것이 고통이었다. 그 사람은 손바닥으로 그의 얼굴을 감싸고 그의 머리를 살며시 뒤로 기울인 뒤 엄지손가락으로 눈물을 닦아주었다. 그 후로 평생 그는 슬픔의 순간이면 그 사람의 이 몸짓이 떠오르곤 했다. 가장 절망적인 순간에도 그 기억이 마음을 진정시키고 위안을 주었다. 다른 어떤 남자의 손길도 그에게 더 큰 의미가 될 수 없었다.

나의 소중한 아가씨, 그 사람은 그를 그렇게 불렀다. 나의 사랑스러운 아가씨. 그의 알몸을 처음 보았을 때 그 사람이 했던 말. "이해해줬으면 좋겠어, 그러니까 내 말은, 그래도 괜찮을지, 그러니까 난, 나는—그의 가슴을 만지며—난 너를 조지라고 부를 수가 없어."

*

"조지! 이런, 너 맞지?"

그가 그 사람을 한눈에 알아보지 못했다면 그건 그 사람이 너무 많이 변해서라기보다는(꽤 변하긴 했지만) 거기서, 8번가 헌책방 앞에서 그 사람을 보게 되리라곤 생각지도 못했기 때문이었을 것이다. 그들은 나란히 서서 쇼윈도에 진열된 책들을 살

피고 있었는데, 그중에는 그가 영원히 기억하게 될 책이 있었으니 두 권으로 나온 오래된 모던 라이브러리판 『잃어버린 시간을 찾아서』였고, 그 옆에 마르셀 프루스트의 사진이 세워져 있었다. 가격은 15달러.

"이렇게 반가울 데가! 정말 오랜만이네, 그렇지?"

바로 그 순간 그는 가슴이 찢기는 듯한 아픔을 느꼈다. 그 허세. 그가 너무도 또렷이 기억하는 그 꾸며낸 쾌활함. ("우리 모두 맛있는 거 먹자.") 그 지경이 되어서도 그런 어조를 불러낼 수 있다니…… 그의 표정에 어린 연민이 그 사람을 무너지게 했던 걸까. 거짓 미소가 아직 입가에 얼어붙어 있는 상태로, 그 사람 눈에서 눈물이 흘러내렸다. 기괴한 모습이었지만, 그는 혐오감 대신 애정으로 가슴이 부푸는 것을 느꼈다. 그는 어떻게 해야 할지 본능적으로 알았다. 그 사람의 팔을 잡고 모퉁이를 돌아 카페로 들어갔다. 그 사람은 품에서 꺼내 쥐고 있던 손수건을 흔들며 그가 이끄는 대로 온순하게 자신을 맡겼다. 그 손수건. 그가 알게 될 남자들 가운데 그런 손수건을 가지고 다니는 사람은 그뿐일 터였다. 너무도 구식인, 커다랗고 눈처럼 흰 남성용 손수건.

다행히도 카페는 비어 있었고 조명이 어두웠다.

"어디든 원하는 자리에 앉으세요." 젊은 웨이트리스가 말했다. 환영이 아닌 무관심이 전해지는 목소리였다.

"정말 미안하다." 그 사람이 자리에 앉으며 말했다. 손수건에 짓눌린 목소리였다. 오래전 기억이 메아리처럼 그에게 날아왔다. "정말, 정말, 대단히, 대단히 안타까운 일이구나." "그게―너를 보니―그만―" 설명할 필요는 없었다. 그 사람에게 그의 존재가 연상시키는 건 오직 하나뿐이었다. 그 사람은 앤 없이 그를 만난 적이 없었으며, 분명 조금 전 헌책방 앞에서 앤의 모습도 보았을 터였다. 이제는 잃어버린, 다루기 힘든 딸. 살인을 저지르고 유죄 판결을 받기 전의 딸의 환영.

헐렁한 페전트블라우스에 꽉 끼는 미니스커트 차림의 웨이트리스가 다가와 차 주문을 받았다.

손수건은 조심스럽게 접어 주머니에 넣은 상태였다. 미소가 돌아왔다. 품위 있는 매너도 돌아왔다. "정말이지 너무도 친절하구나." 그 사람이 그의 눈을 똑바로 들여다보며 말했다. 위기가 지나가고 다시 괜찮아졌다. 적어도 그 사람은 그랬다! 하지만 그는 어땠는가?

그는 사랑에 빠졌다. 방금 헌책방 앞에서, 그 사람의 눈물과 그 자신의 연민과 함께, 프루스트가 지켜보고 있는 가운데 사랑이 시작되었다.

방금 전 대담하게 그 사람을 보살피던 그가 이제는 수줍어서 어쩔 줄 모르고 있었다. 그날 그는 영화를 보고 왔다. 여동생과 함께 막스 오퓔스 감독의 〈마담 드 ……의 귀걸이〉를 보았다. 1953년에 만들어진 영화인데, 동시대의 로맨스 영화들에서는 발견하기 힘든 감동이 있었다. 나중에 그가 이 영화 이야기를 들려주자 그 사람은 이렇게 말한다. "그날 네가 그 영화를 보지 않았더라면 이 모든 일들이 일어나지 않았을지도 몰라." 어쩌면.

그는 동생 집까지 함께 걸어가 동생을 들여보낸 뒤 자신의 집으로 가던 길에 그 책방을 지나게 된 터였다.

"전 업타운에 살아요." 그가 말했다. "솔랜지는 여기 다운타운에 살고요. 하지만 우린 자주 만나죠. 솔랜지는 레코드점에서 일해요." 아마도 그애가 그 일을 오래 하지는 못할 거라거나, 워낙 어떤 일이건 진득하게 하지 못한다거나, 정신병원에 입원했다가 나온 지 얼마 안 되었다거나 하는 말은 덧붙이지 않았다.

"동생을 찾았다니 정말 잘됐구나." 그 사람이 기쁨을 감추지 못하며 말을 이었다. "동생이 가출했을 때 네가 얼마나 상심했었는지 기억이 나." 또다시 기억의 메아리가 들려왔다. "어머니가 얼마나 힘드실까."

그 사람은 그에게 〈비자주〉에 대해 물었고—그걸 기억하다니, 그는 기뻤다—그는 학교로 돌아갔다고 대답했다. "이제 한 학기 남았어요."

웨이트리스가 차를 가지고 왔다.

테이블은 겨우 체스보드만 했다. 그래서 그들은 가까이 붙어 앉을 수밖에 없었다. 무릎과 무릎이 부딪쳤다. 설탕 통을 향해 내민 손과 손이 스쳤다.

그 사람의 모습은 얼마나 달라졌는지. 물론 그동안 나이가 들었다. 10년 만이었으니까. 하지만 그가 본 진짜 변화는 나이의 문제가 아니었다.

그 사람은 여전히 미남이었다. 숱이 천천히 줄고 주로 옆머리가 빠지는 행운의 사나이들 중 하나였다. 자신과 동갑—쉰아홉 살—인 전 뉴욕 시장 존 V. 린제이를 닮은 외모도 여전했다. 그의 얼굴은 조각 같은 구석이 조금 사라졌고, 주름이 졌고, 창백했다. 완벽하게 건강해 보인다고는 할 수 없었다. 그는 그 사람의 흠잡을 데 없는 외모에 늘 감탄했던 기억을 떠올렸다. 하지만 오늘은 셔츠 칼라의 얼룩, 목에 난 짧고 억센 잿빛 수염, 다듬을 필요가 있어 보이는 손톱이 눈에 들어왔다. (그건 바뀔 것이다. 그후 그는 그 사람을 만날 때마다 옛날처럼 완벽하게 단장한 모습을 보게 될 것이다. "네 덕이야." 그 사람은 말할 것이다. "네 덕에 다시 나 자신을 돌보게 됐어. 네 덕에 자존감을 되찾게 됐어.")

그 사람이 말했다. "앤에 대해 다 알고 있겠지. 신문에서 읽었을 테니까." 그는 말없이 고개만 끄덕였다. 그러자 그 사람은 그가 알지 못했던 소식을 전했다. 아내가 죽었다는 것이었다.

"심장 때문에." 그러면서 그 사람은 잠시 눈을 감았다. "30대 때부터 이미 문제가 있었어—여자들에게 흔히 있는 그런 게 아니라 집안 유전이었지. 그게 늘 우리의 걱정거리였어. 아이를 더 안 가진 것도 그 때문이었고. 의사가 갖지 말라고 했거든." (앤은 왜 그 얘기를 하지 않았을까?) "소피는 늘 그게 실수였다고 말했지. 외동으로 자란 게 앤에게 악영향을 미쳤다고 말이야. 일이 잘못되기 시작하자 소피는 앤이 너무 외롭게 자라서 그런 거라고 주장했어. 난 결코 그렇게 생각하지 않았지만. 아무튼 그러다가 재판이니 뭐니 그런 일들이 닥친 거지. 물론, 소피의 죽음을 앤의 탓으로 돌리는 건 옳지 않아. 절대로 그럴 생각도 없고. 아까도 말했다시피 가족력이 있었으니까. 소피의 오빠는 마흔 살도 되기 전에 죽었어. 하지만 그 끔찍한 일이 가엾은 소피에게 너무 가혹했던 건 사실이지. 소피의 고통을 넌 상상도 할 수 없을 거야." 눈에 물기가 어렸지만 그 사람은 손수건을 꺼내지 않았다.

소피의 죽음을 앤의 탓으로 여기지 않는다는 말이 사실이라면, 그건 기적이라고 그는 생각했다.

고통은 인격을 키운다. 아니, 그는 그 말을 믿지 않았다. 하지만 고통이 사람의 얼굴에 개성을 부여한다는 건 믿었다. 그는 고통이 사람을 더 매력적으로 만들어줄 수 있다는 게 아이러니하다고 생각했다. 무슨 이유인지는 몰라도 우울이 종종 아름다움과 위엄을 더해주는 것처럼 말이다. 그 사람은 원래 미남이었지만, 이제 중요한 변화가 보였다. 과거의 온화함이 사라지고 없었다. 밀랍 인형 같은 인상도 사라졌다. 비극이 그의 모습을 다시 새겨 터너 드레이턴의 얼굴에는 전에 없던 강렬함과 지성이 나타나 있었다.

그 사람은 일찍 은퇴했다고 그에게 말했다. 일에 집중할 수 없게 된 지 여러 해라고 했다. 조카가 가족 사업의 경영을 맡았다고. 소피가 죽은 뒤로 그 사람은 코네티컷의 집에서 그대로 살고 싶지 않았다. ("난 미쳐버릴 거라고 확신했지.") 집을 팔진 않았지만 문을 닫아걸고 맨해튼 어퍼 이스트사이드에 있는 가구

딸린 새 고층 아파트를 임대했다. 일종의 모험이었다. 뉴욕에는 친구들이 별로 없었지만, 그 사람이 바라던 기분 전환거리들이 있었다. 새 동네 탐방(그날은 마침 빌리지를 둘러보던 중이었다), 콘서트와 전시, 그리고 무엇보다도 발레. 시즌 중이면 일주일에 몇 번이고 발레를 보러 갔다. 어떤 날은 일찌감치 집을 나서서 ("관광객처럼") 되도록 많은 곳들을 도보로 돌아다니며 구경하고 다양한 레스토랑들에서 식사를 한 뒤 밤늦은 시간이 되어서야 아파트로 돌아왔다. 최대한 피곤한 상태로—이상적인 건 녹초가 되는 것이었다—잠자리에 들고 싶었다. 아파트 건물에 수영장이 있어서 날마다 그곳에서 수영을 했다. 주말이면 형이 사는 웨스트체스터로 차를 몰고 가서 함께 골프를 쳤다.

이제 형과 형수가 그 사람의 가장 가까운 친구였다. 클리퍼드와 이디. 그들은 한 달에 몇 번 뉴욕에 와서 그와 함께 외식을 했다. 얼마 전에 그는 클리퍼드와 이디의 설득으로 그들과 함께 중국 단체 여행을 예약했다.

이야기를 들으며 그는 그 사람의 형과 형수에 대해 그 나름대로 파악했고, 상처한 형제를 심심하지 않게 해주려 할 뿐 아니라 새 아내까지 찾아주기 위해 애쓰는 그들의 모습을 상상했다. 중국 여행은 1년 가까이 남았고, 기간은 한 달 정도 된다고 했다. 듣자 하니, 그 사람은 여행을 떠나는 것이 진짜로 좋고 신나서라기보다는 형의 성의를 봐서 함께 가기로 한 것 같았다. 정신과 치료를 받아보라는 형의 권유도 그런 마음으로 받아들였는데,

치료는 효과가 없었다. "의사가 자꾸 과거로 돌아가서 내 어린 시절에 대해 이야기하라고 하더라고. 내 어린 시절이 앤이나 소피에게 일어난 일과 무슨 관계라도 있는 것처럼. 내 상실감에는 더 깊은 뿌리가 있다고 계속해서 말했어. 나 참, 뻔한 이유가 있는데 그것으론 충분하지 않은 모양이야. 수면에 도움이 되는 약을 주긴 했지만, 그걸 빼면 도움은커녕 방해만 되었지. 그러다 한 번 좌절감에 눈물을 보였더니 의기양양하게 말하더군. '아하! 마침내 진전이 있네요!' 그 뒤로 다시는 안 갔어."

그 사람은 말을 많이 하는 것에 익숙지 않았다. 자기 자신에 대해 이야기하는 것에는 전혀 익숙지 않았다. 그는 그 사람의 말을 끊지 않으려고 조심했다. 카페에 손님들이 차기 시작했다. 웨이트리스가 음악의 볼륨을 높였다. 음악 소리는 시끄러웠지만 불쾌하지 않았다. 실내에 활기가 돌자 그들은 기꺼이 그곳에 더 머물고 싶어졌다. 웨이트리스조차도 활기가 도는 듯했다. "여기 손님들, 슬슬 배고프시죠?" 그래서 그들은 샌드위치를 주문했다.

그 사람이 앤을 마지막으로 만난 건 소피의 장례식 때였다고 했다. 그는 앤을 비난한 적이 없지만 앤은 그가 소피의 죽음을 자기 탓으로 여긴다고 확신했다. 앤은 그에게 앞으로 면회를 오지 않는 편이 낫겠다고, 당신을 만나는 게 너무 힘들 것 같다고 말했다. "그게 나를 더 이상 보고 싶지 않은 핑계고 이유였지." 무슨 악마가 시킨 건지, 그 사람은 앤에게 편지 쓰는 습관을 버리지 못하고 있었다. 앤이 아무 관심도 보이지 않으리라는 걸 알면서도 가족의 소식을 모두 전했는데, 앤에게서 답장이 오는 경우는 드물었다. 앤의 메리빌 생활에 대해 그는 거의 알지 못했다. "내가 확실히 아는 건 앤이 가족들, 특히 나보다 동료 수감자들을 더 좋아한다는 것뿐이야." 그는 앤이 석방될 때까지 자신이 살 수 있으리라 생각하지 않았다. 다시는 딸을 보지 못할 수 있다는 걸 알았다. 재판이 끝난 뒤, 그는 소피의 동의하에 사전트 경관의 두 자녀를 위한 신탁예금을 들었다. 처음엔 앤에게 말하기가 망설여졌지만, 소피가 당연히 말해야 한다고, 어쨌든 결국 앤도 알게 될 거라고 했다.

"앤이 그걸로 화를 내진 않았어. 반대도 안 했지. 하지만 그애는 내가 콰메의 가족도 도와야 했다고 생각했지. 그래서 늘 그랬듯이 심한 언쟁으로 이어졌고. 내가 블러드 가족에게 그런 너그러운 마음을 갖지 못하는 건 그들이 흑인이기 때문이라고 하더군."

놀랍게도 그 사람이 그의 손을 잡았다. "이런 이야기를 다 할 수 있게 해주다니 정말 고맙구나, 조지. 너에게 이야기할 수 있다는 게 얼마나 위안이 되는지 몰라—너만큼 잘 이해해줄 사람이 많지 않거든. 넌 앤을 아니까. 그애가 얼마나—모든 면에서 얼마나 꼬여 있었는지 아니까. 아, 나 말하는 것 좀 봐. 그애가 죽기라도 한 것처럼 과거형으로 얘기하고 있잖아. 하지만 그애가 내게 죽은 사람이라고 생각하지는 마라. 제발 그렇게는 생각하지 말아줬으면 좋겠다. 내가 그애에게 죽은 사람일 수는 있겠지만,

그애는 내게 죽은 사람일 수 없으니까." 다시 눈에 물기가 어렸다. 그 사람은 그의 손을 놓았다. "단 하루도 그 모든 악몽을 다시 겪지 않고 넘어가는 날이 없어. 사람들은 나더러 그 일에만 사로잡혀 있지 말고 새 삶을 살라고 하지. 하지만 그럴 수 있으려면 아직 갈 길이 멀어. 그애가 나를 다시 만나주겠다고만 하면, 말할 것도 없이 당장 면회 신청을 할 텐데. 그앤 내게 하나뿐인 자식이야. 네가 동생을 다시 만나지 못했다면 어땠을지 상상해보렴."

둘이 함께 집에 가게 되리라는 걸 누가 먼저 알았을까?

그 전이었다면, 그는 자신이 예순 살 가까운 남자에게 욕망을 느낄 수 있으리라 믿지 못했을 것이다. 그 전이었다면, 그 사람은 자기 나이의 절반밖에 안 되는 여자를 유혹하거나 유혹당하는 생각만으로도 부끄러움을 느꼈을 것이다. 하지만 그들 둘 다 그날 저녁 어느 시점에 그들이 함께 집에 갈 것이며 둘 다 그걸 간절히 원한다는 것을 알게 되었다.

마흔여덟 시간 후 마침내 그들이 서로를 떠나게 되었을 때 (오랫동안은 아니지만), 그는 그 사람의 것이 되어 있었고 앞으로 그 누구도 그를 그렇게 많이 가질 수는 없을 터였다. 그리고 그 사람은 실로 여러 해 만에 처음으로 희망을 느끼며 어쩌면 자신의 인생이 끝난 건 아닐 수도 있음을, 아직 행복의 가능성이 존재하며 자신은 그 행복을 잡을 권리가 있음을 믿을 수 있었다.

이름. 그 사람에게 이제 그는 조젯이었다. 그리고, "드레이턴 씨, 이제부터 당신을 터너라고 부르는 데 익숙해져야겠어요".

그는 8번가의 그 헌책방에 다시 갔다. 쇼윈도에 있던 프루스트의 책을 사고 싶었다. 그 책을 사서 터너에게 선물하고 싶었다. 하지만 그 책은 팔렸다고 했다.

다음 만남에 터너가 그 책을 들고 왔다. "너에게 주려고 샀어!"

작은 경이들의 시간이었다. 며칠 밤이 지난 뒤 그 사람은 그를 발레 공연에 데려갔다. 발란친의 작품들만 모아놓은 프로그램으로, 발란친이 안무한 지 오래되지 않은 〈빈Wien 왈츠〉로 끝났다. 터너는 이미 몇 번이나 보았다고 했다. ("그 작품은 아무리 많이 봐도 절대 질리지 않을 거야.") 하지만 그에겐 처음 보는 〈빈 왈츠〉였을 뿐 아니라, (그 역시 여러 번 보게 되겠지만) 뉴욕 시립 발레단 공연도 처음이었다.

그는 그 발레단에 대해 너무 많이 들었기에 이미 준비가 되어 있다고 생각했다. 하지만 아니었다. 그는 작품마다 고조되는 흥분에 터너의 손을 꼭 쥐고 구경했다. 마지막 왈츠가 끝났을 때는 몸이 덜덜 떨렸다. 막이 내린 뒤 저 댄서들—인간 같지 않은 아름다움과 영묘함을 지닌—이 평범한 삶으로 돌아가 인간 관객들처럼 집에 가서 양치질을 하고 잠자리에 들 수 있다는 게 그로서는 이해가 되지 않았다. 하물며 방금 본 춤을 만들어낸 사람이라면—

"글쎄, 어떤 면에서 그는 가장 인간적이라고 할 수 있지."

그들은 레스토랑에 있었다. 카페 데자르티스트도 러시안 티룸도 아닌 미드타운의 훨씬 작은 레스토랑으로, 테이블이 모두 차 있는데도 자습실처럼 조용한 곳이었다. 웨이터가 그에게 건넨—그가 선전포고문에 서명이라도 하는 사람인 양 엄숙한 태도로—메뉴판에는 가격이 적혀 있지 않았다.

"그래," 터너가 사과하듯 설명했다. "여긴 아주 구식이지. 숙녀들이 그 작고 예쁜 머리로 가격 걱정을 해서는 안 된다는 뜻이야."

프랑스 레스토랑이었고, 그는 혹시 그곳이 앤과 콰메와의 첫(그리고 마지막이 된) 불운의 저녁 식사를 위해 터너가 소피와 함께 골랐던 바로 그 프랑스 식당은 아닌지 궁금했다. 앤! 그는 앤이 그런 곳에 대해 무어라고 말할지—"부르주아 호러 쇼"—그리고 〈빈 왈츠〉에 대해 어떻게 평할지 정확히 알았다. 세상에서 내가 싫어하는 게 거기 다 들어 있어. 그 상류 사회의 허식이며, 그 옷들과 보석들이며, 그 사치와 낭비며…… 99퍼센트의 사람들에겐 금지된 사회에 대한 찬양…… 그 다이아몬드들은 남아프리카 광산에서 왔을 거고…… 노예 노동의 산물……

그는 주위를 둘러보며 다른 사람들은 그 요란한 성난 목소리를 듣지 못한다는 사실에 놀라움을 느꼈다.

웨이터가 첫 코스 요리를 내왔다. 그들이 거기 앉아 있는 바로 이 순간 감방에 있는 앤은—

"마지막 왈츠 기억나?"

그걸 어떻게 잊겠는가? 무도회장에서 홀로 깨어 있는 듯한 흰 새틴 드레스 차림에 보석으로 머리를 장식한 여인이 황홀하면서도 비통한 독무를 추었다.

터너가 설명하기를 그 여인, 그 역할을 맡은 댄서는 안무가에게 일생의 사랑이었다고 했다. "그는 특별히 그 여인을 위해 그 춤을 만들었지."

그들은 결혼했을까?

아니. 그렇게 간단하지가 않았다. 사실 대단히 복잡했다. 수잰 패럴은 열여섯 살 때인 1961년에 발란친 발레단에 들어갔다. "하지만 발란친은 그보다 나이가 마흔 살 넘게 많은 데다 이미 결혼한 상태였지." 그리하여 그는 가질 수 없는 여자를 위한 춤을 만들고 그 여자를 자신의 이상적인 발레리나로 빚어내는 데 열정적 사랑을 바친다. 그 결과 사상 최고의 위대한 춤이 탄생한다. 마침내 이혼하게 된 발란친은 사랑하는 여인과 결혼하고 싶어하지만 수잰이 거절한다. 그가 다른 남자와 결혼하자 발란친은 비탄에 빠진다. 복수심에 찬다. 뉴욕 시립 발레단의 사랑받는 스타였던 수잰 패럴은 발레단을 떠날 수밖에 없게 된다.

"하지만 그가 후회하고 수잰에게 돌아와달라고 한 건가요?"

아니. 수잰이 유럽에서 몇 년 동안 공연하다가 그에게 편지를 보내 돌아가게 해달라고 부탁한다. 이제 발란친은 일흔이 넘었고, 수잰은 서른이다. 그들이 서로에게 준 고통은 용서되었으니, 자신이 가장 아끼는 댄서가 돌아오자 발란친은 그를 위한 새 춤들을 만드는 일에 다시금 헌신한다. 그가 수잰을 위해 만들어 낸 최고의 역할 중 하나인 〈빈 왈츠〉의 마지막 왈츠도 그런 춤이다―그 발레가 사랑에 관한 것이 아니라면, 사랑의 매혹, 사랑의 희망과 절망, 그 아름다움과 기이함과 고통에 관한 것이 아니라면 무엇이겠는가?

그걸 해피엔드라고 부르자. 영화 〈마담 드 ……의 귀걸이〉 역시 빈이 배경이고, 그 영화에서도 연인들은 춤을 추고 또 춘다―끝없는 왈츠, 사실상 그것이 그들의 구애다―어쩌면 그때 나오는 곡은 그가 그날 밤에 들은 바로 그 곡인지도 모른다. (그에겐 모든 왈츠가 똑같이 들렸다.) 발레에서처럼 상류 사회의 장식들이 등장한다. 무도회용 드레스, 연미복, 정장용 군복, 장식품, 타조 깃털, 보석―백작 부인은 장군인 남편에게 선물 받은 다이아몬드 귀걸이를 아무 의미 없는 것으로 여기며 고통 없이 팔지만, 운명의 장난으로 그의 연인인 남작이 그 귀걸이를 다시 선물로 주자 이번에는 다른 무엇보다도 소중히 여기게 된다.

"소피는," 터너가 말했다. "앤 사건 이후 그때껏 마음을 쏟아 온 모든 것들에 흥미를 잃었지. 골동품, 정원 가꾸기, 자선사업, 심지어 친구들까지. 외출도 안 하려고 했어. 발레 같은 걸 보러 가는 것에도 의미를 느끼지 못했지. 하지만 내 경우, 발레를 보는 시간만큼은 완전히 자신에게서 벗어날 수 있었고 진정한 위안을 얻을 수 있었어. 그 절대적인 아름다움. 사실 내겐 발레가 그 어느 때보다 더 큰 의미를 지니게 되었지."

그 음악은 그에게 길이길이 남았다. 서로의 품에 안겨 끝없이 도는 연인들의 모습. 황홀한 음악, 기울이고 돌고 날아오르며 불타는 눈길로 서로의 얼굴을, 서로의 눈을 응시하는 여자와 남자, 사랑의 무아경에 빠져 구애의 의식을 펼치는 환상적인 새들.

여러 해가 지난 뒤, 그는 홀로 극장에 가게 된다. 수잰 패럴이 무대에서 은퇴하기 전에 마지막으로 선사한 공연. 그의 〈빈 왈츠〉 중 마지막 왈츠를 마지막으로 본다—마흔네 살의 수잰 패럴은 그 어느 때보다 영묘하다. 그리고 자원봉사자로 나선 팬들의 손에 가시가 하나하나 제거된 장미꽃들이 눈보라처럼 쏟아지는 가운데, 수잰은 마지막 인사를 한다.

1989년 11월의 일이었고, 조지 발란친은 6년 전에 세상을 떠났다.

"나 뉴욕을 떠나면 어떨까?" 솔랜지가 물었다.

"그러니까…… 드루랑 같이 말이지." 내가 조심스럽게 말했다.

"응."

드루 마이클먼 등장. 솔랜지는 그를 병원에서 만났다. 나도 거기서 그를 만났다. 그는 나처럼 고정 방문객이었고, 그가 만나러 오는 환자는 트리시라는 젊은 여자였는데 괴상한 걸음걸이 때문에 병동에서는 슬링키*라고 불렸다. 슬링키는 내 동생보다 상태가 심각했다. 사실 매우 심각하다고 볼 수 있었다. 누구에게 해코지를 하진 않았지만 나는 그가 무서웠다. 아무와도 시선을 맞추지 않는 인간―그게 얼마나 공포스러울 수 있는지 전엔 미

• 용수철 장난감.

처 몰랐다. 그는 유치원 때부터 알았고 스무 해 넘게 가까운 친구로 지내온 드루를 투명 인간 보듯 보았다. 예전에는 트리시도 정상이었다고 드루는 슬프게 설명했다. 트리시가 사람도 못 알아보고 같은 방에 누가 있는 것도 알지 못한다는 핑계로 그의 가족과 다른 지인들은 면회를 오지 않았다. 슬링키를 보러 오는 사람은 드루뿐이었다. 당시 슬링키는 병동의 유일한 조현병 환자로 개인 간호사를 두고 있었는데, 싸구려 백금색 가발을 쓴 그 간호사는 근무 시간의 거의 대부분을 뜨개질로 보냈다. 일하는 내내 껌을 딱딱 씹었고, 뚱하고 불친절했으며, 사람들과 눈을 맞추는 걸 좋아하지 않았다. 이따금 그는 몰래 코바늘로 가발 밑을 긁곤 했다.

드루는 조지 워싱턴 다리 건너편 교외 지역에서 부동산 중개업을 하며 살았고, 일주일에 두세 번씩 차를 몰고 병원에 왔다. 나는 그런 그가 착하고 좋은 사람이라고, 심지어 영웅적이기까지 하다고 생각했다. 그리고 그가 훈장이라도 받아 마땅하며 아마 부동산 중개업자로서도 훌륭하리라 여겼지만, 한편으론 이상한 사람이라는 생각도 들었다.

그의 무언가가―특히 길고 희고 아름다우면서도 차가워 보이는 손이―성직자를 연상시켰다. 그를 보고 있노라면 서플리스 라는 단어가 떠오르곤 했는데, 사실 난 서플리스가 뭔지도 잘 몰랐다.

언제부턴가 드루가 제 친구만이 아니라 내 동생도 보기 위해

병동을 찾아오기 시작했다는 걸 나는 나중에야 깨달았다. 상대적으로 솔랜지가 그의 눈에 얼마나 멀쩡해 보였을지 납득이 되기는 했다. 면회 시간, 망각의 트리시가 혼자 중얼대며 손을 옆머리에 댄 채 빙글빙글 돌리면서 살금살금 병동을 돌아다니고—미치광이 역할을 과장스레 흉내 내는 사람이랑 어찌나 똑같았는지, 어쩌면 그는 가짜 정신병자였을지도 모르겠다. (병동에는 실제로 가짜 환자들이 있었으니, 관심을 간절히 원해서 전문적인 꾀병 환자가 되는 그런 이들은 늘 있는 법이다)—가발 쓴 간호사가 딱딱한 의자에 앉아 환자는 안중에도 없이 껌을 씹으며 뜨개질을 하는 동안, 드루와 솔랜지는 이야기를 나누고 함께 탁구를 쳤다.

내가 솔랜지를 면회하러 가는 날은 나도 드루와 함께 이야기를 나누고 탁구를 쳤으며, 가끔은 셋이서 중국 음식을 시켜 휴게실에서 먹기도 했다. 드루는 당시 벌이가 좋지 않았음에도 신사도를 발휘하여 늘 자신이 음식값을 내겠다고 고집했고, 배달부 소년에게 팁도 후하게 주었으며, 숙녀들에게 먼저 음식을 덜어주었다. 나는 솔랜지에 대한 그의 친절과 관심이 고마웠고, 솔랜지가 퇴원하면 그를 그리워하겠구나 생각했다. 그만이 아니라 다른 환자들과 일부 직원들도 그리워하게 될 거라고. 그건 어느 정신병동에서나 있을 법한 일이다. 낯선 사람들과 몇 주, 몇 달을 거

• 흰색 리넨으로 만든 성직자복.

의 가족처럼 지냈는데 퇴원하면 그들을 다시는 만날 수 없게 되니까. 그래서 나는 솔랜지가 퇴원도 하기 전에 드루와 데이트를 하기 시작한 걸 알고 깜짝 놀랐다—솔직히 고백하자면 좀 거슬리기도 했다. 솔랜지는 외출이 허락될 정도로 안정되자 드루와 함께 중국 음식점에 갔고, 영화 구경도 다녔다. 그리고 솔랜지의 아파트에까지 가서 나를 놀라게 만들었다.

그가 솔랜지를 이용하고 있었던 걸까? 그가 자신을 알아보지도 못하는 친구를 면회한답시고 정신병동에 가서 한 일이 그것이었을까—여자 낚기?

그런 생각들이 싫었지만 떨쳐버릴 수가 없었다. 그렇다고 솔랜지가 그를 만나는 것을 막을 수도 없었다. 퇴원한 뒤로 그애는 밤이고 낮이고 드루를 만났다. 하지만 두 사람의 만남을 막을 이유가 뭔가? 나는 나 자신의 냉소적인 면과 맞서 싸웠다. 다른 여자들처럼 남자와 연애를 하는 건 솔랜지에게도 좋은 일 아닌가? 그리고, 드루 마이클먼이 뭐 어때서?

그는 외톨이였다. 바로 그게 나에겐 걱정이었다. 그는 슬링키 말고는 친구가 없는 것 같았다.

나는 당시 솔랜지가 얼마나 취약한 상태인지 알고 있었다. 그애도 친구가 많지 않았고, 원체 혼자 있는 걸 좋아하는 성격이 아니었다. 로치와 헤어진 뒤로 몇 번인가 남자를 만났는데, 다 끝이 안 좋았지만 그애는 매번 다음 연애에 뛰어들고 싶어서 안달을 했다. 그렇게 몸과 마음이 헤픈 것도 병의 일부였다. (최악의 상태였을 때는 지나가는 낯선 남자들에게 몸을 주겠다고 했고, 설상가상으로 한번은 경찰관을 유혹하려다가 체포되기까지 했다.) 나는 그애가 왜 드루에게 매달리는지 알았다. 그애에게 그는 정신병동 생활 중 놓아버리고 싶지 않은 일부였다. 어릴 적 친구에 대한 그의 의리는 솔랜지에게 깊은 감명을 주었다. (보아하니 이제 그는 가련한 슬링키에 대해 흥미를 잃은 것 같았지만.) 나는 그들이 병원에서 얼마나 잘 지내는지 지켜봤음에도 그들이 밖에서 함께 사는 모습을 상상하기가 힘들었다. 우선, 그는 솔랜지와 어울리기엔 너무 올곧았다. 술은 마셨지만(내가 보기엔 좀 과하게) 마약에는 절대 손대지 않았고, 마약 하는 사람들을 안 좋게 보았다. 수염을 기르거나 장발을 한 적도 없었다. 로큰롤도 좋아하지 않았다. 팝은 좋아했다. 그리고 공화당에 표를 줬다. 그는 로치(믹 재거는 말할 것도 없고)의 거의 반대편 극단에 있는 사람이었다. (그도 믹에 대해 다 알고 있었다. "내가 질투심 많은 타입이 아니라 다행이지." 그는 웃으며 말했다. 나는 유머 감각도 기꺼이 그의 장점에 넣었다.)

나는 드루에 대한 솔랜지의 감정들이 곧 지나갈 테고, 그때까지는 방해하지 않는 것이 좋겠다고 생각했다. 그동안은 그가 솔랜지를 행복하게 해줄 것 같았다. 게다가 올곧은 것이 솔랜지에게 최선이 아니라고 누가 말할 수 있겠는가?

그래서 솔랜지가 자신이 드루에게 얼마나 미쳐 있는지 거듭 거듭 이야기할 때도 나는 잠자코 듣기만 했다. 미소 띤 얼굴로 들어주며 왈츠 리듬과 "난 나만의 사랑을 가졌어" 같은 가사에 맞추어 발로 바닥을 톡톡 쳤다. 나는 솔랜지가 행복해하는 것이, 자신의 행복에 빠져 나의 달라진 점을, 자기가 주절주절 이야기를 늘어놓는 동안 내 마음이 다른 곳, 대개 터너와의 지난 만남이나 다음번 만남에 가 있음을 알아채지 못하는 것이 기뻤다. 하지만 그애가 드루와 함께 살겠다는 이야기를 꺼내자 정신이 번쩍 들었다.

"드루는 도시 생활이 나한테 해로운 것 같대. 스트레스가 적은 환경에서 살면 훨씬 나아질 거라고 하더라고. 어딜 가든 레코드점 점원 정도의 일자리는 얼마든지 찾을 수 있대. 자기가 나를 보살펴주고 싶대."

나 자신도 솔랜지처럼 나약하고 불안정한 사람에겐 뉴욕보다 덜 혼잡한 곳이 살기에 더 나으리라는 생각을 자주 한 게 사실이었다. 하지만 뉴욕을 떠난다는 생각만으로도 견디기 힘들었기에 그 이상 고민하지는 않던 터였다.

나는 조심스럽게 입을 열었다. "모르겠다, 앤지*. 둘이 만난 지 얼마 안 됐잖아. 그렇게 큰 걸음을 떼기엔 너무 이르지 않아? 천천히 서로를 알아가는 것도 나쁠 것 없잖아."

"하지만 우리는 서로 완전히 사랑한다고!" 솔랜지가 노래를 불렀다. "잘 풀리면 결혼할 거야. 잘 안 풀리면 다시 뉴욕으로 돌

---

* 솔랜지의 애칭.

아오면 되고." 복잡한 문제를 간단한 공식으로 단순화하는 것도 솔랜지의 병이었다. 그애는 주기적으로 이런 말을 꺼내 내 간담을 서늘하게 했다. "나아지지 않으면 그냥 죽어버릴 거야."

당시 솔랜지는 로Rowe라는 정신과 의사로부터 치료를 받고 있었는데 나로서는 그 사람에게 영 믿음이 가지 않았다. 닥터 로는 약을 신봉하는 사람으로, 솔랜지 같은 상태의 환자에게는 상담 치료가 부적절하다고 생각했다. 어쨌거나 그는 의사였다. 하지만 솔랜지가(혹은 내가) 그와 이야기를 나누고 싶어할 때마다 닥터 로는 인내심을 잃는 것 같았다. 가장 중요한 건 현재의 약물 치료를 유지하는 겁니다, 그는 그 말만 했다. 모든 질문에 대한 대답이 그것이었다. 솔랜지에게 약이 하느님의 선물이라는 점에는 나 역시 동의했지만, 그렇다고 그애가 끊고 싶어한 리튬―그걸 먹으면 둔하고, 뚱뚱하고, 느리고, 섹시하지 못하고, "마치 창조성이라곤 눈곱만큼도 없는 사람이 된 것 같아"―대신 닥터 로가 처방해준 항정신병 약과 항우울증 약, 항불안제, 항불면증 약의 조합(내가 뭘 빠뜨린 게 아니라면)에 대해 염려가 되지 않는 건 아니었다. 솔랜지의 병은 치유될 수 없었다. 닥터 로가 내게 그걸 확실히 이해시켰다. "평생 치료가 필요하다는 걸 알아야 해요. 자살 기도의 가능성도 배제할 수 없어요. 환자분은 약 없이는 살아남을 수 없어요." 나는 모든 걸 솔직하게 말해주는 의사가 좋다. 하지만 의사와 환자 사이에 라포르가 전혀 형성되지 않는 것에 대해서는 어떻게 받아들여야 할지 알 수가 없었다. 닥터 로

는 솔랜지에 대한 호기심이 없었고, 그애의 화학적 불균형 외에
는 그 무엇에도 관심이 없는 듯했다. 솔랜지를 돕고 싶어하면서
도 그애를 알고자 하는 노력은 기울이지 않았다. 사실, 앞으로 몇
년 더 있어야 등장할 닥터 웰을 제외하면 솔랜지의 정신과 의사
들 모두 그애를 치료하기 위해서는 우선 그애에 대해 알아야 한
다는 믿음이 없는 듯했다.

그래도 나는 닥터 로가 이 새로운 상황에 대해 어떻게 생각
하는지 알아야만 했다. 우리는 전화로 간단한 대화를 나눴다. 닥
터 로는 솔랜지가 성인임을 상기시켰다. 망상 상태가 아닐 때의
솔랜지에게는 완벽한 의사 결정 능력이 있으며, 그를 금치산자나
어린애 취급하는 건 좋지 않다는 얘기였다. 게다가 그가 세상 반
대편으로 가는 것도 아니었다. 그애는 여전히 나와 가까운 곳에
살 것이고 닥터 로의 보살핌을 받을 터였다. 그리고 가장 중요한
건 (나도 모르게 그의 다음 말을 소리 내어 따라했는데) "약물 치
료를 유지하는 것"이었다. 닥터 로도 병원에서 드루를 한두 번 만
난 적이 있었다. "꽤 좋은 사람 같더군요." 그러더니 그는 낄낄 웃
으며 덧붙였다. "뭐, 믹 재거는 아니지만……" 닥터 로도 유머 감
각이 있는 사람이었다.

우리는 드루가 처음부터 솔랜지의 심각한 상태를 인지하고
있는 건 좋은 일이라는 데 동의했다. 그는 솔랜지가 입원한 지
얼마 안 되어 아직 암살에 대해 부르짖고 있을 때 그애를 처음
만났고, 이는 자신이 어떤 길로 들어서고 있는지 안다는 의미였

다. 게다가 나처럼 정신병동에서 많은 시간을 보낸 터라 다른 대부분의 사람들보다 정신 질환에 대한 이해가 깊었으며 특정 위험 신호들에 대한 경각심도 있었다. 그는 솔랜지가 매일 약을 거르지 않고 먹도록 지켜보겠다고 약속했다.

솔직해지자. 나는 그애와 드루의 관계가 오래가지 못할 것임을 알고 있었다. 아마 닥터 로도 마찬가지였을 것이다. 하지만 의사와 통화를 마치자, 나는 집행유예를 받은 듯한 기분을 느꼈다. 드루는 좋은 사람이었다. 심지어 닥터 로도 그렇게 생각했다. 그는 관대하고, 책임감이 강했으며, 친절했다. 그의 집에 가보니, 지저분한 독신남의 거처를 상상했던 나의 우려와는 달리 깔끔하고 멋지게 장식되어 있었고, 현관에는 작은 십자가가(아하!) 걸려 있었다. 그의 홀어머니도 만나봤는데, 이런 착한 아들을 두었으니 자신은 얼마나 복이 많은 사람이냐고 이야기하는 상냥한 할머니였다. (그분은 그를 드루가 아닌 "아들내미"라고 불렀다.) 그는 매주 어머니를 모시고 미사에 참석한다고 했다. 줄무늬나 점무늬가 있는 물고기들이 가득한 어항을 갖고 있었고, 보즈라는 이름의 활기 넘치는 목양견도 키웠다. 이 모든 것들이 나를 안심시켰다. 사실을 말하자면 그즈음 나는 드루 마이클먼이 무언가를 감추고 있는 것 같다는 의심을 품기 시작한 터였다. 하지만 나 자신도 무언가를 감추고 있었고, 감춰진 게 다 악은 아니었다. 어쨌거나 솔랜지가 직접 결정을 내렸으며, 이제 그애는 나보다 드루의 책임이 되었다고 나는 스스로에게 말했다. 그는 이미 솔랜지에게 소유욕을 보이며 심지어 애처가 행세까지 하고 있었다. 공개된 장소에서 그들을 지켜보던 한 여자가 자신의 남편을 쿡쿡 찌르며 좀 배우라는 듯 말하기도 했다. "저 남자가 아내에게 얼마나 잘해주는지 좀 봐." 그러자 남편은 어깨를 으쓱였다. "당신이 저렇게 생겼으면 나도 당신한테 잘했겠지."

하지만 그 타이밍이 정말 놀랍지 않은가? 마침 나는 이 다루기 힘들고 성가신 동생에게서 그만 손을 떼고 싶다는, 죄책감 어린 바람을 품고 있었다. 물론 터너 때문이었다. 무엇보다 나의 자유 시간을 전부 그에게 쓰고 싶어서이기도 했지만, 한편으로는 솔랜지가 그에 대해 알게 되는 걸 아직은 원치 않아서이기도 했다. 참으로 믿기 힘든 우연의 일치가 아닌지. 소설의 교묘한 전개만큼이나 깔끔했다.

사랑은 미신적이다. 너무 성급히 세상에 알리고 다른 이들에게 그 모습을 드러내면 마법이 풀려버릴 수 있다.

　　터너의 형은 동생을 걱정했다. 이제 그가 주말 골프를 치러 오는 일이 거의 없었던 것이다. "계속 핑계를 대고 있어. 별일 없었으면 좋겠는데." 하지만 이디는 진실을 눈치채고 있었다―요즘 들어 시동생이 부쩍 멋을 부리는 게 아무래도 수상했다. 그리고 예리한 여자라면 감지할 수 있는 다른 것도 있었다. 클리퍼드와는 달리 터너에게선 왕성한 성생활을 즐기는 남자의 기운이 감돌았다.

　　클리퍼드는 만일 터너가 누군가를 만나기 시작했다면 우리가 그 여자를 만나봐야 하는 것 아니냐고 말했다. 참으라고 이디가 말했다. "아무 말 마. 준비가 되면 우리를 소개해주겠지."

하지만 터너는 그들을 소개할 생각이 없었다. 그들에게 조젯에 대해 말하고 싶어하지도 않았고, 조젯 역시 아직은 그들이나 그의 세계에 있는 누군가를 만나고 싶어하지 않았다. 그와 터너는 같은 마음이었다. 두 사람의 비밀을 되도록 오래 지키고 싶었다. 이미 그들 관계를 노출하는 것이 얼마나 불쾌한 뒷맛을 남기는지 경험한 터였다. 밤에 발레를 보러 가서 생긴 일이었다. 중간 휴식 시간에 그들은 터너가 아는—최근엔 그가 연락을 안 했지만 꽤 잘 아는—사람들과 마주쳤다. 그들은 코네티컷에 사는 홀트 부부로 오랜 세월 드레이턴 부부와 같은 사교계에 속해 있었다. 아무도 그 이야기를 꺼내지 않았으나, 그들 모두가 서로를 마지막으로 본 건 소피의 장례식에서였다. 터너가 혼자 있었다면 홀트 부부는 그를 안아주었으리라. 대신 혼란스러운 분위기에서 인사가 오갔다. 어색한 정도가 아니라 고통스럽기까지 한 순간이었다. "이쪽은 내 친구 조젯 조지." 누가 들어도 예명이리라 생각했을 것이다. 조젯이 아직 차려입기를 좋아하던 때였다. 당시 대유행이었던 빈티지는 돈이 없는 사람도 옷을 잘 차려입고 세련된 인상을 풍길 수 있게 해주었다. 빈티지 차림은 코스튬 의상을 입는 것과 약간 비슷했으니, 새 옷이었다면 절대 용납되지 않을 작은 결함들을 눈감아줄 수 있다는 점에서 그러했다. 그날 밤 그는 50년대에 만들어진 칵테일드레스 차림이었다. 허리 부분에 주름을 잡은 새까만 호박단 치마와 목선이 하트 모양으로 파인 붉은 벨벳 보디스로 이루어진 옷이었다. "내가 여태 본 드레스 중 제일 섹시한 것 같은데." 그를 데리러 온 터너가 한 말이었다. 홀트 부부는 이와 연관은 있으되 분명히 다른 인상을 받은 듯했고, 내색하지 않으려고 애를 쓰는 듯했지만 못마땅함이 안개처럼 피어올랐다. "친구"라고? 딸의 대학 기숙사 룸메이트라는 걸 그들이 알았다면 어떤 일이 벌어졌을까? 그들에겐 앤과 함께 자란 자녀들이 있었다.

그 사건이 그날 밤을 망쳤다고 할 수는 없더라도 오점을 남기기엔 충분했다. 홀트 부부는 시립 발레단 정기 관람권을 갖고 있었다―그리고 터너의 지인들 중에는 그런 사람들이 더 있었다. 그런 일은 또 일어날 것이고, 늘 그들을 따라다니며 괴롭힐 것이었다.

하지만 그들은 왜 그런 괴로움에 시달려야만 했을까? 그게 왜 문제가 되었을까? 그들이 무슨 잘못을 저질렀다고?

단둘이 있을 땐(그가 학교에 가지 않는 대부분의 시간) 거의 불편함이 없었다. 모든 게 자연스럽게 들어맞는 듯했고, 서로에게 만족했으며 평온했다. 하지만 그들이 입에 올리기를 꺼리는 문제들이 있었다. 미래는 감당하기 어려운 주제였다. 이를테면 터너의 다가오는 중국 여행에 대한 이야기를 그들은 절대 꺼내지 않았다. 하지만 홀트 부부와 마주친 그날 밤 두 사람은 수심에 잠겼다. 둘이 어디 먼 데로, 아무도 알아보는 사람이 없는 곳으로 떠날 수만 있다면 얼마나 좋을까. 새 삶을 시작할 수 있는 곳. 그건 그들이 자주 탐닉하는 가장 달콤한 환상이었고 그날 밤

453

그들의 고통을 달래주며 사랑의 행위를 더욱 진하게 만들어주었지만, 그들은 그것이 해결책이 아님을 알았다.

연인으로서 그들은 어떠했을까? 다른 세대. 조젯의 나이는 터너의 절반밖에 안 되었지만 이미 그보다 훨씬 많은 파트너들을 경험한 터였다. 하지만 터너는 이런 종류의 사랑에 대해 이미 알고 있는 사람이었다. 조젯 세대는 다른 어떤 세대보다 알몸에—때로는 역설적이고 공격적일 정도로—관대했다. 1969년, 현대 미술관 방문객들은 조각 정원 분수대에서 여성과 남성이 어우러진 알몸 무리를 발견한다. 이제는 역사적 과거가 아닌 신화에 속하는 듯 여겨지는 사건이었다—그게 그 시절의 유일한 알몸 사건도 아니었건만. 모든 몸은 아름답다. 이는 반체제적 도덕률이었다. 반면에 터너는 자신의 몸이 그에게 아름다울 수 있으리라 믿지 않았다. 오, 자신의 몸이 나이에 비해 나쁘지 않다는 건 알았다. 체중이 스물다섯 살 때와 똑같은 데다, 원래 마른 체질이었고, 날마다 수영을 했다. 자신이 나이에 비해 멋진 몸을 갖고 있다는 것을 그는 알았다. 하지만 늘어진 허리 살과 군데군데 각질이 일어나는 비쩍 마른 정강이, 회색과 흰색이 반씩 섞인 거친 가슴 털을 너무도 슬프게 의식하고 있었다. 많은 또래 파트너들을 만나 온 조젯은 이제 세월이 남성의 발기에 미치는 영향을 알게 되었다. 조젯이 더 나은 것들을 누릴 자격이 있다는 생각에 터너는 분노를 느꼈다. 하지만 조젯이 자신을 사랑한다는 점은 결코 의심하지 않았다. 조젯에게서 나를 어떻게 떼어낸단 말인가, 그는 자문했다. 조젯의 모든 키스가 그의 삶을 구원하고 있었다.

그들에겐 나이 차이가 있었고 그것만으로도 충분한 문제가 되었다. 그들에겐 배경 차이도 있었다. 그리고 앤도 있었다.

질문: 그들이 앤에게 진실을 말해야 했을까?

터너는 말했다. "말하기가 어려울 거야."

조젯은 말했다. "앤과 연락이 끊겨서……"

"난 앤에게 말하고 싶지 않아." 터너가 말했다. "말해봐야 그 아이에게 무슨 도움이 되겠어?"

"앤은 진실을 알고 싶지 않을까요?"

"그래, 알고 싶겠지, 그럴 거야."

"그래요. 그리고 알게 되면 끔찍한 충격을 받겠죠."

"그래, 분명 화를 낼 거야."

침묵.

"그러곤 웃겠지."

"맞아요!"

앤의 신랄한 반응을 상상하기란 어렵지 않았다.

그는 말했다. "지금은 말고. 지금은 도저히 못 하겠어." 여간 해서는 앤에 대해 쓴소리를 하지 않는 그가 끔찍한 말을 덧붙였다. "그앤 이미 너무 많은 독을 품었어."

사랑은 미신적이다. 앤에게 말하고 앤의 공격에, 사람의 마음을 좀먹는 그 웃음에 자신을 노출시키면, 틀림없이 마법이 풀릴 터였다.

*

우연히, 서점 앞에서. 조젯을 어떻게 만나게 되었는지에 대해 형과 형수에게 설명하며 터너는 그렇게만 말했다. 앤 이야기는 쏙 뺐다. "우리 둘 다 같은 책에 관심이 있었지."

네 사람이 터너의 아파트에 모여 저녁을 먹었다. 둘이 있을 때도 가끔 그랬듯이 터너는 요리사를 불렀다. 홀트 부부와 마주쳤을 때보다 덜 어색하다고 하기 어려운 자리였다. 특히 이디가 감정을 숨기지 못했는데, 사전에 조젯에 대해 많이 듣고 왔는데도 그랬다. 터너의 아파트로 오는 내내 이디는 가벼운 분노에 휩싸여 있었다. 터너―너무도 부당하게 너무도 많은 고통을 겪은 가엾은 터너―가 첫 아내만큼 훌륭한 두 번째 아내를 만나는 것이 그의 크나큰 소망이었다. 그의 남편과 그들의 많은 친구들의 소망이기도 했다. 터너의 절반밖에 안 되는 나이에, 돈도 없고, 집안도 안 좋고(그들의 심문을 받을 때 터너는 조젯과 어떻게 만나게 되었는지만 빼고 모든 걸 솔직하게 털어놓았다), 이름은 무슨 캉캉 댄서 같고, 베브 홀트의 말에 따르면 발레 공연에 "밸런타인데이처럼 입고" 나타난 여자는 그런 아내가 될 수 없음을, 이디는 직접 만나보지 않고도 알 수 있었다.

이디가 말했다. "너무 그답지 않아." 그래서 더 걱정스러웠다. 터너가 젊은 여자들을 쫓아다니는 그런 남자였다면…… 하지만 그는 평생 그런 남자였던 적이 없었다. 그는 소피 외엔 어떤 여자도 쫓아다닌 적이 없었다. 그리고 소피가 죽은 뒤 그의 짝으로 어울리는 매력적인 여자들이 그의 관심을 끌기 위해 애를 썼지만, 그는 그들 중 누구에게도 진지한 관심을 보이지 않았다. 소피에 대한 의리 때문이기도 했고 우울증 탓도 있었다.

"내가 보기엔," 클리퍼드가 말했다. "터너가 그 여자를 정말 좋아하는 것 같아. 내 생각엔 결국—"

"하지만 터너는 미래가 없는 관계에 시간을 허비하면 안 돼, 안 그래? 그 여자한테도 온당하지 못한 일이고. 물론 그들이 결혼하지 않는다는 전제하에 말이지만!" 사실 클리퍼드는 그런 전제를 염두에 두고 있었다. 터너를 보면 그럴 수밖에 없었다. 하지만 이디의 목소리에 어린 분노로 인해 그는 그 말을 입 밖에 내지 못했다. "터너는 지금 너무 상처받기 쉬운 상태야." 이디가 말을 이었다. "세상에, 그동안 그런 일들을 겪었는데 결국 실연의 상처를 안게 된다면 너무 끔찍하지 않겠어?" 그러곤 한 박자 뒤에 덧붙였다. "주머니만 털릴 수도 있고."

"제발, 이디. 내 동생은 누구한테 속을 사람이 아냐. 당신도 알면서. 그 여자를 그런 식으로 생각할 이유도 없고."

"과연 그럴까? 솔직히 터너가 가난뱅이였대도 그 여자가 터너를 만났을까?"

클리퍼드는 어깨를 으쓱였다. 그게 공정한 일이든 아니든, 부자의 연인은 자신 역시 부자가 아닌 한 늘 자동적으로 의심을 받기 마련이었다. "그 여자가 자기 또래 남자를 안 만나고 터너를 만나는 게 좀 이상하긴 해. 하지만 아빠 노릇을 해줄 남자를 찾는 그런 여자일 수도 있잖아."

"슈거 대디."

이 모든 건 그들이 터너를 사랑하기 때문이었다. 그는 그들의 가족이니까. 그들은 그를 보호해주고 싶었고, 그가 상처받는 걸 보고 싶지 않았으며, 그의 행복을 바랐다.

아파트에 도착해 터너에게 코트를 건네면서, 이디는 이곳에 머무는 동안 염탐을 좀 해야 한다는 점을 상기했다. 조젯이 얼마나 자리를 잡았는지 알아내야 했다. (집으로 돌아가는 길에 그는 이렇게 말했다. "침실 옷장에 그 여자 옷이 좀 있긴 하지만 다른 건 보이지 않더라고. 하지만 내 생각엔 원체 소유물이라고 할 만한 게 별로 없는 여자 같아.")

이디는 저녁 식사 내내 중국 여행 이야기를 꺼냈다. 조젯에게 소외감을 느끼게 하려고 그랬던 것일까?

"물론 통역해줄 사람이 있겠지만 그래도 중국어 몇 마디는 배워둬야 할 것 같아. 그게 예의 아닐까? 전형적인 어글리 아메리칸이라는 인상을 주고 싶진 않으니까. 터너, 어떻게 생각해요?" 터너는 머뭇거리다가 단체 여행이면 공식 가이드 빼고는 중국 사람과 직접 접촉할 기회가 많지 않을 거라고 조용히 말했다. 그러곤 조젯과 눈을 맞춘 뒤 미소를 보내고 시선을 돌렸다. 조젯은 생각했다. 이 사람은 안 갈 건데.

"이걸 어떻게 먹어요?" 클리퍼드가 장난스럽게 입술을 오므리며 물었다. 요리사가 모로코식 닭 요리와 함께 낸 레몬 절임을 두고 한 말이었다. 사실 조젯은 그 톡 쏘는 듯 쌉싸래하면서도 짭짤한 맛이야말로 그 순간 자신이 갈구하는 맛이라고 생각했다.

"그건 그냥 장식용으로 낸 것 같은데." 이디의 말에 조젯은 한 입 더 먹었다. "음식 얘기가 나와서 말인데, 남자분들은 어떨지 모르겠지만 난 여행 가서 먹을 음식이 좀 걱정이에요. 그 소금이며, 기름기며, MSG며."

앤이 소피와 터너에게 차이나타운에서 제일 맛있는 중국 음식점에 대해 이야기해주지 않겠다며 뭐라고 말했던가? "우리 부모님 같은 사람들은 진짜를 체험할 자격이 없어." 조젯은 그 기억이 떠오르지 않았으면 좋았을 거라고 생각했다.

다행히 그 만남은 짧았다. "멀리 차를 몰고 돌아가야 하는 데다 개들 산책도 시켜야 하니까." 그들이 떠나고 문이 닫히자 조젯은 울기 시작했다. 터너가 그를 안아주며 말했다. "가끔은 말이야, 사람들에게 시간을 좀 주고 기다리는 수밖에 없을 때가 있어." 그러자 콰메가 자신과 앤의 관계에 대한 사람들의 반응을 두고 그 비슷한 말을 했던 기억이 떠올랐다.

그가 방학을 맞이하자 터너는 그를 멕시코로 데려갔다. 두 사람의 첫 여행이었고, 신혼여행 기분이 났다. 그들은 멕시코시티에 먼저 갔다가 아카풀코로 이동할 계획이었다. 하지만 도착하고 사흘 뒤에 조젯이 심하게 아팠다. 호텔 의사는 항생제를 처방해주면서 효과가 없을 수도 있다고 경고했다. 의사는 미국인으로, 해외 체류 의사들에게서 흔히 볼 수 있는 베일에 싸인 듯한 분위기와 다소 꼴사나운 면모를 지닌 사람이었다. 처음에 그는 점심을 먹다가 호출을 받고 테킬라 냄새를 풍기며 그들에게 왔다. 그는 그들의 상황을 재미있어하는 것 같았다. 그들이 같은 침대를 쓰는 게 뻔히 보이는데도 일부러 그들을 부녀 사이 대하듯 굴었다. 조젯은 며칠 동안 아기처럼 약해졌다. 간간이 열이 오르기도 했다. 호텔 의사는 아침마다 왔는데, 터너가 불안해하는 모습을 보이자 거만한 미소를 지으며 생명이 위험한 상태는 아니라고 장담했다. 호텔 의사를 완전히 신뢰할 수 없었던 터너는 조젯을 병원으로 데려가고 싶어했다. 외국 병원에 입원을 한다는, 특히 밤 시간을 혼자 견뎌야 한다는 생각이 조젯에겐 끔찍하기 그지없었다. 여기에서는 터너가 늘 곁에 있어주었다. 손쉽게 도우미나 간호사를 고용하고 혼자 외출할 수도 있었을 텐데, 그는 조젯을 도맡아 보살피며 목욕도 시켜주고 목구멍으로 넘길 만한 소량의 음식을 먹여주기도 했다. 조젯은 잠을 오래 잤는데 그동안에도 터너는 계속 그를 지켜봤다. 메이드가 시트를 가는 동안에는 그를 안아 안락의자로 데려간 뒤 담요로 감싸서(그는 계속 추워했다) 자신의 무릎 위에 앉혔다.

생명이 위험한 상태는 아니라지만 조젯은 평생 그렇게 아파본 적이 없었다. 몸에 병이 나면 종종 향수에 젖기 마련이니, 그도 솔랜지가 그리웠다. "전화해." 터너가 강하게 권했다. "얼마든지 전화해서 실컷 이야기해." 그 무렵에는 솔랜지도 터너에 대해 알았고 그를 만난 적도 있었지만, 드루와의 새 삶에 푹 빠져서 그 외에는 거의 신경을 쓰지 않던 터였다. 그러고 보면 기도도 함부로 할 게 아니다. 몸과 마음이 약해진 상태에서 조젯에겐 동생의 무관심이 상처가 되지 않을 수 없었다. 그때껏 자신의 가족에 대해서는 터너에게 자세히 이야기한 적이 없지만, 병이 난 데다 병상이 주는 친밀감까지 한몫 거들어 이제 그는 모든 걸 솔직히 털어놓게 되었다.

"우리, 솔랜지와 나는 조지가에서 따로 갈라져 나온 곁가지와도 같아요. 연락하고 사는 가족이라곤 서로뿐이죠. 엄마가 돌아가시기 전부터 둘 다 엄마와 멀어졌고, 아버지에 대해선 어릴 때 이후로 아무것도 몰라요. 자랄 땐 둘 다 가이에게 애착이 아주 컸어요. 이제 만나지도 않지만. 가이의 아이들도 다 못 만나봤어요. 젤마는 수녀원에 들어가면서 새로운 자매들이 생겼죠. 그리고 늘 저희들끼리 가까웠던 쌍둥이는 친척 집에 하도 오래 살아서 우리에겐 친형제가 아닌 사촌들처럼 느껴져요. 둘 다 고등학교를 졸업하자마자 군에 입대했고 직업군인으로 남기로 결정했어요. 그들은 여러 곳을 돌아다녀요. 크리스마스 무렵 둘 중 하나가 카드를 보내기도 하고, 아주 드물게 전화가 올 때도 있어요. 하지만 통화가 2분 이상을 못 가요. 서로 모르는 사람들처럼 공통의 화제가 없거든요. 전화를 끊고 나면 끔찍한 죄책감이 밀려와요. 쌍둥이들을 다른 집으로 보낸 게 내가 막을 수 있는 일이라도 됐던 양, 그애들 생각만 하면 죄책감이 느껴져요. 그래도 둘이 서로 떨어지지 않았고, 사실 그애들에겐 엄마랑 사는 것보다야 나았을 수 있겠지만, 그렇다고 해서 잘된 일은 아니니까요. 가이 생각을 해도 기분이 처참해지고 죄책감이 들어요. 가이 소식은 주로 젤마를 통해 들어요. 한동안 마약 중독 치료 센터에 들어갔었는데, 젤마 말로는 이젠 종일 술을 마시고 직장에도 못 나간대요. 아내 몰래 바람을 피우고 가끔 아내를 때리기까지 해요. 치료 센터에서는 그의 문제가 베트남에 갔다 온 것과 관련이 깊대요. 하지만 내가 보기엔 다른 것도 있어요. 그건 우리 아버지의 모습이에요. 난 젤마에게서 가이 소식을 들을 때마다 죄책감이 들고, 아예 듣고 싶지 않기도 해요. 가이나 그의 아내, 아이들에 대해서도 생각하지 않으려고 애를 써요. 가이의 아내는 고등학교 시절 내 단짝 친구였는데 이젠 우리 모두를 싫어해요.

우리가 마지막으로 모두 한자리에 모인 건 엄마 장례식 때였고, 그 후론 모일 이유가 없었어요. 우리 중 일부는 영영 다시 못볼지도 몰라요. 가끔은 이렇게 생각하죠. 가족이 다 그렇지 뭐. 난 부모와 멀어진 사람들을 많이 알거든요. 하지만 그게 고통스러울 때도 있어요. 그럴 땐 이렇게 말하고 싶어져요. 아냐, 아냐, 이건 잘못된 거야, 어느 가족에게든 일어나선 안 되는 일이야, 그런데 왜 우리에게 이런 일이 일어난 거지?

하지만 솔랜지는—그앤 늘 나와 다른 시각을 갖고 있어요. 길에서 보낸 시간과 그때 만난 사람들 때문인 것 같아요. 히피들은 혈연보다는 우정을 중요하게 여기죠. 로버트 프로스트가 했던 그 얘기 알아요? 집이란 당신이 거기 가야 할 때 사람들이 당신을 받아주어야만 하는 곳이라는 말. 솔랜지가 레인이던 시절에, 그애는 부모한테서 쫓겨난 아이들을 만났어요. 주로 마약 때문이었고, 임신해서 쫓겨난 여자애도 있었죠. 그 아이들 중 일부는 솔랜지보다도 나이가 어렸어요. 솔랜지는 아직도 자신에게 가출이 최선이었다고 생각하고 있어요."

조젯이 얼마간 기력을 회복하자 그들은 호텔 레스토랑에서 식사를 하기 시작했고, 더 나아지자 호텔 근처의 훨씬 더 좋은 레스토랑들에 다녔다. 그들은 오랫동안 앉아 식사를 하며(조젯은 조금밖에 못 먹었고 그것도 아주 천천히 먹어야만 했다) 이야기를 나눴다. 조젯은 여전히 지쳐 있는 상태라 낮잠을 자야 할 때가 많았는데, 그런 날이면 밤에 잠이 오지 않았다. 그래서 그들은 거리의 소음이 잦아든 한참 후까지도 어둠 속에서 침대에 누운 채 이야기를 나눴다. 그 대화의 효과가 너무도 강력해서, 재난으로밖에 부르지 못할 이 여행의 와중에도 그 어떤 완벽한 신혼여행보다 두 사람을 가깝게 만들어주었다. 멕시코를 떠나기 전에, 조젯은 예전엔 늘 말하기 망설여졌던 이야기들을 터너에게 전부 하고 있는 자신을 발견했다. 앤과의 마지막 만남에 대해서도 전에 생략했던 내용들을 다 채워서 다시 이야기했다. 앤과의 싸움, 그 비난과 잔인한 말에 대해서는 전에도 이야기했지만, 이제는 주먹질과 부러진 엄지손가락에 대해서도 털어놓았다. 고백. 실토에의 욕구. 그는 휘트 비숍과의 일도 이야기했다. 강간에 대해서도 이야기했다.

앤에 대한 이야기를 할 때마다, 조젯은 무엇보다 딸을 향한 터너의 변함없는 사랑에 감동을 받았다. 앤이 저지른 어떤 일에도(그보다 더한 일을 저지를 수 있을까?) 그는 딸에게 등을 돌리지 않았다. 그는 늘 그래왔고 소피도 마찬가지였다. ("내가 둘 중 하나를 죽여도 남은 사람은 내 편을 들걸"—앤이 실제로 그런 말을 한 적이 있다는 건 얼마나 놀라운 일인가. 조젯이 앤과 함께 지내던 초기에 들은 말들 가운데 하나였다.) 터너가 유난히 다정하고 아버지처럼 느껴질 때마다 조젯은 이런 생각이 들었다. 앤은 이걸 가지고 있었다, 이건 당연히 그의 것이었다, 그는 그저 손만 내밀면 되었다, 그런데도 그는 거부했다. 그것에 침을 뱉었다. 앤은 이 남자를 싫어했다. 그는 자신의 아버지를 거부했고, 그에게 침을 뱉었다. 어떻게 그럴 수가 있을까? 나는 모든 부르주아 자본가를 싫어해. 앤은 그렇게 말할 것이다—사실 여러 번 그렇게 말했다. 하지만 그 대답은 조젯을 화나게 만들 뿐이었고 둘리 앤 드레이턴을 더욱더 수수께끼의 인물로 만들 뿐이었다.

수치심.

"앤의 변호사는 그걸 이해했지." 터너가 말했다. "재판이 진행되고 앤의 수치심이 얼마나 깊었는지에 대해 변호사의 설명을 들으면서 우리 역시 더 많이 이해하게 되었어. 부자 백인으로 태어난 것에 대한 수치심, 그리고 그것이 그 정치화된 시대에 자라난 사람에게 갖는 의미. 변호사는 '백인의 특권'이라는 용어를 사용했지. 그는 줄곧 앤과 백인의 특권이라는 저주에 대해 이야기했어. 소피와 나를 몇 시간씩 면담했지. 그다음에 앤의 짧은 전기를 요청했고—글로 써달라고 하더군. 물론 우린 그가 해달라는 대로 다 해줬어. 그가 우리를 괴물로 여기지 않고 연민과 존중으로 대해주는 것이 얼마나 다행스러웠는지 몰라. 특히 소피에게 친절했지. 그는 어릴 때 어머니를 잃었다더군. 그래서 소피의 건강이 위험하다는 걸 알았던 것 같아. 모르겠어. 어쩌면 그가 연기를 잘했던 것일 수도 있고. 속으로는 앤처럼 우리를 철저히 경멸했는지도 모르지. 만약 그랬다면 그는 끝까지 가면을 벗지 않은 셈이야. 우린 그를 좋아하고 신뢰했어. 무척이나 신뢰했지—그가 앤의 구속을 면하게 해주리라는 믿음이 아니라, 앤을 위해 최선을 다해 싸워주리라는 믿음이 있었어.

나는 그가 올바른 방향을 택했다는 사실에 대해 의심해본 적이 없어. 앤을 아는 사람이라면 그날 정확히 무슨 일이 일어났던 것인지 알 수 있을 테니까. 앤이 경찰을 쏠 때 그애가 어떤 생각을 했을지도 알고, 앤의 증언에 거짓이라곤 단 한 마디도 없다는 사실도 알 수 있지." (조젯도 그의 말에 완전히 동의했다. 그 역시 앤의 모든 말을 믿었고, 그게 아니었더라면 터너와 자신의 만남이 가능하지 않았으리라 생각했다.) "협상을 거부하고 자신에게 편한 길을 거부한 건 너무도 그 아이다운 일이었어. 내 친구들 대부분을 포함한 아주 많은 사람들이 우리 부부가 공개적으로는 늘 앤을 지지하지만 속으론 그 아이를 몹시 부끄러워하리라 믿는다는 거 알아. 하지만 사실 난 앤이 아무리 잘못했다고 생각되어도, 그애가 한 일이 아무리 끔찍하게 느껴져도, 그애가 자신이나 가족을 망신시켰다고 여긴 적이 한 번도 없어. 소피는 몇 번쯤 그렇게 생각했던 것 같지만 난 아니었고, 어쩌면 그래서 그 모든 시련을 견디기가 어느 정도는 더 수월했던 건지도 모르겠어.

그때 앤이 스스로 콰메의 목숨을 구하고 있는 거라 생각했다는 걸 난 결코 의심해본 적이 없어. 그 아이의 판단으로는 달리 선택의 여지가 없었겠지. 난 늘 그 마음을 이해했어. 내가 도저히 이해할 수 없었던 건 그 아이의 고집스러움이야. 뉘우침을 보이기를 거부한 것. 그 아이에게 뉘우치는 마음이 없다는 걸 나로서는 믿을 수가 없거든. 알다시피 앤은 재판이 끝난 뒤 항소도 탄원도 하지 않을 것이며 자신을 위한 그 어떤 항변이나 캠페인도 원하지 않는다는 의사를 분명하게 밝혔지. 아주 끝장을 보기로 단단히 결심한 것처럼. 모든 걸로 미루어보건대, 앤이 교도소에 가는 걸 원치 않았다고 생각하기란 어려워. 아무리 자신이 옳다고 생각했을지언정, 그애는 일어난 일에 책임을 지고 싶었던 거야. 비록 사법 체계를 믿진 않았지만 그 형벌만큼은 받아들인 셈이지. 난 분명 거기에 뉘우침의 요소가 들어 있었다고 생각해."

터너와 계속 연락을 유지해오던 레스터 프라이속의 전언에 따르면, 앤은 카터 대통령이 퍼트리샤 허스트의 형을 줄여 가석방해준 것을 못마땅해했다고 했다. "앤은 일부 기자들이 줄곧 자신과 패티 허스트를 한데 묶는 것에 분개했지. 패티 허스트는 앤이 증오하는 모든 걸 갖고 있는데." 허스트는 자신을 도와준 사람들을 배신했으며, 화를 모면하기 위해 진실에 관계없이, 다른 이들에게 어떤 결과가 돌아가든 개의치 않고, 무슨 짓이라도 기꺼이 하려 했다. 앤은 급진주의자들이 허스트를 자신들 편인 양 말하는 것을 터무니없는 일로 여겼다. 앤드루 영이 미국 정치범의 예를 들어달라는 요구에 패티 허스트의 이름을 댔을 땐 이를 갈았다. "앤은 허스트가 감형을 받으리라는 걸 예상하고 있었어. 그렇게 부자에 지배층과의 연줄이 두터운 부모를 가진 사람은 판사나 배심원단이 무슨 판결을 내렸든 형을 끝까지 채우는 법이 없다면서. 그건 사법 체계가 얼마나 썩었는지에 대한 추가 증거일 뿐이었지. 앤에겐 그런 증거가 더 이상 필요하지도 않았지만."

앤은 늘 솔직한 척했지만, 아니면 스스로 그렇게 믿었던 건지도 모르지만, 재판이 시작되면서 조젯은 앤이 그렇게 솔직하지는 않았음을 깨닫기 시작했다. 뉴헤이븐의 노숙인 사건—그들이 기숙사에서 보낸 그 모든 밤들, 그 끝도 없는 이야기 속에 그 일에 대한 언급이 한 번도 없었던 것을 조젯은 믿을 수가 없었다. 터너를 통해 새롭게 알게 된 다른 사실들도 많았다. 소피의 심장

병, 앤이 외동인 이유. 그러니까 앤도 다른 사람들처럼 비밀을 가졌던 것이다. 이제야 처음으로 밝혀지는 그 과거들이 너무나 고통스러워 차마 입에 올릴 수 없었던 것일까? 조젯이 확실하게 알 수 있는 건, 앤이 그것들을 잊어서 이야기하지 않은 건 아니라는 사실이었다.

"앤은 내게도 모질었지만," 터너가 기억을 더듬었다. "늘 소피에게 더 모질었어." 앤은 터너가 돈을 버는 방식을 경멸했지만, 소피는 그의 눈에 그야말로 최악의 기생충이었다. 직업도 없이 빈둥거리며 집안일은 하인들에게 다 맡긴 채 부르주아의 온갖 안락을 누리고 있었으니까. 집을 소중히 여기고 집 꾸미기를 좋아하는 소피를 앤은 오로지 물질에만 관심을 두는 사람으로 보았다. 소피는 가구를 사랑하고 옷을 사랑했다. 스카프를 사랑했다. "아, 스카프 때문에 둘이 얼마나 싸웠는지." 소피는 예쁜 스카프를 좋아해서 수집했고 거의 항상 스카프를 맸다. 하지만 앤에게 그건 터무니없고 가당찮은 짓이었다. 굶주리는 사람들이 수백만에 이르는 세상에서 액세서리에 대한 저 어리석은 열정이라니. 집 전체에, 방마다, 옷장과 서랍마다 쓸모없는 장식품이 넘쳐났다. 앤은 소피가 지나칠 정도로 애착을 보이는 장식품들도 끔찍하게 여겼다. 장식품들의 먼지를 닦아야 하는 하녀들이 얼마나 고생스러운지 모른단 말인가? 소피의 은 사랑은 더욱 큰 비난거리였다. 앤은 은 제품을 닦는 하인들이 독성 물질에 노출된다고 말했다.

소피의 자선 활동마저 의혹의 대상이 되었는데, 소피가 자선의 수혜자인 빈자들과 직접 접촉하지 않는다는 이유에서였다. 소피는 저 보이지 않는 사람들, 불가촉천민들에게 눈길조차 주지 않았고, 이는 그 같은 계급에 있는 여자들의 전형적인 행동이었다. 이것이 앤에겐 너무도 큰 도덕적 결함으로 여겨져 결국 소피가 이룬 어떤 일보다 중요해졌고, 그의 선행을 완전히 무효화하고 말았다. 하지만 행운을 누리는 사람들은 불우한 사람들을 도울 책임이 있다는 믿음으로 키워진 소피에게 자선은 결코 무시할 수 없는 사회적 의무였다. 사실 앤이 가진 자는 갖지 못한 자를 도울 의무가 있다는 원칙을 처음 배운 것은 바로 그의 집, 엄마의 무릎에서였다.

소피는 자신이 어릴 때 받은 가정교육에 의문을 가져본 적이 없었다. 부모님에게서 주입받은 가치들이 건전한 것들임을 의심해본 적이 없었고, 자신이 양육된 방식으로 딸을 양육하는 것이 재앙은 고사하고 조금이라도 잘못된 결과로 이어질 수 있다는 생각도 해본 적이 없었다. 사실 그는 양육에 대해 자신의 계층에 속한 대부분의 여자들은 물론 그 세대의 많은 여자들과 다른 의견을 갖고 있었다. 그는 이렇게 말했다. "어째서 스폭 박사˙라는 사람이 우리의 아이들을 키우는 문제에 대해 우리보다 더 많이 안다고 모두가 믿는 거죠?"—그는 자신이 좋은 어머니의 천부적

• 『스폭 박사의 육아서』로 폭발적인 인기를 얻은 소아과 의사이자 작가인 벤저민 스폭.

능력을 지녔음을 믿어 의심치 않았는데, 이러한 믿음은 그 자신의 어머니를 향한 깊은 사랑과 신뢰에서 온 것이었다. 그리고 소피가 자신과 삶의 방식에 잘못된 점이라곤 전혀 없다고 믿는다는 앤의 비난은 사실이었다.

터너는 말했다. "결국 앤을 갈가리 찢어놓은 계층적 죄책감을 소피나 나는 느껴본 적이 없었지. 나 역시 내 수입의 일부는 다른 사람들에게 가야 한다는 교육을 받으며 자랐어. 하지만 내가 도움을 주는 그 사람들이 실은 내 희생자들이라는 얘기는 그 누구에게서도 들은 적이 없었고 나 자신도 상상조차 못 했지. 앤은 우리 계층이 도둑들이요 우리가 가진 모든 건 수 세대에 걸쳐 우리의 부를 위해 뼈 빠지게 일한 노동자들의 것임을 우리가 믿고 그 죄를 인정하게 하려는 노력을 그치지 않았어. 그리고 소피에게는, 조상들 중 노예를 부렸던 사람들이 있었다는 이유로 인권 운동에 전 재산을 바쳐서 보상하라고 했지."

레스터 프라이속이 그들의 삶으로 들어오기 전까지, 드레이턴 부부는 뉴헤이븐 노숙인 사건에 대해 거의 잊고 있었다. 하지만 딸의 삶을 글로 쓰는 과제를 충실히 수행하다 보니 그것과 함께 다른 많은 기억들까지 홍수처럼 밀려들었다.

터너는 하나뿐인 자식과 더 친밀한 관계를 맺지 못한 것이 가장 후회스럽다고 말했다. "그랬다면 사전트 경관이 지금 살아 있을 거라거나 앤이 교도소에 가지 않았을 거라는 뜻은 아니야.

그건 모르는 일이지. 하지만 앤이 자랄 때 내가 그 아이의 삶에 더 깊이 개입했더라면 얼마나 좋았을까 하는 생각이 들어." 무엇보다도, 앤의 양육을 아내에게만 맡기지 않았더라면 아마 소피가 그렇게 심한 자책감에 시달리지 않았을 것이다.

"앤이 태어났을 때 소피는 너무 야단스럽게 과보호를 하는 경향이 있었는데, 어느 정도는 자신이 더 이상 아이를 가질 수 없다는 것을 알았기 때문이었을 거야."

그 첫 몇 년 동안, 엄마와 아기의 삶은 행복하기 그지없고 그들에게 슬픔과 갈등이 찾아올 것 같은 조짐은 보이지 않는다. 착하고 착한 둘리-울리, 다 큰 여인 같은 웃음과 모든 걸 빨아들일 듯한 커다란 푸른 눈을 가진, 배움이 빠른 아이. 짝짜꿍, 짝짜꿍, 이렇게 기민하고 예민한 아이를 본 적이 있을까? 이따금 그 예민함이 우려를 불러일으키기도 하지만, 진짜 문제는 둘리가 특정한 사실들을 관찰할 수 있을 만큼 자란 뒤에야 시작된다. 예컨대 장난감, 조랑말, 파티 드레스가 모두에게 똑같이 주어지지 않는다는 사실 같은 것. 아이가 소피에게 왜 그런 거냐고 묻자 소피는 이렇게 대답한다. "하느님이 그렇게 정하셨기 때문이지." 그러자 둘리는 말한다. "그럼 하느님은 진짜 나쁜 사람이네." 글을 배운 아이는 한동안 고아들이나 뒤바뀐 아이들에 대한 이야기들을 탐독한다. 앤은 가난한 농부의 집에서 태어나 결국 부잣집 혹은 왕가로 가게 된 아이에 대한 이야기들을 읽고 또 읽는다. 그 자신이 쓰게 될 첫 이야기도 그런 내용이다. 해피엔드 부분에서 왕자—물론 진짜 왕자는 아니다—는 "손은 흙으로 시커메도 마음만큼은 황금처럼 고운 소박한 농부와 그의 소박한 아내"인 친부모와 재회한다. 터너의 말에 따르면 "우리를 모델로 한 게 분명한 부자 부모나 왕과 왕비는 모두 나쁜 사람들"이지만, 아이의 부모는 깔끔한 글씨로 또박또박 써 내려간 그 이야기를 특별한 서류철에 넣고 자랑스럽게 간직한다.

학교. 해마다 배울 것이 너무도 많다. 예민한 아이로 하여금 자신의 부모를 문제 삼고 그들의 삶의 방식에 몸서리치게 만드는 것들도 많이 배운다. 잃어버린 환상, 실낙원. 둘리는 혼자가 아니다. 다른 학생들과 많은 친구들이 같은 환멸의 단계들을 거치고 있다. 그가 다니는 학교는 진보적이고, 특권층이 아닌 상당수의 교사들은 과도한 특권을 누리는 자신의 학생들을 현실에 눈뜨도록 만들겠다는 결의에 차 있다.

"아, 선생님들을 원망하는 건 아냐." 터너가 말했다. "시대가 그랬고, 말할 필요도 없지만 우리가 그곳에서 일어나는 일들에 반대했더라면 애초에 아이를 그 학교에 보내지도 않았겠지. 그땐 캐시 부딘이나 패티 허스트 같은 인물이 만들어질 수도 있다는 것에 대해 아무도 심각하게 우려하지 않았어. 우린 아직 그런 걸 상상조차 할 수 없었지. 하지만 레스터 프라이속 말대로, 적어도 감수성이 예민한 일부 아이들은 그런 학교에서부터 낙인찍힌 기분을 느끼기 시작했던 것 같아. 미국 사회의 병폐를 개인적으로 받아들이고 심한 죄책감에 빠져 백인의 특권이 내린 저주를 풀

수 있는 방법이 없을까 궁리하게 된 거지."

소피 어머니의 시대에, 여자들은 그저 우체국에 다녀오느라 시내에 나갈 때도 드레스를 입고 모자를 쓰고 장갑까지 꼈다. 하지만 이제 캐주얼한 복장이 유행이고, 소피의 친구들 사이에서는 바짓단을 둘둘 말아 올린 멜빵 달린 작업복 바지와 페니 로퍼, 맨투맨 티셔츠나 남성복처럼 디자인된 셔츠, 목에 매는 반다나가 인기다. 둘리는 반기를 든다. 도대체 무슨 생각으로 노동자 복장을 흉내 내는 거야? (몇 년 뒤 그는 대학생들이 누덕누덕 기운 청바지와 나막신, 페전트블라우스 차림으로 다니는 것도 똑같이 못마땅해한다.) 둘리는 학교에서 프랑스혁명에 대해 배우고 있다. 그는 마리 앙투아네트가 베르사유 궁전 안에 만들어놓은 작은 놀이 농장에서 자기 친구들과 함께 우유 짜는 여자와 양치기 차림을 하고 노는 광경을 상상한다. 프랑스어 퀴즈. "Croyez-vous que Marie Antoinette et les autres membres de l'aristocratie française aient mérité leur destin? Expliquez votre réponse."•

소피는 시내에 나갈 때 핸드백을 들고 가는 경우는 가끔 있어도 지갑은 절대 가져가지 않는다. 여간해서는 돈을 들고 다니지 않는다. 그는 어린 둘리를 데리고 시내에 가서 상점들을 돌며 쇼핑을 하고 점심을 먹거나 차를 마신다. 그들은 시중드는 사람들에게 일일이 미소를 보내며 인사를 건네지만 아무도 돈 이

• 마리 앙투아네트와 프랑스 귀족 사회 구성원들이 그런 삶을 누릴 자격이 있다고 생각하는가? 자신의 의견을 서술하라.

야기는 꺼내지 않고 현금이나 수표가 등장하는 법도 없다. 그게 어떤 의미인지, 그런 특권을 즐기려면 얼마나 큰 부를 지녀야 하는지 알게 되자 둘리는 수치심에 젖는다. 돈을 들고 다니지 않는 것이 특정 계층 출신인 특정 부류의 표시임을 깨닫고 이를 부르주아적 가식과 위선의 극치로 여긴다. 돈? Qu'est-ce que c'est?* 상점 점원들과 웨이터들의 시선으로 자신을 보니 제 부모를 꼭 닮은 가증스러운 꼬마가 보인다. 둘리는 그들이 보내는 미소가 억지로 쥐어짠 거짓 웃음이며 다들 속으로는 자신에게 나쁜 일이 일어나기를 바라고 있다고 믿는다. 머리를 베어라! 그의 어머니가 꾸짖는다. "넌 도대체 어떻게 된 거니? 왜 이렇게 무례해? 사람들이 인사하는데 왜 고개를 돌려?" 사실 둘리는 더 이상 그들을 똑바로 볼 수가 없는 것이다. "아가야, 왜 울어?" 소피에게는 딸의 수치심이 도무지 이해되지 않는다. "우린 돈을 다 내는 거야, 아가야, 무슨 말인지 모르겠니? 나중에 다 낸다니까. 편의상 그러는 것일 뿐이야." 다른 평범한 사람들처럼 지갑을 가지고 다니라는 둘리의 요구는 소피에게 터무니없는 소리로 들린다. 다른 집 아이들도 최근 그런 불합리한 행동을 보이고 있다는 사실을 알지 못했더라면 딸이 미친 줄 알았을 것이다. 하지만 미친 게 아니라면 왜 그렇게 못되게 굴까? "엄마, 저 사람들이 엄마를 얼마나 꼴 보기 싫어할지 모르겠어요?" 이제 소피가 울 차례다.

• 그게 뭔데?

터너가 말했다. "앤은 우리가 우리와 똑같은 사람들밖에 모르고 같은 피부색, 같은 종교, 같은 계층 사람들하고만 교제한다고―그건 사실이었지―싫어했어. 사교 생활 자체에 반감을 갖고 있었지. 소피는 접대를 즐겨서 늘 만찬이나 파티, 자선 행사를 열었어. 가끔 소피의 이름이나 사진이 신문에 실리기도 했는데, 앤은 그걸 보며 화를 내곤 했지. 이성과 예의를 갖춘 사람이라면 어떻게 신문 사교 난에 실리고 싶어할 수가 있느냐고. 그건 자신의 특권을 과시하는 것과 같다고. 자신이 부자라고 광고를 내는 것과 같다고."

하지만 불행한 드레이턴가의 가장 심각한 싸움들은 하인들 문제로 일어난다. 오랫동안 많은 사람들이 드레이턴가에서 집과 정원을 돌보는 일을 해왔다. 고정적으로 집안일을 하는 하인들도 있고, 대청소나 계절에 맞는 작업들, 파티 도우미로 그때그때 고용되는 하인들도 있다. 그들은 거의 예외 없이 흑인이며, 그중 몇 명은 친척지간이거나 최소한 서로 아는 사이다. 그들은 시급을 받는데 큰 액수는 아니더라도 최저임금 이상은 된다. 이 지역 임금 시세대로 받는다고 할 수 있다. 하인들을 부리면서 자란 소피는 부모님께 배운 대로 하인들을 다루며, 하인들에 대한 자신의 태도에 나무랄 구석이 없다고 여긴다. 그는 자신이 하인들에게 쓰는 말투가 시내에서 일하는 사람들이나 백인 일꾼들 혹은 가끔 집에 불려 오는 수리공들에게 쓰는 말투와 미묘하게 다르다는(자신과 같은 계층 사람들에게 쓰는 말투와 완전히 다른 건 말할 것도 없고) 둘리의 지적이 도대체 무슨 의미인지 알 수가 없다. 소피는 가슴에 팔짱을 낀 채 발로 바닥을 탁탁 치며 묻는다. 무슨 소리야? 하지만 둘리 자신도 그 의미를 정확히 설명하지 못한다. "그냥 그렇게 들린단 말이에요." 사실 둘리가 그걸 그리 자주 듣지는 못하는 것이, 소피가 하인에게 말을 하는 건 무슨 일을 하라는 지시를 내릴 때뿐이기 때문이다. 그는 오랫동안 자신을 위해 일해온 하인들과도 절대 긴 대화를 나누지 않는다. 피고용인의 과거나 일상에 대해 거의 알지 못하며, 그들이 하는 일만 파악하고 있을 뿐이다. "그들은 엄마에게 손일 뿐이죠." 둘리가 말한다. "손과 등. 온전한 인간이 아니라." 소피는 하인들과 짧은 인사 외엔 아무 말도 나누지 않는 날들이 많다.

둘리는 학교에서 노예제도에 대해 배우고, 부모님이 흑인 하인들을 두는 것에 몸서리친다.

"오, 그럼 그들을 해고했으면 좋겠니?" 소피가 말한다. "그럼 그 문제는 다 해결되겠구나."

"글쎄요, 우선 임금을 두 배로 올려주면 어떨까요."

"둘리, 너 정말 구제불능이구나."

터너가 말했다. "헌 옷을 기부하기 전에 하녀에게 주거나 파티가 끝난 뒤 남은 음식을 집에 가져갈 수 있게 해주는 것 같은, 소피 생각엔 친절하기만 한 행동들도 앤에겐 생색이나 내고 상대를 비하하는 짓이었지. 앤은 하인들이 진심으로 고마워서라기보다는 은혜를 모르는 사람이라는 인상을 주고 싶지 않아서 그런 것들을 받는다고 믿었어. 모르겠어. 솔직히 난 그런 생각은 전혀 안 들었지만 실제로 그랬을지도 모르지."

어린 둘리는, 하인들은 자신의 집을 '방문'하는데 자신은 왜 하인들의 집을 방문할 수 없는지 납득하지 못한다.

도레타 윔스라는 여자가 있다. 모두가 그를 레타라고 부른다. 그는 둘리가 유치원에 다닐 때부터 몇 년간 드레이턴가에서 일하게 된다. 소피는 둘리에게 레타는 일을 해야 하니 성가시게 하면 안 된다고 거듭 이야기한다. 하지만 소피와 달리 둘리는 하인들에게 관심이 많다. 그는 이 방 저 방으로 레타를 따라다니며 도와주겠다고 조르고, 부엌에서 레타가 만들어준 점심이나 간식을 먹을 때면 레타에게 질문을 퍼붓는다. 그러다 보니, 레타가 결코 수다스러운 사람이 아닌데도 둘리는 그에 대해 많은 것을 알게 된다. 둘리가 레타의 말씨에서 뭔가 다른 점을 지적하자 레타는 자신이 사우스캐롤라이나 출신이라 그렇다고 말해준다. 둘리는 미국 지도가 있는 교과서를 가져와 레타에게 사우스캐롤라이나가 어디인지 알려달라고 한다. 나중에 이 기억은 그의 가슴을 아프게 한다. 레타는 얼굴을 찡그린 채 초조하게 지도를 들여다보고만 있다가, 둘리가 "찾았다!" 하고 외치자 그제야 "오, 그래, 거기야"라고 말한다. 레타에겐 딸과 아들이 하나씩 있다. 딸은 다 컸지만 아들은 둘리 또래다. 둘리는 그 아이를 만나고 싶어한다.

"아, 언젠가, 어쩌면 언젠가." 레타가 말한다. 그는 무슨 말을 한 다음 킥킥 웃는 버릇이 있다. 마치 모든 일이 다시 생각해보면 재미있다는 듯.

둘리는 특히 레타의 남부 이야기를 좋아한다. 한국전쟁에 나갔다가 돌아온 오빠는 프라이드치킨 열 조각과 복숭아 아이스크림을 얹은 복숭아 파이 두 판을 앉은자리에서 혼자 먹어치웠다. 아버지는 녹내장으로 눈이 멀기 전까지 개울에서 맨손으로 물고기를 잡을 수 있었다. 그리고 레타의 동네에는 벼락을 맞아 혀를 그슬린 남자아이와 악어에게 다리를 물려 의족을 하고 다니는 목사가 있었다. 한 여자는 아기를 낳다가 죽었는데 아기 울음소리를 듣더니 관에서 벌떡 일어나 앉았다.

앤은 그 이야기들을 기억해두었다가 저녁 식탁에서 풀어놓으며, 의족을 한 목사가 설교단에 올라가는 소리를 흉내 내느라 팔꿈치로 식탁을 쿵쿵 친다.

학교에서 글쓰기 숙제가 나온다. 제목은 '내가 제일 좋아하는 사람'. 둘리가 자신이 쓴 글을 레타에게 읽어주는 걸 너무 부끄러워해서 소피가 대신 읽어주고, 레타는 연신 앞치마로 눈가를 훔친다. 하지만 그날 밤 잠자리에 누운 딸에게 소피는 이렇게 말한다. "있지, 아가야, 레타가 너무 착해서 그런 말은 안 하지만, 네가 너무 그렇게 붙어 있으면 레타의 삶이 더 힘들어진단다."

"그게 정말이에요?" 둘리가 레타에게 그렇게 묻자 레타는 수수께끼 같은 대답을 한다. "그건 네 엄마가 결정하실 일 아니겠니?" 레타가 평소에 즐겨 하는 말과 비슷하다. 그건 주님이 결정하실 일이지.

소피는 이제 딸에게 하인 다루는 법을 가르치기 시작할 때가 되었다고 생각하고 어머니가 자신을 가르칠 때 썼던 방법을 쓰기로 한다. 게임처럼 하는 것이다. 넌 레타가 되고, 난 네가 되는 거야. 이제 내가 레타가 될게, 너는 네가 되렴. 자, 네가 방과 후에 친구들을 데리고 올 거라 레타에게 브라우니를 좀 구워달라고 얘기하고 싶다고 가정해보자. 아니면, 오라(다른 하녀이자 레타의 시누이)에게 원피스 치맛단을 줄여달라고 말하고 싶다고 해보는 거야.

둘리는 그 역할 게임이 재미있다. 하지만 배운 걸 처음 시도해보았을 때, 그는 레타의 얼굴에서 너무도 강렬한 놀라움과 인식과 실망을 보고 벼락을 맞은 그 남자아이처럼 혀가 그슬린 듯한 기분을 느낀다. 사실 그 역시 일종의 벼락을 맞았다고 볼 수 있다. 그는 벼락과도 같은 인식을 얻었으며, 그 인식은 평생 그를 따라다니며 수치스럽게 만든다. 그는 영원히 레타의 표정을 잊을 수 없을 것이다. 그는 그 게임의 실체를 꿰뚫어보지 못한 채 소피의 역할을 흉내 낸 자신을 결코 용서할 수 없을 것이다.

레타의 아들 이즈리얼이 다니는 학교 교사들이 일일 파업에 들어가는 바람에, 레타는 소피의 허락을 얻어 아들을 데리고 출근한다. 그 비 오는 날 종일 이즈리얼은 부엌에서 『신드바드의 모험』을 읽으며 트랜지스터라디오를 듣는다. 둘리는 이미 이즈리얼과 한두 번 만난 사이다. 학교에서 돌아왔을 때도 비는 여전히 내리는 중이고, 둘리는 그를 2층 자신의 방으로 데리고 올라가 레코드를 듣는다. 이즈리얼의 턱에는 뾰루지가 하나 솟아 있고 작은 딱지들도 군도처럼 흩어져 있다.

터너는 고통스러운 목소리로 그 이야기를 이어가다가 종종 말을 멈추거나 이따금 더듬거리기도 했다. "소피는 몹시 화가 났지. 농가진의 전염성이 얼마나 높은지 레타가 알고 있었어야 했다고 주장했어." 사실 소피 자신도 그걸 모르던 터였다. 둘리를 병원에 데려가 의사의 설명을 듣기 전까지는 농가진이라는 걸 들어본 적도 없었다. 의사는 포도상구균 감염이라는 진단을 내리며 비위생적인 환경에서 감염이 일어나며 가난한 사람들에게 만연한 병이라는 설명을 덧붙였는데, 그 설명이 화근이 되었다. "소피는 쉽게 화를 내는 사람이 아니었어. 하지만 그날 레타에게는 전에 없던 말투로 이야기를 했을 거야." 소피는 이즈리얼의 균이 딸의 얼굴에 퍼졌다는 공포를 억누를 수 없었다─흉터라도 남으면 어쩌지? 하지만 레타가 들은 건 자신의 아들에 대한, 그리고 자신이 아들을 보살피는 방식에 대한 공격이었다. "제 아들은 깨끗해요, 드레이턴 부인. 갠 부인이나 그 누구 못지않게 깨끗해요." 그는 그 말만 했다. 계속 그 말만 되풀이했고, 갈수록 목소리가 높아졌다.

"결국 둘 다 진정이 됐고 서로 사과도 했지만, 이미 상처가 너무 컸지. 레타는 침울해졌어. 그 뒤로 몇 주 동안 말을 걸면 바닥으로 시선을 깔았고, 가끔은 부엌에서 물건을 거칠게 다루었지. 그러다 소피가 결혼 선물로 받아 소중히 여기던 귀한 골동품 그릇을 깨뜨리기도 했어. 하지만 그보다 심각한 건, '비위생적 환경' 운운하던 의사의 말을 소피가 도무지 떨쳐버리지 못했다는 거야. 이즈리얼은 어쩌다 농가진에 걸렸을까? 윔스가의 위생 상태는 어떨까? 레타는 세균을 얼마나 조심할까? 레타가 그동안 우리 집에서 어떻게 일했는지를 생각하면 정말 말도 안 되는 걱정이었지. 소피는 이즈리얼도 앤처럼 페니실린 치료를 받고 있는지 확인하고 싶어했지만, 그 이야기를 꺼낼 때마다 레타는 이렇게 말했어. '고맙지만, 우리가 알아서 하고 있어요. 걱정하지 마세요.' 소피를 전혀 안심시킬 수 없는 말이었지. 소피는 아무래도 레타를 내보내야겠다고 생각하기 시작했어. 그러던 어느 날 레타가 아프다며 안 왔고, 그다음 날 그만두겠다고 했지. 일이 그런 식으로 끝나서 다행이었어. 레타가 해고를 당했다면 얼마나 상황이 더 심각해졌을지 생각하기도 싫으니까. 그 일로 앤은 소피에게—그리고 나에게—입에 담지도 못할 말들을 퍼부었어. 앤은 소피가 용서받을 수 없는 짓을 했다고 생각했지. 레타에게 굴욕을 주고 '쓰레기 같은' 기분을 느끼게 했다고. 내 죄는 손 놓고 구경만 한 거였어. '아빠 사람이 너무 물러요. 뭐든 엄마 하고 싶은 대로 하게 내버려두잖아요.'

앤이 레타를 너무 그리워한 것도 문제였어. 작별 인사를 할 때 앤은 완전히 무너져버렸어. 이후 레타의 집으로 몇 번 전화를 걸어 통화를 했지만, 결국 레타가 불편하니까 더 이상 전화하지 말라고 부탁했지.

그 일이 있고 2년쯤 지난 후였어. 이디가 놀러 와 있었는데, 어쩌다 레타 이야기가 나왔어. 이디는 그 문제에 있어 전적으로 소피 편이었고, 자신도 이가 있는 하녀 때문에 고생한 이야기를 하기 시작했지. 앤도 그 자리에 있었는데 흥분해서 제정신이 아니었어. '둘이 여기 앉아 그 사람들을 물건 취급하고 있군요. 부끄러운 줄 아세요.' 그러더니 발작적으로 울기 시작했어. 나도 그때 깜짝 놀랐던 기억이 나. 앤의 감정이 얼마나 격했는지—마치 심장이 갈가리 찢긴 사람처럼 울더군. 소피도 충격이 컸어. 소피는 앤을 진정시킬 수도, 위로할 수도 없었어. 그저 자신을 방어하려고만 했지. '난 너를 보호하려고 그랬던 거야!'

그 장면을 돌이켜보면, 앤은 이미 우리에게서 마음이 떠나 있었던 것 같아. 우리처럼 흑인을 하인으로 부리는 사람들은 인종차별주의자라고 결정을 내린 상태였어. 그로부터 몇 년 뒤 그애는 흑인 죄수라면 무슨 범죄를 저질렀든 상관없이 모두 정치범이라고 주장하게 되지. 그건 역사적 억압의 문제고, 제 엄마와 나도 흑인들을 억압하는 데 한몫 거들고 있다며 비난했어."

이제 고등학생이 된 앤은 부모에게 가차 없는 공격을 퍼붓는다. 앤의 장황한 설교는 엄마와 아빠를 교화시키는 건 고사하고 자신들의 죄를 인정하게 만드는 데도 실패한다. 그는 부모를 이름으로 부르기 시작한다. 그리고, "이제부터는 나를 앤이라고 불러야 대답할 거예요". 앤은 그로 인한 부모의 고통을 즐긴다. 또한, 아름다운 아기였고 예쁜 소녀였던 둘리 앤이 제 엄마와는 달리 평범한 외모를 가진 여자가 되리라는 점이 점차 분명해지면서 소피가 느끼게 된 실망감에 그는 비뚤어진 쾌감을 맛본다. 소피가 그 실망감을 숨기려 애쓰는 것이 그 쾌감을 배가한다.

  딸의 육신도 정신과 공모하여 엄마의 모습으로 만들어지는 데 반기를 든 듯하다.

  터너가 말했다. "앤은 늘 우등생이었지만 커가면서 더욱 학업에 몰두했고, 소피와 내게 지성이 부족하다며 불평했지. 소피더러는 대졸자가 아니라 고졸자처럼 보인다고 했어. 소피는 프랑스어를 전공했지만 거의 다 잊었고, 책도 많이 읽지 않았거든. 그건 나도 마찬가지였고. 우린 특정한 문화 행사들을 즐기긴 했지만 지적 도전을 추구하진 않았어. 앤은 우리더러 천박하다고 했어. 특권층으로서 최고의 교육을 받을 기회를 가졌으면서 그걸로 무얼 했느냐고 매섭게 따졌지. 우리가 누린 건 이 나라의 똑똑한 흑인들에게 그저 꿈이나 꿀 수밖에 없는 일이었다고. 레타 같은 사람들은 학교를 거의 못 다녀서 읽고 쓰는 법도 제대로 모른다고.

  앤은 제 엄마가 아름답지만 머리는 텅 빈 멍청이라고 생각했고, 그의 외모와 사회적 지위만 보고 결혼했다며 나를 비난했어. 그 아인 내가 소피를 사랑한다는 걸 믿고 싶어하지 않았지."

조젯이 말했다. "왜 그 레스토랑을 선택한 거예요? 그러니까, 콰메를 처음 만났을 때 갔던 레스토랑 말예요."

터너는 한숨을 지었다. "사실, 난 인종차별주의자라는 앤의 비난에 아니라고 항변하는 걸 이미 오래전에 그만뒀어. 그 아이가 콰메 퀘시를 만나는 게 마음에 안 들었다고 말하지 않는다면 그건 거짓이겠지. 우린 앤이 진짜로 그를 사랑하는 건지 아니면 그저 흑인이라는 이유로 그에게 빠진 건지 알 수가 없었어. 앤의 복잡한 감정들, 그 엄청난 죄책감과 빈자들을 미화하는 경향을 고려할 때, 솔직히 그 아이가 슬럼가 출신과 관계를 맺는 것이 이상적이라고 생각할 수 없었지. 우린 앤이 어떻게든 백인 특권층이라는 자신의 정체성에서 벗어날 수 있으리라는 생각에 콰메와 살려는 건 아닌지 걱정이 됐어. 정치적인 사람, 그애의 극단적인 면모를 자극하고 부추길 수 있는 사람과 만나고 있다는 것도 걱정됐고. 우린 콰메가 앤의 짝이 되기엔 나이가 너무 많다고 생각했고, 그 나이에 아직 미혼인 것 역시 걱정스러웠지. 그가 앤을 이용하고 있는 건지도 모른다는 생각이 들었어. 물론 앤에게 그런 말은 전혀 안 했어. 그저 그를 만나보고 싶다고만 했지. 하지만 앤은 이미 우리가 구제 불능의 인종차별주의자들이라는 결론을 내렸잖아. 이미 그에게 우리에 대해 그런 식으로 말하지 않았을까? 그렇다면 이 만남은 어떻게 될까? 어떤 걸 예상해야 할지 우리로선 알 수 없었지만, 어쨌든 불안했던 건 사실이야. 막상 그를 만나보니 최소한 몇 가지 두려움은 내려놓을 수 있었지. 그는 식사 자리에서 무척이나 친절하고 품위 있었을 뿐 아니라 대화도 잘 이끌어갔고, 음식에 대한 칭찬도 했지—앤보다 훨씬 더 우리에게 잘 대해주었어. 하지만 우린 앤이 그에게 복종하는 듯한 태도를 보이는 게 마음에 들지 않았고, 만일 둘이 결혼한다면 앤이 밑지는 결혼이라고 생각했지. 앤은 특별한 삶을 누려야 할 우리의 소중하고 똑똑한 딸이었고, 우리 눈에 그 남자는 나쁠 건 없다 해도 특별할 것도 없는 사람이었으니까.

우리가 왜 그 레스토랑을 선택했느냐고? 앤의 비난대로, 우리 단골 레스토랑이 아니었기 때문이었냐고? 우리가 그 문제에 대해 의논하고 계획한 건 아니었어. 소피와 내가 새로운 곳으로 가는 게 좋겠다는 데 의견 일치를 본 건 기억나. 하지만 일부러 눈에 띄지 않기 위해 싸구려 식당을 선택한 건 아니었어. 그곳도 뉴욕 최고의 레스토랑들 가운데 하나였으니까."

"그럼 다시 거기 간 적 있어요?"

"사실, 안 갔어."

멕시코에서 돌아오는 길에 병이 재발하는 바람에 조젯은 비행기에서 내려 택시에 오를 때까지 휠체어 신세를 져야 했다.

조젯은 터너의 침대에 누워 그가 전화로 자신의 주치의에게 증상에 대해 설명하는 것을 들었다. "지금 바로 병원으로 데려가도 될까?" 그가 물었다. 그러곤 잠시 후에 말했다. "사실은 친구 이상의 관계야. 우린 결혼할 생각이야."

터너의 주치의는 여러 검사들을 지시한 뒤 호텔 의사와는 다른 약과 함께 특별한 식이요법을 처방했다. 그는 조젯이 완전히 회복하려면 시간이 좀 걸릴 거라고 했다. 그리고 두 사람의 행복을 빌어주었다.

조젯과 터너가 여행을 떠난 사이, 이디는 아들 테오와 대화를 나누게 되었다. 테오는 터너의 사업을 이어받은 아들 말고 그 동생으로, 로스앤젤레스에서 연예계 전문 변호사로 일하고 있었다.

테오가 말했다. "그 여자 이름이 뭐라고요?"

"조젯 조지."

"아, 둘리 옛날 룸메이트 말이군요."

"뭐? 너 그 여자 알아?"

"전혀. 하지만 이름은 기억해요. 소피 숙모가 둘리 룸메이트 이름이 조지라 다들 둘리가 남학생이랑 같이 사는 줄 안다고 농담했던 기억이 나요. 엄마도 그 자리에 있었는데, 기억 안 나요?"

"아니."

"엄마도 늙나 보네요."

정말로.

"그게 그렇게 문제가 될까?" 클리퍼드가 물었다.

"문제가 안 된다면 터너가 왜 우리에게 거짓말을 했겠어?" 이디가 말했다.

클리퍼드는 고개를 저었다. "슬픈 일이네."

"그러게. 게다가 터너가 그 여자와 결혼이라도 한다면 슬픈 일 정도로 끝나지 않을 거야. 비극이 될 거라고."

"여자들이 그런 건 잘 알지." 클리퍼드가 지친 목소리로 말했다.

남자들도 그렇게 무신경하지만 않다면 잘 알겠지. 이디는 화가 나서 그렇게 생각했다.

터너가 여행에서 돌아오고 일주일쯤 지났을 때, 이디가 그에게 전화를 걸었다. 이디는 쇼핑할 게 있어서 뉴욕에 갈 거라고 말했다. 만나서 점심 먹을까요? 할 말이 있는데.

좋지요, 하고 터너가 말했다. 그도 이디에게 몇 가지 할 말이 있었다.

이디는 아무리 생각해도—여전히 줄곧 그 생각이었다—나무랄 데 없는 분별과 교양을 갖춘 부모 밑에서 그런 아이가 나올 수 있다는 게 도무지 이해가 되지 않았다. 마치 자신의 일처

럼 그에겐 충격이었다. 그의 세 자녀는 그런 심각한 문제를 일으
킨 적이 없다는 것에 감사하지 않을 수 없었다. 늘 고분고분하거
나 부모를 공경하지는 않았을지언정, 그 세대의 너무도 많은 아
이들이 치명적으로 이끌린 극단을 거부할 수 있을 정도의 지각
은 있지 않았는가—테오의 경우 반대 방향으로 너무 치우쳐 보
수 공화당원이 되었고 이디가 보기엔 지나치게 편협하고 오만한
견해들을 내비치곤 했지만 말이다. 가끔 이디를 실망스럽고 짜증
나게 할망정, 그 아이들은 가족을 수치스럽게 만들거나 아름다운
어머니를 무덤에 보내진 않았다.

앤. 지금부터 모두 나를 앤이라고 불러야 해요.

조카가 그런 선언을 했던 추수감사절 가족 모임을 이디는 아
직 기억하고 있었다. 그 선언에 이어 앤은 죽은 인디언들과 흑인
노예들, 암적인 백인 제국주의자에 대해 장광설을 늘어놓았고,
아무도 감히 그의 말을 막지 못했다. 접시의 음식이 식어가는 동
안 다들 비참한 기분으로 말없이 앉아 있었고, 그러다 너무 어려
서 앤의 말을 알아듣진 못해도 험악한 분위기를 감지한 어린아
이가 울기 시작했다.

좋아, 그럼, 앤. 끔찍한 앤은 지금 이 순간 그가 마땅히 있어
야 할 곳에 있다는 것이 이디의 생각이었다—하지만 이따금씩
뒤로 스케이트 타는 법을 스스로 터득해 부모를 열광시키던 빛
나는 어린 소녀를 떠올리면 그도 마음이 누그러지곤 했다.

이디는 그런 생각들을 하면서 레스토랑에 도착했다. 터너가

먼저 도착해 테이블에 앉아서 기다리고 있었는데, 이디는 요 몇 년 사이 그가 지금처럼 좋아 보였던 적이 없음을 한눈에 알 수 있었다. (이디는 두 형제 중 더 잘생긴 남자와 결혼했고 당시엔 모두들 같은 생각이었지만, 나이가 들면서 상황이 점차 변하더니 이제 터너가, 그 모든 일들을 겪었음에도 훨씬 잘생기고 젊어 보였다. 이디의 생각에 이는 남편이 평생 운동을 거부한 탓이었고, 그런 생각을 굳이 속에만 담아두지 않았다.) 아주 드문 경우긴 하지만 터너와 단둘이 만날 때마다, 이디는 일종의 향수 비슷한 것을 느끼곤 했다. 무슨 이유에선지 그와 둘이 있으면 행복했던 젊은 시절이 떠올랐다.

"얘기할 게 하나 있어요." 메뉴판을 살펴본 뒤 곧바로 터너가 입을 열었다.

모든 걸 털어놓을 모양이구나, 하고 이디는 생각했다. 테오에게 아무 말도 못 들은 척 입을 다물고 있어야 할까?

"하나가 아니라 두 가지네요."

"두 가지요?"

"형 부부와 함께 중국에 가지 않기로 했어요."

"그럼 엄청난 돈을 버리게 되는데요." (여행 비용 대부분을 미리 지불해놓은 터였다.)

"상관없어요. 나 조젯이랑 결혼해요."

"그건 안 돼요."

"이디!"

"미안해요, 터너. 어떻게 들렸을지 알아요. 충격을 받아서 그랬어요. 난 당신이 다른 얘길 꺼낼 줄 알았거든요. 당신이 조젯과 어떻게 만났는지 진실을 알려주려나 보다 생각했어요. 소피가 그 여자에 대해 말했던 걸 테오가 기억하고 있더군요."

"아, 그래요." 터너가 말했다. "내가 누락이라는 작은 죄를 저질렀어요. 결국은 다 밝혀질 줄 알았죠. 이디스, 내가 왜 처음부터 클리프와 당신에게 모든 진실을 말하지 않았는지 모르겠네요. 정말 어리석었어요."

"잘 생각해요, 터너. 우리에게 왜 사실을 말하지 않았는지 잘 생각해보라고요."

주문을 받으러 온 웨이터가 메뉴판을 거두며 두 사람의 손이 떨리고 있는 것을 알아차렸다.

"당신은 그걸 우리에게 말하기가 부끄러웠던 거예요, 터너." 이디가 말을 이었다. "그 여자에게 그 정도로 빠져 있지 않았다면 당신 자신도 알 수 있었겠죠. 이 관계가 얼마나 잘못된 것인지 알았을 거예요." 터너가 그 말을 지우기라도 하려는 듯 한 손으로 허공을 쓸었으나 이디는 못 본 척 계속 밀어붙였다. "터너, 당신이 재혼하는 건 내게 더할 수 없이 기쁜 일이지만, 어떻게 그 여자를 당신의 배필로 생각할 수 있는 거죠? 연애야 별개죠. 좋은 것이기도 하고, 아마 당신에게 필요한―"

"이디!"

"오, 알아요. 당신이 무슨 생각을 하고 있을지 알고말고요. 하지만 나도 어쩔 수가 없어요—약속을 했으니까. 내가 약속을 했다고요." 이디의 목소리가 갈라졌다. 그는 감정을 가라앉히기 위해 담배에 불을 붙였다. (평소엔 식사가 끝나기 전에는 담배를 피우지 않았다.) 터너는 슬픈 눈으로 그를 바라보며 기다렸으나, 마음속에서 이디의 목소리가 이미 이렇게 말하고 있었다. 당신을 보살펴주겠다고 소피와 약속했단 말이에요. 그 목소리가 귀에 들리는 듯했고, 앤으로 인한 슬픔과 죽음의 고통으로 반쯤 미친 채 그 약속을 끌어내는 소피의 목소리도 들리는 듯했다. 터너에게 그건 오페라의 한 장면과도 같았다. 두 여자가 둥근 조명 빛 안에서 머리를 풀어헤친 채 손을 맞잡고 있다. 메조와 소프라노 듀엣.

두 사람은 서로에게 가장 좋은 친구였고—동서 간이 아닌 친자매 같다고 모두들 말했다—소피는 자신의 어머니를 믿었던 것처럼 이디를 전적으로 믿었다.

"이디는 굉장히 예리해." 소피는 그렇게 말하곤 했다. "특히 사람들에 대해서—사람들을 움직이는 게 뭔지 알아. 이디는 나에 대해서도 나 자신보다 더 잘 알아! 정신과 의사가 되었으면 잘했을 거야."

소피는 종종 이디를 상담 치료사 삼아 모든 걸 털어놓았고, 중요한 문제가 생길 때마다 그의 조언에—터너에게보다 더—의존했으며, 늘 속마음을 솔직하게 밝히는 그의 방식을 찬양했다. 터너도 이디를 높이 샀지만 무조건 찬양하지는 않았다. 그가 보기에 이디는 종종 요령 없이 굴었고, 사람을 조종하는 면이 있는 데다, 가끔 클리프를 괴롭히기도 했다. 그리고 터너와 소피라면 절대 하지 않을 행동을 했다. 이디는 자녀들이 자랄 때 그들을 감시했다. 그들의 주머니와 책가방과 매트리스 밑을 뒤지고 전화 통화를 엿들었다. 그는 그것이 불가피한 일이라고, 극단의 시대에 요구되는 극단의 조치라고 했다. 이디의 집안에 알코올 문제가 있었기에 그에겐 새로운 마약 문화가 가장 심각한 위협이었다. (그의 자녀들은 자기들 셋이 피운 마리화나를 전부 합친 것보다 이디가 변기에 버린 게 더 많을 거라고 농담 삼아 말했다.) 이디는 소피와 터너가 아는 이들 가운데 앤에 대해 가장 비판적인 사람이었다. 반항적인 딸에게는 더 강경한 태도를 보여야 한다며 끊임없이 소피에게 주의를 줬고, 그러다 나쁜 결과를 맞이할 수도 있다고 부단히 경고했다. 하지만 자신의 예언이 적중하자 더 이상 앤을 비난하지 않았다. 적어도 터너가 알기론 그랬다. (클리프가 "이디는 앤이 그 경찰관을 쐈을 때 사실은 부모를 쏜 거라는 황당한 생각을 품고 있어"라고 말한 적은 있지만.) 앤이 체포된 이후로 이디는 묵묵히 도움만 주었다. 그러잖아도 늘 동서의 건강에 대해 어미 닭처럼 신경을 쓰던 그는 소피가 마지막으로 앓아눕자 충격에 무너질 지경이었다.

"이디," 터너가 부드럽게 말했다. "당신이 내게 무엇이 최선일지에 대해서만 생각하고 있다는 거 잘 알아요. 하지만 난 조젯을 사랑해요. 당신이 그걸 알지 못한다 해도요. 난 그 사람을 아주 많이 사랑해요."

"말해봐요. 앤도 알아요? 그 둘이 서로 연락하고 지내요?"

"아뇨, 몇 년 전에 심하게 사이가 틀어졌대요. 앤은 내가 조젯을 만나는 거 몰라요."

웨이터가 다가왔고, 그들은 웨이터가 접시를 내려놓고 오믈렛에 후추를 뿌리는 동안 침묵을 지켰다. 웨이터가 물러가자 이디가 말했다. "내 생각을 말해볼게요. 내 말을 끝까지 들어준다면 몇 가지 이야기하고 싶어요. 그런 다음 점심 식사를 마치고 헤어지면, 그땐 당신이 원하는 대로 해요. 하지만 내가 왜 당신이 실수를 저지르고 있다고 생각하는지 얘기하지 않는다면 나 자신을 용서할 수 없을 거예요.

조젯 이야기부터 시작하죠. 당신은 그 여자를 사랑하고, 그 여자도 당신을 사랑해요. 하지만 두 사람의 결혼이 정말로 그 여자한테 좋은 일이 되리라 생각해요? 아이들은 어쩌고요? 그 여자는 아이들을 원하지 않겠어요? 당신은 다시 아버지가 될 준비가 되어 있나요? 내일 당장 아이가 태어난다고 해도, 그 아이가 열 살이 될 때 당신은 일흔이에요. 그게 안 될 일은 아니고, 당신 또래의 남자들 중 그런 사례가 없지 않다는 건 나도 알아요. 하지만 당신도 그걸 진정으로 원해요? 아이는 말할 것도 없고 조젯에게도 그게 온당한 일일까요? 그리고, 둘이 만난 지 얼마 되지도 않았는데 그 여자 입장에서 당장 아이를 가질 준비가 되어 있을 거라고 생각해요?"

"당연히 조젯과 난 그 모든 것들에 대해 상의했어요. 우리도

다 따져봤죠. 일이 간단치 않다는 걸 알지만, 그래도 잘되도록 방법을 찾고 싶어요."

"하지만 앤은 어쩌고요? 당신은 앤에게 말하기가 두려워서 아직도 얘길 안 하고 있잖아요. 앤이 어떤 반응을 보일지 아니까. 앤과 조젯의 사이가 틀어졌다고 했죠? 조젯이 새엄마가 되면 앤의 심정이 어떨까요? 당신이 요즘 앤과 거의 연락을 안 하고 지낸다는 거, 또 앤이 당신을 만나고 싶지 않다고 했다는 것도 알아요. 하지만 터너, 인생은 길어요. 교도소에서의 인생은 더 길고요. 무슨 일이든 일어날 수 있다고요. 앤 같은 아이도 변할 수 있어요. 내가 알기론, 무기수들은 많이들 변해요. 앤도 마침내 철이 들 수도 있어요. 마침내 정신을 차릴 수도 있다고요. 그럼 그때 당신이 앤 곁에 있어야죠. 당신도 그러고 싶어한다는 거 난 알아요. 하지만 당신이 조젯과 결혼하면 어떻게 될까요? 보세요, 둘 사이에 새로운 장애물을 놓는 일, 앤에게 당신을 원망할 거리를 주는 것, 당신과 앤 사이를 더 떨어뜨려놓을 이유를 제공하는 짓이야말로 지금 가장 해서는 안 될 일이잖아요. 당신이 조젯과 새 가정을 꾸리는 것이 앤의 사기에 어떤 영향을 미칠까요? 앤이 거기서 살아남으려면 강해야만 한다는 걸 명심해요. 지금은 당신에게 화가 나 있을지 모르지만, 그래도 당신은 그 아이에게 하나뿐인 가족이라고요.

별일 없으면 언젠가 앤은 풀려날 거예요. 그리고 별일 없으면 당신은 그때까지 살아 있을 거고요. 그때쯤엔 나이가 많이 들어 있겠지만 그렇다고 앤의 곁에 있어주지 못할 정도로 늙진 않았을 거예요. 그리고, 혹시라도 앤이 일찍 풀려난다면요? 터너, 고개 젓지 말아요. 당신은 불가능한 일이라고 했지만 상황은 변해요. 내가 법에 대해 자세히 알진 못해도, 앤이 받은 형벌이 절대적이고 돌이킬 수 없는 거라고 생각진 않아요. 길은 있기 마련이에요. 클리프와 다른 사람들이 하는 말을 들었어요. 앤의 협조와 거액의 돈, 유능한 법률 팀만 있으면 된다고요."

이디는 말을 멈췄다가 터너가 침묵을 지키자 다시 입을 열었다. "있잖아요 터너, 그 여자랑 신혼여행을 다녀왔다고 해서 반드시 결혼해야 하는 건 아니에요. 우리 때와는 시대가 달라요. 당신이 신사답게 구느라 이런다고는 생각하고 싶지 않아요. 물론 당신은 그 여자에게 상처를 주고 싶지 않겠죠. 하지만 그 여자는 완전히 다른 세대고, 그 세대 사람들이 이런 일을 이해하는 방식은 우리와 달라요. 우리보다 더 잘 이해하죠. 당신이 결혼해주지 않는다고 해서 조젯이 망가지는 일은 없을 거예요. 내가 장담해요. 당신이 잘 설명하면 돼요."

"이디, 내 감정은 당신이 생각하는 것보다 훨씬 이기적이에요. 난 결혼하지 않고는 조젯을 계속 만날 수가 없어요. 우리 둘 다 그런 관계는 원하지 않아요. 결혼을 안 한다면 조젯을 완전히 포기해야만 해요. 내가 그럴 수 있을지 모르겠어요."

이제 더 긴 침묵이 흐른 뒤에야 이디는 다시 입을 열었다. "일단 그 이야기는 그만하죠. 당신, 점심은 거의 입에도 안 댔잖아요. 내 말에 대해 생각해보겠다는 약속만 해줘요."

이디가 화제를 바꾸어 두 사람은 다른 것들에 대해 이야기했다. 그들은 커피를 주문했고, 이디는 담배 한 개비를 더 피웠다.

하지만 계산을 기다리는 동안 이디가 그의 팔을 살짝 잡으며 말했다. "중국 가요, 터너. 아주 먼 곳이잖아요. 그동안은 조젯과 떨어져 있어야 하죠. 그렇게 하면 두 사람 모두에게 일이 더 쉬워질 거예요. 당신한테도 그렇고, 조젯에게나 앤에게도 걸린 게 너무 많아요. 당신이 모두를 위해 강해져야 해요."

계산을 마친 뒤 그들은 일어날 채비를 했다. 웨이터가 물러가지 않고 얼쩡거렸다. 이디는 그를 귀먹은 사람 취급 하기로 했다. "마지막으로 하고 싶은 말이 있어요, 당신이 이 문제에 대해 아주, 아주 골똘히 생각해줬으면 좋겠어요. 결혼은 당신들 두 사람의 무의식이 원하는 바를 이루어주지 못해요. 조젯은 당신에게 딸을 대신할 수 없고, 당신은 조젯에게 그를 버린 아버지를 대신할 수 없어요."

여가 시간에 희곡을 쓰는 웨이터는 그 대사를 기억해뒀다가 나중에 기록해놓아야겠다고 생각했다.

"난 양심에 걸리는 게 없어." 이디가 남편에게 말했다. "소피가 살아 있었다면 절대 이 결혼에 찬성하지 않았으리라는 거 당신도 알잖아."

"터너에게 그런 말까지 한 거야?"

"아니." 그건 그가 아껴둔 무기, 화살통에서 빼지 않은 화살이었다. 독을 바른 화살.

"이제 어떻게 될까?"

"두고 봐야지."

"정말이지 너무도 슬픈 이야기야." 클리퍼드가 말했다. "불쌍한 내 동생의 인생은 너무 슬퍼. 헤어질 때 터너는 어때 보였어?"

"괜찮아 보였어."

사실 둘이 작별 인사를 나눌 때 터너는 몹시 의기소침해 보였다.

이디는 이를 좋은 징조로 받아들였다.

제6부

나는 자살 기도를 한 게 아니었는데, 어쨌거나 병원에서 위세척을 받았다.

솔랜지의 잘못이었다. 그애가 뉴욕으로 돌아온 지 얼마 안된 때였다. 딱히 놀랍지는 않은 일이 있었는데, 수년간 억지로 이성애자의 삶을 살아온 드루가 마침내 커밍아웃을 결심했던 것이다.

"우리가 친구로 남지 못할 이유는 없어." 솔랜지는 의연하게 말했다.

"너 정말 잘 받아들이고 있구나."

몇 년 전이었더라면 솔랜지는 그에 관해 노래를 썼으리라.

"그가 그렇게 심한 고통을 견뎌온 게 안쓰러울 뿐이야. 가톨릭 신자라 더 힘들었던 것 같아. 사업에 지장이 있을까 봐 두렵

기도 했을 거고. 자기 엄마한테는 아직도 말 못 하고 있어."

그래서 우리, 솔랜지와 나는 다시 자주 만나게 되었다. "환상의 짝꿍이네!" 우리는 그렇게 말하며 웃고 울었다. 하지만 나는 내심 그 시기에 솔랜지와 함께 있게 된 것이 그리 즐겁지 않았다. 동병상련이라는 말이 늘 들어맞는 건 아니다.

불면증도 나를 괴롭히는 것 중 하나였다. 나는 솔랜지에게 수면제를 좀 달라고 했다. 그날 밤 솔랜지가 나에게 전화를 걸었지만 나는 일찍 잠자리에 드느라 수화기를 내려놓은 터였다. 몇 번이나 전화를 걸어도 계속 통화중 신호음만 들리자 솔랜지는 걱정이 되기 시작했다. 내게 준 수면제를 떠올렸고, 그날 밤 우리가 만났던 술집에서 내가 술을 얼마나 많이 마셨는지도 생각했다. 그애는 자정쯤 택시를 타고 우리 건물로 왔다. 마침 개를 산책시키고 돌아오던 이웃이 솔랜지를 알아보고 건물 안으로 들여보내주었다. 솔랜지는 엘리베이터도 기다리지 않고 계단으로 5층까지 뛰어 올라와서는 내 집 초인종을 눌렀다. 초인종을 누르다가 주먹으로 문을 쾅쾅 두드리며 내 이름을 불렀지만 나는 소리를 듣지 못했다. 수면제 네 알을 먹고 완전히 곯아떨어졌던 것이다. 나중에 돌이켜볼 땐, 내가 달랑 수면제 네 알로 자살할 수 있으리라 생각할 정도로 멍청하다고 믿은 사람들에게 부아가 치밀었다. "그럼 말해봐요." 나를 면담하러 온 상담사가 말했다. "당신이 정말로 자살할 작정이었다면 어떤 방법을 썼을까요?" 나는 피곤하고 짜증도 났지만 자살 방법들을 열거했다. 가스, 목 매기,

다리에서 뛰어내리기 등등─누군들 삶의 어느 시점에서 자살 생각을 해보지 않았겠는가? 하지만 상담사는 그런 이야기는 처음 들어본다는 듯 나를 쳐다보았다.

빌어먹을 솔랜지. 그애는 공황 상태에 빠졌다. 대부분 이미 잠자리에 들었던 이웃들이 무거운 걸음으로 복도로 나왔고, 솔랜지는 엉엉 울며 그들에게 자신의 공포를 알렸다. 지하층에서 자고 있던 관리인이 깨어나 열쇠로 내 집 문을 열었다. 그 소동도 모른 채 침대에서 자고 있던─불행히도 알몸으로─나는 사람들이 들어와서 뺨을 때리고 찬물을 끼얹었어도 완전히 깨지 않고 눈꺼풀을 펄럭이며 신음 소리만 냈다. 경찰이 오고, 앰뷸런스가 오고, 사이렌 소리에 구경꾼이 더 몰려들었다. 솔랜지는 병원에서 내가 수면제를 얼마나 먹었는지, 다른 약도 먹었는지 잘 모르겠지만 분명 술은 마셨다고 말했고, 그러자 그 바보들이 필요하지도 않은 위세척을 했다.

나는 의식은 깨었으나 제정신이라 하긴 힘든 상태에서 질문들에 대답해야 했다. 그저 잠을 자기 위해서였다면 어째서 정량의 네 배를 복용했죠? "아주 오래 자고 싶었으니까요." 나는 그렇게 대답했다. 뻔한 대답 아닌가? 하지만 그건 잘못된 대답이었다.

사흘 동안 정신병동에 갇혀서 좋았던 점이 있다면, 솔랜지 덕에 약에 취한 알몸의 나를 본 관리인과 이웃 사람들과의 대면을 미룰 수 있다는 것이었다. 입원해 있는 동안 매일 밤 수면제를 받는 게 아이러니하다는 생각도 들었지만, 사실 정신병동에서는 불면증과 정반대 증상으로 입원한 환자에게도 늘 수면제를 먹인다. 그래야 의료진이 편하니까.

꽃? 뚱뚱하고 냄새나는 꽃다발이 병실에서 나를 기다리고 있었다. 나를 구하러 왔던 경찰관들 중 하나가 보냈다는데 나는 그를 본 기억이 없었다. 몇 살일까? 어떻게 생겼을까? 밝은 기운을 주는 작은 카드. 엄마 곰, 아빠 곰, 아기 곰이 나의 빠른 쾌유를 빌어주었다. 나는 울기 시작했고 울음을 그칠 수 없었다. 그칠수가 없었고, 그칠 수가 없었다. 흠씬 두들겨 패듯 사람을 녹아웃시키는 울음의 발작이었다. 하지만 한 시간쯤 지나 정신을 차려보니 오랫동안 고열에 시달리다가 마침내 열이 내린 것 같은 기분이 들었다.

나는 아직 솔랜지에게 심하게 화가 나 있었지만 우리는 서로역할이 바뀌었다고 낄낄거렸다. (환상의 짝꿍이라니깨!) 하지만 솔랜지가 단골로 드나들던 그 병동은 아니었고, 같은 병원도 아니었다.

입원 마지막 날 아침, 나는 레크리에이션 치료사가 진행하는 그룹 치료에 참석하라는 요청을 받았다. 화장을 떡칠한 치료사는 광적이리만치 쾌활했으며, 『글쓰기에 치유가 있다』라는 책을 들고 다녔다. 환자들은 일주일 전에 있었던 치료 시간에 과제를 받은 터였는데—자신에게 나쁜 짓을 한 사람에게 가상의 편지를 써보세요—거의 모두가, 심지어 노인들까지(정신병동에는 늘 노인이 많다) 어머니나 아버지에게 편지를 썼다. 환자들은 그 편지들을 낭독했다. 많은 이들이 낭독 중에 목멘 소리를 내거나 코를 훌쩍거렸고, 몇 명은 아예 목소리를 내지 못했으며, 한 사람은 밖으로 뛰쳐나갔고, 나는 여러 차례 피가 싸늘해지는 기분을 느꼈다.

이디, 아직 살아 있다면 이 글을 읽고 내가 당신을 비난하지 않는다는 걸 알아주길 바라요.

이제 난 과거를 돌아보며 그 결혼은 실수였을 거라고 말할 수 있어요. 당신이 심어주고자 했던 씨앗―터너와 나의 결혼은 그가 앤과 화해할 기회를 망치거나 그가 앤을 위해 최선을 다하는 걸 막을 수 있다는 생각―그 씨앗은 애초에 거기 있었고 처음부터 고통이었죠. 그때를 돌아보니, 우리가 결국 아이를 갖지 않았을 수도 있다는 생각이 들어요. (그는 새 가정을 꾸리기를 진심으로 원하지 않았고 나도 그걸 알고 있었죠.) 그럼 지금 아이가 없었을 거고, 난 그를 원망했을 거예요. (그야 물론, 조와 주드의 존재는 그 아이들이 없는 진정한 행복을 상상도 할 수 없도록 만들었으니까요.)

우린 그가 떠나기 전날까지 만났어요―난 그에게 가지 말라고 애원했죠. 하지만 그는 떠났고, 난 그의 첫 편지를 받았어요. 그가 돌아올 거라고, 다시 그를 갖게 될 거라고 나 자신에게 말했어요. 그땐 결혼까지 할 필요도 없었어요. 결혼은 더 이상 중요하지 않았죠. 그와 함께 있는 것, 그것만이 중요했어요. 내가 기억하는 사랑, 내가 단 한 번도 의심해본 적 없는 그의 사랑이 내게 힘을 주었고 심지어 자만하게까지 만들었어요. 당연히 그는 영원히 떠난 게 아니야. 난 그를 잃지 않았어. 멕시코 때를 생각해봐. 그가 돌아오기만 하면 돼. 나를 보기만 하면 돼.

하지만 당신과 클리퍼드가 중국에서 돌아왔을 때, 그는 함께 오지 않았어요. 대신 이집트로 갔죠. 고고학자가 되어 카이로 외곽 발굴 현장을 감독하고 있는 기숙학교 동창을 만나러. 그는 이집트에서 그리스로 갔고, 거기서부터 여행을 다니며 해외에 사는 친구나 친구의 친구를 모조리 찾아갔죠. 하지만 대부분의 시간은 혼자였고, 그걸 그는 견딜 수 없었어요. (편지에 그렇게 썼죠.) 그는 혼자 있는 시간을 피하기 위해 낯선 사람들, 여행객들, 다른 미국인들(여자들?)과 닥치는 대로 어울리다가 몇 달 뒤 마침내 귀국했지만(정확한 날짜는 내게 알려주지 않았죠) 바로 뉴욕을 떠나 코네티컷으로 이사했어요.

편지들. 그는 가는 곳에서마다 편지를 보내왔어요. 그 편지들에는 사랑의 말들도 없진 않았지만, 자신이 옳은 결정을 내렸다는 의식이 늘 확고하게 표현되어 있었죠─"나의 온 힘을 다해 내려야만 했던 결정이었고, 너와 멀리 떨어져 있어야만 그 힘을 낼 수 있었어."

아빠는 악한 사람은 아니지만 나약해요. 앤의 조롱들 중에서도 그 말이 가장 깊이 새겨졌던 모양이에요.

"네게 이해를 바라는 게 온당한 일일까? 난 이 큰 희생이 어쩌면 앤에게 도움이 될 수도 있으리라 생각했어. 그리고 어쩌면 그 대가로 죽기 전에 앤과 화해할 기회가 주어질지도 모른다고."

마침내 가족 간의 유사점을 발견하고 난 정말이지 놀라움을 느꼈어요! 그건 꼭 앤이 하는 말처럼 들렸죠.

"언젠가, 아주 많은 시간이 걸리긴 하겠지만(그에게? 나에게?), 너와 내가 다시 서로에게 돌아갈 길을 찾을 수도 있겠지. 친구로서." 그 편지에는 아마 변호사인 듯한 이름과 전화번호와 함께, 혹시 "도움이 필요하면" 주저하지 말고 그 번호로 연락하라는 말이 적혀 있었어요. (난 그 편지를 간직하지 않았어요.)

내가 중단시키지 않았다면 그는 얼마나 오랫동안 내게 편지를 보냈을까요? 내가 희망을 짓밟지 않았다면 그는 우리가 다시 만나리라는 기대를 언제까지 품고 살았을까요?

그 이후의 시기는 내게 지옥 불처럼 끔찍했어요.

순수한 낭만주의자들은 인생에 진정한 사랑은 한 번뿐이라고 믿죠. 평생 다른 사랑을 많이 하더라도 그것들은 유일한 사랑의 그림자에 지나지 않는다고 생각하죠. 난 그저 내게 무슨 일이 일어났었는지만을 알 뿐이에요. 이제야 돌이켜보며 알게 되었죠.

배신의 맛은 어떨까? 내겐 레몬 절임 맛이었어요.

어떤 것들은 글로 적어야만 그것이 거짓임을 알 수 있죠.

아무도 나를 배신하지 않았어요.

이디, 당신이 옳았어요. 터너를 잃었다고 내가 망가지지는 않았죠. "사랑 때문에 죽는 사람은 영화에서 말고는 없다." 아주 유명한 프랑스 로맨스 영화에 나오는 대사예요. (사실 난 사람들이 사랑 때문에 죽는다고 생각해요. 아주 천천히 죽어서 그렇지.) 당신은 이미 다음 단계에 이른 나를 보았어요. 눈물은 마르고 어깨는 펴진 상태로 삶을 이어가는 나. 당신은 누군가와 결혼한 나를 보았어요. 소피는 당신이 정신과 의사가 되었더라면 잘했을 거라고 생각했다죠. 정신과 의사들은 첫눈에 빠지는 사랑을 믿지 않는다는 거 알아요? 난 정신과 의사인 내 남편에게 터너에 대해 거의 이야기하지 않았어요. 하지만 만일 그 이야기를 모두 들려줬다면, 그는 분명 우리 관계의 근원에 복잡한 부녀 관계의 문제가 얽혀 있다는 당신 의견에 동의했을 거예요.

내가 병원에서 퇴원하기 무섭게 솔랜지는 평소의 증상들을 보이기 시작했다. 이제 통화중 신호음에 공황 발작을 일으키는 쪽은 나였다. 솔랜지는 소음 때문에 아파트에서 쫓겨날 위기였다. (그애는 머릿속 소음을 몰아내기 위해 음악을 시끄럽게 틀었다고 했다.) 나는 솔랜지가 드루와 헤어지고 멀쩡하게 지내는 게 얼마나 그애답지 않은 일인지 진작 알았어야 했다. 두 사람은 친구로 남기로 했지만 뜻대로 되지 않았다. 그에겐 새 연인, 새 친구들, 새 인생이 생겼다. 솔랜지가 과거로 남겨지리라는 건 불을 보듯 뻔한 일이었다. 다 그애 탓이었다. 그애는 무가치하고, 멍청하고, 가망 없고, 추하고, 불쾌한 똥덩어리니까. 괴짜에 미친 여자, 짐덩어리니까. 솔랜지의 머릿속 목소리들이 그렇게 말했고,

그애는 록 음악으로 그 목소리들을 덮으려 했다.

이제 내가 첫 남편을 만나는 부분이 나올 차례다. 그는 텐 웨스트의 낯익은 이들 가운데 새로운 얼굴이다. 나와 종종 마주치긴 하지만 그는 근무 중이고, 우리 사이엔 아무런 대화도 오가지 않는다. 그러다 어느 날 카페테리아에서 동시에 서로를 발견하고 5분쯤 함께 커피를 마신다. 그 5분 내내, 나는 환자들이 자기를 어떻게 생각하는지 그가 알고 있을까 궁금해한다. 친절하지만 어설픈 사람. 별로 똑똑한 것 같지 않고 정신이 딴 데 팔린 교수 타입. 환자들이 자기를 '애송이'라고 부르는 걸 그가 아는지도 궁금하다. 그리고 낯선 여자와 커피 한잔 하면서 이렇게까지 초조해하는 의사에게는 진료를 받고 싶지 않다는 생각도 한다.

솔랜지는 그의 환자가 아니었지만, 그는 솔랜지가 그 병원에서 퇴원할 때까지 기다렸다가 나에게 연락을 해 왔다. 나는 그의 연락에 놀라지 않았고 딱히 기쁘지도 않았다. 그는 세 번이나 목청을 가다듬은 다음에야 데이트 신청을 했다. 그때 내가 왜 좋다고 대답했는지는 잘 모르겠다.

나는 아직 다른 남자와의 만남을 즐길 만한 상태가 아니었으나 닥터 사이먼과는 마음이 맞았다. 다섯 번째인가 여섯 번째 데이트 때 우리는 발레를 보러 갔다. 내가 가자고 했다. 터너가 사라진 뒤에도 나의 발레 사랑은 식지 않은 터였다. (뉴욕 시립 극장에만 가면 터너를 만나게 될지 모른다고 생각했으나 그런 일은 일어나지 않았다. 짐작건대 그는 이제 발레를 보러 다니지 않

는 모양이었다. 나와 마주칠까 두려워서? 아마 그것 역시 그에
겐 하나의 희생이었을 것이다. 그의 재혼 소식을 들은 뒤에는 그
의 새 아내가 발레를 좋아하지 않고, 그렇다고 혼자 오고 싶지는
않아서 안 오는 모양이라고 생각했다. 홀트 부부는 또 보았다. 한
번 이상 보았다. 그들도 나를 보았지만 나를 기억하지 못하거나
기억하지 못하는 척하는 것 같았다.)

제러미는 어떤 종류의 춤에도 팬이 될 수 없는 사람이었다.
자신은 연극을 더 좋아한다고 했다. 하지만 내 옆에 앉아 나를
즐겁게 해주는 걸 몹시도 즐거워했는데, 내 눈에도 그게 보였고,
보기 좋았다.

낮 공연이 끝난 뒤, 우리는 링컨 센터 근처에 새로 올라간 고
층 아파트 중 한 곳에 사는 그의 누나 집으로 갔다. 누나 부부는
그때 갓 나온 냉소적인 신조어가 표방하는 인물들이었는데, 설령
젊은 도시 전문직이라는 점에 부끄러움을 느낄 만한 무언가가
있다 하더라도 그들은 그걸 알지 못했다. 그들은 나를 보자마자
포옹했다. 그리고 마치 내가 제러미의 여자친구가 아니라 약혼자
인 것처럼 행동했다. 제러미가 가장 최근에 만난 여자는 골 때리
는 인간이었던 게 분명했고, 나는 그저 그 여자, 그러니까 니나가
아니라는 것만으로도 많은 점수를 땄다. 제러미의 가족과 친구들
의 소망은 제러미에게서 그 빨강 머리 악마를 몰아내는 것뿐임
이 분명했다.

그 저녁 식사는 나를 위해 연출된 무대와도 같았다. 신혼인

양 다정하고 서로를 세심하게 배려하는 행복한 부부. (그럼에도 불구하고 그들 역시 이혼하게 된다.) 전문가의 솜씨로 꾸며졌지만 편안한 느낌을 주는 아파트. 우연히 내 무릎에 매달린 그들의 사랑스러운 어린 딸. (오, 아이의 머리칼 냄새란.) 저녁 식사 후 둘째 임신을 축하하기 위해 내온 샴페인.

달콤하지 않아? 이게 네가 원하는 것 아냐? 그런 글씨가 갑자기 식당 벽에 번졌어도 나는 놀라지 않았을 것이다. 기다릴 필요가 뭐가 있어?

나는 사랑이 끝났다고—터너와 나눈 그런 사랑은 다시는 안 올 거라고—믿었기에, 또 제러미가 당장 아기를 만드는 데 동의했기에 그의 청혼을 받아들였다. 하지만 그가 가까스로 목숨을 부지한 채 벗어날 수 있었던 그의 전 여자에 대해, 그가 그 붉디붉은 머리칼의 불길 속에서 얼마나 고통스럽게 몸부림쳤는지에 대해 알지 못했더라면 아마 청혼을 받아들이지 않았을 것이다. 우리가 결혼하기 전에나 후에나, 그는 그 일생의 사랑에 대해 한 사코 입을 다물었다.

그만 이해해준다면 결혼식은 하지 않을 생각이었다. 결혼식을, 아무리 작은 식이라도, 치를 자신이 없었다. 나는 시청에 가서 혼인신고만 하자고 말했다. 제러미는 좋다고 했다. 어쨌거나 결혼식은 신랑을 위한 것이 아니니까. 그것도 내가 결혼식을 좋아하지 않는 이유 중 하나다. 하지만 결혼식을 하지 않겠다는 우리의 결정이 많은 사람들에게 수수께끼를, 제러미의 가족에겐 실망을, 그의 어머니에겐 분노를 안겨주었다. 무슨 여자가 신부가 되는 걸 원치 않는다니? 내가 유대인이 아니라는 이유로 그분이 품고 있던 의혹은 그로써 더욱 커졌다.

일부일처제 타도의 시대에는 격식을 갖춘 결혼식이 가식적이고 부르주아적이며 위선적이라는 비난을 받았다. (요즘 여자들은 흰 드레스와 면사포의 의미를 알기나 할까?) 그리고 가격이 얼마건 약혼반지는 촌스러운 것으로 치부되었다. 학교 식당에 혼자 앉아 〈브라이드〉지를 읽는 여학생(사교계에 갓 데뷔한 불쌍한 여자)은 경멸의 대상이었다. 다들 그의 음식에 침이라도 뱉고 싶어했다. 말할 필요도 없이, 이런 신부 혐오자들 대부분이 결국은 신부가 되었다. 일부는 웨딩드레스를 몇 번이나 입었다. 하지만 나머지 여자들은 계속해서 결혼이라는 제도를 황당하고 수치스러우며 위선적인 것으로 여기게 된다.

나는 오래전에 일기를 중단했다. 하지만 일기를 쓴 기간들을 다 합치면 여러 해가 되고, 그 일기장들은 아직 남아 있다. 예의 삼나무 상자 속에, 다른 서류들과 문서들과 함께. 하지만 나는 일기장들을 꺼낸 적이 없다. 그중 하나를 펼쳐 거기 기록된 내용과 내 기억을 대조해보고 싶은 마음이 들었던 적이 한 번도 없다. 사실 일기장을 마지막으로 펼쳤던 때가 언제였는지조차 기억이 안 나고, 앞으로도 영영 일기장을 펼치지 않을 것 같다. 일기를 쓰고 간직했지만, 그 일기장들이 나의 과거에 대해 무슨 말을 하고 있는지에 대해서는 관심도 호기심도 없다. 무슨 일이 있었건, 나는 과거를 재창조하고 싶다. 오류라는 위험을 피할 수 없겠지만 나는 이 글이 순수한 기억과 상상력의 합작품이 되기를 원한다. 결국 그것이 진실에 더 가까워지는 방법임을 본능적으로 안다.

이디에게, 당신이 옳았어요, 하지만 당신은 악했어요.

나쁜 피.

나는 엄마가 앓았던 그 병에 걸렸다. 놀랍지는 않다. 유전적
요인이 있다는 걸 늘 알았으니까. 하지만 의사들은 내가 엄마의
운명을 되풀이하지 않을 거라고 확신한다. 우선 내 경우엔 병을
일찍 발견했고, 엄마의 시대엔 쓸 수 없었던 치료제들이 나와 있
는 데다, 그보다 더 효과적인 치료법들도 곧 나올 거란다. 나는
엄마보다 건강하고, 병에 대한 정보도 훨씬 많이 알고, 의학적 조
언을 충실히 따른다. 그러니 예후는 매우 좋다. 결국 그 병이 나
를 죽이게 된다 하더라도 엄마의 경우처럼 그 속도가 빠르진 않
을 것이다. 엄마는 증상들을 완전히 무시해서 거의 죽어갈 때까
지 정확한 진단조차 받지 않았고, 치료라는 건 아예 없었으니까.

그래도 아이들에게는 말하지 않기로 했다. 증상들에 대해서

는 거짓말을 한다. 그런 증상들을 일으키는 이유들은 많으니까.
나는 약을 아이들 눈에 띄지 않는 곳에 둔다.

밸 스트롬과의 결혼 생활 마지막 해는 참 기묘한 시기였다. 집에서 우리는 서로 상관도 안 하고 심지어 식사와 잠자리도 따로 했지만, 잡지 일은 여전히 함께하고 있었다. 〈카라카라〉는 아주 잘나갔다. 창간 3년 만에 문학 평론 분야의 권위 있는 상을 수상했다. 시상식은 미드타운의 한 사교 클럽에서 열렸는데, 그날 밤 밸과 내가 말 한 마디 나누지 않은 걸 눈치챈 사람들이 얼마나 될까 궁금했던 기억이 난다. 그렇다고 행사를 망친 건 아니었다. 잡지는 그의 모든 것이었다. 그는 자신의 노력이 이루어낸 성과에 응당 자랑스러워했으며, 그날 밤 연단 위 조명보다 더 환하게 빛났다. 게다가 내가 말은 안 해도 자신을 자랑스러워한다는 걸 그는 알고 있었다. 내가 그를 자랑스러워했던 건 분명하다. 그가 그런 것에 신경이나 썼는지는 잘 모르겠지만.

병든 결혼 생활이었고 나는 조만간 이혼으로 모든 게 끝나리라 믿었지만, 그럼에도 꽤 조용한 시간을 보내고 있었다. 이제 아이들은 더 이상 온종일 온갖 사소한 일로 나를 찾지 않았다. 대부분의 아이들이 그러듯 부모에게 비밀을 갖기 시작하고, 제 엄마보다 낯선 사람들에게 속마음을 털어놓고, 친구들에게만 시간을 내어주는 그런 나이에 이른 것이다. 그리고 달의 아이* 솔랜지도 전만큼 손이 가지 않았다. 새 의사를 만나 약을 바꾸면서(다른 알 수 없는 요인들도 있었겠지만) 상대적 안정기에 접어든 터였다. 여전히 일자리를 자주 옮기고 어떤 남자와도 오래가지 못했지만 그래도 늘 일을 했고, 대개는 남자가 있었으며, 정신병동 단골 명단에서도 빠졌다.

그해에 밸은 출장이 잦았다. 혼자 하루나 이틀, 때로는 더 오랫동안 집을 비웠고, 가끔은 예고도 없이 떠났는데 내게는 자세한 이야기를 거의 하지 않았다. 나는 나 자신보다 주드 때문에 더 신경이 쓰였다. 아빠는 바쁘고 중요한 사람이며 그럼에도 당연히 아들을 사랑한다는 점을 말만으로는—내 말은 아니었지만 어쨌든—납득시킬 수가 없었던 것이다. 밸은 콘퍼런스에 참석하거나, 연설을 하거나, 토론에 패널로 참여하거나, 잡지 홍보를 하거나, 작가를 만나기 위해 출장을 떠났다. 그의 말로는 그랬다. 그는 여전히 미남에 왕족 같고 미끈했다. 하지만 그에 대한 욕망

---

* 별자리가 게자리인 사람들의 별칭으로, 달의 영향을 많이 받아 감상적인 성향을 지닌다고 알려져 있다.

을 모두 잃은 나로서는 다른 여자들에게 여전히 유효한 그의 매력이 가끔은 기억조차 안 났다.

그해 12월에 그가 무슨 이유 혹은 핑계를 대고 서부에 갔었는지 이제는 기억이 나지 않는다. 새벽에 전화가 왔다. 몬터레이 근방 도로에서 그의 차, 아니, 그 여자의 차가 전봇대를 들이받았다. 차가 빨리 달렸던 건 분명하지만 밸의 혈액에서는 운전 능력을 손상시킬 만한 물질이 발견되지 않았다. 그날 밤은 건조한 날씨였고 도로도 깨끗했다. 그는 세상에 알려진 대로 심장마비나 뇌졸중을 일으켰던 걸까? 스탠퍼드에 다니는 여학생이 그와 함께 죽었다. 여자는 전라 상태로 발견되었고 옷가지가 차 안에 흩어져 있었다. 그 정보는 대중에게 공개되지 않을 거라고 했다. 그 정보를 나한테는 왜 공개하는지 의아했다. 아마도 법적인 이유가 있는 모양이었다. 사고가 났을 때 그 벌거벗은 여자가 밸의 무릎에 걸터앉아 있었다는 것도 알았지만 나는 아무에게도 말하지 않았다. 내 남편은 늘 자신의 성적 판타지를 공유하는 남자였다.

이상하게 생각할 사람이 많을 텐데, 그날 아침 나는 그 소식을 알리지 않은 채 아이들을 학교에 보냈다. 시간을 벌 요량이었다. 주드가 가장 큰 충격을 받을 것이었기에, 나는 조가 없는 자리에서 그 아이에게만 따로 이야기하고 싶었다.

원래는 솔랜지와 크리스마스 쇼핑을 하기로 되어 있는 날이었다. 그 대신 솔랜지는 우리 집으로 와서, 내가 여기저기 전화를 거는 사이 크리스마스트리를 치웠다.

〈카라카라〉도 종말을 맞이했다. 밸의 뜻이었다. 그는 생전에 내게 그런 취지의 말을 종종 했었다. 어떤 경우라 해도 편집장이 바뀌면 같은 잡지가 될 수 없다고. 나는 마지막으로 한 호를 더 내기로 했다. 밸이 죽기 전에 다음 호를 거의 완성해둔 상태였다. 마지막 호는 이전 호들보다 두꺼워졌다. 고인을 추모하는 글 몇 편이 추가되었고, 더하여 몇 달 전 내가 받은 원고 한 편도 추가되었다. 밸이 퇴짜 놓은 그 원고를 나는 돌려보내지 않은 채 고집스럽게 간직하고 있었다. 언젠가 그걸 잡지에 실을 기회가 오리라는 걸 알고 있기라도 했던 것처럼.

제7부

고아 애니와 신의 손길

그를 처음 보았을 때 그의 눈에는 멍이 들어 있었다. 보았다
기보다, 정확히는 그가 처음 내 눈에 들어왔을 때라고 해야겠다.
그가 한쪽 눈은 부어서 반쯤 감기고 뺨에는 길고 빨간 생채기
가 세 줄 난 모습으로 급식 줄에 선 그날 이전에도 나는 분명 그
를 보았을 테니까. 신참. 그는 공격을 당했고, 보아하니 얼마 되
지 않은 일인 것 같았다. 메리빌에 온 것을 환영합니다. 나도 당
한 일이다. 첫날에, 그 후로도 여러 차례. 누구나 아는 진부한 얘
기다. 나이가 들면 그나마 좀 부드럽게 다뤄주긴 하지만 언어폭
력은 여전하다. 어차피 여기선 모두가, 간수들까지, 아니, 특히 간

수들이 언어폭력의 대상이 된다. 교도소장까지도 욕을 배 터지게 먹는다. 아무리 징계를 내려도 이곳 여자들은 하고 싶은 말을 한다. 어쨌든 교도소도 길거리와 다를 게 없다. 나이가 어릴수록 문제에 휘말리기 쉽고 문제를 일으키기도 쉽다. 할머니가 되면—진짜 할머니건 아니건 이곳에서는 나이가 들면 그렇게 불리고 나도 그 할머니들 중 하나다—누군가에게서 공격을 당할 걱정은 별로 없어진다. 단, 미친 여자들은 빼고. 그런 여자들은 언제고 조심하는 게 좋다. 대부분의 사람들이 할머니들은 존중해주고, 심지어 보호까지 해준다. 그렇지만 이런 풍조도 변하기 시작해서 이젠 각자 제 몸만 챙기는 분위기가 팽배해져가고 있다는 걸 인정하지 않을 수 없다. '고아 애니'로도 알려진 앤은 그게 다 바깥세상의 반영이라고, 썩어빠진 법체계와 인종차별주의와 빈부 격차 때문이라고 말한다. 하지만 앤은 늘 그렇게 말한다. 모든 걸 그렇게 설명한다. 나 자신은 설명 같은 걸 할 줄 모른다. 내가 아는 건, 내가 여기 메리빌에서 산 서른두 해 동안 이곳이 훨씬 더 커지고, 사람들도 훨씬 많아지고, 훨씬 나빠졌다는 것뿐이다.

나와 앤은 거의 비슷한 나이에 형을 살기 시작했지만, 그가 여기 도착했을 때 나는 이미 9년이라는 긴 세월을 복역한 상태였다. (나는 메리빌 교정 시설이 메리빌 여자 교도소였던 시절을 기억하는 몇 안 되는 사람들 중 하나다.) 우리에겐 살인죄에 종

• 해럴드 그레이의 만화 〈작은 고아 소녀 애니〉(1924)에 나오는 용감하고 낙천적인 주인공을 빗댄 별명.

신형이라는 공통점이 있었다. 하지만 내 경우 가석방을 기대할 수 없는 선고를 받았기에 '종신형'이 뜻하는 그대로의 종신형이다. 나는 이중 살인을 저질렀다. 내가 너무도 잘 아는 두 사람을 죽였다. 천하에 쓸모없는 후레자식과 그보다 더 쓸모없는 창녀. 둘 다 죽어 마땅했고, 만약 과거로 돌아간다 해도 나는 생각해볼 것도 없이 그 인간들을 죽여버릴 것이다. 여기까지만 말하겠다.

나는 교도소에서 늙었고 여기서 죽게 될 것이다. 여기서는 고아 애나 나 같은 사람들, 가장 무거운 죄를 저지르고 가장 오래 옥살이를 하는 사람들이 결국은 롤 모델이 된다. 바깥세상 사람들에겐 이해하기 힘든 일일지도 모르나, 그게 메리빌뿐 아니라 모든 교도소의 진실이다. 나는 교도소에 들어오지 않았더라면 내 삶이 어땠을지에 대한 생각으로 너무 많은 시간을 보내지 않는다. 그래봐야 기운만 빠지기 때문이다. 하지만 이 흥미로운 사실에 대한 생각은 자주 한다. 교도소 담장 밖에서라면 나 같은 인간은 수백 명은 고사하고 단 한 사람의 롤 모델도 될 수 없다는 것. 그런 일은 철창 안에서만 일어날 수 있다.

"수백 명"이라는 표현은 과장이 아니다. 그동안 여기 들어오고 나가는 사람들을 내가 얼마나 많이 봐왔을지 생각해보라. 아니, "여기 들어오고 나가는"에 "그랬다가 다시 들어오는"이라고 덧붙일 수밖에 없겠다. 석방자들 가운데 다수가 대개는 서너 해 만에 다시 들어온다는 게 교도소의 또 다른 진실이기 때문이다. 앤은 그런 일이 일어날 때마다 자신은 놀랍지도 않다고, 교도소가 하는 일이라곤 바깥세상에서의 생존을 불가능하게 만들어주는 것뿐이라고 말한다. 바깥세상에 나가봐야 마약을 하거나, 성매매를 하거나, 먼젓번보다 더 심각한 범죄를 저지르기 십상이라는 것이다. 하지만 나에겐 그런 일이 늘 놀라운 것이, 만일 내가 오늘 교도소 문을 걸어 나갈 수 있다면 절대로 다시 들어오지 않으리라는 걸 확실히 알기 때문이다. 석방된 후에 이곳이 그립다며 소식을 전해 오는 여자들이 있는데, 그게 무슨 뜻인지는 알겠다. 어디에서나 그렇듯 이곳에서도 유대 관계가 맺어지며, 그 관계가 진짜로 깊은 경우도 가끔 있다. 좋건 나쁘건 교도소 생활은 간단히 벗어날 수 있는 그런 종류의 체험이 아니다. 철창 안의 삶이 나쁘긴 해도 어떤 사람들에겐 차라리 바깥세상보다 나을 수 있다. 추운 거리에서 손님을 끌거나 기대에 몇 달러 못 미치는 돈을 들고 포주를 대면할 필요가 없으니까―그러니까 어떤 여자들에겐 메리빌이 휴가가 될 수도 있다는 얘기다. 여기 들어와서 처음으로 상담사나 정신과 의사를 만나고 어리벙벙해진 상태로 돌아오는 여자들이 있다. 누가 그렇게 마주 앉아 자기 이야기를 들어주었다는 걸 믿을 수가 없는 것이다. 나도 그랬던 기억이 나고, 솔직히 말하자면 내 평생 알게 된 사람들 가운데 가장 좋은 사람들은 이 안에서 만난 이들이다. 그러니 교도소 생활을 애틋한 마음으로 추억하는 이들도 이해가 간다. 하지만 이곳으로 돌아오고 싶어하는 건 다른 얘기다. 내가 가장 잘 이해할 수 있는 사람들은, 교도소로 돌아가느니 차라리 죽겠다고 말하며 그 방법을 찾는 이들이다.

아직 젊은 축에 속했던 시절 나는 심한 패혈증에 걸려 자유 세계의 병원에 입원했다가 어느 정도 회복되었을 때 문 앞을 지키고 선 감시인의 눈을 피해 도망친 적이 있다. 멀리는 못 갔지만 그래도 시도는 했다. 그때 시도를 하지 않았더라면 자존감이 바닥까지 떨어졌을 것이다. 반면에 내 복역 기간 중 딱 한 번 있었던 탈옥 시도에는 가담하지 않았다. 진짜 겁이 없는 두 여자의 머리에서 나온 그 무모한 계획이 실패로 돌아가리라는 걸 뻔히 알았으니까. 그 계획이란 휴게실에 불을 질러 모두들 건물에서 대피할 때 도망치자는 것이었다. 아마도 다른 곳, 남자 교도소에서 그렇게 해서 탈옥에 성공한 것 같은데 확실하진 않다. 이곳에서 그 계획의 결과는 긴 독방 생활과 그 층 전체가 1년 넘게 휴게실을 쓸 수 없게 된 것이었으며, 휴게실을 쓸 수 없다는 건 TV를 볼 수 없다는 걸 의미했다. 마침내 독방 생활을 끝내고 다시 나타난 주동자들은 곧 다시 독방으로 돌아가기를 원하게 되었다.

사실 멍든 얼굴은 이곳에서 드문 일도 아닌데, 그날 식당에서는 다들 고개를 돌리고 그를 쳐다봤다. 앤의 멍든 눈이 그렇게 눈에 띄었던 건 그의 얼굴이 너무 창백해서였다. 우리는 그렇게 흰 사람은 처음 본다고 입버릇처럼 말하곤 했다. 그는 알비노 간수인 '래빗'보다 더 희었다. 꼭 병자처럼 보였는데, 창백하기만 한 게 아니라 너무 말라 뼈와 가죽만 남아 있었기 때문이다. 우리 감방에 미닫이문이 아니라 쇠창살이 달려 있었다면 그는 원할 때마다 그 사이로 드나들 수 있었을 것이다. 교도소장은(첫 교도소장인 록하트 부인 얘기다) 앤이 유대인 강제수용소 포로처럼 보이려고 일부러 굶는다며 비난했다. 왜 앤이 그렇게 보이고 싶어한다는 건지 나로선 알 수 없었지만, 뼈와 가죽만 남은 모습은 그가 앤을 견딜 수 없어 하는 이유들 중 하나에 불과했다.

하지만 앤은 늘 자신은 굶지 않는다고 항변했다. 인간은 대부분의 사람들이 먹는 것보다 훨씬 적은 양의 음식만 먹어도 된다면서 아시아 사람들을 보라고 했다. 당시 우리가 볼 수 있는 아시아 사람은 '중국 루시'였는데(푸에르토리코 출신의 다른 루시와 구별하기 위해 그렇게 불렸지만 둘을 헷갈릴 일은 없었다), 그는 콧수염이 빽빽하게 난 거구의 뚱뚱한 여자로 누구 못지않게 잘 먹었다.

중국 루시 이야기가 나왔으니 말인데, 이제 한참 전에 가석방된 그에 얽힌 일화가 있다. 어느 날 그가 포크(물론 여기 나이프는 없다) 대신 젓가락으로 먹었으면 좋겠다는 말을 했다. 그러곤 관리자들에게 젓가락을 써도 되는지 묻자 관리자들은 규정에 어긋난다고 했다. 앤은 그 문제에 대해 골똘히 생각했다. 어떻게 그럴 수 있을까? 중국 루시 이전에 그런 요청을 한 재소자들이 얼마나 많기에 그에 관한 규정까지 생겼을까? 어느새 앤은 중국 루시를 시켜 이 사람 저 사람에게 편지를 쓰게 했고(사실 앤이 직접 편지를 쓰고 중국 루시는 서명만 했다), 빙고, 중국 루시는 젓가락을 갖게 되었다. 그 젓가락 때문에 피해를 본 사람이 전혀 없었는데도 록하트 부인은 침을 뱉을 정도로 광분했다.

어쨌거나 앤은 그런 일로 유명해지게 되었다. 누가 항소를 희망하거나 관용을 호소하려 하거나 소송을 내고 싶어하면 그는 발 벗고 나서서 도왔다. 우리 대부분이 스스로의 법적 권리에 대해 전혀 모르고, 우리 중 대다수에게 변호사가 없거나 혹시 있어도 그들이 제대로 일을 하지 않기 때문에 자신이 나서야만 한다는 것이었다. 그는 변호사가 반만 깨어 있었어도 많은 재소자들이 교도소에 들어오지 않았을 거라고 했다. 글을 읽고 쓸 줄 모르는 재소자들을 누군가는 도와야만 한다고 말했고, 히스패닉계 재소자들이 늘기 시작하면서 영어를 못하는 여자들이 생겨나자 직접 스페인어를 배우기 시작했다.

짐작하겠지만, 앤의 이중 언어 무료 상담 서비스는 관리자들의 감시망을 벗어나지 못했다. 앤이 그런 활동으로 돕지 못하는 재소자는 그 자신뿐이라는 말이 돌았다. 아무도 선동가를 좋아하지 않는다고 부교도소장은 말했다. 록하트 부인도 그 문제에 대해 확고한 의견을 갖고 있었다. 그는 앤이 "불만과 분노를 야기하며, 재소자들 사이에 폭동이나 다른 난동을 조장할 수 있는 프로파간다를 퍼뜨린다"고 비난했다. 앤은 재소자들과 스페인어로 대화하는 걸 중단하라는 지시를 받았는데 그러면 그들이 굳이 영어를 배우려 하지 않는다는 이유에서였다. 앤은 한동안 법률 도서실을 이용할 수 있는 특권을 빼앗겼고, 간수들은 늘 그녀를 괴롭힐 방법을 찾아냈다. 앤은 금지품을 지니고 있을 가능성이 가장 낮은 인물이었지만 그의 감방이 불시 점검을 제일 많이 받았다.

여기서 짚고 넘어가야 할 점은, 앤에 대한 간수들의 감정이 좋지 않았던 것은 그가 저지른 범죄와 관련이 깊다는 사실이다. 간수들은 경찰관에 대한 공격을 자신들에 대한 공격으로 받아들였다. 경찰관들이 간수들을 깔본다는 건 누구나 아는 상식인데도 말이다. 록하트 부인의 경우를 보자. 그는 고속 추격전에서 목숨을 잃은 주 경찰관의 아내였고, FBI에서 일하는 아들까지 두고 있었다. 설상가상으로, 앤은 록하트 부인부터 시작해서 모든 권력자들에 대한 자신의 감정을 숨기지 않았다. 그들에게 적절한 존경심이나 두려움—그들 중 일부가 진심으로 보고 싶어하는—도 보이려 하지 않았다. 그는 거의 모든 교도관들이 백인이며(이 현상은 세월과 함께 약간의 변화를 겪게 되었지만) 거의 모든 재소자들이 비백인이라는 뻔한 사실을 즐겨 지적했다. 그는 미국의 수감 제도 자체가 노예제의 연장에 불과하다고 말했다. 그래서 인종 폭동을 일으키려 한다는 이유로 징계 청문회에 회부된 적도 있지만, 내가 장담하건대 그런 말들 때문에 폭동이 일어날 가능성은 전혀 없었다. 사실은 앤이 그 문제에 대해 입을 놀리기 시작할 때마다, 노예제도와 인종차별주의에 대해, 사회 밑바닥에서 벗어나지 못하는 흑인들에 대해, 그들이 얼마나 가난하고 어떻게 모든 교도소들을 채우는지에 대해 이야기할 때마다 메리빌의 여자들, 그중에서도 특히 흑인 여자들은 귀를 닫아버렸다. 그 여자들에겐 그런 말이 모욕으로 들린다는 걸 그렇게 똑똑한 사람이 어찌 단박에 알아채지 못하는지 나로서는 도무지 이해할 수가 없었다. 그리고 그가 대학살이라는 단어를 사용해 흑인들과 유대인들을 비교하기 시작하면—메리빌의 흑인 여자들이 제일 듣기 싫어하는 말이 바로 그것이었다.

교도소에는 백인에 대학을 나오고 전과가 없는 고아 애니 같은 사람들이 많지 않으며, 그런 사람들은 속마음이야 어떻든 늘 모범수처럼 보이는 능력이 뛰어난 편이다. 그들은 내숭을 잘 떤다. 메리빌에서는 그런 사람들을 컵케이크라고 부른다. 하지만 앤은 컵케이크가 아니었고, 가석방 위원회에 잘 보이고 싶은 사람이라면 결코 하지 않을 위험한 행동들을 했다. 실제로 앤의 마음속에 가석방 생각은 전혀 없었을 것이다. 철창 안에서 가장 많이 듣는 말이 내가 밖에 나가면이다. 물론 나는 그 말에 가장 민감하니, 내가 앤의 입에서 그 말이 나오는 걸 들어본 적이 없다고 하면 진짜 그런 것이다.

앤은 "체구가 나 정도 되는 사람은 하루에 100여 그램의 음식만 먹고도 살 수 있다"고 말했고, 그걸 증명했다.

교도소 음식이 고약하다는 점에는 이견이 있을 수 없다. 하지만 더 잘 먹는 방법은 있다. 매점에서 식료품을 사도 되고, 매달 정해진 양을 밖에서 넣어줄 수도 있다. 그리고 꼭 식당에서 먹을 필요도 없다. 주방에서 요리를 할 수 있으니까. 하지만 앤은 밖에서 음식을 들여온 적도, 주방을 이용한 적도 없었다. 식사를 건너뛰고 자기 감방에 머무는 경우도 있긴 했지만 대개는 식당에 갔다. 그런다고 반드시 식사를 하는 건 아니었지만. 가끔은 한두 입만 먹었고, 가끔은 접시 위 음식을 뒤적거리기만 했다. 하지만 식당에서 식사를 하려면 제대로 먹어야 했다. 앤의 행동은 '비협조적'으로 보일 수 있었다. 그는 "주목받고 동정심을 끌려고 한다"거나 "튀려고 한다"는 비난을 받았다. 이 모든 게 그의 서류에 기록되었다.

앤은 배가 고프지 않은데 먹는 건 잘못이라고 말했다. 하지만 우리 모두가 궁금했던 게 바로 그것이었다. 그는 어째서 다른 사람들처럼 배가 고프지 않을까? 알다시피 우리가 그 쓰레기 같은 음식을 거의 다 먹어치우는 건 오로지 배고픔 때문이었다.

앤을 알게 된 후로—솔직히 한동안은 그 같은 부류가 내게 필요하지 않았기에 그를 알게 되기까지 꽤 오랜 시간이 걸렸다—나는 그의 정신이 어떻게 작동하는지 깨닫게 되었다. 그리고 음식 문제에 있어 선택권이 없는 재소자들이 존재하는 한 앤이 그들보다 조금이라도 잘 먹기를 원치 않으리라는 사실도 이해하게 되었다. 그러니까 밖에서 음식을 넣어주거나 매점 계좌에 돈을 예치해줄 사람이 없어서 교도소에서 주는 대로 먹어야 하는 여자들 말이다. 정신병자들의 경우 대부분이 그랬다. 앤은 음식에 전혀 관심이 없었지만 우리가 역겨움을 견디지 못해 행동에 나설 때면(대개는 음식에서 구더기가 나와서) 늘 시위자들과 함께했다. 만일 자기가 식당 음식을 먹지 않는다면 자신의 시위는 아무런 의미도 없을 거라고 그는 말했다.

어쨌거나, 중국 루시가 젓가락을 사용할 수 있도록 도와주던 시기에 앤은 바퀴벌레 때문에 동요하기 시작했다. 바퀴벌레는 어디에나 있었고, 주로 주방에 있었지만 감방, 휴게실, 심지어 체육관에도 있었다. 날씨가 따뜻해지면 일부는 우리와 함께 뜰에 나가 바람을 쐬기도 했다. 물론 다들 바퀴벌레를 싫어했지만 앤의 경우 다른 모든 이들의 반감을 합쳐놓은 것보다 더 바퀴벌레를 싫어했다. 어느 날 그는 발작을 겪은 캐럴리를 보러 갔다가 캐럴리가 얼굴에 기어 올라온 바퀴벌레를 치울 힘도 없이 침대에 누워 있는 광경을 목격했다. 앤은 발길질을 하고 소리를 질러대며 독방행을 부르는 난리를 피웠고, 독방에서 나온 뒤에도 대부분의 재소자들처럼 조용해지기는커녕 이빨을 드러내며 호전적인 태도를 보였다.

교도소장이 거듭 말했듯이, 앤은 이미 조치가 취해진 일에 대해 조치가 필요하다는 주장을 이어갔다. 해충 방제 팀이 한 달에 한 번씩 메리빌로 출동하고 있었으니 말이다. 하지만 앤은 그들이 사용하는 약이 바퀴벌레보다 우리에게 더 해를 끼칠 가능성이 높으며, 어차피 그렇게는 바퀴벌레를 퇴치할 수 없다고 계속해서 주장했다. 그는 자신에게 더 좋은 방법이 있다고, 안전하고 값도 싸고 사용하기도 쉬운 천연 살충제가 있다고 말했다. 붕산. 그걸 써보자는 것이었다.

앤은 매점에 붕산 가루를 들여놓아달라고 요청했으나 관리자들은 딱 잘라 거절했다. 재소자들이 그걸 먹고 자살을 시도할 수 있다는 이유였다. 아니면 다른 사람들을 해치거나. 앤은 그렇다면 세탁비누, 표백제, 탈취제, 샴푸, 살균제, 매니큐어 제거제도 나쁜 목적으로 사용된 적이 있으니(베이킹 소다와 다량의 소금은 말할 것도 없고) 모두 금지해야 한다고 말했다. 그는 붕산이 그런 제품들 중 일부보다 훨씬 독성이 약하다고 했다. 그럼 붕산이 어떻게 바퀴벌레를 죽일 수 있느냐고 우리가 묻자, 그는 바퀴벌레들이 몸을 깨끗하게 하기 위해 붕산 가루를 먹고 탈수로 죽게 된다고 했다. 누가 그런 얘길 진지하게 받아들이겠는가. 천연 살충제? 바퀴벌레들이 제 몸을 깨끗하게 한다고?

앤은 자신이 직접 효과를 보여줄 수 있도록 붕산을 조금만 달라고 요청했다. 하지만 그것도 허락되지 않았다. 퇴짜, 퇴짜, 퇴짜의 연속이었다. 하지만 1년쯤 지나 눈에 띄는 바퀴벌레들이 두 배로 늘고 앤이 요청서에 바퀴벌레가 유발할 수 있는 건강상의 위험에 대한 기사들을 점점 더 많이 첨부하자 관리자들도 결국 손을 들었다. 그때 우리는 관리자들이 그저 앤이 제정신이 아니라는 점을 증명하고 싶어서 허락한 것일 뿐이라고 생각했다.

앤은 우리 층 주방부터 시작했다. 그 흰 가루를 구석구석 뿌리고, 빗자루로 냉장고 밑과 스토브 뒤로도 쓸어 넣었다. 이삼 일이 지나자 바퀴벌레들이 사라졌다! 더욱 놀라운 건 그런 상태가 몇 달 동안 지속되었다는 점이다. 전에는 해충 방제 팀 발소리가 사라지기 무섭게 바퀴벌레들이 다시 나타났는데, 앤은 바퀴벌레들이 똑똑하고 위험을 피하는 법을 정말 빨리 배운다고, 그러니 교도소 내 다른 구역들에서는 기어다녀도 우리 구역에는 얼씬도 하지 않을 거라고 말했다. 대체 어떻게 바퀴벌레 전문가가 된 건지, 우리로서는 그저 놀라울 뿐이었다. 그는 이제 바퀴벌레들을 없앴으니 복도를 너무 더럽게 만들면 안 된다고 했다. (불결은 교도소 전체의 심각한 문제였다.) 앤은 날마다 자신의 감방을 청소했고, 가끔은 캐럴리처럼 심한 우울에 빠지거나 정신적 결함이 있어서 스스로 청소를 할 수 없는 이웃 감방들까지 치워주었다―이 역시 규정 위반이었다. 앤이 교도소 학교에서 재소자들을 가르치는 일을 비롯한 그 많은 활동을 하면서 어떻게 그럴 시간까지 낼 수 있었는지는 나도 모르겠다. 밤에 모두가 잠든 뒤에도 그는 혼자 깨어 책을 읽었다. 원더 우먼. 그에게는 음식도, 잠도 필요 없었다. 자연히 이것도 사람들 신경을 건드렸다.

그가 옳았다는 건 중요하지 않았다. 관리자들은 그 쓸모없는 해충 방제 팀을 계속 불렀다.

처음으로 그를 고아 애니라고 부른 건 나였다. 그는 내가 밖에 나가면이라는 말을 하지 않듯이 메리빌 이전의 삶에 대한 이야기도 거의 하지 않았지만, 우리는 그가 가족과 단절되었으며 면회 올 친구도 많지 않다는 걸 알 수 있었다. 교도소에서 보내는 삶이 길어질수록 그에게는 바깥세상의 삶이 필요 없어지는 것 같았다. 나는 특히 무기수들에게서 그런 경우를 많이 보았는데, 그들은 외부인을 만나봐야 스트레스만 받는다는 이유로 면회도 못 오게 했다. 하지만 앤의 경우는 달랐다. 마치 이곳이 교도소가 아닌 수녀원이고 그는 수녀의 서약이라도 한 듯했다. 세상을 등지고 절대 돌아보지 않으며, 섹스를 포기하고, 굶주리고, 노새처럼 일하고, 타인들을 위해 헌신하는 삶. 메리빌에서 일하는 진짜 수녀들보다 그가 더하다는 생각을 했던 기억이 난다. 그리고 그에 대해 알게 되면서, 이곳에 들어오기 전부터 그에게 그런 면이 있었음을 깨닫게 되었다. 만일 앤이 정신과 의사를 만나봤다면—그는 그럴 생각이 전혀 없었지만—스스로 바깥세상과 단절하는 것은 재소자들이 할 수 있는 최악의 행동이라는 소견을 들었을 것이다. 하지만 그에겐 다른 '고아들', 전화를 사용하기 위해 줄을 선 적도, 외부로부터 편지, 소포, 면회객을 받은 적도 없는 여자들과의 유대가 있었다. (사실 앤은 여기 있는 그 누구보다 우편물을 많이 받았지만 대부분 모르는 사람들한테서 온 것이었고, 특히 처음에는 대부분 비우호적인 내용이었다.)

지금껏 이야기한 내용을 보면 앤이 메리빌에서 비현실적인 인도주의자로 통했으리라 생각할 수 있는데, 사실 그랬다. 하지만 그런 이유로 그가 재소자들 사이에서 인기가 좋았으리라 생각한다면 그건 착각이다. 선동가를 좋아하는 사람은 아무도 없다, 라고 관리자들은 말했다. 그리고 성자를 좋아하는 사람은 아무도 없다, 라고 우리는 말했다.

처음부터 나를 포함한 모두가 앤을 좋아할 수 없는 이유들을 많이 발견했다. 자기가 뭐라고 생각하는 거야? 이게 노상 들리는 말이었다. 지금 생각해보면, 그는 이래도 욕을 먹고 저래도 욕을 먹었다. 그가 대부분의 재소자들과는 거리가 먼 상류층 출신이라는 사실을 아무도 마음에 들어 하지 않았다. 하지만 그가 밑바닥 출신과 같은 취급을 받고 싶어한다는 사실 역시 아무도 마음에 들어 하지 않았다. 그런 취급을 요구하는 것 자체가 사실은 스스로를 모든 사람들 위에 올려놓는 것임을 그는 이해하지 못했다. 자기가 뭐라고 생각하는 거야?

재소자들의 심리 상태를 알면 그들이 앤의 도움을 받아들이면서도 그를 깔아뭉개는 것이 어떻게 가능한지 이해할 것이다. ("아이고, 이제 스페인어를 배우시겠다. 그래, 항상 그렇게 잘난 척을 하셔야지.") 어떤 여자들은 고맙다는 말 한 마디 없이 그의 도움을 당연하게 받아놓고는 일이 뜻대로 되지 않으면 앤을 욕하고 그가 자기를 가지고 놀았다며 비난했다. 심지어 몇몇은 그를 공격하기까지 했는데, 그럴 때마다 간수들은 놀라고 당황하여 고개를 저으며 앤이 자초한 일이라고 말했다.

하지만 앤에게는 아무 짓 않고도 사람을 짜증 나게 만드는 무언가가 있었다. 나는 그가 단지 얼굴을 내비쳤다는 이유만으로 공격당하는 모습을 보기도 했다.

우리가 휴게실에서 윙키의 밀주를 마시고 취해 앉아 있는데 앤이 들어온다.

"어어, 내가 보고 있는 거 너희도 보여?"

"염병, 유령이 보이는데."

"그러게, 무섭게."

"캐스퍼한테 마누라가 생긴 건가?"

"유령보다 더 하얘."

"그러게, 아스피린처럼 하얘."

"삶은 달걀처럼 하얘."

"쌀처럼 하얘!"

"아니, 알았다! 노그제마 스킨 크림처럼 하얗다."

"그런데 누가 저 하얀 엉덩이를 초대한 거야?"

"우리 저 여자 노그제마라고 부르자."

"노그제마는 저 여자한테 과분한데."

"그건 그래. 노그제마는 예쁜 이름이지."

"저 여자를 뭐라고 부르든 상관없고, 얼른 치워버리기나 해."

"저 여자 귀까지 먹었어."

"저년이 아직도 저러고 서 있네!"

"이건 비공개 파티라고."

"저년이 혼나보고 싶나."

"이년아, 가서 백인 년들이나 찾아봐. 깜둥이들을 멀리하라는 교육을 받으며 크지 않았다는 헛소리 집어치우고."

모두가 돈에 대해 안다는 건 불행한 일이었다. 물론 이 안에 서는 돈을 지닐 수 없다. 하지만 재소자들은 바깥에 있는 아는 누군가에게 돈을 주라며 앤을 닦달하곤 했다. 간수들은 간수들대로, 자신에게 뇌물을 주면 감방 생활이 얼마나 편해질 수 있는지 넌지시 귀띔했다. 그러나 아무리 달콤한 말로 꾀어도, 아무리 못살게 괴롭혀도 그에게서 돈을 뜯어낼 수는 없었다. 그래도 그들은 포기하지 않았지만.

내가 하고 싶은 말은, 시간은 여러 면에서 재소자의 적인 동시에 친구이기도 하다는 것이다. 재소자들이 바뀌면서 앤의 운도 바뀌었고, 첫 10년이 지나자 내가 그랬듯 앤도 상황이 나아졌다. 앞서 말했지만, 여기서 우리가 할 수 있는 가장 똑똑한 일은 나이를 먹어가는 것이다. 할머니가 된 앤은 나나 다른 할머니들과 마찬가지로 이런저런 문제들에 덜 시달리게 되었다.

새 교도소장이 들어오면서 커다란 변화가 찾아왔다. 미스 하퍼가 새로 부임했을 당시―1984년의 일이다―메리빌은 상태가 심각했다. 여기선 누구나 알고 있던 오랜 관행, 즉 일부 간수들과 재소자들 간의 마약-섹스 교환이 대대적인 뉴스거리가 되었다. 스캔들이 터지고 그다음엔 은폐 공작이, 그다음엔 대대적인 조직 개편이 이어지면서 록하트 부인이 사임했고, 몇몇 관리자들도 일자리를 잃었다.

교도소장으로서 미스 하퍼는 록하트 부인과 사뭇 달랐다. (그리고 다음에 부임할 디프리스 부인과도 달랐다.) 그에겐 여성 재소자들이 떠안은 문제들에 특별한 관심을 기울여 메리빌을 모범 교도소로 만들고자 하는 포부가 있었다. 그가 처음 한 일은 자신이 원하는 모든 것들에 대한 거창한 연설을 늘어놓는 것이었다. 그는 재소자의 남편과 아이들의 1박 방문을 포함하여 매월 면회일을 늘리고 싶다고 했다. 결혼 상담, 부모 교육, 가정 폭력에 시달리는 여자들을 위한 상담도 진행하고 싶다고 했다. 더 크고 더 나은 도서실과 글쓰기 프로그램, 재소자들과 지역 사회 간의 더 많은 교류를 원한다고 했다. 메리빌에서 나간 여자들 모두가 영어를 읽고 쓸 줄 알며, 아이들을 돌볼 수 있고(적어도 아이들에게 해를 끼치지 않고), 직업을 얻는 데 필요한 기술을 갖게 되기를 원한다고 했다.

하퍼 교도소장은 그중 일부를 이루었고, 일부는 이루지 못했다. 일부는 이러저러한 이유로 중단하게 될 때까지 한동안 유지할 수 있었다. 시간이 더 주어졌더라면 그가 얼마나 많은 걸 이루어낼 수 있었을지 그 누가 알겠는가. 하지만 미스 하퍼는 그의 많은 프로젝트들처럼 메리빌에서 오래 버티지 못했다. 어쨌든 그가 우리와 함께한 해들은 특히 앤에게 호시절이었다. 그 둘은 즉시 죽이 맞았다. 미스 하퍼는 앤을 거의 자신과 동등하게 대했다. 사실 내가 보기에 그는 앤에게 약간의 경외심마저 가진 듯했는데, 그건 어쩌면 앤이 상류층 출신이었기 때문인지도 모르겠다. 어쨌거나 앤을 그렇게 금세 좋아하는 사람은 드물었고, 많은 이들이 이를 아니꼽게 여겼다. 일부 재소자들은 죄수복만 아니면 앤이 직원을 찾아온 손님으로 보이겠다고 얘기하기도 했다. 또 다른 불평은 올버니에 있는 관계자들 귀에까지 들어갔는데, 둘이 '차 모임'을 연다는 내용이었고, 이는 아마 두 사람이 미스 하퍼의 사무실에 앉아 학교 문제에 대해 의논하는 걸 두고 하는 말이었겠거니 싶다. 그 자리엔 차가 있었을 수도, 없었을 수도 있다.

미스 하퍼는 분명 메리빌의 모든 여자들이 고아 애니처럼 되기를 원했을 것이다. 그들 두 사람은 대부분의 재소자들이 시간을 보내는 방식을 몹시 못마땅해했다. 하지만 이 여자들에게 모두 생산적인 사람이 되라고 강요할 수는 없는 노릇 아닌가. 사실 많은 재소자들이 종일 잠을 자거나 TV를 보는 것만으로도 행복했다. 미스 하퍼는 우리 모두 운동을 더 해야 한다고 말했다. 교도소에 정크 푸드가 많다 보니 많은 재소자들이 살이 찐다. 하지만 여자 재소자들은 남자 재소자들처럼 체육관에 가서 몇 시간씩 운동에 매달릴 동기 자체를 갖지 못한다. 대신 그들은 몇 시간씩 자신의, 혹은 서로의 몸을 단장해준다. 머리, 손톱, 화장, 화장, 손톱, 머리. 그리고 많은 경우 몸단장은 애무로 이어지고, 섹스까지 가기도 한다.

이 여자들 가운데 다수가 미용 기술 자격증을 따기 위한 연습을 하고 있다는 사실은 미스 하퍼에게 중요하지 않았다. 그는 그런 식으로 너무 많은 시간이 낭비된다고 말했다. 어느 패션 잡지에서 메리빌에 기증한 화장품 샘플을 두고 끔찍한 싸움이 벌어지기도 했다. 샘플은 커다란 비닐봉지에 골고루 담겨 지급되었는데, 봉지가 갈가리 찢기는 경우가 태반이었다. 그리고 늘 이런 고함 소리가 들려왔다. "난 염병할 립스틱 필요 없어!" "저번에 마스카라 받았단 말이야!" "여드름 크림이 필요하다니까!" "이 색조는 나랑 안 맞아!"

샘플들이 앤을 통해 들어왔기에—그 잡지사에 연줄이 있다
는데 자세한 이야기는 절대 하지 않았다—그는 언제라도 샘플
기증을 중단시킬 수 있었고, 실제로 그렇게 하겠다고 몇 번 으름
장도 놓았다. 하지만 그때마다 미스 하퍼가 그를 설득했다. 미스
하퍼는 이곳 여자들이 화장품 샘플을 무척 기다린다고, 그들에게
서 그 기쁨을 빼앗는 건 수치스러운 일이라고 말했다. 내 생각엔
미스 하퍼가 늘 화장을 하고 다녀서 다른 여자들 심정을 앤보다
잘 아는 듯했다. 그는 장신구도 하고 다녔는데, 이곳에서는 주 정
부가 지급하는 죄수복이나 그 비슷한 옷만 허용되는 터라 의상
과 관련해 어떻게 해볼 수가 없었기에 화장이 그렇듯 장신구가
엄청나게 중요했다. 앤은 날마다 죄수복만 입는 걸 편하게 여겼
다. 그는 화장을 하지도, 장신구를 착용하지도 않았다. 내가 아는
한 화장품 샘플도 챙기지 않았다. 수녀와도 같은 그에게 그런 게
무슨 쓸모가 있었겠는가?

수녀 이야기가 나왔으니 말인데, 메리빌의 진짜 수녀들과 고
아 애니의 의견이 언제나 일치하지는 않았다. 수녀들이 하는 일
때문에 문제가 생긴 건 아니었다. 사실 앤과 프랜시스 수녀, 클레
멘타인 수녀는 모두 교육 위원회 소속으로 늘 함께 프로젝트들
을 수행했다. 앤이 수녀들을 못마땅하게 여긴 건 그들의 종교 때
문이었다. 앤은 종교를 좋아하지 않았다. 종교란 거짓말과 미신
일 뿐이라는 것이었다! 그는 신을 믿지 않았고, 아무도 신을 믿

지 않는다면 이 세상은 훨씬 더 살기 좋아질 거라고 했다. 천국에서 자신의 계획에 따라 모든 일을 주관하는 아버지 같은 건 없으며, 그저 이 아래 있는 우리 인간들이 엉망으로 살고 있을 뿐이라고 했다. 천국도 지옥도 없고, 내세도 없고, 오직 현생, 아픔과 고통과 불평등으로 가득한 이 지구뿐이라고 했다. 그는 종교가 사람들에게 거짓 세계관을 심어주고 대중을 억압한다며 모든 종교들이 나쁘다고 말했다. 남부 백인들이 인종 통합에 반대하면서 만일 신이 인종들이 서로 섞여 사는 걸 원했다면 애초에 어떤 사람들은 희게, 어떤 사람들은 검게 만들지도 않았을 거라는 핑계를 댄다는 것이었다. 그는 우리가 서로 돕고 세상을 멸망으로부터 구하기 위해선 모든 게 인간들에게 달렸음을 받아들여야만 한다고 말했다. 종교는 마약과도 같아서 사람들로 하여금 현생에서 자유와 정의를 위해 노력하는 대신 내생의 구원만을 바라도록 만든다고 했다. 그는 종교전쟁들에 대해, 신의 이름으로 저질러진 유혈 사태들에 대해 이야기했다. 그는 선교사들이 원주민들에게 끼친 해악들을 까발리고, 대학살과 유대인들을, 교황과 우리 기독교인들의 수치를 들먹였다.

앤이 어디서 그 모든 생각들을 얻게 되었는지는 몰라도, 그의 말은 확실히 이곳 여자들에게 영향을 미쳤다. 교도소는 많은 기도들이 행해지고, 많은 찬송가들이 불리며, 전에는 신을 믿지 않던 사람들이 자신을 기다리는 신을 발견하는 곳이다. 특히 히스패닉계 여자들은 매우 종교적인 경향이 있다. 그들은 늘 미사에 참석하고, 대부분이 십자가를 몸에 지니거나 감방에 간직한다. 예수에게 기도하느니 차라리 부활절 토끼에게 기도하는 게 낫는 둥 어떻다는 둥 떠드는 걸 들으면 그들은 꼭지가 돌아버릴 수도 있었다. 나는 예수의 어머니 이름을 딴 이곳에서 신의 이름으로 또다시 유혈 사태가 터지는 걸 보게 될까 봐 두려웠다. 그래서 신부님이 앤과 이야기를 나눠보기로 결심했을 때 무척 기뻤다. 신부님은 앤에게 많은 재소자들이 신에 대한 믿음으로 이곳에서의 삶을 견디고 있으며, 만일 그들이 신의 존재를 의심하게 된다면 절망의 구렁텅이로 빠져들 수 있음을 상기시켰다.

다행히 앤은 윌시 신부님의 말을 알아들었다. 여전히 이따금씩 그가 신앙인을 자처하면서 감옥에서 소란을 피우는 도둑들, 아동 학대자들, 살인자들을 욕하는 소리를 들을 수 있었지만, 그는 더 이상 우리 모두를 무신론자로 만들려고 하지 않았다. 주님의 은총이었다.

아닌 게 아니라, 나는 고아 애니 같은 사람과 친구가 될 생각이 없었다. 자기가 뭔데 종교에 대해 그런 식으로 지껄이고 다녀? 자기 아버지가 죽었을 때 장례식에 참석하는 상식적인 예의조차 보이지 않은 것도 내게 나쁜 인상을 주었다. 그 자리에 올 사교계 사람들을 보고 싶지 않아서라니, 그게 무슨 미친 이유란 말인가?

자랑스러울 일은 아니지만, 나는 그의 멍든 눈을 보며 고소해했던 적도 몇 번 있었다. 그리고 '아기 인형'이 왔을 땐 지옥이 진짜로 존재한다는 걸 신이 앤에게 알려주려는 모양이라고, 신이 그걸 증명하기 위해 그 악마를 보낸 거라고 생각하기까지 했다.

두 악마. '아기 인형'과 '허수아비'. 허수아비가 먼저 들어왔지만 그는 다른 수감동에 있었고, 싸움꾼이라 해도 아기 인형이 오기 전까지는 앤에게 심각한 위협이 되지 않았다. 둘이 대체 어떤 수를 썼기에 허수아비가 우리 층으로 옮겨 왔는지, 게다가 공교롭게도 앤의 감방 맞은편에 있는 아기 인형 바로 옆방에 배정되었는지는 도무지 풀리지 않는 수수께끼였다. 하지만 이제 와 돌이켜보니, 이야기의 처음부터 끝까지 신의 손길이 개입했음을 알 수 있다.

아기 인형은 허수아비에게 무슨 짓이든 시킬 수 있었다. 허수아비는 아기 인형의 지시에 따라 앤의 감방에 불도 지르고, 앤의 손에서 교과서를 빼앗아 갈가리 찢기도 했다. 허수아비는 어리석었다. 그는 아기 인형이 자신의 복역 기간이 늘어날 것을 염려해 다른 사람에게 나쁜 짓을 시킨다는 사실을 깨닫지 못한 듯했다. 그렇다고 아기 인형 자신이 나쁜 짓을 전혀 하지 않은 건 아니었다. 하지만 그는 영리해서 처벌을 면하는 법을 알았다. 놀랍게도 철창 안에서는 교도관을 건드리거나 폭동을 일으키거나 교도소 재산을 부수지 않는 한 나쁜 짓을 저질러도 처벌받지 않고 그냥 넘어가는 경우가 많았다.

그때는 디프리스 교도소장 시절이었다. 그는 록하트 부인처럼 앤을 싫어하지도 않았고, 미스 하퍼처럼 앤을 좋아하지도 않왔다. 디프리스 부인에게 앤은 그저 하나의 숫자일 뿐이었다. 말하자면, 그는 앤을 도와줄 생각이 전혀 없었다.

그때만 해도 메리빌에 아직 진짜 갱단은 없었지만 그와 유사한 클럽들이 있었다. 백인 클럽 하나, 푸에르토리코인 클럽 하나, 서로 라이벌 관계인 흑인 클럽 둘. 그리고 패밀리들도 있었다. 엄마와 아빠로 불리는 부모, 언니와 동생으로 불리는 딸들로 이루어지지만 딸은 하나인 경우가 많았다. 한 부모 가족도 있었는데 주로 엄마들이었고, 드물지만 특히 히스패닉계에는 대가족도 몇 있었다. 그리고 많은 패밀리들이 클럽에도 속해 있었다.

교소도에서 어떤 패거리나 갱단이나 클럽에 들어가 골치 아픈 점이 있다면, 잘못이라는 걸 알면서도, 혹은 어떻게 되든 관심 없는 일에 대해서도 그들 편을 들어야만 하며 안 그러면 배신자로 처벌될 위험에 처한다는 것이다. 나도 수감 초기—나의 '풋내기 시절'—에는 어디에도 속하지 않은 채 홀로 버틸 수 있다는 생각을 할 수가 없었다. 하지만 곧 그 어떤 유대도 거부하고 독자적으로 지내는 지혜를 터득했다. 나는 늘 친구들이 있었지만 남의 일에 신경 쓰지 않고 거리를 두는 법을 알았다. 무기수들은 나이가 들면서 점점 더 고립된다고들 하는데 내 경우도 그랬다. 나는 앤도 그렇게 되어가는 것을 지켜보았지만, 그의 경우 여러모로 외톨이가 되는 것밖에는 다른 선택의 여지가 없었다. 그는 백인 클럽에 들지 않았고 설령 거기에 들기를 원했다 해도 환영받지 못했을 것이다. 그 시기에 앤은 진짜로 뒤통수를 조심해야 했다. 미스 하퍼 재임 시절의 그 '차 모임'이 사실상 밀고의 시간이었다는 루머가 돌기 시작해 여전히 잦아들지 않던 터였다. 나는 앤이 밀고자가 아니라는 걸 알고 있었고, 진짜 밀고자가 누구인지도 우연히 알게 되었다. 하지만 말했다시피, 남의 일에 신경 쓰지 않는 것이 나의 철칙이었다.

앤이 아기 인형의 유일한 먹잇감은 아니었다. 다만, 가장 좋아하는 먹잇감이었달까. 앤은 되도록 그를 멀리하며 그와 단둘이, 혹은 허수아비와 셋이 있는 자리를 피했다. 셋이 만나는 경우가 최악이었다. 그냥 얻어맞는 것과 꼼짝 못 하게 붙잡힌 상태로 얻어맞는 건 다르니까. 가장 위험한 장소 중 하나는 계단참이었다. 한번은 앤이 계단 밑에서 정신을 잃고 쓰러져 있다가 발견되어 교도소 병원에 실려 간 적도 있었다.

외톨이 신세에 아무런 보호막도 없이 주기적으로 공격과 괴롭힘의 대상이 되는 건 재소자들의 가장 끔찍한 악몽이다. 그것만으로도 자살을 결심하기에 충분할 만큼. 일부 재소자들은 고아 앤의 경우에도 살해당하지 않으면 자살하게 되리라 믿었다.

나는 이 이야기를 새로 쓴 사건들의 목격자였다.

식사 시간, 나는 식당에 앉아 있다. 통로 건너편 테이블에 나를 등지고 앉은 앤이 보인다. 아기 인형과 허수아비가 식판을 들고 나타나더니 앤 바로 맞은편 의자로 곧장 향한다. 그들은 즉시 욕을 해대기 시작한다. 내 자리까지 그 소리가 들리는 건 아니다. 식당 안이 늘 소란스러운 데다 통로가 무척 넓기 때문이다. 닭튀

김과 으깬 감자가 나오는 날이라 평소보다 식사하는 사람들이 많고 간수들도 많이 나와 있다. 식사 중에 싸움이 일어나는 경우가 꽤 잦긴 하지만, 내가 보기에 앤이 당장 그 두 사람으로부터 육체적 위해를 당할 위험은 없는 것 같다. 두 사람은 점심 식사를 하며 즐거운 시간을 보내고 있다. (틀림없이 같은 테이블에 앉은 재소자들까지 즐겁게 해주면서.) 얼굴이 못생겼다, 엉덩이에 뼈만 남았다, 유령 같다, 귀머거리냐 아니면 염병할 벙어리냐, 돈 가져오랬는데 어떻게 됐느냐, 이러는 게 좋겠다, 저러는 게 좋겠다 하며 앤을 괴롭혀댄다. 이미 전에 들은 것들이라 듣지 않아도 다 안다.

바로 그 주에 아기 인형은 머리를 밀었는데, 당시 그게 젊은 재소자들 사이에서 새로 인기를 끌게 된 패션이었고 이유는 나도 모른다. 그는 눈썹도 싹 밀어버리고 전쟁에 나갈 때 얼굴에 바르는 물감처럼 검은 사선까지 두 개 그려 넣어 늘 기분이 나쁜 듯한 인상을 주었다. 그는 문신도 새기는 중이었다. 빨간 하트가 걸린 거미줄 문양으로, 허수아비도 어깨뼈 사이에 똑같은 문신을 하고 있었다. 아기 인형은 오른쪽 팔뚝에 했는데 반쯤 완성된 상태였다. 허수아비는 몸 어딘가에 "아기 인형"을 문신으로 새길 거라고 했다. 소문으로는 그랬다.

허수아비scarecrow라는 이름이 그의 생김새에 대해 잘못된 추측을 하게 만들 수도 있다는 생각이 지금 퍼뜩 들었다. 그는 마르고 키가 컸으며 그 누구보다 긴 팔과 다리를 갖고 있었다. 하지만 그의 생김새에서 무서운 점이라곤 단 하나, 너무도 아름답다는 것이었다. '까마귀crow'를 연상시키는 것이 있다면 세네카족 혈통의 어머니에게 물려받은, 길고 굵고 빳빳하며 푸른빛이 도는 검은 머리뿐이었다. 여기서 한 가지 사실을 밝혀야겠다. 허수아비의 어머니와 아기 인형의 어머니는 메리빌에서 복역하다가 만난 사이였다. 그래서 그들에겐 면회일이 동문회이기도 했다. 하지만 메리빌에 복역했던 친척을 둔 재소자가 그렇게 희귀한 존재는 아니다. 이곳에 오래 근무한 교도관들은 3대가 이곳을 거쳐 가는 걸 지켜보기도 했고, 지금 복역 중인 재소자들 중 두 명은 이곳에서 태어났다.

아기 인형은 스물다섯 살이었고 아들이 셋 있었다. 아니, 그 중 하나는 그가 재판을 기다리던 중에 총에 맞아 죽었으니 둘이라고 해야겠다. 허수아비는 그보다 두 살 어렸지만 벌써 아이가 여섯이나 되었다. (그의 어머니는 자식을 열여섯이나 두었다.) 그는 에이즈에 걸렸지만 그땐 아직 그걸 모르고 있었다. 허수아비는 간수들 사이에서 인기가 좋았다. 어쩌다 허수아비라는 별명이 붙었는지 모르겠지만, 그 별명으로 그를 부르는 건 재소자들뿐이었다. 간수들은 그를 클레오파트라라고 불렀다.

아기 인형은 음식을 먹으면서 말을 하는 더러운 습관이 있었다. 그는 입에 음식을 가득 문 채로 몇 초에 한 번씩 고개를 뒤로 젖히며 웃곤 했다. 나는 잠시 그들에 대한 관심을 거두었다가 쾅당 소리를 듣고 다시 그쪽을 보았다. 아기 인형이 일어나 있었다.

그가 너무나 거칠게 일어나는 바람에 의자가 나동그라진 것이다. 그런 상황이 되면 모두가 마법에 걸린 양 얼어붙는다. 아기 인형은 노래를 부르거나 중요한 발표라도 하려는 사람처럼 두 손을 앞으로 내민 채 서 있었고, 우리 모두 그를 쳐다보았다. 크게 벌어진 입에서는 아무 소리도 나오지 않았다. 그의 눈은 툭 불거져 있었다. 이곳에서는 발작이나 천식이 흔하지만 아기 인형이 발작을 일으키는 건 본 적이 없었다. 내가 그런 생각을 채 끝내기도 전에, 앤이 그의 뒤로 다가가는 게 보였다. 나는 시야를 확보하느라 의자에서 일어났고, 그러자 앤이 뒤에서 두 팔로 아기 인형의 허리를 꽉 끌어안는 모습이 보였다. 흡사 아기 인형을 들어 메다꽂을 태세였다. 아기 인형의 얼굴이 그토록 공포에 차 있지 않았더라면 정말이지 우스꽝스러운 광경이었을 것이다. (아기 인형은 앤보다 10센티미터는 더 크고, 몸무게도 30킬로그램쯤 더 나갔다.) 곧 아기 인형의 몸이 앞으로 기울었다. 그러더니 그가 기침을 하면서 무언가를 허공에 뱉어냈고, 앤은 그를 놓아주었다. 아기 인형은 바닥에 쿵 쓰러졌다. 허수아비가 그 옆에 쪼그리고 앉는가 싶었는데, 그다음엔 너무 많은 사람들이 몰려드는 바람에 아무것도 볼 수 없었다. 모두가 자리에서 일어난 상태였고, 일부는 의자에, 심지어 테이블에까지 올라가 있었다. 간수들이 행동을 개시하여 몇몇은 사건 현장을 향해 몰려가고 나머지는 이리저리 둘러보며 우리에게 당장 자리에 앉으라고 소리를 질러댔다. 소요가 일어났는데 무슨 일인지 모를 때 간수들은 제일 겁을 먹는다. 그들은 얼마 후에야 사건의 진상을 파악했고, 그러자 교위가 모두 식당을 나가 감방으로 돌아가서 얼마 남지 않은 낮 점호를 기다리라는 지시를 내렸다. 쇼는 끝났어, 숙녀분들, 쇼는 끝났다고. 간수들이 계속해서 말했다. 맞는 말이었다. 너무 짧은 쇼라 눈 깜짝할 사이에 끝나버렸지만 얼마나 멋진 쇼였던가. 수백 명의 구경꾼들이 지켜보는 가운데 질식해 죽어가는 사람. 그리고 아기 인형의 목숨을 구한 작은 고아 애니!

자, 이제 그때부터 앤이 아기 인형의 괴롭힘에서 벗어났다는 이야기가 나오리라 예상하고 있을지도 모르겠다. 하지만 그런 기대를 한다면 이 이야기가 벌어지는 곳이 어디인지 잊은 것이다.

아기 인형은 앤을 더욱 괴롭혔다.

이 모든 일들이 있고 얼마 지나지 않아 우연히 그에 대한 이야기가 나왔을 때 래빗은 부끄러운 일이라고 말했다. 래빗은 간수치고 괜찮은 사람이었다. 물론 우리의 절친한 친구는 아니었지만 그렇다고 적도 아니었다. 나중에 퇴직할 때 그는 재소자들이 만든 아프간 담요를 선물받았는데, 그걸 보고 울음을 터뜨렸다. 그런 그가, 부끄러운 일이라고 말했다. 메리빌 이전까지 아티카에서 근무했던 그는 아티카가 훨씬 더 거친 곳이라고 인정하면서도 거기서 일할 때가 나았다고 말했다. 그런 일은 아티카나 다른 남자 교도소에서는 있을 수 없다고 했다. 그건 그야말로 여자들 짓이라는 것이었다. 그는 여자들 간수 노릇이 이토록 다를 줄은 몰랐다고 했다. 남자들은 상식이란 게 있다고, 세상을 대할 때

551

정석대로 행동한다고 했다. 하지만 여자들은 교활했다. 그들은 페어플레이를 하지 않았다. 치사하게 싸웠다. 그리고 서로에게 등을 돌릴 땐 또 어떤가. "소름이 끼친다"고 그는 말했다. 철창 안에서도 남자들은 그러지 않는다고 래빗은 말했다. 아티카에는 규칙이 있었다는 것이었다. 하지만 메리빌에는 그런 게 없었다. 여자들은 서로를 믿지 않았다. 의리도 없었다. 아티카에서는 의리가 최고였다. 여자들 사이엔 존재하지 않는 도의라는 것도 있었다. ("여자들이 밀고를 열 배는 많이 하지.") 남자들은 대다수가 제 나름의 방식으로 규칙을 지키려 한다고도 했다.

"하지만 여기 여자들은 걸핏하면 따지고, 또 따지고, 우리의 권위를 시험하고, 빠져나갈 구멍을 찾고, 자기 이익을 챙기고, 사람 신경을 건드리고, 열 받게 만들고, 지쳐 나자빠지게 하잖아. 사람 수명을 갉아먹는다고."

일부 재소자들이 법률적 도움을 주고 가르침을 베풀고 많은 일들을 해주는 앤에 대해 전혀 고마움을 느끼지 않는 것도 물론 충분히 나빴다. "하물며 자신의 목숨을 구해준 사람에게 고마워하지 않는다면 대체 누구에게 고마움을 느낀다는 거야?" 래빗은 앤이 아기 인형의 목숨을 구하기 위해 한 처치가 '하임리히법'이라고 했다. 그동안 아기 인형에게 그렇게 시달림을 당하고도 그의 목숨을 구해주다니! 2 대 1로 괴롭혔고, 아무도 앤의 편을 들어주지 않았는데! 그는 여자들은 나쁘다고, 진짜 나쁘다고 말했다. 아티카에서는 절대 있을 수 없는 일이라고 했다.

*

오늘은 내가 복도 걸레질 당번이다. 나는 걸레질을 싫어해서 늘 최대한 나중으로 미룬다. 남는 담배가 있으면 그걸로 다른 사람을 사서 대신 시키기도 한다―그것 또한 규정 위반이다. 오늘은 마침 졸업식 날이기도 하다. 나도 참석할 계획이었지만 이미 여러 번 졸업식에 가봤고 이번엔 내가 아는 이들 중에 졸업장을 받는 사람도 없어서 걸레질이나 하기로 했다.

샤워장이 있는 복도 끝에 양동이를 내려놓는데 저 아래 휴게실 근처 감방들 중 한 곳에서 무슨 소리가 들려온다. 다들 졸업식에 갔겠거니 했던 나는 깜짝 놀란다. 앤이 남아 있으리라는 생각은 들지 않는데, 그는 선생님이라 당연히 참석했을 것이기 때문이다. 하지만 살금살금 복도를 따라 내려가다 보니 다시 그 소리가 들려오고, 그건 앤의 감방에서 나는 소리가 분명하다. 나는 우뚝 멈춰 선다. 그는 감방에 갇힌 것도 아니고, 커튼을 쳐놓지도 않았다. 내가 있는 곳에서는 그의 발밖에 보이지 않는다. 벽을 등진 채 침대에 앉아 두 다리를 쭉 뻗어 발이 매트리스 너머로 튀어나와 있다. 신발도 양말도 신지 않은 그의 맨발은 너무나 작고 희다. 발바닥은 때가 묻어 조금 까매졌지만.

그가 울고 있다.

교도소에서는 노상 우는 사람들을 볼 거라 생각하기 쉽다.

553

하지만 사실 재소자들은 대개 눈물을 감추려고 애쓴다. 나도 슬픈 영화를 볼 때 말고는 아무에게도 눈물을 보인 적이 없다. 영화를 보고 우는 건 영화에 나오는 사람들 때문에 우는 거지 자기 자신과는 아무 관련이 없기에 문제가 되지 않는다. 앤의 경우, 나는 그가 우는 걸 딱 한 번 보았는데 우리 모두 TV를 보고 있을 때였다. 〈잃어버린 꿈〉인지 〈깨진 꿈〉인지 뭐 그런 제목의, 과거에 관한 특집 다큐멘터리였다. 킹 목사와 베트남과 시위와 시가전의 시대. 여자들 두어 명이 아, 기억나, 나도 전에 봤어, 라고 말했다. 하지만 대부분이 그 시절을 회상하기엔 너무 젊었다. 나로 말할 것 같으면 당시 이미 수감 중이었던 터라 그 프로그램에 별 흥미를 느낄 수 없었다. 모두들 다큐멘터리 속 의상과 헤어스타일을 조롱했다. 나는 방 안을 둘러보다가 앤이 울고 있는 걸 보았다. 그는 내 시선을 의식하고 일어나 밖으로 나갔다. "야, 쟤 어디 가는 거야?" "자기가 이 프로 신청해놓고!" "엿이나 먹으라지. 우리 다른 거 틀자."

우는 것까지는 아니지만 앤의 눈에 눈물이 맺힌 걸 본 적도 있었다. 우리 몇 명이서 영화를 보려다가 VCR이 또 고장 나는 바람에 다들 목욕 가운 차림으로 모여 앉아 이야기도 나누고 담배도 피우고 직접 만든 팝콘도 먹던 어느 밤이었다. 유난히 편안하고 화기애애한 분위기라 철창 안에 있다는 걸 거의 잊을 수 있는 그런 시간이었다. 앤도 그 자리에 있었다. 그가 갑자기 두 손을 뺨에 대며 말했다. "세상에, 정말 이상해! 꼭 대학 기숙사로 돌아간 기분이야." 그는 행복해 보였으나 곧 눈에 물기가 어렸다. 그가 자신의 대학 시절에 대해 언급한 드문 순간들 중 하나였다.

하지만 지금은 그런 것과 다르다. 지금 그는 심각하게 울고 있다. 그가 그렇게 울고 있으면 복도 걸레질을 할 수 없기에 나는 저 끝으로 돌아가서 걸레질을 시작하며 그에게 사람이 있다는 걸 알리려고 일부러 양동이 덜거덕거리는 소리를 낸다. 15분쯤 지났을까, 다시 아까 그 자리로 가서 살짝 들여다보니 그는 움직이지 않고 그대로 있다. 발도 그대로 보인다. 그는 침대에 아까와 똑같은 자세로 앉아 있고, 매트리스 너머로 발이 튀어나와 있다. 하지만 이제는 발이 아까처럼 얌전하지 않다. 이리저리 뒤틀리고 발가락들은 꼬였다 풀렸다 하는 것이, 마치 고문당하는 사람의 발처럼 춤을 추는 모양새다. 하지만 소리는 전혀 없다.

딱히 열심히 걸레질을 한 것도 아닌데 나는 땀이 나고 천식 발작을 일으킬 것만 같은 기분이 든다. 그 뒤틀리고 오그라드는 발을 보고 있자니 다른 발 한 쌍이 떠오른다. 저렇게 침대 너머로 튀어나온 채 뒤틀리고 발가락들이 꼬였다 풀렸다 하는 맨발. 앤의 발보다도 작고 검은 그 발들 역시 똑같은 고통의 춤을 추고 있다. 그 발들은 내 인생 최악의 시기, 죽이지 않으면 죽어야만 했던 그 시기에 속해 있으며, 그 이상은 이야기하고 싶지 않다.

한 발짝 더 다가가자 앤의 전신이 보인다. 그는 아까처럼 격렬하게 울고 있지만 베개를 품에 안은 채 베개 귀퉁이로 입을 틀어막고 있다. 내가 감방 안으로 들어서자 그가 감았던 눈을 번쩍

뜬다. 아주 크게 뜬다. 나는 그의 침대 옆, 자물쇠 달린 상자에 앉는다.

내가 그 감방에 들어간 건 처음이다. 여기선 많은 여자들이 감방을 제 집처럼 꾸미기 위해 최선을 다한다. 그들은 잡지에서 오린 포스터나 사진 들을 벽에 붙인다. 가족사진도 내놓고, 카펫이나 봉제 인형, 사제 침구도 쓴다―어느 것이 금지품이고 어느 것이 아닌지에 대한 규정은 언제든 바뀔 수 있고 불시 점검을 받으면 물건이 손상되거나 압수되거나(압수보다 도둑질에 가까운 경우도 있다) 심지어 파괴될 수도 있지만, 그래도 걸리지 않고 넘어갈 수 있는 것들은 최대한 간직한다.

앤의 감방도 비어 있지는 않다. 책들과 서류들로 꽉 차 있다. 하지만 아무 장식도 없어서 비어 있는 듯한 느낌인데, 아마 개인 물품들은 침대 밑이나 내가 깔고 앉은 상자 속에 두는 모양이다. 벽에는 아무것도 붙어 있지 않지만, 나는 몇 년 전 그가 침대 위 벽에 사진 하나를 테이프로 붙여놓았던 걸 기억하고 있다. 그가 총으로 쏴서 죽인 경찰관의 모습이 찍힌 신문 속 사진이었다. 정확히는 신문에 난 사진을 그가 도서관에서 복사한 출력물이었다. 그걸 본 간수들은 길길이 날뛰며 사진을 떼라고 했다. 앤이 거부하자 그들은 감방으로 들어가 직접 떼어냈다. 앤은 사진을 또 복사해서 벽에 붙였고, 간수들은 또 떼어냈다. 내 기억으론 앤이 그 일로 탄원서를 냈다. 그는 자신이 아는 한 그 어떤 규정도 위반하지 않았다고 주장했다. 아마 그랬을 것이다. 하지만 간수들이 이겼다.

한동안 우리는 거기 그렇게 앉아 있는다. 나는, 젠장, 무슨 말을 해야 할지 모르겠다. 이 여자와 나는 친구가 아니다. 심지어 늘 이웃이었던 것도 아니고, 마침 그때 같은 층에 있었을 뿐이다. 우리가 메리빌에서 함께 지낸 그 오랜 세월 동안 서로 나눈 말을 합해봐야 50마디 정도밖에 안 될 것이고 그나마도 전부 짧은 말들이다. 나는 내가 좋아하지 않는 사람들에게 그런 감정을 확실하게 드러내기 때문에 그도 내가 자신을 좋아하지 않는다는 걸 알 것이다. 나는 그 자리가 점점 더 불편해진다. 도대체 내가 여기서 뭘 하고 있는 건지 생각해보려고 애쓴다. 그러다 무슨 말이라도 하려고 그에게 왜 졸업식에 안 갔는지 묻는다. 그는 입에서 베개를 떼고는 말한다. "가고 있었어. 그런데 갑자기, 나도 모르겠어, 뭔가 나를 덮쳤어. 나는 울기 시작했고 울음을 그칠 수가 없었어." 그 말에 감정이 북받친 듯 그가 다시 울기 시작한다.

그런 앤의 모습을 나로서는 본 적이 없고, 보고 싶지도 않다. 그저 이 빌어먹을 울음을 그치게 하고 싶은 마음뿐이다. 나는 그의 발 하나를 잡아 살짝 힘을 준다. 내가 발을 부드럽게 마사지하기 시작하자 그는 베개를 가슴에 꼭 안으며 다시금 두 눈을 크게 뜬다. 너무 놀라 움직이지도 말을 하지도 못하는 듯하다. 심지어 겁을 먹은 건지도 모른다. 그는 내가 한 발을, 그리고 나머지 발을 마사지하도록 잠자코 맡겨둔다. 나는 성냥개비 같은 그의 다리를 내려다보며 고개를 젓는다. 그의 발목은 내 손목보다

가늘다. 손으로 발목을 감아보니 엄지와 중지가 닿는다. 이어 나는 내 손목을 감아 엄지와 중지가 닿지 않는 걸 그에게 보여준다. 그는 울음을 그쳤지만 여전히 아무 말이 없다. 이제 무슨 일이 벌어질지 무척 불안해하는 눈치다. 그건 나도 모른다. 나는 충동적으로 그의 발을 간질이기 시작한다. 알고 보니 그는 간지럼을 심하게 탄다. 그가 낑낑거리며 발을 뺀다. 내가 다시 그의 발을 꽉 잡고서 계속 간질이자, 그는 몸부림치며 제발 그만하라고 애원하다가 베개로 나를 때리기 시작한다. 그러다 그가 다리를 너무 세게 빼는 바람에 상자 위의 내 몸이 그를 향해 쏠린다. 나는 균형을 잃고 침대로 쓰러진다.

우리 둘 다 복도를 걸어오는 발소리를 듣지 못한 참이다. 간수 하나가 와서 안을 들여다보고 있다. '꿈틀이 돼지'인데, 아마도 주방에 뭐 훔칠 게 없나 보러 가는 길이었을 것이다. 누가 남아 있으리라고는, 우리가 여기 있는 걸 보게 되리라고는 아마 생각지도 못했으리라. 그는 얼굴이 시뻘게진 채 멍하니 서 있다. 너무 당황해서 말을 하지도 못한다. 그러다 마침내 입을 연다. "자, 자, 숙녀분들, 그거 안 돼, 그거 안 돼." 그러곤 꽁무니가 빠지게 도망친다. 앤과 나는 마주 보며 웃음을 터뜨린다. 우리는 숨 쉴 때만 잠깐씩 그치며 한참을 웃는다. 자, 자, 숙녀분들, 그거 안 돼. 그거는 물론 규정 위반이고, 그거를 보고 돌아서서 달아날 간수가 꿈틀이 돼지만은 아니다.

만일 그 죄를 짓지 않았더라면 그가 교도소에 들어오는 일은 없었을 것이다. 만일 그가 교도소에 들어오지 않았더라면 아기 인형의 목숨을 구할 일도 없었을 것이다. 만일 그날 그 "뭔가"라는 게 그를 덮치지 않았더라면 그는 졸업식에 갔을 것이고, 따라서 감방에 있지 않았을 것이다. 만일 내가 졸업식에 가는 대신 걸레질을 하기로 결심하지 않았더라면 나는 그가 우는 걸 발견하지 못했을 것이다. 만일 그가 우는 걸 발견하지 않았더라면 나는 그의 감방에 들어가지 않았을 것이다. 만일 내가 그의 감방에 들어가지 않았더라면 우리는 친구가 되지 않았을 것이다.

오, 내가 그런 말을 하면 그는 눈알을 굴려댔다. 하지만 나는 분명 이 모든 일들에서 신의 손길을 보았다.

아기 인형에 대해선 걱정하지 않았다. 우선, 나는 앤 같은 아동 사이즈가 아니다. 원체 거구에, 운동을 안 해도 근육이 많은 체질이다. 나도 젊을 땐 꽤 싸웠지만 나에게 시비를 거는 사람자체가 많지 않았다. 게다가 나는 이미 사람을 둘이나 죽이고 종신형을 사는 중이었으며, 그건 내가 잃을 게 별로 없다는 뜻이었다. 그것만으로도 대부분의 재소자들이 나를 건드리지 않았다. 어쨌거나 나는 아기 인형 같은 부류―래빗 말마따나 치사한 싸움꾼―를 잘 알았다. 머리나 박박 밀고, 덩치가 자기 반밖에 안 되는 데다 길거리 생존 기술도 없고 못된 것과는 거리가 먼 사람을 괴롭히는 여자 따윈 안중에도 없었다.

나는 소문들에 대해서도 걱정하지 않았다. 앤이 마침내 현실을 깨닫고 자신을 보호해줄 사람을 돈으로 샀다는 소문이 돌았다. 내가 무슨 돈이 필요해서 그런 짓을 한다고들 생각했는지 도무지 알 수가 없다. 내 생활에 변화가 보이지 않자, 그러니까 감방에 새 TV를 들여놓지도 않고 간수들을 매수해서 술이나 다른 금지품을 들이는 일도 없이 늘 그랬던 것처럼 가난하게 지내자, 소문은 단순한 진실 앞에 무릎을 꿇었다. 내가 그냥 그러고 싶어서 고아 애니와 어울린다는 진실.

하지만 앤이 박해자들로부터 해방된 걸 전부 내 공으로 돌릴 생각은 없다. 다른 요인들도 있었다. (신의 손길.) 우선, 아기 인형과 허수아비에게 다른 관심거리가 생겼다. 바로 야야라는 화려한 여자로, 딱 붙는 바지에 통굽 구두 차림으로 돌아다니고, 화장과 머리에 몹시 공을 들이며, 거의 훔친 것이 확실한 멋진 장신구를 갖고 있는 재소자였다. 그 장신구들을 그는 자랑스럽게 과시했으니, 이는 참으로 어리석고 심지어 위험하기까지 한 짓이었다. 지각 있는 재소자라면 질투라는 감정을 유발하고 싶어하지 않을 텐데 이곳의 많은 여자들은 자랑하고 싶은 충동을 억누르지 못하는 듯하다. 처음 메리빌에 왔을 때 나는 여자들만 있는 장소에서 섹시하게 보이고 싶어 안달이 난 이들이 얼마나 많은지에 놀랐다. 그리고 수많은 재소자들이 남자 간수들에게 예쁘게 보이고 싶어하는 것에 대한 충격에서 벗어나기까지도 오랜 세월이 걸렸다. 실제로 많은 재소자들이 간수들에게 예쁘게 보였고, 일부 간수들에겐 거부할 수 없을 정도로 예쁘게 보이기도 했다. 그래선 안 되지만 간수들이 재소자에게 반해서 관계를 맺기도 했으며, 관리자들이 석방된 재소자들과 은밀히 접촉하는 경우도 있었다. 교도소가 세상에서 최고로 낭만적인 곳이라고 생각할리는 없겠으나, 반드시 낭만적인 곳에서만 사람들이 성적인 흥분을 느끼는 건 아니다. 어쨌거나 메리빌에 있다 보면 여학생의 열병 같은 사랑에서부터 진짜, 만개한, 영원한 사랑에 이르기까지, 온갖 종류의 사랑이 펼쳐지는 걸 구경하게 된다.

야야와 허수아비는 자신들의 사랑이 진짜라고 선언했고, 심지어 그들에 앞서 탄생한 다른 커플들처럼 6월의 어느 아침에 교도소 운동장에서 특별한 식을 올려 '결혼'까지 했다. 신부들은 흰 드레스—누군가 보내준 네글리제—차림에 선글라스를 끼고 막대 사탕과 운동장 바닥의 갈라진 틈에서 꺾은 민들레 꽃다발을 들었다. 너무나 멋진 광경이라 그런 식을 막아야 할 간수들마저 방관하며 사진을 찍어주었다.

아기 인형은 분노로 이성을 잃었고, 다른 때 같았으면 분명 복수를 했을 터였다. 하지만 그는 항소를 고려 중이었다. 아기 인형은 훌륭한 변호사를 두었으며 밝은 미래가 그를 기다리고 있었다. 지금부터 공식적인 석방 때까지 말썽을 일으켜선 안 되었다. 우리와 함께한 마지막 날들 동안 그는 거의 눈에 띄지 않았고, 성당 신부님보다도 성스럽게 행동했다.

야야와 허수아비는 똑같이 마약 때문에 들어왔으나 형량이 더 짧은 야야 쪽이 먼저 가석방 허가를 받았다. 그가 나가고 얼마 안 되어 허수아비는 아프기 시작했고, 이미 에이즈 환자들이 가득한 교도소 병원에 들어갔다. 두 달 뒤, 그는 형량을 반밖에 채우지 못했는데도 병보석 허가를 받았다.

자신이 에이즈에 걸린 것을 알고 얼마 지나지 않아 허수아비는 예수님을 만났다. 그는 석방된 뒤 앤에게 지난 시절 괴롭힘에 대한 사죄의 편지를 썼다. 그는 그동안 자신이 괴롭힌 모든 사람들에게 편지를 쓰고 있다고 했다. 주소를 모르는 사람이나 이미 세상을 떠난 사람에게도 일단 편지를 써서 그들이 그걸 받고 읽는 모습을 상상한다는 것이었다. 그는 죽어가고 있었다. 그는 앤에게 용서를 구하며 용서의 표시로 자신을 위해 기도해달라고 부탁했다. 그리고 편지에 자신의 실명으로 서명했다. 욜랜드.

앤은 허수아비를 용서했지만 자신은 무신론자라 기도를 할 수 없다고 했다. 나는 무슨 일이든 시도해보기 전에는 어떻게 될지 모른다고 말했다. 하지만 그는 종종 그랬던 것처럼 눈알을 굴려 보였다. 아직은 조짐이 보이지 않았지만, 나는 앤이 언젠가 예수님을 발견하리라는 희망을 버리지 않았다.

시간은—심지어 고난의 시간도—쏜살같이 흐르며, 나이가 들면 더 그렇다. 앤이 마흔다섯 번째 생일에 이런 말을 했던 게 기억난다. "18년! 그렇게 긴 세월이 지났다니 믿을 수가 없어."

재소자 안내서에는 이곳에서 할 수 있는 가장 똑똑한 일이 (남의 일에 간섭하지 않는 것 다음으로) 바쁘게 지내는 것이라고 나와 있다. 나는 아니지만 이곳의 많은 여자들이 일주일에 한 번이 아니라 대여섯 번씩 감방 바닥을 닦고 왁스 칠을 하고 벽까지 닦는다. 그리고 여기서 배울 수 있는 건 다 배우는 여자들도 있는데, 나도 그중 하나다. 아무도 내가 고등학교 때 무단결석을 밥 먹듯 해서 모든 과목에서 낙제했다는 걸 믿지 못할 것이다. 나는 1973년에 문학사 학위를 받았다. (내가 여기 범죄자의 엉덩이로 앉아서 『햄릿』에 범죄자의 코를 박고 있다는 생각만으로도 바깥에 있는 일부 사람들이 얼마나 분개할지 알기에 이런 말을 하는 것조차 조심스럽다.) 그다음엔 준법률가 자격증을 따서 법률 도서실에서 일하게 되었는데, 그 일은 나에게 잘 맞았다. 그뿐 아니라 오랜 복역 기간 동안 나는 머리 자르는 법, 매니큐어, 뜨개질, 요리, 나무 가꾸기, 목공, 배관 수리도 배웠다. 강사 일도 하고, 부교도소장 비서도 했다. 그리고 지금은 통신 강좌를 통해 글쓰기 석사과정을 밟고 있다.

정확한 시기는 알 수 없지만 앤은 마흔다섯 살이 될 무렵부터 변하기 시작했던 것 같다. 앞서도 말했듯이 재소자는 나이가 들면서 혼자 지내는 시간이 많아지고, 운이 따르면 꽤 평온한 삶을 이어갈 수도 있다. 할머니들은 신입처럼 관리자들에게 시달리는 경우가 드물고, 예전처럼 징계를 받을 가능성도 적다. 한 재소자를 수년간 지켜봐온 간수들은 가석방 위원회의 결정에 앞서 그 재소자가 사회에 대한 빚을 갚았으며 교정이 되었다는 판단을 내리고 자신에게 불이익이 돌아가지 않는 선에서 그에게 최대한 자유를 주는 경우가 많다. 개인 TV를 가진 나이 든 재소자들은 상당히 고립된 생활을 할 수 있다. 그들은 사교를 중단하고 사람들과 어울리는 대신 밤낮으로, 심지어 잠자는 동안에도 TV만 끼고 산다.

앤은 몇 시간씩 TV 앞에 앉아 있는 사람이 아니었고, 전보다 덜 바빠지지도 않았다. 하지만 시간을 채우는 방식이 바뀌었다. 그는 도움이 가장 절실한 특정 유형의 재소자들에게 헌신하기 시작했다. 여전히 다른 프로젝트나 활동에도 관여했지만, 이제 일대일로 재소자를 돕는 걸 선호했다. 똑같이 교육 위원회에 속해 있되, 수년간 맡았던 최고 수준 학생들 대신 영어를 할 줄 모르거나 장애가 있어서 다른 선생들이 포기한 힘든 학생들을 가르쳤다. 그리고 캐럴리처럼 문제가 있는 재소자들을 돌보는 데 더 많은 시간을 들이기 시작했다. 슬픈 일이지만, 이곳에는 평생 심하게 방치되어 제대로 몸을 씻거나 깨끗이 하는 법조차 모르는 재소자가 늘 있다. 지적 장애인은 말할 것도 없다. 지능이 너무 떨어져서 어디를 닦아야 하는지도 모르는, 그래서 당밀*이라 불리는 아이에 대해서도 이야기해줄 수 있다. 앤은 그런 가련한 영혼들을 떠맡아 몸을 씻는 법을 가르쳤고, 아무리 가르쳐도 소용이 없는 한두 명의 경우 자신이 직접 씻겨주었다. 그 또한 규정 위반이었지만, 누가 그를 말리겠는가?

• molasses. 행동이나 머리 회전이 느린 사람을 가리키는 말로 흔히 쓰임.

앤은 너무 심한 부적응자이거나 너무 괴상한 나머지 옆에 있으면 불쾌하고 우울해져 모두가 피하는 여자들에게 친구가 되어주려 애썼다. 미스티가 그런 예였는데, 이 10대 소녀는 말을 한마디도 하지 않았고, 언제 어디서 날아올지 모를 매질로부터 자신을 보호하기라도 하려는 양 거의 항상 두 팔로 머리를 감싼 채지냈다. 나로서는 앤의 인내심에 놀랄 수밖에 없었던 것이, 미스티는 다른 사람들 말을 알아듣기나 하는 건지 도통 알 수가 없을 정도로 늘 정신이 딴 데 가 있었기 때문이다. 변호사가 대체 어쨌기에 그가 소송 무능력자임을 입증하지 못한 것인지 정말이지 수수께끼였다. 하지만 우리는 몇 년 사이에 그런 여자들을 점점 더 많이 보게 되었다. 그리고 내가 아는 한 죄라곤 간질을 앓는 노숙인이라는 사실뿐인 캐럴리 같은 여자들도 점점 늘어났다.

하지만 지금 이곳에서 가장 많이 볼 수 있는 부류는 마약 중독자들과 매춘부들이다. 내가 처음 메리빌에 들어왔을 때는 재소자 수가 200명쯤 되었다. 이제는 재소자가 1000명이 넘는다. 새 건물을 계속 짓는데도(사형수 수감 건물을 짓는다는 이야기도 있다) 늘 부족한 느낌이다. 교도소에 들어오는 여자들의 수는 남자들의 경우보다 빠르게 증가하고 있다. 평균 연령은 25세지만, 10대들이 점점 더 많이 보인다. 대부분의 마약 범죄는 소지죄인데, 많은 여자들이 마약에 더하여 성매매까지 저지르고, 성매매는 거의 대부분 마약을 하기 위한 수단으로 이용된다. 앤은 마약과의 전쟁이 아니었더라면 저들이 여기 붙잡혀 오지 않았을 거라며 그들을 전쟁 포로들이라고 부른다. 그의 말마따나 마약과의 전쟁은 (이 정치인 저 정치인이 범죄에 엄중 대처하겠다는 약속으로 선출만 되었지) 승리한 전투 하나 없이 이미 포로들만 수백만 명이나 잡아들였다. 개인적인 생각인데, 전 뉴욕 주지사 넬슨 록펠러에 대한 경의의 표시로 그 여자들을 로케츠*라고 부르면 어떨까 싶다. 그들에게 본때를 보이겠다고 잡아들이긴 했지만, 마약과 성매매로 여기 들어온 그들은 철창 안에서도 그런 생활을 유지하는 데 전혀 문제가 없다.

로케츠가 대거 들어오면서 메리빌에서의 삶은 완전히 바뀌었다. 모든 재소자를 통틀어 제일 문제 많은 이들이 바로 중독자들이다. 교도소 생활에 대해 아는 사람에게 물어보라. 중독자들보다는 살인자들과 지내는 편이 낫다. 이 또한 바깥 사람들은 믿기 힘든 일이겠지만, 내 자랑을 하려고 이런 말을 하는 게 아니다. 교도소에서 가장 모범적이고 가장 존경할 만하며 열심히 일하는 재소자들은 손에 피를 묻힌 장기수들인 경우가 아주 흔하다.

한동안 나는 음식은 나아질 줄 모르고 분위기는 갈수록 나빠지는 식당에서 밥을 먹지 말라며 앤을 만류했다. 그 역시 우리 둘이, 혹은 우리 층의 다른 여자들까지 몇 명이서 직접 음식을 만들어 주방 식탁에서 먹는 편이 훨씬 더 즐겁다는 데 동의하지 않을 수 없었다. 앤은 여전히 먹는 양이 적었지만 내게는 이

---

* 록펠러 빌딩 라디오 시티 뮤직홀의 전속 무용단 이름.

제 익숙한 모습이었다. 메리빌에서는 자해와 마찬가지로 식이장애 또한 증가하는 추세였고, 그중 일부에 비하면 앤의 기아 식단은 오히려 정상적으로 보일 정도였다. 하지만 바르티라는 여자가 앤이 라이스 푸딩이라면 사족을 못 쓰는 걸 알아채고는 가정식 인도 요리로 앤을 살찌우려는 노력을 기울이기 시작했다. 나는 앤이 음식을 게걸스럽게 먹는 모습을 그때 처음 보았다. 곁에서는 바르티가 빙글거리며 서서 그를 지켜보고 있었다.

우리 중 일부가 오프라 북 클럽에 들겠다고 하자, 앤은 출판사들에 책들을 기부해달라고 부탁하라고 조언했다. 우리는 그렇게 했고, 출판사들이 우리의 부탁에 응하자 이번엔 교도소에 도서실을 만들 수 있도록 다른 책들도 추천해주고 보내줄 수 있는지 물었다. 우리가 받은 책들 대부분은 회고록으로 자신의 가족을 비난하고 사적인 비밀들까지 누설하는 내용이었다. 다들 그것들을 재미있게 읽으며 활발한 토론을 벌였지만, 일부 이야기들에 대해선 당혹스러움을 느끼기도 했다. "아버지가 딱 한 번 그랬을 뿐인데 이 여자는 아직까지도 그 일에 대해 징징대는 거야?" "자기한테 그렇게 잘해준 남자를 도대체 왜 떠난 거지?" "이 남자, 자기는 여전히 매일 출근했다고 여기 썼네. 책에다 쓸 만큼 흥미로운 이야기는 아닌 것 같은데." 철창 안의 삶에 대해 글을 쓴 사람들은 많지 않은 듯했고, 나는 그때 처음으로 만일 글쓰기를 배운다면 이곳에 대해 쓰고 싶다는 생각을 하기 시작했다.

앤은 북 클럽에 가입하지 않았다. 그는 할 일이 너무 많다고 했다. 사실 나는 앤이 그저 즐기기 위해 책을 읽는 걸 거의 보지 못했다. 내 친구의 마음속에는 중대한 문제들이 많았다.

에이즈. 정확히 얼마나 많은 재소자들이 이 바이러스를 갖고 있는지, 그중 얼마나 많은 사람들이 그 사실을 아는지, 얼마나 많은 이들이 이미 감염된 상태로 메리빌에 들어왔으며 또 여기서 감염된 이들은 얼마나 많은지 누구도 알 수 없었다. 블라인드 테스트 결과 감염률은 빠르게 증가하고 있었고, 앓다가 죽어가는 사람들 숫자가 점점 늘어나는 것이 우리 눈에도 보였다. (가장 최근의 블라인드 테스트 결과—나는 과장이기를 바라지만— 40퍼센트 정도 되었다.)

앤은 에이즈 환자들을 돕기 위해 나선 자원봉사자들 중 하나였는데, 그들이 하는 일들 중에는 교도소 병원으로 환자들을 찾아가는 것도 있었다. 안 그래도 일손이 부족한 데다 모두들 에이즈 환자들과 가까이 하는 걸 너무 두려워했기에 교도소 병원에는 그들의 도움이 절실했다. 사실 자신이 에이즈 바이러스를 갖고 있음을 아는 이들 거의 모두가 그 사실을 밝히지 않았다. 문둥이 취급을 당하거나 공격의 대상이 되고 싶지 않아서였다. 실제로 몇 사람이 공격을 당하기도 했다. 아무도 강제로 격리된 에이즈 양성 재소자 신세가 되는 걸 원치 않았다.

하지만 앤은 자원봉사자에만 머무는 게 너무 답답하다고 했다. 수련을 받으면 더 많은 일을 할 수 있으리라는 생각에 그는 간호조무사 육성 프로그램에 등록했다. 나는 이것이 좀 지나친 행동이라 생각했고 그에게도 그렇게 말했다. 그는 이미 병원에서 너무 많은 시간을 보내고 있었을 뿐 아니라, 일손 부족으로 사실상 간호조무사의 일이 아닌 업무까지 거들던 터였다. 나는 에이즈라는 게 감기처럼 쉽게 옮지 않는다는 걸 알았고, 늘 조심하고 있다는 앤의 말도 믿었다. 하지만 병원은 원래 세균이 득실거리는 곳 아닌가. 더욱이 환자는 넘쳐나는데 의료진은 부족한 교도소 병원은 매우 위험한 장소였다.

결국 앤은 감염되었다. 나는 일찍이 그보다 심각한 상태를 본 적이 없었다. 얼굴과 목과 가슴은 물론 겨드랑이 아래까지 너무 심하게 부어올라 팔을 들고 있어야 할 정도였다. 열도 났다. 감염은 오랫동안 잡히지 않았고, 어느 시점에는 열이 치솟아 헛소리까지 했다. 나는 걱정돼서 병이 날 지경이었다. 만일 예수님이 아직까지 그의 이름을 모르고 있었다면 이제는 알아야만 할 때였다.

앤이 병에서 회복되어가던 중, 미국의 교도소들에 대해 조사하고 있다는 어느 캐나다 여자가 두 주 동안 메리빌을 방문하여 재소자들을 가까이서 지켜보게 되었다. 어느 날 우리가 마당 잔디밭에 앉아 이야기를 나누고 있는데 간수가 그 여자를 데려왔다. 그는 우리에게 합석해도 되는지 물었고 우리가 고개를 끄덕이자 잔디밭에 앉아서 작은 녹음기를 꺼냈다. 마침 우리는 흥미로운 토론을 벌이던 중이었다. 사람이 교도소에 갇혀 지내면서도 진정으로 행복할 수 있을까, 하는 의문이 제기되었는데 우리 모두 아니라고, 자유롭지 않고는 진정으로 행복할 수 없다고 입을 모았다. 이곳에서 기껏 바랄 수 있는 건 행복한 순간 정도라고, 하지만 그 순간 역시 강력할 수 있으며 우리는 그에 감사해야 한다는 의견들이었다. 우리 모두 그런 순간들을 체험했으며 교도소에서 생각보다 많은 친절을 접했다고 말했다. 바르티는 처음 형을 받았을 땐 여기서 나갈 때까지 매일 모든 순간이 비참할 거라고 생각했는데 실제로는 그렇지 않았다고 했다. 케지아라는 신입 재소자는 메리빌에서 노랫소리가 얼마나 많이 들리는지 알고 얼마나 감동했는지 모른다고 했다. 그건 사실이다. 밤마다 적어도 노래 한 곡은 부른 다음에야 잠자리에 들 수 있는 사람이 층마다 못해도 한 명씩은 있다. 간수들은 그들을 꾀꼬리라고 부르며, 그들이 다른 곳으로 이감되거나 가석방되면 그 층의 일부 재소자들은 몇 주씩 잠을 이루지 못한다. 그리고 또 하나 덧붙이자면, 우리에겐 대단히 훌륭한 춤꾼들도 있다.

앤은 교도소에 들어오고서야 자신이 그때껏 단 한 번도 행복했던 적이 없었음을 깨달았다고 말했다. 줄곧 자유를 누리며 살았더라면 행복을 발견할 수 없었을 거라는 얘기였다. 앤에 대해 이미 알고 단독 인터뷰까지 한 적이 있는 캐나다 여자가 새 테이프를 끼우며 앤에게 더 자세히 말해달라고 부탁했다.

이 캐나다 여자가 쓴 기사를 직접 인용하는 게 가장 좋을 테니, 여기 그 내용을 그대로 옮긴다.

나는 교도소에 맞는 사람은 아닌 것 같다. 내가 여기서 만난 많은 여자들의 경우도 마찬가지일 것이다. 하지만 그들과 달리 나는 메리빌에 들어온 것이 불행하지 않다. 무엇보다도, 나는 이곳에 머물며 밖에서 할 수 있었던 그 어떤 일보다 시급한 일을 할 기회를 갖게 되었다. 물론 교도소 일을 하기 위해 반드시 교도소에 수감될 필요는 없다. 수녀들이 그 예다. 하지만 직접 이곳에서 살아가는 것은 또 다르다. 갈수록 기능을 잃어가는 이 시설에 수감되어 있는 것이 행복하다고는 할 수 없지만, 내가 갖게 된 것—나는 그걸 특권이라 여긴다—즉 인간의 조건에 대한 크나큰 통찰력을 제공한 이 체험이 내겐 너무나 소중하다. 가끔은 밖에서 찾아낼 수 있었을 것보다 더 큰—그리고 깊은—행복을 이곳에서 발견한 건지 모른다는 생각도 든다. 왜냐하면, 내가 아는 한 내가 이곳에 고립되어 있는 동안 세상은 더 나빠졌기 때문이다. 텔레비전만 보아도 미국이 내가 어릴 때보다 더 가식적이며 소비적으로 변했다는 걸 알 수 있다. 가진 자들과 못 가진 자들의 격차는 한층 커지고, 사람들은 점점 더 탐욕적이고 물질주의적으로 변해가는 듯하다. 그렇다, 물론 나는 자유를 되찾고 싶다. 하지만 내가 소중히 여기는 것들이 이미 사라졌거나 사라져가고 있는 세상에서 내가 자리할 곳이 있을지 모르겠다.

　　도스토옙스키는 교도소들의 실태를 보면 그 사회를 평가할 수 있다고 했다. 여기 들어오는 10대들을 보면, 그들이 어떤 모습으로 들어오는지를 보면, 우리 사회가 얼마나 깊이 가라앉았는지 알 수 있다.

교도소에 있다고 해서 세상으로부터 숨을 수는 없다. 오히려 그 반대다. 우리는 최악의 희생자들이라는 모습으로 최악의 미국을 본다. 당신이 이곳을 방문하는 동안 교도소 병원, 특히 에이즈 병동에 꼭 가봤으면 좋겠다. 미국의 교도소는 끔찍한 곳이며 메리빌도 예외는 아니다. 하지만 나는 그에 대한 책임이 있는 사람들로부터 단절되어 사는 것이 불행하지 않다.

그때 마치 앤에게 꼬리라도 생긴 것처럼 앤을 쳐다보던 그 캐나다 여자의 모습이 기억난다. 하지만 우리는 앤이 그런 이야기를 하는 걸 이미 여러 번 들은 참이었다. 그건 앤만의 독특한 견해였고 그는 늘 그걸 말로 잘 표현했다. 확실히 메리빌에서 흔한 의견은 아니었다. 대부분의 여자들 같으면, 솔직히 돈은 아무리 많아도 부족하고 돈이 생기면 제일 먼저 근사한 옷과 장신구를 살 거라고 말했을 것이다. 사실 그들은 입만 열면 어떤 물건들이 갖고 싶은지, 어떻게 하면 그걸 가질 수 있는지에 대한 이야기뿐이다. 누가 멋진 걸 갖고 있으면 다들 샘을 내며 자기도 갖고 싶어 안달이다. 그러니 도둑맞지 않도록 조심해야 한다. 예수님을 만난 여자들도 예외는 아니다. 성경 교실에서야 자기가 길거리에서 영원한 지옥에 떨어지지 않도록 여기 가두어 구원해주신 주님을 찬양할지 몰라도 평소에는 딴판이다. 이곳 여자들 중 일부는 제 새끼들보다 쇼핑―보다 정확히 말하자면 가게 물건 훔치기―을 더 그리워할 것이다. 교도소에서 지내다 보면 탐욕만 커지고, 그러니 많은 사람들이 밖에 나가 제일 먼저 하는 일은 절도 혐의로 다시 체포되는 신세가 되는 것이다. 재소자들이든 교도관들이든 앤을 이해하지 못하는 사람들은 그가 그런 말을 하면 몹시 분개했다. 아무것도 가진 게 없는 여자들에게 반물질주의 복음을 전하다니─도대체 자기가 뭐라고 생각하는 거야? 그들은 돈의 중요성을 알지 못하는 사람을 존경하지 않았다. 그들에게 그건 미덕이 아니었다. 앤이 그랬듯 그 모든 것들에 작별을 고하고 자신의 삶을 내팽개친 여자는 그들의 눈에 한심한 실패자일 뿐이었다. 그의 말에 귀 기울일 사람은 바보밖에 없었다. 경찰관을 쏘아 죽이고는 도망도 안 가고 얼쩡거리다 잡히다니─그게 뭘 증명했는가? 그래, 젊은 시절 그에겐 흑인 남자친구가 있었다. 그래, 그를 찾아오는 몇 안 되는 면회자들 중에는 중년의 흑인 남자가 두 명 포함되어 있었다─그래서 그게 뭐라고? 그게 무슨 의미를 지닌다고?

하지만 앤이 메리빌에서의 삶에 대해 이야기하는 걸 들을 때마다 내 신경을 긁는 건, 불 보듯 뻔한 진실을 보지 않으려 거부하는 그 고집스러움과 맹목성이었다. 물론 지금 나는 신의 손길에 대해 이야기하는 것이다.

경찰관 살해자, 철창 안에서 "마침내 행복해".

올버니의 일간지에 실린 헤드라인이었다. 예의 캐나다 여자가 토론토의 한 잡지에 실은 글에 대한 기사였다. 올버니 일간지에 따르면, 둘리 앤 드레이턴은 거의 스무 해를 철창 안에 갇혀 살고도 여전히 자신의 죄에 대해 뉘우침을 보이지 않았다. 앤은 지난 세월 언론의 관심을 거의 다 무시해버렸듯이 그 기사도 무시했다. 하지만 그 두 기사 때문에 그에게 우편물이 쏟아져 들어왔다. 원래도 늘 모르는 이들로부터 우편물을 받긴 했지만 그에 관한 기사가 나갈 때마다 앤의 우편물은 어마어마하게 늘었다. 재소자에게 오는 모든 우편물은 교도관들이 먼저 열어보았기에 앤은 그들에게 협박 편지들은 자신에게 전달하지 말거나 아예 읽지 않고 버릴 수 있도록 따로 분류해달라고 부탁했다. 그걸 빼고도 우편물은 한 무더기씩 전달되었는데, 대부분 그를 위해 기도하겠다는 내용이었다. 바깥세상의 많은 사람들이 개인적으로 앤의 영혼에 대해 걱정하고 있는 듯했다.

앤은 의사의 허락이 떨어지자마자 다시 병원 일을 다녔다. 어느새 그는 환자들과 매우 가까운 사이가 되어, 그가 없는 사이 그들은 그를 그리워하고 있었다. 일부 환자들—가장 심하게 고통받으며 가장 죽음을 두려워하는—은 혼자 방치되는 시간이, 특히 밤에, 너무 길다고 불평했다. 겁에 질리거나 도움이 필요할 때 도와줄 사람이 없는 경우가 너무 많다는 것이었다. 앤은 한 환자가 그러다 홀로 죽어갔고 아무도 그 가엾은 여자의 임종을 지키지 않았다는 말을 듣고 분노했다. 그는 병원 관리자 사무실로 쳐들어가서 그 어떤 인간도 그런 일을 당해선 안 되며 다시는 그런 일이 없도록 해야 한다고 소리쳤다. 그러자 필시 그런 일이 또 일어날 것이고 이런 일에 대해 아무도 손을 쓸 수 없다는 차분한 대답이 돌아왔다. 병원에 의료진이 부족하기 때문이었다.

앤은 하루 스물네 시간 에이즈 병동을 지키겠다며 그곳으로 보내달라고 요청했다.

완전히 미친 요구이기에, 불가능할 게 뻔하기에, 너무 엄청난 규정 위반이기에 나로서는 걱정할 필요도 없었다. 나는 코웃음 치며 그에게 말했다. 교도소장도 코웃음 치면서 당장 나가라고 할 거라고. 그래서 짐을 꾸리는 그의 모습을 보았을 때 앤과 디프리스 교도소장 중 누구에게 더 화가 나는지 갈피를 잡을 수 없었다. 하지만 내가 뭘 어쩔 수 있었겠는가? 신문사에 투서라도 해야 했을까?

그게 우리의 첫 말다툼은 아니었어도 가장 요란한 말다툼이었던 건 분명하다. 그가 하려는 일을 고려한다면 이상하게 들리겠지만, 내가 연거푸 그의 면전에 던진 말은 이기적이라는 비난이었다. 그건 진심에서 나온 말이었다. 그는 꼭 누군가에게 상처를 주면서 다른 사람들을 돕는 여자였는데, 그 누군가는 대개 자기 자신이었다. 이제 그는 늙어가고 있었고 병약했으며 완전히 지쳐 빠진 상태였다. 열병을 앓은 뒤로 전혀 먹지를 못해서 거의 유동식과 비타민으로 살고 있었다. 링거라도 좀 맞지 그러냐고 나는 말했다. 내가 보기에 그는 자신을 죽이고 있었고 내겐 그것이 최악의 이기심으로 여겨졌다. 도대체 뭘 증명하려는 거야? 나는 그에게 소리쳤다. 넌 천국도 안 믿잖아. 도대체 뭘 위해 성자 노릇을 하는 거야?

하지만 앤은 그저 현실적인 사람이 되려는 것뿐이라고 말했다. 병동에서 떠나 있으면 온통 환자들 걱정밖에 안 드니 차라리 그들과 함께 있는 게 낫다는 것이었다. 그는 내게 자신의 타자기를 가져다가 안전하게 보관해달라고 부탁했다. 이미 타자기 두 대를 도둑맞은 터였다. 나는 그에게 꺼져버리라고 했다.

"오, 그러지 말고," 그가 말했다. "기운 좀 내! 내가 가석방되어 나가는 것도 아니잖아!" 농담이랍시고 한 말이었다. 솔직히 고백하자면, 나는 그 농담이 재미있었다. 그리고 한편으론 놀라기도 했는데, 앤이─그러니까 앤은 많은 걸 갖췄지만 재미있는 사람은 아니었기 때문이다. 그에게 유머 감각이라곤 없었다. 그를 큰 소리로 웃게 만들려면 발을 잡고 간질여야 했다. 그래서 신이 그가 간지럼을 잘 타도록 만든 모양이다. 지금 그는 큰 소리로 웃고 있진 않았지만 미소 짓고 있었다. 그리고 무슨 말인가 했는데 그 말은 기억이 안 난다. 내가 온통 그 미소에만 집중했던 탓이다. 나는 그 미소를 기억하라고 스스로에게 말하고 있었다. 저 미소를 기억해둬, 라고 자신에게 말했다. 왜냐하면, 가끔은 예감이 맞는 법이니까.

어느 늦은 밤, 앤은 환자들을 둘러보다가 침대에서 떨어진 사람을 발견했다. 경비원의 도움을 받아도 되었지만 그 환자는 너무 말라서 뼈와 가죽만 남은 상태였다. 그래서 앤 자신이 직접 그 여자를 안아 침대에 도로 눕혔다. 그런 뒤 환자의 물병이 비어 있는 것을 보았다. 앤은 물병에 물을 가득 채워 돌아오던 중 바닥에 쓰러졌다.

심장 질환. 교도소에서는 진짜 흔한 병이다. 나도 갖고 있다. 앤은 가족력도 있었다. 감염이 문제를 일으켰다고 했다. 나는 너무 오래 제대로 먹지 않으면 심장이 스스로를 먹어치우기 시작한다는 말을 들은 적이 있다.

어쨌든 그날 밤 앤은 앰뷸런스에 실려 갔고, 나는 다음 날까지 그 일에 대해 까맣게 몰랐다. 앤의 경우 상태가 너무 심각해서 수술이 필요한데, 안정될 때까지 기다려야지 안 그러면 수술 중에 죽을 수도 있다고 했다. 앤과 연락이 닿지 않는 건 잔인한 일이었다. 수녀들이 큰 도움을 주었지만 사실 그들조차 앤을 면회할 수 없었다.

내가 할 수 있는 일이라곤 기도뿐이었고, 나는 두 가지를 기도했다. 하나는 물론 앤의 쾌유였다. 그리고 나머지 하나는 앤이 이번 일로 교훈을 얻어 분별 있는 행동을 하도록 만들어달라는 것이었다. 이제 에이즈 병동을 떠나 영원히 돌아가지 않도록 해달라고 말이다. 우리 수감동도 재소자들이 넘쳐나서 다른 대부분의 수감동들에서 이미 실시 중인 2층 침대 사용을 조만간 도입할 수밖에 없다는 말이 돌았다. 두 재소자가 같은 감방을 쓰고 싶으면 관리자들에게 요청할 수 있는데, 그 재소자들이 할머니들이면 허락을 받기가 쉬울 터였다. 나는 아주 잘된 일이라고 생각했다. 그러면 앤을 가까이에서 감시할 수 있을 테니까.

그사이 나는 배 속에 코르크 따개가 든 기분으로 지냈고, 어릴 때처럼 밤이면 뱀 대가리들이 보이기도 했다. 그러다 앤의 수술이 잘 끝났다는 소식을 듣자 숨을 좀 쉴 것 같았다. 나는 앤이 어서 돌아오기만을 학수고대했다. 하지만 그는 아직 많이 아파서 한동안 입원해 있어야 하고, 어쩌면 2주 이상 더 걸릴 수도 있다고 했다. 그를 보러 갈 수도, 전화를 걸 수도 없었지만 나는 그의 쾌유를 비는 특별한 카드를 만들어(나한테 그림 솜씨가 좀 있다는 이야기를 아직 안 한 것 같다) 우리 층 사람들 모두의 서명을 받았다. 그러곤 다른 사람들의 카드들—매점에서 산 카드도 있었고 나처럼 손수 만든 것도 있었다—과 함께 큰 봉투에 넣어 병원으로 보냈다.

그다음에, 클레멘타인 수녀가 나쁜 소식을 가지고 우리 층으로 온다. 그는 앤이 메리빌로 돌아오지 않는다고, 지금도, 몇 주 뒤에도, 영원히 못 온다고 말한다. 몸 상태가 안정되는 대로 주 남부의 이글턴 교정 시설로 이감된다는 것이다. 수녀의 입술이 움직이는 걸 지켜보는데, 마치 두꺼운 벽 너머나 물속에서 그의 말을 듣고 있는 듯하다. 앤의 건강 상태가 아주 심각해서 더 나은 보살핌을 받을 수 있는 곳으로 가야 한다는 이야기다. 이글턴이 유명한 심장 센터에서 가깝다고 한다.

나중에 들으니 그 모든 게 사실은 교도소 측의 과민 반응으로 일어난 일이었다. 그들은 앤처럼 아픈 사람을 원하지 않았으며(이미 죽도록 아픈 재소자들이 수두룩한데도), 앤이 여기서 죽어 메리빌이, 그리고 특히 교도소 병원이 주목받는 것도 원하지 않았다. 앤은 매스컴의 관심을 끄는 인물이었고, 이미 그가 에이즈 병동에서 도대체 뭘 하고 있었는지에 대해 의문을 제기한 사람이 한둘이 아니었다. 그다음엔 앤이 아마도 석방될 거라는 소문이 돌았다. 의료비가 너무 많이 들어가는 재소자들의 경우 정부에서 비용을 대고 싶지 않아 풀어주기도 했다.

그 소문들 중 어떤 게 진실인지 나는 알 수 없었다. 내가 아는 건, 이제 영원히 내 친구를 볼 수 없게 될 것이며 작별 인사조차 건넬 수 없으리라는 사실뿐이었다.

이곳에서 재소자가 석방되거나 다른 교도소로 이감될 때면 대개 송별 파티를 열어준다. 비록 주인공이 참석하지 못하게 되었지만, 우리는 고아 애니를 위한 송별 파티를 열기로 했다. 멋진 파티였다. 음악과 춤이 있었다. 연설들도 있었고, 바르티의 유명한 라이스 푸딩도 있었다. 그리고 물론 많은 눈물이 있었다. 파티가 끝나갈 즈음 미스티가 우연히 들어오고, 언제나처럼 그는 무슨 일이 벌어지고 있는지 알지 못한다. 그가 두 팔로 머리를 감싼 채 이리저리 몸을 비틀며 말한다. 누구 죽어? 누구 죽어? 파티를 망친다. 나는 참다못해 내 감방으로 가서 벽에 붙여놓았던 앤의 폴라로이드 사진을 가져온다. 그걸 미스티에게 보여주자 그는 와락 잡아채어 얼굴 가까이에 대고 울부짖기 시작한다. 내가 사진을 도로 빼앗지만 미스티는 멈추지 않는다. 계속해서 울부짖는다. 목소리가 점점 더 높아지고 숨이 가빠진다―어릴 때 우리 옆집에 살던 개가 밤에 불길에 갇혀서 내던 소리 같다.

*

"교도소에서 만난 이들 중 칭찬하고 싶은 사람에 대해 써보세요."

상담사가 나에게 글쓰기 수업을 들으라고 권유했다. 내가 독방에서 나온 직후였다. '목 없는 닭'에게 주먹을 휘둘러서 벌을 받은 것이다. 내가 너무 취한 상태라 제대로 타격이 가해지지 않았던 건 중요하지 않았다. 나는 이곳에서 중죄로 취급되는 교도관 공격 혐의를 받았다. 30일. 그나마 가벼운 징계였다. 그동안은 내가 누구를 공격한 적이 없어서였다. 할머니여서일 수도 있고.

이즈음 내 상담사는 앨릭스라는 좋은 젊은이다. 그는 꼭 앨릭스처럼 생겼다. 크고 반짝이는 치아와 동그란 철 테 안경, 그리고 멜빵바지. 누군가에게서 멜빵바지가 허리 통증을 완화해준다는 얘기를 들었다고 한다. 나는 그가 얼굴을 잘 붉힌다는 걸 알게 된다. 내가 보기엔 얼굴을 붉힐 일이 전혀 아닌데도 그는 얼굴을 붉힌다. 하지만 그런 특징을 가진 사람들은 대체로 점잖은 성격인 것 같다. 모든 상담사들이 그런 성격이었으면 좋겠다.

나는 가끔씩 앨릭스를 만나야 한다. 독방 생활을 벗어났을 때, 그는 내게 고민을 밀주로 푸는 대신 더 나은 해결 방법을 찾아야 한다고 했다. 사실 말이지, 철창 안에서 밀주보다 구하기 쉬운 것도 없다. 정기 점검을 실시하면 항상 수감동마다 두 통씩은 나온다. 내 친구 윙키는 하와이안 펀치와 감자로 술을 빚는다. 이미 두어 번 걸렸지만 그때마다 더 만든다. 그는 최상품을 하와이 케이오라고 부른다. "이거 두 잔 마시면 케이오야." 하지만 나는 술을 잘 못 마셔서 한 잔만으로도 취한다. 거기서 한 모금만 더 마시면 주사를 부린다.

사실 목 없는 닭에게 주먹을 휘두른 이유는 고사하고 그런 사실조차 기억이 안 난다. 그 사건에까지 이르게 된 날들에 대한 기억도 거의 없다. 나는 앨릭스에게 배정되었고, 그는 나를 정신과 의사에게 보냈으며, 그 의사는 귀를 먹은 건지 건망증이 심한 건지 내게 같은 질문들을 되풀이했다. 자살 충동을 느끼느냐, 환청이 들리느냐 등등. 웃긴 게, 기도를 하느냐는 질문은 안 했다. 나는 기도를 했다. 그 어느 때보다 많이. 하지만 내가 잘못된, 아주 잘못된 기도를 한다는 걸 알고 있었다. 주님이 절대로 들어주시지 않을 것이며 심지어 분노하실 수도 있는 그런 기도였다. 그래서 나는 기도를 올려도 예전처럼 마음의 위안을 얻을 수 없었다.

나는 이 시기에 일반의의 진료도 받아야 했는데, 그는 내 혈압이 너무 높다며 약을 먹으라고 했다. 그 후 곧바로 내 심장이 말을 안 듣기 시작했다. 심장에 쇠스랑을 꽂은 기분이었다. 깊은 한숨을 쉬면 통증이 느껴졌고, 천식이 있을 때는 특히 심해져서 토하거나 기절하거나 토하고 기절했다.

의사가 다른 약을 주자 내 심장은 진정되었다. 그렇게 몸은 나아졌지만 정신은, 오 맙소사, 오 맙소사, 울고 있었다. 늘, 아무것도 아닌 일로 울었다. 나는 겁에 질려 있었다. 밤중에 식은땀을 흘리며 일어났다. 여기 털어놓지 않을 꿈들, 엄마 없는 아이의 꿈들. 나는 잠드는 게 무서울 지경이었고 밤에 불을 켜놓게 해달라고 요청했다. 정신과 의사의 도움으로 허락을 받았는데 한 달쯤 지나서 어떤 개 같은 교도관 놈이 오더니 안 된다고 했다.

그러니 내가 웡키를 찾아간 것이 그리 놀랄 일일까?

글쓰기 강좌가 새로 생겼다. 옛날에는 메리빌에도 정규 글쓰기 프로그램이 있었고 작은 잡지까지 하나 있었지만, 그 모든 것들에 대한 지원이 끊겼다. 그런데 이제 어떤 재단이 지원을 해주어 주립 대학에서 나온 강사가 일주일에 세 번, 초급반과 중급반과 고급반을 가르치기 시작했다. 학사 학위를 가진 사람은 자동으로 고급반에 배정되었다.

나는 앨릭스에게 글쓰기 강좌에 관심이 없다고 말했다. 하지만 그가 권하는 그룹 치료에는 더 관심이 없었다. 결국 타협을 해서 선택한 것이 글쓰기 강좌였다. 앨릭스의 표현을 빌리자면, 나는 나를 나 자신으로부터 벗어나게 해줄 무언가를 해야만 했다. 내가 더 나은 방법들을 생각해낼 수 있다고 말하자 그는 언제나처럼 심하게 얼굴을 붉혔다. 나는 여전히 그가 얼굴을 붉히는 이유를 알 수 없었다.

처음 글쓰기 선생을 봤을 때 나는 실망했다. 그가 못생겨서가 아니라 너무 개성 없는, 버터도 안 바르고 구운 토스트 같은 사람이어서였다. 나이도 가늠이 안 되었다. 서른일 수도, 쉰일 수도 있었다. 전구 모양의 두상, 성긴 머리칼, 우툴두툴한 피부, 주름진 셔츠, 끽끽거리는 작은 목소리. 그 역시 얼굴을 잘 붉혔다!

우리가 뭘 하게 될지는 나도 잘 몰랐지만 적어도 몇몇 사람들보다는 많이 알았다. 수업 첫날 케지아가 손을 들고 말한다. "잠깐만요. 그러니까, 우리가 이 수업에서 글을 쓴다고요?" 그 정도는 아무것도 아니었다. 일부 학생들의 무지는 도무지 믿기 어려울 지경이었다. 나는 감방 친구 둘이 이렇게 싸우는 소리를 들은 적이 있다. "뉴욕은 주가 아니야, 이 멍청이 같으니, 뉴욕은 시라고." 어느 날은 그 말을 한 여자와 주방에서 함께 일하게 되었는데, 내가 파슬리를 좀 달라고 했더니 그가 물었다. "파슬리는 깡통에서 나와 병에서 나와?" 그는 이런 질문도 했다. "나무는 아무도 안 심어도 그냥 땅에서 자라는 거야?" 여기엔 까막눈이도 있고 운전하는 법을 모르는 여자들도 있다. 수영을 할 줄 아는 사람은 100명 중 한 명도 안 될 것이다.

강사는 자신을 닐이라고 부르라고 했다. 닐은 첫날 불안한 기색이었고 한참 후까지도 그랬다. 그 방에 간수가 없기도 했고, 닐은 거기서 듣게 될 말들에 대한 준비가 되어 있지 않았던 것 같다. ("내가 늘 생각하는 게, 그때 내 손에 의자 다리만 없었어도……") 닐은 『글쓰기에 치유가 있다』라는 제목의 책을 가지고 우리에게 글쓰기 연습을 시켰다. "자신이 특별한 존재가 된 듯한 기분이 들도록 해준 체험에 대해 써보세요." "자신에게 나쁜 짓을 한 사람에게 편지를 써보세요." 닐은 각자 쓴 걸 발표하게 한 다음 모두 그에 대한 의견을 말해보라고 했다.

하루는 닐이 칠판에 이렇게 썼다. "인생에서 중요한 세 가지. 첫째, 친절할 것. 둘째, 친절할 것. 셋째, 친절할 것—헨리 제임스." 글쎄, 내가 그 내용에 전적으로 동의하는지는 모르겠지만 어쨌든 그런 말을 입 밖에 낼 생각은 없었다. 닐은 이 교실에서는 모두가 안전함을 느껴야 한다고 말했다. 모두가 마음을 열고 자신의 이야기를 할 수 있어야 한다는 뜻으로 한 말이었을 텐데, 어쩌면, 특히 두 번째인가 세 번째 시간에 싸움이 벌어진 다음에는 다른 의미도 염두에 두게 되었을 것이다. 그리 대수로운 일은 아니었고 우리가 곧바로 싸움을 말릴 수 있었지만, 나는 닐이 충격을 받았음을 알았고 그가 곧 그만둘 수도 있겠다고 생각했다. 어쩌면 규정대로 교도소 측에 그 싸움에 대해 보고할지도 몰랐다. 하지만 그는 그만두지도, 교도소 측에 싸움을 알리지도 않았다.

그는 친절했고, 또 친절했고, 또 친절했다. 그리고 지원금이 바닥난 뒤에도 자원봉사로 계속 우리를 가르쳤다. 나의 숙녀들을 떠날 수 없었다고 그는 말했다. 그러면서 자신이 그런 결정을 내린 건 사실 이기적인 이유에서였다고 설명했다. 그 자신이 우리로부터 너무도 많은 걸 얻는다는 것이었다.

"교도소에서 만난 이들 중 칭찬하고 싶은 사람에 대해 써보세요."

이 글은 두어 페이지로 시작했다가 마법처럼 점점 더 길어졌다. 앤이 남긴 마법의 타자기가 도움이 되었다. (나는 그 물건에 마법이 걸려 있다고 믿게 되었다. 왜냐하면 도둑맞지 않았으니까. 그나저나 그전의 두 타자기 말인데, 분명 재소자가 훔쳐 간건 아니었을 것이다.)

글쓰기 강좌가 끝나고도 나는 계속 그 과제를 이어갔다. 처음에는 닐에게 내가 그걸 할 수 없을 거라고 말했다. 앤에 대해 쓸수 있을 것 같지가 않았다. 하지만 쓰고 싶었고, 계속 노력했다. 닐의 말대로 해보려고 애를 썼다. "일단 올바른 어조를 찾아야 해요. 올바른 어조를 찾으면 무엇에 대한 글이라도 쓸 수 있어요."

말은 그럴싸하지만, 그 올바른 어조라는 걸 어떻게 찾는단말인가?

"글쎄요, 그건 어려울 수 있어요." 닐이 말했다. "이렇게 해보세요. 당신을 이해해줄 것 같은 사람에게 글을 쓴다고 생각하는거예요. 이를테면 친구. 당신이 신뢰하는 사람. 이미 당신에 대해많은 걸 알고 있는 사람."

나는 자리를 잡고 앉아서 예수님을 생각하며 글을 쓰기 시작했다.

스트롬 부인,

편지 보내주셔서 정말 고맙습니다. 너무 오랜 시간이 지나서 연락이 오리라는 희망을 거의 접고 있었습니다. 당신의 첫 질문에 답변드리자면, 당신에게 제 에세이를 보내게 된 건 당신이 친절하게도 메리빌에 잡지를 기증해주었던 발행인들 중 하나라 제 글의 친절한 독자가 되어주실 수도 있다고 생각했기 때문입니다. 결국 그 생각이 옳았음을 알게 되어 얼마나 기쁜지 모릅니다.

물론 몇 가지 수정을 원하시는 것에 대해서는 이해합니다. (저 역시 유죄건 무죄건 관계없이 특정 개인들을 보호하기 위해 일부 내용을 고쳤음을 알려드립니다.) 제 글이 완벽함과는 거리가 멀고 바로잡아야 할 철자와 문법 실수가 많이 발견되리라는 것도 압니다. 하지만 실례가 안 된다면 글의 어조를 바꿀 수 있는 그 어떤 작업도 이루어지지 않았으면 한다는 말씀을 드리고 싶습니다. 글의 어조만큼은 그대로 유지되기를 바랍니다.

제 이름에 대해서는, 굳이 실명을 밝혀야 할 필요는 없다고 생각합니다. 수감 번호를 사용하는 것을 원치 않으신다면 그 점 충분히 이해하니 그냥 익명으로 내보내셔도 됩니다. 혹은, 저를 위해 멋진 이름을 지어주실 수 있다면……

*

나는 '올림피아 언더우드'라는 이름을 선택했다.

*

스트롬 부인,

오늘 도착한 〈카라카라〉 잡지 감사히 잘 받았습니다. 이런 훌륭한 잡지에 「고아 애니와 신의 손길」이 실려 있는 걸 보니 이루 말할 수 없이 자랑스럽습니다.

남편께서 세상을 떠나셨다는 소식을 듣고 무척 안타까웠습니다. 깊은 애도를 표합니다. 그분을 사랑하고 찬양하는 수많은 사람들의 글들을 모아 잡지에 실을 수 있어서 마음의 위안이 되셨으리라 생각합니다.

그리고 앤 드레이턴에게도 한 부 보내주시겠다니 정말 감사합니다. 그가 병원에 다시 입원했다는 소식을 알리는 것이 좋을 듯하여 전해드립니다. 그의 말로는 병이 재발한 것일 뿐 걱정할 정도는 아니라고 하네요. 다른 시설에 있는 재소자들이 서로 연락을 주고받기 위해서는 특별 허가를 신청해야 합니다. 우리는 겨우 2주 전에야 허가를 받아 그동안 전하지 못했던 소식들을 주고받는 중입니다. 우선, 앤은 이글턴 이감에 맞서 싸웠다고 합니다. 그가 늘 그래왔던 것처럼 지금도 일이 잘 해결되도록 최선을 다하고 있다고 하네요.

원하신다면 앤의 소식을 계속 전하겠습니다. 그동안 우리 모두 그를 위해 기도를 올리며……

누구와 알고 지내는지가 가장 중요하다.

뱉을 통해 알게 된 세 사람에게 전화를 넣은 끝에 나는 그를 만날 수 있었다. 하지만 단 5분이었다. (간수가 아닌 의사의 지시였다.)

그의 병실 문을 지키던 경비원이 짜증스러운 태도로 내 몸을 수색한 다음 다시 〈TV 가이드〉를 집어 들었다. 문은 반쯤 열려 있었다. 거의 처음 눈에 들어온 것이 족쇄였다.

어린아이들을 늙게 만드는 조로증이라는 유전 질환이 있다. 언젠가 제러미가 내게 말하기를, 수련 기간에 접한 환자들 중에서도 허리가 굽고 얼굴이 쭈글쭈글하고 몸이 마비된 채 80대 노인처럼 비틀거리며 병동을 돌아다니는 어린아이들이 가장 보기 괴로웠다고 했다. 지금 침대에 누워 있는 사람이 내겐 그렇게 보였다. 머리칼이 새하얗고 얼굴은 너무 초췌한, 중병에 걸린 할머니의 머리. 하지만 시트 아래 납작한 몸은 어린아이 같을 터였다. 시트 위로 나와 있는 가늘고 고운 팔도 아이의 팔 같았다. 그리고, 의자를 가까이 끌어오는 나를 지켜보는 그 눈 또한 어린아이의 노골적인 호기심을 담고 있었다.

다리의 족쇄. 그는 중병에 걸려 고개를 돌릴 힘조차 없었다. 설령 문까지 걸어간다 해도 경비원이 입김 한 번 훅 불면 침대로 도로 날려 갈 것 같았다. 하지만 최근 나는 입원한 죄수들이, 심지어 아기를 낳을 때도 족쇄를 차고 있는 게 드문 일이 아니라는 글을 읽은 터였다.

나는 앤이 아픈 모습을 본 기억이 없었다.

"여기서 잘 대해줘?" 내가 물었다. "필요한 건 다 있고?"

그는 애써 미소를 지었다. "최고의 보살핌을 받고 있지." 비꼬는 투였다. "물론, 내가 아닌 다른 사람이었다면 여기까지 오지도 못했을 거야. 이리로 보내주지 않았을걸. 거기서 그냥 죽게 내버려뒀겠지."

예전의 앤이 적어도 이만큼은 남아 있다는 사실에 나는 안도감을 느꼈다.

그의 말을 듣기 위해서는 몸을 가까이 기울여야 했다. 그는 쇠창살을 통과하는 바람 같은 휘파람 소리를 내며 말했다. 그리고 입 냄새가 고약했다. 다른 환자들에게서 맡아본 냄새였다. 내가 알기로, 그런 악취는 병 때문이 아니라 빈 위장 때문인 경우가 흔했다. 건강한 사람들도 단식을 하면 그런 악취를 풍길 수 있었다.

5분. 우리의 과거에 대해, 그 싸움에 대해 한 마디도 하지 못할 것임을, 설명이나 화해의 시도도 없을 것임을 나는 깨달았다. 내가 뉴욕에서 차를 몰고 오며 강박적으로 매달렸던 그 모든 생각들은 단 하나도 입 밖으로 나오지 않을 터였다.

나는 조와 주드의 사진들을 챙겨 갔지만 그것들을 꺼낼 기회는 결코 오지 않을 터였다. 〈카라카라〉도 한 부 가져갔는데, 떠날 때가 되면 침대 옆 탁자에 두게 될 터였다.

앤이 나에게 지금 무슨 일을 하고 있는지 묻기에 잡지사에서 함께 근무했던 사람들 몇 명이 서점을 여는데 함께 일해보자는 제안을 해왔다고 말했다. 하지만 아마 거절하게 될 거라고 했다. "요즘 같은 때 독립 서점이 살아남는 건 불가능하니까."

그 말에 나의 옛 친구는 힘을 내어 나를 나무랐다. "넌 항상 안 된다는 생각부터 해. 그게 항상 너의 가장 큰 문제였어, 조지."

"뭘 그렇게 자꾸 봐?" 앤이 물었다. 그제야 나는 앤이 그것의 존재를 모르고 있다는 사실을 깨달았다. 침대에서 일어나 앉아 병실을 둘러볼 기운이 없었던 것이다. 그곳은 가톨릭 병원이었다. 침대 위 벽 높은 곳에 십자가가 걸려 있었다. 하지만 나는 잠자코 고개를 저었다. 어쨌거나 목이 메어 말을 할 수도 없었다.

갑자기 그가 눈을 감았다. 통증이나 피로감, 어쩌면 잠 속으로 가라앉는 듯했다. 당연히 그가 진정제를 맞고 있으리라는 생각이 들었다.

나를 용서해줘. 남은 몇 분 동안 나는 그의 손을 잡고 그의 얼굴을 바라보면서도, 앤이 아닌 터너 생각을 하고 있었다. 다시는 그를 만날 수 없다. 그 후로 단 한 번도 그를 만나지 못했다. 그가 죽었을 때도 소식을 듣지 못했다.

"네가 울 줄 알았어." 앤이 내 손에 잡힌 손을 움직였다. 나는 그가 손을 들어 내 얼굴을 만지고 싶어한다는 걸, 하지만 기운이 없어서 손을 들 수 없다는 걸 고통스럽게 깨달았다. 나는 그의 손을 가져다 내 뺨에 댔다.

지금 터너에 대해 이야기할 수는 없다. 그에게 말하는 건 너무 큰 잘못이고, 그가 진실을 알지 못하는 것도 너무 큰 잘못이다.

다시 의식이 흐려지기 전에 그가 말했다. "내게 시간이 더 있었다면 할 수 있었을 텐데. 난 시간이 더 필요했어. 미안해. 정말 미안해." 하지만 나는 그가 무엇에 대해 이야기하고 있는지 알 수 없었다. 내 친구가 될 시간? 인류를 구원할 시간?

간호사가 문간에 나타나 나를 향해 눈썹을 올려 보였다.

나는 앤에게 키스하기 위해 몸을 기울이며 다시 그 냄새를 맡았고, 제 심장을 먹어치우는 쇠약한 몸의 냄새, 부패와 떼려야 뗄 수 없는 그 냄새를 가지고 나왔다.

*

내 마음속에서 불타는 질문. 왜 앤은 감방 벽에 토머스 사전트의 사진을 붙였을까?

지난번에 친구 클리오를 만났을 때 그것에 대해 어떻게 생각하는지 물었다. 그동안 세월이 많이 흘렀고 앤이 고통받고 있음에도 앤에 대한 클리오의 판단은 별로 누그러지지 않았다. "내가 알기론, 교도소에서 재소자가 피해자 사진을 게시하는 건 보통 일종의 트로피로 여겨지지. 그게 아니라면 간수들이 왜 그렇게 화를 냈겠어?"

나는 그의 말이 옳다는 걸 알았다. 나도 그런 말을 들어봤다. 하지만 앤이 그럴 수 있다는 것이 도무지 믿기지 않았다.

그러니 의문은 그대로 남는다. 왜?

어쩌면 그는 이해하려고 노력했던 것인지도 모른다. 개심하려고 애썼던 것인지도 모른다. 어쩌면 날마다 그 일을 상기하기 위해 사진을 붙인 것일 수도 있다. 그 사건에 대해 깊이 생각하면서 그때까지 자신을 피해온 뉘우침의 감정을 발견하려 했는지도 모른다. 그 사진을 붙인 것 자체가 뉘우침의 표시였을 수도 있다.

하지만 그 증거가 어디 있지? 클리오가 물었다. 앤은 뉘우침의 말을 단 한 마디도 한 적이 없었다.

모르겠다. 앤이 개심했다면 그에 대해 침묵했을 것 같진 않다. 어쩌면 결국 그는 자신이 저지른 일에 대한 뉘우침과 콰메에 대한 배신을 분리할 수 없었는지도 모르겠다. 나로선 확실히 알 수 없지만 그 문제는 그의 성격, 그 엄격성과 순수성, 다이아몬드 같은 단단함, 그 무시무시한 정직성과 궤를 같이할 것이다.

*

나도 몇 번인가 갠스보트 스트리트에 가봤다. 그 건물 앞에 서서 언제나 블라인드가 내려져 있는 2층 창문을 올려다보았다. 지금 그곳은 1층 도축장의 사무실로 쓰이는 듯하다. 그 거리의 공기에선 시체 냄새가 나고 특정 시간이면 배수로에 붉은 물이 흐른다.

*

나는 사전트에게 총알이 날아가고 콰메가 헤퍼넌의 총을 맞기 직전의 짧은 시간에 대해 알고 싶다. 콰메가 고개를 돌려 창문을 올려다봤을 그 시간. 콰메의 등에 총알이 꽂히던 순간 그와 앤은 서로의 눈을 응시하고 있었을 것이다. 그때, 그는 앤이 무슨 일을 했는지, 그리고 왜 그랬는지를 이해했을 것이다. 나는 콰메의 눈에 무엇이 들어 있었는지 알고 싶다. ("그의 아름다운 눈 말이니?") 불신? 책망? 용서? 사랑? 앤은 그 순간을 얼마나 많이 돌아보았을까? 그리고 앤의 유명한 말. 만일 토머스 사전트가 '깜둥이'라는 말을 한 번만 덜 했어도 그는 죽지 않았을 것이다. 그리고 콰메의 누나가 한 말. 그 미친 멍청이만 아니었어도 내 동생은 지금 살아 있을 것이다. 앤이 그 모든 걸 어떻게 견뎌내며 살았는지 나로선 알 수가 없다.

*

『위대한 개츠비』.

앤은 그 책을 나보다 먼저, 고등학교 때 읽었다. "우린 그 책이 미국의 소설이라고 배웠어. 아메리칸드림과 미국의 희망, 가능성에 대한." 미국인에게 이상주의가 물질주의와 떼려야 뗄 수 없는 관계라는 사실이 앤에겐 늘 골치 아픈 문제였다. 게다가 일부 귀족들과 타락한 부자들을 고발한 작품이라고는 하지만, 작가 자신이 돈의 화려함과 힘에 얼마나 매료되어 있는지 너무나 명백히 드러나 있지 않은가.

"그는 그 아름다운 사람들과 그들의 아름다운 물건들에 대해 너무 멋지게 써서 독자들도 그것들을 원하게 만들지." 맞는 말이다. 그 차들. 그 옷들. 그 저택. "대부분의 미국인들이 개츠비의 파티에 참석하기 위해서라면 무슨 짓이라도 할걸."

앤은 피츠제럴드가 노동자 계층을 나타낸 방식도 못마땅해했다. 가망 없을 정도로 지치고 무력한 조지 윌슨과, 피츠제럴드가 너무도 잔인하게 다룬 그의 자포자기적인 아내 머틀.

내가 그 책에 대해 느끼는 문제는 달랐다.

이 책은 관념들로 가득하며, 제이 개츠비와 데이지 뷰캐넌도 그러한 관념의 일부일 뿐 진짜 캐릭터는 없다. (⋯⋯) 독자는 개츠비를 자신의 꿈을 굳게 지키는 낭만적 영웅으로 보게 되지만, 그런 사람이 존재한다는 건 믿기 어렵다. 나는 그의 비현실적인 인생의 많은 부분을 받아들일 수 없으며 데이지에 대한 사랑이 특히 그렇다. 나는 그가 출세하고 부정한 방법들과 범죄 조직과의 연줄로 돈을 버는 수년간 자신의 환상들과 순수성을 계속 간직했으리라고는 단 1분도 믿지 않았다. 그리고 그가 그토록 용의주도하게 자신의 이력을 지어내면서도 샌프란시스코가 중서부에 속해 있지 않다는 걸 몰랐다는 점도 믿을 수 없다. 그가 데이지의 멋진 목소리에 대해 "돈으로 충만한"이라고 묘사한 것도, 개츠비의 미소에 대해 "당신 자신이 이해받고 싶은 딱 그만큼만 당신을 이해하고, 당신이 스스로를 믿고 싶은 만큼 당신을 믿는"이라고 묘사한 것도 나로서는 믿음이 안 가는 대목이다. 그것들은 인간들이 서로 듣거나 볼 수 있는 것이 아니기 때문이다. (⋯⋯) 이 책은 이러한 과장된 표현들, 심오하고 똑똑하고 근사하게 들리지만 진실이 아닌 듯한 느낌을 주는 표현들로 가득하다. (⋯⋯) 개츠비가 "너무도 미국인다운 몸짓으로 자신의 차 대시보드 위에서 균형을 잡고 있는" 상태에 대한 묘사 또한 마찬가지다. 그 대시보드 위에서 균형을 잡고 있는 건 사람이 아니라 신화이며⋯⋯

줄거리에도 많은 결점이 보이는데, 우선 데이지가 제이 개츠비가 가까이 사는 걸 모르는 것부터 그렇다. (……) 개츠비가 데이지에게 자신의 저택을 처음 보여줄 때 닉 캐러웨이에게 동행을 청하는 것도 믿기 어렵다. 화자가 초대를 받은 유일한 이유는 그가 독자들에게 모든 걸 설명해야 하기 때문이다. 그리고 어째서 개츠비는 부자로 태어난 사교계 여성이자 폴로용 말들을 여러 필 소유할 정도로 부자인 남편을 둔 데이지에게 자신의 비싼 셔츠들을 던지는 행동으로 구애하려 한 것일까?

설마 독자로 하여금 부자들이 가난한 사람들보다 경솔하다는 점을 믿게 하려는 의도였을까?

개츠비의 장례식을 애처롭게 묘사한 부분은 구역질이 날 정도로 감상적이다. 그의 파티들에 왔던 "수백 명" 가운데 그의 장례식에 참석할 사람은 수십 명도 안 되고, 그것도 존경심보다는 호기심으로……

이것이 내가 생각한 『위대한 개츠비』의 문제였다. 나는 그 책이 하는 말을 한 마디도 믿지 않았다.

아마도 가장 거슬리고 납득이 안 되는 내용은 이 부분일 것이다. 개츠비의 차에 치여 도로에 쓰러져 있는 머틀에게 달려간 두 남자는 왜 즉시 그의 셔츠를 풀어 헤쳤을까? 이때 그들이 보게 되는 것, 즉 거의 잘려 나간 왼쪽 가슴을 작가가 독자에게 보여주고 싶어 했기 때문이다. 하지만 피투성이가 된 교통사고 피해자에게 달려가

다짜고짜 옷 단추부터 푸는 사람이 어디 있단 말인가?

"하지만, 엄마," 조가 말한다. "이 리포트 쓸 때 약에 취한 상태였다면서요."

우리는 새로 이사한 아파트 거실에 있다. 나는 처음 뉴욕에 왔을 때 꿈꾸었던 그 동네에 마침내 입성했다. 아파트는 갠스보트 스트리트에서 그리 멀지 않고, 니콜과 휘트 비숍이 살던 뱅크 스트리트에서도 멀지 않다. 아파트를 보러 다닐 때 그런 것들을 고려하지는 않았다. 그저 더 작은 집을 찾아다녔을 뿐이다.

조와 주드 둘 다 오늘 밤 나와 함께 있다. 우리는 막 저녁 식사를 마친 뒤 솔랜지를 만나러 갈 준비를 하는 참이다.

이제 『위대한 개츠비』를 읽은 조가 이삿짐 정리를 돕다가 처음 발견했던 나의 옛날 기말 리포트를 꺼내 왔다.

조에게 『위대한 개츠비』는 완벽한 소설이다. 그 아이는 내 의견을 전혀 이해하지 못하지만, 사실 내 의견이 1925년 당시 그 책이 받았던 평가와 더 많은 부분에서 일치한다. ("미화된 일화에 지나지 않는다"—H. L. 멩켄.) 피츠제럴드 자신도 이 작품이 판매에 실패할 거라고 생각했다. "중요한 여성 캐릭터"가 부족하기 때문이었다. 맞는 말이다. 한편 데이지라는 캐릭터가 부분적으로 그의 첫사랑과 아내를 토대로 만들어졌다는 점을 감안하면 꽤 의미심장한 발언이기도 하다.

"그 작품이 위대한 사랑 이야기라는 걸 어떻게 모를 수 있어요?"

"오, 모르겠다. 나라면 사랑 이야기에 중요한 여성 캐릭터를 넣어서 쓸 거야."

"엄마는 그 작품에 대해 완전히 잘못 해석하고 있어요."

조는 이제 『밤은 부드러워라』를 읽고 있다. 내 마음에 들어오지 못했던 피츠제럴드가 조에게는 사랑을 받게 된 것이다.

조가 말한다. "엄마는 낭만이 너무 없어서 피츠제럴드를 안 좋아하는 거예요."

"그가 서른다섯 살이 넘은 여자들은 다 살해되어야 한다고 말한 거 아니?"

"뭐, 난 해당 안 되니까요."

"나는 그 아이가 바보가 되기를 바라." 데이지는 자신이 낳은 딸에 대해 그렇게 말한다. "그게 이 세상에서 여자가 될 수 있는 최선이니까. 아름다운 바보."

학교에서 『위대한 개츠비』를 읽은 주드가 말한다. "내 생각에 개츠비는 게이야." 주드가 요새 부쩍 너무 많은 남자들과 소년들에 대해 그런 말을 하는 게, 아무래도 나한테 뭔가 할 말이 있는 것 같다.

하지만 나의 딸은 그 말을 무시하고 제 주장을 이어간다. "개츠비는 자신의 꿈을 위해 죽어요. 그는 자신이 사랑하는 여자를 위해 극단적인 희생을 하고, 그게 대단한 거죠."

"그 책 이야기는 그만하자." 나는 이것이 심각한 논쟁으로 번

질 수 있음을 예감하며 그렇게 말한다.

사랑. 아이들. 희생. 자식들을 위해서라면, 그렇다, 우리는 주저 없이 기차에 몸을 던질 수도 있다. 기차가 지나가면 자식들은 우리의 몸을 넘어갈 것이다.

"엄마, 그 책 다시 읽어봐요."

나는 이미 다시 읽었다. 그리고 놀랍게도, 젊을 때와 거의 똑같은 감상을 느꼈다. 다만 이번에는 늘 마음 한구석에 있던 무언가가 개츠비를 보다 그럴듯한 인물로 만들었다. 앤도 그와 같지 않았던가―그 오랜 세월 자신의 순수성과 꿈을, 환상을 고수하지 않았던가. 그들 둘 다 10대 때 만들어진 이상적인 자아관에 끝까지 충실하지 않았던가. 이름을 바꾼 것, 새로운 자아의 창조를 향한 헌신, 자신의 출생 배경에서 벗어나고자 하는 굳은 결의, 비이기적 헌신에 대한 열정적 믿음. 그 마음.

그리고 이번에는 저 경솔한 이들이 모든 걸 박살 내놓고 다른 사람들에게 뒷수습을 맡기는 유명한 대목에 이르렀을 때 클리오의 말이 들렸다. "하지만 그런 부류는 알지. 부잣집 응석받이들…… 결국 전부 난장판으로 만들고 다른 사람들의 삶을 망쳐놓을 뿐이지……"

초등학교 조회 시간에 교장 선생님이 늘 이 말로 연설을 마무리했던 기억이 난다. "어린이 여러분, 여러분은 미국인이라는 걸 명심하세요. 여러분은 스스로 원하기만 하면 무엇이든 될 수 있어요! 그러니 큰 꿈을 품으세요."

『위대한 개츠비』가 1950년대에 이르러서야 20세기 최고의 미국 문학 작품으로 명성을 떨치게 되었으며 그 명성에 가장 큰 공헌을 한 사람들이 학교 교사들이라는 사실이 내게는 무척이나 의미심장하게 여겨진다. 그 소설은 가르치기 쉬운 작품이다. 짧고, 분명하고, 안전하다. 개츠비를 '위대하게' 만든 것은 무엇인가? 개츠비는 어떻게 아메리칸드림을 상징하게 되었는가? 그 초록 불빛은 무엇을 상징하는가? 재의 골짜기는 무엇을 상징하는가? 닥터 에클버그의 눈은 무엇을 상징하는가? 유사점과 대조점. 이스트에그/웨스트에그. 제이 개츠비/톰 뷰캐넌. 뉴욕/중서부.

"이러다 늦겠어." 주드가 말한다. 우리는 택시를 잡으러 아래층으로 달려 내려간다. 하지만 샴페인을 두고 오는 바람에 주드가 다시 위층으로 올라갔다 내려올 때까지 기다려야 한다.

늘 그랬듯이, 아이들은 크래시 이모와의 만남을 고대한다. "이모는 짱 재밌어!" 업타운으로 가는 택시 안에서—솔랜지는 이제 워싱턴 하이츠에 산다—아이들은 "그때 기억나? 이모가—"라는 말로 서로의 이야기를 자르며 추억을 들춘다.

주드의 열두 번째인가 열세 번째 생일이었다. 솔랜지가 주드에게 아주 특별한 걸 주고 싶다면서 등 뒤에 숨긴 무언가를 흔들었다. 나한테서 받은 거라고, 오랫동안 소중하게 간직해왔다고 했다. 그 종잇조각을 바라보며 주드는 당혹감을 감추지 못했다. "믹 재거가 누구예요?"

이젠 믹 재거 경이다.

그때 기억나? 이모가—

아이들은 자기들이 초등학교에 다닐 때 솔랜지가 마리화나를 접하게 해줬다는 사실을 최근에야 털어놓았다. 그런 다음 몇 년 안 지나서는 오렌지 주스에 LSD를 ("약간만") 타주었다고 했다. 벌써 오래전 일이고 아이들에게 별다른 해를 끼친 것 같지도 않지만, 처음 그 사실을 알게 되었을 때 나는 몹시 화가 났고, 지금도 화가 나며, 내 동생이 나한테 그런 짓을 했다는 사실에 영원히 화가 날 것이다.

하지만 오늘 밤 우리는 모두 웃고 있다. 오늘 밤 우리는 축하 파티를 열 것이다. 솔랜지가 또 책을 냈는데, 이번엔 시집이다. 제목은 『해충 방제업자와의 데이트』, 문학상까지 받았다.

업타운을 달리며, 나는 택시 뒷좌석에 앉아 도심을 지날 때 종종 느끼곤 하는 감정에 젖는다. 거의 성취감에 가까운 평온함. 오늘 밤 아이들이 곁에 있어서 행복하다. 하지만 지금 내가 이야기하는 이 감정은 주로 거리들과 거리의 삶에 대한 순수한 사랑, 다른 무수한 사람들과 그 사랑을 공유하는 기분, 또한 이제는 이 도시가 어쩌면 조만간 파괴될 수도 있다는 위기감이 상존하기에 그 사랑이 더욱 가슴 깊이, 그리고 자주 찾아온다는 점과 관련한 것이다.

솔랜지의 책에는 릴케의 문구가 인용되어 있다. "다시 찾아갈 수 없는 과거의 장소들은 추억으로 가득하다." 나에게는, 내가 자란 집. 마을 도서관(불에 타버린). 〈비자주〉 사무실이 있던, 매디슨 애비뉴의 멋진 건물. 전쟁 전에 지어진 그 건물은 잡지가 없어지고 몇 년 뒤에 헐리더니, 그야말로 하룻밤 사이에 그보다 세 배나 높은 고층 건물이 그 자리에 솟았다. 본위트 텔러 백화점이 있던 곳에는 이제 트럼프 타워가 서 있고.

『위대한 개츠비』에 이런 구절이 나온다.

나는 5번가를 따라 걸으며 군중 속에서 낭만적인 여자들을 골라내어 곧 아무도 모르게, 누구의 제지도 받지 않고 그들의 삶 속으로 들어가는 상상을 하는 걸 좋아했다.

나는 나 자신이 그런 여자들 중 하나였던 시절을 추억하는 걸, 지금도 여전히 그런 여자들 중 하나인 양 상상하는 걸 좋아한다. 나는 등 뒤에서 안절부절못하는 남자의 존재를 느끼고 반쯤 돌아서서, 아니, 완전히 돌아서서 두 팔을 벌리며 말한다. 나를 골라줘요, 나를 골라줘요.

뉴욕 맨해튼에 자리한 명문 사립 여자대학교 바너드 칼리지 1968년 신입생 조지와 앤은 기숙사 룸메이트가 된다. 조지는 이른바 불우한 가정 출신으로, 뉴욕주 북부의 가난과 알코올중독과 폭력이 만연한 환경에서 나고 자랐다. 아버지가 아내와 여섯 아이들을 버리고 다른 여자와 눈이 맞아 종적을 감춘 후 홀로 가족을 부양하게 된 어머니는 어린 자식들에게 원망과 저주를 쏟아내고 폭력을 휘두른다. 그리하여 자식들은 포근한 안식처가 되어주지 못하는 어둠의 집에서 도망치듯 떠난다. 조지의 오빠는 베트남전에 참전하고, 동생들은 가출 소녀, 수녀가 된다. 어려서부터 친척집에 맡겨졌던 쌍둥이 동생들은 친형제라기보다는 사촌처럼 느껴진다. 조지는 공부를 잘한 덕에 집안에서 최초로 대학에, 그것도 주립대가 아닌 명문 사립대에 진학한다. 한편, 조지의 룸메이트 앤은 코네티컷의 부유한 사업가 집안에서 교양과 품격을 갖춘 부모의 무조건적인 사랑을 받으며 외동딸로 귀하게 자랐다. 조지와 앤은 가정환경뿐 아니라 성격도 대조적이어서, 앤은 열정적이고 독단적이며 신념이 강한 반면, 조지는 소심하고 마음이 여리다. 그들에게 한 가지 공통점이 있다면, 자신의 출신과 부모를 수치스러워하고 과거에서 벗어나고 싶어한다는 점이다. 조지가 무지하고 폭력적인 어머니를 은밀히 부끄러워하며 죄책감에 시달린다면, 앤은 가난한 노동자들과 노예들을 착취하여 부와 안락을 누리는 지배계급인 부모를 노골적으로 경멸하고 증오한다. 조지가 부유하고 자애로운 부모를 남몰래 동경한다면, 앤은 가난한 사람들과 흑인들의 삶을 드러내놓고 찬양한다. 사실 앤과 조지가 기숙사에서 한방을 쓰게 된 것도 앤이 "최대한 다른 세계에서 온" 룸메이트를 요청했기 때문이다. 조지는 처음엔 거부감이 들 정도로 적극적으로 다가오는 앤을 경계하지만, 이내 두 사람은 내밀한 속마음까지 모두 터놓는 가장 친한 친구가 된다.

가난한 고학생 조지는 부유층 엘리트들 사이에서 이방인의 기분을 느끼며 학업에 흥미를 잃고 방황하다가 2학년을 마치고 대학을 떠나기로 결심한다. 학생 운동에 열정을 불사르며 봉사활동까지 하고, 그러면서도 우수한 성적을 유지하고, 언론의 주목을 받아 캠퍼스 스타로 이름을 날리기까지 하던 앤도, 학생 운동의 태생적 한계에 좌절하고 기성체제 유지에 필요한 인재를 길러내는 대학 교육에 환멸을 느끼면서 같은 시기에 중퇴를 한다. 로맨스를 찾아 대학을 떠난 조지는 여성 잡지사에 들어가고, 세상을 바꾸겠다는 포부를 지닌 앤은 인민 서점에서 일하며 혁명 투사의 삶을 이어간다. 조지가 부르주아적 허영과 사치를 추구하는 여성 잡지사에 몸담고 있는 걸 천박한 짓으로 여기며 경멸하던 앤은 마침내 이상형의 남자를 만나 사랑에 빠지면서 조지에게 무관심해진다. 조지는 멀어져가는 앤과의 우정을 지키려고 애쓰지만, 결국 두 사람은 심하게 다툰 후 결별한다. 그렇게 조지의 삶에서 퇴장한 앤은 몇 년 후 충격적인 소식과 함께 재등장하고, 두 사람의 운명은 더 깊고 복잡하게 뒤엉킨다.

조지의 회고 형식으로 이루어진 이 소설은 혁명과 낭만의 시대였던 1960년대를 40여 년의 세월을 거슬러 향수 어린 시선으로 돌아본다. 그 시절 대학 캠퍼스는 뿌리까지 썩은 기성체제를 무너뜨리고 평등한 세상을 만들기 위한 투쟁의 열기로 들끓었다. 부르주아를 악으로 규정한 학생 운동가들은 자신이 부자 백인 특권층 출신이라는 사실을 수치스러워하며 가난한 흑인들을 숭배하고 지배계급의 질서와 가치관에 분연히 맞서 반체제적 테러 행위를 서슴지 않았다. 한편, 무력 투쟁보다는 사회로부터의 조용한 이탈을 택한 청년들의 무리도 있었다. 백인 중산층 십 대와 이십 대가 주축이 된 이 히피족은 성공 지향적인 미국 주류 사회의 물질주의적이고 억압적인 가치관에 반기를 들고 인간성의 회복과 자연으로의 회귀를 표방했다. 그들은 내면의 평화와 영혼의 자유를 추구하며 공동체 생활을 하고 마약과 프리섹스를 즐겼다.『그 부류의 마지막 존재』의 두 주인공 조지와 앤처럼 1968년 바너드 입학생이었던 저자 시그리드 누네즈는 이 소설을 집필하게 된 동기에 대해, 너무도 혼란스럽고 이해하기 힘든 이상한 시대였던 그때 이야기를 외부자의 목소리로 들려주고 싶었다고 밝혔다. 이 소설의 화자인 조지는 스스로 개탄하였듯이 야망과 도전 정신, 모험심이 결여된 겁쟁이였기에 혁명과 낭만의 거센 조류에 뛰어들지 못하고 외부자에 머문다. 하지만 부러움과 동경에 찬 외부 관찰자만큼 소설의 화자로 적격인 이도 없으니, 그의 시선에는 환상이 깃들고 환상이야말로 소설이 지닌 마법적 힘의 근원이기 때문이다. 혁명의 열기가 식고 냉소의 시대가 도래했을 때 앤은 자신의 계층 사람들에겐 배은망덕하고 오만한 배신자로, 그가 헌신적으로 사랑한 흑인들에겐 혁명 놀이를 하고 싶어하는 부잣집 응석받이로 지탄받지만, 조지는 이기적이리만치 철저히 이타적인 앤의 삶에서 프랑스 혁명가 시몬 베유를, 그 순수한 열정과 이상주의에서 위대한 개츠비를 본다. 게다가 '청춘은 아름답다'는 청춘에서 멀어져갈수록 단순한 클리셰가 아닌 의미심장한 진실로 다가오는 말이니, 조지의 회고담에는 그 시절에 대한 그리움과 애정이 가득하다. 나는 이 글을 옮기며 아득한 과거의 기억 속에서 늘 아름답게 빛나고 있는 젊은 시절로 돌아간 듯한 기분을 맛보았으며 그 추억 여행은 달콤했다.

민승남

옮긴이 **민승남**

서울대학교 영어영문학과를 졸업하고 현재 전문 번역가로 활동 중이다. 옮긴 책으로 『기러기』 『한낮의 우울』 『천 개의 아침』 『지복의 성자』 『켈리 갱의 진짜 이야기』 『시핑 뉴스』 『솔라』 『넛셸』 『사실들』 『빌리 린의 전쟁 같은 휴가』 『상승』 『사이더 하우스』 『완벽한 날들』 『빨강의 자서전』 『밤으로의 긴 여로』 『멀베이니 가족』 『아웃 오브 아프리카』 등이 있다.

그 부류의 마지막 존재

1판 1쇄   2021년 12월 7일

지은이   시그리드 누네즈
옮긴이   민승남
펴낸이   김이선
편집   권은경 김이선 홍상희
디자인   이강효
마케팅   이보민 양혜림 이다영

펴낸곳   (주)엘리
출판등록   2019년 12월 16일 (제2019-000325호)
주소   04043 서울특별시 마포구 양화로 12길 16-9(서교동 북앤빌딩)

✉   ellelit@naver.com
🐦📘📷   ellelit2020
전화   (편집) 02 3144 3803 (마케팅) 02 3144 2557
팩스   02 3144 3121

ISBN   979-11-91247-16-9 03840